Indra A. Engels

# Hoffnung über Angst

Indra A. Engels

# Hoffnung über Angst

Kriminalroman

IMPRESSUM


Taschenbuch Oktober 2022

Verlag:
Indra A. Engels
Auf Krummerück 32
52078 Aachen

Druck:
epubli – ein Service der neopubli GmbH, Berlin

*Sie fragen mich,*
*Doch ich weiß es nicht.*
*Wenn man nur pendelt,*
*Wenn man nur schwingt,*
*Wenn ohne zu leben die Zeit verrinnt,*
*Vergisst man zu Hoffen.*

*Sie fragen mich,*
*Doch ich weiß es nicht.*
*Wie ich es geschafft hab',*
*Zwischen Hoffnung und Angst,*
*Taumelte ich am Abgrund entlang,*
*Jahrelang.*

Dienstag, 5. Juni 2008

I

Um sie herum war nur Bauschutt, dessen Kanten und Unebenheiten zart vom bläulichen Mondlicht angestrahlt wurden, sodass sie sich langsam durch den Flur ihres einstigen Zuhauses vortasten konnte, ohne sich ständig die Schienbeine zu stoßen. Wäre es kein Vollmond, hätte sie unmöglich etwas gesehen, aber es machte den Anschein, als wäre das Glück auf ihrer Seite.

Von dem Haus ihrer Vergangenheit war nur noch eine Ruine übrig. Zwar stand das Grundgerüst noch, und wahrscheinlich konnte auch jeder erkennen, dass es einmal ein recht schönes Haus gewesen war, aber eben auch, dass das Innere vollkommen zerstört war.

So wie bei ihr.

Nervös ging sie die knarrenden Stufen hoch, immer noch langsam und vorsichtig und hoffte, sich an keiner scharfen Ecke zu schneiden. Kühler Wind zog durch die zerbrochenen Fensterscheiben herein und wirbelte um sie herum. Fröstelnd blieb sie im oberen Flur stehen und kämpfte mit ihren schweren Erinnerungen, die sie geformt hatte, als sie noch hier lebte.

Sie konnte kaum sagen, dass sie sich hier auskannte; alles schien vollkommen anders.

Sie hatte geglaubt, dass sie hier bleiben könne, wenigstens für ein paar Nächte tröstenden Unterschlupf finden würde, aber sie musste sich eingestehen, dass dieser Ort der letzte war, der ihr Schutz und Wohlbehagen bieten würde. Unmöglich hätte sie hier schlafen können – auf diesem nackten, staubigen Beton, der so rau war, dass sie sich bei jeder kleinsten Bewegung Schürfwunden zuziehen würde.

Dieses Haus schrie danach, endlich einstürzen zu dürfen. Endlich Schwäche zeigen zu dürfen. Endlich kapitulieren zu dürfen. So anfällig und brüchig wie es war, musste es einer wahrer Kraftakt sein, die einzelnen Bauteile zusammen zu halten.

So wie bei ihr.

Vielleicht war es doch der richtige Ort.

Vielleicht gehörte sie doch hierhin.

Unsicher stand sie in dem Zimmer, das einmal ihr eigenes gewesen war und konnte sehen, wie kleine Spritzen auf dem Boden lagen, Plastikverpackungen und Stofffetzen in die Ecken geweht wurden, Schutt zur Seite geräumt wurde, um Platz zu schaffen.

Wahrscheinlich hatten hier Obdachlose geschlafen, die als letzte, kostenlose Obhut das verlassene Haus gesehen haben, das gar nicht in die sonst so gepflegte Nachbarschaft passte.

Sie konnte nicht hier bleiben. Niemals.

Aber wo sollte sie nur hin?

Wie oft schon, hatte sie sich sehnlichst gewünscht, endlich erwachsen zu sein und ihre eigenen Entscheidungen treffen zu können, aber gerade wünschte sie sich jemanden, der ihr sagt, was sie tun sollte, denn sie bezweifelte immer mehr, dass sie mit ihren zwölf Jahren in der Lage war, eine richtige

Entscheidung zu treffen. Eine Entscheidung, dessen Auswirkung ihr ganzes Leben verändern kann.

*»Du wirst deinen Weg finden.«*

Aber wo? Wo ist dieser Weg?

Der kalte Wind heulte gespenstig durch die offenen Räume und sie war sich immer sicherer, dass sie hier nicht bleiben wollte. Alles an diesem Haus war unheimlich, verlassen und dunkel. Sie wollte nicht noch eine Etage höher gehen, aus Angst, dass oben vielleicht doch jemand hauste. Eine unerfreuliche Begegnung wäre das Letzte, was ihr jetzt helfen würde.

Was hatte sie nur dazu getrieben, in dieses Haus - in diese verlassene Ruine - zurückzukehren?

Ängstlich ging sie den Flur wieder zurück.

Sie musste hier raus.

Schnell.

Sie merkte, wie die Vorstellung, dass jemand sich auf der oberen Etage aufhielt, ihr so viel Angst einjagte, dass ihr Herz anfing, schneller zu schlagen. Hektisch lief sie die Schritte zurück zur Treppe, bis sie plötzlich wie erstarrt stehen blieb.

Sie hörte ein dumpfes Geräusch und schreckte mit allen Gliedern zusammen. Mit klopfenden Herzen lauschte sie konzentriert in die Dunkelheit, aber hörte nur den heulenden Wind, der schnell um die kalten Mauern zog. Sie versuchte das Geräusch zu rekonstruieren, fragte sich, ob es nur Schutt war, der umhergewirbelt wurde, aber sie konnte sich nicht sicher sein. Sie konnte das Geräusch nicht lokalisieren, nicht einmal sagen, ob es von unten oder von oben kam, aber die Vorstellung, dass es von unten kam, dass *jemand* von unten kam und sie in die nächste Etage hochscheuchen würde, wo sie keinerlei Fluchtmöglichkeit hatte, versetzte sie in blanke Panik.

Plötzlich hörte sie erneut das Geräusch. Diesmal lauter, näher. Ängstlich schaute sie umher, merkte, wie das Adrenalin sofort in ihren Körper schoss – es kam von unten. Das Geräusch kam von unten. Schritte. Es waren Schritte. Jemand bahnte sich durch den Schutt.

Eilig schaute sie sich um, prüfte rasch, wo sie sich verstecken konnte, aber es gab nichts außer endlose Trümmer, Steine, Putz und Dreck, aber nichts davon würde ihr eine schützende Deckung bieten. Jegliche Türen waren ausgehangen. Nicht einmal der dunkelste Winkel, der erbarmungslos das Mondlicht abwehrte, war dunkel genug, um sie zu tarnen.

Man würde sie sofort finden, dachte sie verzweifelt. Sie hatte keine Wahl.

Plötzlich zuckte sie wieder zusammen. Sie hörte die Schritte, diesmal deutlicher, diesmal näher, sie kamen die Treppe hoch.

Ängstlich glitt sie in den Raum neben sich, suchte sich eine Ecke in der es vor Schutt wimmelte, ließ sich angespannt auf den spitzen Steinen nieder, die sich sofort unangenehm in ihre Haut drückten und kauerte sich so eng zusammen wie sie konnte.

Ihr Herz bebte vor Angst. Die Kälte vermischte sich mit Furcht und Unbehagen und immer wieder biss sie sich unbewusst auf die Lippen, bis sie Blut schmeckte.

Die Schritte kamen langsam näher.

Jemand war hier.

Jemand suchte sie.

Sie beugte sich noch mehr zusammen, ließ ihren Körper noch mehr auf die spitzen Steine sinken. Warum hatte sie nur so eine lähmende Angst? Sie hatte doch gesehen, dass Menschen hier lebten! Warum glaubte sie nicht daran, dass es nur ein harmloser Obdachloser war, der nach einem langen Tag auf der Straße, endlich etwas Privatsphäre suchte?

Sie hörte vorsichtige, aber entschlossene Schritte durch den Flur gehen.

Es war zu spät! Es war alles zu spät! Sie hatte die falsche Entscheidung getroffen und musste jetzt dafür bezahlen!

Ihr Herz schien sich gar nicht mehr zu beruhigen, wie verrückt trommelte es in ihrer Brust, pumpte panisch immer schneller, bereitete sie auf den Angriff vor, oder wenigstens auf die Flucht, aber sie wusste, dass sie nur hier sitzen bleiben könnte, bitterlich geduckt, in der Hoffnung, dass man ihr nichts tun, oder sie vielleicht sogar übersehen würde.

Hilflos knotete sie ihre Arme um ihren eingezogenen Körper und hörte mit an, wie die Schritte immer näher kamen. Schritte, die sich in diesem Haus nicht auskannten.

Voller Furcht saß sie auf dem kalten Boden, hielt die Luft an, versuchte ihre zitternden Glieder zu beruhigen, schmeckte das warme, süße Blut in ihrem Mund.

Sie war in eine Falle gelaufen!

Zutiefst bereute sie es, an diesen Ort zurückgekehrt zu sein, der ihr nur Unglück beschert hatte und konnte nicht mehr nachvollziehen, warum sie gedacht hatte, dass sich das einmal ändern würde.

Resigniert ließ sie noch mehr den Kopf sinken, schütze ihn mit ihren Armen, schloss die Augen und wünschte sich weg - ganz weit weg, irgendwo hin, wo sie sicher war.

Wieder schreckte sie zusammen, als sie das Knirschen des groben Bodens unter den Schuhsohlen hörte. Dann hörte sie, wie jemand stehenblieb. Stille. Sie hörte nur noch Stille. Voller Panik wartete sie auf den Angriff, darauf, dass jemand sie schlug, sie verletzte, oder sie grob ansprach, aber sie hörte nichts als Stille.

Plötzlich sah sie durch ihre fest geschlossenen Augen eine blendende Helligkeit. Sie kniff die Augen noch fester zusammen, versuchte sich noch mehr zu ducken, noch mehr in ihrem Körper zu verschwinden, aber irgendwann sah sie nur noch Helligkeit.

Licht wurde auf sie gerichtet.

Sie war gefunden worden.

# 2

Detective Inspector Bryan Stewart saß zufrieden in seinem Büro, das immer noch herrlich nach seinem Kaffee duftete, den er eben, in aller Frühe getrunken hatte, als das Telefon klingelte.

In der Nacht waren die Temperaturen runtergekühlt, er hatte endlich wieder gut schlafen können und auch auf dem Weg zur Arbeit war die Morgenluft immer noch angenehm frisch, obwohl die Sonne schon hoch am wolkenlosen, blauen Himmel stand und den nächsten sommerlichen Tag versprach.

»Ja?«, fragte er, als er den Hörer abnahm und rechnete mit der Stimme seine Sekretärin.

»Stewart«, hörte er – zu seiner Überraschung – die Stimme seines Kollegen Detective Sergeant Jimmy Fraley, der ungewöhnlich ernst klang. »Wir haben ein Mädchen gefunden. In dem leerstehenden Haus in Highbury. Sie gibt bisher keine Auskunft, wer sie ist, oder was sie in dem Haus gemacht hat. Erinnerst du dich an den Fall damals?«

Stewart hielt sofort inne und umklammerte angespannt das Telefon. Augenblicklich fiel ihm der Fall wieder ein und die Bilder spielten sich klar und deutlich vor seinen Augen ab.

Es war ein heißer Sommer, viel zu heiß für London, in den Nachrichten sprachen sie von einem neuen Hitzerekord, als er zu einem Einsatz gerufen worden war.

Suizid – eine Frau war in der Nacht auf den Gleisen des Bahnhofs verunglückt; ihre drei Kinder waren spurlos verschwunden.

»Wahrscheinlich hat sie ihre Kinder vorher noch getötet und sich dann selbst umgebracht«, spekulierte der Mann von der Spurensicherung, der gerade damit beschäftigt war, Fotos vom Gleis zu machen. Der ganze Bahnhof war weitläufig abgesperrt, um schaulustige Passanten fernzuhalten.

Der Mann hatte Schweiß auf der Stirn, sein weißer Schutzanzug klebte an seiner Haut. Mit erhöhter Anstrengung hielt er die hochwertige Kamera fest, weil seine verschwitzen Hände in den engen Gummihandschuhe keine akkurate Motorik mehr zuließen. Es war brütend heiß.

»Das wird sich noch aufklären«, entgegnete Stewart überzeugt.

Schon oft hatte er mit vermissten Kindern zu tun gehabt und die allermeisten tauchten wieder auf. Nach ein paar Stunden schon, wurden sie irgendwo gesehen oder kehrten von alleine zurück. Wenn es jetzt sogar drei waren, schätzte er die Wahrscheinlichkeit noch höher ein.

»Sind ihre Kollegen schon im Haus?«, fragte er und sah auf den weißen Schutzanzug des Kollegen, dessen Anblick ihm Ablenkung bot und seinen Blick daran hinderte auf die Gleise zu sehen. Auch wenn er schon viele Leichen gesehen hatte, war es doch ein Bild, das er immer wieder grässlich fand. Im Gegensatz zu seinen Kollegen, schien er nicht abzustumpfen, sondern mit zunehmendem Alter und aufsteigenden Dienstjahren stetig sensibler zu werden.

Ohnehin war von diesem toten Körper wahrscheinlich nicht mehr viel übrig, nichts mehr da, wo es ursprünglich sein sollte - der Zug hatte sie mehrfach überrollt, den zerbrechlichen Körper ohne Gnade erfasst, verhakt und anschließend über das Gleis geschliffen. Nein, er durfte nicht eine Sekunde rüber blinzeln, wenn er die restlichen Nächte seines Lebens keinen lästigen Besuch von dieser abscheulichen Szene haben wollte.

»Ja«, bestätigte der Kollege und eine Schweißperle tropfte von der kleinen Stelle seiner unbekleideten Stirn auf die Kamera. »Sie sichern alle Spuren im Haus. Hätten Sie etwas gefunden, hätten Sie mich schon angerufen.«

Nichts lief wie es sollte, als er wieder in sein Auto stieg, dass sich als erstklassige Sauna auf vier Rädern herausstellte, und er widerwillig in die Hitze einstieg, die ihm sofort den Atem verschlug. Die Strecke war kurz – eigentlich nicht viel befahren, aber an diesem Tag waren die Straßen voll, als hätte sich der Feierabendverkehr mit einer Hochzeitsgesellschaft gekreuzt. Er hoffte nur, dass der stockende Verkehr nicht in einem starren Stau endete.

Hektisch versuchte er seinen Blick aufzuteilen, auf den unbefriedigenden Verkehr der Straße und auf das leuchtende Bedienungssystem des Autos, um die Klimaanlage anzuschalten.

Sein Gefühl sagte ihm schon, dass es nicht funktionieren würde, er hatte es an solchen Tagen im Gefühl.

Mit geringen Erwartungen drückte er den Knopf – nichts geschah – außer dass er sich aufregte, seine Schweißproduktion sich verdreifachte und er mit seinem Wagen fast den Kofferraum seines Vorgängers geküsst hätte.

Seine Kleidung klebte nass an seiner Haut, seine Füße hatten jegliche Hilfeschreie aufgegeben, waren vollkommen in den festen Schuhen erstickt und er hatte nicht die leiseste Ahnung, wie er diesen Tag zu Ende bringen sollte, denn er konnte an nichts anderes denken, außer die brennende Hitze, die seinen Körper in Alarmbereitschaft setzte.

Erschöpft und ohne den Gedanken an Anstand ließ er sich wie ein Schluck Wasser in seinem Bürostuhl fallen, genoss die kühle Luft die durch den Raum flog und ihn langsam wieder zu einer normalen Temperatur kommen ließ.

»Was für ein Fall!«, begrüßte ihn Jimmy, der wie immer voller Sensationsgier war. Manchmal dachte Stewart, dass das sein alleiniger Antrieb war, als Detective zu arbeiten.

»Drei Kinder … entweder umgebracht oder irgendwo verschanzt! Gibt es denn sowas? Und keinerlei Spuren! Das wird eine harte Nuss, ich sage es dir!«, redete er fröhlich weiter, als würde er über einen neuen Blockbuster sprechen.

Jimmy war ein solider Polizist, aber er neigte dazu, Dinge zu schnell aufzugeben, oder den Ernst der Lage erst gar nicht zu erkennen. Er hatte nicht den nötigen Mumm, sich an Gegebenheiten festzubeißen, die ausweglos erschienen. Ihm fehlte das Durchhaltevermögen, Fälle zu lösen, die einen Nachts nicht mehr schlafen ließen. Er konnte die offensichtlichen Fakten gut zusammenfassen und wenn er Abschlussprotokolle schreiben sollte, blühte er auf. Stewart konnte ihm anmerken, dass er die Fälle der Kriminalpolizei als Unterhaltung für sein eigenes Leben sah, aber er wollte nur bis zu einem bestimmten Grad selbst involviert sein.

»Kinder verschwinden nicht einfach so«, sagte Stewart und merkte erleichtert, wie sein Körper sich langsam von der Hitze erholte. »Es gibt immer irgendwelche Spuren.«

Jimmy nickte abwesend und blätterte in den Unterlagen.

»Wie alt sind die Kinder?«, fragte Stewart.

»Acht, Zehn und Dreizehn.«

»Sie werden auftauchen.«

Heute fragte er sich, woher er diese Gelassenheit genommen hatte. Es kam ihm geradezu vor wie eine Lappalie. Nichts Nennenswertes.

Vielleicht hatte es daran gelegen, dass er ein paar Tage zuvor seine Frau mit einem anderen Mann im Bett erwischt hatte und sich seitdem auf nichts anderes mehr konzentrieren hatte können. Seit zwölf Jahren waren Janet und er verheiratet gewesen – glücklich verheiratet – hatte er immer angenommen. Sie lernten sich auf der Hochzeit eines Kollegen kennen, als Stewart achtundzwanzig war. Nie hatte Stewart etwas für Hochzeiten übrig gehabt und einen übermäßigen Sinn für Romantik hatte er auch nicht. Nie hatte er es eilig gehabt eine Frau kennenzulernen und eine Familie zu gründen.

Wenn er ehrlich war, hatte er sogar viele Paare belächelt, die so viel Geld für eine Hochzeit ausgaben, nur um zehn Jahre später die gleiche Summe für die Scheidung zu bezahlen. Es widerte ihn regelrecht an, wie aus Hochzeiten ein wahrer Wirtschaftszweig gemacht wurde. Das Geschäft mit der Angst, war trotz seiner Verwerflichkeit, gang und gebe, aber das Geschäft mit der Liebe war neu, wurde so geschickt ausgeschmückt, dass die Menschen es nicht einmal erkannten. Nur der teuerste Ring drückt die wahre Liebe aus. Nur die pompöseste Hochzeit prophezeit eine glückliche Ehe. All diese Gedanken lehnte er ab.

Vielleicht glaubte er aber auch nicht an die Ehe, weil seine Eltern ihm vorgelebt hatten, dass die Ehe aus Fesseln bestand, aus denen man sich nur schwer lösen konnte. Sein Vater war ein eiskalter Brocken, der keine Liebe, keine Zuneigung zeigen konnte und seine Mutter war eine traurige Hausfrau, die alles versucht hatte um etwas Liebe und Aufmerksamkeit seines Vaters für nur einen einzigen Augenblick zu erhaschen. Doch je stärker sie es versuchte, desto abscheulicher verlor sie gegen ihn. In seinen Augen war sie nichts wert und irgendwann fing sie an, es selbst zu glauben. Ab diesem Moment, war ihr Zerfall vorprogrammiert. Selbst Stewart konnte diese Frau, die jeglichen Respekt vor sich selbst verloren hatte, irgendwann nicht mehr ertragen. Er hasste es, wie sie sich in der Opferrolle suhlte und es ihr darin gefiel. »Ich bin zu traurig, um zum Bäcker gehen, geh du!«, »Dein Vater und ich haben Streit. Ich kann nicht zu deiner Theateraufführung kommen!«, »Ich kann dort nicht anrufen, kannst du das machen?«

Immer und immer wieder hörte er diese Sätze, bis sie irgendwann nur noch, wie ein Wrack auf dem Sofa lag, und sich nicht mehr rührte, weil sie hoffte, dass dieser Zustand – diese massive Hilflosigkeit – ihren Vater dazu bringen würde, ihr zu helfen, oder sie endlich zu lieben, aber es änderte sich nichts. Außer, dass sie noch mehr klagte und jammerte. Oft musste Stewart sich stundelang anhören, was sie doch alles für ihren Vater machte, für ihre Familie machte und sie nicht verstehen könne, warum sich alles gegen sie wenden. Warum sie immer so viel Pech habe.

Du hast kein Pech!, hätte er gerne erwidert. Du legst nur dein eigenes Glück in andere Hände! Du verschwendest deine Kraft lieber um traurig zu sein, um Mitleid zu bekommen, weil die Rolle dir so viel Sicherheit und Bequemlichkeit gibt! Wie einfach ist es zu sagen, dass dein Mann Schuld an allem ist? Es ist so einfach ihn verantwortlich zu machen! Aber du bist es! Du kannst es ändern, aber dann müsstest du dir eingestehen, dass du verantwortlich für dich bist! Und das kannst du nicht!

Aber das sagte er nicht, weil sie es nicht verstehen würde.

Trotzdem nahm er irgendwann seinen Mut zusammen und murmelte: »Vielleicht solltest du dich trennen.«

Seine Mutter, die eben noch verweinte Augen gehabt hatte, verwandelte ihr Gesichtszüge plötzlich in harte Strenge.

»Trennen?«, wiederholte sie entsetzt. »Trennung ist eine Sünde! Ich habe es deinem Vater versprochen! Ich habe es der katholischen Kirche versprochen! Die Ehe wird nicht gebrochen! Pass auf was du von dir gibst!«

Empört und zutiefst beleidigt stand sie auf, um Stewart aus den Augen zu haben und in diesem Moment war sich Stewart sicher, dass er niemals heiraten wollen würde.

Bis heute lebten seine Eltern in dieser Ehe. Immer noch unglücklich. Immer noch verbittert. Den Kontakt zu ihnen beschränkte er auf ein Minimum.

Alles hatte sich für ihn verändert, als er Janet auf der Hochzeit sah. Sie trug ein langes, enganliegendes feuerrotes Kleid, das ihre schmale Figur perfekt umhüllte. Ihre schwarzen, langen Haare fielen glänzend über ihren Rücken. Sie drehte sich um und Stewart konnte ihr bildschönes Gesicht erkennen und er wusste, dass er diese Frau eines Tages heiraten würde.

Den ganzen Abend konnte er den Blick nicht von ihr lassen und als sie endlich alleine an der Theke stand, sich etwas zu trinken bestellte und wartend umherschaute ging er zu ihr und sprach sie an.

Von nahem war sie noch schöner. Sie hatte schwungvolle, braune Augen mit langen Wimpern und wenn sie lächelte, wurde ihr ganzes Gesicht noch attraktiver; sie war eine wahre Schönheit.

Den ganzen Abend unterhielten sie sich und er war überrascht, wie charmant und witzig die Unterhaltung war. In diesem Moment konnte er sogar nachvollziehen, warum Menschen so viel Tamtam um ihre Hochzeit machten. Für Janet hätte er Himmel und Hölle in Bewegung gesetzt. Glücklicherweise sagte sie aber auch ohne die größte Traumhochzeit *Ja*.

Als er an einem Abend von der Spätschicht früher nach Hause kam, weil ihn stechende Kopfschmerzen plagten, hörte er sie oben im Schlafzimmer lachen. Ungewöhnlich fand er es schon, aber er dachte sich nichts dabei, denn schon ihr Lachen, löste in ihm ein Wohlbefinden aus, das seine Kopfschmerzen schlagartig linderte. Freudig stieg er die Treppen hoch, tappte durch den Flur und öffnete die Schlafzimmertür.

Plötzlich schossen ihm tausend Gefühle durch den Köper. Tausend Bilder drängten sich in seinen Kopf. So schnell, wie sein Körper reagierte, konnte sein Kopf gar nicht arbeiten. Alles was er sah, war Janet, die mit einem deutlich jüngeren Mann im Bett lag. Beide Nackt. Beide schockiert, dass Stewart sie ansah. Niemand bewegte sich. Niemand sprach. Er konnte nicht glauben, was er sah.

Sprachlos drehte er sich um, schloss die Tür hinter sich, als ob sich das Gesehene dadurch auflösen würde und ging wie automatisiert die Stufen runter bis zur Haustür. Er musste raus. Er musste atmen. Die Wände rückten immer dichter zu ihm, sie ließen ihm keinen Platz, nicht für einen einzigen Atemzug.

Er öffnete die Haustür, atmete die frische Luft. Alles war wie immer, dachte er. Das Haus stand friedlich an seinem Platz. Der Vorgarten war gepflegt und blühte. Die Nachbarskinder malten mit Kreide auf die Straße. Der Himmel blau und klar, die Sonne warm.

Hier draußen hatte sich nichts verändert.

In ihm selbst hatte sich alles verändert.

»Ich erinnere mich an den Fall, Jimmy«, gab er zurück und versuchte sich nicht weiter auf die quälende Erinnerung zu konzentrieren. »Bringt sie zur Station. Fragt sie nichts mehr! Bringt sie einfach hierher.«

»Wird gemacht«, bestätigte Jimmy und legte auf.

Er atmete tief ein.

Diesmal würde ihn nichts ablenken.

Diesmal würde er den Fall lösen.

Mittwoch, 6. Juni 2008

I

Die Stunden der Nacht zogen sich, fühlten sich an, wie endlose Jahre des Wartens und obwohl er wusste, dass es nichts bewirkte, schaute er immer wieder auf die leuchtenden Zahlen seines Weckers, um zu wissen, wie viele Minuten seit dem letzten Blick vergangen waren.

Genervt drehte er den Wecker um, als er nur zwei Minuten später anzeigte, obwohl es sich angefühlt hatte, wie eine viertel Stunde.

Er zog die Decke über seine Schultern, rollte sich in ihr ein und versuchte Ruhe zu finden, Schlaf zu finden, damit die Stunden mit Leichtigkeit rasend schnell vorbei gingen und er Cindy weiter befragen konnte.

Im Gegensatz zu seiner Erwartung, war sie nicht verwahrlost gewesen, oder minderbemittelt, weil sie jahrelang auf der Straße gelebt hatte, nein, sie wirkte gepflegt und Stewart wusste, dass sie sprechen konnte, aber nicht wollte, weil sie Angst hatte.

Auch wenn sie bis jetzt nur ihren Namen und ihr Alter genannt hatte, waren sich alle sicher, dass sie eines der vermissten Kinder sein musste. Stewart hatte sogar gedacht, dass er eine gewisse Ähnlichkeit zwischen ihr und Susanna wahrnahm. Aber vielleicht *wollte* er es auch einfach nur sehen.

Endlich eine Zeugin haben. Endlich diesen verflixten Fall lösen.

Es war eine Maßnahme, die ungewöhnlich war, aber Stewart hatte das Gefühl gehabt, sie nicht in eine andere Unterkunft geben zu können, also hatten sie ihr das Sanitätszimmer zu einem notdürftigen Schlafzimmer um modelliert und sie hatte dankend genickt. Jetzt aber fragte er sich, ob sie weglaufen würde und ihm die Chance wieder durch die Finger glitt.

Nachdem er wütend die Bettdecke von seinem Körper riss, sich wieder umdrehte, seinen Arm ausstreckte um nach dem Wecker zu greifen und sah, dass wieder nur fünf Minuten verstrichen waren, knipste er das Licht an und setzte sich auf. Jetzt, wo er auf der Bettkannte saß und seine Augen sich widerwillig an das helle Licht gewöhnen mussten, merkte er erst, wie müde er war. Er wollte doch nur schlafen! Aber es ging nicht! Sein eigener Kopf richtete sich gegen seinen Körper und er schaffte es nicht, seine Gedanken zur Ruhe kommen zu lassen!

Mit wenigen Erwartungen legte er sich wieder hin. Zu seiner Verwunderung hörte er irgendwann seinen Wecker klingeln und er realisierte, dass er tatsächlich noch einmal eingeschlafen war.

Er brauchte nur einen Wimpernschlag um hellwach zu sein; er sprang auf, zog sich an und saß nach wenigen Minuten im Auto und fuhr zur Station.

Cindy sah erholter aus, als sie in den Sanitätsraum traten. Sie schien in der Nacht wenigstens etwas Schlaf gefunden zu haben. Mit einem bedrückten Gesichtsausdruck saß sie auf dem Sanitätsbett, auf dem sie mit einer Decke und einem Kissen, die Nacht verbracht hatte.

»Guten Morgen«, begrüßte Stewart sie vorsichtig und setzte sich mit Jimmy an einen Holztisch mit zwei Stühlen. »Wie hast du geschlafen?«

Sie nickte unschlüssig und zuckte gleichzeitig mit den Schultern.

Stewart schaute Hilfe suchend zu Jimmy, aber er erwiderte nur einen ebenfalls ahnungslosen Blick.

»Wir haben Kontakt mit dem Jugendheim aufgenommen«, sagte Stewart unsicher.

Sofort schaute sie ängstlich zu ihm hoch und Stewart hatte das Gefühl, die Handlung rechtfertigen zu müssen.

»Es ist eine angemessen Unterkunft für dich. Sie können sich um dich kümmern, du kannst zur Schule gehen…«, er brach ab, als er ihre traurigen Augen sah und fand seine Argumentation selbst lächerlich.

»Nein, bitte nicht«, widersprach sie leise.

Stewart war überrascht. Er hatte damit gerechnet, nur mühselig ein paar Worte aus ihr rauszubekommen.

»Ich will nicht ins Kinderheim.«

»Warum nicht?« fragte Jimmy sofort klang mehr neugierig als einfühlsam.

Stewart fühlte sich weder fähig für eine derartige Konversation, noch war ihm wohl bei der Sache, einem jungen Mädchen vorzuschreiben, was das Beste für sie ist, obwohl sie sich dagegen auszusprechen schien.

»Ich kann verstehen, dass du nicht in ein Heim möchtest«, lenkte er schnell ein und bemerkte wie schlecht er im Umgang mit Jugendlichen war. Er wusste einfach nicht, was sie hören wollten, oder wie man sie tröstete. Er hatte weder eigene Kinder, noch irgendeinen Kontakt zu anderen. Es war einfach nicht sein Themengebiet.

»Wir stecken gerade alle in einer schwierigen Situation. Es wäre nur eine vorübergehende Lösung«, versuchte er ihr zu erklären.

Sie schwieg. Stewart konnte ihr ansehen, dass sie sich wahrscheinlich gerade dafür hasste, Zuflucht in dem Haus gesucht zu haben. Dass sie sich dafür hasste, von der Polizei gefunden worden zu sein.

Das Schweigen endete in einer unangenehmen Stille. Niemand wusste, was er sagen sollte, oder wie man diese Situation am besten handhabt.

»Kann ich nicht hier bleiben?«, fragte sie schüchtern und schaute hilfesuchend die Beamten an. Stewart konnte sehen, wie viel Überwindung sie diese Frage gekostet hatte und überlegte, wie er seine Antwort am behutsamsten Ausdrücken könnte.

»Das geht leider nicht«, antwortete Jimmy sofort und Stewart war froh, dass er es tat. Er selbst hätte diese Antwort wahrscheinlich nicht über die Lippen bringen können. Sie war ein Kind, sie war zwölf Jahre alt, ohne Zuhause, ohne Eltern, sie hatte nichts. Das hatte kein Kind verdient.

Stewart konnte sehen, dass sie sich zurückzog. Er konnte es in ihren traurigen, braunen Augen ablesen, dass sie sich nie wieder öffnen würde, wenn sie ins Heim käme. Und das würde bedeuten, dass sie den Fall niemals aufklären und ihre Geschwister, falls sie denn noch lebten, niemals retten könnten.

Das heftige Klopfen an der Tür, riss ihn schlagartig aus seinen Gedanken. Sofort ging die Tür auf und ein junger Kollege spähte hinein. Derek, dessen Nachname sich Stewart nicht gemerkt hatte, war neu auf der Station. Er war extrem groß, extrem dünn und bei allem, was er tat nervös. Stewart versuchte ihn nicht zu schnell in die Schublade der Unfähigen zu stecken, aber jedes Mal, wenn er ihn sah, festigte sich seine Meinung nur.

»Äh … es tut mir leid, dass ich störe«, stammelte er und konnte sich nicht entscheiden, ob er den Raum nun betreten sollte, oder einfach weiterhin hinter der Tür hervorlugen sollte. »Ihr Telefon klingelt schon die ganze Zeit.«

Er blickte Stewart erwartungsvoll an.

Wie kam er auf die Idee, dass das ein Grund wäre, die Befragung zu stören? Soll das Teil doch den ganzen Tag klingeln!, dachte Stewart perplex, aber nickte dann höflich.

»Danke für die Information, ich werde mich später darum kümmern.«

Stewart richtete seinen Blick wieder auf Cindy.

»Ich … ich … es tut mir leid, Sir …«, stotterte er weiter.

Stewart drehte sich bemüht freundlich wieder um.

»Ich … ich habe den Anruf angenommen«, gab er kleinlaut zu. »Es ist das Jugendamt. Sie haben einen Platz.«

Na Klasse!, dachte Stewart, und hörte schon wie Cindy aufsprang. »Ich gehe da nicht hin!«

Gerade als sie einen Schritt zur Tür machen wollte, schien ihr einzufallen, dass Weglaufen nicht die beste Option war, denn sie hielt abrupt an.

»Ich spreche mit ihnen«, versicherte er ihr behutsam und registrierte erleichtert, dass sowohl Derek, als auch Cindy sich endlich entspannten. »Bitte«, flehte sie. »Ich möchte da nicht hin!«

Stewart nickte und hoffte, dass sich eine Lösung finden würde. Er wusste nicht, wohin sie sollte, wie dieser ganze Fall weitergehen sollte, aber es war ihm schon in diesem

Moment klar, dass er diesem Mädchen nichts aufzwängen würde, was sie nicht will. Irgendetwas löste sie in ihm aus.

Er warf Jimmy einen Blick zu, der besagte, dass er jetzt kurz telefonieren würde und ging aus dem Raum.

In seinem Büro angekommen, atmete er noch einmal tief ein und aus, bevor er den Hörer in die Hand nahm, der lieblos auf seinem Schreibtisch abgelegt war.

»Inspector Bryan Stewart«, meldet er sich und bemerkte plötzlich, dass seine Bürotür aufging. Geplättet sah er zu, wie Jimmy, mit Cindy im Schlepptau, ins Büro spazierte. Jimmy hatte den Blick mal wieder Missverstanden! War hier überhaupt noch auf irgendwen verlass?

Erfolglos versuchte Stewart Jimmy immer wieder einen Blick zuzuwerfen, hektische Handbewegungen zur Tür machen, aber nachdem Jimmy nicht reagierte und irgendwann einfach aufhörte in Stewarts Richtung zu sehen, kapitulierte auch Stewart. Stewart versuchte sich auf das Telefonat zu konzentrieren.

»Das Mädchen ist zwölf?«, fragte die Frau am Telefon, deren Namen er wieder einmal nicht mitbekommen hatte.

»Ja, ja. Genau.«

Wieder musste er zu Jimmy gucken. Was machte er nur? Für Jimmy gab es keine Grenzen in ihrer Freundschaft und Stewart musste gedanklich zugeben, dass er sich manchmal zum Babysitter umfunktioniert fühlte, wenn er sich mit Jimmy umgab. Er war neugierig wie ein Kind; er begutachtete alles in Stewarts Büro, testete jeden Kugelschreiber aus, ohne ihn danach wieder zurückzulegen und zeigte Cindy das ganze Büro, als wäre es sein eigenes. Jimmy hatte die Fähigkeit sich immer wohl und richtig zu fühlen, egal wo er war und blieb immer so, wie er ist, ohne sich auch nur für eine Sekunde zu verstellen. Irgendwie auch bewundernswert, dachte Stewart und beobachtete weiter wie Jimmy ihr das Büro erklärte.

»Wäre das eine Option?«, fragte die Frau am anderen Ende der Leitung und Stewart versuchte seine Aufmerksamkeit wieder auf das Telefonat zu richten. Die Frau hatte ihm erklärt, wie der Einzug ablaufen würde, welche Regeln es gäbe und welches Zimmer noch frei wäre.

»Es klingt alles gut«, setzte er an, ging um seinen Schreibtisch rum, zog das Telefonkabel so weit wie es ging mit sich, um einen gewissen Abstand zu Jimmy und Cindy zu gewinnen. Er hatte es noch nie gemocht, wenn jemand ihm beim Telefonieren zu hörte.

»Es ist nur so … wir brauchen den Platz erstmal nicht.«

Die Frau am Telefon schwieg einen Moment. »Wie meinen Sie das, Inspector?«

Stewart fühlte sich auf einmal in die Ecke gedrängt. Er wusste auch noch keine richtige Antwort auf diese Frage. Er hatte keine Lösung parat, die er jetzt präsentieren konnte.

»Es ist Cindys Wunsch, verstehen Sie?«, versuchte er sich zu erklären.

Sie schien es nicht zu verstehen.

»Wo soll sie denn sonst hin?«, fauchte sie auf einmal. »Sie wissen schon, dass es ein Gesetz gibt, das besagt, dass Kinder mit Erziehungsberechtigten aufwachsen müssen? Wie stellen Sie sich das vor, Inspector?«

Er wusste es auch nicht und wenn es nach ihm ginge, hätte er dieses Telefonat auch erst geführt, wenn er eine Lösung gehabt hätte. Wenn er mit Cindy vernünftig darüber gesprochen hätte! Wenn er sich hätte vorbereiten können! Er überlegte einen Moment und sein Blick fiel wieder auf Jimmy, der jetzt auf seinem Schreibtischstuhl saß und Cindy etwas auf dem Computer zeigte. »Das ist unser System, cool, oder?«, hörte er Jimmy sagen. »Hier können wir jeden beliebigen Namen eingeben und herausfinden, ob er schon polizeibekannt ist.«

Stewart verdrehte die Augen. Wie Jimmy es erzählte, als wäre es ein neues Computerspiel, nachdem alle ganz verrückt wären.

Er hörte, wie sich die Stimme der Frau in sein Ohr bohrte, aber hörte nur noch halbherzig hin. Heute würde keine Entscheidung getroffen werden – so viel stand fest.

»Ich halte noch einmal Rücksprache mit meinen Kollegen. Dann werde ich mich unverzüglich melden«, versicherte er und hoffte, dass das Gespräch bald enden würde. Immer wieder spähte er zu Jimmy um zu verhindern, dass Cindy gleich die Akten verschiedener Mordfälle samt Tatortbildern präsentiert bekommt. Plötzlich tippte Cindy etwas in den Computer.

»Alver? Wer ist das?«, fragte Jimmy neugierig.

»Sie sollten morgen eine Antwort haben, Inspector. Es gibt nicht viele Plätze, verstehen Sie? Ich habe mich bemüht, diesen Platz zu bekommen. Wundern sie sich nicht, wenn sie am Ende in einer ganz anderen Stadt landet«, knurrte sie.

»Der Lieblingsname meiner Schwester«, hörte er Cindy im Hintergrund murmeln. »Ich dachte …«

Jimmy schnitt ihr das Wort ab. »Dass es ihr Freund ist? Dass sie bei ihm wäre? Tja … leider nicht«, er zuckte die Schultern und schloss endlich das Programm.

»Ich rufe Sie zurück, wenn ich näheres weiß«, sagte er zu der eingeschnappten Frau am Telefon und legte erleichtert den Hörer auf. Sein Ohr glühte.

Jimmy und Cindy schauten ihn erwartungsvoll an.

»Es ist so …«, fing er an und war noch gar nicht bereit, dass nächste Gespräch zu führen. Er drückte den Hörer noch einmal auf das Telefon, einfach um sicher zu gehen, dass er aufgelegt hatte. »Es gibt eine gewisse Pflicht, dass Kinder mit einem Erziehungsberechtigten aufwachsen«, er machte eine Pause, um die richtigen Worte zu finden. Er konnte in Cindys Augen ablesen, dass sie schon bei diesen Worten mehr als enttäuscht war.

»Da du niemand hast«, er korrigiert sich rasch, »da du keinen *Erziehungsberechtigen* hast, sehen sie einen Platz in einem Heim für dich vor. Ich habe gesagt, dass wir noch nach einer anderen Lösung suchen. Wir werden nichts machen, was du nicht möchtest«, versprach er und hoffte, dass er dieses Versprechen werde halten können.

Sie sagte nichts mehr. Die Enttäuschung in ihren Augen wurde für Stewart unerträglich. Abwechselnd glitzerten ihre Augen traurig, dann wieder wütend und immer wieder einfach nur leer. Von ihrer anfänglichen Rebellion war nichts mehr übrig, als hätte sie heimlich vermutet, dass es so kommen wird. Sie kannte es nicht anders. In ihrem Leben muss es immer wieder Hoffnung gegeben haben, die ohne Skrupel erstickt worden war. Und Stewart hasste es, jetzt ebenfalls dieser Jemand zu sein.

## 2

Stewart fuhr in die Einfahrt und betrachtete sein Haus, als er den Motor abgestellt hatte. Es war ein modernes, schönes Haus in einer ruhigen Spielstraße. Eigentlich war das Haus viel zu groß für Janet und ihn, aber sie mochten den Platz und fanden für jeden Raum eine andere Nutzung. Mit Sicherheit hätten hier drei oder vier Kinder leben können, aber dafür schien es bei ihm und Janet nie den richtigen Zeitpunkt gegeben zu haben. Und er war sich sicher, dass sie beide nie den wirklichen Wunsch verspürt hatten, eigene Kinder zu bekommen.

Er schloss die Tür auf, ging in den Flur und zog seine Schuhe aus. Alles war still, niemand war da. Er hatte sich nie richtig an die Stille gewöhnen können.

Das Wohnzimmer empfing ihn kühl und still, sofort schaltete er den Fernseher ein – einfach damit er Unterhaltungen im Hintergrund hörte – und wärmte sich dann in der Küche das Essen von gestern auf.

Mit einem hoch gehäuften Teller Spaghetti ging er wieder ins Wohnzimmer, das ihm kahl und unbewohnt vorkam. Janet hatte bei ihrer Trennung alle Bilder abgehangen, gemeinsame Bilder, die sie bei verschiedenen Anlässen zeigten, kunstvolle Bilder, die die weitläufigen Wände verzierten und seitdem hatte Stewart nichts mehr an der Inneneinrichtung verändert.

Es lief eine Talk-Show und eigentlich hörte er sich ungern an, was die Menschen über ihr Leben erzählten. Vor allem früher hatte er sein eigenes, wunderbares Leben mit Janet gehabt und er hatte nicht das Gefühl, dass er am Leben fremder Leute im Fernsehen teilhaben, oder sich an deren Problemen hochziehen musste. Mit einer Hand hielt er den Teller auf seinem Schoß fest, mit der anderen griff er nach der Fernbedienung um umzuschalten, als er plötzlich dem Gespräch zuhörte.

*Kinder sind sensibel. Man sollte immer behutsam darauf achten, keine Grenzen zu überschreiten. Übertritt man einmal eine Grenze ist es nur schwierig, wieder das Vertrauen des Kindes zu gewinnen.*

Sprach eine Expertin.

In der Gesprächsrunde ging es um Kinder, die Verhaltensauffällig und sich nur schwer an Erziehungsregeln halten können. Eine betroffene Mutter berichtete davon, dass ihr Sohn schon seit der frühsten Kindheit aggressiv war und keine einzige Regel befolgen konnte. *Es ging nicht! Ich habe alles probiert, habe ihn versucht zu verstehen, aber er lässt mich nicht mehr an sich heran! Als er zehn war, hat er kaum noch mit mir geredet. Wenn ich versucht habe ihn anzusprechen, hat er mich beleidigt oder wurde handgreiflich! Dabei tu ich alles für ihn! Ich hatte das Gefühl er hasst mich und möchte gar nicht mehr bei mir leben! Jetzt ist er im Heim, aber der Kontakt ist immer noch nicht besser!*

Bei den Worten Kinderheim wurde Stewart hellhörig. Er kaute langsamer, hörte konzentriert zu. Jetzt sprach wieder die Expertin.

*Kinder- und Jugendheime sollten die letzte Möglichkeit sein. In Notsituationen können diese Einrichtungen belastende Konflikte oder wiederkehrende Eskalationen verhindern und können äußerst erleichternd und nützlich sein. Es steht außer Frage, dass sie eine sehr wichtige Institution in unserem System darstellen. Wenn Kinder selbst in Heime gehen wollen, sollte man diesen Wunsch ernstnehmen, prüfen, abwägen und im Zweifelsfall nachgehen. Handelt es sich aber um einen reinen Versuch oder weil es gerade keine leichtere Lösung gibt, ist Vorsicht geboten. Die Kinder werden ihren Eltern und ihrem gewohnten Zuhause entrissen. Oftmals haben sie keinerlei Macht, keinen Anteil diese Entscheidung mit zu beeinflussen und fühlen sich ausgeliefert und verstoßen. Sie verfügen noch nicht über die Weitsicht, erkennen zu können, dass es eine Chance für sie darstellt. Viele Kinder verändern sich im Kinder-*

*heim. Viele Kinder können es ihren Eltern eine lange Zeit nicht verzeihen. Oder verschließen sich für immer. Oft wird das Gefühl verstärkt, dass sie sich nicht dazugehörig oder minderwertig fühlen. Es ist diesen schwierigen Umständen geschuldet, dass sie ein erhöhtes Risiko aufweisen, nachher auf dem falschen Weg zu landen. Man sollte sich immer bewusst sein, dass es für die Kinder eine belastende Erfahrung sein kann …*

Stewart raffte sich auf. Blitzartig kam ihm das Gespräch von heute in den Sinn.

War ein Heim wirklich die beste Lösung für Cindy?

Er hatte sie direkt sympathisch gefunden, auch wenn sie anfangs aufgewühlt und zurückhaltend war und er hatte es selbst merkwürdig gefunden, dass ausgerechnet er, der immer dachte, dass er die wenigsten Vaterqualitäten von allen aufzuweisen hatte, plötzlich eine zwölfjährige in sein Herz geschlossen hatte.

Auf einmal erinnerte er sich an heute, als sie fragte, ob sie sich umsehen durfte und er nickte – verblüfft von ihrem Interesse.

Also ging sie von Schreibtisch zu Schreibtisch, unterhielt sich mit den Kollegen und fragte sie nach ihren Tätigkeiten. Keiner war genervt von ihr, denn sie störte nicht. Im Gegenteil, die Kollegen freuten sich über ihr aufrichtiges Interesse und ihre offene Weise Menschen kennenzulernen. Man hätte nicht denken mögen, dass sie vor sechzehn Stunden noch verängstig in einem leeren Zimmer in einem heruntergekommen Haus gesessen hat, wenn man sie jetzt beobachte. Cindy war ein Mädchen, das in der richtigen Umgebung ihr Potenzial entfaltete und maßlos aufblühte. In der falschen Umgebung drohte sie jedoch bitterlich zu verkümmern.

Sie war nicht für ein Heim gemacht, dachte er. Sie würde zerbrechen. Vielleicht nicht direkt, aber bis sie volljährig war, waren es noch sechs lange Jahre. Sie verdiente eine bessere Zukunft.

Als er diesen Gedanken zu Ende dachte, konnte er es selbst nicht fassen.

Er würde Cindy aufnehmen.

Mit allem was dazu gehört.

2012

Montag, 9. Juli, 2012

I

Er wusste, dass die Polizei ihm auf den Fersen war. Er wusste auch, dass irgendwann Tag X kommt. Jeder Kriminelle wird irgendwann gefasst, die Frage ist meist nur wann. Dieses Risiko kalkulierte man ein. Man denkt nicht wie durchschnittliche Menschen, dass man bis siebzig oder achtzig Zeit hat, sein Leben zu leben. Nein, man musste anders denken. Man musste anders handeln. Man musste sein ganzes Leben umkrempeln, denn das durchschnittliche Leben eines Dealers betrug viel weniger Zeit. Entweder wurde man erschossen, oder man saß im Gefängnis - wenn man Pech hatte, sein ganzes Leben. Deshalb musste man schneller leben. Alles mitnehmen, was man konnte. Alles erleben, was man wollte. Damit man im Gefängnis an seine gesammelten Erinnerungen zurückdenken konnte.

Zumindest hatte er das mal in einem Film gesehen. Und seither dieses Gefühl übernommen. Er war nicht einmal der größte Dealer der Stadt, nicht einmal so wichtig, dass die Polizei ihn kannte oder nach ihm fahndete, aber immerhin stimmte es, dass er für einen größeren Dealer arbeitete. Für Kevin, seinen besten Freund.

Es gefiel ihm, diese Rolle in seinem Leben zu spielen und mit der Zeit hatte er sich eingestanden, dass er lieber ein Leben führte, wo er ein Dealer war, als eines, wo er ein Niemand war.

In letzter Zeit hatte er immer das unausweichliche Gefühl gehabt, dass die Bullen ihm näher waren, als er es gerne hätte, aber wenn er ehrlich zu sich war, war er schon immer ein Mensch gewesen, der sich viele Sorgen machte. Während Kevin sich durch einen verlässlichen Instinkt und einem messerscharfen Verstand auszeichnete, neigte er ständig dazu, sich Gefahren einzubilden, und sich anschließend von der Angst rumkommandieren zu lassen.

Seitdem er Kevin kennengelernt hatte, war es definitiv besser geworden, aber je länger er kriminell war, desto mehr dachte er, dass er bald gefasst werden würde. Er betete jede Nacht, dass er zuerst gefasst werden würde, denn ein Leben ohne Kevin wäre für ihn nicht ertragbar.

Das Lager – so wie sie es nannten – war eine kleine zwei Zimmer Wohnung in einem heruntergekommenen Mehrfamilienhaus, in dem sie ihre Waren lagerten, wogen und abpackten. Um ihn herum lagen hunderte von Päckchen, Kartons und Tütchen und er hatte noch viel zu tun, bis er heute Nachmittag eine größere Bestellung absenden würde.

»Mach sofort auf!«, schrie es plötzlich von draußen. »Mylo! Mach auf, verdammt!«

Blitzschnell öffnete er die Tür und Kevin stürmte herein. Er schaute sich hastig um. »Wir müssen hier weg! Die Bullen sind auf dem Weg!«

»Die Bullen sind auf dem Weg?«, fragte er irritiert.

»Sie kommen die Straße runter. Sie können …«

»Nur zu uns kommen«, beendete Mylo ängstlich den Satz.

Ruhig bleiben, ermahnte er sich. Kevin würde wissen, was zu tun ist.

»Nimm das mit!«

Kevin griff nach dem Rucksack, drückte ihn Mylo in die Hand und schaute noch einmal schnell, aber konzentriert durch den Raum. »Schnell! Raus!«

Blitzschnell rannten sie in den verwinkelten Flur des Wohnhauses, dessen Holzpfähle alle samt einen modrigen Eindruck machten und eilten die knarrenden Treppenstufen hoch.

»Wir gehen über das Dach«, entschied Kevin und Mylo folgte ihm wortlos. »Beeil dich!«

Sie hechteten den letzten Treppensatz hoch und im gleichen Moment konnte er Personen hören, die unten vor der Haustür standen. Entsetzt schaute er zu Kevin. Erst jetzt begriff er, dass es diesmal knapp werden würde.

Es war nicht das erste Mal, dass sie vor der Polizei flüchten mussten, schon oft waren sie in brenzlige Situationen geraten, aber diesmal hatte Mylo ein anderes Gefühl. Er fühlte sich nicht überlegen und statt dem Adrenalin, dass sich sonst im Körper ausbreitete, wenn sie wegrannten, fühlte er blanke Angst. Selbst wenn sie entkommen würden, lief er immer noch mit einer ordentlichen Menge Kokain durch die Straßen und er wusste nicht, ob er es schaffen würde, die Bullen abzuhängen, wenn alle Streifen auf der Suche nach ihm waren.

»Sollen wir das nicht hierlassen?«, fragte er atemlos.

»Nein!«, entgegnete Kevin sofort. Auch er war völlig aus der Puste. »Wenn wir auf dem Dach sind, klettern wir auf das Nebengebäude, das ist etwas tiefer. Von da aus auf die Garagen und von da aus, müssen wir runterspringen. Nicht zur Straße hin. Zur anderen Seite. Wenn wir unten sind, trennen wir uns, du suchst ein Versteck für die Tasche und versteckst dich irgendwo. Wenn es heute dunkel wird, holst du es wieder raus. Danach treffen wir uns in der Wohnung.«

Sie sprinteten die letzten Stufen hoch und standen endlich vor der alten Metalltür, die auf das Dach führte. Kevin drückte hastig die Klinke runter. »Scheiße!« fluchte er, als die Tür nicht nachgab. »Scheiße!«

Entsetzt musste Mylo feststellen, dass sein Freund die Situation nicht mehr im Griff hatte, was äußerst untypisch war, denn Kevin war nicht leichtsinnig oder impulsiv, nein, er ging immer äußerst bedacht vor. Es schien, als würde Kevin abgelenkt sein; als würde er sich fragen, wie die Polizei ihm auf die Fersen gekommen war, als ob er alle Möglichkeiten in seinem Kopf abgehen würde, nur um zu verstehen, wo das Leck im Bug ist.

Noch nie war ihm die Polizei auf die Schliche gekommen, noch nie hatten sie Hals über Kopf fliehen müssen. Noch nie mussten sie über ein Dach flüchten. Das war für Amateure. Und das war Kevin nicht. Vermutlich quälten ihn solche Gedanken.

Heftig tritt Kevin immer wieder gegen die Tür, in der Hoffnung das Schloss aufbrechen zu können, während Mylo wie erstarrt daneben stand und nur nutzlos in seiner Panik versank.

Plötzlich hörte er den Türsummer. Dann Schritte, die in einem regelmäßigen Laufschritt die Treppe hochmarschierten. Mylo brach der Schweiß aus. Fieberhaft überlegte er, wie man aus dieser Zwickmühle rauskommen könnte, aber ihm fiel – wie immer in Momenten der Überforderung – keine Lösung ein.

Sein Herz klopfte wie verrückt, aber in dem Moment, als plötzlich die einzige Wohnungstür aufging, die sich im obersten Stockwerk befand und ein unsympathischer Mann mit einem Müllbeutel in den Flur trat, setzte sein Herz für einen Moment komplett aus. Wir sind verloren, dachte er. Wir sind verloren!

Kevin hörte augenblicklich auf an der Tür zu hämmern und sah den Bewohner in der ungewohnten Stille an.

»Mach sofort die Tür auf!«, brüllte Kevin und machte einen Satz auf ihn zu, um zu verhindern, dass er wieder in die Wohnung verschwand. »Wir müssen sofort hier raus! Gib mir sofort den Schlüssel, sonst bring ich dich auf der Stelle um!«

So hatte er Kevin noch nie erlebt und ehrlich gesagt, war er froh drum. Er war komplett außer sich und schaute so aggressiv, dass sogar Mylo keinen Zweifel an seinen Worten hatte, obwohl er wusste, dass Kevin stumpfe Gewalt verabscheute.

Der Mann verweilte immer noch in seiner Stockstarre. Von unten hörten sie, wie die Polizei immer näher kam. Kevin flippte völlig aus, trat noch näher an ihn ran.

»Hörst du nicht, du Wichser? Mach die scheiß Tür auf! Sofort!«, schrie er und die Schlagader an seinem Hals pochte heftig.

Endlich löste sich der Mann aus seiner Starre, suchte stumm und nervös den richtigen Schlüssel an seinem Schlüsselbund, schien sich zu konzentrieren, bloß den richtigen Schlüssel zu finden und es dauerte endlos lange, bis er endlich bei einem Schlüssel anhielt und ihn Kevin übergab.

Er hörte die Polizisten immer deutlicher. Er sah sich schon in Handschellen. Im Gericht. Im Knast. Er sah sein Leben an sich vorbei ziehen.

Hektisch sprang Kevin zur Tür, schloss sie gehetzt auf und die Helligkeit des Tages entfachte sich im dunklen Flur.

Ohne nachzudenken stürmte er an Kevin vorbei und lief über das Flachdach um sein Leben, als hätte endlich sein Überlebensinstinkt eingesetzt. Er wirbelte die Kieselsteine unter seinen Schuhen auf, schleuderte sie bei seinem schnellen Lauf in alle Richtungen und fühlte sich endlich frei. Er lief um sein Leben. Er lief und lief, frei und euphorisiert, bis er einen lauten Knall hörte, der ihm das Trommelfell zerschmetterte. Schlagartig bremste er ab, drehte sich erschrocken um, sah Kevin, der mit einem verstörten Ausdruck auf seinem Gesicht auf ihn zu hetzte. »Lauf, Mylo!«, befahl er schwer atmend, als er an ihm vorbei lief. »Lauf zum Nebengebäude! Alles so wie ich es dir gesagt habe! Mach schon! Kümmere dich nicht um den Penner, der hätte uns nur verraten!«

Er hatte schon einiges erlebt und einiges gesehen, aber als er den unschuldigen Mann auf dem schwarzen Boden des Flurs sah, der aus einer kleinen, aber tiefen Wunde mitten auf der Stirn heftig blutete, fühlte sich alles unreal an. Wie ein Traum. Ein schrecklicher Albtraum, der sich so real anfühlt, dass man selbst am Folgetag noch daran denkt und in der ängstlichen Stimmung verweilte.

Er starrte weiter auf den Mann, dessen Kopf mittlerweile blutüberströmt war, wie er in der Türschwelle lag, konnte nicht fassen, dass so etwas passiert war. Gedämpft hörte er Kevin irgendetwas schreien, aber seine Stimme war schon weit weg, bestimmt war er schon bei den Garagen, dachte Mylo benommen und wusste, dass er auch fliehen musste. Dass er um sein Leben laufen musste.

Aber warum konnte er sich nicht bewegen? Warum war er so fassungslos? Dieser tote Körper, dieses ausdruckslose Gesicht.

*»Wir müssen einen Krankenwagen rufen!«, rief Mylo panisch.*

*»Nein!« schrie sie so laut, dass alle zusammenzuckten. »Lasst ihn einfach liegen! Was für eine schwachsinnige Idee! Den Krankenwagen! Und dann?«*

*Sie wartet einen Moment ab, ob es jemand riskierte die Frage zu beantworten, aber alle schwiegen.*

*»Ich sage es euch! Sie werden mich verhaften und dann kommt ihr ins Kinderheim! Und ihr wisst, was im Kinderheim passiert, oder? Das habe ich euch doch schon erzählt, nicht wahr? Aber ihr versteht ja sowieso nichts! Deswegen sage ich es euch nochmal! Im Kinderheim gibt es nichts zu Essen und ihr dürft nur Trinken, wenn es euch erlaubt wird, was nicht oft der Fall sein wird, so wie ihr euch benehmt! Ihr müsst euch ein Zimmer mit zehn anderen Kindern teilen, die allesamt abgebrüht und skrupellos sind, die warten nur darauf, dass endlich Neulinge kommen, die sie fertig machen können! Im Kinderheim haben die Kinder das Sagen, die am ältesten sind. Die haben die Macht über euch! Sie werden euch aus der Toilette trinken lassen, eure liebsten Sachen wegnehmen und euch in der Nacht die Haare ausreißen! Und wenn ihr später mal erwachsen seid, werden alle Leute wissen, dass ihr einmal im Heim wart! Für die Menschen da draußen seid ihr dann minderwertig! Menschen zweiter Klasse! Und das werden sie euch spüren lassen! Wenn ihr eine Arbeit findet, werdet ihr geknechtet und ausgenutzt! Müsst Toiletten putzen, die so verdreckt sind, dass ihr euch übergeben müsst, wenn ihr sie sauber macht! Und alle werden über euch lachen! Wollt ihr das?«*

*Ihre Augen waren tiefschwarz. Niemand machte eine Bewegung. Nur seine kleine Schwester schüttelte fast bemerkungslos den Kopf.*

*»Habe ich es mir gedacht!« entgegnete sie spöttisch. »Also seid still jetzt! Keiner ruft einen Krankenwagen. Der hat es nicht anders verdient. Soll er nicht so viel trinken, dass er umfällt und ungünstig stürzt. Der war eh für nichts zu gute. Geht in eurer Zimmer. Ich will nichts mehr von euch hören! Mylo, du bleibst hier!«*

Plötzlich nahm er eine Frau wahr – dessen Gesicht er auf den ersten Blick gar nicht erkennen konnte, weil er immer noch alles verschwommen sah – die neben dem blutüberströmten Mann kniete und nun zu Mylo hochschaute. Schlagartig war er wieder bei Verstand.

So schnell er konnte lief er quer über das Dach, ließ die Steine unter seinen Schuhen wieder in alle Richtungen fliegen, als er über die Dächer sprintete, hangelte sich auf das Nebengebäude, hielt sich mit beiden Händen, an der Kante der Garage fest und hoffte, dass er sich nichts brechen würde, wenn er jetzt sprang. Dann ließ er los. Er prallte auf dem Boden auf und spürte, dass es deutlich höher war, als er erwartet hatte, aber er hatte keine Schmerzen. Er konnte noch laufen. Er hatte sich nicht verletzt. So schnell er konnte überquerte er die Wiese, katapultierte sich über mehrere Gartenzäune in verschiedenen Höhen und Ausführungen und kam schließlich zu dem großen Feld, wo im Herbst Zuckerrüben wuchsen. Er fegte quer über das Feld, kam schließlich wieder zu einem gepflegten Wohnblock an der anderen Seite der Stadt. Völlig außer Atem blieb er an einem großen Busch am Straßenrand einer unscheinbaren Straße stehen, beugte sich nach vorne und legte die Hände auf seine Oberschenkel. Obwohl seine Lunge bei jedem Atemzug brannte, atmete er heftig ein und aus. Sein Körper verlangte Sauerstoff, aber er schien mit dem Atmen nicht hinterherzukommen.

Nachdem er sich wieder aufgerichtet hatte, schaute er sich fluchtartig um und sah keinen Menschen weit und breit.

Er versteckte das Koks tief im Gestrüpp und war froh, den lästigen Rucksack los zu sein. Trotzdem fühlte er sich immer noch, als würde er beobachtet werden. Als er endlich wieder genug Luft hatte, lief er weiter, ohne einen weiteren Stopp. Er wusste nicht wohin, aber er lief. Und es schien ihm, als ob er nicht nur vor der Polizei fliehen würde.

## 2

Er seufzte, als er die lange Kassenschlange im Supermarkt sah und stellte sich träge als letzter in die Reihe. Unzufrieden stand er mitten im Gang für Backwaren, ständig im Weg für Mütter, die mit ihren Kindern einkaufen waren und den Kuchen für den nächsten Geburtstag planten, oder zwischen Männern, die unangenehm lange vor dem Regal standen und sichtlich keine Ahnung hatten, was sie für Zutaten brauchten, um der Liebsten die Blaubeermuffins zu backen, von denen sie immer schwärmte.

Freundlich rückte er immer wieder zur Seite, hatte das Gefühl, dass er immer weiter nach hinten rutschte, bis er plötzlich seinem Hintermann auf die Füße trat, sich hastig entschuldigte und ein mürrisches Gemurmel als Antwort bekam. Frustriert schaute er nach vorne und konnte nur Hinterköpfe und unruhige Beine sehen; nicht einmal die Kasse konnte er erhaschen! Dabei wollte er nur ein Brot kaufen, damit er etwas zum Abendessen hatte! Trostlos stand er in dem Gewimmel, in einer Kassenschlange, die sich keinen Zentimeter nach vorne bewegte, vor ihm randvolle Einkaufswagen – und er, mit seinem lächerlichen Brot in der Hand.

Fast überhörte er den Klingelton seines Handys in dem Stimmengewirr und der unterschwelligen Popmusik im Supermarkt, aber schließlich schaffte er es doch noch, sein Handy aus der Hosentasche zu fischen und zu sehen, dass Jimmy ihn schon drei Mal angerufen hatte.

Nicht jetzt!, dachte er und fand allein den Gedanken in diesem Menschenauflauf – der zwar unruhig, aber doch irgendwie still war – zu telefonieren, unerträglich. Er drückte ihn weg. Steckte sein Handy wieder in die Hosentasche und stellte erleichtert fest, dass es einen Schritt nach vorne ging.

Wieder klingelte sein Handy.

Genervt kramte er es raus und wusste, dass ihm nichts anderes übrig blieb, als abzunehmen.

»Stewart!«, schallte ihm Jimmy aufgeregt ins Ohr. »Ich versuche dich die ganze Zeit zu erreichen! Du musst sofort wiederkommen«, verkündete er ihm. »Wir haben hier eine Frau sitzen, die behauptet, sie hätte gesehen, wie ein junger Mann ihren Mann erschossen hat und danach über das Dach geflüchtet ist.«

Er klang heilfroh, dass er endlich Stewart erreicht hatte.

»Danke, Jimmy. Ich komme sofort«, versprach er und verließ ohne zu zögern die Schlange, legte das Brot weg und verschwand vollkommen befreit aus dem überfüllten Laden. Dann würde er halt später zum Imbiss gehen, beschloss er.

Er hatte sich abgewöhnt, über Fälle nachzudenken, wenn er nur ein paar vage Informationen hatte. Früher hätte er sich auf der kurzen Strecke bis zur Station schon ausgemalt, welche spektakulären Wendungen ein Fall haben könnte, bis er irgendwann gemerkt hatte, dass seine blühende Fantasie ihn nur von den anspruchsvollen Ermittlungen abgelenkt hatte.

Als er das Auto geparkt hatte und in die Eingangshalle ging, fing Jimmy ihn schon ungeduldig ab.

»Endlich bist du da!«

Er schien nervös zu sein, was wahrscheinlich daran lag, dass es mittlerweile spät Abends war und weniger Kollegen auf der Station waren, mit denen er sich austauschen konnte, oder die ihm bei der Befragung Hilfestellung geben konnten. Jimmy brauchte ständig jemanden, mit dem er seine Erlebnisse abgleichen konnte, jemanden mit denen er die nächsten Schritte besprechen konnte, um nachher nicht in der alleinigen Verantwortung zu stehen, wenn etwas nicht gut lief.

Sie blieben noch in der Eingangshalle stehen und Jimmy teilte Stewart die unglücklichen Geschehnisse mit.

»Mrs. Cornwall hat schon ein paar Minuten vor der Tat die Polizei informiert, weil sie Unruhe im Haus bemerkt hat. Sie hat gesagt, dass es im Hausflur eine Schlägerei gäbe. Die Kollegen sind hin, aber trafen erst ein, als der Mann schon tot war. Sie ist äußerst geschockt und sehr labil. Ich habe ihr angeboten, die Befragung in den nächsten Tagen zu machen, aber sie bestand darauf, es jetzt zu tun. Oder hätte ich …?«,

»Nein, nein, das war richtig«, bestätigte Stewart sofort. »Sie muss jetzt aussagen, bevor sie sich nachher nicht mehr erinnert. Oder sich nicht mehr erinnern will. Je kürzer die Ereignisse zurückliegen, desto besser das Erinnerungsvermögen.«

Jimmy nickte erleichtert.

Sie betraten sein Büro und Stewart begrüßte die Frau mit einem festen Handschlag. »Guten Abend, Mrs. Cornwall, ich bin Detective Inspector Bryan Stewart, leitender Ermittler in Ihrem Fall«, er lächelte höflich, aber die Frau konnte ihr verweintes Gesicht nicht zu einem Lächeln zwingen.

»Ich würde Ihnen gerne ein paar Fragen stellen«, sagte er und setzte sich gegenüber von ihr, auf seinen Stuhl, und sah sie an. Sie sah sehr verängstigt aus, fast wie ein kleines Kind, das fürchterlich geweint hat. »Wenn sie sich dazu in der Lage fühlen«, fügte er behutsam hinzu, weil er nicht einschätzen konnte, ob diese aufgelöste Frau in der Lage war, eine Aussage zu machen.

Sie nickte schnell.

»Als erstes möchte ich Ihnen mein aufrichtiges Beileid aussprechen.«

Sie schaute zu Stewart und ihre Augen füllten sich erneut mit Tränen. »Danke«, murmelte sie schwach.

Rasch versuchte er sich ein Bild von der Zeugin zu machen, die gebeugt im Stuhl saß und keinerlei Haltung mehr besaß. Es fiel ihm schwer, sich Mrs. Cornwall glücklich oder gar selbstsicher vorzustellen, sie sah aus, wie eine Frau, die ihr ganzes Leben hinnahm wie es war, sich allen Umständen beugte und dabei keine besondere Freude empfand. Er schätzte sie auf Ende vierzig, aber er konnte es schlecht sagen, denn sie sah ihn kaum an und ihr Gesicht war zu verweint um ihre wahren Gesichtszüge durchscheinen zu lassen. Sie könnte auch zu der Gruppe gehören, die älter aussehen, als sie waren, einfach weil sie sich in ihrem Leben so viele Sorgen machten und irgendwann von der Angst jegliche Jugend aus ihrem Gesicht verbannt wurde. Sie war klein, zierlich und sah so verbraucht aus, dass man sofort wusste, dass Zigaretten und Alkohol zu ihrem Alltag gehörten. Ihre dunklen Haare hingen platt runter und das war wahrscheinlich die einzige Frisur, die sie jemals getragen hatte. Sie war unscheinbar, verängstigt und durchschnittlich attraktiv. Sie war keineswegs hässlich, nein, sie sah einfach nur extrem besorgt aus.

War sie glaubwürdig?

»Können Sie uns wiedergeben, was genau heute Nachmittag passiert ist, Mrs. Cornwall?«, fragte er.

Mrs. Cornwall dachte nach bevor sie antwortete, was Stewart für ein gutes Zeichen hielt. »Es ist alles so unreal«, flüsterte sie verstört und hielt das Taschentuch fest in ihren Händen. »Sowas passiert doch nicht im eigenen Wohnhaus, oder?«, sie schaute fragend zu den Beamten.

Meistens eben doch, dachte Stewart und hoffte, dass sie keine Antwort erwarten würde.

»Ich habe ihn gesehen, er war jung, ein junger Mann … ganz normal sah er aus … hätte ich ihn auf der Straße gesehen, hätte ich ihn gegrüßt und mir nichts dabei gedacht, aber … er ist ein Mörder!«

Sie presste das Taschentuch in ihren Händen fester zusammen.

»Man kann niemandem ansehen, dass er ein Mörder ist, ist es nicht so, Inspector?«, fragte sie und ihre Stimme klang nun klarer, aber ihr Gesicht quoll immer weiter an. »Es könnte jeder sein«, stellte sie fest und schüttelte ihren Kopf. »Der nette, gut gelaunte Verkäufer an der Supermarktkasse, der einem einen schönen Tag wünscht. Der zuverlässige Paketbote, der einen schon mit Namen kennt. Der aufmerksame Kellner, dem man mit einem üppigen Trinkgeld entlohnt. Jeder! Jeder kann es sein!«

Sie blickte auf den Boden und versuchte verkrampft ihre Tränen aufzuhalten, die ihr unkontrolliert über die Wangen liefen.

Stewart und Jimmy sahen sich an. Auch wenn Jimmy vielleicht kein spitzenmäßiger Ermittler war, war er ein guter Kollege und hatte seine Qualitäten. Wenn er seine Neugierde im Zaum hielt, konnte er feinfühlig und empathisch sein und somit das Vertrauen zahlreicher Zeugen gewinnen. Den Blick den Stewart und Jimmy austauschten sagte nur eines:

Diese Frau ist verwirrt und vermischt ihre eigenen Gefühle mit den tatsächlichen Fakten. Es wird schwierig sein, einen objektiven Tatverlauf zu rekonstruieren, wenn sie weiter so verwaschene Aussagen treffen würde. Jimmy nickte Stewart unmerklich zu und Stewart verstand, dass er eine weitere Frage stellen würde. Vielleicht fand er eine passendere Formulierung.

»Wie haben Sie bemerkt, dass etwas nicht stimmte, Mrs. Cornwall?«, fragte Jimmy einfühlsam.

Mrs. Cornwall sah Jimmy entrüstet an. »Ich habe es viel zu spät bemerkt! Hätte ich es nur früher bemerkt!«, rief sie verzweifelt. Dann wurde sie wieder stiller. »Wissen Sie… eigentlich haben mein Mann und ich uns nicht mehr viel zu sagen. Manchmal habe ich mir sogar gewünscht, dass ich ihn gar nicht mehr sehen muss… Ich fühle mich so schlecht, das jetzt zu sagen, aber es war so! Ich konnte ihn nicht mehr ertragen! Er war faul und ungepflegt! Nie half er mir im Haushalt, noch nicht mal für sich selbst konnte er sorgen! Ich musste ihm sagen, wann er duschen gehen sollte! Ich musste ihm sagen, dass er sich eine Hose anziehen soll, wenn er in Unterhose vor dem Fernseher saß! Ich konnte den Anblick nicht mehr ertragen! Auf einmal habe ich Männerstimmen im Flur gehört, immer wieder, sie schienen sich zu streiten und ich dachte bevor etwas passiert, rufe ich die Polizei. Als ich wieder ins Wohnzimmer kam, war er weg! Ich sah, dass er den Müll mitgenommen hatte! Er war rausgegangen, weil er genug von meinen ständigen Nörgeleien hatte!«, sie schniefte ins Taschentuch, »und selbst in diesem Moment war ich noch froh! Ich war froh, einige Minuten alleine zu haben! Es war schön! Endlich hatte ich meine Ruhe! Dann hörte ich ungewöhnliche Geräusche aus unserem Hausflur … es klang wie ein Hämmern, ja, jemand hämmerte mit grober Gewalt gegen die Metalltür, die zum Dach führte, aber ich dachte mir nichts dabei. Schon öfter hat diese Tür geklemmt und die Nachbarn haben dagegen gehämmert. Sie wissen ja, wie das Haus aussieht, morsch, verwinkelt, manchmal frage ich mich wie sich das Haus überhaupt noch zusammenhält. Schon öfter habe ich nachts geträumt, dass das Haus ohne Vorwarnung zusammenbricht und wir unter den Trümmern vergraben werden ... aber naja, es kam mir komisch vor, aber ich dachte, dass mein Mann das schon regeln wird und die Polizei sowieso jeden Moment eintreffen wird! Ich habe mir gewünscht, alleine zu sein und jetzt bin ich's! Ich bin es schuld!«, rief Mrs. Cornwall und nahm sich ein neues Taschentuch. Sie schien sich nicht mehr zu beruhigen.

Jimmy und Stewart tauschten wieder einen kurzen Blick aus und Stewart war begeistert davon, wie gut sie sich heute wortlos verstanden.

Pause. Kaffee. Danach gucken wir weiter.

»Mrs. Cornwall, das ist wirklich eine schwierige Situation«, versuchte Stewart sie zu beruhigen. »Machen Sie sich keine Vorwürfe, niemand rechnet mit sowas. Daran sind Sie nicht schuld.« Er machte eine Pause um ihr die Chance zu geben, noch etwas zu sagen, aber sie weinte nur leise in ihr Taschentuch. »Wir lassen sie kurz in Ruhe und holen Ihnen einen Kaffee. Danach wird es Ihnen besser gehen.«

Sie erhoben sich leise von ihren Stühlen, gingen aus dem Büro, wortlos durch den Flur, bis sie endlich im Aufenthaltsraum waren und Mrs. Cornwall sie nicht mehr hören konnte. Stewart bediente die hochmoderne Kaffeemaschine und blieb an der Küchentheke stehen.

»Das wird schwierig«, seufzte Jimmy und war sichtlich erlöst, dass er seinen Gedanken endlich freien Lauf lassen konnte. »Aus der bekommen wir gar nichts raus!«, fuhr er angeregt fort. »Die denkt, wir sind ihre Paartherapeuten. Oder irgendwelche Priester, die ihr Absolution erteilen können.«

»Sie ist verstört, das stimmt«, sagte Stewart und versuchte seine Gedanken erstmal zu sammeln.

»Da hat man mal eine Zeugin im Mordfall und die redet nur über ihre Ehekrise!«, schimpfte Jimmy weiter und ließ sich auf einen der Polsterstühle fallen. Er war enttäuscht, dachte Stewart. Und er warf, wie immer zu schnell, das Handtuch.

Ja, die Frau scheint wirklich mehr über ihre persönlichen Gefühle zu reden, als über den Tatvorgang. Aber sie hatte auch einen anderen Blickwinkel. Von außen war es immer einfacher zu urteilen, einfacher zu wissen, was wichtig oder unwichtig ist, was falsch oder richtig ist. Aber wenn man Betroffen ist, verschwimmt nun einmal die Sicht auf die Dinge.

»Warte erst einmal ab. Vielleicht berichtet sie doch noch ein paar brauchbare Informationen. Ich denke, es ist ganz normal, zuerst alle Gefühle rauszulassen. Es können nicht alle Zeugen auf Knopfdruck funktionieren und die relevanten Fakten nennen, die es braucht um einen Fall zu lösen. Wenn es immer so wäre, bräuchte es keine Ermittler, sondern nur Menschen, die einem Zeugen zuhören und Eins und Eins zusammenzählen können. Wir müssen sie zum Reden bringen. Wir müssen die richtigen Fragen stellen. Sie auf den richtigen Weg lenken.«

Unseren Job machen, fügte Stewart in Gedanken hinzu. Jimmy nickte zögerlich und stand wieder auf. »Ja, vielleicht du hast recht. Auf geht's«, meinte er und nahm zwei Kaffeetassen, »Bringen wir es hinter uns.«

Er grinste und Stewart erwiderte es. Bei seinem charakteristischen Grinsen, das bis über beide Ohren ging, war jede Selbstbeherrschung - jede noch so beharrliche Professionalität - vollkommen zwecklos. Unter all seinen Kollegen, war keiner wie Jimmy. Er hatte das Herz auf der Zunge, sagte was er dachte und nahm es einfach in Kauf, dass man ihn dafür nicht mochte. Noch nie war ihm ein Mensch begegnet, der so wenig Wert auf die Meinung der anderen legte.

Stewart griff zu der letzten Tasse, die noch auf der Zeile stand und folgte Jimmy ins Büro.

Als Jimmy Mrs. Cornwall die Tasse Kaffee übergab und sich zurück in den Stuhl neben Stewart setzte, konnte Stewart spüren, das Jimmy keine Lust hatte, sich eine Minute länger die verworrene Lebensgeschichte von ihr anzuhören. Auch Stewart musste sich eingestehen, dass er darauf nicht viel Lust hatte, aber es gehörte nun einmal dazu.

Stewart versuchte den Anfang zu finden.

»Mrs. Cornwall, vielleicht können Sie beschreiben, wie der Mann aussah, den sie auf dem Dach gesehen …«

Mrs. Cornwall ließ ihn den Satz nicht zu Ende sprechen. Auf einmal wirkte sie gar nicht mehr labil oder geschockt. Sie wirkte völlig verwandelt, strahlte plötzlich eine eiserne Entschlossenheit aus, die Jimmy und Stewart völlig verdutze.

»Er war circa einen Meter achtzig, braune lockige Haare, braune Augen, schwarze Hose und ein hellgrüner Pulli mit einem goldenen Emblem auf der Brust. Sehr attraktiv. Um die zwanzig. Er hat meinen Mann erschossen. Als er mich gesehen hat, ist er wie von der Tarantel gestochen abgehauen. Finden Sie Ihn!«

Resolut stand sie auf, ging zur Tür und drehte sich noch einmal schwungvoll um. »Für weitere Fragen, können Sie mich anrufen. Ich bitte Sie aber, zu respektieren, dass ich erstmal meine Ruhe haben möchte und mir Zeit nehmen möchte, um zu trauern. Auf Wiedersehen.«

Sie dreht sich um, verschwand aus der Tür.

Völlig perplex, vollkommen unfähig zu reagieren, starrten sie auf die Tür, zurückgelehnt in ihren Stühlen, mit ihren dampfenden Kaffeetassen in der Hand, aus denen sie noch keinmal getrunken hatten.

Keiner von ihnen konnte begreifen, was gerade geschehen war.

## 3

Cindy hatte sich schon ins Bett gelegt, war in ihrer weichen Bettdecke eingerollt; als Stewart noch einmal angerufen hatte und ihr mitteilte, dass er heute länger auf der Station bleiben müsse.

»Es geht um einen neuen Mordfall und so wie es aussieht haben wir eine Zeugin, die wir sofort befragen müssen«, hatte er ihr erklärt.

Früher hatte sie immer gedacht, dass eine Zeugenbefragung einfach wäre und sicherlich ist sie einfacher, als eine Vernehmung, wenn man unter Verdacht steht oder gar das Opfer ist, aber einfach war es trotzdem nicht. Auch diese Frau, die gerade als Zeugin aussagt, würde vermutlich angespannt in Stewarts Büro sitzen, versuchen gefasst zu wirken, obwohl sie es nicht war. Wahrscheinlich war es sowieso nur ein utopischer Wunsch, gefasst auf die Beamten zu wirken, denn wenn sie sich recht erinnerte, musste sie damals ziemlich aufgelöst gewirkt haben.

Damals hatte sie noch nicht gewusst, inwiefern sie Stewart vertrauen konnte, aber sie hatte ihn immer schon sympathisch gefunden. Auch Jimmy war nett, manchmal war sie genervt von seiner Neugier, aber dann verstummte sie einfach so lange, bis er aufhörte seine nervigen Fragen zu stellen. Erst, wenn er sich wieder zurückhielt, redete sie.

»Warum sollte deine Mutter dich töten wollen?« fragten Jimmy und Stewart fast gleichzeitig. Beide waren sichtlich geschockt über diesen Satz, der Cindy einfach so über die Lippen glitt.

*»Ich töte dich! Ich töte euch alle! Und niemand wird euch vermissen! Niemand wird nach euch suchen! Ihr seid nichts!«*

Cindy zuckte kurz zusammen und versuchte sich auf die Gegenwart zu konzentrieren.

»Ich …«, hauchte sie und merkte wie ihr die Luft wegblieb. »Ich hatte Angst vor ihr.«

*»Angst? Wovor hast du Angst?«, fragte ihre Klassenlehrerin ungläubig. »Vor deiner Mutter?« Sie schaute Cindy eindringlich an. »Deine Mutter hat mir erzählt, wie du dich Zuhause benimmst. Und sie hat mir auch erzählt, dass ihr gestern Streit hattet. Aber das ist doch kein Grund, Angst zu haben, oder? Ich bin mir sicher in ein paar Tagen ist wieder alles vergessen. Ich kann dir versichern, dass deine Mutter alles für euch tut. Sie hat drei Kinder, weißt du. Das ist nicht einfach für eine Mutter, vor allem, wenn sie keinen Partner hat und alle Last alleine tragen muss. Wir alle hier bewundern sie. Trotz den Schwierigen Umständen geht es euch sichtlich gut.«*

*Mrs. Barosky streichelte Cindy über die Schulter und packte dann ihre Unterlagen zusammen. »Jetzt geh nach Hause«, sagte sie und setzte ein Lächeln auf, »wir sehen uns morgen früh im Unterricht wieder.«*

Das war das erste und letzte Mal, dass sie sich jemanden anvertraut hatte. Cindy ging an diesem Tag nach Hause und wusste, wenn ihre Klassenlehrerin ihre Mutter anrufen würde, wäre sie wahrscheinlich morgen schon tot.

»Warum hattest du denn Angst?«

Stewart saß ruhig auf seinem Stuhl und schaute sie geduldig an, sie ahnte wie viel Mühe es ihm bereitet, nicht nach Antworten zu drängen, die ihn so sehr beschäftigten.

Für einen Moment schaute sie ihn an und ihr fiel auf, dass er fürsorgliche Augen hatten, die ihr friedlich und vertrauenswürdig vorkamen. Sie stellte sich vor, wie anders ihr Leben verlaufen wäre, wenn jemand wie Stewart ihr Vater gewesen wäre. Wie es wohl wäre, mit jemandem aufzuwachsen, der so behütet und sorgsam mit ihr umgeht. Aufrichtig und respektvoll. Aber was brachte es, jetzt darüber nachzudenken?

»Ich war nicht glücklich«, brachte sie hervor und wusste, dass es nicht die Auskunft war, die die Ermittler gerne hören würden.

*»Du bist nicht glücklich?«, rief Susanna spöttisch. »Was soll denn eine Siebenjährige für Sorgen haben? Hat der Weihnachtsmann dir nicht genug Geschenke unter den Tannenbaum gelegt? Glaubst du noch an sowas? Wenn du nicht glücklich bist, was soll ich dann sagen?«*

*Sie lachte gehässig.*

*»Denkst du ich bin glücklich darüber von morgens bis abends zu arbeiten für drei Quälgeister, die nichts können, außer mir den letzten Nerv zu rauben? Es gibt noch andere Menschen die nicht glücklich*

*sind und die haben wirkliche Gründe dafür! Wenn du unglücklich bist, solltest du den Fehler bei dir suchen!«*

»Cindy?«, fragte Stewart vorsichtig und schaute sie besorgt an.

Sie fühlte sich nur noch müde und erschöpft.

»Wir können die Befragung wann anders fortsetzen, wenn du möchtest.«

Ein Schwall der Erleichterung durchfuhr sie und sie hoffte, dass Stewart es in ihren Augen ablesen konnte, wie dankbar sie ihm dafür war.

Ein paar Tage später, hatte er sie zum Frühstück in sein Haus eingeladen und sie hatte noch nie so ein schönes Haus gesehen oder gar besichtigt. Die Möbel waren hochwertig, das Parkett glänzend, alles war in den gleichen hellen Farbtönen gehalten und hatte eine beruhigende Wirkung auf sie. Stewart führte sie in die Küche, wo er einen Tisch gedeckt hatte, Kerzen angezündet hatte, die sich im Wasserglas spiegelten. Brötchen und Croissants lagen in einer silbernen Schale, es gab Marmelade und Aufschnitt und alles war ordentlich und sauber angerichtet. Stewart hatte alles auf kleine Teller gelegt, damit keine geöffnete Plastikverpackung das schöne Bild zerstörte.

Sie hatten sich hingesetzt und Cindy hatte noch nie so ein leckeres Frühstück zu sich genommen – sie fühlte sich wie eine Prinzessin – und es freute sie ungemein, dass Stewart so für sie auftischte.

Fast nebensächlich bot er ihr an, bei ihm einzuziehen, dass sie in aller Ruhe darüber nachdenken solle und sie hatte erst gedacht, dass sie sich verhört hätte. Aber als er nervös auf seinem Brötchen rumschmierte und ihren Blick mied, wusste sie, dass er es ernst meinte.

Er war kein Mann, der vielen Worte und vor allem, wenn es ihn berührte, wirkte er schnell unbeholfen, aber sie empfand dadurch nur noch mehr Sympathie für ihn.

Sie wusste sofort, dass sie bei ihm wohnen wollte.

»Danke, Stewart«, sagte sie leise und sah ihn aufrichtig an.

Er nickte und lächelte kurz und danach unterhielten sie sich wieder über die Nachrichten der Tageszeitung und über den Polizeialltag. Beide hätten es unangenehm gefunden, sich jetzt um den Hals zu fallen. Sie verstanden sich auf eine Weise, die ohne viele Worte und überschwänglichen Gesten auskam.

Erst viel später, als Cindy schon bei Stewart wohnte und sich ein riesiges Zimmer so einrichten durfte, wie sie es wollte, kam sie nochmal mit auf das Polizeipräsidium. Sie wusste, dass sie nochmal befragt werden sollte. Aber auch diesmal passierte nicht viel, außer dass die schmerzhaften Erinnerungen noch einmal hochkamen.

»Hast du denn mittlerweile eine Ahnung, wo deine Geschwister sein könnten?«, fragte Jimmy, als sie wieder im Büro saßen und seine hoffnungsvollen, neugierigen Augen sahen sie an, aber sie verneinte nur kopfschüttelnd.

Sie klappte ihr Buch zusammen und legte es zur Seite. Auf einmal dachte sie über ihre Geschwister nach, wie sie es schon lange nicht mehr gemacht hatte. Plötzlich schienen in ihr alle Erinnerungen wach zu werden und sie wünschte sich in diesem Moment nichts sehnlicher, als ihre Geschwister wiederzusehen.

Donnerstag, 19. Januar 2012

Manchmal lag sie einfach nur da. Nichts rührte sich. Sie selbst, rührte sich nicht. Sie starrte nur an die Decke. Endlose Leere. Und manchmal dachte sie, dass das ihr Ende war. Dass sie nun tot sei. Dass sich der Tod, der ihr als Kind so oft Angst eingejagt hatte, gar nicht schlimm war. Im Gegenteil. Er war schön. Hell. Warm.

Aber dann sah sie wieder den Mann vor sich. Wie er von ihr runter stieg. Wie er vom Bett aufstand. Wie er sich die Hose hochzog und zuknöpfte. Seinen Gürtel zumachte. Sein Hemd anzog. Ihr das Geld auf den Nachttisch legte. Irgendwas murmelte. Und verschwand.

Spätestens jetzt wusste sie, dass sie noch am Leben war und dass ihr Leben in eine Sackgasse geraten war, in der sie hilflos gefangen war. Eigentlich war *leben* sogar das falsche Wort. Sie existierte. Das, was von ihr übrig geblieben war, existierte jämmerlich weiter.

Wann würde es endlich enden?

Sie setzte sich auf, fühlte sich kraftlos, müde und leer. Unendlich leer. Traurig und einsam. Ihre Füße standen fest auf dem Boden, aber trotzdem fühlte sie sich unsicher.

Wacklig ging sie zum Badezimmer. Kraftlos stieg sie in die Dusche und drehte den Wasserhahn auf. Als das warme Wasser ihre Haut berührte, fühlte sie sich langsam lebendiger. Die ersten Minuten stand sie nur unter der Dusche und ließ das warme Wasser über ihren müden Körper brausen.

Wärme. Geborgenheit. Sauberkeit. Sie verband ausschließlich gute Dinge mit einer Dusche. Vielleicht auch, weil sie dachte, dass sie alles abspülen könnte. Alle negativen Erinnerungen. Alle negativen Gedanken. Alle Körper, die sie schon berührt hatten, ohne dass sie es wollte.

Heißt es nicht, der Mensch sei ein Gewohnheitstier?, dachte sie auf einmal, während sie die Augen schloss und das warme Wasser ihr angenehm über die Schultern und den Rücken lief. Sagen sie nicht alle, dass man sich nur an etwas gewöhnen muss und dann ist es nicht mehr schlimm? Seit sieben Jahren war dieser Beruf ihr Alltag und es schien, als würde sie sich niemals daran gewöhnen, nein, nicht einmal im Geringsten.

Im Gegenteil. Es wurde immer schlimmer. Mit jedem Mal, wenn ein Freier über ihr lag, fühlte sie sich mehr benutzt. Wie ein Mensch ohne Wert. Ein Gegenstand, den man kaufen kann und mit ihm machen kann, was man will. Mit jedem mal, brach ihre Seele in immer kleinere Stücke und sie verlor langsam die Hoffnung, dass sie diese Stücke je wieder zusammenfügen könnte.

»Lya!«, rief Angelo plötzlich durchs Zimmer. Sie öffnete schreckhaft die Augen.

»In fünf Minuten kommt der nächste Gast!«, erinnerte er sie, aber es klang mehr wie eine sanfte Drohung.

Angelo war der Geschäftsführer des Bordells und in letzter Zeit hatte er wieder eine Phase der Nettigkeit, was Lya ungemein erleichterte. An anderen Tagen hätte er sie an den Haaren aus der Dusche gezerrt, während der nächste Freier schon im Bett auf sie wartete. Sie war heilfroh, dass er es heute nicht tat.

»Ja«, rief sie laut um das plätschernde Wasser zu übertönen. »Ich bin gleich fertig.«

Wenn sie ehrlich war, hatte sie Angelo viel zu verdanken, aber trotzdem würde sie sich wünschen, dass er sie das nicht in jeder freien Minute spüren lassen würde.

»Gut«, gab sich Angelo zufrieden.

Sie dachte, dass er schon aus dem Zimmer verschwunden war, als sie plötzlich wieder seine laute Stimme hörte: »Kannst du mir sagen, wo das Geld ist?«

Mit einem Mal, war sie wach und dachte angestrengt nach. Der Gast hatte es doch auf den Nachttisch gelegt. Sie hatte es doch gesehen.

»Auf dem Nachttisch!«, rief sie zurück und schaltete sofort das Wasser aus. Sie schleifte sich aus der Dusche und wickelte sich mehr schlecht als recht ein großes Handtuch um ihren nassen Körper.

»Hier ist es nicht«, sagte Angelo und schaute sie fragend an, als sie aus dem Badezimmer kam. »Hier liegt nur das«, Er hob einen alten Kassenbon einer Supermarktkette hoch.

Sie sah Angelos wütendes Funkeln in den Augen und die Angst kroch in ihr hoch.

»Ich … ich habe nicht richtig darauf geachtet, er ging so schnell und …«

»Ihr seid echt für nichts zu gebrauchen!«, fluchte er aufgebracht. »Ich sage doch immer, dass ihr als aller erstes abkassieren müsst!«

Kopfschüttelnd zerknüllte er den Kassenzettel. »Das muss euch doch klar sein!«

Sie sah ihm schuldbewusst hinterher, als er aus der Tür ging und sie hinter sich zuknallte.

Kein Geld bedeutete auch für ihn kein Geld und genau das war es, was ihn wütend machte. Er war zwar oberflächlich nett zu ihr, aber sie wusste, dass er sie als dumme Nutte ansah. Als Mittel zum Zweck. Mehr nicht. Und er wusste, dass sie an diesem Bordell hing.

Mit Grauen erinnert sie sich an ihre Anfangszeit, wo sie auf dem Straßenstrich gearbeitet hatte. Wie sie zu den ungepflegtesten und widerlichsten Freiern ins Auto steigen musste und diese befriedigen musste. Nicht selten, musste sie sich danach übergeben. Bittere, ätzende Magensäure, weil sie tagelang nichts gegessen hatte.

Nicht selten, hatte sie sich gewünscht lieber tot zu sein, als noch einmal in so ein Auto zu steigen. Und trotzdem stieg sie wieder ein, als der nächste sabbernde Freier neben ihr anhielt.

Sie hatte Glück, dass nach ein paar Wochen ein Auto anhielt und Angelo am Steuer saß. Er sagte, dass sie zu hübsch für die Straße sei und dass sie in seinem Bordell arbeiten könnte. Dass er ihr eine Unterkunft bieten und sich um sie kümmern würde. Sie war heilfroh gewesen und dachte, dass Angelo ihr heiliger Retter gewesen sei. Sie verliebte sich auf der Stelle in ihn. Aber das hätte sie ihm niemals gesagt. Als er sie das erste Mal schlug, weil sie einen Freier nicht bedienen wollte, wandelte sich ihre Verliebtheit in Hass um.

Seitdem pendelte sie zwischen diesen zwei Extremen, obwohl sie sich erinnerte, dass sie auch schon als Kind Schwierigkeiten damit hatte ihre Gefühle in einem gesunden Maß zu regulieren. Von der einen auf die andere Sekunde hatte sie keine Lust mehr, obwohl sie eben noch hoch motiviert war. Oder sie fing an zu weinen, obwohl sie vor fünf Minuten noch glücklich gespielt und gelacht hatte. Sagte jemand ein falsches Wort zu ihr, hasste sie diese Person für immer. War jemand nett zu ihr, himmelte sie diese Person an. Alles völlig überzogen, unangemessen und unwillkürlich und auch wenn sie es wusste, konnte sie es nicht kontrollieren. Sie war ein schwingendes Pendel, das immer schneller hin und her schlug, je älter sie wurde. Jeglicher Widerstand führte nur dazu, dass die Gefühlsausbrüche noch extremer wurden.

Erschrocken sah sie, dass die Tür aufging und Angelo wütend auf sie zukam. Für einen Moment dachte sie, dass gleich seine Faust in ihr Gesicht krachte.

»Hör zu!«, sagte er drohend. »Mach bei dem nächsten Kerl was mehr! Anal oder so, dann kommt das Geld wieder rein! Haste verstanden?«

Er schaute sie so eindringlich an, dass sie nur noch stumm nicken konnte.

Sie hasste ihn! Soll er das doch machen! Soll er sich von einem ekelhaften, ungepflegten Freier in den Arsch ficken lassen! Wenn er nur einen Tag, das machen müsste, was sie hier seit sieben Jahren Tag für Tag machte, würde er nicht mehr so reden! Sie hasste ihn! Sie hasste Männer allgemein! Wie armselig musste man sein, wenn man eine Frau kauft? Was für ein armes Würstchen musste man sein, um zu denken, dass es einem als Mann zusteht, eine Frau zu kaufen? Wie niedrig muss der Selbstwert sein, um mit einer Frau zu schlafen, die dies nicht freiwillig tut? Und sich nachher schön reden, dass es ein ganz normaler Beruf ist. Das älteste Gewerbe der Menschheit! Das diese Frauen, das ja nicht machen müssten, wenn sie nicht wollen würden! Wie oft hatte sie solche Gespräche schon gehört! Aber sie konnte nichts sagen, denn sie war nur eine dumme Prostituierte! Wer würde schon eine Diskussion auf Augenhöhe mit einer Nutte führen? Von den Schweinen, die hierher kamen, sicherlich keiner! Sie hasste diese Männer! Sie hasste diese Arbeit! Sie hasste ihr Leben!

Gerade als sie sich einen Rock und ein hautenges Oberteil angezogen hatte, ging die Tür auf und der eben angekündigte Freier wankte herein. Sie sah ihm direkt an, dass er betrunken war und sie hasste betrunkene Freier noch mehr, als die nüchternen. Ohne Zweifel hätte er ihr Vater sein können, aber sie wusste, dass diese Männer vor nichts Halt machten. Je jünger, desto besser. Sein stoppeliger, ungepflegter Bart, seine fettigen, langen Haare und seine großen Poren widerten Lya sofort an.

Torkelnd kam er auf sie zu und sie kam ihm widerwillig entgegen.

»Hallo Süße«, lallte er und Lya hielt die Luft an um seinen widerlichen Mundgeruch nicht einatmen zu müssen. »Lass uns Spaß haben, Kleine.«

Sie hasste Kosenamen im Rotlicht. Es passte einfach nicht. Kosenamen sind etwas Schönes, man gibt sie Menschen, die man lieb hat, um seine Liebe zu verdeutlichen. Im Rotlicht wurden diese Namen einfach in den Dreck gezogen, vollends beschmutzt. Niemals, falls sie hier irgendwann rauskommen würde, könnte sie es ertragen von einem Mann so genannt zu werden, oder selbst eine dieser Bezeichnungen zu verwenden. Ihr Gehirn hatte diese negative Verknüpfung unwiderruflich erstellt und so lange sie lebte, würde sie fest verankert bleiben.

Mit einem unsanften Stoß schubste der Mann sie auf das Bett und begann sich auszuziehen. Er öffnete seine Hose und zog sie bis zu seinen Knien runter.

»Ich habe gehört, du machst heute auch alles, was ich will«, sagte er und zog seine Mundwinkel ungleichmäßig hoch, lächelte, wie all die Betrunkenen, die sie schon bedienen musste. Sie konnte spüren, dass er sich überlegen fühlte. Diese widerlichen Männer fühlten sich doch tatsächlich bestärkt, wenn sie ein Bordell aufsuchten! Als gehörte das zu einem echten Mann dazu! Wie verdreht war diese Welt?

Er rülpste und legte sich aufs Bett. Plötzlich griff er mit beiden Händen nach ihrem Kopf, bohrte seine Finger in ihre Kopfhaut, und drückte Lya fest in seinen nackten Schoß.

»Fang am besten gleich an, Hübsche«, lallte er erregt und drückte sie weiter runter. Sofort versuchte sie seiner Bewegung entgegen zu steuern, versuchte sich wieder aufzurichten, oder sich wenigstens zur Seite zu drehen, aber er hatte sie so fest in seinen Händen, dass sie sich nicht wehren konnte. Obwohl er betrunken war, hatte er immer noch Kraft.

Dieser Dreckskerl! Lya ekelte sich genau so sehr, wie immer. Alle Fasern ihres Körpers stellten auf Abwehr um. All die Erniedrigung schien immer schlimmer zu werden! Sie schien nie abzustumpfen! Sie konnte nicht mehr! Wie oft noch? Wie oft musste sie das noch ertragen? Es nahm kein Ende!

Wie oft hatte sie sich in eine andere Welt katapultiert in diesen Situationen. An schöne Erinnerungen gedacht. Sich eine Fantasiewelt ausgemalt. Sie hatte die mechanische Bewegung ihres Körpers zwar ausgeführt, aber ihre Seele, ihren Geist, ihr ganzes Bewusstsein war an einem anderen Ort gewesen. Sie hat sich abgespalten, von dem was gerade tatsächlich passiert, und von ihren schrecklichen Gefühlen. Sie war nicht mehr eine Person, in der alle ihre Eigenschaften vereint waren. Sie war auf der einen Seite ein leerer Körper und auf der anderen ihre Persönlichkeit. Nichts hatte mit dem anderen was zu tun. In keiner Weise waren diese zwei Dinge verbunden.

Jetzt aber kämpfte sie immer noch. Sie wollte nicht! Sie wollte das alles nicht! Sein Geruch war widerlich, beißend säuerlich, es ekelte sie einfach nur an. Aber was sollte sie nur machen? Sie war diesem Wichser unterlegen! Und selbst wenn sie es versuchen würde, wie sollte dieser Kampf, dieser Aufstand aussehen? Lächerlich würde sie sich machen! Angelo würde sie rauswerfen. Sie müsste wieder auf den Straßenstrich!

Es war hoffnungslos! Es war zum Verzweifeln! Jeden Tag war es erneut zum Verzweifeln!

»Fängst du auch mal an oder bist du gar keine richtige Nutte?«, lallte der Widerling genervt und schaute zu Lya runter. Sie verweilte in ihrer Position, rührte sich nicht, dachte nur darüber nach, ob Angelo sie schlagen würde, wenn er gleich herausfinden würde, dass sie den Freier nicht bedient hätte.

Sie schielte mit ihren Augen umher, fühlte immer noch wie seine starken Finger sich in ihren Schädel bohrten und dass sie sich kein Stück bewegen konnte, aber plötzlich sah sie ein dickes Bündel Scheine, das halb aus seiner Hosentasche hing, an das sie problemlos mit ihrer Hand dran kam.

Sie zögerte nicht lange.

Innerhalb weniger Sekunden holte sie mit ihrem Arm aus, ballte eine Faust und krachte mit voller Wucht in seine Weichteile. Augenblicklich schrie er auf und ließ sie los.

Schnell zog sie die Scheine aus der Hosentasche, sprang rasch vom Bett, flitzte zur Tür, öffnete sie und stürmte die

Treppen runter. Hektisch schaute sie sich im Vorbeilaufen um; sie hatte Glück, alle Mädchen schienen auf ihrem Zimmer zu sein und Angelo war vermutlich an der Bar und hielt die Freier bei Laune.

So schnell sie konnte rannte sie alle Treppenstufen der Wendeltreppe runter bis sie im Keller war. Sie wusste, dass die Kellertür immer offen war, denn es war der inoffizielle Eingang der Mädchen; hier konnten sie ein und ausgehen ohne von Freiern angesprochen oder verfolgt zu werden. Mit klopfendem Herz eilte sie durch die Gänge des dunklen Kellerraums, bis sie endlich die Tür erreicht hatte. Erleichtert drückte sie die Türklinke runter und geriet in Panik, als sie sich nicht öffnen ließ.

Verschlossen!, dachte sie durcheinander. Noch nie war diese Tür verschlossen! Hektisch versuchte sie an der Tür zu rütteln, aber nichts passierte. Die Tür war zu! Sie musste wieder nach oben! Den ganzen Weg wieder zurück! Den normalen Eingang nehmen! Sicherlich hatte Angelo schon bemerkt, dass sie weg war! Wahrscheinlich würde sie ihm direkt in die Arme laufen! Aber sie musste hier weg! Sie musste es versuchen!

Mit bebendem Herzen drehte sie sich um, lief los und prallte plötzlich heftig mit einem anderen Körper zusammen. Panisch schaute sie nach oben. Angelo. Seine Augen waren schwarz und eiskalt.

»Wo willst du so eilig hin?«, fragte er unheimlich und kam ihr immer näher. »Wie gut, dass ich die Tür heute mal abgeschlossen habe, nachdem alle Mädchen da waren, oder? Ich kann mich immer auf meinen Instinkt verlassen. Hast wohl heute keinen guten Tag, was?«

Er stand ganz dicht vor ihr, seine Augen glitzerten böse und ihr Körper hatte sich unwillkürlich angespannt. Er würde sie zusammenschlagen, dachte sie. Und vor allem, würde sie hier nie wieder rauskommen, wenn er sie jetzt packt und wieder mit hochzerrt. Er würde sie Tag und Nacht unter Beobachtung stellen und alles daran setzen, dass sie nicht mehr flüchten kann. Er würde alle Türen verriegeln, eigenhändig auf- und abschließen, denn er wollte sein Geld nicht verlieren. Und sein bestes Mädchen bedeutete nun einmal Geld.

Er machte einen Schritt auf sie zu, öffnete seine Mund, doch bevor er etwas sagen konnte, rammte sie ihren Handballen mit voller Wucht gegen seinen Hals. Sie wusste, dass die kleinen, empfindlichen Muskeln des Kehlkopfes sich bei einem heftigen Schlag verkrampften und die Atmung blockiert wird. Es war eine Verteidigungsstrategie, die sie irgendwo mal aufgeschnappt hatte und sie wusste, dass man – je nachdem wie feste man schlug – einen Menschen damit töten konnte. Sie hielt einen Moment inne, wartete angespannt auf Angelos Reaktion, hatte Angst, dass sie nicht fest genug geschlagen hätte, oder diese Strategie reiner Humbug war, aber er fasste sich sofort an den Hals und sank zu Boden.

Für einen Augenblick wusste sie selbst nicht, woher sie diese Kräfte nahm, aber ihr ganzer Körper war auf Angriff und Flucht ausgelegt und sie würde hier heute noch rauskommen, auch wenn es das Letzte war, was sie tat!

Sie sah Angelo ein letztes Mal an. Seine Augen waren weit aufgerissen, er hielt sich am Hals, versuchte panisch Luft zu bekommen und schaute sie flehend an.

Selbst wenn er sterben würde, würde sie ihm nicht helfen, dachte sie gleichgültig.

Sie rannte an ihm vorbei, stieg schnell die Treppen hoch und erreichte endlich die Eingangstür, die sich sofort öffnen ließ. Befreit rannte sie die stille Straße entlang und war froh, es endlich geschafft zu haben.

Es war eine kalte Nacht und die Laternen leuchteten den grauen Bordstein an. Kurz überprüfte sie, ob sie das Geld noch bei sich hatte und war erleichtert, als sie das Bündel in ihrer Rocktasche fühlte. Sie rannte einfach weiter. Auch wenn sie nicht wusste, was kommen würde. Auch wenn sie nicht wusste, wohin.

Sie fühlte sich endlich frei.

Montag, 9. Juli 2012

## 4

Erst nach ein paar Minuten in denen er unruhig hin und her gelaufen war, weil er die Stelle nicht auf Anhieb wiederfand, fiel ihm ein Ast auf, der leicht von dem Laternenlicht angestrahlt wurde und er erinnerte sich daran, ihn vorhin ebenfalls gesehen zu haben. Endlich hatte er einen kleinen Anhaltspunkt für seine weitere Suche.

Es stellte sich als komplizierter raus als gedacht, nach dem Rucksack zu fischen, weil sich immer wieder widerspenstige Äste in seinem Gesicht verfingen, die ihn daran hinderten, an die Tasche zu gelangen und er wunderte sich darüber, dass es vor ein paar Stunden so herrlich einfach gewesen war, die Tasche tief im Gebüsch zu versenken, aber er kam zu dem Entschluss, dass das seinem Adrenalinpegel geschuldet war. Wahrscheinlich hatte er die Äste und Dornen, die in seine Haut schnitten, überhaupt nicht gemerkt, aber jetzt fühlte er sich, als hätte er hunderte, brennende Kratzer an Armen und Gesicht.

Als er es endlich geschafft hatte, den Rucksack mit aller Kraft rauszuziehen und den Kampf gegen die Dornen, die sich wie Widerhaken in den Stoff bohrten, gewann, atmete er erleichtert auf und musterte seine Arme. Die kleinen Wunden auf seinen Armen fühlten sich schlimmer an, als sie waren. Er zog sich den Rucksack über die Schultern, ging los, um Kevin zu treffen.

»Wenn irgendetwas schief gehen sollte und wir nicht mehr in unsere Wohnung können«, hatte er einmal ganz ernst zu ihm gesagt, als sie gerade die Nachrichten schauten und hörten, wie ein Haftbefehl erlassen wurde. »Dann treffen wir uns in der Wohnung von Luc.«

Er sah Mylo ernst an. »Weißt du noch, welche das ist?«

»Ja, ja, ich weiß. Aber …«, entgegnete Mylo und machte eine Pause. »Wir arbeiten doch gründlich und vorsichtig. Es wird nicht dazu kommen, oder?«

Kevins Gesichtszüge wurden wieder entspannter. Dann schüttelte er kurz den Kopf. »Ich glaube es auch nicht.«

Kevin hatte wirklich überall Kontakte. Und überall konnte er Gefallen einfordern. Oder es lag daran, dass Kevin ein Mensch war, dem man gefallen wollte. Man wollte von ihm respektiert und anerkannt werden und die meisten fühlten sich sogar geehrt, wenn sie etwas für Kevin tun konnten. Wenn man sich gut mit Kevin verstand, war das Leben erträglicher.

»Alles in Ordnung?«, begrüßte ihn Kevin als Mylo durch die Wohnungstür glitt. Er grinste, aber auch er schien nachdenklich zu sein. Mylo versuchte ihn zu mustern, versuchte sein Gesicht zu lesen, sein vertrautes Gesicht und versuchte sich vorzustellen, wie er geschossen hat, aber er konnte diese Bilder einfach nicht zusammenfügen. Wieso hatte er es nur getan? Die ganzen letzten Minuten hatte er über Kevin nachgedacht, hatte sich Formulierungen und Fragen ausgedacht, hatte in seiner Fantasie den Mut besessen, Kevin anzusprechen, aber jetzt, wo er vor ihm stand, war ihm die

Wahrheit egal. Er wollte es nicht wissen. Er wollte nichts wissen, was er nicht verkraften konnte. Lieber wollte er die Wahrheit umgehen und in seinem Scheinglauben weiterleben, in dem Kevin sein Vorbild war.

*Er hatte nicht damit gerechnet, dass sich der Tag noch zum Guten wenden würde. Aber seitdem sich Kevin zu ihm gesetzt hatte, minutenlang geschwiegen hatte und ihm irgendwann erzählt hatte, dass sein Leben auch nicht gut läuft, hatte Mylo aufgehört zu weinen und ihm zugehört, bis er sich stark genug gefühlt hatte, um wieder nach Hause zu gehen.*

*Seitdem dachte er immer an Kevin, wenn es ihm wieder schlecht ging.*

*Kevin war groß, sportlich, gut aussehend und außerdem vier Jahre älter als er. Einmal hatte Mylo, von seinem Fenster aus, Kevin auf dem Spielplatz beobachtet und gesehen, wie er Liegestütze vor seinen Freunden gemacht hatte. Mylo hatte in seinem Zimmer direkt ausprobiert, wie viele er schaffte, aber er klappte nach einer, sehr falsch ausgeführten Liegestütze sofort zusammen. Kevin hatte blonde, gegelte Haare und stahlblaue Augen. Es wurde erzählt, dass Kevin der schlauste Junge in seiner Klasse war und so wie er auftrat, wusste er das auch. Mylo konnte sich vorstellen, dass viele Mädchen in ihn verliebt waren, auch wenn er ihn noch nie mit einem Mädchen gesehen hatte.*

*Meistens hing er nur mit seinen Freunden ab, aber sie schienen immer viel Spaß zu haben, denn sie lachten und redeten oft die ganze Nacht. Sie schienen sich alles zu erzählen und Mylo dachte, dass sie bestimmt eine gute Ablenkung waren, wenn sie keinen Bock auf Zuhause hatten.*

*Mylo hatte weder einen älteren Bruder, noch einen Vater und bis zu diesem Zeitpunkt war er auch stets der Ansicht, dass er nie einen Vater vermisst hatte. Es fiel ihm leicht zu akzeptieren, dass zu seinem Leben kein Vater gehörte.*

*Kevin aber hatte etwas an sich, dass ihn magisch anzog, er löste etwas Vertrautes, Familiäres in ihm aus. Er bewunderte ihn, wie keinen anderen Menschen. Die Vorstellung Kevin als älteren Bruder zu haben, fand er ganz und gar nicht verkehrt.*

*Immer mehr Gedanken widmete er Kevin und er war fest entschlossen eines Tages zu werden, wie er.*

*Er war sein größtes Vorbild.*

Er wollte es nicht wissen. Er wollte die hässliche Wahrheit nicht wissen.

»Vielleicht hat … *sie* die Polizei gerufen«, vermutete er leise, obwohl er nicht daran glaubte.

»Könnte sein, dass sie uns verraten hat«, antworte Kevin nachdenklich. »Aber was außer Ärger hätte sie davon?«

Mylo zuckte die Schultern und ging ins Wohnzimmer. Als er sich aufs Sofa fallen ließ, merkte er erst, wie müde seine Beine waren. Es war eine wahre Wohltat sie endlich entlasten zu können.

»Auf der anderen Seite würde es Sinn ergeben«, sprach Kevin nachdenklich weiter. »Jahrelang machen wir das schon. Ich überdenke und plane jeden Schritt bis ins kleinste Detail. Nie hat jemand etwas geahnt. Und auf einmal stürzen sie unsere Wohnung? Da passt etwas nicht zusammen.«

»Oder die Polizei hatte uns schon vorher im Visier und uns so lange observiert, bis sie eine Chance gesehen haben zuzuschlagen«, warf Mylo ein.

Kevin nickte zögerlich. »Auf jeden Fall ist etwas schief gelaufen«, meinte er und setzte sich zu Mylo aufs Sofa.

»Früher wollte ich mal Bulle werden, wusstest du das schon?«, fragte Kevin grinsend und Mylo schaute ihn erstaunt an.

Nein, das hatte er noch nicht von seinem besten Freund gewusst.

»Aber nicht so wie du«, erklärte Kevin weiter. »Ich wollte es nicht wirklich ernsthaft machen, sondern nur die Ausbildung genießen, um interne Informationen abzugreifen, damit ich danach meine kriminellen Fähigkeiten weiter ausbauen kann.«

Er lachte auf und auch Mylo musste schmunzeln.

»Stell dir doch mal vor, wir beide in der Polizeischule«, fantasierte Kevin und ihn schien die Vorstellung köstlich zu amüsieren. »Obwohl ich es bei dir schade finde, dass du nicht länger zur Schule gegangen bist. Du wärst bestimmt ein guter Polizist geworden. Aber mit Sicherheit wären wir dann nicht befreundet«, sagte er und fing wieder an zu lachen.

»Gerade dann wären wir befreundet«, scherzte Mylo.

Dienstag, 27. April 2004

Ness Walker war eine alte Frau. Ihr Körper war gebrechlich und wurde allmählich schwächer, aber wenigstens konnte sie klare Gedanken fassen. Sie hatte nicht, wie andere Menschen in ihrem Alter, mit Gedächtnislücken, oder anderen mentalen Alterserscheinungen zu kämpfen, nur ihr Köper erinnerte sie daran, dass sie die siebzig weit überschritten hatte und sich in den letzten Zügen ihres Lebens befand.

Mit aller Mühe schaffte sie es, langsam den engen Flur entlang zu gehen – stets rettend an ihren Rollator gekrallt - und sich völlig erschöpft auf den alten Ledersessel in ihrem Lesezimmer niederzulassen. Hier hatte sie ihre Ruhe.

Der Sessel stand direkt neben dem Fenster und wenn nichts, was sie interessierte, im Fernseher lief und sie auch kein neues, spannendes Buch zur Hand hatte, schaute sie einfach aus dem Fenster. Sie beobachtete die Autos, die die gepflegte Straße entlang fuhren und vor den verschiedenen Hauseingängen parkten, bis sie wusste, wem welches Auto gehörte. Sie kannte die Angestellten der Stadt, die früh morgens, wenn es in den Wintermonaten noch dunkel und kalt war, den Müll auffegten oder die Mülltonnen leerten. Im Frühjahr kamen die Gärtner der Stadt, in grünen Latzhosen, die die Beete pflegten und blühende Blumen pflanzten. Manchmal, wenn sie nachts nicht schlafen konnte, sah sie sogar Füchse, die im Schutz der Dunkelheit nach Nahrung für ihre Jungen suchten. Obwohl sie es nie darauf angelegt hatte, alles über ihre Nachbarschaft zu wissen, war sie ohne es zu merken, zu einer dieser Frauen geworden, die nur, weil sie stundenlang das Geschehen der Straße beobachte, alles über ihre Nachbarn wusste.

Am aller meisten interessierte sie jedoch, die Familie, die direkt gegenüber wohnte und schon deshalb auffiel, weil die Mutter, die noch recht jung war, mit ihren drei Kindern alleine lebte und nie mit einem Mann gesehen wurde. Meistens sah Ness sie, wenn sie gerade den vollgepackten Kofferraum ausluden und die Kinder, wie kleine Zwerge hintereinander zum Auto trotteten und lustlos die vollen Tüten ins Haus trugen.

Es waren hübsche Kinder, die alle die gleichen gewellten Haare in einem Kastanienbraun und dunkle Augen mit schwungvollen Augenbrauen hatten. Man sah ihnen an, dass sie zu attraktiven Erwachsenen werden würden.

Das Aussehen hatten sie alle von ihrer Mutter, dachte sie immer. Sie war ebenfalls attraktiv, vielleicht Anfang dreißig und Ness hatte heimlich vermutet, dass sie bestimmt einen Liebhaber hatte, der sich abends in ihr Haus schlich und in der Morgendämmerung wieder verschwand, aber sie stellte schnell fest, dass das nicht der Fall war.

Eines Tages - als sie wieder einmal über die Umstände dieser Familie spekulierte - fragte sie sich ernüchtert, was es sie überhaupt anginge und ob sie eine solche Person sein wolle, die sich ein schnelles Bild von fremden Leuten machte, das in keiner Weise auf Fakten, sondern nur auf ihrer subjektiven Fantasie beruhte.

Nein, das wollte sie nicht.

Vielleicht hatte sie einfach zu viel Langeweile, dachte sie. Vielleicht wurde sie jetzt, im Alter, eine dieser Frauen, die wussten, dass in ihrem Leben nichts Schönes oder Spannendes mehr passieren würde und deshalb den fordernden Drang verspürten, sich in fremde Leben reinzudenken, um dann von einer höheren und sicheren Position zu urteilen, um sich für einen lächerlichen Moment besser zu fühlen.

In gewisser Hinsicht bewunderte Ness diese Frau auch, denn drei Kinder alleine großzuziehen, war sicherlich kein leichtes Los, aber irgendetwas fand sie auch so befremdlich, dass sie nicht aufhörte, diese Familie zu beobachten. Als wäre es ein Urinstinkt, der sie zwar sanft, aber unmissverständlich dazu aufforderte, ihre erhöhte Aufmerksamkeit auf diese Familie zu richten. Als würde die tonlose Stimme des Unterbewusstseins ihr zu hauchen: *Pass auf, sieh genau hin! Eines Tages wirst du wissen wieso.*

Sie schüttelte den Kopf und drehte sich wieder zum Fernseher. Sie musste sich ein Hobby suchen, bevor sie zur Nachbarschaftspolizei mutierte und eine von den alten, neugierigen Frauen wurde, die sie selbst früher als höchst unangenehm empfunden hatte. Sie musste nicht jedes Detail wissen! Sie musste sich nicht auf andere Leben konzentrieren, wenn ihr eigenes seit Jahren den Bach runterlief! Viel eher sollte sie sich darauf konzentrieren, noch einmal, oder vielleicht zum ersten Mal in ihrem Leben glücklich zu werden.

Aber wie? Konnte es in ihrem Leben, oder sogar in ihrer Ehe noch eine Wendung geben?

Es ließ sie der Gedanke nicht los, dass ihre Ehe ihr größter Glücksdieb war, aber vielleicht war es auch nur eine Ausrede, die sie sich immer sagte, um sich selbst nicht in die Verantwortung zu ziehen.

Konnte sie diese Ehe noch retten?

Tief in ihrem Inneren wusste sie, dass es nichts mehr zu retten - und noch viel schlimmer – nichts mehr zu bereden gab.

Dennoch gab sie sich einen Ruck und versuchte wieder aufzustehen. Beim dritten Anlauf schaffte sie es, die Balance zu halten und sich an ihrem Rollator festzuklammern. Bei jedem Schritt taten ihr alle Glieder und Gelenke weh und sie dachte sich, wie so oft, dass es nicht schön war, so alt zu sein. Zumindest für sie nicht.

Aber sie nahm das Leben an und auch mit sechsundsiebzig hatte sie noch immer Hoffnung. Auch wenn sie, die Hoffnung, jeden Tag kleiner wurde, konnte sie nie ganz aufhören, auf etwas Schönes zu warten.

Sie liebte Hoffnung.

Und sie fragte sich oft, was für eine andere Richtung ihr Leben eingeschlagen hätte, wenn sie sie niemals so leichtsinnig verloren hätte.

Sie erinnerte sich gerne an ihre Kindheit, in der die Hoffnung ihr treuer Wegbegleiter gewesen war, an dem sie sich festhielt und klammerte, wenn der Boden unter ihr zu wackeln begann. Abends im Bett stellte sie sich all die schönen Situationen vor, die sie sich von ganzen Herzen wünschte und spielte gedanklich jede Szene, mit jeder passenden, freudigen Emotion immer wieder durch. Sie erzählte es keinem, aber die Hoffnung war ihr Anker.

Auch wenn es manchmal dazu kam, dass die Momente nicht eintraten, konnte sie – fast schon kinderleicht – mit der Enttäuschung umgehen, denn zum Teil hatte sie das Glück schon erlebt, deutlich gefühlt; auch wenn es nur in ihren Gedanken gewesen war. Sie hatte daraus bereits Kraft geschöpft. Tief verankert war dieser Prozess und begleitete sie durch ihre ganze Kindheit.

Als Jugendliche fand sie diese ständige Hoffnung kindisch und legte sie immer mehr ab. Sie wollte erwachsen sein und so, wie sie es mitbekam, hieß das: *realistisch* sein.

Die kindliche Träumerin passte nicht in dieses Bild. Sie stellte sich nicht mehr vor, dass alles schön werden würde und rückblickend wusste sie nun, dass sie keinen Realismus entwickelt hatte, sondern einen Pessimismus, der sich dadurch auszeichnete, dass sie irgendwann daran glaubte, nie wieder Glück in ihrem Leben zu erfahren. Und wenn sie sich in einer belastenden Situation widerfand, sagte sie sich, dass sie es doch gewusst hätte und jetzt nicht enttäuscht sein brauche, weil sie es doch sowieso gewusst hatte. Aber sie war enttäuscht. Sie war traurig.

Als sie feststellte, dass sie verbitterter war, als andere Menschen in ihrem Alter, war es schon längst zu spät. Die Gedankenmuster hatten sich manifestiert; sie fühlte sich gefangen und hatte nicht die leiseste Ahnung, ob es einen Ausweg gibt.

Nach dem College verbrachte sie die Wochen bis zum Studium immer öfter in Bars. Erst noch mit Freunden, aber irgendwann ging sie alleine, weil sie unbeobachtet tiefer ins Glas gucken konnte, als wenn ihre Freunde dabei waren. Dort traf sie auf Nicolas, der mindestens genauso verbittert war wie sie – oder noch mehr. Und auf eine seltsame, verdrehte Weise, schienen sie sich zu verstehen. Stundenlang redete sie darüber, wie unfair diese Welt ist, dass die Politik an allem Schuld sei und man selbst nichts dagegen tun könne.

Noch heute schämte sie sich für das, was sie damals von sich gab und versuchte immer schnell an etwas anderes zu denken, wenn die befremdlichen Erinnerungen hochkamen. Aber selbst, wenn sie diese Gedanken erfolgreich verdrängt hatte, kam die unangenehme Scham in ihr hoch, dass sie immer noch mit Nicolas verheiratet war, er immer noch diese Ansichten teilte und kein Stück dazu gelernt hatte.

Einmal hatte sie gelesen, dass man das anzieht, was man ausstrahlt und sie hatte sofort gedacht, wie passend es war, dass sie in ihrer größten Verbitterung einen Mann wie Nicolas in ihr Leben zog. Nur leider war es für diese Erkenntnis fast siebzig Jahre zu spät.

Wie dumm sie war, dachte sie und schüttelte kurz den Kopf. Es brachte nichts über vergangene Fehler zu grübeln. Und erst recht brachte es nichts, stundenlang aus dem Fenster zu gucken, in der Hoffnung man würde Menschen sehen, die genau so unglücklich sind, wie sie.

Langsam, aber dennoch entschlossen, ging sie wieder den Flur entlang und formulierte die Frage in ihrem Kopf, die sie Nicolas stellen wollte. Wie albern das war! Sie wollte nur etwas mit ihm essen, aber trotzdem fühlte sie sich angespannt und unwohl bei dem Gedanken an das vor ihr liegende Gespräch.

Nicolas saß vor dem Fernseher und verfolgte mit großen Augen ein Fußballspiel. Er blickte nicht einmal in ihre Richtung, als sie reinkam. Man sah ihm an, dass er heute noch nicht geduscht hatte und auch keine frische Kleidung angezogen hatte. Sein weißes Unterhemd, das seinen prallen Bierbauch betonte, hatte gelbliche Flecken. Sein ganzes Erscheinungsbild war abstoßend.

Auch er war weit über siebzig, aber Jogginghosen gehörten für ihn dazu. Ness vermutete, dass er sich dadurch jung und womöglich sogar cool fühlte, aber in ihren Augen, war dieser Mann das Letzte und diese Meinung würde sich nie wieder ändern. Er sah aus wie ein asozialer und passte nicht in ihr Leben. Die Wohnung und dieser Mann bildeten einen Kontrast, der sofort ins Auge stach. Die perlweiße Couchgarnitur, wofür Ness lange gespart hatte und nach sorgfältiger Überlegung endlich gekauft hatte, mit den schönen Verzierungen und den cremeweißen Kissen, die jetzt nur noch plattgedrückt in den Sofaritzen lagen und dann - auf dem schönen Polster sitzend - dieser widerwertige Mann. Es sah aus, als hätte sie einen Obdachlosen aufgenommen. Dass sie diesen Mann einmal umarmt, geküsst oder sogar mit ihm geschlafen hatte, schien ihr in diesem Moment vollkommen abstrus. Sie glaubte es fast selbst nicht.

»Was gibt's?«, fragte er beiläufig, ohne sie anzuschauen. »Aus dem Fenster schauen ist wohl doch nicht so interessant, was?«

Er griff zu der leeren Bierflasche vor sich. »Wenn du schon mal hier bist, kannst du mir ein neues Bier holen, meins ist gerade leer.«

Ohne sie anzuschauen streckte er ihr die leere Bierflasche entgegen.

Ness nahm die Flasche zögernd entgegen und stellte sie auf den Tisch neben ihr. Eigentlich hatte sie keine Lust mehr zu fragen.

»Ich wollte …«, wagte sie einen schwachen Versuch und merkte, dass sich alles in ihr sträubte und sie sich kein gemeinsames Abendessen mit ihm vorstellen konnte. »Ich bestelle mir jetzt eine Pizza, möchtest du auch eine?«, fragte sie stattdessen und freute sich über die Gleichgültigkeit, die unbeabsichtigt in ihrer Stimme mitschwang.

Endlich drehte er sich vom Fernseher weg und schaute sie entgeistert an.

»Warum willst du denn eine Pizza bestellen?«, schnauzte er sofort. »Gibt's was zu feiern, oder warst du zu faul fürs Einkaufen?«

Verständnislos schüttelte er den Kopf und hätte sich am liebsten wieder dem Fernseher zugewandt, aber etwas in ihm schien langsam aufzubrodeln.

»Wir haben doch noch was zu Essen hier!«, schimpfte er weiter und seine Stimme klang wie immer gereizt und aggressiv. »So eine Verschwendung! Geht es dir zu gut, mit deiner kleinen Rente? Scheißt du auf einmal Geld, oder warum willst du es so unnötig aus dem Fenster werfen?«

Ohne eine Antwort, drehte sie sich so schnell, wie ihre schmerzenden Glieder es zuließen, um und ging aus dem Wohnzimmer raus. Diesmal taten ihr die Glieder noch mehr weh, als zuvor. Und diesmal war sie nicht nur genervt von dieser Kakerlake, die ihr schönes Sofa versiffte, sondern sie hasste regelrecht seine Dummheit, die mit zunehmendem Alter immer unerträglicher wurde.

Ihre aufgestauten Gefühle über ihre Machtlosigkeit schienen aus ihr auszubrechen. Sie fühlte sich so gefangen, so schwach und so einsam. Das war doch nicht ihr Leben, oder? War das ihr Lebensende? Würden das die letzten Jahre ihres Lebens sein?

Sie wollte einfach nur raus. Schmerzlich erinnerte sie sich an die Zeit, an der ihre Beine sie noch mit Leichtigkeit tragen konnten und sie hätte überall hinlaufen können – weglaufen können – aber es nicht getan hatte. Wenn sie doch nur rauskönnte! Wenn sie doch nur weglaufen könnte! Sich trennen könnte, ein neues Leben anfangen könnte! Aber wie?

Mit ihrer kleinen Rente könnte sie sich zwar eine winzige Wohnung leisten, aber schon allein der Gedanke an einen Umzug löste in ihr starke Beklemmungen aus. Alle ihre Freunde waren entweder verstorben, selbst alt, oder hatten sich von ihr abgewandt. Kinder hatte sie keine. Wer fuhr sie zu einer Besichtigung? Wer nahm eine sechsundsiebzigjährige Frau als Mieterin auf?

Die einzige Möglichkeit, die sich ihr auftat, war in ein Heim zu ziehen, aber auch hier stellte sich die Frage, wer würde das Heim bezahlen? Nicolas würde alles dafür tun, dass sie nicht ins Heim kommt.

»Das ist reine Abzocke!«, hatte er sich immer aufgeregt. »Die nutzen doch nur aus, dass man alt und gebrechlich ist! Das kostet Tausende von Euro im Monat! Wenn es soweit ist pflege ich dich zuhause! Aber du wirst das auch noch selbst hinbekommen!«

Er dachte stets eigennützig. Alleine hätte er sich die Miete der großen Wohnung auch nicht leisten können. Er wollte auch nicht ins Heim. Er war noch fit. Er hatte keine körperlichen Probleme. Er hatte immer noch Kraft und Energie.

Zwei Jahre später war es dann so weit, Ness hatte nicht mehr die nötige Kraft sich alleine zu pflegen. Sie hatte vergeblich versucht Nicolas davon überzeugen, dass eine externe Pflegekraft täglich zu ihr kommt, aber Nicolas hatte das vehement abgelehnt.

»Nein! Auf keinen Fall! Du willst es nicht verstehen, oder?«, widersprach er sofort und seine Augen hatten gefährlich geglänzt, als wäre er besessen. »Die schicken dich doch sofort in ein Pflegeheim! Dann sitzt du da und ich muss blechen! Mein ganzes Leben habe ich gearbeitet für diesen Staat! Habe mich diesem System zum Fraß hingeworfen! Mir den Rücken krumm gemacht! Und die da oben sitzen in ihren Stühlen und bekommen das Fünffache von meinem Lohn! Jetzt will ich wenigstens noch meine letzten Jahre genießen!«

Ness wusste, wie fanatisch er war und dass man ihn in seinen Ansichten nicht bremsen konnte, ganz im Gegenteil, jedes noch so diplomatische Argument, hätte reines Öl ins Feuer gegossen. Er war wahnhaft davon besessen, dem Staat die Schuld an seinem eigenen Versagen zu geben. So wertete er sein mickriges Selbstwertgefühl auf.

Sie erinnerte sich mit Grauen daran, wie er sie in den darauffolgenden Wochen geduscht hatte. Er machte das Wasser höchstens lauwarm, um Strom zu sparen.

»Das Wasser ist zu kalt!«, rief Ness erschrocken, als sie das kalte Wasser auf ihrer Haut spürte.

»Das ist doch warm!«, entgegnete er bissig und hielt demonstrativ seine Hand in den Wasserstrahl.

Ness schüttelte den Kopf. »Nein! Es ist mir zu kalt, mach es bitte etwas wärmer!«, protestierte sie angestrengt, obwohl sie schon wusste, dass er es nicht tun würde.

»Es ist warm genug! Jetzt sei still!«, befahl er wütend und brauste sie lieblos ab.

»Ansonsten dusche ich dich gar nicht mehr!«, drohte er beleidigt. »Früher haben sich die Leute in Flüssen gewaschen oder ihr Badewasser mit der ganzen Familie geteilt! Das war dann nicht nur kalt, sondern auch verdammt dreckig! Du stellst dich wieder an!«

Resigniert hatte sie dann einfach zugelassen, dass er sie mit lauwarmem Wasser, das zwischendurch eiskalt Schübe hatte, wie ein totes Tier; abspülte.

Nach dieser Dusche nahm sie ihre ganze Kraft zusammen und versuchte die restliche Energiereserven ihres Körpers zu mobilisieren. Sie duschte nach diesem Erlebnis wieder alleine, auch wenn sie bei jedem Mal dachte, dass sie zusammenbrechen würde. Dass sie auf dem nassen Boden ausrutschen würde, im Fall die Geschwindigkeit aufnehmen würde und dann mit voller Wucht mit dem Hinterkopf auf die Badewannenkante knallen würde. Dass sie hier sterben würde. Aber das alles nahm sie in Kauf. Hauptsache sie müsste sich nie wieder von diesem gefühlskalten Geizhals duschen lassen.

Auch wenn ihr Körper abbaute, ihre Würde und ihr Stolz waren stärker als je zuvor. Manchmal, wenn Nicolas nicht da war, ließ sie stundenlang heißes Wasser laufen oder ließ das Licht in allen Räumen brennen, einfach weil sie es satt hatte, ihr Leben nach diesen neurotischen Mustern zu richten. Auch wenn sie die Hälfte der Rechnung bezahlen musste und mit Nicolas darüber diskutieren musste, warum die Stromabrechnung utopisch hoch war, war es ihr das wert.

Immer noch in ihren Gedanken versunken, öffnete sie die Haustür und schleppte sich hinaus. Sie musste raus. Ihre Beine schmerzten und bei jedem Schritt dachte sie, dass sie das Gleichgewicht verlieren würde und fallen würde. Dass sie womöglich so ungünstig fallen würde, dass sie sich mehrere Knochenbrüche zuziehen würde und Nicolas völlig ausgeliefert war. Ein absoluter Albtraum! Der reinste Horror! Aber sie musste raus!

Zum Glück wohnten sie im Erdgeschoss, denn eine einzige Stufe hätte dazu geführt, dass sie in der Wohnung gefangen wäre. Das hätte sie nicht mehr bewältigen können.

Schritt für Schritt ging sie den Flur entlang, öffnete mühsam die schwere Haustür, schob den Rollator über die Türkante und folgte ihm treu.

Der warme Wind auf ihrer Haut, war eine wahre Wohltat und die frische Luft ein beflügelnder Duft. Die Vögel zwitscherten über ihr. Ein strahlend blauer Himmel, erhellte die ruhige Straße und für diesen kurzen Moment fühlte sie sich frei.

Direkt in dem Vorgarten ihres Wohnhauses, war eine Bank. Ness ging langsam auf sie zu und ließ sich vorsichtig auf das Holz nieder. Als sie endlich saß, schien es so, als ob alle Anspannung von ihr abfiel und all die Schmerzen aus ihren Gliedern entwichen. Sie schloss die Augen. Auch wenn es sie überraschte, hatte sie fast das Gefühl ein bisschen Glück zu verspüren.

Sie öffnete die Augen erst wieder, als sie Stimmen und Schritte hörte, die näher kamen und sah die Familie von gegenüber die Straße runterlaufen; an der Bank vorbei, auf der Ness saß. Freundlich grüßte die Frau und Ness grüßte überrascht zurück. Was für eine nette Frau!, dachte sie sofort. Sie scheint wirklich alles im Griff zu haben. Was für einen Unsinn sie gedacht hatte! Was sie in diese Familie reininterpretiert hatte!

Lag es an der frischen Luft, dass sie auf einmal wieder nette Gedanken hatte?

Kurz schweifte sie ab und stellte sich vor, wie sie als Mutter gewesen wäre. Wie hätte sie den Alltag gemeistert? Hätten ihre Kinder ihr auch geähnelt?

Die Kinder gingen alle etwas zeitversetzt an ihr vorbei, aber keiner erwiderte ihren Blick. Nur das kleine Mädchen, das ganz langsam als letztes hinterherging, schaute sie kurz an. Ness erschrak sofort, als sie in die Augen des kleinen Mädchens blickte. Auf einmal lief ihr ein kalter Schauer über den Rücken, obwohl die Sonne schien.

Noch nie hatte sie so traurige Augen gesehen.

Diese Augen hatten Angst.

Diese Augen schrien nach Hilfe.

Dienstag, 10. Juli 2012

# I

Kevin McCrane wusste, dass ihm ein Fehler unterlaufen war. Dass er an irgendeinem Punkt zu leichtsinnig gehandelt hatte. Aber er war kein Mensch, der sich lange an Fehlern aufhielt oder seine Energie damit vergeudete, sich tagelang darüber aufzuregen, *dass* es passiert war. Nein, er versank nicht im lähmenden Selbstmitleid oder zerstörerischen Selbstvorwürfen. Er war ein Mensch, der Lösungen fand. In seiner Auffassung traten Probleme nicht alleine auf, sondern immer zusammen mit den passenden Lösungen.

Nur meistens nicht gleichzeitig.

Erst kommt das Problem und nach und nach erscheint die Lösung, als wäre sie im dichten Nebel versteckt. Entweder wartet man, bis der Nebel wegzieht, oder man findet einen Weg hindurch zu sehen. Anfangs kann man nur erahnen, was die Lösung sein könnte, aber nach und nach werden die Umrisse klarer, auf einmal steht sie gestochen scharf vor einem und man fragt sich, warum man es vorher nicht erkannt hat. Wieso man nicht sofort darauf gekommen ist. Es gibt kein Problem ohne die passende Lösung. Man muss sie nur finden und das erfordert in den meisten Fällen Mut und Durchhaltevermögen - eine Prise Intelligenz ist auch von Vorteil. Und vor allem muss man handeln wollen. Handeln und die Konsequenzen akzeptieren. Nichts im Leben bekam man umsonst, man sollte gründlich abwägen, ob der Preis das Risiko wert ist, ob man die Konsequenzen erträgt oder ob man lieber den Schwanz einzieht und sich in der Opferrolle ergibt.

Er verabscheute Menschen, die aufgeben, weil sich ein Stein in ihren Weg rollte. Er verabscheute Menschen, die in ihrem Selbstmitleid versanken, anstatt der Wahrheit ins Gesicht zu sehen und wieder aufzustehen. Er wusste, dass das Leben unfair sein konnte. Er wusste, dass es Probleme gab, an denen man fast verzweifelte, aber gerade das trieb ihn an. Genau diese Eigenschaft war es, die ihn von anderen abhob. Er war sich sicher, alles in seinem Leben im Griff zu haben und das strahlte er aus. Er wusste, dass er von vielen gleichaltrigen bewundert wurde, aber das war ihm nicht mal wichtig. Das einzige, was ihm wichtig war, war sein eigenes Leben. Er scheute sich vor nichts und niemanden und es gab gar nichts, was ihn einschüchterte. Er war seinen Mitmenschen überlegen. Er nutzte es nicht rücksichtlos aus, aber er nutze es für sein Vorhaben.

Schon im Kindergarten wurde festgestellt, dass er einen IQ von 125 hatte und überdurchschnittlich intelligent war. Mit fünf Jahren eingeschult, kam er nach der ersten Klasse direkt in die dritte Klasse und wechselte nach der vierten Klasse auf ein Gymnasium. Jeder prophezeite Kevin eine glorreiche Zukunft und er selbst wusste, dass er das Potenzial dazu hatte, sehr erfolgreich zu werden. Manchmal konnte er sich sogar vorstellen, als Anwalt zu arbeiten, aber so richtig verfestigt hatte sich diese Zukunftsvision nie. Er wusste, dass er studieren und einem angesehenen Beruf nachgehen konnte, aber es war so, als ob sein Inneres ihn woanders hinzog.

In der sechsten Klasse, kam eine neue Lehrerin in seine Klasse und fragte alle Schüler, was sie denn mal werden wollen, um die Klasse besser kennenlernen und zeigte aufrichtiges Interesse, als sie Tom, einen schüchternen, aber klugen Jungen bat, sich vorzustellen.

»Meine Vater ist Anästhesist und meine Mutter ist Neurologin«, erzählte er eifrig. »Ich möchte Medizin studieren und nachher als Kardiologe im Krankenhaus arbeiten.«

Die Lehrerin nickte erstaunt und fragte das Mädchen daneben, Rebecca, was sie denn werden möchte. Und weil Tom – ohne dass man ihn danach gefragt hatte – erzählt hatte, was seine Eltern beruflich machen, folgte Rebecca diesem Beispiel.

»Meine Mutter ist Staatsanwältin und mein Vater ist Bauingenieur. Er hat sogar das neue Kaufhaus mitkonstruiert!«, erzählte sie stolz. »Ich möchte Journalismus studieren und später am liebsten in der Redaktion eines öffentlich rechtlichen Fernsehsenders arbeiten.«

Wieder machte die Lehrerin ein lobendes Gesicht, sagte irgendetwas Anerkennendes und gab das Wort an den nächsten Schüler weiter. So ging es reih um. Und weil Tom, dieser Vollidiot, angefangen hatte, über seine Eltern zu reden, fühlten sich auf einmal alle dazu verpflichtet ihm gleichzutun. Manche waren stolz auf ihre Eltern, manche wollten einfach nur den vorherigen Schüler übertrumpfen und schon in der sechsten Klasse, war ein subtiler Konkurrenz - und Profilierungskampf spürbar.

Obwohl Kevin selbstbewusst war, fühlte er sich in diesem Moment unbehaglich und unwohl. Nie zuvor, hatte er sich so gefühlt und nie wieder danach. Er stellte sich vor, sich einfach in Luft aufzulösen oder aus der Tür zu stürmen – er wollte einfach nur weg! Dieser Situation entfliehen, die ihn immer mehr mit unangenehmem Druck vollpumpte, desto weniger Kinder zwischen ihm und der gerade vorstellenden Person waren.

Was sollte er nur sagen?, fragte er sich nervös.

Noch drei Kinder waren vor ihm. Die nächste Schülerin war fertig und gab das Wort weiter. Noch zwei Schüler.

Was sollte er nur sagen? Die Wahrheit?

Sein Herz pochte wie verrückt in seiner Brust. Er kam sich auf einmal minderwertig vor. Wie ein Mensch zweiter Klasse. Er wollte kein Mitleid, oder noch schlimmer, dass ihn seine Klassenkameraden auslachten. Nein, er wollte gar nicht so viel Privates mit diesen Menschen teilen. Aber wenn er nichts über seine Eltern sagen würde, würde die Lehrerin nachfragen. Er konnte es sich schon genau vorstellen. »Und was machen deine Eltern?«, würde sie freundlich fragen und dabei ein interessiertes Lächeln aufsetzten. Und er konnte es verstehen, weil man an einem Gymnasium automatisch davon ausging, dass die Eltern ordentlich Geld haben und den bestbezahltesten Berufen nachgingen. Sie würde nicht bemerken, dass er sich unwohl fühlte. Vielleicht würde sie sogar denken, er sei verlegen, weil es ihm unangenehm war, dass seine Eltern hochangesehene Berufe ausübten.

Abwechselnd wurde ihm heiß und kalt und seine Hände fingen so stark an zu schwitzen, dass er sie an seiner Hose trocken rieb, während er fieberhaft überlegte, was er sagen sollte. Einer Nachfrage konnte er gar nicht mehr ausweichen. Dann müsste er offen legen, dass er es nicht sagen möchte und somit wäre die Neugier jeder Person im Raum geweckt. Das wollte er auf keinen Fall.

Kevin brach so sehr der Schweiß aus, dass er plötzlich voller Sorge war, ohnmächtig zu werden und unkontrolliert vom Stuhl zu kippen. Noch nie hatte er sich in so einer verfahrenen Situation widergefunden.

Was sollte er nur sagen? Was sollte er nur tun?

Die Lehrerin sah ihn an und er verstand, dass er jetzt dran war. Er fühlte sich mit jeder Sekunde unwohler, alles um ihn rum verschwamm. Er hörte sein Herz heftig klopfen.

»Meine Eltern sind Drogenabhängige und ich möchte Drogendealer werden, damit ich sie in Zukunft gut versorgen kann«, sagte Kevin trocken und grinste in die Klasse. Auf einmal spürte er erleichtert, dass er die Kontrolle wiedererlangt hatte. Er konnte aufatmen.

Es herrschte für einen Moment völlige Stille im Klassenraum und Kevin freute sich darüber.

Die Lehrerin starrte ihn fassungslos an und schien nicht einordnen zu können, ob es ein blöder Scherz oder die traurige Wahrheit war.

»Nein, das war natürlich nur ein Witz«, löste Kevin die Situation auf, bevor sie etwas erwidern konnte. »Meine Eltern arbeiten im Marketing und ich möchte später Rechtsanwalt für Strafrecht werden.«

Die Lehrerin lächelte gezwungen, aber Kevin konnte immer noch eine Mischung aus Unverständnis und Entsetzen in ihrem Gesichtsausdruck ablesen. Sie nickte kurz und gab das Wort an den nächsten Schüler. Kevin atmete erleichtert aus. Er war wieder er selbst. Er wusste genau, dass er nicht gut im Lügen war, vor allem, wenn er unvorbereitet war, aber er war heilfroh und auch ein bisschen stolz, dass ihm noch eine umsetzbare Lösung eingefallen war.

Dadurch, dass er beim ersten Mal die bittere Wahrheit gesagt hatte, fiel die Anspannung von ihm ab und durch die Verunsicherung die ausgelöst hatte, selbst als er alles mit der Lüge aufgelöst hatte, konnte er nett gemeinte Gegenfragen abwehren.

Zum Glück, dachte er. Zum Glück war die Lösung immer in der Nähe.

Als er an diesem Tag nach Hause ging, wusste er, dass er kein Rechtsanwalt werden würde. Er würde niemals so werden, wie die anderen aus seiner Klasse. Vielleicht hatte er eben noch gelogen, als er sagte, dass er Drogendealer werden wolle, aber auf eine seltsame Art und Weise dachte er an diesem Tag in aller Ernsthaftigkeit darüber nach.

## 2

Ein Tag war vergangen, seitdem Jimmy und Stewart Mrs. Cornwall befragt hatten und seitdem hatten sie keine neuen Hinweise. Am Morgen war Mrs. Cornwall noch einmal auf der Station gewesen und machte eine genaue Beschreibung von dem jungen Mann, den sie auf dem Dach gesehen hat, für den Phantombildzeichner.

Äußerst gelassen, aber doch mit großer Ernsthaftigkeit, antwortete sie präzise auf die Fragen des Zeichners und Stewart schien es fast so, als hätte sie das Gespräch zwischen Jimmy und ihm im Aufenthaltsraum mitbekommen; von der weinerlichen, trauernden Ehefrau war nichts mehr übrig.

Stewart hatte beschlossen, Mrs. Cornwall erst morgen wieder zu befragen und er hoffte, dass sie auf seine Fragen mit der gleichen Professionalität und dem gleichen präzisen Erinnerungsvermögen reagieren würde.

Im Laufe des späten Nachmittags bekamen die Ermittler ein detailliertes Phantombild zugeschickt.

»Jetzt werden schon Bubis zu Schwerverbrechern.«, gab Jimmy seine persönliche Meinung kund. »Das ist ja kaum zu glauben! Guck dir diesen Jungen an! Er sieht wirklich aus, wie der nette Junge von nebenan, wie Mrs. Cornwall es gesagt hatte.«

Stewart hätte es vielleicht anders ausgedrückt, aber er musste Jimmy recht geben. Auf dem Bild sah man einen netten, jungen Mann.

»Man kann nie wissen, was ein Mensch denkt oder tut. Genau so wenig, kann man wissen, warum dieser Mensch etwas tut. Das müssen wir herausfinden«, antwortete er.

Stewart hatte manchmal das Gefühl, das Offensichtliche noch einmal für Jimmy zu wiederholen, um ihn sanft aus seiner Traumwelt rauszuholen.

»Hast du im Computer nachgeguckt, ob er in ein Profil passt?«, fragte er Jimmy, um wieder auf das Wesentliche zurückzukommen. »Wir müssen alle überprüfen, die in körperliche Auseinandersetzungen verwickelt waren, oder bewaffnete Raubüberfälle gemacht haben, oder…«, er dachte kurz nach. »Oder vielleicht sollten wir das ganze System nach ihm prüfen. Vielleicht kennen wir ihn ja schon.«

Jimmy nickte ernüchternd.

»Ich habe alles gecheckt«, versicherte er. »Er ist nicht dabei. Er ist der Polizei völlig unbekannt. Auch der Kauf der Schusswaffe kann nicht zurückverfolgt werden. Jeder hätte sie besitzen können, wenn man es darauf anlegt hätte.«

Stewart dachte einen Moment nach. Es war so untypisch, dass ein Täter, der noch nie mit der Polizei in Berührung gekommen war, direkt einen Totschlag oder einen Mord verübte. Natürlich gab es immer Ausnahmen und auch Menschen, die direkt einen Menschen umbrachten, ohne vorher kriminell gewesen zu sein, aber in der Regel hatten diese Menschen eine prall gefüllte Polizeiakte und meistens hatte Stewart gedacht, dass es vorhersehbar war, dass sie wieder ähnliche oder noch schwerwiegendere Taten begehen würden.

»Mrs. Cornwall sagt, dass sie den Täter nicht gekannt hatte, richtig?«, dachte Stewart laut. »Es war also rein zufällig an diesem Tag zu einen Totschlag gekommen, einfach weil ihr Mann zur falschen Zeit am falschen Ort war?«

Jimmy nickte.

»Die einzige Zeugin, die wir haben, sagt, er hätte geschossen, dann sei er weggelaufen, als er sie gesehen hatte«, er dachte nach, »hat sie das gesagt? Hat sie gesagt, dass er geschossen hat?«

Jimmy schien nachzudenken, aber keine Antwort zu finden.

»Hat sie es gesehen, oder vermutet sie es nur? Oder will sie sogar vielleicht, dass er es war? Kannte sie den Täter vielleicht doch? Ich meine, sie wohnen in einem Haus. Ein völlig unbekannter kann er doch nicht gewesen sein!«, meinte Stewart irritiert.

»Sie hat behauptet, dass er ihren Mann getötet hat, aber über den Schusswechsel hat sie nichts erzählt«, erinnerte sich Jimmy.

Stewart dröhnte schon jetzt der Kopf.

Am Anfang der Ermittlung ist man immer froh, wenn man überhaupt einen Zeugen hat. Man wird fast überheblich, man denkt, man hätte den Fall schon halb gelöst. Jetzt hatten sie eine Zeugenaussage, eine detaillierte Täterbeschreibung, aber anstatt sich die Puzzleteile langsam zusammenfügten, wurde das Bild immer verzerrter. Irgendwas stimmte nicht.

»Wir fahren zu ihr«, ordnete er an. »Wir müssen herausfinden, ob sie eine glaubhafte Zeugin ist und falls nicht, scheint unser wackliges Fundament komplett zusammenzustürzen. Dann haben wir keinen Anhaltspunkt mehr.«

Mrs. Cornwall öffnete die Tür und sah wieder aus, wie die Frau, die sie an ihrem ersten Ermittlungstag kennengelernt haben. Sie hatte rote, verweinte Augen, trug einen verwaschenen Morgenmantel und Stewart wäre felsenfest davon ausgegangen, dass sie gerade erst aufgestanden wäre, hätte er sie heute Morgen nicht auf der Station gesehen.

»Guten Abend, Mrs. Cornwall«, begrüßte Stewart sie höflich. »Entschuldigen Sie die Unannehmlichkeiten, aber wir hätten ein paar dringende Fragen an Sie.«

Er lächelte entschuldigend. »Wenn Sie so nett wären und uns reinlassen würden«, fügte er hinzu.

Als sie nicht sofort reagierte, befürchtete Stewart für einen Moment, dass sie ihnen die Tür vor der Nase zuknallt, aber nachdem sie einmal tief seufzte, öffnete sie schließlich die Tür und ließ die Ermittler passieren.

Jimmy und Stewart folgten Mrs. Cornwall durch den schmalen Flur und nahmen auf den freien Stühlen des Wohnzimmertischs platz, während Mrs. Cornwall einen Stapel alte Zeitungen und zwei benutze Tassen zur Seite schob.

Die Wohnung war nicht chaotisch, aber definitiv nicht aufgeräumt und Stewart fiel auf, wie selten man eine fremde Wohnung betrat, die nicht aufgeräumt war, obwohl er auch zu den Menschen gehörte, die manchmal zur Unordnung neigten.

Mrs. Cornwall fragte nicht, ob sie ein Glas Wasser oder einen Kaffee trinken wollten und er merkte deutlich, dass sie hoffte, die Ermittler schnell wieder loszuwerden.

»Mrs. Cornwall«, formulierte er den Anfang seiner Frage. »Können Sie uns noch einmal genau beschreiben, wie der Täter auf ihren Mann geschossen hat?«

Sie lächelte ironisch und zu seiner Überraschung verstand sie sofort, was ihr unterstellt wurde.

»Sie denken, dass ich lüge? Dass ich nicht glaubhaft bin?«, fragte sie gekränkt. »Warum sollte ich Sie anlügen? Mein Mann wurde erschossen und ich möchte, dass das aufgeklärt wird! So schnell wie möglich! Ich möchte endlich damit abschließen können!«

Sie war aufgebracht, aber sie beruhigte sich zur Stewarts Erleichterung schnell wieder. Mit einem ruhigeren Ton sagte sie: »Ja, ich habe es gesehen. Er hat auf meinem Mann geschossen. Als ich ihn entdeckt habe, hatte er Panik in seinen Augen. Ich glaube, er konnte selbst nicht fassen, dass er gerade einen Menschen erschossen hatte. Er wusste, dass er hinter Gitter kommt, als ich ihn gesehen habe. Glauben Sie mir.«

Stewart hörte ihr genau zu und versuchte mit all seinen Sinnen zu begreifen, was in ihr vorging. Wer sie war. Warum sie lügen sollte. Er hatte ein komisches Gefühl. Irgendwas stimmte nicht. Aber was hatte sie für ein Motiv zum Lügen?

»Danke für Ihre wiederholte Aussage, Mrs. Cornwall«, sagte Jimmy. »Haben Sie den Mann denn vorher schon einmal gesehen?«

Jimmy schaute kurz zu Stewart, um die Bestätigung zu erhalten, dass seine Frage in Ordnung war.

Sie schien aufrichtig zu überlegen und Stewart musterte sie ganz genau. Falls sie schauspielerte, machte sie es verdammt gut.

Er war hin und her gerissen, denn er wusste, dass auch glaubhafte Zeugen ab und zu Details verwechselten, oder unbewusst die Geschehnisse anders wahrnahmen, vor allem, wenn etwas Schlimmes passiert war. Je mehr Tage vergehen, desto mehr neue Eindrücke kommen wieder hinzu und das Erinnerungsvermögen wird immer ungenauer. Warum unterstellte er ihr also pausenlos, dass sie nicht glaubhaft sei?

»Ich kann es ehrlich gesagt nicht sagen. Wie gesagt, er sieht aus wie ein ganz normaler, junger Mann. Vielleicht habe ich ihn schon einmal gesehen, vielleicht war er schon einmal in dem Wohnhaus. Aber bewusst wahrgenommen habe ich ihn nicht. Ich kenne alle Nachbarn im Haus. Er wohnt hier nicht«, beteuerte sie und schaute die Ermittler traurig an. »Ich würde Ihnen gerne weiterhelfen, aber ich kann Ihnen nur das sagen, was ich weiß.«

»Wissen Sie denn, wer in der Wohnung wohnt, aus der der Täter kam?«, fragte Stewart.

»Ehrlich gesagt …«, sie schien einen Moment zu überlegen, »die Wohnung ist erst seit kurzen vermietet und bisher habe ich noch nie jemanden aus der Wohnung kommen sehen. Unten steht ein Name am Klingelschild, aber ich weiß nicht, wer da wohnt.«

Stewart nickte. »Können Sie uns den Namen des Vermieters geben?«, fragte er und hoffte, dass sie vielleicht auf diese Frage anders reagieren würde, aber auch hier blieb sie ruhig und nickte sofort.

»Selbstverständlich.«

Sie stand auf, ging zu ihrem Wohnzimmerschrank, öffnete mehrere Schubladen und zog schließlich eine Visitenkarte heraus.

»Danke, das hilft uns sehr weiter«, sagte Stewart und nahm die Karte an sich.

Als sie wieder im Auto saßen, spürte Stewart Jimmys Blick von der Seite. Mehrere Minuten saßen sie nur still im Auto und versuchten ihre Gedanken zu sortieren, aber immer wieder schaute Jimmy ihn an, als würde er abwägen, ob er etwas sagen sollte oder nicht.

»Diese Frau ist verdammt gut im Lügen«, murmelte er plötzlich vor sich hin. Jimmys These überraschte ihn. Auch überraschte es Stewart, dass Jimmy sie für eine Lügnerin hielt. Aber er widersprach nicht.

Er fuhr einfach weiter und dachte darüber nach, ob Jimmy recht hatte.

3

»Schön dich zu sehen«, begrüßte Jimmy Cindy, als sie den ersten Schritt in das hohe Gebäude gemacht hatte. »Es ist gut, dass du da bist, dann kannst du Stewart ein bisschen über die Schulter schauen und ihn auf den richtigen Dampfer bringen!«

Er lachte über seinen eigenen Witz stupste sie an.

Seitdem die Polizei sie vor vier Jahren gefunden hatte, gehörte das Polizeipräsidium mit all seinen Mitarbeitern zu ihr. Ohne dass sie es versucht hatte, freundete sie sich mit vielen Kollegen an und als Stewart sie aufnahm, wurden auch all seine Kollegen zu ihrer Ersatzfamilie.

»Das mache ich doch gerne«, bestätigte sie grinsend. »Gibt es denn schon Hinweise von dem flüchtigen Täter, der den Mann erschossen hat?«

Er schüttelte langsam den Kopf und runzelte die Stirn.

»Wenn wir da einen Schritt weiterkommen würden, würde es mir besser gehen«, sagte er. »Der Täter ist immer noch flüchtig und er ist auch nicht in unserem System erfasst. Seine erste Straftat ist direkt ein Totschlag. Das ist ungewöhnlich und zeugt von enormer Brutalität. Die einzige Zeugin, die wir haben, ist … naja … weniger glaubhaft.«

Er presste die Lippen zusammen.

»Sie lügt?«, fragte Cindy verblüfft.

Sie fand es immer wieder spannend, sich mit den verschiedensten Fällen zu befassen, ohne den lästigen Druck, dem sich die Ermittler nicht entledigen konnten. Sie konnte sich frei mit den Geschehnissen befassen, ohne dass man von ihr erwartete, dass sie den Fall löst.

»Wir wissen es nicht. Es ist eine reine Vermutung«, erklärte Jimmy als sie den langen Flur zu Stewarts Büro entlang gingen. »Sie verstrickt sich nicht mehr in ihre Aussagen, als glaubhafte Zeugen das auch tun würden. Die Erinnerung ist immer subjektiv. Daran wird man nichts ändern können. In manchen Momenten wirkt sie glaubhaft und lässt keinen Zweifel, aber in anderen Momenten scheint es als ob die etwas vertuschen möchte. Stewart und ich haben ein komisches Gefühl.«

»Verstehe«, antwortete Cindy und dachte einen Moment nach. »Lügt sie denn auch bei anderen Ereignissen in ihrem Leben? Wenn ein Mensch gut lügen kann, könnte er Übung darin haben.«

Jimmy nickte nachdenklich und öffnete die Tür zu Stewarts Büro.

»Hat Jimmy dich schon auf den neusten Stand gebracht?«, begrüßte sie Stewart, weil er wusste, dass Jimmy nichts für sich behalten konnte.

»Cindy meint, unsere Zeugin ist eine brillante Lügnerin«, sagte Jimmy und zog ihre Wörter größer auf, als sie eigentlich waren.

Stewart schaute sie erstaunt an. »Wirklich?«

Sie lachte kurz. »So ungefähr«, sagte sie und setzte sich in den Stuhl gegenüber. »Vor allem ist es interessant, dass ihr beide nicht klar sagen könnt, ob sie lügt oder nicht. Sie scheint geübt darin zu sein, Menschen zu täuschen oder Menschen zu verunsichern. Selbst die, die viel Erfahrung und Ermittlerwissen haben. Gerade zu perfektionierte Fähigkeiten.«

Sie griff nach einem Kugelschreiber auf Stewarts Schreibtisch, einfach um ihre Hände zu beschäftigen.

»Du könntest recht haben«, sagte er nachdenklich. »Zweimal haben wir sie schon befragt, zweimal hat sie es geschafft uns zu verunsichern, mit anderen Geschichten zu überhäufen und hat es immer geschafft, von sich abzulenken.«

»Bleibt nur die Frage *warum* sie das tut«, ergänzte Jimmy und alle nickten.

»Am Ende bricht jedes noch so gut gebaute Lügenkonstrukt zusammen«, sagte Stewart nachdenklich und schaute zu Jimmy. »Ist alles fertig für die Öffentlichkeitsfahndung?«

»Ja, ich habe dir alles geschickt. Der Artikel ist geschrieben. Keine Details, nur dass diese Person gesucht wird, noch einmal eine separate Personenbeschreibung und die Rufnummer der Zentrale. Daneben erscheint das Phantombild.«

»Gut gemacht«, lobte er ihn und schaute auf den PC. Cindy vermutete, dass er den Zeitungsartikel überprüfte. Er wirkte immer noch angespannt.

»Bist du nicht zufrieden?« , fragte Jimmy.

»Doch, doch«, antwortete er sofort, aber er klang nicht überzeugt. »Es ist der nächste, logische Schritt. Wir können froh sein, dass wir die Zeugin haben. Es fühlt sich nur nicht richtig an, diesen jungen Mann zu suchen, wenn wir nur eine Aussage haben. Nur eine Meinung …«

Er sah sie beide an. »Ich möchte der Zeugin keine Unglaubwürdigkeit unterstellen, ich möchte sie nicht als Lügnerin betiteln, aber ich habe das lästige Gefühl, dass selbst die Öffentlichkeitsfahndung uns nicht viel weiterhelfen wird. Wenn sich nachher herausstellt, dass sie gelogen hat, machen wir uns lächerlich… Ganz zu Schweigen, was wir diesem Jungen antun.«

Er runzelte angestrengt die Stirn. »Wenn sich aber herausstellt, *dass* sie die Wahrheit sagt, werden wir von der Presse in der Luft zerrissen, wenn wir nicht öffentlich fahnden, weil wir einen Mörder frei rumlaufen lassen haben, obwohl wir entsprechende Hinweise hatten.«

Es war ein Dilemma, bestätigte Cindy gedanklich.

»Vielleicht solltet ihr die Zeugin noch einmal befragen? Mehr Druck aufbauen?«, fragte sie vorsichtig, aber sie wusste, dass Stewart über diese Möglichkeit schon mehr als genug nachgedacht hatte.

Er nickte, dann schüttelt er den Kopf. »Die Zeit läuft uns davon. Es sind jetzt schon drei Tage vergangen. Am ersten Tag haben wir mit der Zeugin gesprochen und das Resultat war eine blanke Verwirrung. Beim zweiten Mal, als wir die Zeugin gesehen haben, hat sie es geschafft uns noch mehr zu verunsichern. Wir könnten sie noch einmal befragen, aber selbst wenn wir dann denken, dass sie lügt, müssen wir das erstmal beweisen und wir haben nichts. Dann müssten wir gegen sie ermitteln, gleichzeitig einen Mordfall lösen und bei beidem stehen wir vor dem Nichts«, sagte er seufzend.

»Fakt ist, dass sie eine Zeugin ist. Fakt ist, dass sie diesen jungen Mann gesehen hat. Das ist das Einzige, was wir haben. Wenn wir diesen Mann finden, kann er uns wenigstens mehr erzählen und endlich dieses verzerrte Bild entschlüsseln.«

Cindy verstand, dass darin Stewarts einzige Hoffnung bestand.

»Oder er taucht unter und macht sich ein schönes Leben. Wir machen den Tätern ein so leichtes Spiel, wenn wir sie öffentlich suchen, aber so ist es nun einmal. Es ist ein Katz und Maus Spiel«, platzte Jimmy plötzlich heraus.

Cindy musste ein Lachen unterdrücken, sie konnte sich einfach immer an Jimmys Direktheit amüsieren. Er sagte das, was er dachte, egal ob er eine Uniform trug oder nicht.

»Das ist ein Risiko, natürlich«, wandte sie schnell ein, bevor Stewart etwas sagen konnte, manchmal hatte sie das Gefühl, dass er zu streng mit ihm war, obwohl sie sich sicher war, dass er Jimmy genau so sehr mochte wie sie. »Aber es kann auch sein, dass es Angst auslöst, wenn man sein Gesicht im

Fernsehen und in allen Zeitungen sieht. Und Angst führt zu Fehlern. Daher machen die Ermittler einen guten Deal. Mag sein, dass es als Spiel wahrgenommen wird, aber nur derjenige, der dauerhaft die stärkeren Nerven beweist, wird am Ende gewinnen. Und ich kann mir gut vorstellen, dass die Nerven blank liegen, wenn man weiß, dass man entweder sein ganzes Leben flüchten muss, oder sein ganzes Leben im Knast verbringen wird.«

Stewart war sichtlich dankbar, dass Cindy das aussprach, was er dachte. Jimmy musste keine wichtigen Entscheidungen treffen. Er schwamm mit dem Strom und kam gut durch. Aber Stewart konnte im Wasser ertrinken, wenn er sich falsch entschied.

»Wenn ich alles überprüft habe, schicke ich die Fahndung morgen raus«, teilte Stewart mit und stand auf. »Jetzt gehe ich uns etwas zu trinken holen. Jimmy, hilfst du mir?«

Sie verschwanden aus der Tür.

Cindy saß gegenüber von Stewarts leerem Drehstuhl und sie erinnerte sich an die vielen Stunden, die sie hier im Büro verbracht hatte, vor allem, als sie noch etwas kleiner war. Irgendwann hatte sie sich vorgestellt, wie es wohl wäre, eine Polizistin zu sein, wenn Stewart nicht im Büro war. Manchmal, wenn sie länger auf ihn warten musste, weil er eine Besprechung hatte, setzte sich immer auf seinen Drehstuhl, hinter den Schreibtisch und tippte auf der Tastatur rum, als würde sie einen wichtigen Bericht schreiben. Oder sie stellte sich vor, wie vor ihr auf den Stühlen, ein Zeuge saß und sie diesen befragen würde. Dann nahm sie einen der hochwertigen Kugelschreiber aus der obersten Schublade des Schreibtischregals und notierte sich, was die Zeugin sagte, spielte in ihrer Fantasie, dass sie eine der besten Ermittlerinnen des

Landes wäre. Dass sie jeden Fall löste und jeden Menschen direkt durchschaute. Das hatte sie die ersten zwei Jahre wirklich häufig gemacht. Danach hatte es aufgehört - es war ihr zu kindisch. Und es wäre ihr unendlich peinlich gewesen, hätte man sie dabei ertappt.

Aber in diesem Moment wollte sie sich noch einmal so fühlen. Noch einmal wie eine erfolgreiche Ermittlerin in dem Stuhl sitzen und eine Ermittlung leiten.

Sie ging um den Schreibtisch rum, ließ sich in den bequemen Drehstuhl fallen und musste wieder feststellen, wie anders das Büro von diesem Blickwinkel aussah. Wie stark sie sich fühlte, hinter diesem Schreibtisch, der von dieser Seite wie ein großes Schutzschild wirkte. Wie selbstbewusst sie sich fühlte. Sie konnte sich anlehnen, ohne unseriös zu wirken. Sie konnte die Hände auf den Schreibtisch legen, einen Kugelschreiber in der Hand haben, oder sich Notizen machen. Sie konnte sich genau vorstellen, wie viel einfacher es war, auf dieser Seite zu sitzen.

Auf der anderen Seite hingegen saß sie anfänglich immer Kerzengerade auf ihrem Stuhl. Sie hatte nicht gewusst, wo sie mit ihren Händen hin soll und so legte sie sie verkrampft in ihren Schoß. Alles schüchterte sie sofort ein. Wenn Jimmy oder Stewart etwas eintippten oder aufschrieben, hatte sie direkt das Gefühl, sich verdächtig gemacht zu haben, obwohl gegen sie gar nicht ermittelt wurde.

Aber jetzt saß sie ja zum Glück auf der richtigen Seite. Und nie wieder würde sie auf der anderen Seite des Schreibtisches sitzen, das schwor sie sich.

Sie schrieb eine Notiz auf einen Zettel auf und plötzlich berührte sie mit ihrer Hand die Computermaus.

Blitzartig erleuchtete der Bildschirm und der Artikel der Öffentlichkeitsfahndung erschien auf dem Bildschirm. Ein riesiges schwarz-weißes Bild brannte sich grell in ihre Augen.

Augenblicklich ließ sie den Stift fallen. Der ganze Raum schien nicht mehr das Büro zu sein, das sie kannte. Alles verschwamm für einen Augenblick. Sie starrte auf das Phantombild. Konnte nicht glauben, was sie sah. Ihr Herz schien sich zu verkrampfen und als es endlich wieder schlug, durchströmte sie ein Schmerz, den sie noch nie gespürt hatte. Er ging durch ihren ganzen Körper. Ungläubig schaute sie auf die Zeichnung. Auf das Gesicht des Tatverdächtigen. Das Gesicht eines Mörders! Ein Gesicht, das sie eindeutig erkannte! Sie erkannte ihn sofort, ohne jeglichen Zweifel, auch wenn viele Jahre dazwischen lagen. Sie erkannte sofort, dass es ihr Bruder war.

Sie konnte es nicht fassen, starrte auf das Bild und hatte das Gefühl nicht einmal blinzeln zu können, weil sie das Bild anschauen musste, so lange sie noch die Gelegenheit dazu hatte, so lange bis es sich in ihren Kopf eingebrannt hatte, damit sie es nie wieder vergaß.

Auf einmal breitete sich eine so große Sehnsucht in ihrem Körper aus, dass sie fast meinte, sie würde daran ersticken. Ihr Bruder war am Leben! Wo war er all die Jahre? Wo war er jetzt? Was war damals mit ihm geschehen? Bevor sie überhaupt begriffen hatte, was das alles bedeutete, hörte sie, wie Stewart und Jimmy zurückkamen, sprang schnell von dem Schreibtischstuhl auf und setzte sich auf die andere Seite des Schreibtischs. Sie wusste nicht, wieso, aber sie hatte das Gefühl, dass sie keinem sagen durfte, dass es sich um ihren Bruder handelte. Sie musste das Geheimnis hüten, wie einen Schatz. Zu viel Angst hatte sie davor, dass man ihn ihr wieder wegnehmen würde.

4

Nicht nur das tosende Gewitter, das immer wieder grelle Blitze auf die Erde losließ, die einen Donner entfachten, der sie zusammenschrecken ließ, hielt sie wach, sondern auch der Gedanke an das Phantombild, das sie immer noch in allen zeichnerischen Details vor sich sah. Auch wenn er sich verändert hatte und älter geworden war, hätte sie ihn sofort unter Tausenden erkannt. Alle Gesichtszüge waren so klar gezeichnet, dass Cindy meinte, sie hätte sogar eine Traurigkeit in seinen dunklen Augen erkennen können, die ihr immer noch einen Stich versetzte. Noch nie hatte sie es ertragen können, ihre Geschwister traurig zu sehen, weil es in ihr eine Betroffenheit auslöste, die wie eine schwere Last auf ihren Schultern wog. Alles hätte sie dafür getan, ihnen den Kummer nehmen können, damit sie glücklich hätten sein können.

Sie hatte das Gefühl anders mit ihrer Traurigkeit umzugehen als ihre Geschwister und fühlte sich immer geschützt. Meistens zog sie sich in ihre Fantasiewelt zurück und stellte sich vor, wie sie eine andere Person wäre, die eine andere Familie und ein anderes Leben hatte. In ihrer Fantasie führte sie ganz andere Leben und lebte ganz andere Persönlichkeiten. Sie war beliebt, hübsch oder einfach nur glücklich. Alles was sie wollte. Ihre Fantasie diente als unsichtbarer, aber vor allem unbesiegbarer Schutzwall, der jedes noch so schlimme Gefühl abwehrte.

Nur so konnte sie Ruhe bewahren, Kraft sammeln und den Rest ihres Lebens überstehen. Oft hatte sie darüber nachgedacht, ob ihre Geschwister auch etwas hatten, was sie schützt, aber meistens kam sie zu dem Entschluss, dass sie alle Angriffe ohne Deckung über sich ergehen lassen mussten und irgendwann ihr Schicksal als dieses akzeptiert hatten. Wahrscheinlich war auch auf diese Weise ihre Fantasie abhandengekommen, oder vielleicht nahm, mit steigendem Lebensalter, die Fantasie ab und diese schrecklichen, lähmenden Gedanken – vor denen sie jetzt schon Angst hatte – zu.

Sie wünschte sie hätte sie mehr beschützen können, auch wenn sie wusste, wie lächerlich und naiv das klang, wenn sie es als die jüngste sagte.

Der Regen prasselte noch stärker an ihre Fensterscheiben und plötzlich hörte sie wieder einen gewaltigen Donner, der sie heftig zusammenzucken ließ.

*»Kannst du auch nicht schlafen?«, fragte Mylo seine kleine Schwester, als sie ihm im Schlafanzug im Flur entgegen kam. Sie hatte sich in ihre Decke eingehüllt, ein Kuscheltier in der Hand und schaute müde hoch, als er sie ansprach. Plötzlich erhellte das Haus durch alle Scheiben und ein ohrenbetäubender Donner folgte. Sie fing an zu weinen und ihr Bruder machte einen Schritt auf sie zu. Er umarmte sie, nahm sie dann an die Hand und ging mit ihr in sein Zimmer. Er wusste, dass sie sich vor Gewitter fürchtete und sie fragte sich, wie er keine Angst vor diesem gruseligen Wetter haben konnte. Sie kletterten in sein Hochbett und Cindy beruhigte sich. Sie fühlte sich nicht mehr allein. Sie fühlte sich beschützt. Er deckte sie zu und fing an leise zu sprechen. »Immer wenn ein Gewitter kommt, wird danach die Erde schöner«, erklärte er ihr*

*leise. »Du musst mal darauf achten, wenn du morgen zur Schule gehst. Guck dir ganz genau die Bäume an, sie werden dir grüner erscheinen. Guck dir die Erde an, sie wird dir kräftiger, satter und schwärzer erscheinen. Atme die Luft ein, denn so eine klare, saubere und gut riechende Luft gibt es nur nach einem Gewitter. Es ist so, als würde der Himmel bei einem Gewitter bitterlich weinen. Als würde all das, was er die letzten Wochen oder Monate aufgestaut hat, endlich mal herauslassen. Und wütend werden. Nicht immer nur traurig und still. Sondern auch wütend und laut, so dass jeder ihn hören kann. Er tobt böse, weint alle Tränen die er hat und bricht für ein paar Stunden restlos zusammen. Für ein paar Stunden lässt er all das Negative zu. All die bedrückenden, schwarzen Wolken, die er sonst immer mit aller Kraft wegstößt, nutzen die Gelegenheit und kommen zurück, um den Himmel vollständig zu verdunkeln. Aber danach, wenn all diese Gefühle aus dem Himmel verschwunden sind, wenn er frei von aller Negativität ist und mit Erleichterung ausgefüllt ist, fühlt der Himmel sich wie nie zuvor. Und all das, was der Himmel nicht mehr brauchte oder nicht mehr sehen wollte, wurde vom Wind weggefegt. Wenn die Sonne dann wieder aufgeht – und das tut sie immer – sieht der Himmel eine völlig neue, viel schönere Erde.«*

*Cindy hörte ihm gespannt zu. Sie konnte den Himmel sogar ein bisschen verstehen, dachte sie.*

*»Manchmal«, fuhr er leise fort, »ist das bei uns Menschen auch so. Wir müssen weinen. Wir müssen zusammenbrechen. Um die Teile wieder neu zusammenzubauen. Besser und stärker, als je zuvor.«*

*Sie konzentrierte sich auf jedes einzelne Wort, das er sagte und war sich sicher, diese Worte nie wieder in ihren Leben zu vergessen.*

*»Du kannst immer zu mir kommen, wenn du Angst hast«, versprach er ihr und Cindy nickte nur in die Dunkelheit. Sie konnte nichts sagen. Wie sehr wünschte sie sich, dass sie ihm das gleiche sagen könnte. Aber sie war zu klein. Sie wusste noch nicht, wie man andere*

*Menschen tröstete. Aber irgendwann, wenn sie groß war, würde sie ihrem Bruder dieses Versprechen geben. Da war sie sich ganz sicher.*

*Am nächsten Morgen wurden sie unsanft aus dem Schlaf gerissen, als plötzlich das grelle Zimmerlicht angeschaltet wurde und Susanna brüllte, dass Mylo aufstehen sollte. Als sie Cindy entdeckte, brüllte sie noch mehr rum. »Angst vor einem Gewitter? Wie kann man denn Angst vor einem Gewitter haben?«, sie schüttelte ungläubig den Kopf. »Hast du auch Angst vor Sonnenschein? Ich sag dir mal was!«, schnauzte sie laut und zog Cindy grob aus dem Bett. »Die meisten Menschen finden Gewitter sogar schön! Und du musst deinen Bruder aus dem Schlaf reißen, weil du selbst nicht schlafen kannst? Ein bisschen ungerecht, findest du nicht? Du solltest dringen lernen mit solchen Kleinigkeiten alleine klarzukommen!«*

*Sie scheuchte Cindy aus dem Zimmer und drehte sich zu Mylo um. »Und du!«, rief sie wütend. »Du musst dich nicht als großartiger Retter aufspielen! Du hättest sie zurück ins Bett schicken sollen, damit du heute pünktlich aus dem Bett kommst! Was soll denn die Schule denken, wenn du zu spät kommst?«*

*Cindy blieb traurig im Flur stehen und hätte am liebsten gesagt, dass er sie nur getröstet hatte, aber sie wusste nicht wie.*

*»Ich muss dann wieder in die Schule kommen, weil mein Sohn es nicht schafft pünktlich zu erscheinen!«, rief sie böse. »Ich! Ich muss es dann wieder gerade biegen!«*

*Cindy fühlte sich so schwach, so falsch behandelt, ganz stark verspürte sie den Drang, ihrer Mutter zu erklären, wie es eigentlich gewesen war, aber es hätte nichts genützt und das wusste sie. Susanna war so viel mächtiger, so viel stärker und die Angst vor ihr lähmte Cindy noch zusätzlich.*

Mittwoch, 11. Juli 2012

I

Dass sie bis jetzt noch nicht gefasst wurden, zeigte Kevin, dass die Polizei ihnen nicht so nah war, wie er befürchtet hatte. Hätten sie irgendwelche Hinweise vorliegen, wären sie schon längst in Untersuchungshaft. Es beruhigte ihn zu wissen, dass er gut gearbeitet hatte. Er begriff, dass er noch eine Chance hatte, in Freiheit weiter zu leben.

Er blickte auf Mylo, der am Wohnzimmertisch saß und auf den Fernseher starrte. Er war ein kluger Kerl, aber er war kein Krimineller. Er hätte dem Druck nicht standgehalten, hätten sie wirklich nach ihnen gesucht.

»Morgen früh fahren wir«, bestimmte Kevin und Mylo blickte mit besorgten Augen zu ihm hoch. »Aber wir bleiben zusammen, wenn wir über die Grenze gehen oder?«, fragte er.

Kevin zuckte kurz die Schultern. »Ich weiß es noch nicht, aber wenn ich nichts mehr von den Bullen höre, könnte es sein, dass sie uns gar nicht suchen.«

Mylo nickte nur teilnahmslos.

»Es wird schon alles gut gehen. Selbst, wenn wir uns trennen, werden wir es schaffen.«

Mylo schaute nachdenklich geradeaus und Kevin wusste, dass er wahrscheinlich gerade darüber nachdachte, wie er sein Leben ohne Kevin weiterführen soll. Er war einer dieser

Menschen, die ihr eigenes Potenzial gar nicht sahen und sich deshalb leicht von anderen Menschen abhängig machten, weil sie dachten, nur so erfolgreich zu sein. Kevin hatte es schon so oft mit Mylo besprochen, ihm so oft zugesichert, dass er auch alleine leben konnte, aber Mylo konnte es einfach nicht einsehen.

Es war nicht so, dass er eine Klette war, oder Kevin in irgendeiner Weise störte - ganz im Gegenteil - sie waren wie Brüder, aber es war eine Art Wunsch von Kevin, dass Mylo sich mehr zutraute.

Kevin fragte sich, was er tun würde, wenn es hart auf hart kommt, wenn es hieß, sein Leben oder Mylos und er fühlte sich schlecht und gewissenlos bei dem Gedanken, dass er sich für sein Leben entscheiden würde, vor allem weil er sicher war, dass Mylo genau andersrum handeln würde.

Sie hatten den ganzen Nachmittag nicht mehr geredet und sich irgendwann in ihre Zimmer zurückgezogen.

Am Abend bekam Kevin Hunger, schlenderte in die Küche, wärmte sich ein Fertiggericht auf und schaltete den Fernseher an, weil er ungeduldig hoffte, dass die Wartezeit ihm dadurch kurzweiliger erscheinen würde. Nur halbherzig hörte er hin und wartete auf sein Essen, das sich summend in der Mikrowelle drehte.

Mit seinem Teller, der viel zu heiß geworden war, setzte er sich wieder, stellte ihn schnell vor sich hin und griff zur Fernbedienung um den Sender zu wechseln, als plötzlich die Nachrichten mit einer Eilmeldung erschienen.

Mit einem Satz sprang er auf und sein ganzer Körper spannte sich an. Fassungslos starrte er auf Mylos Phantombild.

Sie hatten ein Phantombild veröffentlicht und zwar ein verdammt gutes! Diese dumme Alte!, dachte er wütend, sie hatte ihn verraten! Mylo hatte es gewusst! Jetzt suchten sie mithilfe der Öffentlichkeit nach ihm, weil er noch nie aktenkundig bei der Polizei geworden war! So eine Scheiße! Sie suchten also doch nach ihnen! Er hätte es wissen müssen! Was war nur mit ihm los? Seit wann schätzte er eine Situation nach der anderen falsch ein?

Wütend stürmte er ohne anzuklopfen in Mylos Zimmer. Wie vom Blitz getroffen, blieb er stehen. Das Zimmer war leer.

»Mylo?«, rief er einmal ins Schlafzimmer, dann noch einmal durch die ganze Wohnung.

Nichts. Keine Antwort. Stille.

Wo zum Teufel war er?

Eilig lief er zum Flur und entdeckte sofort, dass seine Schuhe nicht da waren. Schnell lief er zurück in die Küche, holte die Sporttasche aus einem Schrank und überprüfte den Inhalt.

Sofort sah er, dass etwas fehlte und sofort war ihm klar, dass Mylo nach draußen gegangen war, um zu dealen. Sie hatten darüber gesprochen, wie gut es wäre, noch etwas zu verkaufen, aber Kevin hatte deutlich gemacht, dass es keine gute Idee wäre, das Risiko einzugehen.

»Wir haben genug auf Reserve«, sagte Kevin. »Wir werden damit einen Neustart schaffen. Wir beide. Natürlich wäre es besser, dass restliche Zeug noch zu verkaufen, aber das geht gerade nicht.«

»Aber mich kennen sie doch nicht, oder?«, hatte Mylo vorsichtig gefragt und Kevin hatte nur die Schultern gezuckt. »Die Polizei nicht, aber wir können es nicht ausschließen.«

Er hätte sich deutlicher ausdrücken sollen!, dachte er und ärgerte sich über sich selbst.

Unruhig lief er in der Wohnung hin und her und überlegte, was er tun sollte. Sie würden ihn finden, daran hatte Kevin keine Zweifel mehr. Schon oft hatte er Öffentlichkeitsfahndungen verfolgt und jedes Mal fand er es erstaunlich, wie viele Menschen den Täter sehen, nachdem die Polizei an die Öffentlichkeit ging. Er konnte sich bildlich vorstellen, wie das Telefon der Polizei nicht mehr stillstand und die Hinweise nach und nach eintrafen. Und sofort war eine Streife in der Nähe, die den vermutlichen Täter ausfindig machen und festnehmen konnte.

Unruhig lief er in der Wohnung hin und her und überlegte, was er tun sollte.

Er konnte ihn nicht mehr warnen, das war klar. Mylos Handy würde bei der Festnahme direkt konfisziert werden und somit hätte man eine Spur zu Kevin. Er dachte fieberhaft nach, aber es gab nur eine Lösung.

Wenn er sich keine Zelle mit Mylo teilen wollte, musste er weg. So schnell wie möglich.

Schnell packte er seine wenigen Sachen in die Sporttasche, griff nach den Autoschlüsseln und blickte noch einmal durch den Raum. Aber da auch diese Wohnung nicht ihm gehörte und sie auch nur seit ein paar Tagen hier wohnten, hatten sie keinerlei Beweise oder Hinweise hinterlassen. Er überprüfte die Wohnung ein zweites Mal, ging zur Tür und ließ die Wohnung hinter sich. Er eilte die Treppen runter, lief aus der Haustür, überquerte die Straße und ging zu seinem Auto, dass er vor ein paar Stunden in der Parkbucht ein paar Meter entfernt geparkt hatte. Er öffnete die Autotür, setzte sich in den Fahrersitz, startete den Motor und fuhr los.

Er konnte jetzt nicht mehr an Mylo denken, sondern nur noch an sich.

## 2

Was hatte sein Leben eigentlich noch für einen Sinn, wenn er nicht mehr mit Kevin arbeiten würde? Nicht mehr mit Kevin zusammenwohnen würde?

Er war zu seiner Familie geworden. Er hatte ihm so viel beigebracht. Kevin hatte ihn geprägt und darauf war Mylo stolz.

Kevin hatte ihn zu dem gemacht, was er war.

Jetzt, wo er mit aufgezogener Kapuze und gesenktem Blick durch die dunklen Straßen lief, fragte er sich, ob er die richtige Entscheidung getroffen hatte, einfach so rauszugehen.

Aber warum nicht? Er war sich sicher, dass die Polizei nur nach Kevin suchte und sicherlich würde es Kevin auch freuen, wenn sie mit ein bisschen mehr Geld in ihre neue Heimat fuhren.

Auch wenn er es mied, die Menschen anzusehen, die ihm entgegen kamen, fiel ihm auf einmal ein junger Mann auf, der mit einem kleineren Jungen vor einem Kiosk stand. Der kleinere Junge hörte ihm mit großen Augen zu, sichtlich gespannt, was er als nächstes für eine Geschichte zu hören bekommt.

Für einen Bruchteil einer Sekunde blickte der Ältere zu ihm rüber und Mylo wendete sofort seinen Blick ab.

*»Kannst du mir helfen?«, fragte Mylo schüchtern und hoffte, dass Kevin ihn gehört hatte.*

*Er hatte Kevin und seine Freunde von weitem gesehen, sie standen vor einem Kiosk und warteten auf die restlichen Freunde, die gerade im Kiosk einkauften. Wie in Trance war er auf die Gruppe zugegangen, hatte nur Kevin im Visier, blieb vor ihm stehen und tippte ihn an.*

*Er drehte sich um, und Mylo war froh, dass die erste Hürde geschafft war.*

*»Was ist denn los?«, fragte er überrascht und ging ein paar Schritte von den anderen weg. »Gibt es Probleme Zuhause?«*

*Mylo nickte beschämt und war gleichzeitig froh, dass Kevin direkt ahnte, worum es geht.*

*»Ich kann nicht mehr nach Hause«, brachte er leise hervor. »Meine Mutter will, dass wir nie wieder nach Hause kommen.«*

*Er schaute Kevin fest in die Augen. »Nie wieder.«*

*Kevin schaute ihn fragend an.*

*»Was redest du da?«, fragte er ungläubig, »wo sollst du denn hin? Was ist denn überhaupt passiert?«*

*Mylo versuchte sich zu erinnern, warum die Situation heute eskaliert war, aber er wusste es nicht. Er wollte es auch gar nicht alles erzählen. Er schämte sich und er hatte Angst, dass Kevin ihn nicht verstehen würde. Es gab nie einen Auslöser, dachte Mylo. Es ist so, als würde man auf einer tickenden Zeitbombe sitzen und nicht wissen, wann sie hochgeht. Manchmal denkt man, jetzt ist es so weit. Man verabschiedet sich gedanklich schon von seinem Leben, schließt die Augen und betet so heftig, wie noch nie zuvor. Und dann passiert gar nichts. Und manchmal, hat man einen guten Tag, eine Eins im Mathetest geschrieben und der Lehrer hat dir gesagt, dass du ein kluger Schüler bist. Du gehst fröhlich nach Hause und fühlst dich so glücklich, wie lange nicht mehr. Kommst zuhause rein, ziehst deine Schuhe aus und plötzlich wirst du angeschrien, beleidigt, geschlagen, weil du deine Schuhe nicht auf das Schuhregal gestellt hast und fragst dich, wann dieses Elend, das du dein Leben nennst, endlich endet. Du weinst dich in den Schlaf und hast Angst vor dem nächsten Tag. Am nächsten Tag bist du noch viel ängstlicher und unsicherer, als die Tage davor. Du blickst ihr nicht mehr in die Augen. Du sagst nichts zu ihr, weil du befürchtest, es konnte wieder eine Eskalation auslösen. Dein Körper ist ganz verkrampft und du zuckst zusammen, wenn sie dich anspricht. Aber sie ist ganz normal. Als ob der gestrige Tag gar nicht existiert hätte. Sie gibt dir deine Butterbrote und wünscht dir einen schönen Tag in der Schule. Und du verstehst es nicht. Du fragst dich, ob du verrückt bist, ob du dir das alles nur eingebildet hast. Und dann wechseln deine Emotionen. Von dieser grausamen Angst, dieser lähmenden Unsicherheit ist auf einmal nichts mehr da. Auf einmal bist du wieder glücklich. Endlos erleichtert. Es ist alles wieder gut. Es geht bergauf. Aber dann, kommst du später wieder nach Hause, und alles fängt von vorne an. Die ganze Zeit pendeln deine Gefühle von Hass, Verzweiflung, Trauer und Ohnmacht, zu Dankbarkeit, Erleichterung, Fröhlichkeit, alles viel zu schnell, alles viel zu hektisch bis alle vollständig vermischt sind und du gar nicht mehr weißt, was du wann fühlen sollst, kannst, oder darfst.*

*Alles ändert sich so schnell, dass du dich auf nichts verlassen kannst. Nicht mal auf dich selbst. Du weißt nicht, was als nächstes kommt. Es gibt keinen Ruhezustand mehr. Nur noch Anspannung. Du bist jedes Mal aufs Schlimmste gefasst. Und irgendwann empfindest du keinen Schmerz mehr. Nach der ganzen Demütigung, nach den ganzen stummen Schreien nach Hilfe, empfindest du keinen Schmerz mehr. Nein, du empfindest gar nichts mehr. Und dann fängst du an, sie zu hassen. Die Liebe, die du einst gefühlt hast, wird mit dem Hass ersetzt. Und so allmählich vermischen sich all die positiven Gefühle mit negativen Gefühlen. Du bist traurig in schönen Situationen. Und euphorisiert, wenn du dich in Gefahr begibst.*

*Aber konnte er das wirklich sagen? Gäbe es einen Menschen auf dieser Welt, der es verstehen würde?*

*Mylo schaute wieder zu Kevin.*

*»Ich brauche deine Hilfe«, sagte er verzweifelt. »Ich kann nicht mehr nach Hause.«*

*Kevin schien zu überlegen. Er schaute zu seinen Freunden, dann wieder zu Mylo.*

*»Du kannst bei mir bleiben«, sagte er dann und Mylo war so erleichtert, wie noch nie in seinem Leben. Es war ein kleiner Hoffnungsschimmer, den Mylo so dringend brauchte. Es war das neue Kapitel, nach dem er sich so sehnte.*

Er ging an den zwei Jungen vorbei, überquerte die Straße und bog in eine kleine Einbahnstraße, die in dem Park mündete. Im Park angekommen, sah er sofort einen Streifenwagen aus dem Augenwinkel und beschleunigte seinen Schritt. Plötzlich überkam ihm eine unkontrollierbare Angst.

Observierten sie ihn?

Er senkte den Kopf noch mehr als sowieso schon, versuchte sein Gesicht noch mehr mit seiner Kapuze zu verdecken, eilte zu der Bank, auf der er den Typ erkannte, mit dem er sich verabredet hatte und setzte sich zu ihm. Zur Begrüßung streckte er seine Hand aus und bekam einen Geldschein übermittelt. »Alles klar?«, fragte er beiläufig und hielt unruhig die Umgebung im Blick.

»Ja, ja«, antworte der Typ, »jetzt auf jeden Fall.«

Er grinste und zwinkerte Mylo kurz zu.

»Die Bullen sind schon hier«, klärte er nervös auf und übergab ihm eilig die Ware. »Wir müssen schnell wieder weg.«

Er spürte die Gefahr, als er weiterlief und beschloss sich durch das Gestrüpp zu zwängen, dass den Park anstelle eines Zaunes umrandete, um in einer kleinen Seitenstraße auszukommen, die eine höhere Wahrscheinlichkeit aufwies, nicht von Streifenwagen besetzt zu sein. Er fühlte sich immer noch beobachtet, aber er versuchte sich - sofern es seine steigende Nervosität zuließ - normal zu verhalten.

Immer wieder nahm er Abkürzungen, kleine Feldwege oder ging durch dunkle Gassen, in denen nur Mülltonnen standen, um seine Spur zu verwischen, aber das Gefühl, dass er auf Schritt und Tritt verfolgt wurde, egal welche Schlenker er auch machte, blieb unabdingbar bei ihm. Sein Puls schien sich nicht zu beruhigen, als würde sein Körper eine Gefahr wahrnehmen und ihn versuchen, mit einem rasenden Herzen davor zu warnen.

Er wurde beobachtet. Er wurde verfolgt. Er konnte es spüren.

Nicht umdrehen, befahl er sich. Nicht rennen. Einfach weitergehen. Links und rechts von ihm befanden sich Wohnhäuser und er bemerkte angespannt, dass er nun für die nächsten paar Minuten keine Ausweichmöglichkeit hätte. Erst am Ende der Straße kamen wieder mehrere Abzweigungen, Felder und Wiesen, wo er hätte wegrennen können. Ohne es zu bewusst zu steuern, wurden seine Schritte immer schneller und mit jedem Schritt fühlte er sich mehr ertappt, als würde er geradewegs in eine Falle laufen.

Er schwitzte immer mehr, sein Herz pochte immer heftiger und bei jedem Automotor, den er in der Ferne hörte, überkam ihn die blanke Panik.

Klitschnass geschwitzt kam er endlich am Ende der Straße an und bog direkt auf einen Feldweg ab, der so verwachsen war, dass man ihn gar nicht mehr wahrnahm, wenn man ihn nicht kannte.

Automatisch wurden seine Schritte immer schneller, je weiter entfernt er war und er wartete nur auf den Moment, weit genug von der Straße entfernt zu sein, um endlich im Schutz der Dunkelheit um sein Leben laufen zu können.

Es war nicht mehr weit. Nur noch ein paar Meter.

Er befahl sich ruhig zu bleiben.

Gleich hatte er es geschafft.

Plötzlich leuchtete ein greller Strahl ihn von hinten an. Der ganze Feldweg, der eben noch in geheimnisvolle Schwärze getaucht war, war nun vollständig erleuchtet.

Ein Auto. Die Polizei.

Sie hatten ihn.

Wie auf Kommando, lief er los, schnell, ohne sich auch nur für eine Sekunde umzudrehen, sprintete er quer über die Getreidefelder, die seine Beine völlig verkratzen, immer Richtung Wald, dessen hohen Baumkronen er selbst in der Dunkelheit erahnen konnte.

Minutenlang spurtete er im Ausnahmezustand über Felder, Gestrüpp und Wiesen. Vollgepumpt mit Adrenalin und Angst fühlte er sich wieder genau wie damals. Nur, dass er damals die Flucht nicht geschafft hatte.

*»Ihr geht auf euer Zimmer, habt ihr das kapiert?«, schrie sie ihre Kinder an, die ängstlich im Flur standen und nicht begriffen hatte, was dieser Mann, der regungslos auf dem Badezimmerboden lag, bedeutete. »Hier gibt es nichts mehr zu sehen! Und ihr werdet eure Klappe halten, ist das klar?«*

*Sie drehte sich kurz zu dem Mann, dann drehte sie sich sofort wieder um. »Habt ihr nicht verstanden?«, brüllte sie noch lauter. »Verschwindet! Geht weg!«*

*Mylo spürte, wie seine ältere Schwester ihn an der Schulter packte und versuchte wegzuziehen. Mit einem kurzen Ruck schüttelte er sie ab und warf ihr einen Blick zu, der sagte, dass er das diesmal nicht machen würde. Dass er genau verstand, was hier abgelaufen war, auch wenn seine Mutter ihm nicht zutraute, diese Situation zu rekonstruieren. Er schüttelte den Kopf. Man musste dieser Katastrophe ein Ende setzen.*

*Wo sollte das noch hinführen?*

*Jetzt liegt hier ein Toter im Haus und Mylo dachte sich, dass es, wenn es so weitergeht, nicht bei diesem einen Toten bleiben würde. Irgendwann würde er sich lieber selbst umbringen, als noch einen weiteren Tag in diesem Scherbenhaufen zu verbringen. Er sah, dass seine Mutter sich wieder dem Mann zu wandte und nutze seine Chance.*

*Schnell schlich er zur Treppe, ohne einen Mucks zu machen, stieg leise die Treppenstufen runter, rannte durch den Flur und nahm immer mehr in Kauf, dass man ihn hören konnte, je weiter weg er war. Er öffnete die Haustür und stürmte auf die Straße. Die Sonne war schon untergegangen und es war frisch draußen. Er hatte nur ein T-Shirt an und er spürte wie der abgekühlte Wind durch den dünnen Stoff zog. Bestimmt würde es gleich regnen. Aber es war ihm egal.*

*Er rannte so schnell er konnte, bis er panisch feststellte, dass er kräftige Schritte hinter sich hörte, die immer näher kamen.*

*Verzweifelt versuchte er schneller zu werden, aber er wusste, dass er nicht schneller war als sie.*

*Plötzlich merkte er, wie das Adrenalin in seinen Gefäßen nachließ und sich nur noch Furcht in seinem Körper ausbreitete. Als wäre die pure Panik in seinen Blutkreislauf gelangt und würde sich jetzt zu jedem Gefäß seines Körpers ausbreiten und seine Glieder lähmen. Eben noch, war er überzeugt, hier raus zu wollen, aber jetzt war er sich nicht mehr sicher. Er hasste diese Unsicherheit, die bei ihm so tief verwurzelt war. Zu oft zweifelte er. Zu oft hinterfragte er seine Entscheidungen. Und stand sich im Endeffekt nur selbst im Weg. Während die Schritte hinter ihm immer mehr aufholten, merkte er, wie seine Beine immer mehr nachgaben.*

*Würde es wirklich besser werden, wenn er in einem Heim wäre?*

*Wenn er seine Mutter verriet, verriet er auch seine Geschwister. Sie würden auch ins Heim kommen. Ist es das, was sie wollen? Würden sie ihm dafür danken, oder ihn hassen?*

*Noch bevor er die Telefonzelle erreichen konnte, verwandelten sich seine Beine, die ihn eben noch so gut getragen haben, in schwache, schwere Betonklötze, die keinen Schritt mehr tun konnten. Er fiel zu Boden und schluchzte. Alles vor ihm wurde für Sekunden schwarz. Er wollte nicht mehr. Er wollte sich nicht mehr so fühlen. Er hatte so viel Angst. Er weinte, obwohl er wusste, dass er dafür später wieder bezahlen musste.*

*Er schluchzte wie noch nie in seinem Leben. Alles brach in ihm zusammen. Er hatte es wieder nicht geschafft. Er würde sich nie retten können. Susanna packte ihn mit einem groben, festen Griff am Arm und zog ihn ruckartig hoch. Sie ließ ihn den ganzen Weg zurück nicht mehr los. Mylo kniff die Augen zusammen, als sich die Hand seiner Mutter schmerzhaft in seinen Arm bohrte.*

*Wie benebelt konnte er noch hören, wie seine Mutter in einem ruhigen, fast netten Ton sagte. »Wenn du noch einmal versucht wegzulaufen und die Polizei anzurufen, rufe ich die Polizei an. Ich erzähle ihnen, was du für ein Kind bist! Und dann kommst du in ein Heim, dass ich aussuchen werde! Und ich verspreche dir, du wirst jeden Tag wünschen, nach Hause zu können. Und wenn du denkst, ich oder deine Geschwister werden dich besuchen, irrst du dich gewaltig! Du wirst uns nie wieder sehen. Bei jedem falschen Wort, gibt es im Kinderheim Bestrafungen. Bei jedem falschen Blick, wirst du bestraft. Die Kinder, die sich da so verhalten, wie du es tust, werden von den anderen isoliert, weil sie ein zu schlechter Einfluss sind. Tagelang sind sie dann in einem Zimmer, das so klein ist, dass du nichts anderes machen kannst, als im Bett zu liegen oder auf der Stelle zu stehen. Direkt neben deinem Bett wird ein Topf stehen, den du als Toilette benutzen musst. Dieser Raum hat kein Fenster und irgendwann weißt du nicht mal mehr, ob es Tag oder*

*Nacht ist. Vollkommen ohne Essen. Und wenn du dann nach deiner Mama flehst, wirst du von den anderen ausgelacht und bleibst noch länger in Isolation. Und falls das Kinderheim mich anrufen sollte und mir sagen sollte, dass mein Sohn nach mir fragt und mich sehen will, werde ich ihnen sagen, dass ich ihn nicht sehen will. Nie wieder. Wenn es das ist, was du willst, ruf ich sofort an.«*

*Sie ließ ihn kurz los und schaute ihn erwartungsvoll an.*

*Mylo weinte immer noch leise, schaute sie kurz an und konnte es nicht verstehen. Ihr Gesicht war ihm so vertraut. Ihr Gesicht sah so freundlich aus. Nur wenn man genau hinsah, sah man diese kalten Augen, die zu allem Schlechten fähig waren.*

*Er schüttelte resigniert den Kopf.*

*»Habe ich es mir gedacht. Dann hör auf dich wie ein trotziges Kind aufzuführen.«*

Als er wieder zu sich kam, hatte er alle Felder überquert und lief in den dunklen, feuchten Wald, der direkt eine kühlere Luft aufwies, die sich angenehm auf seiner verschwitzten Haut anfühlte.

Fast hätte er vergessen, wie hoch und mächtig die Bäume waren, die hier wuchsen. Er dachte immer, dass es ihm nur als Kind so vorgekommen wäre, aber selbst jetzt, als erwachsener Mann, machten die Schatten der Bäume einen gewaltigen Eindruck auf ihn.

Als er ein Stück in den Wald reingelaufen war, wurde er allmählich langsamer.

Alles war still. Alles war finster.

Er hatte es geschafft.

Er wollte das nicht mehr, dachte er und atmete heftig ein und aus.

Er wollte nicht mehr flüchten.

Und er wollte nicht zu lange in diesem Wald bleiben, bevor die grausamen Erinnerungen wieder hochkamen.

Donnerstag, 19. Januar 2012

Lya war sich nicht sicher, ob ihr wirklich niemand entgegen kam, oder ob sie einfach so vertieft in ihre Gedanken war, dass sie niemanden wahrnahm.

Die letzten Stunden war sie fast durchgelaufen und erst, als sie in einem ganz anderen Stadtteil war, hatte sie sich sicher genug gefühlt, um in ein normales Schritttempo überzugehen und darüber nachzudenken, wohin sie eigentlich wollte.

Sie hatte fünfhundert Pfund bei sich – was sie als viel empfand – und war sich sicher, dass sie damit die nächsten Tage überleben könne, aber was kam danach? Wo sollte sie wohnen, wenn sie kein Geld mehr hatte? Wie sollte sie an Geld kommen, wenn ihre Reserven erschöpft waren?

Obwohl sie genau wusste, wie ihre Zukunft aussah und welche Wege sie zwangsläufig wieder einschlagen müsste, verdrängte sie diese Gedanken mit aller Gründlichkeit.

In den kommenden Tagen wollte sie sich unbeschwert fühlen.

Sie sah die hohen, mächtigen Bäume des Waldes, den sie sonst immer mit aller Kraft mied, schwer hin und her schwanken.

Normalerweise wollte sie nicht mal in die Nähe dieses Waldes. Sie wollte nicht einmal die kleinste Baumkrone von einem dieser Bäume sehen. Sie wollte nie wieder daran denken, was passiert war. Nie wieder den verstörten Blick ihres

Bruders vor ihrem inneren Auge auftauchen sehen. Nein, das wollte sie nie wieder erleben.

*Endlich hörte sie die Haustür von unten aufgehen und die vertrauten Schritte ihres Bruders auf dem Holzboden. Sie drehte sich vorsichtig in ihrem Bett, um auf den Wecker zu schauen. Es war kurz vor halb fünf.*

*Sie atmete so leise, wie möglich, um genau zu hören, was ihr Bruder machte. Sie hörte wie die Tür noch einmal aufging, die nur angelehnt war und ihre Mutter reinkam. Sie sagten nichts. Absolut nichts. Eine Weile hörte sie auch nichts, bis sie schließlich Mylos Schritte auf der Treppe identifizieren konnte. Langsame, träge Schritte, die nichts mit seinen üblichen Schritten zu tun hatten, aber trotzdem war sie sich sicher, dass es sich um ihren Bruder handelte. Als sie ihn im Flur hörte, sprang sie auf, öffnete vorsichtig und leise ihre Zimmertür und wartete bis ihr Bruder an ihrer Tür vorbei kam. Sie sah ihn an, wie er auf sie zukam. Kraftlos, mit hängendem Kopf und schwachen Schritten, als ob seine Beine jeden Moment wegbrechen würden.*

*»Wo wart ihr?, flüsterte sie so leise und versteckte sich immer noch halb hinter ihrer Tür.*

*Erst als Mylo zusammenschrak, bemerkte Lya, dass er tief in seine Gedanken versunken war. Er wirkte abwesend, in keiner Weise ansprechbar. Er hob langsam seinen Kopf und schaute ihr direkt in die Augen.*

*Lya durchfuhr ein Schauer. Seine Augen waren kalt und ausdruckslos, aber als sie genauer hinsah, sah sie eine Verzweiflung, die sie noch nie zuvor bei einem Menschen gesehen hatte. Er wandte seinen Blick nicht ab, als würde er versuchen ihr ohne Worte etwas mitzuteilen, nach ihrer Hilfe zu betteln, und sie hielt es kaum aus, diesem entsetzlichen Blick standzuhalten. Sie wusste nicht, was sie sagen sollte oder was sie machen sollte, sie fühlte nur, dass ihr Herz brannte und dass sie seine endlose Traurigkeit fühlte, die ihr ebenfalls alle Glücksgefühle raubte.*

*Sie konnte sich auf nichts anderes mehr konzentrieren. Sie nahm nur noch Anteil an seinem Leid.*

*Ihre Kehle schnürte sich zu und sie hätte jeden Moment in Tränen ausbrechen können. Sie wusste nicht, was mit ihr passierte.*

*»Im Wald«, antworte Mylo mit einer Stimme, die nicht nach seiner eigenen Klang. »Mit den hohen Bäumen«, fuhr er ohne jegliche Emotion fort. »Er ist weg.«*

*Und bevor Lya antworten konnte, trottete er gebeugt in sein Zimmer.*

*Sie stand noch einen Moment im Türspalt, dann drehte sie sich um, schloss leise die Tür und legte sich fassungslos hin. Einige Sekunden lag sie nur da und fühlte gar nichts, aber auf einmal brachen alle Gefühle über ihr zusammen, als hätte man den Damm gelöst. Gefühle, die sie seit Jahren nicht mehr gefühlt hatte, überwältigten sie auf einmal.*

*Sie war unfassbar traurig, so traurig, dass sie einen dicken Kloß im Hals hatte und sie dachte, dass sie jeden Moment daran ersticken müsste. Das Gefühl des Erstickens löste sofort eine Panik in ihr aus, die ihr signalisierte, dass sie nun sterben würde. Verzweifelt rang sie nach Luft, versuchte zu atmen, den Kloß zu lösen, aber ihr Körper schien bei jedem erfolglosen Versuch nur weiter zu verkrampfen. Sie schnappte nach Luft, Tränen rollten ihr über die Wangen, aber egal wie sehr sie sich anstrengte, es kam nicht genug Sauerstoff in ihre Lunge. Sie war sich sicher, dass es sich so anfühlen musste, wenn man stirbt und sie wusste, dass sie sterben würde, wenn sie in den nächsten Momenten nicht atmen könnte.*

*Die Tränen liefen ihr leise über das Gesicht, aber sie hatte nicht das Gefühl zu weinen. Es war einfach nur ein weiteres Zeichen, mit dem ihr Körper signalisieren wollte, dass etwas nicht stimmt, dass alle Warnsignale rot aufleuchteten und sie bitte etwas dagegen tun soll. Aber sie wusste nicht wie, sie wusste nicht, was.*

*Es wurde immer schlimmer. Sie rang heftig nach Luft und bemühte sich auch nicht mehr leise zu sein. Sie wünschte sich sogar, dass man sie hörte und half, damit sie eine winzige Chance hatte, zu überleben.*

*Sie zwang sich auf das Atmen konzentrieren und versuchte die Tränen zu stoppen, die ihr nur unnötige Angst machten, aber je mehr sie versuchte, nicht zu weinen, desto mehr brachen die Tränen aus ihr heraus. Und auf einmal weinte sie laut, schluchzte vor sich hin und verzweifelte immer mehr. Wieder schnappte sie angestrengt nach Luft und ihre Lunge machte ein pfeifendes Geräusch - wieder kam kein Sauerstoff an.*

*In Gedanken verabschiedete sie sich von ihrem Leben und obwohl sie ihr Leben jeden Tag verfluchte, war sie überrascht davon, wie ihr Körper jetzt um ihr Überleben kämpfte. Sie kämpfte und kämpfte und hatte Angst zu sterben. Angst davor zu sterben, bevor sich ihr Leben zum Guten gewendet hatte. Aber sie konnte nichts dagegen tun, sie konnte aus diesen Gefühlen, die sie so unkontrollierbar übermannten, nichts tun. Und dann sagte sie sich, dass es in Ordnung sei, dass es nicht schlimm war zu sterben, dass sie loslassen solle und plötzlich sah sie ihre Mutter vor Augen. Sie sah noch einmal, was heute geschehen war, denn zum ersten Mal, hatte ihre Mutter sie geschützt. Sie hatte sich schützend vor sie gestellt, obwohl sie wusste, was passiert war. Ihre Mutter hatte nicht die Polizei gerufen und erzählt, dass Lya einen Mann umgebracht hat, nein, sie hat sich ganz alleine um die Situation gekümmert und Lya keinerlei Schuld gegeben. Sie musste noch nicht einmal helfen, die Spuren zu verwischen. Das alles hat ihre Mutter für sie gemacht. Und auf einmal entspannte sich Lyas Körper wieder. Purer Stolz füllte sie aus. So stolz hatte sie sich noch nie in ihrem Leben gefühlt. Sie merkte, wie Stück für Stück die Anspannung aus all ihren Gliedern abebbte und sie wieder tiefere Atemzüge nehmen konnte.*

*Plötzlich war sie euphorisiert. Sie fühlte sich noch nie so gut, wie in diesem Augenblick. Wie konnte sie eben noch ans Sterben denken, wenn sie sich jetzt wünschte, für immer Leben zu können? Bildlich stellte sie sich vor, wie sich jetzt alles zum Guten wenden würde. Wie sie mit ihrer Mutter eine innige Beziehung führen würde, weil sie beide ein Geheimnis hüteten, das sie für immer zusammenschweißen würde.*

*Lya fühlte sich noch sie so geliebt. Ihre Mutter hatte ihre Liebe bewiesen und Lya hatte es schon immer gewusst. Sie wusste, dass ihre Mutter kein Monster war. Sie wusste, dass ihre Mutter sie liebte und jetzt hatte sie zum ersten Mal den so dringend gewünschten Beweis.*

*Noch immer überwältigt von dem Glück, malte sie sich noch weiter ihre Zukunft mit ihrer liebevollen, beschützenden und sorgsamen Mutter aus und schlief ein.*

*Am nächsten Tag wachte sie auf und fühlte sich, als wäre ihr Geburtstag. Voller Energie stand sie auf, zog sich an und ging aus ihrer Zimmertür und prallte überraschend mit Mylo zusammen. Sie sah ihn an und bemerkte, dass er genau wie gestern aussah, wenn nicht sogar noch verstörter. Er war blass, sah erschöpft und traurig aus und mied ihren Blick.*

*Lya wartete unsicher darauf, dass sie wieder an seiner Traurigkeit teilnehmen würde und die negativen Gefühle sich in ihr ausbreiteten, aber nichts passierte. Sie fühlte nichts. Sie stellte sich noch einmal seinen Blick in ihren Gedanken vor, aber er berührte sie nicht mehr. Er löste nichts aus. Es war ihr egal. Es war sein Leben, dachte sie, er musste gucken, wie er damit klarkam. Sie wollte sich nur noch auf ihr Leben konzentrieren, denn sie hatte ihr Glück gefunden. Sie hatte endlich gefühlt, dass ihre Mutter sie liebt und wertete sich damit auf.*

*Seitdem sah sie ihre Geschwister in einem anderen Licht, dass sie nie richtig erklären konnte. Sie hatte sich von ihren abgekapselt, nicht mehr an ihren Sorgen teilgenommen. Sie konnte sie wissentlich im Stich lassen, ohne sich schlecht zu fühlen und wenn sie ehrlich war, befreite es sie ungemein.*

Sie starrte immer noch den Wald an.

Dieser verdammte Wald! Er hatte alles verändert. Wie dumm sie war, dachte sie und bog in eine Straße, die Richtung Stadt führte. Damals hatte sie gedacht, den großen Gewinn gezogen zu haben, aber jetzt wusste sie, dass sie alles auf die falsche Karte gesetzt hatte.

Als sie endlich die leuchtenden Laternen der Stadt sah und die hohen, kahlen Bauten eines billigen Hotels erblickte, wusste sie, dass sie ihr Ziel für heute erreicht hatte.

Erschöpft drückte sie die schwere Glastür des Hotels auf und checkte an der Rezeption für das günstigste Zimmer ein.

Mittwoch, 11. Juli 2012

3

Schon in den ersten zehn Minuten, nach Veröffentlichung des Phantombilds in den Nachrichten, klingelte das Telefon. Stewart, der den ganzen Abend das Telefon nicht aus den Augen gelassen hatte, nahm direkt beim ersten Klingeln ab.

»Ich habe den Mann gesehen!«, sprudelte es aus einer Frau heraus, die so klang, als hätte sie die Antwort für die Jackpot Frage gegeben und würde in den nächsten Sekunden zur Millionärin ernannt werden. »Ich habe ihn ganz sicher gesehen!«

»Können Sie mir sagen, wo …«

Sie fiel ihm aufgeregt ins Wort. »Er war hier! Ich habe aus dem Fenster geschaut und er ist hier vorbei gegangen! Er ist geschlendert, gar nicht so, als ob er auf der Flucht wäre!«

Sie schien darüber äußerst entrüstet zu sein, denn sie machte eine lange Pause und Stewart meinte zu spüren, dass sie eine Reaktion von ihm erwartete.

»Können Sie mir die genaue Straße nennen, Mrs …?«

»Hilbert! Ally Hilbert«, sprach sie extra betont, weil sie wahrscheinlich hoffte, ihren Namen bald in allen Zeitungen lesen zu können. »Ich wohne in Finsbury Park. Hier sind viele Wohnblöcke, wissen Sie?«

Stewart wusste sofort um welches Viertel es sich handelte. Ein sozial schwaches Viertel in Islington.

»Ich wohne relativ weit oben, aber ich habe ihn erkannt!«

»Konnten Sie sein Gesicht erkennen?«, fragte er skeptisch.

Sie machte eine lange Pause und atmete ins Telefon.

»Naja …«, stotterte sie auf einmal und klang nicht mehr so sicher, wie am Anfang. »Nicht so ganz, aber er hat einmal zur Seite geguckt, da habe ich ihn erkannt.«

»Verstehe«, antwortete Stewart freundlich und schrieb schwunglos die Adresse auf einen Zettel. »Können Sie mir noch die Uhrzeit nennen, Mrs. Hilbert?«

»Das war etwa vor zwei Stunden«, sagte sie schnell und ihr Stimmklang verriet, dass sie mittlerweile merkte, dass sie nicht den Top-Hinweis lieferte.

»Vielen Dank, Mrs. Hilbert. Wir werden dem Hinweis nachgehen.«

Nachdem Stewart aufgelegt hatte, lehnte er sich zurück, atmete durch und versuchte das Gespräch auf sich wirken zu lassen, aber die Stille in seinem Büro war nur von kurzer Dauer, denn Jimmy betrat wie selbstverständlich das Zimmer.

»Gab es schon gute Hinweise?«, fragte er neugierig und biss in ein belegtes Käse Brötchen, dass er zuvor in der Cafeteria gekauft hatte und krümelte dabei ordentlich auf den Boden.

Stewart berichtete unaufgeregt von dem Telefonat.

»Sie dachte bestimmt, es gibt einen Finderlohn«, prustete Jimmy mit vollem Mund los. »Sie dachte, sie wird reich.«

Er kaute einen Moment zu Ende, gab Stewart jedoch mit hektischer Gestik zu verstehen, dass er noch etwas zuzufügen hatte.

»Hat sich schon in einem schönen Strandhaus am Pazifik gesehen«, fuhr er grinsend fort, als er fertig gekaut hatte. »Du kennst doch die Leute aus dem Viertel. Die haben den ganzen Tag nichts zu tun, sind arbeitslos und alkoholabhängig. Wenn nicht gerade die Glotze mit einem irgendeinem minderbemittelten Format läuft, schauen die ab und zu aus dem Fenster und sehen plötzlich berühmte Stars oder ein Verbrechen, dass nur sie auflösen können. Die spielen jede Woche Lotto und malen sich schon aus, auf welche Insel sie dann auswandern und welche Luxusschlitten sie dann kaufen werden, obwohl sie nicht mal eine Fremdsprache sprechen, geschweige denn einen Führerschein haben. Kannst du vergessen, solche Leute.«

»Man kann bestimmt nicht alle Menschen aus dem Viertel über einen Kamm scheren«, versuchte Stewart einzulenken.

»Ach, komm!«, rief Jimmy direkt, »Klischees kommen nicht aus heiterem Himmel! Wie oft habe ich versucht, nicht in Klischees zu denken? Aber am Ende, wurde es nur wieder bestätigt! Ist es nicht so?«

Er wusste, dass Jimmy nicht Unrecht hatte, dass es schon einige Fälle gab, bei denen man sich genügsam aus der Kiste der Klischees bedienen konnte, um die Lösung zu finden, aber er wusste auch, dass das reine Klischeedenken einen nicht weiterbringt. Nicht, wenn man ein guter Ermittler ist und sachlich ermitteln möchte. Aber das brauchte er jetzt nicht zu diskutieren.

Er gab per Funk Bescheid, dass die Kollegen die in Finsbury Park Streife fuhren, besonders aufmerksam sein sollten.

Das Telefon klingelte erneut. Stewart nahm sofort ab und konnte den neugierigen Blick von Jimmy auf seiner Haut spüren.

»Scotland Yard, Detective Inspector Stewart. Wie kann ich Ihnen helfen?«

»Hallo Inspector, mein Name ist Mike«, stellte er sich vor und klang äußerst gelassen. »Ich habe den Typen gesehen, den sie suchen. Er war in Camden Town. Er guckte mich und meinem Bruder an. Ich habe ihn genau erkannt. Das war ungefähr vor einer halben Stunde.«

»Vielen Dank, Mike. Ich schicke sofort die Kollegen hin«, versicherte er. »Weißt du noch, was er anhatte?«

»Eine schwarze Hose und eine schwarze Jacke mit Kapuze«, beschrieb er und überlegte kurz. »Eigentlich sehr unscheinbar, aber er ging an uns vorbei und guckte uns direkt in die Augen. Das war ungewöhnlich. Deswegen erinnere ich mich so gut. Hier gibt es auch direkt einen Park, vielleicht ist er dahin gegangen.«

»Danke, Mike. Das war ein sehr hilfreicher Hinweis«, entgegnete Stewart und nickte Jimmy zu.

»Wir fahren auch raus«, sagte Stewart, als er den Hörer aufgelegt hatte.

»Siehst du, ich hatte wieder recht«, sagte Jimmy grinsend. »Die erste Anruferin hat nichts als Müll von sich geben. Das ist eine ganz andere Ecke der Stadt.«

Jimmy packte konzentriert das halb gegessene Brötchen zurück in die raschelnde Tüte und folgte Stewart in den Flur. Stewart gab seiner Kollegin, Leticia McOell, den Auftrag, ans Telefon zu gehen und neue Hinweise direkt an alle Kollegen weiterzufunken.

Der Berufsverkehr war längst vorbei, sodass sie schnell am genannten Park ankamen und Ausschau halten konnten. Der Park schien wie leer gefegt, nur vereinzelt sah man Spaziergänger, die tief in Gedanken versunken, ihre Hunde hinter sich herzogen. Auch das Funkgerät blieb still.

Sie parkten in einer Nebenstraße, die einen guten Blick auf den Park bot und warteten ab.

»Und Stewart?«, fragte Jimmy plötzlich, als Stewart den Motor abgestellt hatte. »Hast du noch einmal was von Janet gehört?«

Jimmy stellte sich anscheinend auf eine lange Schicht ein, denn er kramte sein Brötchen aus seiner Tasche, packte es aus und biss genüsslich rein. Kauend schaute er zu Stewart rüber und machte den Eindruck, als freute er sich über den folgenden Plausch.

»Ich habe nichts von ihr gehört«, antwortete er verwundert und schaute ihn verständnislos an. »Es ist etliche Jahre her.«

Er hoffte, dass Jimmy merken würde, dass er keinerlei Interesse daran hatte, über Janet zu sprechen.

Natürlich waren sie Freunde und in gewisser Maßen konnte er Verständnis dafür aufbringen, dass Jimmys Neugier immer weiter anstieg, weil Stewart nie mehr über sie geredet hatte, aber die Wahrheit war nun einmal, dass die ganze Geschichte Vergangenheit war.

Außerdem hatte er bei einer Observation eines mutmaßlichen Mörders keinen Nerv auf derartige Gespräche, versuchte er sich gedanklich zu rechtfertigen, obwohl er wusste, dass er im Allgemeinen private Fragen gerne abwehrte.

»Ist ja auch besser so, ich meine …«

»Wir sollten uns lieber auf die Straße konzentrieren, Jimmy«, unterbrach er ihn streng.

Jimmy verdrehte die Augen und biss in sein Brötchen. Der Salat knackte laut.

»Also ich kann auch reden und gleichzeitig die Straße beobachten«, sagte er völlig ungeniert mit vollem Mund. »Ich erwarte nicht, dass du mir romantisch in die Augen guckst, während du mir etwas aus deinem Leben erzählst.«

Er grinste Stewart an. Stewart verdrehte die Augen und wandte seinen Blick wieder auf die leeren, dunklen Straßen. Nur die Laternen gaben schwach ein bisschen Licht ab, aber er ahnte, dass es ohne einen erneuten Hinweis, schwierig wird, den Täter zu finden. Es kann noch lange dauern, dachte er, aber untätig im Büro rumsitzen wollte er auch nicht.

Um die Wartezeit etwas kurzweiliger erscheinen zu lassen, entschied er sich kurzerhand doch auf das Gespräch einzulassen und fragte sich selbst, woher dieser spontane Umschwung kam.

»Wenn ich ehrlich bin, habe ich nicht mehr an sie gedacht«, gab er zu, ohne den Blick von der Straße zu nehmen.

»Nicht mehr an sie gedacht?«, rief Jimmy empört. »Das soll ich dir glauben?«

Entgeistert schaute er Stewart von der Seite an.

»Ich weiß noch, wie du mir früher im Ohr hingst, dass sie das Beste in deinem Leben ist und wie glücklich du mit ihr bist!«

Stewart nickte gelassen. »So war es ja auch. Und ich war glücklich mit ihr. Aber sie war nicht mehr glücklich mit mir. Und um ehrlich zu sein, lasse ich sie lieber gehen, als zu wissen, dass sie das Leben mit mir quält.«

Stewart starrte immer noch in die Dunkelheit, visierte eine Gestalt im Dunklen, die sich – als sie näher kam – als ältere Frau entpuppte und Stewart war froh, dass er den Gedanken für sich behalten hatte, sonst hätte er jetzt einen kichernden Jimmy neben sich, der sich mehrere Minuten nicht mehr einkriegen würde.

»Verstehe«, murmelte er skeptisch. »Aber jetzt, wo ihr getrennt seid, kann ich es dir ja sagen.«

Er machte eine Pause und schaute aus der Fensterscheibe des Beifahrersitzes. »Ich fand ihr habt nie zusammen gepasst. Sie war immer eine Spur zu unnatürlich. Nicht von ihrem Aussehen, es lag mehr an ihrer Art. Versteh mich nicht falsch, sie ist eine wirkliche Erscheinung, aber ich hatte immer das Gefühl, dass sie tief im Inneren ein sehr ... wie soll ich sagen? Ja, ein unzufriedener, manchmal sogar unberechenbarer Mensch war. Und das passte nicht zu dir.«

Stewart zog seine Augenbrauen zusammen und warf ihm einen Blick zu, der sagte, dass er sich mit weiteren Behauptungen, die er nicht belegen konnte, besser zurückhalten sollte.

»Was redest du da?«

Jimmy zuckte die Schultern, er fühlte sich im Recht.

»Du warst blind vor Liebe, wie man so schön sagt. Du hast nichts Negatives an ihr gesehen. Aber wir alle fanden sie eigenartig. Sie ist eine kluge Frau, ohne Zweifel, wortgewandt und witzig, aber ich hatte immer das Gefühl, sie will dich besitzen und einschränken«, schilderte er seine Beobachtungen ganz unverblümt. »Aber sie hat es nicht geschafft, weil du so vertieft in dein eigenes Leben warst. Du hast es nicht mal gemerkt, wie sie mit aller Kraft versucht hat, dich zu ändern und daran ist sie kaputt gegangen. Mit jedem Jahr sahen ihre Gesichtszüge härter aus.«

Stewart ärgerte sich über Jimmys Vermutungen, die er allesamt als Unsinn abtat. Er war einfach nur froh, dass er konzentriert aus der Windschutzscheibe gucken konnte und nichts erwidern musste.

Natürlich war weder Janet – noch seine Ehe – perfekt, aber er war durchaus glücklich gewesen. Ihn besitzen und einschränken wollen?

Er schüttelte unmerklich den Kopf. Davon hatte er nichts mitbekommen.

»Wage Vermutungen, Detective.«

»Ich sage es dir, Stewart«, rief er eingeschnappt. »Irgendwann kommt sie zurück zu dir. Spätestens, wenn sie mitbekommt, dass du richtig glücklich bist, kommt sie zurück und versucht, es zu zerstören!«

Er klang von seiner fantasiereichen Theorie mehr als überzeugt.

Stewart schüttelte nur noch den Kopf. »Das denke ich nicht.«

Jimmy schien immer wütender darüber zu werden, dass Stewart ihm keinen Funken Glauben schenkte, er drehte sich mit seinem ganzen Körper zu ihm und versuchte mit Müh und Not seine Theorie zu belegen. »Weißt du noch, als …«, setzte er an, als beide plötzlich einen Mann sahen, ein paar Meter weiter von ihnen, quetschte er sich aus einem Gebüsch und überprüfte flüchtig die Straße.

»Das ist er!«, rief Jimmy aufgeregt und sein ganzer Ärger war in Sekunden verflogen.

Stewart beobachte den Mann ganz genau. Die Beschreibung passte. Der Bezirk passte. Wenn er nicht aus dem Gebüsch kam, weil er sich gerade erleichtert hatte, war es ein ziemlich verdächtiges Verhalten.

Stewart fixierte den Mann ganz genau und als er fast aus seiner Sicht verschwand, startete er den Motor und fuhr langsam hinter ihm her.

Sie hatten einen großen Abstand zu ihm, aber je mehr sie ihn verfolgten, desto sicherer war er sich, dass sie den Richtigen hatten.

Es war einfach sein Gefühl!

Der junge Mann bog plötzlich in einen Feldweg ein. Stewart drückte aufs Gas, versuchte den Wagen zu beschleunigen und in den Feldweg einzulenken, als er plötzlich den Scheinwerfer eines anderen Autos vor sich sah und erschrocken auf die Bremse drückte. Das andere Auto schnitt ihnen den Weg ab und bog direkt in den Feldweg.

Als die Straße wieder frei war drückte Stewart heftig auf das Gas, düste den Rest der Straße entlang und bog mit schlitternden Reifen in den Feldweg ein. Angespannt bremste er ab, konnte sehen, wie das vorherige Auto langsam den Feldweg entlang fuhr, dessen Scheinwerferlicht so stark und grell waren, dass alles rundum erleuchtet wurde und sie perplex mitverfolgen konnten, wie der junge Mann mit einem Affenzahn über die Felder sprintete, als gäbe es kein Morgen mehr.

Hektisch nahm Stewart sein Funkgerät zur Hand, was ihm fast wieder aus der Hand glitt, als er es vor seinen Mund hielt.

»An alle Einheiten, wir haben den Tatverdächtigen auf dem Feldweg an der Southwood Lane gesichtet. Er wurde mit hoher Wahrscheinlichkeit identifiziert. Er ist flüchtig, läuft über die Felder Richtung Queen's Wood. Stellt euch um den ganzen Wald, in Zivil, und wartet, bis er wieder rauskommt!«

## 4

Cindy ließ das heiße Wasser in die Spüle laufen, sah zu, wie es sich mit dem Spülmittel vermischte und immer höher aufschäumte. Nur ein paar Teller hatten sich heute angestaut und sie hatte es nicht eingesehen, dafür die Spülmaschine anzuwerfen und endlose Stunden untätig darauf zu warten, dass sie fertig lief, damit sie das Geschirr ausräumen konnte. Sie griff durch den Schaum in das angenehm warme Wasser, um den versunkenen Schwamm herauszufischen und nahm den ersten Teller zur Hand. Schon immer hatte sie es als zufriedenstellend empfunden, das schmutzige Geschirr zu reinigen und danach wieder blitzend sauber in den Schrank zu legen. Aber nicht nur aus Aspekten der Sauberkeit mochte sie diese, für viele so lästige, Tätigkeit, sondern auch weil sie – während sie die immer wiederholenden Handgriffe ausführte – sich tief in ihrer Gedankenwelt verlieren konnte.

Vor dem Abwasch hatte sie angespannt vor dem Fernseher gesessen und ungeduldig darauf gewartet, dass die Abendnachrichten ausgestrahlt wurden, um ihn noch einmal zu sehen.

Sie konnte nicht aufhören, an ihn zu denken und immer wieder machte ihr Herz einen Satz, wenn sie sein Bild sah.

*»Geh einfach«, »Geh einfach raus.«*

Jedes Mal, wenn sie die Zeichnung sah, fühlte sie sich in ihre Vergangenheit zurückversetzt; sie fühlte nicht nur den brennenden Schmerz, der sie auffallend davor warnte, an diese Zeit zurück zu denken, sondern auch die unbändige

Sehnsucht, die lang unterbrochene Verbindung wieder herzustellen, krallte sich an ihr fest. Die neu entstandene Hoffnung ihre Geschwister wiederzusehen, bescherte ihr einen Antrieb, wie nie zuvor.

Was war aus ihnen geworden? Waren sie glücklich?

Dachten sie auch an sie, oder hatten sie ihre Vergangenheit mit Leichtigkeit hinter sich gelassen?

Selbst wenn es so sein sollte, machte sie ihnen keinen Vorwurf. Sie hatten sich alle verändert. Sie hatten sich alle nach *diesem Tag* verändert.

*Sie konnte nicht aufstehen, sie konnte womöglich nie wieder aufstehen – wenn sie genauer darüber nachdachte. Sie konnte nie wieder lachen, nie wieder nur für eine Sekunde lachen, dachte sie.*

*In der Nacht zuvor, hatte sie sich leise und heimlich in Mylos Zimmer geschlichen und unter der Decke versteckt, denn nie im Leben hätte sie schlafen können, nachdem, was an diesem Tag passiert war. Immer wieder traten die Bilder vor ihre Augen, wie ein Daumenkino, dass man immer und immer wieder durchlaufen ließ und sie konnte sich nicht wehren, sie konnte nicht weggucken oder sich ablenken, sie sah nur – in einem gleichmäßigen, grauenhaften Takt – die schrecklichen Bilder; der leblose Körper auf den kalten Fliesen. Der hasserfüllte Blick ihrer Mutter. Mylos verzweifelter Versuch zu flüchten. Ihre Gebete, dass er es schafft. Ihre pure Erschütterung, als er wieder von Susanna nach Hause geschliffen wurde und zur Bestrafung ihrem bestimmenden Ton Folge leisten musste.*

*Also versteckte sie sich in seinem Zimmer, denn sie wusste, dass er irgendwann wieder nach Hause kommen würde. Auch, wenn sie nur grob erahnen konnte, was passiert war, als diese Furie, die sie ihre Mutter nennen muss, Mylo dazu aufforderte, den Körper ins Auto zu tragen, wusste sie, dass es schlimm war. Sehr schlimm.*

*Aber sie erinnerte sich an ihren Schutzwall und dass Mylo diesen nicht hatte. Und sie erinnerte sich daran, dass sie sich geschworen hat, das nächste Mal für ihn da zu sein, wenn er Angst hatte und sie war sich sicher, dass ein solcher Moment gekommen war.*

*Auch Cindy hatte Angst, aber sie konnte ihren Bruder nicht alleine lassen. Das hätte sie sich niemals verzeihen können.*

*Endlich hörte sie die Haustür aufgehen und sie erkannte an der Art und Weise, wie die Tür geöffnet wurde, dass es Mylo war. Ein paar Minuten später hörte sie ihre Mutter ebenfalls. Dann nahm sie Mylos Schritte auf den Treppenstufen wahr und fragte sich, für einen kurzen Moment, ob sie das Richtige tat. Sie war erst acht und sie wusste nicht, wie man sich in solchen Momenten verhält, aber sie hatte sich geschworen, für ihn da zu sein, wenn er das nächste Mal Hilfe bräuchte.*

*Plötzlich hörte sie ein Murmeln im Flur, sie lauschte angespannt durch die Tür, kam zu dem Entschluss, dass es Lya war, aber sie flüsterten so leise, dass Cindy kein Wort verstand.*

*Kurz danach ging plötzlich die Zimmertür auf und Mylo kam ins Zimmer. Sie hatte das Licht ausgelassen und auch Mylo knipste es nicht an.*

*Sofort flüsterte sie: »Nicht erschrecken, ich bin hier.«*

*Es kam keine Antwort.*

*»Ist alles in Ordnung?«, fragte Cindy unsicher, weil sie sich erinnerte, dass manche Erwachsenen das fragten, wenn sie jemandem ansahen, dass eben nicht alles in Ordnung war. Wieder sagte Mylo nichts. Es herrschte eine unheimliche Stille im Raum, in der sich Cindy immer mehr fehl am Platz fühlte.*

*»Ich wollte dich trösten … so wie du mich getröstet hast«, erklärte sie vorsichtig, aber sie wusste, dass sie es nicht schaffen würde, ihn aufzumuntern. Irgendetwas schien anders zu sein. Er lachte nicht. Er freute sich nicht, sie zu sehen. Er schien gar nicht mehr ihr Bruder zu sein, sondern ein völlig Fremder, dem sie zum ersten Mal begegnet. Sonst*

*musste sie nie überlegen, was sie sagt, oder ob sie das Richtige sagt, aber auf einmal fühlte es sich so an, als ob jedes Wort falsch wäre und alles nur schlimmer machte.*

*»Geh einfach«, sagte Mylo in einer Stimmlage, die sie noch nie zuvor bei ihm gehört hatte. »Geh einfach raus.«*

*Er brauchte es nicht noch einmal zu wiederholen, denn seine Stimme war kalt und voller Ernsthaftigkeit. Ängstlich stand sie auf und ging wortlos aus dem Zimmer. Sie war zu klein, folgerte sie, sie war noch zu klein, um ihn zu trösten. Sie wusste einfach nicht, was sie hätte sagen können, um ihn aufzumuntern.*

Vielleicht wusste er aber auch, dass ihn niemand trösten konnte, dachte sie nun und zog an der feinen Kette des Stopfens, der ihr mit einem *Plopp* entgegen kam und den Abfluss für das wartende Wasser freigab.

Erst jetzt verstand sie, dass er wahrscheinlich nie Trost für diese Situation finden konnte.

## 5

Kevin durchflößte ein Schwall der Erleichterung, als er endlich die Grenzkontrolle überschritten hatte und jetzt auf dem Weg zum Flughafen war. Er war seinem Ziel einen ganzen Schritt näher. Die ganze Autofahrt hatte er das Radio ausgelassen, weil er nicht wissen wollte, ob sie Mylo gefasst hatten, oder nicht. Er wollte mit der Sache abschließen. Er musste seinen eigenen Weg gehen.

Trotzdem musste er ständig an ihn denken. Auch wenn er es nicht oft zugab; Mylo war seine Familie. Die einzige, die er noch hatte. Die einzige Familie, die ihn nicht enttäuscht hat.

*»Die Familie ist alles! Alles was du hast! Vertrau keinen fremden Menschen, denn die werden es sein, die dir nach und nach in den Rücken fallen, glaub es mir! Nur die Familie bleibt hinter dir, egal was kommt. Und deswegen musst du auch hinter uns stehen, egal was passiert! Und nichts von dem, was passiert, nach außen tragen! Das wäre für die doch nur ein gefundenes Fressen! Hörst du? Vertraue diesen Menschen nicht! Nur die Familie wird dich nicht enttäuschen!«, belehrte sein Vater ihn und lief unruhig das Wohnzimmer auf und ab.*

*Wie kann es dann sein, dass du mich bisher am meisten enttäuscht hast?, dachte er, ohne etwas zu erwidern.*

*Er konnte es immer noch nicht verstehen, aber er wollte es auch nicht. Er wollte die billigen Ausreden seines Vaters nicht hören. Er wollte keine verwaschenen Erklärungsversuche. Er wollte keine mitleidserregende Rechtfertigung. Und erst recht wollte er keine Entschuldigung hören. Denn dann hätte er um Verzeihung gebeten und Kevin war sich nicht sicher, ob er das je könnte.*

*Bis gestern hatte Kevin gedacht, dass sein Leben normal wäre. Er war gerade auf die Grammar School gewechselt und seine Eltern waren stolz auf ihn. Und er war stolz auf sich. Er wusste, dass er ein kluger Junge war, eine gute Zukunft vor sich hatte und bis zu diesem Moment hatte er auch gedacht, dass er diese Zukunft erreichen würde.*

*Er kam von der Schule früher nach Hause, weil die letzten Stunden ausfielen und sein Vater hatte nicht mit ihm gerechnet. Kevin kam ins Haus und zog seine Schuhe aus und alles war wie immer. Er schlenderte in die Küche, hob den Deckel des Topfes, der auf dem Herd stand an, um zu sehen, ob etwas gekocht wurde und legte ihn wieder ab, als er enttäuscht feststellte, dass nichts darin war.*

*Kurz spähte er ins Wohnzimmer, nur um seine Vermutung zu bestätigen, dass niemand da war und ging dann die Treppen rauf. Auf der obersten Stufe bemerkte er, dass die Schlafzimmertür seiner Eltern einen Spalt offen stand.*

*Im Vorbeigehen, sah er seinen Vater auf dem Bett sitzen. Freudig klopfte er kurz an die Tür und trat ein, um ihn zu begrüßen.*

*Plötzlich fand er sich in einem Szenario wieder, dass sein schönes Leben schlagartig in ein tiefes Schwarz tauchte. Sein Vater war gerade dabei, die Nadel in seine Armbeuge zu stechen und brach sofort ab, als er Kevin sah. Neben ihm, auf dem Bett, saß eine sehr junge Frau, die leicht bekleidet war. Sie hatte tiefe Augenringe, sah müde und verbraucht aus und ihre dünnen, schwarzen Haare hingen platt bis zu ihren Schultern runter.*

*Kevin wusste sofort, was er hier vorfand. Zu oft schon, hatte er Dokumentationen über Kokain, Heroin oder Crystal Meth gesehen. Zu oft hatte er die Obdachloses am Bahnhof beobachtet und gesehen, wie sie sich das Zeug spritzten. Und zu oft hatte er schon von diesen Mädchen gehört, die sich auf widerliche, viel ältere Männer einlassen mussten.*

*Von einem Schlag auf den anderen, war das nicht mehr sein Vater, den er kannte und liebte. Bis zu diesem Tag hatte er ihn respektiert. Vielleicht war er nie sein großes Vorbild gewesen, dafür waren sie beide einfach zu unterschiedlich, aber er hatte ihn zutiefst respektiert und geliebt. Er war ein kluger Mann, hatte ein abgeschlossenes Ingenieurstudium, einen gut bezahlten Job bei einem Bauunternehmen, eine hübsche Frau und einen Sohn, auf den er hätte stolz sein können.*

*Aber das, dieser Mann, der auf dem Bett saß, sich Drogen mit einer gewissen Routine spritzte, die verriet, dass er das Zeug regelmäßig konsumierte, war plötzlich nur noch Abschaum für ihn.*

*»Kevin …«, stotterte er und versuchte hektisch die Nadel zu verstecken. »Was machst du hier?«*

*Dann zeigte er nervös auf das Mädchen, »Das ist Katrina, eine Freundin von mir …«, versuchte er die Situation verzweifelt zu retten.*

*Kevin konnte nichts erwidern. Er drehte sich um, ging aus dem Raum, die Treppen runter, zog sich die Schuhe an, die er vor ein paar*

*Minuten erst ausgezogen hatte, ging wieder raus. Er hielt es nicht mehr in diesen drückenden Wänden aus.*

*Als er auf einer der Bänke des Spielplatzes saß und mit seinen Schuhen auf dem Boden hin und her schliff, dachte er sich, dass es in dieser Straße bestimmt keine glückliche Familie gibt. Außer die Walkers. Das vorzeige Ehepaar. Seit über sechzig Jahren verheiratet und noch nie hat man von ihnen mitbekommen, dass sie sich angeschrien - oder gar gestritten - haben. Aber sie hatten auch keine Kinder. Vielleicht lag es daran? Vielleicht fängt damit das Elend an? Wenn man sein Leben aufgeben muss, für ein anderes menschliches Wesen. Manche Menschen werden dann bestimmt unzufrieden.*

*Frustriert blickte er umher, es war kein schönes Wetter, die Wolken zogen dunkel am Himmel auf und bestimmt würde es bald regnen. Zumindest würde das erklären, warum er der Einzige auf dem Spielplatz war.*

*Er schaute die leeren Schaukeln an, die sich im Wind bewegten und dessen Scharniere quietschende Geräusche machten, die Rutsche, die still und standhaft da stand und plötzlich zu einem Stromkasten, der gar nicht mehr zum Spielplatz, sondern zum Weg dahinter gehörte, neben dem ein kleiner Junge saß.*

*Er kannte ihn. Er wohnte auch in der Nachbarschaft.*

*Ohne zu zögern stand er auf und ging zu ihm, fragte sich kurz, ob er vielleicht nur verstecken spielte und bald seine Freunde aus dem Gebüsch kämen, aber je näher er kam, desto mehr spürte er, dass etwas nicht stimmte.*

*Er saß da und weinte leise vor sich hin. Heute hat wirklich jeder einen scheiß Tag, dachte Kevin und sah den Kleinen an. Wie alt mochte er sein? Vielleicht acht?*

*Kevin kniete sich neben den Jungen.*

*»He, was ist denn los?«, fragte er vorsichtig.*

*Der Junge erschrak sofort und blickte ängstlich nach oben. Er blickte Kevin ganz tief in die Augen und sein Blick durchströmte seinen Körper, als wäre er von einem Blitz getroffen worden. Dieser Junge, war noch viel verzweifelter, als er.*

*Was war nur geschehen?*

*»Willst du mir erzählen, was passiert ist?«, fragte Kevin und spürte, dass er nicht von ihm weichen konnte, bis es diesem kleinen Jungen besser ging.*

Kopfschüttelnd fuhr er weiter, versuchte nicht mehr an die Vergangenheit zu denken, weil es ihn nur runterzog. Es brachte nichts, Energie für etwas zu verschwenden, das längst passiert war und er nicht mehr ändern konnte. Man durfte nicht zu lange an Vergangenes denken. Diese Ohnmacht machte einen verrückt.

Er musste sich auf das konzentrieren, was vor ihm lag, auf das, was er beeinflussen konnte.

## 6

Als Mylo die Haustür zu der Wohnung aufschloss, aus der er heute Nachmittag, ohne etwas Böses zu ahnen rausgegangen war, konnte er es selbst kaum fassen, dass er es aus dem Wald herausgeschafft hatte, ohne gefasst zu werden. Immer noch beschäftige ihn die Frage, warum sie ausgerechnet ihn suchten, aber jetzt – wo er doch nicht gefasst worden war – beruhigte er sich mit dem Gedanken, sich alles nur eingebildet zu haben. Ungewöhnlich fand er es beim Anblick des Flurs nur, dass Kevins Schuhe nicht da waren, denn Kevin hielt sich normalerweise äußerst strikt an seine eigenen Regeln. Vielleicht hatte er auch verstanden, dass das pure rumsitzen einen zum blanken Wahnsinn treiben kann, spekulierte Mylo.

Er betrat den Wohnraum, der ihm noch unpersönlicher, als ohnehin schon erschien und ließ sich auf das nackte Sofa fallen. Diese Wohnung war kahl und erstickend leer. Insgeheim freute er sich, nur bis morgen in dieser Wohnung verbleiben zu müssen.

Er schaltete den Fernseher ein, um wenigstens ein paar menschliche Stimmen zu hören, die ihm fälschlicherweise simulieren würden, dass er Gesellschaft hatte und lehnte sich zurück.

Kevin sollte besser schnell zurückkommen, dachte er amüsiert, er sollte besser Angst davor haben, dass Mylo ihn verraten könnte. Auch wenn er das natürlich niemals machen würde, genoss er es, wenigstens Mal eine schlechte Tat in Kevins ansonsten so bewundernswertes Leben zu kennen.

Könnte er damit leben Kevin für seine eigene Freiheit zu verraten?

Nein, dachte er, könnte er nicht.

Die Stille im Wohnzimmer war gespenstig. Es lag etwas Eigenartiges, Unheimliches in der Luft, aber er konnte nicht herausfinden, was es war.

Versteift streckte er sich nach der Fernbedienung aus, um auf einen anderen Sender zu schalten. Er schaffte es nicht. Sein Herz rutschte ihm in die Hose, als plötzlich die Wohnungstür hinter ihm mit einem lauten Knall durchkrachte. Mit einem Satz sprang er auf. Sein Herz pumpte sofort auf Hochtouren. Sein ganzer Körper spannte sich an. Nicht einmal blinzeln konnte er. Bevor er begreifen konnte, was passierte, erfüllte sich der Raum blitzschnell mit aufsteigendem Rauch; durch den dicken Nebel konnte er nur schlecht sehen, nur noch schwach erkennen, wie vermummte Männer mit schweren Waffen auf ihn stürzten, ihn gewaltsam zu Boden warfen, ihre Knie in seinen Rücken pressten und seine Arme schmerzhaft auf dem Rücken verdrehten. Er spürte das kalte Metall, das in seine Handgelenke einschnitt, hörte das Klicken der Handschellen.

Plötzlich merkte er nur noch, wie er von routinierten, aber sorgfältigen Bewegungen abgetastet wurde und mit einem starken Ruck von zwei Männern nach oben gezogen wurde. Sie gaben den Schritt vor und seine Beine gingen freiwillig mit, als ob sie ein Eigenleben entwickelt hätten. Gedanklich schien er wie erstarrt – nicht einmal für eine Sekunde konnte er realisieren, was passierte, oder sich wehren, oder wenigstens etwas sagen. Er kapitulierte einfach nur. Erst im Auto, als er auf dem Rücksitz zwischen zwei Beamten saß und durch die verdunkelten Heckscheiben sah, konnte er langsam die Situation rekonstruieren. Bis zu diesem Zeitpunkt hatte er wirklich fest daran geglaubt, sie hätten den Falschen geschnappt, denn mit solch einer Brutalität hätte er bei seiner eigenen Verhaftung nicht gerechnet.

Wer war er schon?, dachte er.

Ein kleiner Fisch im Netz. Ein Dealer. Wozu die ganze Aufregung?

Er war weder gewaltbereit, noch leicht reizbar, aber er merkte nach ein paar Minuten selbst, wie naiv seine Gedanken waren, denn im Auge der Polizei war er in erster Linie jemand, der das Gesetz bricht und das würde ihn noch in die Klemme bringen.

Donnerstag, 29. April 2004

Immer wieder musste Ness an die traurigen Augen des Mädchens denken. Und immer öfter fragte sie sich, ob sie nur ihre eigenen Augen spiegelten. Denn wenn sie sich jetzt im Spiegel betrachtete, viel ihr auf, dass ihre Augen genau so traurig aussahen. Das schöne blau war verblasst und wirkte nur noch grau. Kein Leuchten. Kein Strahlen. Wenn diese Augen ihre eigene Seele widerspiegelten, lebte in ihr nichts mehr, außer endlose, stille Leere.

Noch nie zuvor ist ihr aufgefallen, wie viel man an den Augen eines Menschen ablesen konnte. Noch nie hatte sie aus irgendwelchen Augen irgendetwas abgelesen. Aber jetzt durchfuhr es sie wie ein Blitz, wenn sie an all die Augen dachte, die sie in ihrem Leben schon gesehen hatte. Unwillkürlich musste sie an Nicolas Augen denken, als sie ihn zum ersten Mal gesehen hatte. Sie waren dunkel, fast schwarz und entsetzlich ausdruckslos. Aber damals hatte sie das nicht wahrgenommen.

Sie erinnerte sich noch, wie sie an keiner Universität angenommen wurde, obwohl sie sehr viel gelernt hatte und sich gut vorbereitet hatte und dann in die Bar gegangen war, ganz alleine, um sich restlos zu betrinken.

*»Darf ich dir etwas ausgeben? Du siehst aus, als hättest du einen genauso schlechten Tag wie ich gehabt.«*

*Sie drehte sich um und musterte den Mann, der neben ihr stand und sie anlächelte. Er war unscheinbar, durchschnittlich groß, durchschnittlich attraktiv und nicht der Typ Mann, den sie sich ausgesucht hätte, wenn sie die Wahl gehabt hätte.*

*Ihr Kopf dröhnte, sie hatte schon viel mehr getrunken, als sie eigentlich vertrug, aber endlich schien sie ihre Enttäuschung zu vergessen. Dann würde sie halt nicht studieren. Sie wusste ja, dass ihr nichts Gutes im Leben widerfährt. Und immer wieder wurde es bestätigt. Mittlerweile war sie zwanzig und während ihre Freundinnen schon verheiratet waren und anfingen eine Familie zu gründeten, war sie alleine in einer Bar und wurde von irgendeinen Typen angesprochen, auf den sie eigentlich gar keine Lust hatte.*

*Was war aus ihren Träumen geworden?*

*Sie wollte Journalismus studieren, hatte sich schon vorgestellt, wie sie über den Campus schlenderte, mit ihren Kommilitonen in Vorlesungen saß, abends feiern ging und von attraktiven, klugen Männern umgarnt würde, von denen sie einen mit fünfundzwanzig heiratete und dann eine Familie gründete. Sie wollte nicht nur Hausfrau werden, wie ihre Freundinnen. Sie wusste, dass sie klug war und stellte es sich äußerst erfüllend vor, sich neues Wissen anzueignen, vor allem über ein Themengebiet, das sie sowieso interessierte. Sie wollte unbedingt ein eigenes Standbein haben und selbst wenn sie dann Kinder bekäme und Zuhause bleiben würde, würde sie immer noch eine Frau bleiben, die einen Universitätsabschluss hat und somit ihrem Mann auf Augenhöhe begegnen. Sie schreckte davor zurück, von einem Mann abhängig zu sein, der sie als ungleichwertig betrachtete. Das hatte sie zu oft schon in ihrem Bekanntenkreis beobachtet. Die Männer gingen arbeiten und fühlten sich gut, weil sie das Geld verdienten. Die Frau blieb Zuhause, kümmerte sich um die Kinder und stellte das Essen um Punkt fünf Uhr auf den Tisch, damit der erschöpfte Mann keine Sekunde auf das Essen warten musste. Das geht dann eine Weile gut, aber irgendwann hat der Mann keine Lust mehr, sein hartverdientes Geld zu teilen, weil seine Frau den ganzen Tag ja nur auf die Kinder aufpasst. Also gibt er mehr Geld für sein Vergnügen aus und streitet immer häufiger mit seiner Frau, warum sie denn so viel Geld braucht, wenn sie doch nur Zuhause ist. Und das es sein Geld ist. Während die Frau sich immer kleiner und missverstandener fühlt, wächst die Wut und das Ego des Mannes noch mehr. Die Frau versucht dem Mann noch mehr alles recht zu machen, putzt wie der Teufel, kocht dem Mann sein Lieblingsessen, aber all das führt nur dazu, dass ihr Selbstbewusstsein sinkt und das Machtverhältnis immer ungleicher wird. So geht das Spiel weiter, bis sie sich entweder trennen oder – noch schlimmer – zusammen bleiben und sich nur noch anwidern.*

*Zumindest waren das ihre Beobachtungen und ihre daraus resultierenden Schlüsse.*

*Der Typ stellte sich als Nicolas vor und setzte sich zu ihr.*

*»Ness Walker«, stellte sie sich vor und nahm seine Hand entgegen.*

*»Ness?«, fragte er irritiert. »Ist das ein Spitzname?«*

*»Nicht direkt«, sagte sie und lächelte kurz. Eigentlich hatte sie keine Lust ihren Namen zu erklären und dabei ihren Eltern im Hinterkopf zu hören, die ihr sagten, dass sie Anne-Sophie und nicht Ness heißen würde, weil Ness kein vernünftiger Name ist.*

*»Ich heiße Anne-Sophie Walker. Aber mir gefällt Ness besser.«*

*Sie erinnerte sich an die Zeit, an denen sie nachdrücklich nach einem besseren Namen für sich gesucht hatte, der besser zu ihr passte und bei dem sie sich nicht, wie das Mädchen fühlte, das versuchte, ihren Eltern alles recht zu machen. Anne-Sophie ist so ein gutes Kind. Anne-Sophie ist immer brav. Anne-Sophie ist eine fleißige Schülerin. Sie konnte es nicht mehr ertragen. Sie wollte etwas Neues. Aber weder Anne, noch Sophie passten zu ihr. Eines Nachts wachte sie auf und hatte von ihren Namen geträumt, dass man sie zusammenfügen könnte – die Endung von Anne und den Anfangsbuchstaben von Sophie. Ness. Ihr Herz wurde leicht. Das war ihr Name. Ihr Neuanfang.*

*»Mir gefällt Anne-Sophie besser«, verkündete er knapp und bestellte zwei Bier.*

*Vielleicht war das ein Warnzeichen, die erste rote Flagge, die sich aus dem Grund zum Himmel erstreckte. Kurz befürchtete sie, dass er sie in Zukunft Anne-Sophie nannte, aber da er das nicht tat, sah sie über das wehende Tuch hinweg.*

*»Was war denn bei dir los, heute?«, fragte er und schaute sie kurz interessiert an, wandte seinen Blick aber sofort wieder ab, als eine andere Frau an ihnen vorbei ging. Ness spürte eine Abneigung gegen diesen Mann, aber gleichzeitig fühlte es sich gut an, wenn jemand nach ihrem Tag fragte.*

*»Ich wurde von keiner Universität angenommen, obwohl ich mich gut vorbereitet habe und gute Noten habe«, fasste sie ihr Problem zusammen.*

*Nicolas nickte und zuckte dann die Schultern.*

*»Glaub mir, das liegt nicht an dir«, meinte er und sie freute sich über die netten Worte.*

*»Ich bin gerade gekündigt worden«, erzählte er. »Aber weißt du, das liegt nicht an mir. Der Chef hat Ausländer einreisen lassen, denen kann er weniger bezahlen, für die gleiche, oder sogar mehr Arbeit. Deshalb braucht er mich nicht mehr. Aber mir ist das egal, ich weiß, dass ich wieder Arbeit finden kann.«*

*Sie sah ihn an und fand ihn schon wieder unsympathisch, ohne dass sie wusste, wieso und wenn sie ehrlich war, wollte sie sich nicht mehr mit ihm unterhalten, aber er sprach einfach weiter, und sie hätte es als unhöflich empfunden, ihn zu unterbrechen.*

*»Irgendwann werden sowieso keine Arbeitsplätze für uns mehr da sein. Die ganzen Ausländer, die hierher zum Arbeiten kommen, nehmen uns die ganzen Plätze weg. Für die ist das ein richtiges Arbeitspa-*

*radies hier in England. Selbst wenn sie nur die Hälfte des Mindestlohns bekommen, ist das für die richtig viel Geld. Dann fahren sie wieder nach Hause und könnten mit dem Geld monatelang ihre Familien ernähren. Während wir hier gar keine Arbeitsplätze mehr finden und dann gucken müssen, wie wir klarkommen. Aber das ist die Politik schuld, so wie bei dir, in deiner Situation auch. Die reichen Leute kaufen sich die Universitätsplätze einfach und die, die es wirklich verdienen, bekommen dann keinen Platz mehr. Aber mach dir nichts daraus.«*

*Er visierte den Kellner und bestellte noch eine Runde für sich und Ness.*

*Ihr Kopf brummte noch mehr als vorher. Jetzt hatte sie auch noch so einen Typen an der Backe, der sie den ganzen Abend mit seiner eigeschränkten Meinung zu textete, da hatte sie wirklich keine Lust drauf, aber sie war viel zu schüchtern, um einfach zu gehen. Also blieb sie sitzen und hörte sich sein endloses Gerede an und immerhin, dachte sie, lenkt mich das von meinen eigenen Gedanken ab.*

*Irgendwann redete er darüber, dass er noch nie wirklich Glück in seinem Leben hatte und sie hatte wieder angefangen ihm aufmerksam zuzuhören, denn auf einmal verband sie etwas, sie schienen eine Gemeinsamkeit gefunden zu haben. Sie redeten darüber, dass sie nichts vom Leben erwarten würden, wie sie immer nur in Sackgassen endeten und nie ans Ziel gelangten, egal wie sehr sie sich bemühten.*

*Und irgendwas löste dieses Gespräch ihn ihr aus.*

*Sie fühlte sich nicht mehr allein. Sie fühlte sich verstanden. Sie hatte einen Verbündeten. Auf einmal konnte sie nachvollziehen, warum er so schlecht über andere Menschen oder die Politik redete. Sie sah in ihm eine verletzte, traurige Seele, die so oft enttäuscht wurde, dass sie jetzt alles als schlecht empfand. So wie sie.*

*Ab diesem Zeitpunkt fühlte sie sich für Nicolas verantwortlich. Sie wollte, dass er auch einmal Glück hatte. Oder dass sie beide vielleicht mal Glück hatten. Sie dachte, wenn sie ihn liebt und er sich geliebt fühlt, würde er sein wahres Ich zeigen, sich ihr öffnen und seine Einstellung ändern. Sie dachte, sie wäre der Schlüssel zu seinem Glück. Und dieser Gedanke faszinierte sie. Diese Aufgabe gab ihr neue Hoffnung, neue Kraft. Endlich hatte sie einen Sinn gefunden. Endlich würde sie es schaffen, jemand anderes glücklich zu machen.*

*Sie unterhielten sich noch lange und Nicolas zeigte immer deutlicher sein Interesse. Die Tage danach trafen sie sich wieder und Nicolas überhäufte sie mit Geschenken, mit Komplimenten und schönen Unternehmungen. Er war wie ausgewechselt. Er war nicht mehr mürrisch oder negativ eingestellt. Er strahlte und war gut gelaunt. Und sie war ebenfalls glücklich, wie noch nie in ihrem Leben. Sie vergaß ihre Pläne mit dem Studium.*

*Als Nicolas sie zwei Monate später fragte, ob sie ihn heiraten möchte, sagte sie ja und dachte, dass sie die glücklichste Frau auf Erden sein müsse.*

*Sie heirateten und zogen zusammen und Nicolas ging für eine kurze Zeit wieder arbeiten. Sie versuchte einen Job in einer Redaktion zu finden, scheiterte jedoch, da sie keinen Universitätsabschluss hatte. Also fing sie als Kellnerin an, um Geld zu verdienen.*

*Ein Jahr nach der Hochzeit, war von ihrem Glück nichts mehr übrig. Nicolas war arbeitslos und schob sein Elend, wie gewohnt, auf die Politik und wurde von Tag zu Tag unerträglicher. Jedes Mal, wenn sie zur Arbeit ging, war sie froh, dass sie ihn und sein dummes Geschwätz für ein paar Stunden nicht mehr ertragen musste. Vor der Hochzeit hatte sie gedacht, ihn ändern zu können. Und nur ein Jahr nach der Hochzeit wusste sie, dass diesem Menschen nicht zu helfen war. Er hatte sie manipuliert und sie hatte sich manipulieren lassen. Sie hat sich von falschen, überdrehten Gefühlen leiten lassen und ihr ganzes Leben in seine Hände gelegt, ohne darüber nachzudenken. Jetzt war es zu spät, sie musste damit leben. Und das würde sie auch. Sie würde das Beste daraus machen.*

*Die nächsten Jahre versuchte sie, so gut wie möglich, ihrem eigenen Mann aus dem Weg zu gehen.*

*Sie kam spät in der Nacht nach Hause und nahm eine kurze Dusche, um den Zigarettengestank von ihrer Haut und ihren Haaren abzuwaschen. Auf Zehenspitzen schlich sie ins Schlafzimmer. Sie wollte Nicolas bloß nicht wecken und war heilfroh, wenn er schlief und sie nicht mehr belästigen konnte.*

*»Endlich bist du Zuhause«, murmelte er, als sie ins Schlafzimmer tippelte.*

*Sie erschrak sich so, dass sie stehen blieb.*

*»Warum bist du noch wach?«, fragte sie erschrocken.*

*»Ich habe darauf gewartet, dass meine Frau nach Hause kommt.«*

*Sie ging langsam auf das Bett zu, legte sich hinein und wickelte ihre Decke fest und schützend um ihren Körper.*

*Sie wusste, was er will. Und sie wusste, dass sie das nicht will.*

*»Ich bin müde, lass uns morgen reden«, sagte sie rasch und drehte ihm den Rücken zu.*

*»Nein!«, erwiderte er schroff, »du bist immer müde!«*

*Er rückte näher zu ihr, fing an ihren Rücken streicheln und sie empfand nichts, außer pure Abscheu für ihn.*

*»Ich möchte jetzt nicht«, stellte sie klar.*

*»Du möchtest nicht?«*

*Er klang beleidigt und Ness wusste, dass diese Ablehnung nicht aushaltbar für sein kleines Ego war.*

*»Du möchtest nicht?«, wiederholte er deutlich aggressiver. »Hast du mich mal gefragt, was ich alles nicht möchte und trotzdem machen muss? Denkst du ich habe Lust mit dir im Bett zu liegen? Hätte ich vor der Hochzeit gewusst, dass du so verklemmt im Bett bist, hätte ich*

*dich nicht geheiratet. Ich bin der Mann und du meine Frau! Du musst tun, was ich dir sage!«*

*Er packte sie grob an der Schulter und versuchte sie umzudrehen, aber sie hielt mit aller Kraft dagegen.*

*»Muss ich nicht! Such dir doch eine andere!«*

*»Das hättest du wohl gerne, oder? Dass ich fremdgehe, damit du die Scheidung einreichen kannst! Damit ich Schuld bin! Ein Ehebrecher bin! Das hättest du wohl gerne, dass ich dann die Kosten dafür zahlen muss! Und dann keine andere Frau mehr abbekomme, weil alle denken, ich sei ein Fremdgeher! Das hättest du gerne, was?«*

*Wieder packte er sie und riss sie gewaltsam um. »Komm jetzt endlich her, du dummes Biest! Du tust jetzt was ich sage!«*

*Ness sah die Umrisse seiner schwarzen Augen über sich und versuchte sich abzulenken. Sie dachte an schöne Sommerwiesen, an den Strand, den sie als Kind im Urlaub gesehen hatte, an die Universität, die sie sich so schön vorgestellt hatte, aber nie besuchen durfte.*

*Sie konnte es kaum ertragen, wie er über sie herfiel und ihren Körper benutze. Sie konnte nur versuchen, sich in ihrer Gedankenwelt zu verschanzen und die Bewegungen und Laute, die er machte, mit aller Kraft auszublenden.*

*Denn was blieb ihr sonst übrig?*

*Nach einer gefühlten Ewigkeit, die wahrscheinlich nur ein paar Minuten waren, ließ er endlich von ihr ab, rollte sich auf seine Seite des Bettes und schlief schnarchend ein.*

*Sie konnte nicht schlafen. Sie konnte sich nicht bewegen. Sie konnte nichts anderes, als dazuliegen und über ihr verpfuschtes Leben nachdenken.*

*Was war nur passiert?*

*Diese Frage stellte sie sich immer und immer wieder.*

*Aber sie kannte die Antwort nicht.*

*Die Wochen darauf war die Stimmung angespannt. Ness konnte Nicolas nicht mehr ertragen. Er hingegen verhielt sich wie immer. Er saß vor dem Fernseher, regte sich über die Nachrichten auf, aß das Essen, das sie kochte und lebte sein Leben, als wäre nichts geschehen.*

*Sie war gefangen.*

*Eine Scheidung wäre unmöglich, geradezu undenkbar gewesen, wenn Nicolas diese niemals unterzeichnen würde.*

*Der frühe Abend im Dezember war eisig. Sie brach zu einem Nachbesprechungstermin ihrer Ärztin auf und war froh, dass sie einen plausiblen Grund hatte, in die Stadt zu flüchten. Sie mischte sich unter die bummelnden Leute und versuchte sich, für einen kurzen Moment, von ihren Sorgen abzulenken.*

*Letzte Woche hatte sie die kleinen, meist viel zu teuren Boutiquen der Einkaufsstraße genutzt, um sich aufzuwärmen. Sie hatte sich Kleider angeschaut, sich vorgestellt, wie sie diese bei festlichen Anlässen tragen würde und auch, wenn es reine Illusionen waren, tat es ihr gut, für ein paar Minuten in eine andere Welt einzutauchen.*

*Heute hatte sie keine Zeit dafür.*

*Mit schnellen Schritten ging sie durch die strömenden Menschen. Nur die Schaufenster der Geschäfte leuchteten hell und fröhlich, ansonsten herrschte drückende Schwärze. Sie merkte sofort, wie die Dunkelheit auf ihre Stimmung schlug. Wie so oft empfand sie die dunklen Monate als Qual, wie eine viel zu schwere Decke, die sich um einen wickelt und sich nicht mehr ablegen lässt. Dunkelheit hatte ihr immer schon Angst gemacht und schwere Entscheidungen konnte sie nicht fällen, wenn es dunkel war. Auch schlechte Nachrichten konnte sie weit besser verkraften, wenn sich draußen ein strahlend blauer Himmel abzeichnete, als wenn dicke, graue Wolken die Sonnenstrahlen verdeckten.*

*Sie drückte die Tür der Praxis auf und ging, im kalten Flur, die Treppen zur zweiten Etage hoch.*

*Im Wartezimmer ließ sie sich leise auf einem Stuhl nieder und stellte sich auf eine längere Wartezeit ein. Dennoch war es war ihr lieber, im Wartezimmer zu sitzen, als nach Hause zu gehen und sich deprimiert in ihr Zimmer zu verkriechen, während Nicolas Bier soff und vor dem Fernseher saß. Sie lehnte sich auf ihrem Stuhl zurück und genoss die Ruhe des Wartezimmers. Nur ab und zu blätterte jemand seine Zeitschrift um, oder wurde aufgerufen, ansonsten herrschte völlig Stille.*

*Eine beruhigende Stille.*

*»Mrs. Walker, bitte«, riss sie eine Stimme aus ihrem Traum. Sie stand hektisch auf, folgte der Arzthelferin ins Behandlungszimmer und fragte sich, ob sie tatsächlich eingeschlafen war.*

*Von plötzlicher Müdigkeit überfallen, blickte sie auf die Ärztin, die hinter dem Schreibtisch saß und in der Akte blätterte.*

*Hinter Dr. Whitfield, auf der weißen Wand, die sorgfältig gestrichen war, hing ein kleines Bild, in einem quadratischen, blauen Holzrahmen, und Ness war sich nicht sicher, was es zeigte. Erst sah es aus, wie ein gemaltes Gesicht, dann wie eine Sonne, dann wieder völlig abstrakt. Aber es war friedlich. Ja, die leuchtende, gelbe Farbe auf dem weißen Papier, die runde Form ohne jegliche Ecken und Kanten, wirkte beruhigend auf sie. Keine Aufregung, keine Spannung. Bestimmt war es eine kleine Sonne. Eine Sonne, die sie viel lieber am Himmel sehen würde, anstatt der schweren Dunkelheit.*

*»Mrs. Walker«, sagte Dr. Whitfield freundlich. »Schön, dass sie hier sind. Wie geht es Ihnen heute?«*

*Ness konnte sich nur noch auf das kleine, quadratische Bild hinter ihr konzentrieren, das in ihr eine tiefe Ruhe auslöste.*

*Warum war sie nur so unendlich müde?*

*Ihre Augen fokussierten für einen kurzen Moment Dr. Whitfield. »Mir geht es gut. Danke.«*

*Dr. Whitfield lächelte. Dann schaute sie wieder in die Akte und schien nachdenklicher zu werden.*

*»Mrs. Walker«, sagte sie und schaute Ness direkt in die Augen. »Sie sind schwanger. Herzlichen Glückwunsch.«*

*Plötzlich schossen sämtliche Gefühle durch ihren Körper. Das eben noch so ruhige Bild, schien plötzlich schief zu hängen, vollkommen trüb zu sein, traurig zu sein. Eine traurige, kleine Sonne, die im Begriff war, unter zu gehen. Ihr wurde heiß und kalt, aber sie dachte, dass es sich nur um einen abgebrühten Scherz handeln könne. Unkontrolliert fing sie an zu lachen. »Das kann nicht sein.«*

*»Doch«, wiedersprach sie freundlich. »Sie sind schwanger.«*

*Unmöglich! Das ist ein Traum! Ein wahrer Albtraum! Das war nicht die Realität! Das konnte nicht sein! Niemals!*

*»Ist alles in Ordnung, Mrs. Walker?«*

*Ness konnte die Tränen, die sich in ihr aufdrängten, nicht mehr halten. Sie fing an zu weinen, ohne Rücksicht darauf zu nehmen, wo sie war und wer sie sah. Sie konnte nicht anders. Sie konnte nur noch weinen.*

*»Das ist keine leichte Nachricht«, versuchte Dr. Whitfield sie zu beruhigen. »Nehmen Sie sich Zeit, um es zu verarbeiten.«*

*Ness schüttelte sofort den Kopf und wischte sich die Tränen von der Wange.*

*»Ich möchte dieses Kind nicht«, rief sie gequält. »Also, doch, eigentlich möchte ich Kinder. Wirklich. Ich wünsche mir schon lange Kinder. Aber nicht mit diesem Mann«, sie schnappte nach Luft. »Mit diesem Mann möchte ich kein einziges Kind! Es geht nicht! Ich könnte es nicht ertragen, einem Kind diesen Vater anzutun! Wissen Sie, er hat schreckliche Ansichten und Einstellungen, er ist arbeitslos und trinkt zu viel! Er behandelt mich schrecklich! Er widert mich nur noch an! Es ist schlimm genug, dass ich ihm ausgesetzt bin! Aber einem Kind diesen Vater aussetzen? Das kann ich nicht! Das geht nicht! Das Kind würde schrecklich aufwachsen! Es geht nicht! Es geht einfach nicht!«*

*Die Tränen liefen ihr über die Wangen und sie schnappte nach Luft, das konnte alles nicht wahr sein!*

*Dr. Whitfield sah sie verständnisvoll an.*

*»Ich kann mir vorstellen, dass das eine schwierige Situation ist«, sagte sie behutsam. »Haben Sie schon über eine Trennung nachgedacht?« Schnell fügte sie hinzu: »Wenn es Ihnen zu persönlich ist, Mrs. Walker …«*

*Ness schüttelte den Kopf. »Nein, ist es nicht«, antworte sie und war froh, dass sie sich wenigstens mit einer anderen Person austauschen konnte. »Eine Scheidung und dann das Kind alleine großziehen, meinen Sie?«*

*Dr. Whitfield nickte.*

*»Dann würde er trotzdem das Sorgerecht bekommen und das Kind sehen können, ohne meine Aufsicht! Das ist kein guter Einfluss, glauben Sie mir! Er ist schrecklich! Ich bin erwachsen und leide darunter. Wie soll ein Kind das verkraften? Ein unschuldiges Kind, das auf natürliche Art und Weise seine Eltern liebt? Entweder wird das Kind irgendwann enttäuscht von ihm sein, weil es merkt, was für ein Mensch sein Vater ist, oder es möchte seine Anerkennung und versucht genauso zu sein! Ich weiß, was Sie jetzt denken, dass ich völlig durchdrehe und man so etwas im Vorfeld nicht wissen kann, aber ich weiß es! Es geht nicht! Noch dazu als geschiedene Frau. Wir wären bettelarm und hätten kein gesellschaftliches Ansehen mehr. Nein, das kann ich meinem Kind nicht antun.«*

*Sie schüttelte heftig den Kopf.*

*»Es ist eine schwierige Entscheidung. Nehmen Sie sich Zeit dafür«, sagte Dr. Whitfield und schrieb etwas auf einen Zettel.*

*»Es gibt Möglichkeiten«, erwähnte sie und überreichte Ness den kleinen Zettel, auf dem eine Nummer geschrieben war. »Wenn Sie sich entschieden haben, rufen Sie mich an. Aber Sie sollten mit ihrem Mann*

*reden. Und ein paar Nächte darüber schlafen. Sie sollten die Entscheidung in Ruhe treffen.«*

*Sie taumelte aus der Praxis und hatte das Gefühl, dass ihre wackligen Beine sie nicht mehr tragen würden. All die Menschen, die ihr entgegen kamen, nahm sie nur verschwommen war. Sie grüßte niemanden, sah niemanden an, hielt ihren Blick die ganze Zeit gesenkt, schaute auf ihre Beine und hoffte, dass sie nicht zusammenklappten.*

Donnerstag, 12. Juli 2012

I

Der Vernehmungsraum war kühl, hatte kahle Wände und anstelle eines Fensters nur eine Glühbirne, die keine Lampenverkleidung hatte und trostlos etwas Licht abwarf.

Sie beide, Jimmy und Stewart, waren gespannt darauf, den mutmaßlichen Mörder kennenzulernen, weil sie wussten, wie wichtig die ersten Minuten mit einem Verdächtigen waren.

Meistens konnte Stewart schon in den ersten Minuten eine Prognose abgeben, ob er Wesentliches zur Lösung des Falles beitragen würde, oder nur ein weiterer Hinweis war, der ins Leere führte.

Ohne dass es ein bewusst gewollter Prozess war, machte sich Stewart immer ein gedankliches Bild von dem Täter, obwohl er wusste, dass es nur in den seltensten Fällen mit der Realität übereinstimmte

Manchmal war der brutalste Schläger auf einmal der netteste, kooperativste Verdächtigte und manchmal waren die, die vorher harmlos erschienen, dann – wenn man sie besser kennenlernte – aggressiv und skrupellos.

Sie betraten den Raum und Stewart blickte auf einen jungen Mann der mit einem grauen Kapuzenpulli und gesenktem Kopf am Tisch saß. Stewart konnte nur auf seine braune Lockenpracht schauen.

Jimmy und er nahmen gegenüber Platz und als er zu ihnen hochschaute, dachte Stewart nur, dass das Phantombild ein wahrer Volltreffer war – das Gesicht stimmte komplett überein; er hatte beinahe das Gefühl ihn schon zu kennen.

Warme, braune Augen, die vollen Haare, klare Gesichtszüge. Ein durchaus attraktiver, junger Mann. Sympathisch sogar.

»Ich bin Detective Inspector Bryan Stewart. Leitender Ermittler in dem Fall Cornwall«, stellte er sich mit gewohnt tiefer Stimme vor und machte eine kurze Handbewegung zur Seite. »Das ist mein Kollege, Detective Sergeant Jimmy Fraley.«

Er machte eine kurze Pause.

»Wie Ihnen schon gesagt wurde, Mr. McCrane, werden Sie verdächtig Gerard Cornwall getötet zu haben«, sprach er weiter.

Noch immer zuckte der junge Mann mit keiner Miene.

»Wir werden Ihnen jetzt Fragen stellen, die Sie wahrheitsgemäß beantworten müssen. Wir werden Sie so lange in Untersuchungshaft behalten, bis wir wissen, was passiert ist«, stellte Stewart klar und schaute ihm eindringlich in die Augen.

»Ihr Name lautet Mylo McCrane?«, fragte er zum Einstieg.

»Ja.«

»Wann wurden Sie geboren, Mr. McCrane?«

»Am 4. Dezember 1994.«

Stewart nickte, war überrascht davon, wie sicher er sprach. Er wirkte weder nervös, noch verzweifelt, obwohl die Situation nicht gut für ihn aussah.

»Wo waren Sie am 9. Juli 2012?«

Er machte eine kleine Kopfbewegung zur Tür, als würde er noch einmal überlegen, was er antworten solle und Jimmy dachte schon, dass er nervös wurde und eine erfundenen Geschichte runterrattern würde, aber stattdessen sagte er kühl: »Wir können uns die Vernehmung sparen.«

Er hielt Stewarts ernstem Blick stand, ohne einmal zu blinzeln.

»Ich war es«, gestand er plötzlich. »Ich hab Mr. Cornwall erschossen. Ich habe von unten die Polizei gehört und habe Panik bekommen. Ich bin nach oben gerannt und Mr. Cornwall stellte sich mir in den Weg und versuchte mich aufzuhalten. Ich schoss auf ihn. Und dann bin ich weggelaufen. Es war eine Kurzschluss-Reaktion.«

»Warum hatten Sie Angst vor der Polizei, Mr. McCrane?«

Er zuckte die Schultern. »Keine Ahnung. Ist einfach so. Habe als Kind schlechte Erfahrungen mit der Polizei gemacht.«

Stewart und Jimmy schauten sich kurz an und Stewart wusste, dass er das gleiche dachte. Mylo McCrane lügt. Aber welcher Mensch, mit vernünftigem Verstand, würde einen Mord einfach so auf sich nehmen?

*Nur jemand der nichts mehr zu verlieren hat.*

»Was für schlechte Erfahrungen?«, fragte Jimmy mit neugierigem Unterton.

»Was interessiert Sie das noch?«, fragte er auf einmal wütend zurück. »Ich komme doch so oder so in den Knast!«

Wieder schaute er zur Tür, als würde er auf jemanden warten, der zur Tür reinkommt und ihm hilft.

»Bei einem Tötungsdelikt dieser Art können Sie lebenslang einsitzen. Vielleicht werden Sie noch unter dem Jugendstrafgesetz verurteilt, dann könnte die Freiheitsstraße etwas geringer ausfallen, aber so oder so werden Sie für sehr lange Zeit ins Gefängnis gehen«, klärte Stewart auf. »Sie können uns aber auch die Wahrheit erzählen«, fügte er auffordernd hinzu.

»Es ist die Wahrheit«, behauptete er schulterzuckend. »Sind wir fertig?«

»Noch nicht«, antworte Jimmy sofort. »Können Sie mir sagen, mit welcher Waffe sie geschossen haben?«

Er zuckte wieder die Schultern. »Ich weiß es nicht genau. Sie war von einem Freund. Hat mich nicht interessiert.«

Stewart und Jimmy tauschten einen skeptischen Blick aus.

»Was haben Sie mit der Waffe nach der Tat gemacht?«, fragte Stewart, der immer noch überraschend von der Abgeklärtheit des Jungen war.

»Ich habe sie weggeworfen. Irgendwo, in irgendeine Mülltonne. Die wurde schon längst abgeholt und der Inhalt vernichtet, nehme ich an.«

Stewart beobachtete Mylo ganz genau. Er redete nicht viel und auch nicht wirklich freundlich, aber Stewart konnte erkennen, dass er im Grunde ein guter Junge war. Es war egal, was er sagte, ob er den Mord einbüßte oder nicht, Stewart fand ihn sympathisch, was die Sache noch komplizierter machte.

Er konnte sich beim besten Willen nicht vorstellen, wie dieser junge Mann einen Mann erschoss. Es passte nicht zusammen. Auch wenn man es Menschen nicht ansah, was sie dachten, aber er traute es ihm einfach nicht zu.

»Bereust du deine Tat?«, fragte Jimmy plötzlich. Das war keine Frage, die man als einer der ersten Fragen stellte, dachte Stewart. Sie mussten den Tatverlauf rekonstruieren und nicht die Gefühle des Täters analysieren, aber jetzt, wo die

Frage im Raum war, überkam auch Stewart eine gewisse Neugier.

»Ja«, antworte er sofort und blickte Jimmy ehrlich in die Augen. Er schwieg einen Moment und schüttelte den Kopf.

»Vor dieser Tat hatte mein Leben noch einen Sinn. Nach dieser Tat, ist alles vorbei. Alles verloren. Ich werde mein Leben im Knast verbringen. Natürlich bereue ich es. Was ist das für eine Frage?«

»Eins lässt mir trotzdem keine Ruhe«, sagte Jimmy und beugte sich zu ihm vor. »Du siehst nicht aus, wie jemand, der jemanden einfach so abknallt, weil er im Weg stand«, er sah ihn prüfend an. »Und du verhältst dich nicht, wie einer, der jemanden umgebracht hat.«

Er machte eine Pause, um Mylo McCrane die Chance zu geben, reinen Wein einzuschenken, aber er schaute die Beamten nur mit seinem festen Blick an.

Jimmy zuckte die Schultern. »Naja, wir haben eine Zeugenaussage, die besagt, dass du geschossen hast und wir haben jetzt dein Geständnis. Also …«, er machte eine theatralische Pause und packte seine Unterlagen zusammen. »Wenn alles gut läuft, haben wir in den nächsten Tagen die Anhörung und du bist nächste Woche im Knast. Hört sich doch gut an, oder?«

Mylo McCrane sagte nichts mehr, wirkte weder traurig, geschockt, noch am Boden zerstört, zuckte nur noch einmal kurz mit den Schultern und schaute sie abwartend an.

»Wir kommen morgen wieder«, kündigte Stewart an.

Samstag, 21. Januar 2012

Sie lag im frisch bezogenen Hotelbett, das angenehm nach blumigem Waschmittel duftete und starrte auf die weiße Decke. Wie oft hatte sie schon Zimmerdecken angestarrt? Und wie oft verwandelten sich diese Zimmerdecken zum Tor ihrer Fantasie?

Sehr oft, dachte sie, nur heute nicht.

Seit drei Tagen war sie jetzt im Hotel. Seit drei Tagen war sie frei. Seit drei Tagen musste sie sich nicht mehr wie ein Stück Fleisch behandeln lassen. Aber sie fühlte sich weder frei, noch glücklich; sie fühlte sich wie der einsamste Mensch auf der Erde, denn sie besaß nichts, außer die restlichen Geldscheine, mit denen sie vielleicht noch ein oder zwei Tage überbrücken könnte.

Und dann?

Dann musste sie wieder zurück auf die Straße, sich den widerlichsten Freiern anbieten und die zerstörerische Erniedrigung, vor der sie so panisch geflohen war, erneut ertragen.

Aber es war ihr egal, dachte sie, denn diese lang ersehnte Freiheit, die sich erkämpft hatte, entpuppte sich – enttäuschender Weise – nicht als das Heilmittel, das sie brauchte, um endlich glücklich zu sein.

All die Jahre war sie davon ausgegangen, dass es das Schlimmste war, immer da zu liegen und ihren Körper zu verkaufen, aber diese erstickende Leere, diese eisige Einsamkeit, die sie jetzt umnebelte, war noch viel schlimmer. Sie hatte keine Freunde. Keine Familie. Niemand redete mit ihr oder lächelte sie an. Niemand sorgte sich um sie. Sie hatte nichts.

Nur sie und sonst niemand.

Und das wahrscheinlich für den Rest ihres Lebens.

Lya fühlte sich, als würden sich ihre Gedanken in ihrem Körper ausbreiten und sie wie schwere Gewichte runterziehen. Je mehr Gedanken, desto angestrengter wurden ihre Atemzüge. Ihr Herz schlug mühselig, als wäre es in ein festes Gummiband eingewickelt und ermüdete bei jedem neuen Schlag, der so viel Anstrengung bedeutete.

Sie schloss die Augen und dachte an das, was ihr immer in diesen Situationen Kraft gegeben hat; ihre Mutter. An die Situation. Die Leiche im Badezimmer. Daran, dass sie Angst hätte, ihre Mutter würde sie anschreien und verraten, ins Heim stecken und nie wieder besuchen.

Aber stattdessen hatte ihre Mutter sie beschützt.

Schreckhaft zuckte sie plötzlich zusammen, als jemand an der Tür klopfte. Mit einem Satz saß sie kerzengerade auf der Bettkante.

Ohne sich zu rühren, wartete sie ab.

Wieder zuckte sie zusammen, ihr Herz raste in ihrer Brust. Es hatte wieder geklopft. Diesmal lauter, länger.

Der Zimmerservice kommt um diese Uhrzeit nicht mehr, überlegte sie und wurde noch unruhiger.

Wie versteinert blieb sie auf ihrer Bettkannte sitzen, traute sich nicht, auch nur auf zu stehen, aus Angst, man könnte sie hören und sie somit zwingen sofort die Tür zu öffnen.

Es klopfte erneut.

Jemand wollte sie sehen, schlussfolgerte sie, denn niemand klopfte so oft an eine Zimmertür, ohne zu wissen, wer sich dahinter verbirgt. Jemand wollte sie *dringend* sehen.

Aber wer? Wer konnte wissen, dass sie hier war?

Niemand!, versuchte sie sich zu beruhigen, es konnte niemand sein, den sie kannte. Vielleicht war es doch nur ein Mitarbeiter des Hotels, der ihr etwas Wichtiges mitteilen wollte.

Langsam stand sie auf, immer noch kleinlich darauf bedacht, keinen Laut zu verursachen und ging zögerlich zur Tür.

Sie konnte nicht mehr genau sagen, was sie dazu bewegt hatte, die Tür zu öffnen, aber letztlich war sie zu dem Entschluss gekommen, dass es die bedürftige Neugier war. Sie konnte einfach nicht mit der Vorstellung leben, nicht zu wissen, wer sie sehen wollte. Vielleicht war es aber auch die Einsamkeit – die viel größer als die Angst war, die sie dazu zwang die Tür aufzumachen, um wenigstens etwas menschlichen Kontakt zu bekommen, den sie so dringend brauchte.

Als sie mit klopfendem Herzen vorsichtig die Türklinge runterdrückte, wurde die Tür sofort mit Nachdruck aufgeschoben und bevor sie überhaupt sehen konnte, wer vor der Tür stand, war Angelo schon mitten im Zimmer und schloss die Tür hinter sich.

»Wusste ich doch, dass du hier bist!«

Lya musste an die letzte Begegnung mit ihm denken und ihr Körper spannte sich sofort an.

»Und?«, fragte er grinsend. »Wie lange kommst du mit deinem geklauten Geld hier noch hin? Nicht mehr lange, was? Aber schön ist es hier, muss ich sagen«, er deutete aufs Bett. »Hast du schon Besuch gehabt?«

Seiner aufgesetzten Freundlichkeit konnte Lya keinen Funken Glauben schenken. Sie verweilte immer noch in Angriffshaltung mitten im Zimmer und versuchte die Gefahr, die von ihm ausging, einzuschätzen. Leider erfolglos, fügte sie ängstlich in Gedanken hinzu.

»Ist bestimmt ziemlich langweilig hier, oder?«, fragte er und setzte sich aufs Bett. »Ohne die anderen? Ohne mich! Du brauchst das doch!«

Vor Wut über diese Aussage schlug ihr Herz wieder schneller.

»Ich brauche das?«, wiederholte sie scharf. »Du bist doch nur hier, weil du merkst, dass dein Laden nicht mehr läuft, seitdem ich weg bin! Denkst du, ich wüsste nicht, dass alle immer zu mir kommen und ich dein bestes Mädchen war? *Du* brauchst mich! Ohne mich bist *du* verloren!«

»Du bist ohne mich verloren«, widersprach er zwar selbstgefällig, aber nicht aggressiv – er war nicht gekommen, um Rache zu üben, stellte sie erleichtert fest.

»Warum bist du hier?«, fragte sie unbeeindruckt.

Auf einmal schien er nicht mehr so überheblich zu sein. Er schaute auf den Boden, dann wieder durch den Raum, dann wieder zu ihr.

»Ein bisschen recht hast du schon«, räumte er leise ein. »Ohne dich läuft der Laden nicht mehr ganz so gut, aber das wäre schon okay«, er mied ihren Blick, strich über den Bettbezug, »aber du fehlst mir.«

Ihr Herz machte einen Sprung und sie konnte nicht anders, als bei diesen Worten eine blühende Hoffnung zu fühlen. Ihre Wut war sofort verflogen. Sie sah ihn an; er saß reumütig auf der Bettkannte und sah sie entschuldigend an. Auf einmal fragte sich Lya, warum sie eben noch Angst vor diesem Mann gehabt hatte, der jetzt einen engelsgleichen Gesichtsausdruck zeigte.

Er war immer noch genau so attraktiv, wie damals, als er sie am Straßenrand aufgesammelt hatte und gefragt hatte, ob sie einsteigen möchte. Auf einmal wusste sie wieder, warum sie sich so schnell in ihn verliebt hatte. Er war sportlich und gepflegt und hatte eines dieser markanten Gesichter, die man in Fernsehwerbungen für Rasierer sah.

»Hab ich dir auch gefehlt?«, fragte er, um die Stille zu durchbrechen.

Sie atmete durch, machte ein paar Schritte durch den Raum. »Nicht wirklich«, entgegnete sie und vermied es, ihn noch länger anzusehen.

Angelo seufzte und schaute sie an. »Wir kennen uns schon so lange und ich wusste von Anfang an, als ich dich damals auf der Straße gesehen habe, dass du etwas Besonderes bist«, erzählte er weiter, nahm den Blick nicht von ihr ab und lächelte kurz. »Nicht nur umwerfend schön, sondern auch besonders. Du bist klug und schlagfertig, aber alles in einer so charmanten Form, dass man sich direkt verlieben muss.«

Sie sah ihn vollkommen verblüfft an und fühlte eine aufsteigende Hitze in ihrem Kopf. Konzentriert versuchte sie, ihre Gefühle nach außen hin gut zu überspielen und kühl zu wirken. Er durfte keinen Erfolg mit dieser Masche haben!, ermahnte sie sich streng.

»Ich glaube du bist nicht gekommen, um mir deine Gefühle zu offenbaren, oder?«, fragte sie gleichgültig und verschränkte ihre Arme.

»Doch«, beteuerte er und schaute ihr wieder in die Augen. Ihr wurde bei diesem Blick noch wärmer. »Als ich gehört habe, dass du Geld gestohlen hast, habe ich alle Hotels in der

Nähe abtelefoniert. Erst war ich nicht erfolgreich. Also bin ich zusätzlich noch durch die Straßen gefahren und habe versucht dich zu finden. Da warst du aber auch nicht. Also habe ich den Radius erweitert und noch mehr Hotels angerufen. Ich hätte nicht gedacht, dass du so weit läufst.«

Er lächelte anerkennend.

Lya begriff, dass er sie wirklich finden wollte und bei all den Schmeicheleien, die sie hörte, schien sich ihr wild klopfendes Herz gar nicht mehr zu beruhigen.

»Möchtest du, dass ich wieder zurückkomme?«

»Als erstes möchte ich, dass du dich hinsetzt.«

Er tippte neben sich auf das Bett und lächelte sie an.

Kurz überlegte sie, ob sie stehen bleiben sollte, um ihm zu signalisieren, dass sie nicht mehr das Mädchen war, das sprang, wenn er rief, aber sie verwarf diesen Gedanken recht schnell und setzte sich mit etwas Abstand neben ihn. Nur weil sie sich neben ihn setzte, hieß das nicht, dass er einen Freifahrtschein hatte.

»Ich würde mich ziemlich alleine fühlen, in so einem Hotelzimmer«, sagte er ungewöhnlich ruhig, als sie sich gesetzt hatte und schaute sich demonstrativ um. »Man hat viel Zeit zum Nachdenken, wenn man ganz alleine ist. Schon allein die Vorstellung, dass niemand weiß, wo man ist. Da fühlt man sich ganz schön verlassen, oder?«

Ihr wurde wieder warm, wenn er sie mit seinem liebevollen Blick anschaute. Sie versuchte sich auf das Gespräch zu konzentrieren. »Am Anfang eigentlich nicht …«

Er schnitt ihr sofort das Wort ab. »Aber je mehr Zeit du hier verbringst, desto schlimmer wird's, stimmt's?«

»Ja«, gab sie frustriert zu. »Es macht für mich eigentlich nicht viel unterschied, ob ich im Bordell bin, oder hier, oder sonst irgendwo.«

»Du meinst, weil du nie ein Zuhause hattest?«, fragte er verständnisvoll. »Weil du nicht weißt, was zuhause sein bedeutet? Was es heißt sich wohlzufühlen und anzukommen?«

Er sprach höflich, aber es wirkte aufgesetzt und sie empfand dieses einseitige Gespräch als immer unangenehmer. Vor allem wollte sie nicht *darüber* reden.

»Du hast schon viel Schlechtes erlebt, Lya«, fuhr er fort, ohne ihre Antwort abzuwarten. »Deswegen bist du so verschlossen. Wenn du dich öffnen würdest, würdest du auch mal Schönes hineinlassen. Das würde dir gut tun.«

Das Gespräch machte sie nicht nur verlegen und unsicher, sondern es verletzte sie auch, dass er so leichtfertig ihre mutmaßlichen Gefühle offenlegte und bewertete, ohne dass sie darum gebeten hatte. Ja, sie war verschlossen und pessimistisch, aber das Leben hatte ihr nichts anderes gelehrt und er hatte seinen verfluchten Teil dazu beigetragen.

Sie wich seinem festen Blick aus.

»Du hast bestimmt auch an deine Mutter gedacht, habe ich recht?« fragte er plötzlich und Lya fühlte sich ertappt. Ihr Herz fing an schneller zu klopfen. Ein eiskalter Schauer lief ihr über den Rücken. Sie hatte nicht einmal mehr gewusst, dass sie ihm von ihrer Mutter berichtet hatte, geschweige denn, mit ihm eines ihrer größten Geheimnisse geteilt hatte.

»Nein«, antwortete sie rasch, aber ihre Stimme klang kratzig. »Das ist doch schon ewig her.«

Sie schaute kurz zu ihm, schüttelte noch einmal den Kopf und hoffte inständig, er würde es gut sein lassen.

»Weißt du noch, was du mir erzählt hast?«, fragte er und bohrte sich wie ein Eindringling immer weiter in ihre schmerzende Wunde.

»Wie sie dich geschützt hat? Und wie sie dich geliebt hat? Ich muss oft an diese Geschichte denken. Und weißt du was? Ich denke deine Mutter würde es nicht wollen, dass du hier ganz alleine in dem Hotelzimmer sitzt. Oder bald wieder auf der Straße verelendest. Sie hat dich doch beschützt, damit etwas aus dir wird, denkst du nicht auch?«

Wieder sah er sie mitfühlend an und legte vorsichtig seine Hand auf ihr Bein.

Plötzlich schnürte sich ihre Kehle zu. Sie fühlte sich so angreifbar, so klein und verletzlich und am liebsten hätte sie ihn zur Hölle gewünscht, dafür, dass er so in ihren offenen Wunden rumstocherte, die niemals zu heilen schienen. Und auf der anderen Seite, klopfte ihr Herz wie wild und sehnte sich danach ihm endlich um den Hals zu fallen, endlich seine Nähe zu spüren, tröstend an seiner Brust zu weinen.

Seine volle Aufmerksamkeit war ihr gewidmet, er konzentrierte sich voll und ganz auf sie, sorgte sich um sie und wollte nicht, dass sie alleine ist. Er, der aggressive Zuhälter, klapperte stundenlang Hotels ab, nur um seine tiefsten Gefühle zu offenbaren und zeigt sich verletzlich. Und er hatte recht. Ihre Mutter hätte das nicht gewollt.

Sie durfte nicht zugrunde gehen.

Ohne dass sie es bemerkt hatte, liefen ihr Tränen über die Wangen und Angelo ergriff sofort ihre Hand, beugte sich langsam zu ihr vor und küsste sie. Seine Lippen legten sich kissenweich auf ihre und sein Aftershave duftete frisch und herb. Sie konnte nicht anders, als ihre Augen zu schließen, den Kuss zu erwidern und das pochende Herz in ihrer Brust hinzunehmen. Kurz hatte sie Bedenken, er könnte es hören und ihre Gefühle erkennen, aber sie gab sich diesem Moment, den sie so schmerzlich vermisst hatte, vollkommen hin. Sie ließ sich nach hinten fallen, Angelo folgte ihr, umschlang sie, mit seinen starken Armen. Er hielt sie fest und Lya hatte das Gefühl, dass sich der Scherbenhaufen, den sie ihr Leben nennt, endlich zusammenfügt und endlich ein klares, erkennbares Bild abgibt.

Stundenlang schauten sie sich tief in die Augen und Lya meinte darin lesen zu können, dass er aufrichtig war. Keinmal war er grob zu ihr. Keinmal machte er etwas, dass sie nicht wollte.

Sie küssten und umarmten sich die ganze Nacht und sie empfand reines, pures Glück.

Donnerstag, 12. Juli 2012

2

»Ist er eigentlich schuldig?«, versuchte sie so beiläufig wie möglich zu fragen, als der Film gerade in eine Werbepause überging.

Wie fast jeden Abend, an dem Stewart keine Spätschicht hatte, lagen sie an beiden Ecken des Sofas, in Decken eingerollt und schauten einen Horrorfilm.

Mittlerweile wussten sie, dass sie beide keinen Horrorfilme mochten, aber nachdem sie gemerkt hatten, dass man jede, noch so unheimliche Szene mit einem zynischem Kommentar entschärfen konnte, machten sie sich einen Spaß daraus, sich gegenseitig mit den besten Sprüchen zum Lachen zu bringen.

Alles hat damit angefangen, dass sie, Cindy und Stewart, – als sie sich noch nicht gut kannten – einen Film schauen wollten und während Stewart die Pizza aus dem Ofen holte, kam Cindy ins Wohnzimmer und sah überrascht, dass Stewart einen Horrorfilm angeschaltet hatte. Als Stewart mit dem Pizzablech ins Wohnzimmer kam, dachte er, dass Cindy den Film ausgesucht hätte, denn er hatte vor ein paar Minuten einfach nur das Fernsehen angeschaltet.

Beide hatten sie gedacht, dass der andere den Film gucken möchte und es aus Höflichkeit hingenommen.

Als Cindy die Spannung des Filmes – und die Anspannung zwischen Stewart und ihr – nicht mehr ertragen konnte, fing sie an, den Film zu kommentieren. Stewart lenkte sofort mit ein.

Danach war das Eis gebrochen und Cindy und Stewart hatten ein bis heute andauerndes Ritual geboren.

»Der Kerl von dem Phantombild?«, er schaute zu ihr rüber und zog die Augenbrauen hoch. »Warum fragst du?«

Sie versuchte sich schnell etwas zusammen zu reimen.

»Irgendwie interessiert mich der Fall. Er sieht nicht aus, wie jemand, der einen umbringt. Und die Zeugin ist auch nicht sicher.«

»Er hat gestanden«, sagte Stewart. »Das heißt aber nicht, dass er es auch war. Wir konnten ihn heute nicht länger befragen. Es war ein anstrengender Tag für ihn. Die Flucht, die Verhaftung. Ich denke, er hat es noch nicht realisiert. Wenn er erstmal eine Nacht darüber geschlafen hat, wird er wissen, dass sehr viele Jahre im Gefängnis kein Zuckerschlecken sind.«

»Er hat es gestanden?«, fragte sie ungläubig und musste sich auf einmal aufrecht hinsetzen, um sich besser konzentrieren zu können. Sie brauchte festen Boden unter ihren Füßen. »Also entweder war er es wirklich … oder er versucht, jemanden zu schützen, der es gewesen ist?«, folgerte sie und blitzartig musste sie an ihre Schwester denken. Hatten sie beide noch Kontakt? War Lya dabei gewesen? Hatte sie vielleicht sogar geschossen? Ihr hätte sie es zutrauen können.

»Ja, genau«, bestätigte Stewart. »Ich denke er schützt irgendwen. Aber niemand geht eigentlich so weit, mehrere Jahre Gefängnis für einen anderen aufzunehmen. Vielleicht hält er ein, zwei Wochen stand, aber ich denke, dann wird er sprechen.«

Stewart und schaute sie nachdrücklich an. »Warum interessiert dich der Fall so?«

»Nur so«, antwortete sie schulterzuckend.

Cindy bemerkte erleichtert, dass er sich wieder zum Fernseher wandte und glücklicherweise nicht weiter nachhakte.

Er hatte gestanden.

War er es? Oder schütze er wirklich jemanden?

Tief in ihren Gedanken versunken, versuchte sie Motive ihres Bruders – den sie früher so gut kannte – ausfindig zu machen. Sie musste wissen, was geschehen war. Sie musste ihn sehen. Sie musste ihm helfen.

Aber wie?

Sonntag, 2. Mai 2004

Manchmal fragte Ness sich, was aus ihrem Leben geworden wäre, wenn sie nicht so viel nachgedacht hätte. Über alles und jeden. Stunde für Stunde. Tag für Tag. Was wäre aus ihr geworden, wenn sie nicht so krampfhaft versucht hätte, keinen Fehler zu machen?

Wochenlang dachte sie nach und wenn sie gedacht hatte, dass sie endlich die perfekte Lösung gefunden hatte und nun wusste, wie sie handeln sollte, fand sie heraus, dass es längst zu spät war. Dass ihr Handeln nun nichts mehr bewirkte. Dass sich die Umstände geändert hatten, sie nun alles von einem anderen Standpunkt betrachtete und sich neue, unvorhergesehene Probleme abzeichneten, die vorher nicht ergründbar waren. Also musste sie sich wieder zurückziehen – wieder nachdenken. Und ihr Leben an sich vorbei laufen lassen, als hätte sie unendlich viel Zeit auf dieser Erde.

Wenn sie jetzt zurückdachte, wie viele Chancen das Leben ihr bot, wie viele wunderbare Möglichkeiten ihr immer wieder begegneten, die sie ohne Acht abblockte, wurde ihr Herz ganz schwer. Jetzt, mit sechsundsiebzig Jahren, sah sie ihr Leben. Ihr Potenzial. Wie gut das Leben zu ihr war. Sie sah, dass sie damals mit Scheuklappen durch die Gegend gelaufen war und sich ausschließlich auf negative Ereignisse fokussiert hatte. Als ob es nie wieder etwas Schönes geben könnte, wenn einmal etwas nicht nach Plan lief. Als wäre das Schlechte ein Virus, das sich, wenn man es einmal hatte, im ganzen Körper ausbreitete und nie wieder verschwand. So hatte sie sich damals gefühlt.

Heute wusste sie, dass es nicht stimmte. Das man immer wieder, jeden Tag aufs Neue, die Chance hatte, das Gute in sein Leben zu lassen. Vielleicht ist es am Anfang nur ein Lächeln auf der Straße, ein paar Wochen später ein nettes Gespräch mit einer Freundin, darauf den Monat ein neues Jobangebot, eine spontane Reise, eine neue Liebe. Alles war möglich. Aber wenn man die Türen so fest geschlossen hielt und grübelte, was man als nächstes tun könnte, um bloß keinen Fehler zu machen, war das Unheil vorprogrammiert.

*Als sie aus ihrem Mittagsschlaf aufwachte, wusste sie immer noch ganz genau, was passiert war und dass sie schwanger war. Es war das Erste, was ihr in den Sinn kam, nachdem sie die Augen geöffnet hatte.*

*Ich bin schwanger.*

*Realisieren konnte sie es nur schwer, aber sie wusste, dass sie darüber nachdenken musste. Denn nur, wenn sie gründlich darüber nachdachte, konnte sie eine Lösung finden. Und sie musste eine Lösung finden. Und diesmal schneller, als sonst.*

*Das Kind zu behalten war für sie keine Option. Sie hätte es sich nicht verziehen ihr Leben dermaßen in den Sand zu setzen und diesem Mann ein Kind zu schenken, das er nicht ansatzweise verdient hatte. Schlimm genug, dass sie seine Frau war und er das nicht wertschätzte. Ein Kind mit ihm aufzuziehen, wäre das Letzte.*

*Sie hatte keine Ausbildung und keine Möglichkeit das Kind alleine großzuziehen und selbst wenn – diese ätzende Verbindung zu Nicolas hätte sie dann ihr Leben lang niemals kappen können.*

*Die letzten Wochen hatte sie überlegt, wie sie sich von ihm trennen könnte. Nächtelang lag sie wach und plante die Trennung. Sie hatte sich in den letzten Monaten Geld zur Seite gelegt und wenn sie noch wenige Monate gespart hätte, hätte sie genug Geld gehabt um sich eine kleine Wohnung zu mieten und erstmal über die Runden zu kommen. Sie hatte sich in ihren Gedanken dafür entschieden, ihn in einer Nacht und Nebelaktion zu verlassen. Anders hätte er sie womöglich nicht gehen lassen. Sie war sein Besitz. So dachte er zumindest.*

*Sie fürchtete sich davor, vor ihm zu fliehen und plante nach einer Weile in eine andere Stadt zu ziehen, damit sie sich nicht mehr über den Weg laufen könnten.*

*Es vergingen einige Wochen und Ness wollte noch etwas mehr Geld ansparen. Sie hatte zu viel Angst, dass sie sonst nicht über die Runden kommt, sich keine Kaution leisten kann und somit wieder zurück in seine Arme laufen müsste, was einen fatalen Rückschritt bedeutet hätte. Und kurz bevor sie den Plan perfektioniert hatte und durchsetzen wollte, kam das nächste Problem auf sie zu und zwingt sie ohne Erbarmen in die Knie.*

*»Sie sind schwanger.« Hallte es in ihrem Kopf.*

*Es war zum verrückt werden. Gefangen im eigenen Zuhause.*

*Gibt es sowas?*

*Sie stand auf und schlüpfte in ihre Pantoffel. Immer noch wie in Trance ging sie den Flur entlang Richtung Küche, nahm sich ein Glas aus dem Küchenschrank, füllte es mit Wasser. Erst als sie das kalte Wasser im Hals spürte, merkte sie, wie viel Durst sie hatte. Sie schloss die Augen und trank.*

*Plötzlich hörte sie Nicolas´ schlürfende Schritte und normalerweise wäre sie sofort geflüchtet, aber jetzt blieb sie einfach stehen. Noch schlimmer konnte es nicht werden.*

*»Hast du schon überlegt, was es heute zum Abendessen gibt?«, fragte Nicolas gelangweilt, als er durch die Türschwelle kam. Er trug sein fleckiges Unterhemd und roch unangenehm nach Alkohol. Er widerte sie - wie immer – maßlos an.*

*»Nein«, erwiderte sie genervt, »Du kannst dir heute selbst etwas machen, ich habe keinen Hunger.«*

*Sofort spürte sie ein heftiges Pochen in ihren Schläfen und füllte sich schnell noch ein Glas Wasser ein. Hoffentlich würde es keine Diskussion geben, dachte sie.*

*»Welche Laus ist dir denn über die Leber gelaufen?«, blaffte er sie auf einmal an. »Hast wohl keinen guten Tag gehabt, was?«*

*Er öffnete mit einem viel zu starken Ruck die Kühlschranktür und holte sich ein kaltes Bier raus. »Frag mich mal! Die vom Arbeitsamt wollen schon wieder irgendwelche Nachweise von mir haben, alles wollen die wissen! Ich frag mich, was die mit den ganzen Daten machen! Wahrscheinlich verkaufen sie die und werden noch reich damit. Mit meinen Daten. Wo bleibt mein Anteil? Was bekomme ich dafür? Das bisschen Geld ist ein Witz!«*

*Ness verdrehte die Augen, sie konnte sich sein dummes Geschwätz nicht anhören. Nicht jetzt.*

*»Ihr Frauen könnt echt froh sein, ihr müsst nicht arbeiten! Nur zuhause bleiben, bei den Kindern und ein bisschen kochen. Und das Geld vom Mann ausgeben, natürlich! Aber wir Männer, wir müssen auf den Bau, uns kaputt machen, damit die Familie überhaupt überleben kann! Und du sagst, du hattest einen schlechten Tag! Frauen können keinen schlechten Tag haben! Euch geht es nur zu gut! Darüber solltest du dir mal Gedanken machen!«*

*Er war wieder in einer seiner eintönigen Dialoge verfallen, die niemals endeten, wenn man ihm nicht einfach das Wort abschnitt, oder aus dem Raum ging. Sie konnte es heute noch weniger vertragen, als ohnehin schon.*

*»Ich bin schwanger«, platzte es leise aber deutlich aus ihr heraus. »Ich werde das Kind nicht behalten.«*

*Sie klammerte sich an ihr Wasserglas und sah wie Nicolas verstummte. Sie nutzte die Chance, atmete tief durch und nutzte ihre Chance. »Ich möchte die Scheidung. Ich will das hier nicht mehr. Ich kann das nicht mehr.«*

*Unmittelbar nachdem sie die Worte ausgesprochen hatte, stieg die Angst in ihr hoch und sie bereute ihre Worte. Warum hatte sie ihm das gesagt? Damit er endlich mal die Klappe hielt?*

*Jetzt sagte er nichts mehr. Zum ersten Mal in ihrem gemeinsamen Leben war er sprachlos. Seine ganze Mimik war verrutscht. Für einen Moment waren seine gewohnten Gesichtszüge nicht mehr erkennbar.*

*»Du bist schwanger?«, fragte er verblüfft.*

*»Ich habe es heute erfahren. Ich werde es nicht behalten.«*

*Jetzt wurde seine Miene wieder ernst. »Was redest du da?«, fragte er aggressiv. »Warum solltest du es nicht behalten? Willst du eine Mörderin sein?«*

*Ness verdrehte die Augen, auf diese Ansichten hatte sie gar keine Lust. Sie wollte nicht diskutieren. Sie wollte einfach nur alleine sein.*

*Sie versuchte sich abzuwenden, langsam aus der Küche zu gehen, aber er hielt sie sofort am Arm fest.*

*»Du wirst dieses Kind nicht abtreiben, verstanden?«, befahl er aggressiv. Seine Augen funkelten vor Wut. »Das ist das Beste was uns passieren kann im Moment! Ich suche mir wieder eine Arbeit und du bist Zuhause mit dem Kind! Überleg doch mal, was wir dann für staatliche Förderungen bekommen! Ich sehe das bei meinen Kollegen die ganze Zeit! Die bekommen Kinder ohne Ende und kassieren das Geld ab! Davon fahren sie dann in Urlaub oder kaufen sich ein Auto! Stell dir das doch mal vor! Und dir würde das auch gut tun! Vielleicht wärst du dann nicht mehr so verklemmt und verschlossen!«*

*Er hielt sie immer noch fest am Arm.*

*Nichts hätte er sagen können, was ihre Meinung geändert hätte. Nichts hätte sie überzeugen können. Von diesem Mann bekam sie kein Baby.*

*»Ich lasse es mir mal durch den Kopf gehen«, lenkte sie ein und versuchte freundlich zu klingen. »Die Ärztin hat gesagt, dass ich Ruhe brauche. Ich lege mich wieder hin.«*

*Sie riss sich von seinem Griff los und ging wieder ins Schlafzimmer.*

*Ihre Schritte waren stärker als zuvor, als sie die Praxis verließ und endlich wieder das Gefühl hatte, auf festem Boden zu stehen. Sie wusste, dass sie die richtige Entscheidung getroffen hatte. Zum ersten Mal in ihrem Leben, hatte sie für sich eingestanden und für sich und ihre Zukunft gekämpft. Die Gewissheit, das richtige getan zu haben, ohne fremden Einfluss, eine Entscheidung dieser Schwere getroffen zu haben, bescherte ihr eine innere Kraft, die sie beflügelte. Sie würde es schaffen. Sie würde die Trennung schaffen. Heute Nacht würde sie gehen. Sie hatte die letzten Wochen die perfekte Hausfrau gespielt, hatte Nicolas versichert, dass sie das Kind bekommen würde und sich freue, mit ihm endlich zu einer wahren Familie zu verschmelzen, damit er sie ihn Ruhe ließ und sie ihren Plan weiter ausklügeln konnte.*

*Sie hatte nur eine Chance. Wenn sie es heute nicht schaffte, schaffte sie es niemals. Auf dem Weg nach Hause ging sie noch schnell in die Bank, hob das komplette Geld vom gemeinsamen Konto ab und besiegelte damit ihr Vorhaben. Morgen würde er es bemerken, bis dahin musste sie über alle Berge sein.*

*Als sie endlich hörte, dass er neben ihr eingeschlafen war und gleichmäßig atmete kam ihr Puls endlich zur Ruhe. Sie lag hellwach im Bett, aber simulierte zu schlafen, damit er nichts bemerkte. Ununterbrochen lauschte sie nach seiner Atmung und jedes Mal, wenn er sich drehte oder räusperte, dachte sie, dass er aufwachte und ihr Plan ins Wasser fallen, und sie ihre Freiheit niemals bekommen würde.*

*Eine gute Stunde später, als er in einem gleichmäßigen Rhythmus atmete und fest schlief, traute sie sich endlich. Wiedermal fand sie die Situation absurd. Wie oft war sie schon in der Nacht aufgestanden, hatte ihre Decke mit unsanftem Ruck auf die Seite geworfen und war dann mit ihren Pantoffeln, die jeden Schritt hörbar machten, auf die Toilette gegangen? Sie hatte die Türen ohne große Rücksichtnahme auf und zu gemacht, die laute, rauschende Spülung der Toilette betätigt und jedes Mal, wenn sie zurück kam schlief er immer noch tief und fest. Aber jetzt bewegte sie sich Millimeter für Millimeter und machte nach jeder Bewegung eine Pause um zu hören, ob sie ihn geweckt hatte.*

*Sie traute sich kaum noch zu atmen und selbst das Rascheln der Decke kam ihr ungewöhnlich laut vor. Gedanklich ging sie schon die nächsten Schritte durch und dachte darüber nach, wie sie alles am leisesten durchführen könnte.*

*Als sie endlich den letzten Deckenzipfel zur Seite gelegt hatte und sich langsam aufrichtete, drehte sie sich noch einmal lautlos um, um sich zu vergewissern, dass er schlief.*

*Er schlief tief und fest.*

*Alles war gut. Alles lief nach Plan.*

*Barfuß tappte sie aus dem Schlafzimmer, öffnete leise und behutsam die Schlafzimmertür und schloss sie genauso wieder. Dann blieb sie wieder für einige Sekunden hinter der Tür stehen, atmete leise aus und vergewisserte sich, dass er keine Geräusche von ihr gehört hatte.*

*Nach wenigen Sekunden der angespannten Stille, fühlte sie sich wieder sicher, ging vorsichtig den dunklen Flur entlang und war endlich an der alten Holzkommode, am Ende des Flurs, angelangt. In der dritten Schublade, hatte sie die nötigsten Sachen in einem Beutel versteckt. Sie öffnete die Schublade und erschreckte sich plötzlich, als das Holz knarzte. Verdammter Mist!, dachte sie und verweilte wieder für ein paar Sekunden in einer Starre. Sie lauschte aufmerksam in den Flur.*

*Stille.*

*Sie zog die Schublade weiter auf, hob sie ein winziges Stück an, in der Hoffnung, dass sie nicht mehr knarzte und als sie weit genug geöffnet war, zog sie den Beutel durch den geöffneten Spalt. Nur ihre Wertsachen, Unterwäsche, eine Hose und einen Pulli nahm sie mit. Den Rest musste sie sich später kaufen. Es war ihr egal. Sie musste hier raus. Und zwar so schnell wie möglich.*

*Nachdem sie die Schublade wieder vorsichtig geschlossen hatte, hörte sie noch einmal in den dunklen Flur hinein. Nichts. Alles war ruhig. Sie hatte es fast geschafft.*

*Fast wollte sie schon triumphieren, als sich ein Glücksgefühl in ihr ausbreitete, aber sie versuchte sich zu konzentrieren. Den Sieg konnte sie feiern, wenn sie hier raus war.*

*Schon jetzt hatte sie eiskalte Füße und weil sie wusste, dass sie gleich auf rauen, kaltem Asphalt rennen würde, tastete sie mit ihren Händen auf dem Boden herum, bis sie ihre Schuhe entdeckt hatte und reinschlüpfte. Geschafft.*

*Jetzt kam der lauteste Teil, dachte sie besorgt, als sie zur Haustür schlich. Sie musste ihren Schlüssel, der neben der Tür hing, ins Schloss stecken und die Tür aufschließen, die Nicolas jede Abend abschloss. Aufgeregt nahm sie den Schlüssel vom Haken und versuchte nervös das Schlüsselloch zu finden. Erst jetzt merkte sie wie stockdunkel es im Flur war. Es gab kein Fenster, das wenigstens ein bisschen Licht durchsickern ließ. Keine elektronischen Geräte, die etwas Licht abgeben hätten können. Nichts. Nur die schwarze Dunkelheit, die es nicht zuließ, dass sie das Schlüsselloch fand! Die Verzweiflung kroch immer mehr in ihr hoch, aber sie befahl sich ruhig zu bleiben.*

*Nicht in Panik geraten, versuchte sie sich zu beruhigen. Aber sie hatte Panik! Und Angst! Er ist dein Mann, versuchte sie sich einzureden, du hast ihn geheiratet. Er wird dich schon nicht umbringen.*

*Aber sie glaubte sich selbst nicht.*

*Wo war nur dieses verdammte Schlüsselloch? Ihr wurde immer wärmer, immer unruhiger versuchte sie den Schlüssel ins Schloss zu fädeln und als sie endlich merkte, dass sie es geschafft hatte, durchfuhr sie ein Schwall der Erleichterung, der aber binnen weniger Sekunden von der klammernden Angst abgelöst wurde.*

*Zahn für Zahn steckte die den Schlüssel ins Schlüsselloch, immer noch darauf bedacht, keine Geräusche zu machen, die Nicolas wecken könnten.*

*Weniger behutsam als vorher und schweißgebadet drehte sie den Schlüssel um und musste entsetzt feststellen, dass die Tür komplett abgeschlossen war. Zweimal musste sie den Schlüssel drehen. Zweimal machte es ein Geräusch, dass ihr so laut vor kam, als hätte man es bis auf die Straße hören können. Ihre Hände bebten, ihr Herz raste als sie die Türklinke herunterdrückte und sie endlich das hallende Echo des Flures hören konnte.*

*Ihr Herz klopfte wie verrückt, sie merkte, wie sie immer panischer wurde, ihren Beutel fest umgriff und durch die Türschwelle stürmte.*

*Plötzlich wurde sie mit voller Wucht von hinten gepackt und gewaltsam zurück in die Wohnung gezerrt. »Du Miststück!«, fluchte er und sie war froh, dass die Dunkelheit sein Gesicht versteckte. »Wo willst du hin? Wo willst du hin?«, brüllte er sie an.*

*Die Tür stand noch einen Spalt offen war und Ness dachte für einen Moment an die Nachbarn und betete, dass man ihr helfen würde. Er ließ die Tür ins Schloss fallen und knipste das Licht an.*

*Seine Augen waren weit aufgerissen, hasserfüllt und entstellten ihn noch mehr.*

*»Hörst du nicht?«, schrie er sie an und kam mit seinem Gesicht immer näher. »Wo willst du hin?«*

*Er tobte vor Wut und sie wusste, dass sie keine Chance gegen ihn hat.*

*Nur das Adrenalin strömte verlässlich in ihren Körper, bemühte sich um eine schützende Funktion und sorgte dafür, dass ihr die ganze Situation surreal vorkam, aber mehr Schutz würde sie nicht bekommen, das wusste sie.*

*Was sollte sie sagen? Was sollte sie machen? Sie war gefangen, von diesem Kerl! Und jetzt hatten sich ihre Chancen zu fliehen extrem verringert. Sein kleines Ego konnte es nicht verkraften, wenn eine Frau – also ein Mensch zweiter Klasse – ihn verlässt. Vor allem, wenn sie sich hinter seinem Rücken rausschleicht und ein Kind von ihm erwartet! Wenn er herausfindet, dass sie das Geld vom Konto abgehoben hat, wird sie nie wieder einen Penny von ihm sehen. Bei Geld hört jegliches Mitgefühl bei ihm auf. Wenn er überhaupt welches besaß.*

*»Sag mir endlich, wo du hin wolltest, Schlampe!« Völlig außer sich vor Wut entriss er ihr den Beutel, den sie immer noch wie einen Rettungsring fest umklammerte.*

*»Unterwäsche, eine Hose, dein Portemonnaie«, zählte er wütend auf. »Du wolltest einfach so verschwinden? Damit kommt man aber nicht weit! Vor allem nicht mit so wenig Geld, wie du es hast! Hast du darüber mal nachgedacht?«*

*Er schrie so laut, dass sie überzeugt war, ihre Nachbarn geweckt zu haben. Jetzt hoffte sie nur, dass sie die Polizei riefen, bevor er völlig austickte.*

*»Du bist ein undankbares Miststück«, zischte er und sie bekam ein paar Tropfen Spucke von ihm ins Gesicht. »Du könntest glücklich sein, einen Mann wie mich zu haben! Andere Männer hätten dich schon längst verlassen! Du kochst nicht mehr, du putzt nicht mehr! Ran lässt du mich auch nicht mehr! Du erfüllst keine deiner Pflichten in dieser Ehe! Und du willst dich trennen? Ich müsste mich trennen wollen!«, brüllte er weiter, packte sie fest am Arm und schubste sie nach vorne. »Geh zurück ins Schlafzimmer! Du wirst hier nicht rauskommen! Ich bin dein Mann! Ich habe das zu entscheiden! Und solange du mein Kind erwartest, machst du das, was ich dir sage! Ist das klar?«,*

*Er tobte, seine Augen blitzten hasserfüllt, sein Kopf war hochrot. Woher kam nur sein ganzer Hass auf die Welt? Was war er nur für eine gebrochene Seele?*

*Wahrscheinlich hatte er noch nie wirkliche Liebe erfahren und kompensierte diesen Schmerz mit Hass. Außer sie anzuschreien, würde er nichts tun. Das war ihr klar.*

*Auf einmal löste sich die Angst in ihr und sie fühlte sich als wäre sie der Situation gewachsen. Als könnte man einfach darüber reden. Er war ein Choleriker. Mehr nicht. Sie brauchte sich das nicht gefallen lassen.*

*»Ich erwarte kein Kind mehr von dir. Also lass mich gehen«, sagte sie bestimmt und war selbst überrascht über ihren sicheren Ton.*

*»Was?«, blaffte er sofort ungläubig zurück und seine Augen wurden schmal.*

*»Ich habe es heute Morgen wegmachen lassen. Und soll ich dir was sagen? Es war die verdammt richtige Entscheidung!«*

*»Du dreckiges Miststück!«, schrie er sie an und Ness begriff sofort, dass sie einen großen Fehler gemacht hatte. »Du kannst nichts! Gar nichts!«*

*Sie konnte ihm nicht auf Augenhöhe begegnen, dieser Mann war krank!, dachte sie panisch und spürte plötzlich nur noch dass ein steinharter Gegenstand gegen ihr Gesicht schmetterte und der Schmerz in ihrem Gesicht sie auf den Boden sinken ließ. Noch bevor sie rekonstruieren konnte, was passiert war, sah sie seine Faust wieder auf ihr Gesicht zukommen, in ihr Gesicht krachen und sie hatte das Gefühl, ihre Gesichtsknochen zerbrechen in tausend Teile.*

*Ihr Gesicht brannte vor Schmerz, sie hielt sich mit beiden Händen ihr Gesicht fest, kauerte sich auf dem Boden zusammen, aber immer wieder fand er eine freie Stelle, wo er noch einmal seinen tief sitzenden Hass auslassen konnte. Noch nie wurde sie mit Fäusten geschlagen. Sie erinnerte sich an die Ohrfeigen, die Nicolas ihr gegeben hat, wenn er besoffen war und sie nicht für ihn kochen wollte. Der Moment, wenn die flache Hand gegen die Wange knallt und nach ein paar Sekunden der ziehende, brennende Schmerz einsetzt. Der Schock darüber, dass je-*

*mand die persönlichen Grenzen so einfach übertritt, war schlimmer als der Schmerz. Von einem Menschen, der mit Würde und Respekt behandeln wird, verwandelt man sich ab diesen Moment in eine wertlose Hülle. Auch ein paar Stunden später spürt man immer noch den leichten Schmerz. Es ist unangenehm. Aber nicht zu vergleichen mit diesem Schmerz. Dieser Schmerz war so intensiv, dass man sich fragte, ob ein anderer Mensch überhaupt in der Lage war, so zuzuschlagen. So intensiv, dass man denkt, er hätte mit einem schweren Metallhammer zugeschlagen. Niemals hätte sie geglaubt, dass eine Faust solche Schmerzen verursachen könnte. Niemals hätte sie geglaubt, dass ein Mensch dazu fähig wäre, einen anderen Menschen mit bloßen Händen umzubringen, aber jetzt wusste sie, dass er es könnte, und dass vielleicht genau das seine Absicht war.*

*Ihre Gedanken kreisten nur um den anhaltenden Schmerz, der ihren Körper verkrampfen ließ. Sie dachte nur daran, dass sie überleben wollte. Dass sie ihr Leben noch nicht gelebt hatte. Sie war vierundzwanzig Jahre alt. Sie hatte noch gar nichts erlebt.*

*War das wirklich schon ihr Ende?*

*Alles war verschwommen, aber sie sah, wie Nicolas mit seinen Füßen auf sie eintrat. Gegen ihren Kopf, gegen ihren Körper. Immer und immer wieder. Kurz hatte sie das Gefühl, er hätte sich extra Schuhe angezogen, aber sie konnte es nicht mehr erkennen. Bei jedem Tritt, der an Intensität und Aggressivität immer weiter zunahm, kauerte sie sich mehr zusammen. Sie krümmte sich vor Schmerzen, lag auf dem Boden und versuchte sich instinktiv einzurollen, um sich zu schützen. Ihr Herz klopfte wie verrückt und auch wenn ihr Körper ihr kontinuierlich Panik signalisierte, konnte sie sich nicht wehren.*

*Nur in ihren Körper konnte sie sich auf einmal hineinversetzen. Sie spürte, wie viel ihr Körper täglich für sie machte. Was für eine Leistung er tagtäglich vollbrachte. Wie alle Organe und Zellen zusammenarbeiteten. Und wie viel ihr Körper aushielt. Ihr Körper wollte sie am Leben halten, jeden Tag. Auch in diesem Moment wollte er sie nur retten, um jeden Preis. Und sie schwor sich, ihren Körper für ewig dankbar zu sein, wenn sie hier lebend rauskam. Vollkommen verschwommen sah sie noch, dass sich Nicolas zu ihr runter beugte und sie ansah. Plötzlich schmetterte er wieder mit voller Wucht die Faust mitten ins Gesicht und sofort breitete sich eine warme Flüssigkeit in ihre Nase aus und lief ihr in den Mund.*

*Dann wurde alles schwarz.*

Freitag, 13. Juli 2012

I

Ob es der Hunger war, oder einfach nur das Bedürfnis stehen zu bleiben, im hier und jetzt, ohne, dass ständig die endlose, graue Straße an seinen Augen vorbei zog, wusste er nicht.

Aber als er das Auto auf einem dunklen Parkplatz parkte, den Motor abstellte, seine Füße auf den Boden stellte und endlich frische Luft atmete, fühlte Kevin Ruhe.

Ruhe im Chaos. Wie wichtig es war, alles anzuhalten, sich nur auf einen Punkt zu konzentrieren, wenn alles sich um einen herum, wie fanatisch drehte.

Vielleicht war es auch das Bedürfnis nach Ruhe, aber als er das leuchtende Schild eines Fast Food Restaurant sah, wusste er, dass auch der Hunger ihn gelenkt hatte.

Sofort wurde die Ruhe wieder gestört, als er das Restaurant betrat und mit einem grellen Piepsen der Küchenmaschinen empfangen wurde.

Warum war er heute nur so empfindlich?

Seine Sinne schienen sich zu spitzen, als er den Geruch von Fleisch und Pommes wahrnahm und es zog ihn magisch an die Theke, an der ein schlechtgelaunter Mitarbeiter stand und ihn anvisierte.

Niemand, war hier. Niemand außer ihm. Und trotzdem fühlte er keine Ruhe, als er zum Schalter ging und sich etwas zu Essen bestellte.

Gesteuert von seinem Hungergefühl ging er trostlos mit dem Tablett umher und konnte sich nicht entscheiden, welcher Platz der Beste war. Mit so viel Auswahl und seiner ungewohnten Benommenheit konnte er nicht umgehen.

Schließlich setzte er sich, biss in seinen Burger und schaute zu dem bunt leuchtenden Bildschirm, der ein kunstvolles Popmusik-Video zeigte, das gar nicht zu seiner Gefühlslage passte.

Dann wechselte das Bild.

*Die Polizei hat den Tatverdächtigen im Falle des getöteten Mann aus London mithilfe von Hinweisen aus der Öffentlichkeit am Donnerstagabend festgenommen. Der Tatverdächtige sitzt in Untersuchungshaft, Es wird weiter gegen ihn ermittelt.*

Im Fernsehen sprach eine attraktive Nachrichtensprecherin in einem engen Kleid, die Kevin durchaus länger betrachtet hätte, wenn sie nicht gerade die Mittelung verkündete, dass sein bester Freund verhaftet wurde.

Fassungslos schüttelte er den Kopf und legte seinen Burger zur Seite und schaute benommen auf den Fernseher, der schon eine andere Nachricht mitteilte.

Plötzlich verschwand seine Müdigkeit. Auch sein Hungergefühl war nicht mehr wahrnehmbar. Die Unruhe blieb.

Über die Tatsache, dass sie ihn eingebuchtet hatten, machte er sich weniger Sorgen, denn er kannte das System und war überzeugt, dass sie keinerlei Beweise gegen ihn hatten. Er würde schnell wieder in Freiheit sein.

Was ihn jedoch sofort stutzig machte war, dass sie noch nichts von den Drogen erwähnt hatten. Es bestand also die kleine Möglichkeit, dass sie die Drogen gar nicht entdeckt hatten und Kevin freute sich über diesen kleinen, aber feinen Funken Hoffnung. Wussten sie überhaupt von dem Drogengeschäft?

Je länger er darüber nachdachte, war er immer noch überzeugt davon, keine Fehler zu machen, vor allem nicht bei seinen kriminellen Geschäften, bei denen er immer äußerst durchdacht und vorrauschauend vorging.

Natürlich arbeiteten schlaue Köpfe bei der Polizei, die noch dazu speziell ausgebildet wurden und er machte sich nicht vor, schlauer zu sein, als sie, aber er war realistisch genug um zu wissen, dass er strategisch genau so klug war.

Gab es eine Chance, dass die Polizei immer noch im Dunklen tappte?

Konnte es wirklich sein, dass sie ihn und sein Geschäft gar nicht verdächtigen?

Dann musste er zurück.

Er konnte Mylo nicht alleine lassen.

*»Ich lass dich nicht alleine«, sagte Tina, Kevins Mutter, und streichelte ihm liebevoll über die Haare.*

*Kevins Vater war ausgezogen und lebte in einer anderen Stadt. Er schwor einen Entzug zu machen und sich zu melden, wenn er aus der Klinik entlassen war, jetzt waren schon vier Monate vergangen und es kam noch kein Lebenszeichen. Er überwies jedoch regelmäßig Unterhalt für Kevin und seine Mutter, was bedeutete, dass er seiner Arbeit nach wie vor nachging.*

*»Hätte ich es dir lieber nicht erzählen sollen?«, fragte er reumütig.*

*Sie hatte stark abgenommen und ihr Gesicht sah erschöpft und traurig aus. Von der lebhaften, erfolgreichen Frau, zu der Kevin immer aufgeschaut hatte, war nicht mehr viel übrig.*

*»Doch, natürlich«, versicherte sie sofort und bemühte sich zu einem schwachen Lächeln. »Du hast alles richtig gemacht. Ich höre immer lieber die Wahrheit, auch wenn sie manchmal sehr weh tut. Ich bin nur enttäuscht. Von ihm. Aber auch von mir. Dass ich es nicht gesehen habe. Dass ich nicht gesehen habe, was er macht, wenn er alleine ist. Man kann wohl nie wirklich zu jemandem durchdringen.«*

*Kevin nickte nachdenklich.*

*»Denkst du, er war am Ende ehrlich? Als er uns erzählt hat, wie lange er schon … naja, du weißt schon, so ein Leben führt?«*

*Tina zuckte die Schultern. »Ich weiß es nicht. Er sagt, er habe erst vor einem Jahr angefangen, das Zeug zu nehmen. Aber als ich ihn kennenlernte, vor fünfzehn Jahren, hatte er viele Freunde, die Drogen nahmen. Er selbst hat das Zeug auch mal konsumiert, aber nur ab und zu« Sie blickte nachdenklich auf den Boden.*

*»Als wir zusammengekommen sind, hat er nicht mehr so viel mit seinen Freunden unternommen. Wenn ich darüber nachdenke, denke ich, dass er damals schon zwei verschiedene Leben geführt hatte. Seine Freunde waren …«*

*Sie machte eine Pause und spielte mit ihrem Ehering, den sie immer noch trug. »Nun, ja, sehr einfach. Fast keiner von ihnen arbeitete, keiner hatte eine Freundin und niemand stand wirklich fest im Leben, obwohl sie alle schon Mitte zwanzig waren. Er war der Einzige, der einen Universitätsabschluss hatte und einem Beruf nachging. Aber er genoss es, am Wochenende Anzug und Krawatte gegen seine Jogginghose und Bier zu tauschen und einfach mit seinen Freunden abzuhängen. Ohne darauf zu achten, was man sagt, wie man es sagt oder zu wem man es sagt. Und so tauchte er jedes Wochenende in diese andere Welt ab. Ich hatte das Gefühl, er konnte sich nicht entscheiden, was für ein Leben er wollte.«*

*»Und als ihr zusammengekommen seid?«, fragte Kevin interessiert. »Hat er sich da verändert?«*

*»Als wir zusammenkamen, hatte ich einen geregelten Tagesablauf, eine gute Arbeit und eine gute Erziehung meiner Eltern genossen. Das hat zu seinem Leben von Montag bis Freitag gepasst, aber am Wochenende war er jemand anderes. Er stellte mich diesen Leuten nie vor und ich war, ehrlich gesagt, froh drum. Er verbrachte viel Zeit mit mir – ohne, dass ich das von ihm verlangte – und ich hatte das Gefühl, dass er sich letztendlich für das Leben mit mir entschieden hatte. Vielleicht hat er das auch für eine lange Zeit. Vielleicht hat er aber auch noch ein zweites Leben gehabt. Ich weiß es nicht.«*

*Sie zuckte die Schultern und wirkte so, als ob sie immer noch nicht verstand, was passiert war, dann schaute sie Kevin ernst an. »Das wichtige ist, dass wir uns noch haben. Ich lasse dich nicht alleine.«*

*Die nächsten Monate bemühte sich Tina zwar, aber sie konnte nur schlecht überspielen, dass sie immer noch unter der Trennung litt. Sie konnte sich einfach nicht an ihr neues Leben gewöhnen. Sie konnte nicht loslassen.*

*Ein paar Monate später musste Kevin überrascht feststellen, dass sein Vater seine Mutter besuchte. Sie saßen wie selbstverständlich auf dem Sofa im Wohnzimmer, plauderten und schauten unsicher hoch, als sie ihn bemerkten.*

*Innerhalb der ersten Sekunden, konnte Kevin ihm ansehen, dass er keinen Entzug gemacht hatte, sondern noch tiefer reingerutscht war. Sein Vater wollte aufstehen, ihn begrüßen, aber Kevin flüchtete die Treppen hoch und hoffte, dass er ihm nicht folgte.*

*Für Kevin blieb er fremd. Nie wieder entwickelte er eine väterliche Beziehung zu ihm, auch wenn er wieder öfter die Familie besuchte.*

*Tina ging es besser, das merkte Kevin schnell. Anfangs hatte er gedacht, dass sie ihn einfach brauchte, aber immer mehr entpuppte sich das harmlose Brauchen zu einer Luft abschnürenden Abhängigkeit. Sie hatte ihr eigenes Glück verloren und versuchte es nun wiederzufinden, bei dem Mann, der es ihr in erster Linie weggenommen hatte.*

*Für eine Zeit lang fand er es sogar schön zu sehen, dass seine Mutter wieder glücklich war, denn das ständige Leid, das auf ihr Gesicht gestempelt war, zog ihn mehr runter, als er es zugeben wollte.*

*Einige Wochen später suchte er in der Küche nach einem Flaschenöffner und war sich sicher ihn in einer der Schubladen gesehen zu haben, aber jetzt, wo er ihn brauchte, fand er ihn natürlich nicht. Er durchsuchte die Hängeschränke und Schubladen, in denen seine Mutter alles ordentlich sortiert hatte, aber er wurde nicht fündig. Er hockte sich hin, holte Schüsseln und Konserven aus den unteren Schränken und als er einen großen Topf, mühsam aus dem Schrank manövrierte, tauchte dahinter ein kleines Tütchen mit weißem Pulver auf.*

*Sofort hatte er wieder das Bild von seinem Vater im Kopf. Im Schlafzimmer. Mit einer Prostituierten. Die Nadel. Seine schlechten Erklärungen. Und er hasste dieses Zeug. Er hasste es, dass es ihm seinen Vater genommen hatte. Und noch mehr hasste er es, dass er es anscheinend hier vergessen hatte. Kevin wollte damit nichts mehr zu tun haben!*

*Er griff danach, ging entschlossen zur Gästetoilette und hielt kurz inne bevor er es ins Klo warf. Nein, dachte er, er musste es Tina zeigen, wenn sie zurückkam. In erster Linie, damit sie ihm glaubt, wer weiß, was er ihr alles versucht zu erzählen und zweitens erhoffte er sich, dass sie vielleicht darüber lachen könnten, dass er es an so einem Ort versteckt hatte und blöd genug war, es auch noch zu vergessen. Dann könnten sie es gemeinsam das Klo runter spülen und damit auch hoffentlich alle bösen Geister in diesem Haus vernichten.*

*Also wartete er, bis sie nach Hause kam.*

*»Woher hast du das?«, stammelte sie nervös und blieb starr im Wohnzimmer stehen.*

*Sie hatte nicht so reagiert, wie er es erhofft hatte und ihr blankes Entsetzen sagte mehr, als Worte hätten sagen können.*

*»Es war in der Küche. In einem der unteren Schränke. Ich habe etwas gesucht und da habe ich es gefunden …«, er stockte als er ihren Ausdruck sah. Er wollte es nicht glauben. Er konnte es nicht glauben. Schon wieder spürte er die gleiche entsetzliche, tiefgreifende Enttäuschung, wie damals, als er seinen Vater erwischt hatte.*

*Bitte nicht.*

*Sag mir, dass es nicht stimmt.*

*»Ist es von dir?«*

*Sie schüttelte schwach den Kopf, was nicht bedeutete, dass sie es abstritt, sondern nur bedeutete, dass sie die Situation nicht fassen konnte.*

*»Es ist … es ist nicht direkt von mir. Eigentlich ist es von deinem Vater. Er hat es hier vergessen«, gab sie kleinlaut zu und setzte sich mit gebeugtem Kopf, auf einen Stuhl am Wohnzimmertisch. »Es ist nicht so, dass ich so bin wie er … aber man fühlt sich für einen Moment gut. Glücklich. Sorgenlos. Und das habe ich gebraucht. Es war eine einmalige Sache.«*

*»Verstehe schon.«*

*»Nein«, widersprach sie verzweifelt. »Ich weiß, was du denkst, aber so ist es nicht! Kevin, geh nicht weg! Ich bin nicht so wie er!«*

*Sie rief ihm wenig überzeugend hinterher bis er in seinem Zimmer verschwand.*

*Wie konnte das sein?, fragte er sich, als er auf seinem Bett lag. Waren es nicht eigentlich die Eltern, die ihre Kinder beim Drogen nehmen erwischten und maßlos enttäuscht waren? Waren es nicht die Eltern, die über die Gefahren von Drogen aufklärten, während die Kinder sie verherrlichten?*

*Man fühlt sich gut.*

*Ja, vielleicht, aber was kommt dann? Irgendwann kommt der harte Aufprall und wer soll dich dann retten? Wenn du dich nicht selbst retten willst, kann dich niemand retten, jegliche Versuche von außen sind in so einem Fall vergeblich!*

*Als er seine Mutter nicht mehr von unten hörte, schlich er sich nach draußen und war froh, als er endlich frische Luft atmete und seine Probleme, die sich hinter diesen Mauern immer höher auftürmten, für einen Moment hinter sich lassen konnte.*

*Es war kurz vor sechs, noch zu früh für Tobis Party, die um acht Uhr anfing, aber lieber sitzt er hier draußen, als seiner Mutter zu begegnen, oder sie womöglich dabei zu erwischen, wie sie irgendwelche Drogen konsumierte.*

*Seine Straße war ruhig und leer, er begegnete niemandem, obwohl es ein schöner Frühlingsabend war und die Luft noch angenehm aufgewärmt war.*

*Plötzlich hörte er lautes Schreien aus dem Haus, an dem er gerade vorbei ging und schaute flüchtig hoch. Die Fenster waren gekippt. Er wusste, dass dort der Junge wohnte, den er einmal getröstet hatte. Er konnte nicht genau verstehen, was oder warum geschrien wurde, aber es reichte, wie es gesagt wurde. Es löste Unbehagen in ihm aus. Hinter den Mauern, sieht es doch immer anders aus, dachte er sich.*

*Er ging weiter und war froh, als er das Geschrei immer weniger hörte. Für einen Moment war er seinen Eltern dankbar, dass sie ihn noch nie so angeschrien hatten. Für einen Moment, wollte er sich am liebsten mit ihnen versöhnen, ihnen verzeihen und sagen, dass alles wieder gut werden würde. Aber dann dachte er wieder an alles, was vorgefallen war und sofort kamen die Gefühle der Abneigung wieder hoch. Er konnte nicht verzeihen. Er konnte ihnen nicht verzeihen, dass sie sein Leben immer mehr zerrütteten.*

*Er ging zum Spielplatz und sah schon vom weiten, dass die Bank leer war und keiner seiner Freunde da saß. Zum Glück. Er brauchte*

*Zeit für sich alleine. Er setzte sich auf die Bank und starrte ins Leere. Er wollte nicht mehr reden, oder diskutieren, oder eine Rechtfertigung hören. Er wollte einfach seine Ruhe haben.*

## 2

Sie wollte gerade einen Stift und Papier zur Hand nehmen und alle Informationen über den Fall notieren, um vielleicht etwas Neues, Hilfreiches zu entdecken, als es überraschend an der Tür klingelte. Cindy blickte schreckhaft auf die Uhr. Viertel vor neun. Stewart war noch für mindestens eine Stunde auf der Arbeit und sie bekam selten unangekündigten Besuch.

Wer stand vor der Tür?

Direkt schlug ihr Herz schneller, als sie langsam aufstand, aus ihrem Zimmer ging und die Treppenstufen runter schlich. Blitzartig zuckte sie zusammen, als es erneut durch den Flur klingelte. Ein forderndes Klingeln, dachte Cindy, jemand wollte unbedingt reingelassen werden.

Warum war sie nur so ängstlich?

Angespannt ging sie die letzten Stufen runter und auf die Haustür zu. Durch die Scheibe sah sie die Silhouette einer Frau. Sie öffnete die Tür einen Spalt und sah eine wirklich attraktive Frau vor sich. Wahrscheinlich war sie in eines der teuren Häuser gegenüber eingezogen und wollte sich nun bei den neuen Nachbarn vorstellen.

Sie hatte lange schwarze Haare, die ihr glänzend über den Rücken fielen und ausdrucksvolle dunkle Augen, mit dichten Wimpern. Cindy konnte gar nicht beurteilen, ob sie geschminkt war, oder nicht, aber sie war sich sicher, dass sie der Typ Frau war, die zu jeder Tages und Nachtzeit absolut hinreißend aussah. Sie trug ein teures, cremefarbenes Sommerkleid, das bis zu den Knöcheln ging und teure Sandalen, die das Outfit perfekt abrundeten.

In keiner Weise sah sie aus, wie jemand, der sie überfallen wollte, dachte Cindy entspannt und öffnete die Tür ein Stück weiter.

»Hallo«, sagte die Frau höflich und lächelte Cindy mit perfekten Zähnen an. »Ist Stewart Zuhause?«

Sie kannte Stewart?, fragte sie sich verblüfft und versuchte zu herauszufinden, in welchem Zusammenhang die beiden standen.

»Nein, er ist noch auf der Arbeit.«

»Oh, schade«, sagte sie enttäuscht und machte wirklich einen bedrückten Gesichtsausdruck. »Ich dachte um diese Uhrzeit wäre er anzutreffen. Wann kommt er denn nach Hause?«

Sie machte den Eindruck, als ob sie nicht gehen würde, bevor sie Stewart nicht gesprochen hätte.

Wer war diese Frau? Und warum fand Cindy sie ohne ersichtlichen Grund immer unsympathischer?

»Ich denke in einer halben Stunde. Wenn nichts dazwischen kommt«, antwortete sie und machte sich gedanklich schon eine Ausrede zurecht, die sie sagen könnte, wenn diese Frau fragte, ob sie reinkommen darf. Auf keinen Fall wollte sie mit ihr am Küchentisch sitzen, bis Stewart kam.

Normalerweise war sie für neue Bekanntschaften offen. Und bei all den Kollegen von Stewart hatte sie kein Problem gehabt sich mit ihnen zu unterhalten, aber diese Frau war anders.

»Das ist ja nicht lange«, stellte sie lächelnd fest. »Kann ich so lange reinkommen und in der Küche warten? Gewissermaßen ist es ja immer noch mein Haus.« Sie lachte künstlich auf.

Cindy überkam ein unangenehmer Schauer. Das ist Janet?

Er hatte nicht viel über sie erzählt, aber Cindy hatte sich immer eine äußerst sympathische Frau vorgestellt, mit der Stewart so viele Jahre verheiratet war. Diese hier, passte so gar nicht zu Stewart.

»Eigentlich wollte ich auch gerade losgehen. Ich bin noch verabredet ...«, teilte sie entschuldigend mit und hoffte inständig, dass diese Ausrede reichen würde, um sie abzuwimmeln.

»Ach, das macht doch nichts. Ich warte einfach drinnen. Stewart wird nichts dagegen haben«, sagte sie und wartete darauf, dass Cindy die Tür aufmachte, was sie nicht tat.

»Ich kann ihn auch anrufen und nachfragen, wenn du dich dann besser fühlst. Du scheinst ja wirklich ängstlich zu sein. Ich nehme dir das Haus schon nicht weg. Und Stewart nehme ich dir auch nicht weg. Also, keine Sorge, Mäuschen«, sagte sie rasch und lächelte wieder aufgesetzt.

*Mäuschen?*

Bevor Cindy sich eine andere Ausrede einfallen lassen konnte, machte Janet einen Schritt nach vorne, drückte langsam gegen die Tür und schob sich an Cindy vorbei. Sie spazierte ins Haus, sah sich um und musterte, was sich verändert hatte. Dann ging sie in die Küche, als wäre es immer noch ihre, nahm sich ein sauberes Glas aus dem Küchenschrank, kaltes Wasser aus dem Kühlschrank und setzte sich mit einer Selbstverständlichkeit, die Cindy noch nie erlebt hatte, an den Tisch.

Cindy stand immer noch wortlos in der Türschwelle und fühlte sich übergangen. Noch nie hatte sie sich in diesem Haus unwohl gefühlt. Seit dem ersten Moment, als Stewart ihr das Haus gezeigt hatte, hatte sie sich wohl gefühlt. Zuhause gefühlt. Aber jetzt, mit einer einzigen Person drehte sich alles um. Plötzlich fühlte sie sich, als wäre sie der Gast und dazu noch nicht einmal ein erwünschter.

»Wenn du wirklich verabredet bist, solltest du dich jetzt auf den Weg machen«, empfahl sie und nippte an ihrem Glas. »Ansonsten setze dich gerne zu mir.«

Sie war arrogant, aber sie versuchte es auf eine komische Weise zu überdecken. Wahrscheinlich hatte sie schon oft gehört, dass sie ein himmlisch schönes Lächeln hatte und sie dachte, dass sie damit alles weglächeln könnte, aber das funktionierte bei Cindy nicht. Sie fand sie einnehmend. Grenzüberschreitend. Unangenehm. Dieses Haus gehörte ihr nicht mehr! Warum schaffte sie es trotzdem hier zu sitzen und sich aufzuspielen? Und warum schaffte Cindy es nicht, ihr die Stirn zu bieten? Auf keinen Fall würde sie hier mit ihr sitzen und plaudern!

»Ich gehe mich kurz umziehen, dann gehe ich. Es sollte nicht mehr lange dauern, bis Stewart kommt«, erwiderte sie knapp und drehte sich um.

In ihrem Zimmer angekommen rollte sie die Augen, seufzte und überlegte, ob sie Stewart anrufen sollte und ihm Bescheid sagen sollte. Oder besser *warnen* sollte. Aber es kam ihr kindisch vor.

Was hätte sie schon sagen sollen? Schmeiß sie raus?

Nein, dafür war Stewart zu freundlich und außerdem war sie sich sicher, dass Stewart sie mochte. Warum auch immer. Und außerdem hatte sie das Gefühl, dass Janet von unten alles hören würde. Sie fühlte sich auf einmal auf Schritt und Tritt verfolgt von dieser Frau.

Sie zog sich um, obwohl sie eigentlich nur ein anderes Oberteil anzog, ging wieder die Treppe runter und spähte in die Küche. Verwundert stellte sie fest, dass Janet nicht mehr am Küchentisch saß.

Sofort stieg wieder ein bedrohliches Gefühl in ihr hoch, aber sie beruhigte sich etwas, als sie Janet im Wohnzimmer entdeckte.

Überrascht sah sie zu, wie Janet im Wohnzimmerschrank kramte offensichtlich etwas suchte. Auch als sie merkte, dass Cindy sie beobachtete, ließ sie sich nicht stören.

»Ah, endlich!«, sagte sie laut und zog eine DVD aus dem Schrank. »Ich wusste doch, dass Stewart nichts wegschmeißt. Vor allem nichts, was so viele Erinnerung mit sich trägt.«

Cindy hatte diese DVD noch nie gesehen.

»Die werde ich mir jetzt angucken«, teilte sie unaufgefordert mit und legte sie in den Player ein. Danach setzte sie sich zufrieden auf die Couch, legte die Decke, mit der sich Cindy gestern noch zugedeckt hatte, auf ihre Beine und schaute fragend zu Cindy.

»Wolltest du nicht gehen?«

Cindy konnte gar nicht begreifen, wie ein Mensch so maßlos dreist sein konnte. Dass sie einfach, ohne Einladung reingekommen war, war schon zu viel. Dass sie dieses Haus, als ihr Haus betitelte, war zu viel. Aber, dass sie sich jetzt ungefragt durch die Schränke wühlte und es sich auf der Couch bequem machte, war viel zu viel! Auf gar keinen Fall, würde sie jetzt gehen! Dann würde sie dieser Frau alles überlassen und wahrscheinlich in zwei Stunden nichts mehr vorfinden, wie es war.

»Ich bleibe doch«, sagte sie entschlossen und setzte sich steif auf die andere Ecke der Couch. »Was ist das für ein Film?«

»Unser Hochzeitsvideo«, sagte sie so stolz, als wären sie immer noch verheiratet. »Von Stewart und mir. Du musst es dir unbedingt angucken! Auch wenn wir nicht mehr zusammen sind, es war die wahre Liebe. Du kannst es in unseren Augen sehen!«, sagte sie und Cindy zweifelte jetzt schon an dieser Liebe.

Sie blieb steif sitzen. Sie konnte sich nicht bequem hinlegen, oder gar zudecken. Das würde man machen, wenn man sich kennt. Wenn man sich wohlfühlt. Und das tat sie nicht. Sie wollte diese Frau so schnell wie möglich wieder loswerden.

Janet drückte auf die Fernbedienung und das Video zeigte Janet und Stewart bei ihrem Hochzeitstanz. Eng umschlungen tanzten sie zu langsamen Klaviertönen und sahen sich tief in die Augen.

Cindy fand es unbehaglich, dieses Video anzuschauen, denn hätte Stewart es ihr zeigen wollen, hätte er es ihr gezeigt. Aber so fühlte sie sich, als ob sie etwas Privates, oder gar ein Geheimnis über Stewart erfahren hätte, ohne dass er es wollte. Vielleicht wollte er ihr irgendwann mehr von Janet erzählen. Wenn die Zeit gekommen war. Oder vielleicht auch nicht. Und das war für sie in Ordnung, denn nichts verabscheute sie mehr, als krampfhaft etwas zu erzwingen, nur weil man seine eigene Neugier nicht in Zaum halten kann. Janet schien genau das Gegenteil zu sein. Das war ihr sofort klar.

Janet wirkte wie frisch verliebt, als sie sich das Video anschaute, ihren Augen glitzerten und sie schien in einer Art

Illusion zu schwelgen, in der noch alles so war, wie an diesem Tag.

Doch plötzlich, von einer Sekunde auf die andere, schaltete sie wortlos den Fernseher aus und wandte sich ruckartig zu Cindy.

»Du heißt Cindy, nicht wahr?«, fragte sie neugierig. »Und du bist schon mehrere Jahre hier bei Stewart, stimmt's? In diesen schönen Haus, klar, dass du dich hier wohlfühlst und direkt zugestimmt hast. Aber schon merkwürdig irgendwie. Stewart mag eigentlich keine Kinder.«

Sie machte einen verblüfften Ausdruck und schien, als erwartete sie eine gute Erklärung von Cindy.

»Wir verstehen uns einfach gut.«

»Ja, ja, das verstehe ich«, antworte sie rasch. »Ich fand es nur seltsam, als ich das gehört habe. Stewart hat ein Waisenkind aufgenommen. Noch dazu – sei mir nicht böse für diesen Ausdruck – eins aus asozialen Verhältnissen. Das passt gar nicht zu ihm. Er wollte nie Kinder haben. Mit mir auf jeden Fall nicht« Sie lachte laut auf.

Cindy verzog keine Miene. Sie konnte nichts Sympathisches an dieser Frau finden. Was hatte Stewart nur in ihr gesehen?

»Bist du in ihn verliebt?«, fragte sie plötzlich.

»Wie bitte?«

»Ob du in ihn verliebt bist«, wiederholte sie ihre Frage und lächelte verständnisvoll. »Man hört das ja öfter von jungen Frauen. Sie verlieben sich in denjenigen, der sie rettet. Naja, sie sind dann nicht wirklich verliebt, da läuft irgendwas nicht richtig im Gehirn, aber sie denken sie sind verliebt und möchten für immer von ihm beschützt werden. Ist doch nichts Schlimmes. Ist das bei dir so?«

Sie schaute Cindy grinsend an, als ob sie gerade ein Geheimnis gelüftet hätte, dass Cindy schon lange auf dem Herzen brannte und genau dieser Blick machte sie unfassbar wütend.

Was bildete sie sich ein?

»Wie bitte?« wiederholte sie sich empört und hoffte, dass Janet es gut sein ließ.

»Kein Grund eingeschnappt zu sein, wirklich, mir kannst du es erzählen«, lenkte Janet ein und hörte zum Glück mit ihrem widerlichen Grinsen auf. »Ich hatte sowas auch schon mal, glaube ich. Wer kann es dir denn auch verübeln. Stewart sieht wirklich gut aus, findest du nicht?«

Cindy konnte nur den Kopf schütteln. Wie sollte sie dieser hirnlosen Frau erklären, was Stewart für sie bedeutete? Und wie absolut unangemessen ihre Fragen waren? Stewart war ihre Familie. Das hatte mit irgendeiner Schwärmerei nichts zu tun. Aber sie bezweifelte, dass Janet eine derartige Beziehung begreifen konnte.

Gerade, als sie sich eine Antwort überlegt hatte, hörte sie das Türschloss und war noch nie so erleichtert, dass Stewart nach Hause kam. Sofort sprang sie auf und Janet folgte ihr.

»Hallo, Stewart«, rief Janet als erstes, als wäre es ein Wettbewerb und umarmte ihn stürmisch. »Ich war in der Gegend und wollte dich unbedingt noch einmal sehen. Cindy war so nett und hat mich reingelassen. Wir haben uns unterhalten, sie ist wirklich toll!«

Sie strahlte Stewart an.

Stewart war gleichermaßen überrascht, wie überfordert, aber er freute sich, sie zu sehen. Cindy versuchte Stewarts Blick zu fangen und ihm klarzumachen, dass irgendwas mit Janet nicht stimme, aber Stewart wich ihrem Blick aus.

»Was haltet ihr davon, wenn wir uns erstmal etwas zu Essen machen und uns dann alle an den Tisch setzen?«, schlug er vor und ging in die Küche. »Dann machen wir uns einen gemütlichen Abend. Alle einverstanden?«

Cindy nickte, auch wenn sie wirklich genug für heute hatte. Aber sie war auch neugierig, wie sich Stewart mit ihr verhielt.

Eine Stunde später saßen sie bei gedimmter Beleuchtung am Tisch und aßen einen knusprig überbackenen Auflauf. Janet erzählte von ihrem Leben und was sie in den letzten Monaten alles erlebt hatte und hörte gar nicht mehr auf sich im besten Licht darzustellen. Cindy fand es einfach nur künstlich und anstrengend, aber jedes Mal, wenn sie Stewarts Blick suchte, um sich zu vergewissern, dass er es auch so empfand, blickte sie auf einen aufmerksam zuhörenden Stewart, der seine Augen nicht mehr von ihr lassen konnte.

Je später der Abend wurde, desto deutlicher begriff sie, dass Stewart diese Frau anders wahrnahm.

Und, dass das gefährlich werden könnte.

Samstag, 14. Juli 2012

I

Eine halbe Stunde bevor sein Wecker klingelte, wachte Stewart mit einer ungewohnten Energie auf und dachte sofort an Janet. Er brauchte einige Sekunden, um zu realisieren, dass Janet plötzlich wieder in seinem Leben aufgetaucht war, aber als er den gestrigen Abend Revue passieren ließ, konnte er nicht anders, als eine tiefe Freude zu empfinden. Fast fühlte er sich wie frisch verliebt, als er daran dachte, wie sie gestern mit ihm am Küchentisch saß. Sie hatten das Geschirr abgeräumt, Kerzen angezündet und ließen im gemütlichen Licht, die Stunden verstreichen. Bis tief in die Nacht hatten sie über alte Zeiten geredet; über schöne Urlaube, lustige Erlebnisse und gemeinsame Freunde. Alles wirkte vertraut, fast so, als wären sie nie getrennt gewesen.

Verwundert war Stewart darüber schon, denn wenn er ehrlich war, hatte er mit der gescheiterten Ehe abgeschlossen, hatte Janet nicht wirklich hinterher getrauert und auch nicht vermisst, aber jetzt, wo er sie wiedersah, merkte er, wie sehr sie ihm gefehlt hatte. Er fand sie immer noch atemberaubend schön und er fühlte die gleiche Anziehung zu ihr, wie bei ihrer ersten Begegnung.

Eigentlich war er davon ausgegangen, nie wieder etwas von ihr zu hören; erstens, weil sie unglücklich mit ihm war und zweitens, weil er Cindy aufgenommen hatte und er sich sicher war, dass Janet sich ein solches Leben niemals antun würde.

Wie falsch er sie doch eingeschätzt hatte, dachte er.

Nur einmal in ihrer Ehe hatten sie über Kinder gesprochen und Janet hatte mehr als deutlich gemacht, dass es in ihrem Sinne wäre, die Familie so wie sie bestand, also aus Stewart und ihr, bestehen zu lassen.

»So viel Verantwortung«, hatte sie gesagt, als sie im Bett saß und noch eine Zeitschrift las. »Ein Baby, meine ich. Ich kann es mir nicht vorstellen. Ich kann es ja nicht mal ertragen, wenn jemand in den Bus steigt, mit Kinderwagen und das Kind die ganze Zeit schreit! Außerdem …«, sie überlegte kurz, »möchte ich dich nicht teilen. Ich möchte uns beide. So wie wir sind. Für mein ganzes Leben.«

Aber gestern hatte sie sich gut mit Cindy verstanden, ja, sogar angefreundet. Vielleicht hatte sie sich verändert. Vielleicht bereute sie es sogar, keine Kinder bekommen zu haben?

Konnte er sich ein Leben mit Janet und Cindy vorstellen? Er rieb sich die Augen. Das waren zu viele tiefgründige Fragen für – er drehte sich zu seinem Wecker – 7.45 Uhr.

In einer Stunde musste er wieder auf der Arbeit sein, mit Jimmy Mylo McCrane einen Besuch abstatten und mehr Informationen aus ihm rausquetschen, als es gestern der Fall war.

In Pantoffeln und Morgenmantel machte er sich munter auf den Weg in die Küche, in der überraschenderweise Cindy schon am Küchentisch saß und nachdenklich in einer Müsli Schüssel rumrührte.

»Guten Morgen«, murmelte sie und senkte ihren Kopf wieder.

»Hast du nicht gut geschlafen?«, fragte er unbeholfen und betätigte die Kaffeemaschine, die direkt ein lautes Zischen von sich gab.

Cindy schüttelte den Kopf.

»Kommt Janet jetzt öfter?«, hörte er Cindy leise sagen, als die Kaffeemaschine verstummt war und er seinen duftenden Kaffee aus der Vorrichtung nahm. Er drehte sich um und sah in ihr erwartungsvolles, aber dennoch betrübtes Gesicht. »Ich weiß nicht ... ich denke schon«, stammelte er und bemerkte schnell, dass es nicht die Antwort war, auf die sie gehofft hatte.

»Ich weiß ja gar nicht, ob sie das überhaupt will«, versuchte er sich zu erklären.

»Und was willst du?«, fragte sie sofort.

»Das weiß ich auch nicht. Ich denke, man muss es herausfinden.«

Dieser Morgen verlangte zu viel von ihm, dachte er, als er zusah, wie Cindy aus der Küche schlenderte und niedergeschlagen nach oben ging.

Was war nur passiert?

Es tummelten sich immer noch tausend Fragen in seinem Kopf, als Stewart pünktlich auf der Arbeit ankam, aber wenigstens hatte der Kaffee gewirkt und ihn wieder zu der guten Laune bewegt, mit der er heute Morgen aufgewacht war. Er kannte Cindy und wusste, dass sie beide es wieder hinbiegen würden, deshalb gestattete er sich, sich jetzt vollkommen auf seinen Job zu konzentrieren, um endlich einen Erfolg verbuchen zu können.

»Ich habe die ganze Nacht überlegt mit welchen Fragen wir ihn in die Enge treiben könnten«, sagte Jimmy, der schon in Stewarts Büro saß und ungeduldig auf seine Ankunft gewartet hatte. »Vielleicht müssen wir ihn einfach so viel fragen, dass er sich anfängt zu verstricken. Und dann können wir da ansetzen. Du weißt doch, wie nervös die Menschen immer werden, wenn wir sie auf Ungereimtheiten hinweisen. Egal ob schuldig oder nicht, da fängt jeder an zu schwitzen.«

Ganz stolz verkündete er, wie er auf diese Taktik gekommen war, die eine der geläufigsten Vorgehensweisen war.

Stewart dachte mal wieder, dass es Vorteile hat, wenn man so selbstbewusst wie Jimmy durchs Leben ging und dass Jimmy bestimmt glücklicher war, als die meisten seiner Mitmenschen, weil er sich nicht hinterfragte, oder an sich zweifelte. Er fand sich gut, so wie er war. Manchmal landete er einen Treffer. Oft landete er daneben. Aber er war immer hundertprozentig mit sich im Einklang.

»Wir werden das probieren«, stimmte Stewart zu und setzte sich gar nicht erst in seinen Stuhl. »Wir fahren sofort los«, entschied er sofort. »Und ich sage dir eins, Jimmy. Heute werden wir diesen Kerl auspressen, wie eine reife Orange. Es kann nicht sein, dass wir immer noch im Dunklen tappen.«

## 2

Seine Zelle war klein, grau und eng.

Ein glanzloses Metallwaschbecken gegenüber von dem einfachen Bett, auf dem er lag. Ein kleiner Holztisch daneben, der kahl und staubig war. Ein kleiner Schrank aus billigem Holz, dessen Türen schief aus den Scharnieren hingen, Schubladenknöpfe die bis zum Anschlag abgenutzt und gar nicht mehr vorhanden waren. Alles wirkte kalt, unpersönlich. Hinter einer dünnen, halbhohen Steinmauer, die vermutlich einen privaten Bereich abtrennen solle, stand das blecherne Klo. Sonst nichts. Das war seine Zelle. Vermutlich für den Rest seines Lebens.

Aber immerhin ist es besser, als ganz ohne ein Dach über dem Kopf zu leben, dachte Mylo.

*Seine Hände umklammerten zitternd den Hörer, er stand versteift in der engen Telefonzelle, schaute auf die silbernen Tasten, aber konnte sich nicht dazu überwinden, die Nummer zu wählen.*

*Nur drei Nummern. Drei kleine Bewegungen, die ihm zu einem hoffentlich besseren Leben verhelfen würden.*

*Aber konnte er sich dessen sicher sein?*

*Plötzlich wehte ein eisiger Wind von dem offenen Tür spalt herein.*

*»Junge«, pöbelte ein dicker Mann, der halb in die Zelle schwankte und nach Alkohol roch. »Brauchst du noch lange?«*

*»Bin gleich fertig«, versprach er schüchtern und drehte sich wieder zu den silbernen Tasten.*

*Die Nummer fünf wurde am meisten gewählt, dachte er und betrachtete das abgenutzte Metall.*

*Zögernd hob er seinen Zeigefinger, legte ihn auf die kalten Tasten und wich wieder zurück.*

*Nein.*

*Es konnte es nicht.*

*Frustriert wandte er sich um, lief mit gesenktem Kopf raus, um dem Mann von eben nicht mehr in die Augen sehen zu müssen.*

*»Ich dachte schon, du gehst gar nicht mehr!« Er hörte ihn noch hinter sich her schimpfen, bevor Mylo in die schwarze Dunkelheit des Novembers lief.*

*Seine müden Beine schmerzten bei jedem Schritt, aber trotzdem beruhigte es ihn weiterzulaufen, auch wenn er kein Ziel mehr hatte.*

*Er hatte die neue Chance genutzt, als Susanna einkaufen gegangen war und war rausgerannt, mit der Absicht, die nächste Telefonzelle zu finden, und die Polizei zu rufen. Noch nie in seinem Leben war er so schnell gelaufen, weder im Sportunterricht, noch bei anderen Wettbewerben, nicht einmal dann, wenn es sogar einen reizvollen Preis abzustauben gab, wenn man als erster durchs Ziel schoss. Er hatte immer gewusst, dass er einer der schnellsten sein könnte, aber es hatte ihn nie gereizt, es wirklich in Taten umzusetzen.*

*Er war durch die dunklen Straßen gesprintet, spürte den eiskalten Wind in seinem Gesicht und hielt immer Ausschau nach einer Telefonzelle, aber die Sichtverhältnisse erschwerten ihm die Suche. An dem Ort, wo er dachte, dass sich eine befinden würde, stand plötzlich keine mehr und so lief er weiter, hektisch und rastlos, immer in der Angst, Susanna würde ihn finden.*

*Jetzt, als er schon längst mehrere Orte weiter war, hatte er zwar eine gefunden, aber sich doch nicht getraut. Es war so typisch! Immer wenn es brenzlig wurde, zog er doch den Schwanz ein!*

*Bei jedem Motorgeräusch, bei jedem Scheinwerferlicht zuckte er zusammen, visierte konzentriert das Auto und atmete erleichtert aus, wenn es sich als ein anderes Fahrzeug herausstellte.*

*Die Nacht wurde immer kälter, Mylo immer schwächer; er hatte Hunger, Durst und sehnte sich nach Schlaf. Langsam aber sicher sehnte er sich nach Wärme, danach seine vollgeschwitzten dicken Winterklamotten abzulegen und gegen frische zu wechseln. Nach einem warmen Bad. Nach seinem weichen, kuschligen Bett. Nach einem Marmeladenbrot und vor allem nach Wasser.*

*Tapfer stampfte er weiter durch den Schnee, der unter seinen Schuhen knirschte. Er fühlte sich so verlassen, wie noch nie in seinem Leben.*

*Dabei war er es, der weggelaufen war.*

*Machte das überhaupt Sinn?*

*Nein, machte es nicht, dachte er ernüchtert.*

*Das kleine, blau leuchtende Schild einer Bankfiliale rückte in seinen Blick und als er näher kam, sah er durch die große Scheibe, dass im Innenraum der Filiale nicht nur zwei Geldautomaten standen, sondern auch eine kleine Metallbank mit flachen Sitzpolstern, die ihn magisch immer näher an die Scheibe zog.*

*Frierend rieb er sich die Hände, atmete dampfend aus, wartete vor dem Eingang auf den nächsten Kunden, dem er erlösend durch die Schiebetüren folgen könnte.*

*Resigniert wartete er in der Kälte, bis seine Hände und Füße taub waren, er sich verzagt mit dem Gedanken anfreundete, dass er es keine Sekunde mehr aushalten könnte und aufgeben sollte, als endlich ein unscheinbarer junger Mann um die Ecke bog, mit seiner Karte die Tür öffnete und Mylo endlich die Pforten zu seinem Schlafplatz öffnete. Die Wärme des Raums fühlte sich ungewohnt auf seiner kalten Haut an, aber sofort merkte er, wie die Durchblutung wieder in Schwung kam.*

*Traurig legte er sich auf die steinharte Bank, die er an jedem Wirbel spürte. Er war ausgelaugt, vollkommen kraftlos, aber trotzdem konnte er nicht schlafen. Die Laternen von draußen leuchteten in die dunkle Filiale und auch die Geldautomaten leuchteten. Eine ganze Weile drehte er sich auf die Seite, schaute auf einen Automaten und verfolgte die immer wechselnde Werbung auf dem Bildschirm. Unermüdlich forderte der Automat auf, die Karte einzustecken und er fragte sich, warum dieser Automat niemals aufgab, danach zu fragen, wenn nie eine Karte kam. Weil es eine Maschine ist, ja, das war ihm klar. Vielleicht sollte er im nächsten Leben auch ein Geldautomat werden, denn so wie er es mitbekam, waren Geldautomaten nur in der Nacht alleine. Tagsüber waren sie beliebt, hochangesehen, ja, die Menschen freuten sich, wenn sie endlich Bargeld ziehen konnten. Menschen nahmen ihn wahr. Menschen suchten nach ihm. Menschen waren geduldig mit ihm.*

*All diese Dinge konnte er von sich nicht behaupten.*

*Bist du heute mein Freund?, fragte er sich und schaute müde auf den Bildschirm, der wieder nach der Karte fragte.*

*Das leise Summen der Geräte beruhigte ihn und bevor er einschlief gab er sich der tröstenden Illusion hin, dass seine Mutter in Sorge um ihn wäre und froh wäre, wenn sie ihn wohlbehalten wieder zurück hätte. Dass sich alles zum Guten wenden würde, denn alles, was er bisher rausgefunden hatte, war, dass die Straße genauso scheiße war, wie sein Zuhause, aber er hoffte so sehr, eines Tages endlich ein richtiges Zuhause zu haben. Er wollte keine teuren Spielsachen, kein großes Zimmer, er wollte einfach nur eine Familie, die ihn liebte und beschützte.*

*Er wachte von den Schmerzen in seinem Rücken auf, die er von der unnatürlichen Schlafposition bekommen hatte. Es war immer noch stockdunkel draußen.*

*Daran, dass er eingeschlafen war, konnte er sich gar nicht mehr erinnern. Sein verspannter Nacken schmerzte und er fühlte sich noch erschöpfter, als zuvor.*

*Seine Wirbelsäule knackte ungesund, als er sich aufsetzte und sein ganzer Körper fühlte sich an, als ob er von einem Lastwagen überrollt wurde.*

*Auch wenn er alles andere wollte, als von Susanna gefunden zu werden, beschäftigte ihn der Gedanke, dass nach so vielen Stunden seines Verschwindens, ihn offensichtlich niemand vermisste und suchte.*

*Mehrere Minuten blieb er sitzen, starrte auf die grauen Fliesen, fragte sich, was er tun sollte, aber fand keine Antwort. Mutlos stand er auf, schaute noch einmal zum fröhlich leuchtenden Geldautomaten, verabschiedete sich von seinem zuversichtlichen Freund und trat durch die Schiebetüren in die Dunkelheit. Es wehte ein kalter Wind und noch immer fühlte er sich genau so verzweifelt und hilflos, wie die Stunden davor.*

*Schon nach wenigen Schritten entdeckte er eine Telefonzelle, die einsam neben einer heruntergekommenen Bushaltestelle stand, als wäre sie extra für ihn platziert worden.*

*Wieder umklammerte er den Hörer, wieder traute er sich nicht, die Nummer zu wählen.*

*Was war, wenn seine Mutter recht hatte und es im Heim wirklich so schlimm war, wie sie erzählte? Würde er sich wünschen, niemals diesen Anruf gemacht zu haben? Würde er sich sein ganzes Leben für diesen Fehler hassen? Er fühlte sich so hin und her gerissen, fühlte sich so schlecht, dass er seiner Mutter so misstraute. Er hasste sie so sehr. Warum konnte er sich trotzdem nicht lösen?*

*All diese Fragen schwirrten in seinem Kopf herum und wie immer wusste er nicht, was die richtige Antwort war. Aber er wusste, dass er schon einmal anrufen wollte. Und er wusste, dass es nicht schlimmer werden konnte.*

*Die Münzen klimperten lästig laut, als er sie einwarf.*

*Danach wählte er die Nummer der Polizei.*

*Sein Herz klopfte wie verrückt und als sich eine Stimme meldete hätte er vor Schreck und Scham am liebsten wieder aufgelegt. Er schwieg einen Moment, hörte, wie der Beamte nachfragte, ob jemand am Apparat war und fasste sich dann ein Herz.*

*»Mein Name ist Mylo«, sagte er leise. »Ich bin neun Jahre alt und von Zuhause weggelaufen. Können Sie mir helfen?«*

*»Bestimmt kann ich das.«*

*Er erklärte seine Situation, erzählte von Susanna, von seinen Geschwistern, alles von dem kräftezehrenden Zusammenleben.*

*Auf Nachfrage, beschrieb er zum Schluss so gut es ging, wo er sich befand und der Beamte in der Leitung erklärte ihm freundlich, dass gleich eine Streife vorbei kommen würde und er genau dort warten solle. Als er den Hörer wieder in die Gabel hängte, fühlte er sich trotzdem nicht befreit. Ein schweres Gefühl kam in ihm auf und immer mehr zweifelte er daran, das Richtige getan zu haben.*

*Zehn Minuten später hielt eine Streife genau vor dem Bordstein, wo er sich hingesetzt hatte und zwei Beamte stiegen aus.*

*»Bist du Mylo?«, fragte die Polizistin und kniete sich neben ihn. Sie hatte dunkle, zusammengebundene Haare und ein strenges, aber besorgtes Gesicht.*

*Er nickte und schaute zu ihr hoch.*

*»Was hältst du davon, wenn wir dich nach Hause fahren?«*

*Er schüttelte unsicher den Kopf. »Ich glaube … ich will das nicht.«*

*»Aber dir ist doch sicher kalt hier draußen, oder?« Sie deutete auf seine zitternden Hände. »Du brauchst keine Angst zu haben. Wir bleiben bei dir. Wir reden mit deiner Mutter und werden eine Lösung finden, die für dich in Ordnung ist, versprochen.«*

*»Bleiben Sie wirklich bei mir?«*

*»Ja, ganz sicher«, versprach sie noch einmal und auch ihr Kollege nickte aufrichtig.*

*Halb als Verbrecher, halb als Police Officer fuhr er auf dem Rücksitz des Streifenwagens mit und war begeistert von der hochwertigen Innenausstattung des Wagens. Immer wieder rauschte das Funkgerät und es wurde eine Meldung durchgegeben und Mylo hat es in den Fingern gejuckt, das Funkgerät an sich zu reißen und eine Durchsage zu machen. Neben ihm saß die Polizistin und erklärte ihm, wie das Polizeiauto ausgerüstet war und wie eine Verhaftung abläuft. Sie war so nett, dachte er, und furchtlos. Ja, das war sie ganz sicher. Sie war stark, mutig und furchtlos und er bewunderte sie die ganze Fahrt lang.*

*»Weißt du denn schon, was du später mal werden möchtest?«, fragte die Polizistin freundlich.*

*Verlegen schüttelte er den Kopf. »Nein, noch nicht.«*

*»Vielleicht Polizist?« Sie schaute ihn lächelnd an. Wahrscheinlich hatte sie sein Interesse bemerkt.*

*»Das schaffe ich bestimmt nicht«, antwortete er schnell.*

*»Wenn du es willst, schaffst du es auch.«*

*Er lächelte verlegen und musste daran denken, wie viel Angst er in sich trug. Jeden Tag. Niemals konnte er sich vorstellen einmal so mutig zu sein, wie die zwei Beamten, auch wenn er sich nichts mehr wünschte.*

*Wieder unterhielten Mylo und die Polizistin sich ausgiebig und er bemerkte erst, als sie anhielten, dass er in seiner Straße angekommen war. Jegliche Glücksgefühle waren auf einen Schlag erstickt. Er schaute aus dem Autofenster auf das Haus und dachte sich, wie gut die Mauern all das versteckten, alles abhielten, was dahinter passierte. Wie schön dieses Haus von außen aussah. Und wie schrecklich es von innen ist. Wenn er dieses Haus betritt, wird er wieder zu dem traurigen, schwachen Jungen, der er nicht sein will.*

*»Möchtest du nicht aussteigen?«, fragte der Polizist, als er ihm die Tür aufhielt.*

*»Nein.«*

*Die zwei Polizisten sahen sich kurz an. »Wir bleiben bei dir«, sagten sie fast gleichzeitig.*

*Sie sahen so vertrauenswürdig aus. Und so schlau. Sie würden bestimmt erkennen, in welcher Notlage er sich befand.*

*Sie erkannten es nicht.*

*Susanna stürzte sich auf Mylo, als die Tür aufging und umarmte ihn herzlich. Danach flehte sie die Beamten an, wenigstens einen Kaffee als Dank zu trinken.*

*Sie folgten ihr in die Küche und Susanna redete aufgeregt davon, was sie sich für Sorgen gemacht hatte, als sie die Kaffeefilter einlegte. »Ich bin so froh, dass er wieder hier ist«, sagte sie und streichelte ihm über die Haare.*

*Schnell blickte er in die Gesichter der Beamten, hoffte, dass sie sehen, was er sah, aber ihre Gesichtsausdrücke verrieten, dass er kläglich verloren hatte. Sie wirkten erstaunt – regelrecht verwundert – warum ein Kind von dieser Mutter weglaufen würde. Er konnte an ihrer Mimik ablesen, wie nett sie Susanna fanden.*

*Er konnte nichts beweisen. Und ohne Beweise, glaubte ihm niemand.*

*Eben hatte er noch gedacht, wie schlau dieses Frau wirkte. Wie nett er sie fand und wie sehr er zu ihr hoch schaute. Jetzt fand er sie oberflächig und leichtgläubig. Sogar fast dümmlich. Er war erst neun Jahre alt und diese Frau mindestens dreißig Jahre älter. Außerdem war sie eine ausgebildete Polizistin!*

*Er hatte das Spiel verstanden. Sie hatte nicht einmal verstanden, dass hier ein Spiel gespielt wurde.*

*Als Susanna die beiden Beamten zur Haustür begleitet hatte und sich noch einmal ausgiebig bei Ihnen bedankt hatte, schloss sie die Haustür und legte sofort eine andere Maske auf. Ihr Gesicht war nicht mehr freundlich. Ihr Gesicht strahlte nicht mehr vor Glück. Ihre Mimik wurde ernst, streng und kalt. Und Mylo wusste, dass er ihr ausgeliefert war.*

*»Undankbares Kind«, fluchte sie und kam auf ihn zu. »Du hättest es verdient auf der Straße zu Leben. Ganz alleine. Unter einer dunklen Brücke. Ohne Essen. In der Kälte. Für den Rest deines Lebens. Nur das hast du verdient, denn du bist nichts als ein dummes Kind!«*

*Sie schrie nicht, aber sie sprach so gefühlskalt, dass Mylo wie versteinert stehen blieb. Er wollte es nicht hören. Er wollte nicht wieder missverstanden werden. Er wollte nicht gehasst werden. Er wollte nur …*

*Er konnte den Satz nicht zu Ende denken. Er spürte einen höllischen Schmerz in seinem Gesicht und fiel zu Boden. Die Tränen schossen aus seinen Augen und er hielt sich das Gesicht mit beiden Händen fest.*

*»Steh auf! Steh sofort wieder auf!«, schrie sie plötzlich aus ihrer rauen Kehle. »Steh auf!«*

*Er hatte so viel Angst, dass er sich nicht mehr bewegen konnte. Er hörte sie schreien, aber er reagierte nicht mehr darauf. Immer wieder schlug sie auf ihn ein, aber er krümmte sich nur auf dem Boden zusammen. Er konnte nicht reagieren. Alles was er fühlte, war der harte Holzboden unter ihm, der ihm auf eine seltsame Weise Schutz bot. Vielleicht, weil ein Kind, was auf dem Boden liegt, noch wehrloser aussieht, als es sowieso schon ist. Vielleicht war da eine Grenze. Vielleicht würde seine Mutter endlich verstehen, dass er sich nicht wehren kann, dass er das alles nicht so wollte. Dass er sein ganzes Leben nicht so wollte!*

*Der Boden kühlte ihn gleichmäßig ab, während seine Wange schmerzhaft pochte und er immer wieder Schmerzen an anderen Stellen seines Körpers fühlte. Sein Kopf glühte, aber der Holzboden, verringerte die Hitze, die in ihm aufstieg. Und auf einmal waren die Schreie und die heftigen Schläge seiner Mutter so weit weg. Als würde der Holzboden sich verschieben und ihn an einen besseren Ort tragen. An einen ruhigen Ort, ohne Gewalt. An einen Ort, wo er glücklich sein konnte.*

*Kurz bevor sich seine Augen schlossen, sah er seine kleine Schwester vor seinen Augen. Er wusste, dass sie nicht wirklich da ist, aber er sah sie, in einem gemusterten Schlafanzug auf der oberen Treppenstufe stehen. Sie blickte ihn mit leeren, traurigen Augen an.*

*Er durfte sie nicht alleine lassen.*

3

Schnell und entschlossen fuhr Kevin durch die Nacht. Mit jedem Meter, den er auf der leergefegten Autobahn hinter sich ließ, löste sich die Angst in ihm.

Letztendlich war es die immer selbe, quälende Frage, die ihn wach gehalten und ihn dazu veranlasst hatte, in sein Auto zu steigen und die Stadt, die er den Rücken gekehrt hatte, erneut anzusteuern.

War er wirklich besser als seine eigenen Eltern, wenn er Mylo bitterlich im Stich lassen würde?

Die reinen Fakten bestätigten ihn darin, dass er das Richtige – das absolut Logischste – machte, aber egal, mit welcher Rationalität er versuchte seine Gedanken zu ummanteln, immer wieder setzten sich seine Gefühle durch und signalisierten ihm, dass es falsch sei.

Warum fühlte es sich so falsch an?

Sein Leben über das seines Freundes zu stellen, schien ihm in der Praxis nicht mehr so einfach, wie er es in theoretisch gedacht hatte. Er konnte die Gedanken an Mylo nicht abstellen. Die letzten Nächte hatte er kaum Schlaf gefunden, immer wieder dachte er an ihn, in einer Gefängniszelle; zwischen stillen Betonmauern gefangen, auf einer durchgelegenen Matratze, Fehler ausbadend, die er nicht einmal begangen hatte.

Während er sein Leben in Freiheit hatte.

Er hatte ihn damals aufgenommen, Verantwortung für ihn übernommen und sich verpflichtet für ihn gefühlt und wenn er ehrlich war, hatte sich das nie verändert, auch wenn Mylo längst erwachsen war.

Mrs. Cornwall, diese Schlange!, dachte er zornig. Sie hat ihn verraten und er musste einen Weg finden, es der Polizei zu stecken, ohne dass er selbst ins Visier rücken würde.

## *1952*

*Nach fünf Tagen wurde sie aus dem Krankenhaus entlassen. Ihr Jochbein, ihre Nase und ihr Kiefer waren gebrochen. Die Ärzte hatten ihr freundlich erklärt, dass es nach ein paar Monaten wieder heilen würde, aber sie hatte verstanden, dass nahezu ihr ganzes Gesicht zertrümmert wurde. Ihr Kiefer war in Schienen gelegt, ihr Mund ließ sich gerade mal eine Daumenbreite öffnen. Reden und Essen war unmöglich. Trotz der starken Schmerzmittel, die sie mehrmals täglich nehmen musste, tat ihr alles weh. Manchmal fragte sie sich, ob sie jemals wieder ohne Schmerzen leben würde. Ob die zersplitterten Knochen jemals heilen würden. Ob sie jemals wieder essen, trinken oder richtig sprechen können würde. Ob sie jemals wieder die frische Luft durch ihre Nase strömen lassen könnte. Sie konnte es sich nicht vorstellen. Sie hatte jede Sekunde schmerzen.*

*Und trotz allem, waren diese Schmerzen nicht das Schlimmste.*

*Das Schlimmste war, dass Nicolas jeden Tag ins Krankenhaus kam, jeden Tag Blumen mitgebrachte und jeden Tag eine Stunde bei ihr war. Wie gern hätte sie ihn angeschrien, dass er gehen soll, dass sie ihn nicht sehen will und wie sehr sie ihn hasst, für all das, was er getan hat, aber sie war zu schwach. Sie musste es einfach ertragen.*

*Auch jetzt musste sie ertragen, dass sie im Auto neben ihm saß und wieder zu diesem Ort zurück gefahren wurde, vor dem sie mit aller Kraft flüchten wollte.*

*Niemand eilte ihr zu Hilfe, weil niemand ihre stummen Schreie hörte und auch, weil sie sich schämte, zuzugeben, was passiert war. Ab und zu hatte sie gedacht, dass sie alte Freundinnen anrufen könnte, aber sie konnte ihren Kiefer kaum bewegen, nur mit qualvollen Schmerzen ein paar Laute nuscheln, bevor sie völlig erschöpft und frustriert wieder auf ihr Kissen fiel. Wie hätte sie all das erklären sollen? Noch dazu mit dem Risiko, dass ihr nicht geglaubt wird, oder Nicolas auftaucht und ihnen eine andere Geschichte erzählt? Sie hatte keine Kraft mehr! Sie hatte all ihre Kraft, all ihren Mut, all ihre Hoffnungen in die Flucht gesetzt. Jetzt fühlte sie sich, als hätte sie all die Kraft verbraucht – für nichts. Und muss sie nun Stück für Stück wieder sammeln. Aber wie? Wie tankt man Kraft in einer so ausweglosen Situation?*

*Die restlichen Wochen trank sie, mit anhaltenden Schmerzen und höchster Anstrengung, widerliche Tütensuppen, die Nicolas ihr gekauft hatte, durch einen Strohhalm, bis sie irgendwann kapitulierte und fast gar nichts mehr aß. Nachts schlief sie, wenn sie überhaupt noch Schlaf fand, halb im Sitzen, um die Schmerzen zu ertragen und betete Tag für Tag, dass ihre Schmerzen endlich aufhören würden.*

Samstag, 25. Februar 2012

Wieder vergingen die Wochen, ohne dass sie das Gefühl hatte lebendig zu sein. Mit jedem Tag wurde die Last auf ihren Schultern schwerer. Mit jedem Mann, der ihre nackte Haut berührte, wurden die schmerzhaften Bilder der Vergangenheit intensiver. Wenn die Bilder vorher nur blass und verschwommen waren, wurden sie jetzt farbintensiv und glasklar.

*Mit allen Sinnen fühlte sie, wie seine raue Hand ihre zarten Kinderbeine entlang fuhr. Mit allen Sinnen spürte sie, wie sich alle Muskeln ihres Körpers anspannten. Mit allen Sinnen spürte sie das Gefühl der Ohnmacht, dass sich langsam und lähmend über ihren Körper ausbreitete. Und wie sie schrie. Wie alles in ihr aufschrie. So laut, wie sie nur konnte. Und ihr Mund sich einfach nicht öffnen ließ. Wie sie auf einmal einen derart trockenen Hals hatte, dass sie kein einziges Wort formen konnte. Kein einziger Laut drang nach außen.*

*Zu groß war die Angst.*

*Die Angst, dass Susanna sie hören würde und ihr die Schuld geben würde, wenn sie die Situation sah. Aber noch viel präsenter war die Angst, dass Susanna sie hören würde und nichts machen würde. Dass sie sie einfach im Stich lassen würde, wenn Lya sie am meisten brauchte. Ja, diese Angst war mächtiger als alles andere.*

Jetzt spürte sie wieder Angst. Denn seitdem sie wieder für Angelo arbeitete, durfte sie sich nicht mehr aussuchen welche, oder wie viele Freier am Tag zu ihr kamen. Sie sollte das Geld wieder reinholen, hatte er gesagt. Aber vor allem wollte er sich rächen, weil sie es geschafft hatte, sich von ihm loszureißen – wenn auch nur für kurze Zeit.

Er übte keine Rache, weil sie einen emotionalen Wert für ihn hatte, sondern nur weil Lya hübsch und jung war und somit eine bequeme Geldmaschine für ihn darstellte. Und das Schlimmste war, dass sie es wusste. Dass sie genau wusste, dass er sie nicht liebte. Aber immerhin spielte er es ihr vor. Immerhin gab er ihr zeitweise die Aufmerksamkeit, nach der sie sich so sehr sehnte. Er wusste von ihrer Vergangenheit. Er wusste, dass sie immer noch darunter litt und nicht damit abschließen konnte. Und sie brauchte seine Nähe, seine liebevollen Worte, seine starken Armen in die sie ab und zu weinen konnte.

Auch wenn es nicht echt war, war es für sie besser als nichts. Sie wollte nicht wieder einsam, verlassen und hilflos sein. Und auf eine paradoxe Weise fühlte sie sich mit Angelo stärker und geliebter.

Wie sollte sie nur jemals ohne ihn Leben können?

Denn ein Leben ohne ihn, bedeutete gar keine Liebe, nur pure Einsamkeit. Aber das Leben mit ihm bedeutete, dass jeden Tag neue Freier über sie herfallen würden und sie benutzen würden.

Und das hielt sie nicht mehr aus.

Es gab keinen Ausweg. Egal, wie sehr sie sich anstrengte, sie fand keine Lösung. Sie fand immer nur mehr Probleme. Und mehr Gründe. Mehr Gründe dafür, sich das Leben zu nehmen. Wenn man das, was sie hatte, noch Leben nennen konnte.

Sie spürte diesen widerlichen, nackten Mann auf ihrer Haut und musste unweigerlich seinen ungepflegten Körpergeruch wahrnehmen. Er roch nach saurer Milch. Er hatte dünnes Haar und einen unförmigen Körper.

Der bloße Anblick ihres Körpers löste in ihm schon eine heftige Erregtheit aus, die sie an seinem aufgequollenen Gesicht ablesen konnte. Sie schloss die Augen. Versuchte an etwas anderes zu denken, um sich abzulenken. Sie konnte es nicht mehr ertragen. So wie damals.

*Lass mich in Ruhe!*

*Hätte sie gerne gesagt.*

*Was soll das? Fass mich nicht an! Ich finde dich ekelhaft und ich werde das nicht mit mir machen lassen! Ich bin ein Kind! Du bist alt! Siehst du das nicht?*

*All das hätte sie gerne gesagt, aber sie konnte nicht. Sie konnte nichts. Außer zuzulassen, dass dieser Mann abends in ihr Zimmer schlich und sie mit ins Bad nahm, weil es der einzige Raum war, dessen Schlüssel Susanna nicht weggenommen hatte. Er sagte ihr, dass sie sich setzen soll, mit ihrer nackten Haut auf die kalten, glatten Fliesen des Badezimmers und dass sie zugucken soll, wie er sich auszog.*

*Du bist so widerlich! Lass mich in Ruhe!*

*Aber sie konnte nichts sagen, weil die schreckliche Angst ihr den Hals abschnürte.*

*»Du brauchst keine Angst haben«, sagte er viel zu freundlich und sie hasste es, dass er ihr sagte, was sie fühlen sollte. »Wir haben doch nur ein bisschen Spaß. Das ist ganz normal.«*

*Ich will es nicht! Lass mich in Ruhe!*

*Dann setzte er sich zu ihr, streichelte ihre Beine, glitt mit seinen rauen Händen immer weiter ihre Oberschenkel hoch, unter ihr Nachthemd, zwischen ihre Beine und sie konnte nichts tun, als stumm dazusitzen.*

*Irgendwann hatte sie auch keine Energie mehr verschwendet, die Gedanken zu pflegen, dass er sie in Ruhe lassen soll, weil sie wusste, dass sie sich niemals trauen würde, es auszusprechen. Und weil es nichts daran ändern würde, dass er sie jede Nacht weckte, sie wieder auf den kalten Fliesen saß und mit ihm diese ekelhaften Dinge machen musste. Wie er sie auszog, seine nackte Haut auf ihren zerbrechlichen, nackten Körper legte und sie fast von seinem Gewicht erstickt wurde, wie er irgendwann von ihr runterstieg, sich setzte, an die Tür anlehnte, sie packte und gewaltsam ihren Kopf dahin drückte, wo er sie haben wollte, wie er ihr freundlich erklärte, was sie tun sollte, dass es normal sei, dass sie nur Spaß haben und seine widerlichen Geräusche und Komplimente, die er dabei machte.*

*Jedes Mal wünschte sie sich, tot zu sein.*

*Irgendwann hätte sie vielleicht sogar den Mut gehabt, zu widersprechen, aber auf einmal kam sie sich lächerlich vor. Denn so oft hatte sie schon nichts gesagt und diese Grenzen überschreiten lassen. Was für Gründe hätte sie jetzt, diese Grenze wieder zu ziehen?*

*Er würde über sie lachen, sie für dumm erklären und sie noch mehr verletzen. Weil sie selbst wusste, dass sie falsch gehandelt hatte! Dass sie feige war und ihre Grenzen nicht bewahrt hatte! Sie war selbst schuld! Und jetzt musste sie ihre eigenen Fehler ausbaden, damit er hoffentlich irgendwann aufhörte.*

*Sie fühlte sich wie ein Roboter. Es machte ihr keine Angst mehr, wenn er nachts in ihrem dunklen Zimmer stand. Es erschreckte sie nicht mehr, wenn er ihr etwas ins Ohr flüsterte um sie zu wecken. Sie fühlte sich nicht ausgeliefert, wenn er sie anfasste und sie auszog. Sie fühlte sich nicht ohnmächtig, wenn er ihren Willen brach. Sie dachte nur daran, dass sie es hinter sich bringen will. Und dass er hoffentlich irgendwann genug hätte.*

*Aber hatte er nicht. Nein, er hatte niemals genug.*

*Jeden Morgen ging wieder die Sonne auf und sie saßen alle am Frühstückstisch. Er belegte sich ein Brötchen mit Salami und aß genüsslich sein Frühstück. Er fühlt sich nicht schlecht, dachte Lya. Er bereut es nicht. Wie kann er lachen, während ich leide?*

*Sie saß stumm am Tisch, versunken in ihren Gedanken und hörte nur das Rauschen der Stimmen ihrer Familie. Sie gehörte nicht mehr hier her. Sie wollte nicht mehr hier her gehören. Sie hatte genug von dieser Welt erlebt. Sie wollte nicht mehr.*

Nachdem der Freier das Zimmer verlassen hatte, musste sie unkontrolliert anfangen zu weinen. Dicke Tränen schossen aus ihren Augen. Alle negativen Gefühle, die sie so lange versucht hatte zu verdrängen, brachen plötzlich auf sie ein und umschlossen sie so fest, dass sie glaubte keine Luft zum Atmen mehr zu haben. Immer mehr übernahmen die Gefühle die Kontrolle und immer mehr, fühlte sie sich eingeengt. Als wäre sie gefangen. Als würde man sie ersticken. Immer wieder fragte sie sich, warum sich ihr Leben nicht zum Positiven gewendet hatte. Warum sie kein Glück in ihrem Leben hatte. Immer wieder hörte sie von den Geschichten, wo Menschen alles verlieren und auf einmal alles gewinnen. Warum gehörte sie nicht dazu? Warum hatte sich ihr Leben nie gewendet?

Sie schluchzte und versuchte Erleichterung in ihren Tränen zu finden. Sie kannte es von früher. Wenn sie früher geweint hatte, herrschte kurzzeitig die Traurigkeit über sie, aber nach einigen Minuten fühlte sie sich frei und erleichtert – als wären alle Sorgen weg. Als hätte sie nur überreagiert. Aber diesmal wurde alles noch schlimmer. Immer mehr negative Gedanken und Erinnerungen bahnten sich ihren Weg zu ihrem Bewusstsein. Sie sah das hasserfüllte Gesicht ihrer Mutter, immer, wenn sie mit Lya sprach. Sie sah die traurigen Gesichter ihrer Geschwister. Sie sah ihn. Sie sah sich weinen, sie sah ihre Verzweiflung und ihre Fehler. Es schien kein Ende zu nehmen.

Sie konnte sich kaum konzentrieren, nicht auf den Raum, in dem sie war. Nicht auf die Möbel, die sich in diesem Raum befanden und auch nicht auf die Tür die aufging. Irgendwann spürte sie nur eine Hand um ihre Hüfte, die sie Richtung Bett drückte. Sie merkte, wie sie sich führen ließ und aufs Bett fallen ließ. Als sie auf dem Bett lag, erkannte sie Angelos Gesicht über ihr. Er legte sich zu ihr und redete mit ihr. Sie erkannte, dass sich seine Lippen bewegten und dass er sie besorgt ansah, aber sie konnte nicht hören, was er sagte.

Sie starrte minutenlang auf die Decke, bis die Umrisse langsam wieder klarer wurden. Stück für Stück konnte sie die dunkelrote Deckenfarbe erkennen, nahm wieder die Kanten des Zimmers war.

Noch eine Weile lag sie starr im Bett, aber nach und nach schaffte sie es, sich zu Angelo auf die Seite zu drehen und ihn anzusehen. Er sah besorgt aus und sie war froh, dass er sie nicht zwang einen neuen Freier zu bedienen.

Sie wollte einfach nur leise weiter weinen. Weinen und getröstet werden. Sie wollte hören, dass alles gut wird. Sie wollte es so lange hören, bis sie es selbst glauben konnte.

»Ich kann das nicht mehr«, sagte sie schwach, schaute ihn an und hoffte, dass er verstand.

»Ich glaube, du musst erstmal zu Ruhe kommen«, sagte er ruhig und geduldig. »Ich sage für heute alle Besuche ab.«

Er sah sie besorgt an und strich ihr eine Haarsträhne aus dem Gesicht.

»Weißt du was ich mache, wenn es mir so geht?«

Du weißt nicht, wie es mir geht!, dachte sie frustriert. Du kassierst ab, was ich mit meinem Körper verdiene! Tu nicht so, als ob du weißt, wie es mir geht!

»Ich habe auch viel Stress, auch wenn du das nicht denkst«, erklärte er, als ob er ihre Gedanken gehört hätte. »Aber zum Glück gibt es Helferchen. Und ich verspreche dir, in ein paar Minuten, weißt du nicht mehr, warum du eben noch besorgt warst. All deine Sorgen verschwinden. All deine Ängste lösen sich sekundenschnell auf. All dein Mut kehrt zurück. Du fühlst dich stark, wenn nicht sogar unverwundbar. Du fühlst dich gut in deiner Haut und kannst dich endlich wieder auf die Dinge konzentrieren, die von Bedeutung sind. Zum Beispiel deine Arbeit.«

Er kramte in seiner Hosentasche und holte eine kleine Plastiktüte mit weißem Pulver heraus. Er öffnete den kleinen wiederverwendbaren Verschluss, leckte seinen Finger an und tunkte ihn in das Pulver. Dann hielt er Lya den Finger unter die Nase.

Sie wusste, dass alle es nehmen, aber sie hatte sich immer davor gesträubt, weil sie Angst hatte, ihr Leben noch mehr gegen die Wand zu fahren.

»Atme einfach ganz normal durch die Nase ein«, sagte er sanft.

Einen Moment zögert sie, dann tat sie es. Einfach, weil sie es satt hatte, sich so zu fühlen. Sie konnte nicht mehr. Sie war am Ende. Und wenn dieses Zeug der einzige Ausweg war, dann musste sie es probieren.

Sonntag, 15. Juli 2012

I

Stewart wusste, dass die Gedanken an Janet ihn hinderten. Trotzdem konnte er nicht aufhören, an den Abend zu denken, als sie wie selbstverständlich in sein Haus spaziert war und die alten Zeiten aufblühen ließ. Obwohl sich so vieles in seinem Leben geändert hatte, hatten sich seine Gefühle ihr gegenüber nicht verändert. Er stellte sich vor, wie er mit ihr spazieren ging und ihre schwarzen Haare leicht im Wind wehten. Wie sie von ihrem Leben erzählte und ihre Augen strahlten. Wie sie lachte und ihr perfektes Lächeln zeigte. Er stellte sich vor, wie sie morgens zusammen Frühstück zubereiteten, den Tisch deckten und Kaffee kochten. Und wie sie zusammen mit Cindy fröhlich am Tisch plauderten und gut in den Tag starteten.

Plötzlich riss ihn das aufdringliche Klingeln des Bürotelefons unsanft aus seinen Gedanken und augenblicklich war er wieder in der Realität angelangt. Er saß in seinem grauen Büro, von draußen prasselte der Regen an seine Fensterscheiben und die Baumkronen der Buchen schwankten von rechts nach links im starken Wind.

Er war im Dienst und hatte einen Fall zu lösen, der mehr Fragen aufwarf, als Antworten zu finden waren. Er räusperte sich kurz, setzte sich aufrecht hin und nahm den Hörer ab.

»Detective Inspector Bryan Stewart. Wie kann ich Ihnen helfen?«

Stewart hörte ein Rauschen am anderen Ende der Leitung und fragte sich, ob sich jemand verwählt hatte. Wahrscheinlich ein Streich. Schon oft wurde angerufen, dann hörte man nichts, oder ein leises Kichern und dann, plötzlich, wurde aufgelegt. Es vergingen einige Sekunden und Stewart ärgerte sich schon, dass er wegen eines Scherzanrufes aus seinen schönen Gedanken gerissen wurde.

Plötzlich hörte er eine tiefe Männerstimme.

»Ich habe Informationen für Sie, die Sie interessieren werden«

Stewarts Neugierde war geweckt.

»Um welche Information handelt es sich?«, fragte Stewart gekonnt gelassen und nahm einen Stift zur Hand, notierte die Uhrzeit und seine Einschätzung zu der Person am anderen Ende der Leitung.

»Es geht um Mylo McCrane. Er sitzt in Untersuchungshaft«, glich er die Fakten ab. »In den Medien wird davon berichtet, dass er einen Mann erschossen hat. Ich kann beweisen, dass er es nicht war.«

Bingo. Hoffentlich mal ein Hinweis, der den Stein zum Rollen bringen wird.

Stewart gefiel, wie selbstsicher der Mann klang und fragte sich gleichzeitig, ob sie den Anruf später ortnen werden können, um herauszufinden, wer und von wo angerufen wurde.

»Das klingt in der Tat interessant«, bestätigte er. »Welche Beweise haben Sie?«

»Sie müssen mir eine Garantie geben, Inspector«, meinte der Mann und es klang mehr nach einer Drohung, als nach einer Bitte. Natürlich wollte er etwas im Gegenzug, sonst wäre er entweder ein herzensguter Altruist oder ein simpler Idiot.

»Was für eine Garantie wollen Sie?«, fragte Stewart höflich, aber bestimmt. Er musste die Information herausfinden. Er spürte, dass dieser Mann Ahnung hatte. Auch wenn es nur das kleinste Puzzleteil wäre, würde er es dankbar annehmen. Vielleicht würde sich daraus endlich ein Bild ergeben.

Auf einmal wurde Stewart wieder von der Leidenschaft seines Berufes gepackt und sah alle Bilder des Falles glasklar vor sich. Was auch immer die Garantie oder die Bedingung des Mannes sein mochte, sie würde einen Hinweis darauf geben, wer dieser Anrufer ist. Und wer Mr. Cornwall erschossen hat.

»Ich möchte, dass Sie Mylo McCrane sofort aus der Untersuchungshaft entlassen. Und ich möchte, dass Sie ihm etwas zur Entschädigung geben.«

Stewart war erleichtert. Er hatte eine Bedingung dieser Art erwartet. Die meisten wollten Geld haben. Und wenn er keine Millionen erwartete, würden sie ins Geschäft kommen. »Wie viel wollen Sie?«

Der Mann machte eine Pause.

»Nein. Ich spreche nicht von Geld.«

Stewart war überrascht. »Von was sprechen Sie dann?«

»Sie haben einen unschuldigen, jungen Mann in Untersuchungshaft – und Sie wissen, dass er es nicht war. Sie wissen, dass er jeden Tag sein Leben verflucht, seitdem er hinter Gittern sitzt. Ich wette Sie können es kaum ertragen, ihn zu befragen, ihn zu sehen, in seine traurigen Augen zu gucken in dem Wissen, dass Sie gerade seine Seele in hundert Teile zerbrechen. Er badet Ihre Fehler aus, nicht wahr? Sie kommen nicht weiter in den Ermittlungen und er ist Ihr einziger kleiner, wehrloser Fisch im Netz. Aber so sind die Menschen halt, lieber ein kleiner Fisch im Netz, als nach Hause zu gehen und zu wissen, dass man ein schlechter Angler ist und keinen Erfolg hat.«

Stewarts Freude wurde schlagartig niedergeschmettert. Es traf ihn. Weil es stimmte.

»Was möchten Sie stattdessen?«, fragte er und bemühte sich, eine feste Stimme zu haben.

»Die erste Bedingung ist die sofortige Freiheit für Mylo McCrane. Die zweite Bedingung ist ein Praktikum für ihn, das Sie ihm verschaffen werden. Auf Ihrer Station.«

Jetzt musste er sich ein kurzes Lachen verkneifen und fragte sich nun doch, ob es sich um einen Scherzanruf handelte.

Stewart sah es schon bildlich vor seinen Augen, wie er den neuen Praktikanten durch die Büros führte und seinen Kollegen vorstellte.

»Das ist Mr. McCrane. Wir haben ihn vor einem Monat festgenommen, aber das war unser Fehler. Kann ja mal passieren! Jetzt ist er hier bei uns und macht ein Praktikum. Und wer weiß, vielleicht ist er bald ein neuer Kollege!«

Vielleicht sollten alle Ex Häftlinge im Anschluss anstatt der Bewährung einfach ein Praktikum bei der Polizei absolvieren. Vielleicht würden sie dadurch die Ermittlungen schätzen lernen und wissen, dass sie nie wieder kriminell werden sollten, weil wir immer dicht hinter ihnen sind! Lasst uns das Gesetz verändern! Stewart fand diese Bedingung wirklich so surreal, dass er darüber schmunzeln musste.

»Das kann ich nicht machen.«

»Das können Sie machen«, entgegnete die Stimme sofort. »Und das werden Sie auch. Denken Sie mal eine Nacht darüber nach. Wenn Sie meinen Köder nicht annehmen, wird bei Ihnen in nächster Zeit kein dicker Fisch mehr ins Netz gehen, das kann ich Ihnen versprechen. Es ist nur ein Praktikum. Sieben Tage reichen aus. Das können Sie ganz sicher. Ich rufe Sie morgen wieder an.«

Ohne auf Stewarts Verabschiedung zu warten, legte er auf und Stewart hielt noch kurz den Hörer am Ohr und hörte dem Tuten nach.

Als er den Hörer schließlich auflegte, schaute er verblüfft durch den Raum. Was war das nur für ein Gespräch? Hatte er richtig gehandelt? Hätte er besser verhandeln sollen, bessere Alternativen vorschlagen sollen? Warum hatte er es nicht geschafft, die Information zu bekommen?

Er hatte alle möglichen Bedingungen schon gehört. Die meisten wollten Geld, andere wollten Autos, andere wollten Flugtickets und wieder andere wollten Prostituierte. Alles mehr oder weniger realisierbar. Aber ein Praktikum? Sowas hatte er noch nie gehört. Das ist völlig absurd! Auf gar keinen Fall eine Option! Nachher ist er doch ein Krimineller und kann ganz gemütlich sehen, wie sein Fall bearbeitet wird und seine nächsten Schritte genau auf die Schritte der Polizei abstimmen. Wenn das rauskommt, dass Stewart ihn eingestellt hat, ist er seinen Job los! Wirklich, vollkommen ausgeschlossen.

Aber warum wollte er ein Praktikum? Warum wollte er kein Geld? Wer war dieser Anrufer?

Eben noch hatte er gedacht, dass er endlich mal eine Antwort geliefert bekommen wird. Einen kleinen Sonnenstrahl, der durch die schwarze, dichte Wolkendecke bricht. Aber jetzt hatte er noch mehr Fragen dazu bekommen und langsam fühlte er sich wirklich wie ein alter, armer Angler, der einst mal seine Erfüllung in dieser Freizeitbeschäftigung gefunden hatte, aber heutzutage nur noch Müll aus dem See fischte. Ein Angler, der betrübt, geknickt und vor allem mit leeren Händen nach Hause kehrt, trotzdem am nächsten Morgen aufsteht und wieder los fährt, in der Hoffnung, dass er heute Fische ohne Ende fangen wird, obwohl er weiß, dass seine goldenen Zeiten längst vorbei sind.

War Stewarts Karriere am Ende? War er kein guter Ermittler mehr?

Nie hatte er in seinem Leben gezweifelt, aber dieser Fall frustrierte ihn mit jedem Tag mehr. Er fühlte sich elendig, als hätten die Worte des Anrufers das bestätigt, was er in den letzten Wochen von sich selbst hielt und ihn noch weiter auf den kalten, steinigen Boden gepresst. Und auf einmal sehnte er sich auch nicht mehr nach Janet, die mit ihrem perfekten Leben prahlte, die sein Leben wieder vollkommen nach ihren Wünschen ausrichtete. Die ihn betrogen und verlassen hatte. Nein. Er sehnte sich nach seiner Tochter, nach Cindy. Er sehnte sich danach mit ihr auf dem Sofa zu sitzen und über die Fernsehshows zu reden und sich gegenseitig zum Lachen zu bringen. Er sehnte sich nach dem Gefühl, sich gut in seiner Haut zu fühlen.

Er schaute auf seine Schreibtischuhr; in einer halben Stunde hatte er Feierabend. Kurz entschlossen packte er seine Sachen zusammen und ordnete seinen Schreibtisch.

Als er aus dem Gebäude rausging und er die stürmische Luft auf seiner Haut spürte und sah, wie die Bäume unter dem grauen Himmel schwankten, hatte er kurz Sorge, dass sie umfallen würden, aber direkt im nächsten Moment dachte er, dass selbst das ihm nichts mehr ausgemacht hätte.

Nicht heute.

2

Cindy stürmte aus der Haustür. Sie wollte keine Sekunde mehr warten. Sie wollte keine einzige Sekunde mehr mit Janet verbringen. Sie wollte sich keine Sekunde mehr so fühlen, als wäre sie weniger wert, als Janet. Als hätte sie Stewart nicht verdient.

Wie freudig sie die Treppen runtergerannt war, als sie das Türschloss gehört hatte. Die ganzen Stunden hatte sie darauf gewartet, dass Stewart nach Hause kam und sie endlich mit ihm reden könne. Sie musste es ihm sagen! Sie musste es wenigstens probieren! Wie vom Blitz getroffen blieb sie auf den Treppenstufen stehen, als Janet in den Flur trat und den Schlüssel aus dem Schloss zog. Ihr aufgesetztes Lächeln drehte Cindy sofort den Magen um. Nicht nur die Enttäuschung, dass sie Stewart auch heute nicht alleine antreffen würde, sondern auch das Entsetzen darüber, dass Janet einen Schlüssel besaß, machte ihr sofort Bauchschmerzen. Ohne ein Wort zu wechseln, zog sie sich ihre Schuhe an und zog an ihr vorbei.

Die Sonne wurde von grauen Wolken am Himmel verdeckt, die Wärme des Tages hatte sich verflüchtigt und es war deutlich windiger, als sie angenommen hatte.

Der kühle Wind war ihr recht. Sie hatte das Gefühl klarer denken zu können. Sie eilte zur Hauptstraße und schaute ständig auf ihre Armbanduhr. Es war zwanzig vor Sieben. Sie musste Stewart unbedingt antreffen, bevor er nach Hause fuhr. Wenn sie ihn verpasste, war ihre Chance mit ihm zu reden vertan. Zuhause würde Janet bereits mit einem perfekt gekochten Abendessen und einem festlich gedeckten Tisch auf ihn warten. Und Stewart sah es nicht. Er sah nicht, was sie machte! Er sah nicht, was sie spielte!

Sie bog auf die Hauptstraße und schaute wieder auf die Armbanduhr. Sie würde es schaffen, wenn Stewart um Punkt sieben Uhr losfuhr. Aber je näher sie der Police Station kam, desto stärker setzten sich ihre Zweifel in ihrem Kopf fest. Er sah Janet nicht so, wie sie in Wirklichkeit war. Er sah ihr abgekartetes Spiel nicht. Wie hoch war die Wahrscheinlichkeit, dass er ihr glaubte?

Mittlerweile hatte Janet schon ganze Arbeit geleistet. Cindy wusste, dass Janet versuchte Stewart zu manipulieren. Ab und an hatte sie gehört, wie Janet minutenlange Monologe über Cindy gehalten hatte. *Spätestens in zwei Jahren, wenn sie einen Freund hat, wird sie sich nicht mehr für dich interessieren.*

*Sie ist nicht deine leibliche Tochter!*

*Adoptierte Kinder machen früher oder später immer Probleme.*

Cindy wäre am liebsten runtergerannt und hätte Stewart gesagt, dass das nicht passieren wird. Aber irgendwas lähmte sie. Vielleicht lähmte sie die Angst, dass sie gegen Janet keine Chance hatte. Janet hatte ihr ganzes Leben mit Manipulation und Intrigen verbracht. Sie hätte jede Aussage von Cindy umgedreht und im Endeffekt als Bestätigung gesehen, dass irgendwas mit Cindy nicht stimmt. Sie durfte sich keinen Fehler erlauben, der ihr Leben mit Stewart gefährden könnte. Aber jetzt hatte sie lange genug zugesehen. Sie hatte sich lange genug unwichtig und ohnmächtig erlebt. Das Fass war voll! Stewart musste ihr glauben.

Auf einmal schoss die Angst in ihr hoch, dass es schon zu spät war. Warum hatte sie nur so lange gewartet? Warum hatte sie nicht direkt mit Stewart gesprochen? Was, wenn er schon so manipuliert ist, dass er wütend wird, wenn sie ihm etwas Derartiges auftischt?

Sie fühlte sich so hin und her gerissen, wie sie sich als Kind immer gefühlt hat. Aus Angst, bloß die richtige Entscheidung zu treffen, verhält man sich so künstlich, dass man immer schlechtere Entscheidungen trifft. Aus Angst einen Fehler zu machen, wird man so angespannt, dass man pausenlos neue Fehler macht. Sie dachte immer, sie hätte aus ihrer Vergangenheit gelernt. Sie hatte wirklich gedacht, sie hätte sich verändert. Aber jetzt, als sie die Hauptstraße mit schnellen Schritten lang lief und sich nicht für eine Entscheidung oder eine Handlung entscheiden konnte, wusste sie, dass sie immer noch das gleiche, unsichere Mädchen war, das sich damals in eine Schutzblase zurückgezogen hatte. Wo war dieser Schutzwall jetzt? Wo war ihre Fantasie? Wo war ihre Hoffnung? Wo war ihre Stärke?

Endlich kam sie am Gebäude der Polizei an und scannte hastig den Parkplatz nach Stewarts Auto. Sie musterte sorgfältig jedes Auto und verfluchte es, dass heute fast jedes Auto gleich aussah. Alle waren silberfarben, oder schwarz. Alle hatten in etwa die gleiche Größe und Form.

Es war nicht da. Stewarts Auto war nicht mehr da. Er war schon weg. Sie hatte ihn verpasst.

Sie blickte auf ihre Armbanduhr, es war fünf vor Sieben. Sie hatte einfach kein Glück in letzter Zeit. Sie hätte weinen können, oder schreien, wenn sie daran dachte, dass Stewart gerade mit bester Laune geradewegs in Janets Arme läuft und alles in rosa Wolken sieht! Wahrscheinlich fällt ihm nicht mal mehr auf, dass Cindy nicht da ist, weil er in Gedanken nur bei Janet ist!

Es war keine kluge Entscheidung gewesen, spontan loszurennen und ihn abfangen zu wollen! Sie hätte wissen müssen, dass es knapp werden würde! Sie hätte damit rechnen müssen, dass er früher Feierabend macht, weil er es öfter tut! Es war so unglaublich unüberlegt von ihr! Hätte sie ihre Gefühle besser im Griff, hätte sie sich einen kurzen Moment zeitgenommen und überlegt, wie sie Stewart am besten erreichen kann. Vielleicht hätte sie dann einfach in ihrer Straße gewartet, vor der Haustür oder …

Alles wäre besser und vernünftiger gewesen, als einfach so loszulaufen! Aber sie konnte in diesen Situationen nicht nachdenken! Noch nie konnte sie das! Jedes Mal, wenn sie sah, wie Janet selbstgefällig das Haus betrat und sich ausbreitete – einnistete - kochte ihre Wut hoch. Es war ihr zu viel! Es war ihr Zuhause! Zum ersten Mal in ihrem Leben hatte sie eine Familie und ein Zuhause! Jetzt wurde es ihr weggenommen, von jemandem, der nicht einmal gute Absichten hegte. Im Gegenteil. Janet war der Anfang vom Ende! Nie im Leben hätte sie in dieser Situation ruhig bleiben können. Aber sie wusste, dass es Menschen gab, die in stressigen Situationen einen ruhigen Kopf behalten können und es machte sie umso wütender, dass sie es nicht konnte. Schon wieder stiegen in ihr all diese Gefühle auf und sie wusste nicht wohin. Wohin mit dieser Wut auf sich selbst? Sie hasste sich regelrecht für ihre dummen Entscheidungen! Sie wollte einfach nur weg!

Hastig drehte sie sich um, machte einen schnellen Schritt nach vorne und prallte plötzlich mit einem Mann zusammen. Erschrocken schaute sie ihm ins Gesicht und ihr Herz fing sofort an, schneller zu schlagen. Eisblaue Augen, blonde Haare, schöne Gesichtszüge. Ihr Herz klopfte schneller und gleichzeitig merkte sie, wie ihr Kopf warm wurde und sie die Situation peinlich fand.

»Entschuldigung«, brachte sie hervor, schaute verlegen weg und ging schnell weiter.

Warum musste sie ausgerechnet jetzt – wenn sie so schlecht gelaunt ist – auf einen süßen Typen treffen?

In einem Film wäre das bestimmt der Anfang einer herzerwärmenden Liebesbeziehung gewesen, aber in ihrem Leben, war es einfach nur der Anfang einer peinlichen Geschichte.

»Warte mal!«, rief er plötzlich hinter ihr her und sie merkte, wie ihr Gesicht wieder wärmer wurde. Sie drehte sich um und schaute ihn wieder an. Schon wieder fiel ihr Blick auf sein schönes, symmetrisches Gesicht. Noch nie hatte sie so schöne Augen gesehen. Bestimmt hatte er eine Freundin. Oder wollte sich nicht festlegen, weil er zu viele Mädchen hatte, die sich für ihn interessierten. Und selbst wenn nicht! Sie hätte keine Chance bei ihm! Warum dachte sie darüber überhaupt nach?

»Weißt du wie lange die Station geöffnet hat?«, fragte er und lächelte sie an. Sein Lächeln war perfekt. Nicht aufdringlich, nicht arrogant. Es war freundlich und verlieh seinem Gesicht etwas Liebevolles. Ihr Herz klopfte immer wilder und sie war sich immer sicherer, dass dieser junge Mann, alle Mädchen haben konnte.

Was würde er von ihr wollen?

Er möchte nur wissen, bis wann das Büro besetzt ist, diskutierte sie mit sich selbst.

»Bis Sieben, also …«, sie schaute auf ihre Armbanduhr, »ist es jetzt leider zu spät.«

Sie überdachte, was sie gesagt hatte und hatte Sorge, dass er nun einfach gehen würde, während sie sich wünschte, sich weiter mit ihm zu unterhalten.

»Okay, danke«, sagte er nachdenklich. »Aber wenigstens habe ich jetzt dich getroffen.« Er grinste sie an. »Ich bin Kevin. Und du?«

Ihr Herz klopfte so schnell, dass sie dachte, es müsste rausspringen. Hatte er gerade geflirtet? Fand er sie gut? Sie freute sich über seine Aufmerksamkeit aber gleichzeitig verunsicherte es sie auch.

»Ich bin Cindy«, sagte sie schüchtern.

»Cindy«, wiederholte er und sie konnte ihm anmerken, dass er über ihren Namen nachdachte. Wahrscheinlich hatte er schon die ein oder andere Cindy kennengelernt.

Dann schaute er sie wieder mit seinen festen Blick an.

»Hast du Lust auf einen Spaziergang, Cindy?«

Sie entfernten sich von der lauten Hauptstraße und bogen in einen kleinen Waldweg ab, den Cindy nicht kannte, aber Kevin schien zu wissen, wo es lang ging und sie merkte, dass er sich auskannte.

Sie setzten sich auf eine Bank zwischen hohen Bäumen, die nicht direkt am Weg war, sodass keine anderen Spaziergänger sie stören würden und Cindy gefiel die Ruhe und die ungeteilte Aufmerksamkeit, die er ihr schenkte.

»Wolltest du auch zur Polizei?«, fragte er vorsichtig.

»Nein, ich …«, sie unterbrach sich selbst, »ich habe nur jemanden gesucht.«

»Verstehe«, sagte er knapp und verstand sofort, dass sie etwas nicht erzählen wollte, »und du kamst auch zu spät, obwohl du die Uhrzeit kanntest?«

»Ich war in der Nähe und dachte ich würde es noch schaffen.«

Sie hoffte, dass er nicht weiter nachhakte. »Und warum wolltest du zur Polizei?«, fragte sie.

»Nichts wichtiges. Geht um eine Sache mit dem Führerschein.«

Es war eine komische Stimmung, musste sie feststellen. Auch wenn er sich für sie interessierte, ihr Fragen stellte, wissen wollte, wo sie herkommt und was sie so machte, merkte sie keine Aufrichtigkeit; aber sie wollte keine zu eiligen Schlüsse ziehen, sie wollte diese neue, glühende Hoffnung nicht sofort wieder auslöschen.

Außerdem war sie froh, dass sie wenigstens die letzten fünfzehn Minuten nicht mehr an Stewart und Janet gedacht hatte. Wahrscheinlich saßen sie gerade am Küchentisch und Janet plauderte im fröhlichen Ton über ihr neues Haarstyling-Produkt. Und Stewart würde fasziniert einen Blick auf ihre wunderschön gepflegten Haare werfen.

Sie holte ihr Handy aus der Hosentasche. Keine Nachricht von Stewart. Und obwohl sie gerade mit einem jungen Mann unterwegs war, der sie unglaublich interessierte, versetzte ihr die Tatsache, dass Stewart ihr nicht schrieb, ein Stich ins Herz.

»Ist alles in Ordnung?«, fragte Kevin und holte sie aus ihren Gedankensumpf.

»Ja, ja«, sagte sie schnell. »Es ist alles in Ordnung. Es ist nur, es geht um …«

»Du kannst es mir erzählen«, sagte er geduldig.

Sie nickte. »Es geht um meinen Vater. Er ist wieder mit seiner Exfrau zusammen und hat sich dadurch verändert«, fasste sie zusammen.

Normalerweise erzählte sie nie etwas über sich. Nicht mal ihren Freundinnen. Und auf einmal erzählte sie einem wildfremden Jungen, was sie bedrückt? Sie hatte ihre Gefühle nicht im Griff. Ganz und gar nicht!

»Das klingt wirklich nicht schön. Ich wünschte, ich könnte dir erzählen, dass Eltern immer über ihre Kinder – und vor allem das Wohl ihrer Kinder nachdenken, aber leider habe ich das selbst nicht erlebt. Und die wenigsten meiner Freunde. Früher oder später findet man sich damit ab. Und lebt sein eigenes Leben. So wie die Eltern auch.«

Cindy schaute ihn an und dachte darüber nach, was er gesagt hatte. Sie konnte ihn verstehen. Aber ihr Gefühl war auf einmal deutlicher, als die Tatsache. Stewart war anders. Stewart machte sich Gedanken um Cindy. Sie konnte sich ein Leben ohne ihn nicht vorstellen und ihr Gefühl sagte ihr, dass er es genauso sieht.

»Aber das muss bei dir natürlich nicht so sein«, sagte er sofort, als sie nicht zustimmte. »Ich weiß ja nichts über dich und deine Situation. Aber wenn es etwas Ungeklärtes bei euch gibt, wäre es besser, wenn ihr darüber redet. Aber falls es wirklich Schwierigkeiten geben sollte, weißt du ja jetzt, wo du hinkommen kannst, wenn es dir schlecht geht.«

Sie fühlte sich geschmeichelt, dass er ihr so ein Angebot machte und sie sah ihm an, dass er es ernst meinte.

»Danke.«

»Kein Problem. Wir haben ja alle die gleichen Probleme, und irgendwie …«

Plötzlich klingelte sein Handy. Er ging ran, sagte ein paar Mal *Ja* und legte dann wieder auf. Sein Gesichtsausdruck verriet, dass er jetzt etwas Dringendes vorhatte.

»Ich muss jetzt leider zu einem Freund«, entschuldigte er sich. »Ich muss ihm bei einer Sache helfen.«

Cindy konnte nicht verbergen, dass sie enttäuscht war, aber gleichzeitig hoffte sie auf ein Widersehen.

»Du kannst mich anrufen, wenn etwas ist«, sagte er, als er seine Nummer in ihr Handy tippte. »Findest du den Weg nach Hause?«

Sie konnte spüren, dass er in eine andere Richtung musste und hoffte, dass sie ihn nicht bitten würde, mit ihr nach Hause zu gehen.

»Ja, klar. Natürlich …«

»Gut. Dann bis bald«, schnitt er ihr das Wort ab, gab ihr eine schnelle Umarmung und machte sich dann auf den Weg.

Cindy blieb noch einen Moment stehen und schaute ihm nach. Sie fühlte sich auf einmal doppelt verlassen. Von Stewart und von Kevin. Er hatte sie einfach stehen lassen, für einen Anruf. Aber was dachte sie denn auch? Ihr Leben war kein Film, zumindest kein romantischer.

Dachte sie wirklich, sie hätte eine Chance bei ihm?

Sie drehte sich um und machte sich niedergeschlagen auf den Heimweg. Inzwischen war die Temperatur doch gesunken, oder sie war einfach so ausgelaugt von dem Tag, dass ihr kalt wurde. Sie beschloss sich nicht bei ihm zu melden. Sie konnte ahnen, dass es nicht das Richtige für sie wäre.

Das Richtige war das Leben mit Stewart.

Sie wollte ihr Leben mit Stewart wieder zurückhaben.

3

Während Stewart die Haustür aufschloss, konnte er schon den leckeren Geruch von gebratenen Fleisch, hochwertigen Gewürzen und einer leckeren Soße riechen. Sofort fühlte er sich in seine Kindheit versetzt und wie er es geliebt hatte, nach einem anstrengenden Tag in der Schule nach Hause zu gehen und den Duft von frisch zubereitetem Essen in den Häusern seiner Straße zu riechen. Wie er jedes Mal gehofft hatte, dass einer dieser Düfte auch von seinem Haus kommt. Und je näher er seinem Haus kam, desto stärker wurde der Duft. Oftmals konnte er schon riechen, was es gab, bevor er ins Haus ging. Es war ein wunderbares Gefühl.

Er ging in den Flur und sah Janet, die gerade in dem großen Topf rührte.

»Endlich bist du Zuhause! Komm wir essen direkt!« Sie strahlte ihn an.

»Es riecht ganz wunderbar«, sagte er und erwiderte ihr Lächeln. »Ich sage Cindy Bescheid.«

Janet sah ihn verwundert an. »Sie ist nicht hier«, klärte sie ihn auf. »Sie sagte, sie sei mit ihren Freundinnen verabredet.«

Stewart konnte nicht verbergen, dass er enttäuscht war aber als er den perfekt gedeckten Tisch sah, war er überwältigt von der Mühe, die sich Janet für ihn machte.

»Mach dir keine Gedanken um Cindy, sie ist eine junge Frau. Ich weiß noch, als ich in ihrem Alter war. Ich habe es verabscheut, wenn ich mit meinen Eltern zu Abend essen musste und meine Freundinnen alle raus durften. Ich wollte auch feiern, reden und lachen! Am besten die ganze Nacht! Cindy ist jung und genießt ihr Leben!«, sie streichelte ihm über den Arm. »Setz dich nur, ich hole das Essen.«

Stewart setzte sich ohne etwas zu sagen auf den Stuhl und betrachte den Tisch. Das silberne Besteck funkelte so sehr, dass Stewart keine Sekunde daran zweifelte, dass Janet es poliert hatte. Die dicken Stoffservietten hatten perfekt gefaltete Kanten und standen auf dem Teller. Die weiße Tischdecke war frisch gewaschen und sorgfältig gebügelt. Auf dem silbernen Kerzenständer, der in der Mitte des Tisches stand, war kein einziger Fingerabdruck oder Wachsfleck zu sehen. Janet musste wie der Teufel geputzt haben, bis alles funkelte. Sie stellte das Essen auf den Tisch und zündete die weiße Stiftkerze an.

Stewart fühlte sich plötzlich unbehaglich. Eben noch hatte er sich geschmeichelt gefühlt, bei solch einer Aufmachung, aber immer mehr kam es ihm überzogen vor. Er hatte weder Geburtstag, noch war Weihnachten. Alles war zu aufgesetzt. Zu festlich.

Auf einmal fühlte Stewart sich gezwungen einen schönen Abend zu haben. Gute Laune zu haben. Janet auf Knien zu danken, für all ihre Mühe. Aber er wollte es nicht. Das einzige woran er dachte, waren die Abende mit Cindy, bei denen sie in bequemen Sachen vor dem Fernseher saßen und nicht einmal das dreckige Geschirr nach dem Essen wegräumten, weil es ihnen für den Moment egal war.

Immer wenn er nach Hause kam, war das Haus ein Tick unordentlicher, als er es verlassen hatte. Meistens stolperte er über ihre Turnschuhe, die sie flüchtig im Flur ausgezogen hatte. In der Küche brannte kein Licht und es wurde nicht gekocht. Er vermisste es, wie er an Cindys Tür klopfte und sie mit einem Buch auf ihrem Bett lag. Und er wusste direkt, wenn er sie sah, ob sie gute oder schlechte Laune hatte. Aber egal welche Laune sie hatte, nach kurzer Zeit stand sie auf, ging mit Stewart in die Küche und sie überlegten fieberhaft, was sie kochen könnten. Sie machten allerlei Vorschläge, doch am Ende lief es immer auf die gleichen drei Gerichte aus, die schnell gingen, aber trotzdem lecker waren. Und dann kochten sie gemeinsam und aßen am Küchentisch. Ohne Tischdecke. Ohne poliertes Besteck. Cindy erzählte von ihrem Tag und Stewart musste unwillkürlich über die Erzählungen lachen, die Cindy fröhlich erzählte. Und er erzählte von seiner Arbeit und Cindy rätselte mit, was passiert sein könnte. Alles war ungezwungen. Alles war frei.

Alles war schön.

Man sagt, dass alles Schöne irgendwann zu Ende ist.

Aber stimmte das?

»Hast du keinen Hunger?«, fragte Janet vorwurfsvoll, als sie bemerkte, dass Stewart das Essen noch nicht angerührt hatte.

»Doch, doch.«

Er pickte ein Stück Braten auf seine Gabel und schob es sich in den Mund. Jetzt wurde er auch noch zum Essen gezwungen.

»Ich schreibe Cindy und frage wo sie ist. Vielleicht möchte sie ja noch zum Essen kommen, wenn sie hier in der Nähe ist.«

Stewart erhob sich rasch und machte sich auf die Suche nach seinem Handy. Janet stand sofort hinter ihm. »Ich würde das nicht machen, Stewart«, sagte sie ernst. »Jedes junge Mädchen möchte ihre Jugend genießen. Wenn du sie zu sehr einengst, oder ihr zu oft schreibst, fühlt sie sich von dir in ihrer Freiheit beraubt. Ich weiß, dass es schwer ist und du sie vermisst, aber du musst mir glauben. Ich möchte nur das Beste für dich. Wenn du Cindy immer schreibst, wenn sie unterwegs ist, wenn du sie ständig auf Schritt und Tritt verfolgen und beschützen willst, wird sie sich immer mehr von dir entfernen. Dann hast du sie für immer verloren. Glaub es mir.«

Sie streichelte wieder über seinen Arm und plötzlich fühlte sich Stewart nur noch elendig. Dieser ganze Fall. Dieser komische Anrufer heute, der Stewart einen Spiegel vor die Augen gehalten hatte. Dieses schreckliche Gefühl, dass ihn danach überkam. Er war nicht nur schlecht in seinem Beruf, nein, jetzt war er sogar ein schlechter Vater.

Bisher war alles so einfach mit Cindy. Er hatte sich an dem Wissen seiner Erfahrung bedient und danach gehandelt. Und es hatte immer gepasst. Sie hatten ein sehr gutes Verhältnis aufgebaut. Nie hatte er sich Fragen müssen, ob etwas zu viel oder zu wenig war. Ob etwas falsch, oder richtig war. Sein Verstand und sein Gefühl hatten ihn stets richtig entscheiden lassen. So wie im Beruf. Jetzt musste er sich wohl eingestehen, dass er nicht mehr der war, der er war. Er hatte sich verändert. Er war nicht mehr so brillant, wie vorher. Er war nicht mehr gut. In keinen seiner Lebensbereiche.

Er wollte Cindy nicht verlieren. Er wollte sie nicht einschränken. Er wollte nur wissen, wo sie ist. Er wollte ihr sagen, dass er sie braucht.

Aber das würde er wahrscheinlich niemals über seine Lippen bekommen.

»Es tut mir leid, Janet«, brachte er kratzig hervor. »Ich möchte heute Abend alleine sein. Wäre das in Ordnung?«

Er vermied es sie anzuschauen. Er wusste, dass sie es nicht in Ordnung findet.

»Natürlich, ich verstehe das«, sagte sie zu seiner Überraschung. »Du bist in einer schwierigen Situation. Ich an deiner Stelle wüsste auch nicht, wie ich mich verhalten soll! Ein Mädchen in der Pubertät! Lass mich nur noch kurz aufräumen, dann verschwinde ich, okay?«

Sie nickte ihm kurz zu und verschwand dann in der Küche.

Stewart schaute ihr nach und fühlte sich auf einmal noch elendiger. Sie machte sich alle Mühe um ihm einen schönen Abend zu machen und er dachte so schlecht von ihr. Das hatte sie nicht verdient.

Müde schleppte er sich die Stufen hoch und schlurfte ins Schlafzimmer. Er wollte einfach nur liegen. Er wollte nichts mehr falsch machen. Und nicht mehr darüber nachdenken, was er falsch gemacht hatte. Er ließ sich in das weiche Bett fallen und sofort entspannte sich sein Körper. All die Last, die eben noch auf seinen Schultern lag, schien sich nun auf das Bett auszubreiten. Das Gewicht verteilte sich gleichmäßig auf der Matratze und Stewart fühlte sich besser. Nie war er ein Mensch gewesen, der sich erstmal ins Bett legen musste, wenn er von der Arbeit kam. Aber heute konnte er die Menschen verstehen, die das taten. Es fühlte sich wunderbar an. Er starrte an die Decke und deckte sich zu. Er hatte noch seine Alltagskleidung an, aber selbst das störte ihn nicht. Er wollte einfach nur daliegen und genießen, wie sich jeder Wirbel seines Rückens entspannte.

Auf einmal stieg eine mächtige Müdigkeit über ihn hinein und er gab sich ihr einfach hin. Er schloss seine schweren Augen und schlief sofort ein.

Er wachte auf, als er ein Geräusch hörte. Etwas war hingefallen, aber er konnte nicht lokalisieren, wo. Es herrschte vollkommende Dunkelheit in seinem Zimmer, es musste tief in der Nacht sein.

Er fühlte sich immer noch erschöpft und sein Körper fühlte sich beschwert und angespannt an. Seine Jeans war steif und unbequem. Sein Gürtel drückte unangenehm. Sein Hemd engte ihn ein. Er schaltete seine Nachttischlampe an und schaute auf den kleinen Wecker, der auf seinem Nachttisch stand. Es war halb vier Nachts.

Noch nie hatte er sich in seinem Haus unwohl gefühlt, oder sogar Angst gehabt. Noch nie hatte er gefürchtet, dass jemand einbrechen könnte, aber jetzt war er sich nicht mehr sicher. Komische Dinge passierten in letzter Zeit. Er setzte sich auf und horchte in die Stille. Die Zimmertür seines Schlafzimmers war zu, aber er konnte sich nicht mehr erinnern, ob er sie zugemacht hatte, oder irgendwer anders.

War Cindy vielleicht wiedergekommen?

Sofort freute er sich über den Gedanken und das Gefühl der Unbehaglichkeit wurde von einem warmen, wohligen Gefühl abgelöst. Es war viel wahrscheinlicher, dass Cindy nach Hause kam, als das urplötzlich ein Einbrecher in sein Haus einstieg; er brauchte sich keine Sorgen machen.

Aber würde sie so einen Krach machen?

Das wäre sehr untypisch für sie.

Oh Gott – dachte er im nächsten Moment – bitte lass sie nicht betrunken sein! Noch nie hatte er Cindy betrunken erlebt und noch nie hatte sie erzählt, dass sie Alkohol trank. Stewart war dankbar dafür, denn er konnte es nicht ausstehen, wenn Menschen tranken, bis sie die Kontrolle verloren. Und bei dem Gedanken, dass Cindy betrunken und regungslos bei irgendwelchen Freunden auf der Couch liegt und womöglich angemacht wird, drehte sich sein Magen um. Er wollte sie niemals in einem Zustand des völligen Kontrollverlusts erleben.

Plötzlich hörte er wieder ein Geräusch. Diesmal klang es nach einer Schublade, die unvorsichtig zugemacht wurde. Als hätte die Person nicht damit gerechnet, dass die Schublade, die letzten Zentimeter von selbst zu geht und mit etwas Kraft gegen das Holz schlägt. Normalerweise hätten ihn solche Geräusche nicht beunruhigt, aber um halb vier morgens war es doch ungewöhnlich und Cindy würde nichts um diese Uhrzeit suchen. Sie würde vielleicht kurz ins Badezimmer gehen und danach erschöpft in ihr Bett fallen.

Stewart war sich von Sekunde zu Sekunde sicherer, dass es sich nicht um Cindy handelte. Sein Herz wurde wieder schwer und sie Sorgen prallten auf ihn ein. Es war mitten in der Nacht.

Wo war Cindy?

Stewart wusste genau, dass Cindy es schon einmal fertig gebracht hatte, auf der Flucht zu leben. Dass sie es schon einmal geschafft hatte, unterzutauchen. Sie war klug und taff.

Er versuchte die Gedanken daran, dass Cindy möglicherweise weggelaufen war, wegzuschieben. Er wusste, dass er sich das niemals hätte verziehen können. Dass er den Fehler immer bei sich gesucht hätte, für den Rest seines Lebens. Dass er nie wieder glücklich sein könnte, wenn er nicht wüsste, ob sie glücklich ist.

Es half alles nichts. Jemand war in seinem Haus. Und er musste nachsehen, wer es war. Es muss Cindy sein, versuchte er sich zu beruhigen.

Langsam stand er auf und seine Hose fühlte sich enger und unbequemer an, als normalerweise. Nie hatte er seine Kleidung als störend empfunden, aber gerade fühlte er sich fast verkleidet. Wer, um Himmels willen, stand um halb vier Nachts auf und trug Jeans und Hemd? Für eine Auseinandersetzung mit einem Einbrecher fühlte er sich nicht gewappnet. Aber lag das wirklich an seiner Kleidung?

Er nahm einen schweren Kerzenständer aus Bronze in seine rechte Hand und fühlte sich damit immerhin etwas stärker. Auch wenn er ganz genau wusste, dass er keine Chance haben würde, wenn der andere ein Messer oder eine Schusswaffe bei sich trug.

Er schlich zur Tür. Bevor er die Türklinke runterdrückte horchte er noch einmal in die Räume, die hinter der Tür lagen.

Nichts. Stille.

Langsam drückte er die kalte Klinke runter und öffnete vorsichtig die Tür. Wieso auch immer hatte er erwartet, Licht zu sehen, aber es brannte kein Licht. Der gesamte Flur war stockdunkel. Nicht mal ein bisschen Mondlicht fiel hier rein. Es herrschte eine eiserne Dunkelheit. Und Stille. Nichts als Stille. Hatte er vielleicht doch nur geträumt?

Mit lautlosen Schritten ging er den langen Flur entlang. Mit der rechten Hand umgriff er immer fester den Kerzenständer. Die Badezimmertür war angewinkelt, aber er konnte schon ahnen, dass niemand drin war. Er öffnete sie langsam und spähte hinein.

Nichts.

Es verblieb nur noch sein Büro und das Zimmer von Cindy. Wieder wunderte er sich darüber, dass nirgendwo Licht brannte. Wer würde das Haus ohne Licht durchsuchen?

Auch jetzt, als er immer näher an den zwei verschlossenen Türen war, konnte er sehen, dass durch das Schlüsselloch kein Licht schimmerte. Es herrschte absolute Dunkelheit.

Sein Puls erhöhte sich und langsam fragte er sich, ob es nicht schlauer wäre, die Kollegen anzurufen, Verstärkung anzufordern, aber es wäre das Letzte, was er gebrauchen könnte, wenn er jetzt noch einen falschen Alarm auslöste. Dann wären sein Stolz und seine Selbstachtung völlig dahin gewesen.

Er musste diese Situation alleine lösen.

Er war an Cindys Tür angelangt und wieder lauschte er, ob er ein Geräusch wahrnahm.

Nichts.

Er drückte langsam die Türklinke runter und schob die Tür auf. Konzentriert verfolgte er den Spalt der Tür, der immer größer wurde, aber er sah nichts, außer Dunkelheit. Immer wieder dachte er daran, dass er gleich einen Schlag auf den Kopf bekommt, oder eine Kugel in den Bauch. Aber nichts passierte.

Nichts.

Er sah absolut nichts, aber sein Instinkt sagte ihm, dass sich eine andere Person in diesem Zimmer befand. Nur wer?

Er musste es riskieren. Er musste das Licht anmachen. Mit einer schnellen Handbewegung schaltete er das Licht an und der Raum wurde sofort mit grellem Licht durchflutet, sodass Stewart nur noch schwarze Punkte sah, aber er konnte es trotzdem erkennen.

Er konnte erkennen, wie in Cindys Zimmer sämtliche Schubladen offen standen, ihre Klamotten achtlos im Zimmer verstreut wurden und Papier mit Cindys Handschrift auf dem Boden lag. Alles – ohne jegliche Ausnahme – wurde durchsucht und verwüstet. Und inmitten dieses Zimmers, inmitten dieses Chaos saß Janet. Sie strahlte nicht. Sie hatte keinen freundlichen Ausdruck auf ihrem Gesicht. Sie freute sich nicht Stewart zu sehen. Sie sah völlig verfremdet aus. Ihre Augen funkelten herausfordernd, als wäre diese Situation genauso von ihr gewollt. Sie fühlte sich weder ertappt noch beschämt. Sie sah aus, als genoss sie es, zu sehen, dass Stewart so entsetzt von ihr war.

Noch bevor Stewart reagieren konnte oder ein Wort formulieren konnte, machte Janet einen Satz auf ihn zu und schlug ihm mit voller Wucht einen extrem harten Gegenstand auf den Kopf und es fühlte sich an, als würden seine Schädelknochen in tausend kleine Teile zerschmettern. Sofort fühlte er die warme, dicke Flüssigkeit, die vom Kopf über sein Gesicht lief. Er konnte nicht mehr erfassen, was passiert war. Er konnte nicht mehr denken. Er merkte nur noch, wie er sich nicht mehr auf seinen eigenen Beinen halten konnte.

## 4

Cindy lief durch die Straßen und schaute sich jedes einzelne Haus an, an dem sie vorbei lief.

Es war zu kühl, für das Shirt, dass sie anhatte; der Wind zog kalt durch sie durch und sie versuchte sich von der Kälte abzulenken.

Schon früher hatte sie sich alle Häuser in ihrer Nachbarschaft angeguckt und sich vorgestellt, wie die Menschen darin lebten, ob sie eine nette Familie hatten, welche Möbel sie kauften und wie sie ihr eigenes Haus einrichten würde, wenn sie einmal eins hätte.

Die Laternen leuchteten die Straße an und Cindy wusste, dass sie eine lange Nacht vor sich haben würde. Sie konnte nicht nach Hause, sie wollte nicht. Alles in ihrem Körper wehrte sich dagegen, einen Schritt in die Richtung ihres Zuhauses zu machen.

Ihr Handy Display verriet ihr zum einen, dass es viertel vor elf war und zum anderen, dass Stewart sich immer noch nicht gemeldet hatte.

Noch nie hatte er sich so lange nicht bei ihr gemeldet.

Was war nur passiert? Sie waren sich so vertraut und auf einmal schien es, als ob sie sich mit jedem Tag weiter voneinander entfernten.

Sie ging langsam weiter, fragte sich, wo sie die Nacht verbringen sollte, denn sie wurde müde, sehnte sich nach ihrem Bett und der Gedanke, weiter orientierungslos durch die Straßen zu irren, führte nur dazu, dass sie sich immer verlassener fühlte. Aber sie könnte es nicht ertragen, nach Hause zu kommen und Stewart und Janet fröhlich am Küchentisch anzutreffen. Es war nicht der Stewart, den sie kannte.

Dieser Stewart war verblendet, naiv und oberflächig.

Nicht vergleichbar mit dem Stewart, der sie aufgenommen hatte; den sie bewunderte.

Um zehn nach zwölf schaute sie wieder auf ihr Handy, in der Hoffnung, eine Nachricht oder einen Anruf von Stewart zu haben. Aber sie schaute wieder nur auf ein leeres Display.

Enttäuscht lief sie weiter durch die Straßen und dachte daran, wie oft sie sich früher genauso verlassen gefühlt hatte.

*»Darf ich mich zu dir setzen?«*

*Cindy schaute erschrocken hoch und blickte in das freundliche Gesicht der Nachbarin, die sie häufig auf der Bank hatte sitzen sehen, auf der sie gerade saß. Sie nickte stumm und wandte ihren Blick wieder nach unten. Sie schaute sich den Asphalt an, mit seinen kleinen Unebenheiten, die man nur sah, wenn man genau hinsah. Es war immer ein anderes Bild, wenn man näher war. Auf einmal sah man Dinge, die einem vorher nicht aufgefallen waren. Auf einmal konnte man verstehen, was wirklich der Wahrheit entsprach. Ob jemand auch sie sehen würde?*

*Sie merkte wie die Frau sich mit einem gewissen Abstand neben sie setzte und Cindy überlegte, ob sie aufstehen sollte und sich einen anderen Platz suchen sollte, an dem sie nachdenken konnte, aber sie wusste, dass ihre Mutter gesagt hatte, dass sie genau hier warten sollte. Genau um diese Uhrzeit. Sie musste genau hier warten. Ansonsten würde Susanna sie wieder anschreien und sie womöglich gewaltsam ins Auto zerren, wenn sie nicht genau befolgte, was sie sagte. Und das wollte sie nicht. Sie wollte nur ihren Bruder zurück.*

*»Wartest du auf jemanden?«, fragte die Frau und Cindy fiel auf, dass sie eine angenehme, warme Stimme hatte. Sie war schon alt, aber da Cindy nie Großeltern hatte, konnte sie nur schlecht schätzen, wie alt. Cindy schaute sie an und versuchte einzuschätzen, wer diese Frau war und konnte nicht anders, als sie nett zu finden. Sie hatte meerblaue Augen, schöne dunkle Haare, die ihr bis zur Schulter gingen und danach aussahen, als ob sie jeden Tag gewaschen und geföhnt wurden. Ihre Falten zogen ihre Mimik nach und wenn sie lächelte, unterstrichen sie ihren freundlichen Ausdruck. Diese Frau muss glücklich sein, dachte Cindy.*

*»Ich werde gleich abgeholt«, teilte sie ihr leise mit und hoffte, dass die Frau keine weiteren Fragen stellen würde.*

*Es war schlimm genug, dass Cindy darüber nachdenken musste, wenn sie jetzt noch darüber reden musste, würde sie nie wieder glücklich werden.*

*»Ich sitze gerne hier draußen«, erzählte die Frau ruhig, ohne sie anzusehen. »Rechts und links die schönen Vorgärten, mit den vielen Blumen. Man hört die Vögel zwitschern und der Wind zieht sanft an einem vorbei. Hier finde ich immer meine Ruhe. Egal was passiert ist. Wenn ich mich hier hinsetze und meine Augen schließe, stelle ich mir vor, ich wäre an einem anderen Ort. Am Strand, oder in den Bergen. Nur ich alleine. Und jedes Mal, wenn ich die Augen wieder öffne, fühle ich mich, als wären meine Schultern von der schweren Last befreit, die ich eben noch mit mir trug. Ich fühle mich wieder, so wie ich bin. Es ist wichtig, so einen Ort zu haben. Diese Bank ist dafür hervorragend geeignet, du kannst es gerne ausprobieren.«*

*Cindy war erleichtert, dass sie keine Fragen gestellt hatte, aber trotzdem hörte sie nur halbherzig zu. Diese Bank wird mir meinen Bruder auch nicht wieder zurückbringen, dachte sie bedrückt.*

*»Vielleicht kommen dir meine Worte irgendwann noch einmal in den Sinn. Dann bist du hier jederzeit herzlich willkommen.«*

*Sie stand langsam und mühselig auf, lächelte Cindy noch einmal zu und ging dann mit ihrem Rollator den kleinen Weg zum Hauseingang lang.*

*Noch bevor sie wieder in ihre Gedanken versinken konnte, hörte sie ein schnelles Auto die Straße entlang brausen, blickte schnell auf und sah das Auto von Susanna. Es bremste genau vor ihr und sie stieg gestresst ein.*

*Lya saß auf dem Beifahrersitz und Cindy auf der Rückbank. Es herrschte eine niedergeschlagene Stimmung. Niemand sagte etwas. Es lief kein Radio. Kein Fenster war geöffnet. Nur das Rauschen des Motors und das immer wiederkehrende ticken des Blinkers an einer roten Ampel war zu hören. Es war unerträglich. Mylo war nicht mehr*

*Zuhause. Er war nicht mehr nach Hause gekommen. Nicht am Abend, nicht in der Nacht, nicht am Morgen. Und trotzdem glaubte Cindy nicht das, was Susanna erzählte.*

*Oder wollte sie es nicht glauben?*

*Warum sprach es niemand an?*

*»Ich glaube es nicht«, sagte sie so plötzlich, dass es sie selbst überraschte.*

*»Was sagst du?«, zischte Susanna zurück.*

*»Ich glaube es nicht«, wiederholte sie eingeschüchtert.*

*Susanna bog hektisch auf einen Seitenparkplatz und blieb abrupt stehen. Wütend drehte sie sich zu Cindy um.*

*»Niemand kann das glauben!«, brüllte sie. »Ist das nicht völlig klar? Wie soll man sowas auch glauben? Aber es ist so! Ich habe es euch tausend Mal gesagt! Wer nicht hören will, muss eben fühlen! Ihr könnt nur daraus lernen und nicht so dumm sein! Verstehst du es jetzt?«*

*Ihr Gesicht war starr vor Zorn und ihre Augen blitzten böse.*

*Cindy merkte, wie ihr die Tränen in die Augen schossen, aber sie hielt sie mit aller Kraft auf. Sie wollte nicht weinen, sie wollte nicht so schwach sein. Aber sie konnte sich einfach nicht wehren. Es ging nicht. Und sie hasste sich dafür.*

*Sie glaubte es trotzdem nicht. Nicht, weil sie es nicht glauben wollte, sondern weil sie fühlte, dass Mylo noch am Leben war.*

*»Er lebt«, ihre Stimme brach weg, obwohl sie es so leise sagte, dass man es kaum hörte.*

*Susanna lachte hysterisch auf und wurde direkt wieder eiskalt.*

*»Du bist ein dummes Kind, mehr nicht! Du kannst noch nicht begreifen. Ich hoffe, dass du es irgendwann lernst, ansonsten wirst du für immer dumm bleiben. Mylo ist tot. Sie haben ihn im Wald gefunden. Sie haben es mir gesagt! Denkst du ich möchte so etwas? Es ist schrecklich! Aber er ist selbst schuld! Er ist weggelaufen. Und jeder weiß, was mit Kindern passiert, die weglaufen. Da draußen gibt es viele kranke*

*Menschen, die nur darauf warten, dass ein wehrloses Kind in der Nacht rumläuft. Leichte Beute nennt man sowas! Entweder diese Kinder sterben auf der Straße, oder spätestens dann, wenn sie ins Kinderheim kommen. Da werden sie von den älteren so lange misshandelt, bis sie sich selbst umbringen. Deswegen sage ich es euch immer wieder! Um euch zu schützen! Aber ihr denkt ihr wisst es besser, nicht wahr? Ihr wisst es aber nicht! Und jetzt ist Ruhe! Über dieses Thema wird nie wieder gesprochen!«*

*Mit einer wütenden Bewegung drehte sie sich um und zündete den Motor. Sie fuhr los und die Stimmung war noch angespannter, als zuvor. Eben noch hatte sich Cindy gewünscht, über Mylo zu reden. Jetzt wünschte sie sich, es nie angesprochen zu haben. Lya saß wie versteinert auf dem Beifahrersitz und sagte kein Wort. Cindy kam es so vor, als würde sie nicht einmal mehr atmen. Als wäre sie nur noch eine leblose Puppe, die gezwungen wird, aufrecht zu sitzen. Lya konnte sich auch nicht wehren, sie konnte Cindy auch nicht beschützen, aber trotzdem wünschte sie sich, dass sie ihr manchmal beistehen würde.*

*Cindy schaute wieder aus dem Fenster und stellte sich vor, wie sie die Autotür öffnen und rausspringen würde. Es war ihr egal, was dann mit ihr passieren würde. Es konnte nicht schlimmer sein, als das, was hier passierte. Der Druck in ihren Augen wurde immer stärker und sie ließ ihre Tränen einfach laufen. Lautlos liefen ihr die Tränen über die Wange und sie sah die Straße durch das Fenster nur noch verschwommen. Sie war alleine. Und wahrscheinlich würde sie für immer alleine sein.*

Ohne dass sie es gemerkt hatte, liefen ihr wieder die gleichen Tränen über das Gesicht, wie damals, als sie im Auto saß. Sie wischte sie sich mit ihren Händen weg und versuchte sich wieder auf die Situation zu konzentrieren, in der sie sich gerade befand, auch wenn sie sich gerade genauso fühlte, wie damals, hatte sie es geschafft in ein besseres Leben aufzubrechen. Und im Gegensatz zu damals hatte sie jetzt eine Handynummer, die sie anrufen konnte. Er war ihre einzige Chance, heute nicht auf der Straße zu schlafen. Ihre einzige Chance, sich heute nicht alleine zu fühlen.

Sie wählte seine Nummer.

»Hallo?«, fragte eine verschlafene Stimme am anderen Ende der Leitung.

Cindy zögerte. Auf einmal kam ihr dieser Anruf doch nicht mehr so selbstverständlich vor. Er hatte zwar gesagt, dass sie sich melden könne, aber wie ernst meinte er diese dahin gesagte Floskel?

»Hallo?«, fragte er wieder.

»Kevin? Hier ist Cindy. Ich hoffe ich habe dich nicht geweckt«, ihre Stimme klang unsicher.

»Nein«, Kevin redete jetzt freundlicher. »Nein, hast du nicht. Bist du etwa immer noch unterwegs?«

Sie war froh, dass er direkt das richtige Thema ansprach.

Cindy versuchte ihre Stimme zu kontrollieren. »Ja. Ich kann nicht nach Hause …«, erklärte sie und sie seufzte leise. »Kann ich zu dir kommen?«

Kevin schwieg einen Moment, schien zu überlegen.

»Wo bist du? Ich komme dich abholen.«

Cindys Herz fing wieder an zu klopfen. Sie war unendlich erleichtert, dass er sein Versprechen hielt und auch etwas aufgeregt, ihn wiederzusehen.

Sie beschrieb, wo sie sich befand und wartete dann auf ihn. Auf einmal kam ihr die Nacht nicht mehr so kalt und dunkel vor, wie vorhin. Die Laternen strahlten heller, die Luft duftete sauberer, frischer. Unwillkürlich musste sie lächeln, denn sie war froh, dass sie sich getraut hatte, ihn anzurufen und auch, dass er sie auch sehen wollte. Sie war sich ganz sicher, dass Kevin sie mochte. Und dass sie ihn mochte. Während sie wartete, malte sie sich aus, wie sie heute Abend in Kevins Armen einschlafen würde und wie ihre gemeinsame Zukunft aussähe.

Samstag, 25. Februar 2012

Schon nach wenigen Minuten merkte Lya, wie in ihrem Körper ein angenehmes, warmes Gefühl aufstieg. Ihr ganzer Körper war auf einmal nicht mehr wie eine wertlose Hülle, sondern wie ein wertvoller Schatz, der sich wunderbar anfühlte. Für einige Sekunden konnte sie gar nicht glauben, dass dieser wunderschöne Körper ihr eigener war.

Sie sah an sich hinunter, sah lange, schlanke Beine, einen flachen Bauch und wohlgeformte Brüste. Sie fand sich wunderschön. Sie fühlte sich sogar sexy. Nicht auf diese Art und Weise, wie Freier sie sexy fanden. Nein, sie fühlte sich wertvoll und sexy. Sie fühlte sich so, als hätte sie es verdient einen Mann zu finden, der sie und ihren Körper wertschätzt. Jemanden, der sie wirklich liebt.

Nie zuvor hatte sie an Liebe geglaubt. Niemals hätte sie sich vorstellen können, dass jemand sie lieben kann. Aber jetzt sah sie sich mit anderen Augen und vor allem mit einem anderen Gefühl. Jeder Mann würde sie lieben, wenn sie sich so fühlen würde.

Ihre Laune wurde von Minute zu Minute besser. Sie fühlte sich wohl, stark und vor allem fröhlich. Sie konnte nicht mehr still im Bett liegen, sie musste aufstehen, sich bewegen, sie musste sich ansehen. Sie musste dieses Gefühl auskosten.

Sie stand auf, ging zum Spiegel und schaute ihr Gesicht an. Es wirkte verändert. Sie hatte keinen ernsten, oder traurigen

Ausdruck auf ihrem Gesicht wie sonst. Sie sah in ein Spiegelbild, das losgelöst und glücklich war. Ihre braunen Augen strahlten eine Energie aus, die sie sonst nur von Menschen im Fernsehen kannte. Sie funkelten in den schönsten Brauntönen und zum ersten Mal fiel Lya auf, was für eine Schönheit sie war. Sie war nicht einfach nur jung, sondern mit Abstand die Schönste, die sie je getroffen hatte. Keine andere Frau in Angelos Bordell konnte ansatzweise mit ihr mithalten. Ihre langen, braunen Haare, die leicht gewellt waren, schmiegten sich perfekt um ihr ovales Gesicht. Ihre vollen Lippen sahen weich aus und strahlten in einem zarten rosa. Ihre Wangen waren betont, ihre Haut blass, aber klar. Sie war eine wahre Schönheit.

Sie fühlte sich überlegen. Dieses Leben, das sie hier führte, war nicht das, wofür sie bestimmt war. Sie war so viel mehr! Sie könnte einen schönen Beruf, einen liebevollen Mann und vielleicht sogar Kinder haben. Sie könnte in jedem Fall eine erfolgreiche Frau sein und der Gedanke an dieses Leben beflügelte sie.

Sie sah zu Angelo, der auf dem Bett lag und sie ansah und ihre Gefühle überkamen sie. Mit entschlossenen Schritten ging sie zu ihm, legte sich zu ihm ins Bett und küsste ihn. Nicht weil sie ihn liebte, sondern weil sie es wollte. Weil sie zum ersten Mal fühlte, dass sie wunderschön war und dass jeder Mann sich glücklich schätzen könnte, mit ihr zu schlafen.

Noch nie hatte sie sich gut gefühlt, wenn sie mit einem Mann geschlafen hatte. Aber diesmal fühlte sie sich wohl. Und überlegen. Sie nahm sich, was sie wollte.

Sie zog sein T-Shirt aus und glitt mit ihren Händen über seinen trainierten Oberkörper. Noch nie hatte sie einen anderen Menschen so gefühlt. Sie fühlte seine Wärme, seine weiche Haut, seine Muskeln. Er fühlte sich gut an. Ihre Hände fuhren langsam von seinen Oberkörper, über seine Arme, Schultern, dann über die Konturen seines Gesichtes. Er fühlte sich perfekt an. Ihre Hände auf seiner Haut fühlten sich perfekt an.

Sie wartete nicht darauf, bis er sie auszog. Sie streifte sich selbst den Slip ab und zog ihren BH aus. Noch nie hatte sie es genossen nackt zu sein. Ihr ganzes Leben hatte sie es vermieden, ihren nackten Körper auch nur anzusehen. Nie schaute sie an sich herunter und wenn doch, schämte sie sich für ihren Körper, der ihr immer noch viel zu kindlich vorkam. Der sich nie anfühlte, wie ihr eigener. Sie fragte sich in solchen Momenten nur, ob er sie schön fand, oder ob er schon anderen Frauen gesehen hatte, die schöner waren als sie. Und so wurde sie immer unsicherer, immer verspannter und hielt die Nähe einfach nur aus, um dem Mann zu gefallen.

Heute war es nicht so. Sie sah ihren Körper und konnte nicht fassen, was sie sah. Auch jetzt, als sie komplett nackt war, fand sie ihren Körper schön und vor allem erotisch. Jeder Mann musste sie schön finden! Und womöglich hatte sie sogar den schönsten Körper von allen!

Sie nahm Angelos Hände und legte sie auf ihren Körper. Sie wollte berührt werden, wie sie es wollte, wo sie es wollte.

Immer wieder nahm sie seine Hände und führte sie zu anderen Stellen ihres Körpers und jedes Mal wurde sie von einem erregenden Gefühl durchströmt. Es war ihr egal, was er von ihr dachte, oder was er wollte.

Für die nächsten Minuten würde nur zählen, was sie wollte.

Ihm schien es zu gefallen, denn er ließ sich einfach von ihr lenken. Sie zog Angelo noch näher zu sich und küsste ihn wieder. Ihre Lippen schmiegten sich an seinen Mund, zärtlich, aber entschlossen. Sie dachte nicht über ihn nach. Nur die Gedanken an ihre eigene Erregung waren die Gedanken, die sie beherrschten.

Sie berührte immer wieder seine Lippen und konnte sich vorstellen, wie ihre eigenen Lippen sich anfühlten. Sie waren weich und voll und sie war sich sicher, dass sie gut küsste. Sanft, aber leidenschaftlich. Jedes Mal, wenn er schwerer atmete, und sie näher an sich drückte, triumphierten ihre Gefühle und bestätigten sie darin, dass sie eine begehrenswerte Frau war.

Sie gab ihm zu verstehen, dass er sich auf sie legen sollte und er tat es sofort. Sein ganzer Körper berührte ihren und wieder konnte sie nicht nur fühlen, wie Angelos Körper sich anfühlte, sondern auch wie ihr eigener Körper sich anfühlen muss. Sein Gewicht drückte sie sanft in das weiche Bett und noch nie hatte sie sich so wohlgefühlt. Seine Haut war warm und die Mischung von seinem angenehmen Körpergeruch und seinen teuren Parfum löste in ihr ein wohliges, vertrautes Gefühl aus.

Sie konnte sich genau vorstellen, wie ihr Körper aus seiner Perspektive aussah und wie sich ihre Brüste unter seiner Brust anfühlten. Unwillkürlich verstärkte dieser Gedanke ihre Erregung.

Als sie miteinander schliefen, fühlte sich Lya nicht mehr wie die Frau die sie einmal war. Sie spürte weder Angst noch Scham. Nur die Lust und die absolute Selbstsicherheit erfüllten sie.

Sie positionierte Angelo so, wie sie es gut fand, ohne eine Sekunde daran zu denken, ob es sich für ihn gut anfühlte. Es ging nur um sie. Die ganze Zeit ging es nur um sie.

Sie konnte nichts anderes, als sich den einnehmenden Gefühlen hinzugeben, die mehr ihr selbst, als Angelo gewidmet waren. Sie konnte nur noch merken, wie sie das Bett unter sich verließ, zum Himmel hochkatapultiert wurde, die Wolken berührte und mit sanften Bewegungen wieder in ihr Bett hinab gelassen wurde. Es war unbeschreiblich. Es war Vollkommenheit. Sie blieb einfach liegen und schloss ihre Augen. Sie wollte das Gefühl für immer speichern. Sie wollte das Gefühl mit in ihre Träume nehmen, die ihr bevorstanden, als sie ihre Augen schloss.

Montag, 16. Juli 2012

I

Müde fuhr er durch die dunklen Straßen und überlegte, wie er seinen Plan am besten in die Tat umsetzen könnte. Noch nie hatte er Menschen benutzt, um zu bekommen, was er wollte, aber er hatte beschlossen, alles Nötige zu tun, um sein Leben wieder in die richtige Bahn zu lenken.

Schon bei ihrer ersten Begegnung konnte Kevin spüren, dass Cindy ein leichtes Spiel für ihn war. Obwohl sie wirklich hübsch war, wusste sie es nicht. Sie war unsicher und nervös, fühlte sich geehrt, dass er mit ihr redete und das sagte ihm, dass sie noch nicht viel Erfahrung mit Jungs gemacht hatte, denn sonst hätte sie gewusst, dass sich wahrscheinlich viele Jungs für sie interessierten. Sie würde sich auf ihn einlassen und er fühlte sich nicht einmal schlecht dabei. Er konnte nichts dafür, aber er verabscheute alle Menschen, die ihren eigenen Wert nicht kannten. Er verabscheute Menschen, die *ihr* Glück von *anderen* Menschen abhängig machten. Er verabscheute es, weil es ihn an seine Mutter erinnerte. Weil er nicht verstehen konnte, wie eine schöne, kluge Frau, ihr ganzes Leben weggeschmissen hatte, weil ihr Mann fortging. Das stand in keinem Verhältnis. *Sie* war besser als er. Und trotzdem hat sie es nicht gesehen. Sie hatte ihr Leben aufgegeben, als er sich trennte. Er war schrecklich. *Sie* war gut. Und trotzdem beging *sie* Selbstmord und er lebte weiter.

Auch wenn sie tot war, konnte er sie nicht in guter Erinnerung behalten. Denn sie hatte aufgehört, sich selbst zu respektieren und somit den Respekt von allen verloren. Irgendetwas sagte ihm, dass Cindy in ähnlichen Mustern dachte.

Eigentlich war er nur zu Station gekommen um Bryan Stewart zu observieren. Er musste alles – und damit meinte er alles – über diesen Mann herausfinden, damit er sein Ziel erreichte. Jeder Mensch hatte eine Vergangenheit. Jeder Mensch hatte Fehler gemacht. Die einen größere, die andere kleinere. Aber ausnahmslos jeder hatte etwas, dass er lieber vergessen würde. Etwas, dass ihm unangenehm ist, wenn schon nur das Thema aufkommt. Etwas, über das er zwar tagtäglich nachdenkt, aber trotzdem niemandem erzählt, weil es alles verändern würde.

Kevin wusste es, weil er viele Menschen kannte. Weil Menschen ihm vertrauten und ihm vieles erzählten. Die meisten Menschen wollten sich erleichtern, sie wollten hören, dass es nicht schlimm sei, dass alles wieder in Ordnung komme und dieser Trost bedeutete umso mehr, wenn es von Kevin kam, weil sie ihn unerschütterlich respektierten.

Und außerdem wusste er es, weil seine Familie von außen die perfekte Bilderbuch Familie war. Selbst seine Mutter, zu der er in seiner Kindheit immer hoch geschaut hatte, wurde drogensüchtig und begann Selbstmord. Wenn seine Mutter dunkle Geheimnisse hatte, hatte es jeder. Auch Bryan Stewart. Und er würde sie finden.

Er hatte geahnt, dass Cindy bei Stewart wohnte, denn er erinnerte sich an den Zeitungsartikel, dass eines der Kinder des Falls Susanna P. gefunden wurde und erstmal in die *Obhut eines Polizisten* gekommen war. Also fuhr er, als er wieder in England war, direkt zu Station, folgte Stewart nach Hause und las dann ihren Vornamen auf dem Klingelschild. Es war fast schon zu einfach. Sie würde alles wissen. Sie würde ihm die nötigen Informationen geben, die ihm fehlten.

Das er Cindy auch noch direkt traf, war dem Glück zu verdanken, das in seinem Leben immer präsent war. Er schaffte es immer zur richtigen Zeit, am richtigen Ort zu sein. Immer.

*Es war ein heißer Sommertag. So heiß, dass man tagsüber die Rollos runter machen musste oder die Vorhänge zu ziehen musste, weil man andernfalls die unaufhaltsame Hitze, die über den Tag hereinbrach, in den Räumen nicht aushalten konnte. Erst am Abend wurde die Hitze allmählich erträglicher und die Menschen gingen raus, um endlich das schöne Wetter zu genießen.*

*Eigentlich war es Kevin immer noch zu heiß, aber als er wieder hörte, wie seine Mutter im Wohnzimmer schluchzte und sie wie immer, wenn es ihr schlecht ging, seinen Vater anrief, machte er sich auf den Weg nach draußen, um mit seinen Jungs auf den Jahrmarkt zu gehen.*

*Obwohl er weder die verschiedenen Attraktionen, noch die Menschenmassen oder die dröhnende Musik gerne mochte, freute er sich immer wieder darauf, weil sie unverhofft die witzigsten oder unglaublichsten Geschichten erlebten, die sie sich nach Jahren immer noch erzählten. Außerdem trafen sie auf schöne Mädchen, die sie auf ein Getränk oder etwas zu Essen einladen konnten - darauf freuten sich seine Jungs am meisten.*

*Sie schlenderten über den großen Platz, die warme Luft brauste ihnen durch das Gesicht und überall roch es nach Zuckerwatte, Waffeln oder anderen Leckereien.*

*Kevins Freunde redeten angeregt, zeigten auf Fahrgestelle, oder unterhielten sich über Mädchen, die sie gesehen hatten, als Kevin ein Schild eines Schießstands bemerkte und langsamer wurde. Der Stand warb damit, dass man 1.000 Pfund gewinnen kann, wenn man den richtigen*

*Ballon abschoss. Viel zu viel Geld!, dachte er sofort und blieb endgültig stehen, als er einen Mann sah, der gerade, dass Gewehr überreicht bekam und es mit einer sicheren Bewegung entgegen nahm. Er hatte Erfahrung mit Schusswaffen, dachte Kevin und vermutete, dass er Soldat war. Der Mann, der vielleicht zehn Jahre älter war als er, schien sich sicher zu sein, dass dieser Stand ein Kinderspiel für ihn war und er mit dem Preisgeld nach Hause gehen würde. Auch seine Freunde grinsten schon vor Vorfreude. Er setzte an, zielte ruhig und konzentriert.*

*Der erste Schuss fiel.*

*Daneben.*

*Der Mann lächelte kurz, lud die Waffe nach, konzentrierte sich wieder und schoss noch einmal.*

*Daneben.*

*Jetzt runzelte er die Stirn, schaute fragend sein Gewehr an. Er sah aus, als würde er überlegen, was er falsch gemacht hatte. Er wusste wie man zielt, er wusste, wie man ruhig hält, er wusste wo die Kugel eintreffen würde. Aber hier funktionierte es nicht.*

*Kevin bemerkte sofort, dass er sich verstricken würde, wenn er jetzt den Fehler bei seinen eigenen Fähigkeiten suchen würde.*

*Der Mann schien zu überlegen, zu hinterfragen, ob er alles richtig gemacht hatte, ob er irgendwas vergessen hatte, ob er heute vielleicht kein Glück hatte, ob es der Vorführeffekt war. Das alles konnte man an seiner Mimik erkennen.*

*Kevins Freunde waren inzwischen auch stehen geblieben und beobachten ebenfalls das Geschehen.*

*Der Mann hatte noch drei Schüsse und war sich wieder sicherer, dass er beim nächsten Mal treffen würde. Er nickte und setzte wieder zum Schuss an. Der Schuss fiel.*

*Daneben. Wieder daneben.*

*Der Mann ärgerte sich mehr. Sein Gesicht wirkte angespannt und er schien sich immer mehr darüber zu ärgern, dass er es nicht schaffte. Kevin konnte sich ausmalen, welche Gedankengänge dieser Mann hatte.*

*Ich schieße jeden Tag! Ich habe einen Waffenschein! Ich kann das eigentlich! Wenn niemand guckt, kann ich das! Aber jetzt ist es ja klar, dass es nicht klappt! Es ist immer das gleiche!*

*Der Mann konzentrierte sich nicht mehr, als er das Gewehr nahm, in seinem Ausdruck lag nur noch Ärger und eine gewisse Gleichgültigkeit. So, als wäre er froh, wenn sie von diesem Stand weg sind und wieder etwas machen können, dass mehr Spaß macht. Eine junge Frau, wahrscheinlich seine Freundin, streichelte ihm mitfühlend über den Arm, weil sie schon merkte, dass er sich aufregte. Er nahm das Gewehr und schoss halbherzig, weil er wusste, dass er eh nicht treffen würde.*

*Der Schuss fiel.*

*Daneben.*

*Er schüttelte den Kopf, legte das Gewehr auf die Ablage und machte zu seinen Freunden eine Handbewegung, die ihnen vermittelte, dass sie jetzt gehen.*

*Seinen letzten Schuss hatte er vergessen. Als wären seine Gedanken, die seine eigene Fähigkeiten hinterfragten, so dominant gewesen, dass er nicht mehr hätte mitzählen können.*

*Kevin sah die vier Freunde vom Schießstand weggehen und konnte nicht anders, als sofort – wie automatisiert – zum Stand zu gehen. Er nahm das Gewehr wie selbstverständlich in die Hand, als hätte er für die Runde bezahlt und schaute durch das Visier. Er hatte gesehen, dass die Kugel immer ein paar Zentimeter weiter rechts einschlug, als das, was man visiert hatte. Vielleicht konnte man es nicht sehen, wenn man so nah dran war, aber er hatte es deutlich gesehen. Es war falsch eingestellt. Seine Freunde versammelten sich hinter ihm, ohne zu fragen, was er da machte. Er wusste, dass es die Mechanik war, die das Ziel verfehlte, nicht der Mensch.*

*Er konzentrierte sich, hielt die Waffe ruhig in seinen Händen, zielte extra daneben und schoss ab.*

*Der Ballon zerplatze sofort.*

*Sofort jubelten seine Freunde hinter ihm, klopften ihm auf die Schulter, umarmten und feierte ihn. Stolz genoss er die Situation und ließ sich von der Freude der anderen anstecken. Mit breitem Grinsen machte er die Betreiber darauf aufmerksam, dass er getroffen hatte. Sie tauschten einen finsteren Blick untereinander aus.*

*»Du hast das Gewehr gar nicht gekauft! Verschwinde lieber, bevor wir die Polizei rufen!«, zischte die dicke Frau hinter dem Tresen, aber Kevin ließ sich nicht beeindrucken. Er wusste, dass 1.000 Pfund eine utopisch große Menge an Geld war, aber sie hatten den Preis nun einmal so hoch angesetzt.*

*»Mein Freund hat es gekauft und mir den letzten Schuss überlassen«, sagte er ruhig und hörte, wie seine Freunde wieder leise wurden. »Ich rufe gerne selbst die Polizei an und erkläre es ihnen. Dann erkläre ich ihnen auch direkt, dass das Gewehr manipuliert ist. Oder sie zahlen mir einfach den Gewinn aus, und sehen mich nie wieder.«*

*Wieder tauschten sie einen Blick, versuchten es noch einmal mit einem gereizten »Verschwinde von hier!«, aber als Kevin vor ihnen stehen blieb und irgendwann sein Handy aus der Tasche kramte, knickten sie schließlich ein.*

*Sie zahlten ihm die 1.000 Pfund aus. Und änderten im selben Moment das Preisgeld auf 50 Pfund.*

*Den Rest des Abends verprassten sie zusammen das Geld. Jeder noch so bescheuerte Vorschlag seiner Jungs wurde freudig von Kevin entgegen genommen und spendiert, bis der ganze Gewinn am Ende wieder weg war.*

*Das Geld war ihm egal gewesen. Was Kevin an diesem Tag glücklich machte, war sein Glück. Er war zur richtigen Zeit, am richtigen Ort. Hatte einen besseren Blinkwinkel und neutrale Gefühle. Und so hatte er gewonnen. So hatte er immer in seinem Leben gewonnen. Und so würde er auch weiterhin gewinnen.*

Mit einem breiten Grinsen fuhr er die Straßen ab und hielt Ausschau. Er hatte einfach Glück. Immer und überall. Und dafür war er dankbar.

Er sah Cindy und hielt neben ihr an. Er merkte ihr schon an, wie aufgeregt sie war, als sie die Beifahrertür öffnete und sich neben ihn setzte. Spätestens jetzt, wäre sein Interesse komplett erloschen. Er setzte ein Lächeln auf und sie erwiderte es sofort.

»Willst du mir erzählen, was los ist?«, fragte er und hoffte, dass sie diesmal mehr erzählte. Je schneller er Informationen hatte, desto schneller konnte er die ganze Sache beenden. Er wollte nicht unnötig seine Energie verschwenden.

Zu seiner Ernüchterung erzählte sie nichts. Gar nichts. Sie sagte nur ein schüchternes »Nein« und dann fuhren sie in einer unangenehmen Stille durch die Nacht und Kevin ahnte, dass er sich in Geduld üben müsse.

Die Wohnung, zu der er Cindy mitnahm, war alles andere, als gemütlich. Nur das nötigste schmückte seine Wohnung; ein kleines Sofa ohne Kissen, ein kleiner Sofatisch und ein Fernseher. Im Schlafzimmer ein Schrank und ein Bett. Kahle Wände, staubige Flächen, er wusste, dass diese Wohnung alles andere als einladend wirkte.

Cindy fühlte sich sichtlich unwohl und auch Kevin gefiel diese Situation nicht. Er hatte keine Lust Zeit mit Cindy zu verbringen, er wollte nur wissen, wie er Bryan Stewart erpressen konnte. Er musste schneller ans Ziel kommen, denn wenn es in diesem Tempo weiterging, würde er ein halbes Jahr brauchen um Cindy zu knacken. Und ein halbes Jahr im Knast war für Mylo tödlich. Er musste sein Konzept ändern.

Er hatte gesehen, wie es funktioniert, einen Menschen zu brechen. Er hatte es hautnah erlebt. Er konnte von dem Meister in diesem Bereich lernen. Er wusste, welche Auswirkungen es hatte. Er würde es machen. Er würde für kurze Zeit wie sein Vater werden, um sich und Mylo zu retten.

»Du kannst Fernsehen schauen oder schlafen gehen. Ich muss jetzt nochmal weg. Bis später«, sagte er kühl und sie guckte ihn verdutzt an.

»Du musst weg?«, fragte sie.

»Ja, sorry«, sagte er schulterzuckend und ging hastig aus der Tür. Er ignorierte ihren stutzigen Blick und seine Gefühle, die ihm sagten, dass es nicht richtig ist, jemanden so zu behandeln, aber er musste es tun.

Er schloss die Tür hinter sich und blieb kurz im Hausflur stehen. Er atmete tief ein und aus. Dann ging er die Stufen runter, öffnete die Haustür und ging in die laue Sommernacht. Er würde zwei Stunden unterwegs sein. Es war riskant, was er tat, aber er musste herausfinden, wie Cindy reagierte. Wie sie diese Situation für sich einschätze. Und wie groß ihre Verzweiflung war. Kein normaler Mensch, würde sich ohne Erklärung so abfertigen lassen.

Wenn sie nach zwei Stunden noch in seiner Wohnung war, hatte er alles in der Hand. War sie weg, war sie taffer als gedacht und Kevin musste eine neue Lösung finden.

Dienstag, 3. August 2004

Es war einer dieser Tage, die Ness vor ihrem Spiegel verbrachte. Sie stand im Badezimmer, hatte die Tür fest abgeschlossen. Hier konnte sie sein, wie sie ist. Oder so, wie sie sich erträumte zu sein.

Früher, als junge Frau, hatte sie nichts Besonderes gesehen, wenn sie in den Spiegel schaute. Sie hatte auch nicht oft in den Spiegel geschaut. Es war eher ein kurzes – am Spiegel vorbei huschen – und dabei überprüfen, ob sie nicht völlig katastrophal aussah. Nie hatte sie sich ausgiebig mit ihrem Gesicht beschäftigt oder gewusst, ob sie Sommersprossen hatte, oder nicht. Nie ist sie ganz nah an den Spiegel getreten und hat die Farbe ihrer Iris angeguckt und sich über die verschiedenen Blautöne gefreut. Erst jetzt, mit sechsundsiebzig, tat sie es. Jetzt, wo ihr Gesicht schon längst viele Falten hatte und ihre Augen nicht mehr so leuchteten, wie früher. Aber es war ihr egal. Denn wenn sie hier stand und sich im Spiegel betrachtete, fand sie sich wunderschön.

Sie schaute sich ganz genau an wie ihre Lippen geschwungen waren, in welcher Form die feinen Härchen ihrer Augenbrauen wuchsen, sie schaute sich alles an und wurde mit einem gewaltigen Gefühl des Glücks beschert, wenn sie es tat. Diese Frau im Spiegel war sie!

Früher hatte sie gedacht, dass man traurig sein musste, wenn man erst so spät versteht, worum es im Leben wirklich geht. Wenn man erst so spät versteht, dass man alles im Leben hätte erreichen können, wenn man es nur gewusst hätte.

Aber sie empfand es nicht so.

Alles was sie empfand war pures Glück, denn wenigstens hatte sie jetzt das Gefühl, dass sie gut so war, wie sie ist. Zum ersten Mal hatte sie sich und ihr Leben akzeptiert und damit all die Last über Bord geworfen. Sie war sechsundsiebzig, aber sie fühlte sich nicht so. Sie fühlte sich jung, aktiv und glücklich. Vor allem hier im Badezimmer. In dem schönen, warmen Licht der kleinen Glühbirnen, die über dem Spiegel hingen. Hier, wo sie alleine sein konnte. Wo sie so sein konnte, wie sie war.

Sie hatte das nachdrückliche Gefühl, dass ihre Geschichte noch nicht zu Ende geschrieben war. Dass noch etwas Schönes in ihr Leben kommen würde. Sie wusste nicht was, wie, oder wann, aber sie wusste, dass es so war.

Als sie sich stark genug fühlte, um das Badezimmer zu verlassen, schloss sie die Tür auf und öffnete sie. Mit beiden Händen umklammerte sie ihren Rollator, der vor allem in den letzten Jahren ihr treuster Begleiter geworden war. Zwar fühlte sie sich jung und frisch von ihrem Geist her, aber ihr Körper erinnerte sie täglich daran, wie alt sie war. Jeder Schritt war mühselig, als wären ihre Beine an einen Betonklotz gebunden. Und jedes Mal, wenn sie es schaffte einen Schritt vor den anderen zu machen, spürte sie, wie der Schmerz von ihren Beinen, in ihren ganzen Körper hochzog. Und, wie sie unweigerlich ihre Augen zusammenkniff, weil sie dachte, keinen Zentimeter mehr gehen zu können. Während ihr Körper immer schwächer wurde, aber ihr Geist mit jedem Tag stärker, schien es so, als sei es bei Nicolas genau umgekehrt. Er war immer noch fit, hatte Kraft und konnte schnelle Bewegungen machen, aber sein Geist war verkommen. Obwohl er das eigentlich immer war. Während sie das dachte, schaute sie hoch und blickte plötzlich in Nicolas Augen.

Ihre Gedanken hatten sie so abgelenkt, dass sie ihn gar nicht gehört hatte. Seine Augen waren glasig und trüb, als sei die blaue Farbe endgültig verblasst. Noch nie hatte er ein symmetrisches Gesicht gehabt, aber je älter er wurde, desto unansehnlicher wurden seine Gesichtszüge. Man sah ihm an, dass er ein verdorbener Mensch war, dachte sie. Selbst nach all den Jahren, fühlte sie sich nicht wohl bei diesem Blick. Er hieß nichts Gutes. Nie, wenn er sie ansah, folgte darauf etwas Gutes. Und Ness schien sich nie daran zu gewöhnen. Sie schien sich nie von der Angst lösen zu können.

»Wir werden umziehen«, stellte er klar und funkelte sie aggressiv an.

»Wie bitte?«

Hatte er jetzt seinen restlichen, mickrigen Verstand komplett verloren? War er wahnsinnig geworden? Gab es eine Steigerung vom Wahnsinn? Er beginnt eines Tages, aber wird er auch irgendwann enden?

»Wir ziehen um!«, blaffte er sie an. »Bist du taub, oder wieder zu dumm, um es zu begreifen? Wir ziehen um! In eine anderes Viertel! Ich habe es immer gewusst, dass wir uns hier dumm und dämlich bezahlen! Es lief gerade im Fernsehen, der Mietpreis steigt in die Höhe! Vor allem hier! Wenn wir weiter aufs Land ziehen, bezahlen wir nur die Hälfte! Ich bin nicht dumm, Ness! Diese Menschen, denen wir Monat für Monat Geld geben, werden reicher während wir jeden Cent doppelt und dreifach umdrehen müssen! Die leben ihr Luxusleben auf unsere Kosten! Ich mache da nicht mit! Und du kommst mit mir!«, er redete sich so in Rage, dass sein Gesicht rot anlief und er noch widerlicher wirkte.

Während er redete, konnte sie riechen, dass er sich heute noch nicht die Zähne geputzt hatte, aber dafür schon mehrere Flaschen Bier getrunken hatte.

Ness schüttelte kurz den Kopf und machte dann einen langsamen, schmerzhaften Schritt zur Seite, um an ihm vorbei zu gehen. Auf so eine Diskussion hatte sie keine Lust. Morgen wird es schon wieder vergessen sein, hoffte sie.

Plötzlich packte er sie gewaltsam am Arm und zog sie wieder zurück. Ihre Beine kamen bei der schnellen, ruckartigen Bewegung nicht hinter her. Sie taumelte zurück und hielt sich rettend an Nicolas' Arm fest, auch wenn sich alle Fasern ihres Körpers dagegen wehrten. Niemals würde sie sich bei Nicolas festhalten, wenn sie die Wahl hätte! Aber ein Sturz würde wahrscheinlich einen Krankenhausaufenthalt nach sich ziehen und dieses Vergnügen hatte sie schon durchlebt.

»Hörst du mir zu, du dummes Stück Scheiße?«, schrie er sie an. »Schüttele nicht deinen Kopf, wenn ich dir sage, was wir machen! Du kannst froh sein, dass ich es dir überhaupt gesagt habe! Ansonsten würdest du nächste Woche einfach sehen, wie ich die Wohnung ausräume und dich hier verrotten lasse!«

Sein Kopf wurde ungesund rot.

Ness sagte nichts, sie sah ihn einfach nur an und ließ sein Geschrei über sich ergehen. Was sollte sie auch machen? Sie wusste, was ihr blühte, wenn sie ihre Meinung äußerte.

Dieser Mensch war krank und sie verachtete ihn. Aber sie hatte keine Wahl. Sie konnte nur hoffen, dass er es nicht ernst meinte. Dass es eine Idee war, die man im angetrunken Kopf hat und am nächsten Tag als einen unüberlegten Einfall kategorisierte. Auch wenn sie wusste, dass Nicolas kein Mensch war, der Ereignisse oder Gedankengänge hinterfragte – dazu war er nicht fähig.

Er bohrte seine kräftigen Finger in ihren schwachen Arm und Ness wusste, dass ihr Arm morgen in allen Blautönen gefärbt wäre.

»Darf ich weitergehen?«, fragte sie vorsichtig und hoffte, dass er sie loslassen würde.

Er schüttelte den Kopf und schniefte. »Du bist ein dummes Dreckstück!«, schimpfte er, schubste sie aggressiv nach hinten und ließ sie los. Sie taumelte, wedelte panisch mit ihren Händen, versuchte sich an der Kommode, die im Flur stand, festzukrallen, aber sie war zu langsam, zu schwach, zu unkontrolliert. Sie knallte schmerzhaft mit ihrer Seite auf die harten Fliesen des Flurs und konnte sich nur noch etwas mit den Händen abfedern. Noch während des Falls, übermannte sie eine unendliche Wut, die Wut darüber, dass Nicolas sie so behandelte und dass sie sich nicht wehren konnte. Einfach weil sie abhängig und unterlegen war.

Was für eine vernichtende Kombination!

Direkt als sie auf den Boden aufprallte, hörte sie, wie Nicolas sich von ihr entfernte, zurück ins Wohnzimmer ging, sich aufs Sofa setzte, ein Bier öffnete und den Fernseher lauter schaltete.

Auf eine merkwürdige Weise, war sie sogar froh, dass er endlich fort war. Dass das Schlimmste jetzt passiert war.

Ohne es zu merken, weinte sie. Sie weinte warme Tränen, bis ihr Gesicht nass war. Sie konnte es nicht steuern. Früher hatte sie sich einmal gefragt, ob man als alter Mensch noch genau so intensiv fühlen kann, wie als junger Mensch, oder ob die Gefühle allmählich abklingen, wie die Kraft des Körpers. Noch nie hatte sie einen alten Menschen schluchzen hören. Noch nie hatte sie einen alten Menschen derart verzweifelt gesehen.

Aber sie fühlte sich wie immer. Sie konnte nicht sagen, ob sie sechs, sechszehn, oder sechsundsiebzig war. Der Schmerz, der sich wie eine stumpfe Klinge in ihr Herz bohrte, war der gleiche wie immer. Der kräftige Strick, der sich um ihren Hals legte und sich festzog, bis ihr die Luft zum Atmen fehlte, war der gleiche wie immer. Ihre Tränen, die von ihren Wangen auf den kalten Boden tropften, waren die gleichen wie immer. Sie fühlte es genau so intensiv wie immer. Sie schloss ihre Augen und befand sich auf einmal in einer Situation, an die sie jahrelang nicht mehr gedacht hatte.

*Alles im Raum war dunkel und kalt. Es war ein kalter Winter, aber Ness durfte nicht die Heizung anmachen. »Früher hatten die Menschen auch nur Kerzen! Die haben das überlebt! Wozu sollte man für etwas bezahlen, das man auch umsonst haben kann? Denke nur daran, was wir mit dem Geld machen können, wenn wir es zurückbekommen!«*

*Sie hatte, wie immer, stumm genickt, aber am liebsten hätte sie ihn gefragt: »Was machen wir denn mit dem Geld? Nichts! Du verbunkerst es, versteckst es, kaufst dir Bier davon und ansonsten nichts! Weil du kleinkariert und geizig bist! Du Arschloch!«*

*Aber selbst das hätte nichts geändert. Eine Besserung der Situation war so unmöglich, dass sie gar nicht weiter darüber nachdenken musste.*

*Sie versuchte wieder ihre Augen zu schließen und einzuschlafen. Sie zog ihre Bettdecke fast vollständig über ihr Gesicht, in der Hoffnung warm zu bekommen, aber ihr ganzer Körper war ein Eisklotz und je mehr sie unter der kalten Decke lag und sich nicht bewegte, desto kälter wurde es. Trotzdem ließ sie die Augen geschlossen und diesmal kam ihr nicht Nicolas in den Sinn, nein, diesmal sah sie ihre Mutter vor Au-*

*gen. Nur einmal hatte ihre Mutter sie im Krankenhaus besucht, zufällig in einer Zeit, als Nicolas nicht da war, und Ness war fast verrückt geworden vor Aufregung, denn das war ihre einzige und letzte Chance Hilfe zu bekommen.*

*»Bitte, du musst mir helfen!«, nuschelte sie verzweifelt und versuchte so deutlich wie möglich zu reden. Ihr Kiefer schmerzt bei jeder Artikulation, aber sie brauchte dringend Hilfe. Sehr dringend.*

*»Er ist kein guter Mann! Ich brauche Hilfe!«, brachte sie noch hervor, bevor ihre Kiefer – und Gesichtsknochen so sehr schmerzten, dass ihr Tränen in die Augen schossen und sie ihn nur noch geschlossen halten konnte.*

*Sie sah ihre Mutter an und hoffte, dass ihre wenigen Worte ausgereicht hatten. Nie hatte sie sich ihrer Mutter anvertraut, nie hatte sie ihre Mutter um Hilfe gebeten, nie war sie ihrer Mutter zur Last gefallen und immer hatte sie gedacht, dass das etwas Gutes wäre. Das man sich so, all die kleinen Gefallen aufgespart hatte und irgendwann nach etwas größerem Fragen könnte. Sie kannte viele Freundinnen, die ihre Eltern wegen jeder Kleinigkeiten um einen Gefallen gefragt hatten und immer wieder Hilfe bekamen. Aber Ness wollte immer stark sein und sich all die Hilfe aufsparen, für den Moment, in dem sie wirklich Hilfe brauchen würde. Einen Moment wie jetzt! Bitte hilf mir, Mama! Bitte! Aber ihre Mutter stand mit einem gleichgültigen Blick an der Bettkante und schaute auf sie herab. Dann zuckte sie kurz die Schultern und machte einen entschuldigenden Blick. Bitte nicht!, dachte Ness. Bitte sag es jętzt nicht! Ich bin doch dein Kind! Ich brauche Hilfe! Lass mich nicht alleine! Nicht mit diesem Mann! Ich werde auch nie wieder Fragen! Nur dieses eine Mal! Bitte, bitte, ich brauche Hilfe! Mama! Sie wünschte sie hätte es sagen können, schreien können, aber ihr Gesicht pochte so sehr vor Schmerzen, dass sie dachte, jede Sekunde ohnmächtig zu werden.*

*»Du hast dir diesen Mann ausgesucht«, antworte ihre Mutter kühl und verzog keine Miene. »Du hast ihn geheiratet. Das hast du auch alleine geschafft. Jetzt musst du zusehen, dass du damit fertig wirst. Lasse dir gesagt sein, so wie dir, ging es den meisten Frauen in meiner Generation. Ich hatte auch keine schöne Ehe. Früher oder später müssen alle da durch.«*

*Nie hatte Ness ihre Mutter kälter oder gleichgültiger empfunden. Nie hatte Ness sich hoffnungsloser und elendiger gefühlt. Die Last auf ihrer Brust wurde von Sekunde zu Sekunde schwerer und sie hatte das Gefühl, diese Situation niemals händeln zu können. Der Weg ihres Lebens war geschrieben. Sie konnte nichts mehr daran ändern.*

*Ihre Mutter schwieg noch einen Moment, bevor sie sich kaltherzig von ihr verabschiedete und aus dem Krankenzimmer ging.*

*In diesem Moment hatte Ness verstanden, dass sie immer falsch gedacht hatte. Sie dachte immer, ihre Mutter würde ihr eines Tages helfen, weil sie noch nie helfen musste. Aber in Wahrheit hatte sie ihrer Mutter nie beigebracht, wie es ist, helfen zu müssen. Sie hatte alles alleine geschafft. Nie um Rat gefragt, nie um einen Gefallen gebeten. Und genau das war es, was ihre Mutter jetzt auch von ihr erwartete. Ihre Mutter konnte gar nicht helfen. Nicht bei Kleinigkeiten und erst recht nicht bei akuten Notlagen. Solange sie lebte, würde ihre Mutter ihr keine Stütze sein. Niemals.*

*Diese Erkenntnis tat weh, aber Ness fühlte sowieso nur Schmerzen. Jedes Körperteil schmerzte. Ihr Kopf war ein einziger, glühender, stark pumpender Apparat, der jeden Moment zu explodieren drohte.*

*Sie öffnete wieder ihre Augen, war hellwach und schob die lästigen Erinnerungen ihrer Vergangenheit weg. Ihr war mittlerweile so kalt, dass ihre Beine zitterten. Sie würde nicht schlafen können.*

*Kurz zog sie in Erwägung, Nicolas zu wecken und mit ihm zu reden.*

*Hatte sie schon einmal versucht, wirklich ernsthaft mit ihm zu reden? Hatte sie schon einmal ehrlich ihre Gefühle offenbart? Würde es etwas verändern?*

*Sie wälzte sich hin und her, überlegte, ob es sinnvoll ist, ihn zu wecken, aber sie traute sich nicht. Alles an ihm war undurchsichtig, unvorhersehbar. Sie konnte nie wissen, wann sie das nächste Mal Prügel bekam, oder angeschrien wurde und wenn sie darüber nachdachte, fiel ihr auf, dass die Wahrscheinlichkeit ihn verständnisvoll anzutreffen sehr, sehr gering war.*

*Nein, sie würde ihn nicht wecken.*

*Sie wollte nur schlafen. Schlafen und warm haben. Wie sollte sie ihr ganzes Leben so aushalten? Sie wusste es nicht.*

*Auf einmal wurde sie so wütend, traurig und verzweifelt, dass sie weinen musste. Lautlos flossen die Tränen über ihr Gesicht und sie stellte sich vor, wie sie jede Nacht so weinen würde, wenn das ihr Leben war. Lieber würde sie tot sein, als das. Sie weinte und fühlte sich so, als wäre sie der einzige Mensch auf der Welt, der in einer derart ausweglosen Situation gefangen war. Wie sehr wünschte sie sich gute Freunde, die ihr einen Ratschlag geben konnten. Wie sehr wünschte sie sich eine Familie, die ihr Rückhalt schenkte. Aber nichts. Es gab nichts. Nur sie.*

*Nur die Kälte. Nur die Dunkelheit.*

*Am nächsten Morgen fasste sie all ihren Mut zusammen und sprach ihn an. Sie hatte extra gewartet, bis er von selbst aufgewacht war um ihn nicht zu reizen. Die Angst vor seiner Brutalität war fest in ihr verankert und sie wollte es nicht riskieren, erneut diese Schmerzen zu fühlen.*

*»Ich kann so nicht leben«, sagte sie, als sie zuguckte, wie er sich auf die Bettkannte setzte.*

*Er schaute sie arrogant an.*

*»Was meinst du?«*

*»Ich kann das nicht«, wiederholte sie zitternd. »Ich kann nicht mit dir leben. Entweder wir reden darüber, oder ich möchte mich trennen.«*

*Sie fühlte sich unbehaglich. Sie wusste, dass es lächerlich war. Sie konnte sich nicht von ihm trennen. Mit welchen Mitteln denn?*

*Er schnaufte kurz und schaute dann weg, stand auf und zog sich ein Unterhemd an.*

*»Warum willst du dich trennen? Denkst du wirklich, du findest etwas Besseres?«*

*Er wirkte gelangweilt. »Du hast keine Ausbildung. Du hast noch nie richtig gearbeitet. Und sind wir mal ehrlich, ein Traum jedes Mannes, bist du auch nicht. Ich würde es mir gut überlegen. Mit mir hast du ein sicheres Leben. Wir haben eine schöne Wohnung. Du musst nicht arbeiten. Geht alles auf mich. Aber wenn du nicht möchtest, dann gehe doch.«*

*Er zog sich seine Hose an, ging ohne ihre Antwort abzuwarten aus dem Zimmer und sie hörte, wie er im Badezimmer den Wasserhahn aufdrehte.*

*Dann gehe doch. Hatte er gesagt.*

*Das würde sie machen, dachte sie und fand es erleichternd, dass er es gesagt hatte. Damit hatte sie nicht gerechnet. Vielleicht war ihr Leben doch noch nicht geschrieben.*

*Sie stand auf und fühlte sich allmählich besser, auch wenn ihr immer noch kalt war. Sie zog sich an und dachte über das nach, was Nicolas ihr gesagt hatte. Hatte er recht? Sie war sechsundzwanzig. In ihrer Zeit waren längst alle verheiratet, alle hatten Kinder. Durch den Krieg gab es schon von Grund auf einen Mangel an Männern. Würde sie noch einmal einen finden? Hatte Nicolas vielleicht recht?*

*Selbst wenn sie einen Mann kennenlernte, würde sie diesem Mann genügen? Sie hatte nichts!*

*Plötzlich jagte ihr der Gedanke an die Einsamkeit, die ihr bevorstand eine Angst ein, die sie noch nie in dem Ausmaß gefühlt hatte.*

*Eine gewaltige Angst, die alles überschattete. Jeden guten Gedanken umdrehte und in etwas Brutales verwandelte. Schon jetzt hatte sie keine Freunde. Keine Familie. Wenn sie sich trennte, hatte sie keinen Mann mehr. Der Gedanke daran, jeden Tag in einer kleinen, leeren Wohnung zu verbringen und von Sozialhilfe zu leben, bedrückte sie. Dann hätte sie niemanden mehr. Und was würden die Menschen von ihr denken?*

*Jetzt genoss sie noch ein gewisses Ansehen, da sie verheiratet war, aber sie wusste, wie die Menschen über sie reden würden, wenn sie mit sechsundzwanzig geschieden war. Sie zweifelte immer mehr daran, dass dies die richtige Entscheidung war. Sie bekam immer mehr Angst, wenn sie an die mächtige Einsamkeit dachte, die über sie herabfallen würde, wenn sie sich trennte. Eine Trennung erforderte Kraft und Mut. Und sie war sich sicher, dass sie diese zwei Eigenschaften momentan nicht vorzuweisen hatte. Aber wenn sie sie hatte, würde sie sich trennen, ganz sicher.*

Aber sie hatte sich nie getrennt!, dachte sie wütend. Die Angst hatte gesiegt und dazu geführt, dass die Spirale immer weiter abwärts ging! Nur wegen ihrer Angst, lag sie jetzt auf den unbequemen Fliesen, die ihren Körper schon vollständig runtergekühlt hatten und konnte sich nicht bewegen!

Immerhin hatte sie mit sechsundsiebzig begriffen, dass es nichts bringt, über vergangene Entscheidungen nachzudenken. Sie waren schon passiert. Sie musste sich jetzt darauf konzentrieren, dass sie in Zukunft mehr Mut, Kraft und Hoffnung hatte, um ihre restlichen Tage auf dieser Erde so zu verbringen, wie sie es wollte.

Sie versuchte sich mit ihren Händen abzustützen, aber scheiterte sofort. Ihr Arm tat weh und sie konnte nicht sagen, ob es vom Sturz oder von Nicolas Handgriff kam. Sie versuchte jede kleinste Bewegung aus, aber sie hatte keine

Chance. Schon das Laufen mit Rollator bereitete ihr große Schwierigkeiten. Wie sollte sie es jetzt schaffen, ohne Hilfe aufzustehen? Sie war ein Käfer, der auf dem Rücken lag und unermüdlich mit seinen Beinchen strampelte, bis er sich irgendwann seinem brutalen, unfairen Schicksal hingeben musste.

Aber sie konnte nachdenken, dachte sie, sie hatte ihren Verstand und sie würde nicht so enden. Sie war kein Käfer!

Sie musste es schaffen, aufzustehen.

Den Schmerz in ihrem Körper ignorierte sie und musterte den Raum. Direkt rechts neben ihr stand die alte, dunkelbraune Holzkommode mit vier Schubladen, die sie als einziges Möbelstück aus ihrem Elternhaus mitgenommen hatte. Schon früher, als Kind, ist sie gerne mit den Fingern, das Muster des Holzes nachgefahren und hatte immer neue kleine Punkte oder Marmorierung in dem Holz gefunden.

Aber auch an ihr konnte sie sich nicht hochziehen.

Links neben befand sich ein flacher Schrank mit hohen Türen, in dem sie Jacken und Wintersachen aufbewahrten und der als Stütze unbrauchbar war.

Ihr Blick fiel wieder auf die Kommode.

Sie rollte sich langsam auf die Seite und war verwundert darüber, wie gut sie sich trotzdem noch bewegen konnte. Es schien nicht so, als hätte sie sich ernsthaft verletzt, was wirklich ein wahrhaftiges Wunder darstellte. Sie wollte daran glauben, dass auch gute Dinge für sie passierten und sie wollte daran glauben, dass sie es schaffen würde aufzustehen.

Sie wollte Nicolas diesen miesen Triumph nicht gönnen. Wie er nach vielen Stunden mit einem selbstzufriedenen Ausdruck im Gesicht im Flur auftauchen würde und ihr hoch helfen würde. Wie er es genießen würde, dass sie auf seine Hilfe angewiesen ist. Wie sie die Nacht wieder weinen würde, während er ruhig schläft. Es reichte. Es reichte schon lange!

Sie griff mit einer gezielten Handbewegung zu dem Knopf der Schublade und zog an ihr. Quietschend öffnete sie sich einen kleinen Spalt. Immer wieder zog sie an der Schublade, immer wieder öffnete sie sich einen kleinen Spalt weiter. Als sie die Schublade weit genug geöffnet hatte, ließ sie los, legte sich erschöpft auf den Boden und machte eine Pause. Es hatte mehrere Minuten gedauert, bis sie es geschafft hatte, aber immerhin war es ein kleiner Silberstreifen am Nachthimmel.

Als sie sich etwas erholt hatte, stemmte sie sich mit ihrem Körper auf die weit geöffnete Schublade und öffnete dann die Nächste. Es dauerte eine Ewigkeit und immer wieder schreckte sie zusammen, wenn sie ein Geräusch von Nicolas hörte. Sie hatte Angst, dass er in den Flur kam und sie sehen würde. Sie konnte nicht sagen, was passieren würde – ob er sie einfach wieder auf den Boden schleudern würde und all ihre Mühe umsonst gewesen wäre –, aber es hätte ihn provoziert, hätte er gesehen, dass Ness sich selbst hilft und ihn nicht brauchte.

Sie war sich sicher, dass mindestens zwei Stunden vergangen waren, als sie endlich alle Schubladen geöffnet hatte und sich auf den harten Kanten abstützte. Sie hatte aus der Kommode eine Treppe geformt, an der sie sich – rein theoretisch – hochziehen konnte.

Noch eine Weile hing sie halb auf der ersten Schublade, völlig erledigt, von der Anstrengung der letzten Stunden und der Schmerzen in ihrem Körper und versuchte ihre letzte

Kraft zu sammeln. Sie hatte es so weit geschafft. Sie durfte nicht aufgeben.

Mit aller Kraft wagte sie ihren ersten Versuch, versuchte sich hochzudrücken, hochzuziehen, aber jedes Mal wurden ihre Muskeln schlaff und sie fiel wieder auf die harten Kanten, die sich in schmerzhaft in ihre Haut drückten.

Sie schaffte es nicht! Ihr Körper war zu schwer und ihre Kraft zu wenig. Sie war so nah dran! Sie hatte schon so viel Anstrengung geopfert!

Sie merkte, wie sie wieder wütend wurde, aber im Gegensatz zu sonst, lähmte die Wut sie nicht, sondern machte sie noch wütender, falls es das überhaupt gab, dachte sie. Sie war einfach nur wütend, so wütend, dass sie Nicolas am liebsten mit bloßen Händen umgebracht hätte! So wütend, dass sie am liebsten die ganze Wohnung kleingeschlagen und vollständig zertrümmert hätte! So wütend, dass sie hätte schreien können, bis ihr Hals rau war! Und sie nutzte diese Wut, um sich noch einmal hochzuziehen.

Sie schaffte es nicht.

Aber mit jedem Mal, bei dem sie wieder nach unten auf die harten Kanten der untersten Schublade fiel, wurde ihre Wut größer und mächtiger. Auf einmal dachte sie an all die Situationen, in denen sie wütend war. Sie dachte an Nicolas. Sie dachte an ihre Mutter. Sie dachte an die Universität. Sie dachte an ihre eigenen Gedanken. Zog sich wieder hoch. Fiel wieder nach unten.

Jedes Mal aufs Neue, nahm sie ihre Wut zusammen und zog sich hoch. Immer und immer wieder. Sie würde es schaffen, auch wenn es das Letzte war, was sie machte! Sie würde es schaffen! Wieder nahm sie die Kraft zusammen, die die Wut in ihr entfesselte und zog sich hoch. Und schaffte es.

Sie schaffte es, sich auf die Knie zu ziehen, um danach mit wackligen Beinen aufzustehen und sich rettend, fest mit beiden Händen, an der oberen Fläche festzuhalten. Sie konnte nicht glauben, dass sie stand, dass sie es geschafft hatte, dass sie zum ersten Mal in ihrem Leben nicht aufgegeben, sondern gekämpft hatte. Trotz der Schmerzen fühlte sie sich gut und vor allem stolz, vielleicht sogar ein Stück weit unabhängig, als wäre sie zum ersten Mal einen Schritt in die richtige Richtung gegangen. Sie hangelte sich an der Kommode entlang und griff nach ihrem Rollator. Sie umgriff ihn, als wäre er ein Barren Gold und ging mit schweren, zitternden Beinen in ihr Zimmer, legte sich völlig erschöpft in ihr Bett und dachte nur daran, dass sie jetzt ihre Ruhe haben wollte. Und dass sie sich diese Ruhe, verdammt nochmal, verdient hatte.

Sonntag, 26. Februar 2012

Sie öffnete ihre Augen und wusste nicht wo sie war. Sie wusste nur, dass sie sich elendig fühlte.

Das Zimmer, in dem sie sich befand, hatte hohe Decken, durch das gekippte Fenster wehte frische Luft und sie entsann sich, dass sie im Bordell war. Um genauer zu sein, in Angelos Zimmer.

Warum war sie hier?, fragte sie sich und versuchte sich aufzusetzen, aber der stechende Schmerz in ihrer Schläfe zwang sie erbarmungslos, sich behutsam wieder auf das weiche Bett zu legen.

Plötzlich schossen ihr verzerrte Bilder von gestern in den Kopf und auf einmal erinnerte sich daran, wie sie sich gefühlt hatte. Aber sie erinnerte sich nur noch, sie fühlte es nicht mehr. Sie fühlte wieder nur das, was sie immer fühlte. Hoffnungslosigkeit. Traurigkeit. Verzweiflung. Scham und Angst – und sie wusste nicht, welches dieser Gefühle sie am stärksten heimsuchten.

Lya erschrak, als sich mit einer ruckartigen Bewegung die Tür öffnete.

Angelo kam in den Raum. Er sah aus wie immer, dachte Lya. Attraktiv, aber unsympathisch auf jeder Ebene. Trotzdem hasste sie sich dafür, dass sie sich sofort schwach fühlte, wenn sie ihn sah.

»Schön, du bist wach.«

Er klang distanziert.

»Dann kannst du gleich anfangen zu arbeiten. Ich lasse den ersten Gast in einer halben Stunde für dich rein.«

Er schaute sie nicht einmal an, übermittelte nur seine Nachricht und verschwand wieder aus der Tür.

Lya sah die rot gestrichene Tür an, als ob sie erwartete, dass er noch einmal rein kam und ihr sagte, dass sie heute nicht arbeiten muss, aber sie wusste, dass das nur in einer Traumwelt passieren würde.

Zerknittert stand sie auf und fühlte sich wie eine leere Plastikverpackung, die draußen im Wind von Straße zu Straße gefegt wurde und nun erschöpft an einer Hauswand zum Stehenbleiben gekommen war und sich wünschte, jemand würde sie aufheben und endlich in den Müll werfen, damit sie endlich Frieden hätte. Damit sie nicht mehr ohnmächtig hin und her gewirbelt wurde, ohne Einfluss darauf zu haben, wo sie als nächstes landen würde und wie viele Menschen sie platt traten. Sie wollte Ruhe. Und immer mehr gefiel ihr die Vorstellung, dass sie – wenn sie tot war – Ruhe hätte. Ruhe vor ihrem Leben. Ruhe vor ihren erdrückenden Gefühlen.

Sie stand langsam von der Bettkante auf und ging mit unsicheren Schritten zum Spiegel. Wieder erinnerte sie sich daran, dass sie sich gestern unheimlich schön fand, als sie ihr Spiegelbild sah, aber jetzt, fand sie es wie immer, abschreckend. Ihr Gesicht war totenbleich, ihre Haare ungewaschen und ungekämmt, ihre Augen sahen traurig – und vor allem ängstlich aus.

Elendig trat sie vom Spiegel weg und legte sich wieder ins Bett.

Die endlosen Tiefen in denen sie herumtrieb, waren noch sperriger geworden und langsam fühlte sie sich, als ob sie nie wieder aus ihnen hochklettern konnte.

Sie lag auf der Seite und schaute durch den Raum, verglich ihn mit ihrem. Sie hatte keine privaten Gegenstände oder Dinge, die einen Wert besaßen; weder ein Handy, noch ein Portemonnaie. Aber Angelos Zimmer war persönlich. Nur Lya durfte ab und zu in sein Zimmer, um ihn etwas zu fragen, oder mit ihm zu sprechen, aber keinem der anderen Mädchen war es gestattet. Er selbst schloss sein Zimmer immer ab, wenn er es verließ und Lya konnte sich vorstellen, wieso. Er versteckte etwas, und seit gestern wusste sie auch was.

Als wäre sie hellwach und topfit, sprang sie plötzlich vom Bett auf und öffnete die Schubladen des Nachttischs. Rasch durchwühlte sie alles. Taschentücher, Gleitgel, Kondome, Sex-Spielzeuge, Unmengen an Ausweisen – nur ihr eigner war nicht dabei. Zettel mit Telefonnummern, Zettel mit Notizen – ansonsten nichts. Immer wieder drehte sie sich zur Tür um, um sich zu vergewissern, dass Angelo nicht hinter ihr stand. Die Tür war zu. Sie hörte nichts.

Schnell ging sie zum Kleiderschrank, öffnete die Türen und der Geruch von seinem Parfüm stieg ihr sofort in die Nase. Sofort schossen ihr die Bilder von letzter Nacht in den Kopf und wie intensiv sie seinen Geruch wahrnahm. Wieder erinnerte sie sich an das triumphierende Gefühl, das sie gehabt hatte.

Als hätte diese Erinnerung Öl ins Feuer gegossen, suchte Lya schnell und gründlich weiter. Das Verlangen nach ihrem persönlichen Glücksgefühl war nicht zu bändigen.

Sie schob mit einem quietschenden Geräusch, alle ordentlich hängenden Hemden auf der Kleiderstange zur Seite, um zu sehen, ob an der Hinterwand des Schranks etwas versteckt war, aber sie fand nichts. Trotzdem wusste sie, dass es da war. Sie fühlte sich auf einmal wie ein Spürhund, der genau wusste, dass hier etwas zu finden war und nur noch ein paar Minuten brauchen würde, bis er das weiße Zeug erschnüffelt hatte und bellend Alarm schlagen würde. Sie kniete sich hin, durchsuchte die säuberlich gefalteten T-Shirts, nahm jedes hoch, fühlte mit der flachen Hand über die weiche Baumwolle, ob sich dort etwas befand.

Nichts.

Anschließend nahm sie den Kleiderberg heraus und fuhr mit ihrer Hand die Holzablage entlang; jede Wölbung, jede Unebenheit veranlasste sie, genau hinzusehen, aber sie fand nichts.

Sie ging bei jeder Ablage nach genau diesem Muster vor. Der Schrank war akribisch geordnet und fast kam es ihr abwegig vor, hier Drogen zu verstecken. Aber sie fühlte, dass sie hier richtig war, sie fühlte, dass sie nah dran war.

Schnell durchsuchte sie die restlichen Fächer und anschließend hob sie die Schuhe hoch, die auf der untersten Ablage standen. Angelo trug nur schwarze Lederschuhe, die er allem Anschein nach regelmäßig putzte und wachste, denn sie glänzten und sahen aus wie neu.

Plötzlich hörte sie ein Geräusch vom Flur, das sie sofort in eine Schockstarre versetzte. Sie hielt still, richtete ihre volle Konzentration auf die Stimmen im Flur. Wenn Angelo jetzt reinkommen würde, würde er sie blau und lila schlagen. Wahrscheinlich so sehr, dass sie nicht einmal mehr das Wort Drogen denken können würde. Sie hörte Angelos Stimme auf dem Flur, hörte wie er vor der Zimmertür mit jemandem redete.

Blitzschnell nutzte sie diese Chance, schloss lautlos die Kleiderschranktüren und sprang mit einem Hechtsprung zurück ins Bett. Ihr Herz trommelte so schnell und laut, dass sie es hören konnte, sie schaute geradewegs auf die Tür mit der festen Erwartung, dass sie in den nächsten Sekunden aufgehen würde.

Minuten – die sich anfühlten wie Stunden – vergingen, doch die Tür blieb zu. Irgendwann wurden auch die Stimmen wieder leiser, bis sie schließlich nicht mehr zu hören waren. Lya wartete noch, bis sie sich wirklich sicher war, dass niemand mehr im Flur stand und eilte wieder zum Schrank. Sofort hob sie das erste paar Schuhe hoch, drehte sie um, um sich die Sohle anzugucken und fühlte mit der Hand das Innenleben.

Nichts.

Sie ließ den Schuh fallen und nahm schnell den nächsten. Ihr Herz pochte in ihrer Brust und sie wusste, dass sie ganz nah dran war, etwas zu finden.

Auf einmal fühlte sie etwas. Sie nahm den Schuh fester in die Hand, zog ihn näher zu ihrem Gesicht, fühlte noch einmal mit höchster Präzision, die innere Sohle ab.

Eine Wölbung, eine kleine, aber spürbare Wölbung!

Mit schweißnassen Händen zog sie die braune Sohle heraus, die nur reingelegt war, und konnte ihr Glück kaum fassen, als sie ein kleines durchsichtiges Tütchen mit etwas weißem Pulver entdeckte. Schon jetzt spürte sie, wie ihr Körper nach diesem Pulver verlangte, wie er kaum noch die Sekunden aushalten konnte, bis sie es endlich in ihrer Blutbahn hatte.

Am liebsten hätte sie die restlichen Schuhe einfach in den Schrank geschmettert und sich direkt daran gemacht die Line zu ziehen, aber sie wusste, dass sie noch mehr davon brauchen wird. Und das Angelo ihr nichts geben würde, wenn er wüsste, dass sie es will.

Sie stellte die Schuhe sorgfältig wieder zurück, schaute sich noch einmal den gesamten Schrank an und verglich, ob er so ordentlich aussah, wie vorher. Dann schloss sie ungeduldig die Türen und ging zurück zum Nachttisch.

Aufgeregt kramte sie in der Schublade, nahm einen Ausweis heraus und verteilte das Pulver auf den Nachttisch. Sie achtete nicht mal mehr darauf, welchen Ausweis sie hatte, oder dass sie die Ausweise zurückgeben und damit den Mädchen die Flucht ermöglichen könnte, nein, sie dachte nur an sich und das warme Gefühl des Glücks, das sie gleich überkommen würde. Sie strich mit dem Ausweis so lange hin und her, bis sie eine schöne Linie hatte und freute sich immer mehr auf die nächsten Sekunden.

Sie hatte schon öfter gesehen, wie andere Menschen Kokain nahmen, selbst die Mädchen im Bordell, aber sie hatte immer Angst davor gehabt.

Wie dumm sie gewesen war! Dieses Zeug war das pure Glück, warum hatte sie Angst gehabt?

Sie hielt sich ein Nasenloch mit dem Finger zu und schniefte durch das andere die Line hoch. Einen kurzen Moment brannten die kleinen Partikel in der Nase und ihr schossen Tränen in die Augen, aber schon Sekunden danach, fing es an in ihrer Nase zu kribbeln. Und danach im Rest ihres Körpers. Wieder übermannte sie das Gefühl der endlosen Freude.

Sie packte den Ausweis wieder in die Schublade, wischte mit ihrer Handfläche über den Nachttisch und verwischte die Spuren. Schon jetzt hatte sie mehr Energie, dachte sie, als sie aufstand um zum Badezimmer zu gehen. Sie wickelte das

Tütchen in Klopapier ein, spülte es das Klo runter. Sie war stolz auf sich, dass sie nicht von Angelo entdeckt wurde und dass sie all ihre Spuren verwischt hatte.

In voller Erregung wartete sie darauf, endlich wieder Glück zu spüren.

Mittwoch, 4. August 2004

Ihr Schlaf war unruhig und sie fand keine angenehme Position, in der sie schlafen konnte. Immer wieder schlummerte sie ein, aber kurz bevor sie in den Tiefschlaf kam, sah sie Nicolas Gesicht und wachte schreckhaft auf. Schnell öffnete sie die Augen und schaute durch den Raum, versuchte sich zu beruhigen und machte sich klar, dass sie in ihrem Zimmer halbwegs in Sicherheit war.

Wahrscheinlich hätten andere Menschen Sicherheit anders definiert, dachte sie frustriert.

Wenn ihr Herz sich wieder beruhigt hatte, und der Schreck nicht mehr wie ein kalter Schauer über ihren Rücken glitt, drehte sie sich auf die andere Seite und versuchte zu schlafen. Sie stellte sich schöne Blumen vor, die sie im Vorgarten gesehen hatte, oder die spielenden Hunde, die sie in der Nachbarschaft beobachtet hatte. Aber dann – wie aus dem Nichts – war er wieder da. Nicolas. An ihrer Bettkannte, sie konnte es ganz deutlich sehen. Er stand in dem dunklen Raum, sein Blick auf sie gerichtet und sie fühlte, dass sie nun verloren hatte. Dass er wütend war und sie dafür aufkommen sollte. Er würde sie umbringen, ganz sicher.

Blitzartig öffnete sie wieder ihre Augen und starrte mit aufgerissen Augen durch den Raum. Ihr Körper war verschwitzt und sie atmete schnell. Wollte ihr Körper sie warnen? War die Gefahr, die von ihm ausging, doch größer, als sie dachte? War er dazu fähig, sie zu töten?

Diesmal konnte sie die Angst, die sich wie ein schwerer Bleimantel um sie legte, nicht so einfach loswerden. Immer wieder versuchte sie, an schöne Erinnerungen zu denken, aber ihr Körper fühlte sich immer schwerer an und ihr Herz klopfte so schnell, dass sie Angst hatte, jeden Moment einen Kreislaufzusammenbruch zu erleiden.

Mit einer entschlossenen Bewegung warf sie die Bettdecke zur Seite und konnte nun die kühle Luft des Raumes auf ihrer Haut spüren. Ihr Körper war immer noch heiß, aber er kühlte langsam ab, was ihr das Gefühl gab, etwas Kontrolle über die Situation bekommen zu haben. Mühevoll versuchte sie sich hinzusetzen, merkte, wie ihr Arm höllisch schmerzte und wieder kamen sofort die Bilder von Nicolas zurück.

Als sie endlich auf der Bettkannte saß, schaute sie durch den Raum und versuchte ruhig zu atmen, sich klarzumachen, wo sie war und dass dieser Raum nur ihr alleine gehörte. Sie schaute sich die Bücher an, von denen sie die meisten schon mehrmals gelesen hatte, schaute auf ihre hübschen Porzellanfiguren, die geordnet im Glasschrank standen, die sie immer an ihre Kindheit erinnerten.

Plötzlich erschreckte sie ein kleiner Schatten von draußen.

Schnell schaute sie aus dem Fenster, sah nur noch wie die Laternen auf die leere, friedliche Straße leuchteten, aber sie war sich sicher, einen Schatten gesehen zu haben. Sofort bekam sie eine Gänsehaut, wenn sie daran dachte, dass es Nicolas war und er gleich vor ihrem Fenster auftauchen würde. Wie versteinert saß sie auf der Bettkannte und schaute auf die Straße, in der Hoffnung den Schatten noch einmal zu sehen. Sie schielte schnell auf den Wecker auf ihrem Nachttisch, um zu wissen, wie viel Uhr es war. 3.29 Uhr.

Konzentriert beobachtete sie die Straße, aber nichts passierte.

Gerade als sie ihr Kissen kramte und sich wieder hinlegen wollte, sah sie erneut einen Schatten. Direkt auf den Schatten, folgte ein kleines Kind, das langsam und orientierungslos die Straße entlang ging. Ihre Schritte waren langsam, ihr Kopf gebeugt. Obwohl Ness einige Meter entfernt war, merkte sie, wie sich ihr Herz bei diesem Anblick verkrampfte.

Sofort erkannte sie, dass es sich um das Mädchen mit den traurigen Augen aus dem Nachbarhaus handelte, das sie einmal auf der Bank getroffen hatte. Seit dem sie sie gesehen hatte, fühlte Ness eine Verbindung zu diesem Mädchen, weil sie zum ersten Mal in ihrem Leben ihre eigenen Augen gespiegelt sah.

Mit klopfenden Herzen und der Erleichterung, dass es sich nicht um Nicolas handelte, schaute sie weiter aus dem Fenster. Sie konnte ihren Blick nicht von ihr abwenden und beobachtete weiterhin, wie sie ziellos die Straße auf und ab ging. Manchmal blieb sie vor ihrem Haus stehen und es sah aus, als ob sie überlegte, reinzugehen, aber jedes Mal drehte sie sich wieder um und ging weg.

Am liebsten wäre Ness aus dem Fenster geklettert und hätte sie in den Arm genommen, aber weder ihre sechsundsiebzig Jahre, noch ihr geschwächtes Selbstbewusstsein ließen das zu. Jahrelang hatte sie keine Freunde mehr gehabt, die Rat bei ihr suchten, oder die sie gar trösten musste und sie bezweifelte, dass sie in dieser ungewohnten Situation, die richtigen Worte finden würde.

Ness fühlte sich dieser Situation nicht gewachsen. Sie selbst hatte ihr Leben im höchsten Maß verbockt, sie war hier in dieser Wohnung gefangen und konnte sich selbst nicht einmal helfen. Wie sollte sie dann einem anderen Menschen helfen?

Trotzdem konnte sie ihren Blick nicht von dem Mädchen nehmen, das immer noch erschöpft hin und her lief. Ihre Schritte wurden immer langsamer, ihre Haltung immer gebeugter und Ness meinte, dass sie bald umfallen müsse, so entkräftet sah sie aus.

Sie schaute wieder auf ihren Wecker. 4.12 Uhr.

Seit über einer halben Stunde lief sie herum. Seit über einer halben Stunde kämpfte Ness mit ihrer Hilflosigkeit und ihren Zweifeln, aber sie waren nicht größer, als die starke Verbindung, die sie bei diesem Mädchen fühlte. Sie hoffte, dass sie nicht einfach verschwinden würde, denn dann würde sie heute überhaupt kein Auge mehr zu machen. Sie musste getröstet werden. Egal, was passiert war, sie sollte nicht denken, dass das Leben schlecht ist. Sie war noch so jung. Sie sollte es besser machen, als Ness.

Langsam angelte sie ihren Rollator zu sich und packte fest den Griff. Sie richtete sich schmerzhaft auf und ging mit mühevollen Schritten zum Kleiderschrank. Gerade trug sie nur ein Nachthemd, aber sie ahnte, dass sie heute noch normale Kleidung brauchen würde. Sie wollte sich wenigstens etwas sicherer fühlen und Kleidung erfüllte diesen Zweck schon immer bei ihr. Sie nahm ihre schönste Strickjacke von der Stange und zog sie sich über. Sie knöpfte die schönen, glänzenden Knöpfe zu und fühlte sich schon besser.

Als sie wieder zurückging und sich langsam aufs Bett setzte, merkte sie wieder, wie schwach ihr Körper war. Schon das aufstehen, brachte sie an ihre körperliche Grenzen. Sofort schossen wieder Zweifel in ihr hoch.

Sie war eine alte Frau.

Wie sollte sie, vor allem sie, diesem Mädchen helfen?

Das war wirklich eine Nummer zu hoch für sie. Sie schüttelte den Kopf und fragte sich, was sie sich nur dabei gedacht hatte. Sie schaffte es gerade ihre Strickjacke anzuziehen, sie schaffte es gerade so ein paar Schritte mit ihrem Rollator zu machen. Nicolas hatte sie heute zu Boden fallen lassen und sie einfach liegen lassen. Sie hatte mehr als genug eigene Probleme. Und je mehr sie darüber nachdachte, fand sie es mehr als anmaßend zu denken, dass sie andere Probleme lösen könnte, wenn sie ihre eigenen seit fünfundfünfzig Jahren nicht in den Griff bekam.

Sie konnte diesem Mädchen nichts bieten. Weder eine sichere Unterkunft für eine Nacht, noch Geld oder passende Ratschläge.

Frustriert wandte sie ihren Blick vom Fenster ab und sah zum letzten Mal, wie das Mädchen die Straße hochging.

Sie legte sich langsam hin und schloss die Augen. Sie hatte das Richtige getan. Bestimmt würde sich jemand anders um sie kümmern. Vielleicht geht sie zu Bekannten, bei denen sie wohnen kann, die sie trösten können und sich angemessen um ein Kind kümmern können.

Ihre Augen blieben nicht geschlossen. Immer wieder sprangen sie auf und sie fühlte sich hellwach. Sie konnte nicht schlafen, es war unmöglich.

4.49 Uhr. Fast fünf Uhr. Und ein kleines, circa zehnjähriges Mädchen läuft durch die dunklen Straßen, während sie in ihrem Selbstmitleid versank und sich ihren Zweifeln hingab.

Sollte sie die Polizei rufen? Nein, unmöglich, dachte sie.

Nicolas würde sie entweder schon auf dem Flur abfangen, oder spätestens, wenn sie die lauten Tasten drückt, hören und verprügeln, weil er denken würde, sie würde wegen ihm die Polizei rufen. Er hatte seine Augen und Ohren überall. Er hätte keiner Erklärung geglaubt, sondern es als Provokation gesehen und Ness tot geprügelt. Mittlerweile zweifelte sie nicht mehr daran, dass er sie früher oder später umbringen würde, wenn sich nicht etwas gewaltig ändern würde.

Wieder setzte sie sich mühevoll auf und schaute unruhig aus dem Fenster. Sie wartete einen Moment und war sich sicher, dass das Mädchen gleich wieder die Straße entlang ging, aber sie kam nicht.

Ihr Herz klopfte nervös, auf einmal fühlte sie sich feige und schlecht. Jetzt war das Mädchen weg und sie hatte nichts getan!

Konzentriert schaute sie auf die Straße, ständig hoffend, dass sie wieder auftauchte und dass sie noch eine Chance bekam, zu helfen, noch eine Chance bekam, ihr eigenes Leben für einen Moment zu verändern, aber nichts rührte sich. Die Straße schimmerte von dem Laternenlicht leicht orange, wirkte friedlich und still und blieb weiterhin menschenleer.

Mehrere Minuten vergingen.

Nichts passierte.

Sie war weg.

Erst als sie ihren Blick von der Straße wegnahm und sich die Häuserwände und Vorgärten anschaute, sah sie einen Schatten auf der Bank in ihrem Vorgarten liegen. Erleichtert atmete sie auf und hundert Steine fielen ihr vom Herzen. Sie war da. Sie hatte sich an die Bank erinnert.

Sie krallte sich an ihren Rollator und ging zum Fenster. Ohne zu überlegen, öffnete sie es. Die Bank stand ein paar

Meter von ihrem Fenster entfernt und sie hoffte, dass das Mädchen sie hörte, wenn sie etwas sagen würde.

»Nicht erschrecken«, flüsterte sie und hoffte, dass das schon ausgereicht hatte. Auf einmal fühlte sie sich wieder unsicher und unbeholfen.

Sofort schaute das Mädchen auf und guckte umher.

»Hier, am Fenster«, rief sie leise und wurde nervöser. Wie musste es wohl für das Mädchen sein, wenn eine aus ihrer Sicht uralte Frau, sie vom Fenster aus ansprach?

Das Mädchen schaute endlich in ihre Richtung.

»Kannst du mich gut hören?«, fragte sie immer noch flüsternd und hoffte, dass sie nicht lauter sprechen musste.

*Bitte lass Nicolas nicht aufwachen.*

»Ja«, sagte sie und ihre Stimme klang erschöpft. Sie wirkte nicht wie ein Kind. Sie wirkte wie ein Mensch, der zu viel gearbeitet hatte, in einen Job, der ihm nicht gefällt und wenig Geld einbringt. Sie wirkte wie ein zutiefst unglücklicher Mensch. Gebrochen.

Ferngesteuert, wie ein Roboter stand sie von der Bank auf und kam zum Fenster.

Ness konnte genau erkennen, dass sie nicht mehr nachdachte. Sie konnte nicht mehr einschätzen, ob diese Situation gerade eine Gefahr darstellte, oder nicht. Sie war nur noch eine leere Hülle und ihre Muskeln führten die letzten Bewegungen marionettenmäßig aus. Sie war vollkommen verzweifelt. Wie gefährlich, dachte Ness. Wie gefährlich diese verdammte Verzweiflung doch war! Sie kannte es selbst!

»Kannst du mir helfen?«, fragte das Mädchen schwach und schaute Ness mit den gleichen traurigen Augen an, die sie zuvor schon nicht aus ihrer Erinnerung verbannen konnte.

Plötzlich schien alles so klar, alles schien so einfach. Ness fragte sich nicht, *was* sie tun musste, sie handelte einfach so, wie ihr Herz es ihr vorgab.

»Kannst du klettern?«, fragte sie freundlich und tippte auf das Fensterbrett. »Ich denke, du schaffst das. Ich würde dir gerne helfen, aber ich muss aufpassen, dass ich nicht hinfalle, ich bin schon sechsundsiebzig weißt du?«,

Ness lächelte und fühlte sich auf einmal, als hätte sie solche Situationen am laufenden Band erlebt.

Das Mädchen nickte und zog sich mit ihrer letzten Kraft an der Fensterbank des Erdgeschosses hoch.

Ness war erleichtert, als sie es problemlos geschafft hatte und im Zimmer stand.

»Ich heiße Ness, so einen Namen hast du bestimmt noch nie gehört oder?«

Sie schüttelte schüchtern den Kopf. »Ich heiße Cindy.«

»Du kannst hier schlafen«, sagte sie und zeigte auf das Sofa. »Ich werde dir meine Decke geben. Du bist bestimmt müde.«

Cindy nickte und ging zum Sofa, zog benommen ihre Schuhe aus und legte sich hin.

»Und wenn du möchtest, kannst du mir morgen erzählen, was passiert ist. Dann finden wir eine Lösung, das verspreche ich dir.«

Wieder nickte sie und als Ness ihr die Decke brachte, hatte sie sich schon vollständig der Müdigkeit ergeben und schlief sofort ein. Sie war höchstens zehn, dachte sie, vielleicht auch jünger.

Ness setzte sich auf ihren Rollator und schaute sie einen Moment an. Ein Gefühl des Stolzes breitete sich in ihr aus – seit langer Zeit hatte sie noch einmal mutig gehandelt. Sie hatte auf ihr Gefühl gehört und nicht auf ihre Zweifel. Sie hatte das Richtige getan. An das was morgen kommt, dachte sie nicht, für sie zählte nur, dass sie heute richtig gehandelt hatte und jede richtige Handlung ein stabiles Fundament für den nächsten Tag bildete.

Montag, 16. Juli 2012

2

Sie hörte die Tür ins Schloss fallen und wachte aus ihrem leichten Schlaf auf.

Nachdem sie eine Ewigkeit wie ein ungebetener Gast vor dem Fernseher saß, sich immer wieder fragte, wie ein Mensch mit so wenig persönlichen Gegenständen wohnen konnte, hatte sie sich frustriert in Kevins Bett gelegt. Es hatte sich falsch angefühlt, sich in ein fremdes Bett zu legen, vor allem wenn die Person, der dieses Bett gehörte nicht einmal da war. Sie hatte sich mit der dünnen Decke zugedeckt und das einzige Kissen unter ihren Kopf gelegt. Sofort musste sie an ihr Bett bei Stewart denken. Sie hatte viele Kissen und die Bezüge waren immer weich. Dieser Bezug fühlte sich an, als würde er schon Jahre hier liegen; verstaubt und rau. Sie fühlte sich nicht wohl, trotzdem zwang sie sich die Augen zu schließen und einzuschlafen.

Wie sie bemerkte, war sie sogar etwas eingedöst.

Sie hörte wie Kevin seinen Schlüssel auf dem Wohnzimmertisch ablegte und ins Bad ging und Cindy fragte sich unruhig, ob er gleich ins Bett kommen würde. Heute Mittag hätte sie sich bei diesem Gedanken noch gefreut, aber jetzt bekam sie ein beklemmendes Gefühl, wenn sie daran dachte, dass ein viel älterer Junge sich neben sie legte. Was wäre, wenn er mehr wollte?

Schnell schob sie diesen Gedanken beiseite. Wenn sie jetzt daran denken würde, dass Kevin einer von diesen Jungen war, hatte sie verloren.

Sie hörte ihn aus dem Badezimmer kommen und sie horchte ganz genau hin, ob sich seine Schritte der Schlafzimmertür näherten, oder nicht. Angespannt lag sie im Bett und versuchte sich nicht zu bewegen, damit die Bettdecke nicht knisterte und sie alles hören konnte.

*Komm nicht ins Schlafzimmer.*

Immer wieder hörte sie Kevin durch den Raum gehen und immer wieder rutschte ihr das Herz in die Hose, wenn sie seine Schritte deutlich vor der Tür hörte.

Als sie endlich wahrnahm, dass er sich auf die Couch legte, entspannte sich ihr Körper schlagartig. Sie atmete aus und versuchte wieder die Augen zu schließen.

Sie hasste es in fremden Betten zu schlafen, egal wie alt sie war. Und jedes Mal, wenn sie es versucht hatte, jedes Mal, wenn sie es für eine wunderbare Idee hielt, bei einer Freundin zu schlafen, lag sie die halbe Nacht war und sehnte sich nach ihrem Bett zuhause. Das Heimweh durchbohrte ihr Herz und nicht selten weinte sie sich leise und traurig in den Schlaf. Nur einmal, hatte sie sich wohlgefühlt. Nur einmal hatte sie das Gefühl gehabt, sicher zu sein. Bei Ness Walker.

*Das Sofa war weich, hatte viele Kissen und ein leichtes Deckbett. Es war einer dieser warmen Nächte, aber Cindy konnte nicht ohne Decke schlafen und Ness anscheinend auch nicht. Sie war heilfroh, dass sie die Nacht nicht auf der harten Bank verbringen musste, so nah am Haus, wer weiß, was sie in der Nacht noch gesehen hätte, oder was mit ihr passiert wäre, wenn sie draußen geschlafen hätte. Normalerweise wusste sie, dass sie fremden Menschen nicht trauen sollte und dass sie erst recht nicht mitten in der Nacht in ihre Wohnung klettern sollte, aber sie hatte keine Wahl. Schlimmer konnte die Situation nicht werden.*

*Ness' Augen kamen ihr so vertraut vor, dass sie keine Angst hatte, als sie sie ansprach. Und als sie eingekuschelt auf dem Sofa lag, wusste sie, dass sie Ness vertrauen konnte.*

*Einen Moment fragte sie sich, wo Ness schlafen würde, aber sie konnte diesen Gedanken nicht mehr zu Ende führen, denn ihre Augen schlossen sich immer wieder und ihr Körper schrie nach schlaf, also gab sie nach.*

*Plötzlich wachte sie in der Nacht auf, weil sie von Susanna geträumt hatte und wusste für einen Moment nicht, wo sie war. Verschlafen richtete sie sich auf und sah Ness, die im Bett gegenüber schlief. Ohne zu zögern, stand Cindy auf und tippte sie an.*

*»Ness?«*

*Einen Moment hatte Cindy Angst, dass Ness wütend werden würde, wenn sie sie einfach so wecken würde, aber als sie die Augen öffnete und sofort einen freundlichen Ausdruck auf ihrem Gesicht hatte, war Cindy erleichtert.*

*»Kannst du nicht schlafen?«*

*»Nein«, bestätigte Cindy. »Ich habe Angst«, sie machte eine Pause und fragte dann: »Kann ich mich zu dir legen?«*

*Ness nickte sofort und rückte langsam und erschöpft zur Seite. Jede Bewegung war bestimmt sehr anstrengend für sie, dachte Cindy mitfühlend.*

*Als sie im Bett lagen, erzählte Cindy ihr alles.*

*Sie sah Ness unsicher an, dachte immer, dass sie bald bestimmt böse werden würde, oder wütend, oder ihr sagen würde, dass sie etwas Falsches getan hatte, aber sie hörte die ganze Zeit aufmerksam zu und behielt immer ihre freundlichen Augen.*

*Am nächsten Morgen wurde sie wach, weil sie Stimmen aus dem Flur hörte. Sie wusste, dass Ness verheiratet war, aber ihren Mann sah man nur sehr selten. Er war kein netter Mann, dachte Cindy, er sah immer schlecht gelaunt und ungepflegt aus. Er passte nicht zu ihr, dachte sie weiter und erinnerte sich an ihre erste Begegnung mit Ness im Vorgarten.*

*»Bist du jetzt vollkommen durchgedreht?«, fragte der Mann und Cindy erschreckte sich von seinem aggressiv Ton.*

*»Nein, ich mache dir nur einen Vorschlag. Und eigentlich ist es sogar der Vorschlag, den du mir gestern gemacht hast«, entgegnete Ness.*

*Sie klang immer noch ruhig, aber bestimmt. Cindy konnte sofort erahnen, wie ungleich dieses Ehepaar war. Sie stand jetzt vor der Tür, um besser zu hören.*

*»Ich nehme doch keine zehnjährige Rotzgöre auf! Spinnst du völlig? Sehe ich etwa aus, als würde ich Geld scheißen?«*

*»Sie ist ein achtjähriges Mädchen! Sie hat vielleicht kein Zuhause mehr!«*

*Er ließ sie nicht weiterreden.*

*»Es ist mir scheiß egal, wie alt die ist! Du bist sechsundsiebzig! Guck dich doch mal an, wie du gerade am Rollator schwankst! Du kannst bald nicht mehr stehen, geschweige denn laufen! Nur weil du unser Kind herzlos abgetrieben hast, musst du dein schlechtes Gewissen nicht auf dieses Mädchen projizieren! Ich rufe jetzt die Polizei, dann wird sich die Sache klären. Und glaub mir, ich rufe da nicht gerne an. Aber du lässt mir keine Wahl! Du bist völlig verkalkt! Das Alter tut dir nicht gut! Du handelst ohne Verstand! Du kannst froh sein, dass du mich hast!«*

*Cindys Körper spannte sich sofort an. Nicht die Polizei! Sie wollte nicht ins Heim! Sie schaute zu dem Fenster, durch das sie gestern Abend reingeklettert war und überlegte wegzulaufen. Jetzt hatte sie noch die Gelegenheit.*

*Aber wie hoch waren ihre Chancen? Die Polizei würde sie suchen und finden. Ein Mädchen wie sie fällt auf, wenn sie einsam und allein durch die Straßen läuft. Sie hatte nur eine Chance: Ness. Sie konnte nur hoffen, dass sie ihn überzeugte.*

*Es ist so widersprüchlich, dachte sie. Sie konnte sofort merken, dass Ness viel klüger war, als ihr Mann. Aber trotzdem schien sie Schwierigkeiten zu haben, sich gegen ihn zu wehren.*

*Trotzdem musste sie jetzt hoffen, dass sie es schaffte, denn es war ihre einzige Chance.*

*Sie hörte, wie sie den Flur weiter runterliefen und vermutete, dass sie ihm zum Telefon folgte.*

*»Du wirst nicht die Polizei rufen!«, rief sie auf einmal so entschlossen, dass Cindy überrascht war.*

*»Du siehst es nicht, weil du nicht die Weitsicht hast, aber ich werde dir jetzt sagen, warum du nicht die Polizei rufen wirst!«, erklärte sie weiter.*

*Plötzlich sagte Ness keinen Ton mehr und Cindy fragte sich, ob er gerade schon den Hörer am Ohr hatte und darauf wartete, dass am anderen Ende der Leitung jemand abnahm.*

*»Gerade für dich ist sie ein Glücksfang«, teilte sie ihm mit. »Vielleicht bin ich alt, vielleicht habe ich nicht mehr lange zu leben, aber Cindy ist erst acht. Und du bist auch noch fit. Es steht außer Frage, dass du mich überleben wirst. Denk doch einmal darüber nach! Wir geben ihr jetzt ein Zuhause und eines Tages wird sie arbeiten gehen und sich um uns - oder vielmehr um dich - kümmern. Sie wird uns dankbar sein! Sei doch mal ehrlich zu dir, wer kommt dich besuchen, wenn du alt und krank bist? Wer sorgt sich um dich? Niemand! Du hast niemanden! Fändest du die Vorstellung nicht schön, wenn jemand ab und zu nach dir sieht?«*

*Jedes einzelne Wort wurde von ihr perfekt betont, sie machte Pausen an den richten Stellen, ihre Stimme war fest und sie klang so überzeugend, dass Cindy beeindruckt war.*

*Sie hatte das Blatt gewendet.*

*Cindy erschrak, als plötzlich die Tür gegen sie prallte.*

*Ness spähte hinein und Cindy ging schnell zur Seite.*

*»Hast du mitgehört?«, fragte sie lächelnd, als sie langsam ihren Rollator in den Raum schob und die Tür hinter sich schloss.*

*»Tut mir leid …«*

*»Mir ist es egal, ob du zuhörst«, unterbrach sie Cindy freundlich. »Du bleibst auf jeden Fall erst mal hier, wenn du das möchtest.«*

*Sie setzte sich auf ihren Rollator. »Aber das, was ich gesagt habe«, ihre Stimme wurde deutlich leiser, »wünsche ich mir nicht für dich. Er soll es glauben, damit du hier bleiben kannst. Und wenn du hier bleiben möchtest, musst du es auch selbst glauben, damit du es ihm glaubhaft rüberbringen kannst. Du musst so tun, als würdest du ihn mögen, auch wenn man, das weiß ich, nichts an ihm mögen kann. Aber nur wenn er denkt, dass du ein Nutzen für ihn hättest, lässt er dich bleiben. Verstehst du?«*

*Sie schaute Cindy ernst an.*

*Cindy verstand sofort und nickte. Noch immer war sie von Ness beeindruckt.*

*Am Abend durfte sie wieder in Ness' Bett schlafen, wieder mit allen Kissen.*

*Ness brachte ihr Kekse und ein Glas Wasser, als sie zum Gute Nacht sagen in das Zimmer kam und stellte alles auf dem Nachttisch ab.*

*»Falls du in der Nacht aufwachst und noch etwas Naschen möchtest«, sie zwinkerte Cindy zu und knipste das Licht der Nachtischlampe aus.*

Auch jetzt erinnerte sie sich noch an das Geräusch des Rollators und Ness' Schritten, als wäre es in ihrem Kopf eingebrannt. Es gehörte dazu und mit der Zeit, war es zu einem Ritual geworden, dass Ness ihr Abends etwas ans Bett brachte, meistens waren es Kekse, manchmal eine Zeitschrift, manchmal ein Buch, manchmal eine aufgeklappte Seite der Fernsehzeitung, in der Ness Filme angekreuzt hatte, die etwas für Cindy sein könnten, oder eine Blume aus dem Vorgarten. Immer kam sie mit ihrem Rollator langsam zum Bett, wünschte ihr eine gute Nacht, knipste das Licht aus und ging raus. Und immer schlief Cindy sofort ein.

Bis heute, so viele Jahre später, löste dieser Gedanke in ihr ein warmes Gefühl aus.

Endlich schlief sie ein.

3

Die halbe Nacht war Kevin umhergeirrt, viel länger, als er eigentlich wollte, aber er hatte sich vorgenommen eine Lösung zu finden und nicht eher nach Hause zu gehen, bis er eine Lösung hatte. Mylo musste aus dem Knast. Cindy musste er so schnell wie möglich wieder loswerden. Niemals hätte er sich erträumt, dass er einen Menschen schamlos ausnutzen muss, um einen anderen Menschen zu retten. Dass diese Menschen, dann auch noch Geschwister waren, war paradox. Nur wenn der eine fällt, kann der andere ins Ziel laufen. Immerhin war es eine schnelle Lösung, die Erfolg versprach, auch wenn es wahrhaftig nicht die Beste war.

Mittlerweile hatte er immerhin beschlossen, ihr nicht die große Liebe vorzugaukeln, wie er es ursprünglich vorhatte. Er konnte es nicht. Wenn er ehrlich war, hoffte er sogar, dass sie, wenn er nach Hause kam, nicht mehr da war. Dass sie wieder nach Hause gegangen war und er gezwungen wäre, sich eine Lösung einfallen zu lassen, die moralisch besser vertretbar wäre.

Sein Gefühl verriet ihm, dass Cindy noch da sein würde.

Er hatte schon früh verstanden, dass es gar nicht wichtig war, *was* Menschen sagten, sondern *welches Gefühl* sie dabei bei einem auslösten. Manchmal bildete er sich sogar ein, Gefühle lesen zu können.

*»Er hat mit achtzehn schon sein eigenes Unternehmen gegründet«, schwärmte Luke und zeigte seine neue Armbanduhr in die Gruppe. Sie hatten sich auf dem Spielplatz versammelt und Luke hatte angekündigt, dass heute ein Freund von ihm vorbeikommen würde.*

*»Er hat so viel Geld, dass er gar nicht mehr arbeiten gehen muss. Aber er liebt seinen Job, sein Unternehmen und ehrlich, Jungs, er ist auf dem Boden geblieben. Jeder bekommt ein gutes Angebot und er verkauft keine Scheiße! Er ist nicht wie die anderen, weil er selbst von unten kommt, versteht ihr?«*

*Alle hörten ihm gespannt zu, auch Kevin fand, dass es interessant klang. Er hielt sich für schlau, aber er hatte noch kein Unternehmen gegründet.*

*»Diese Uhren sind unzerstörbar, extra dickes Panzerglas, alles aus feinsten Materialien. Auch die Batterie hält zehn Jahre. Alle Reparaturen, die anfallen sollten, werden kostenlos durchgeführt. Alle Uhren sind mit einem Peilsender ausgestattet, sodass man sie orten kann, wenn man sie verliert oder sie geklaut werden. Wirklich gut die Teile!«, schwärmte Luke weiter.*

*Kevin wurde immer gespannter auf den Typen. Die Uhr interessierte ihn nicht, aber er wollte wissen, was es für ein Typ war und ob er wirklich eine Marktlücke entdeckt hatte und diese nun in vollsten Zügen auskostete oder ob er nur ein halbwegs guter Verkäufer mit einem schäbigen Produkt war.*

*Als er endlich kam, hatte Kevin ein schlechtes Gefühl bei diesem Typen. Nicht, dass er unsympathisch gewesen wäre, nein, er trug die gleiche Kleidung wie alle, sah gut aus, setzte sich sofort zu den anderen und redete erstmal ganz unverfänglich über normale Themen. Er sah nicht aus, wie die Anzugsträger mit Aktenkoffer, bei denen man sofort wusste, dass man ihnen nicht trauen durfte.*

*Irgendwann fing er an, von den Uhren zu reden und Kevin fiel auf, dass er sich extrem gut ausdrückte. Er zählte die Vorteile auf, ohne sie dabei in den Himmel zu loben, er blieb sachlich, was ihn äußerst professionell wirken ließ. Nachdem er die Fakten zum Material, zur Funktion und zu der Optik beschrieben hatte, wurde er individueller, erklärte seinen Freunden, welche Uhr ihnen stehen würde und alle waren froh, bald eine teure Uhr zu besitzen. Und als Kevin dachte, jetzt gleich holt er die Uhren aus seiner Jackentasche und entlarvt sich somit als Betrüger, holte er ein fein säuberliches Visitenkartenetui aus der Tasche, öffnete es behutsam und gab denjenigen, die Interesse hatten, eine Karte von sich.*

*Die meisten seiner Freunde legten sich eine Uhr zu, aber Kevin wurde das Gefühl nicht los, dass er diesem Menschen nicht trauen konnte. Nicht geschäftlich, nicht privat, nicht in irgendeinem Bereich. Alles, was er gesagt hatte, stimmte, er drückte sich gut aus und hatte Ahnung von fast allem. Er war freundlich, nicht unangenehm. Aber das Gefühl blieb.*

*Als die meisten Uhren nach drei Monaten aufhörten zu laufen und es weit und breit keinen Shop gab, der die Uhren reparieren konnte und auch der Typ nie wieder auftauchte, wusste er, dass er recht hatte.*

*Also lernte er seinem Gefühl zu vertrauen. Was die Menschen sagten, war ihm zum Großteil gleichgültig geworden. Er musste fühlen, ob die Menschen es wert waren, Zeit mit ihnen zu teilen. Und damit fuhr er gut.*

*Irgendwann hatte er sogar verstanden, dass er zwei Eigenschaften hatte, die ihn nahezu unbesiegbar machten: sein intuitives Gefühl, ob etwas richtig oder falsch war und seine Intelligenz, die ihm neue Wege, Chancen und Lösungen aufzeigte.*

*Wie oft war er Menschen begegnet, die äußerst schlau waren, schlauer als er, aber sich immer wieder von der Maske der Menschen irritieren ließen? Sie sahen nur das freundliche Gesicht, die freundlichen Worte und konnten sich nicht vorstellen, dass sie gerade, in diesem Moment, ein Messer in den Rücken gestochen bekommen.*

*Wie oft lernte er Menschen kennen, die nicht sehr intelligent waren, aber ein sehr ausgeprägtes Gefühl besaßen? Sie wussten, wem sie trauen konnten und wem nicht. Vielleicht waren diese Menschen beruflich weniger erfolgreich, aber sie hatten einen üppigen Freundeskreis, auf den sie sich verlassen konnten und der sie ein Leben lang bereicherte.*

*Hatte man beides im hohen Maße, hatte man gewonnen.*

Der Klingelton seines Handys riss ihn aus seinen Gedanken.

*Bitte nicht Cindy,* dachte er, blieb stehen und fummelte das Handy aus seiner Hosentasche.

Als er Gabriels Nummer sah, war er sofort erleichtert und neue Hoffnung stieg in ihm auf.

»Schlechte Neuigkeiten«, begrüßte ihn Gabriel und Kevins Hoffnung löste sich sofort in Luft auf.

»Habe ihn einmal ans Telefon bekommen, vor zwei Tagen«, erklärte er. »Er dachte erst, dass es ein Scherz von mir wäre, aber ich konnte ihm überzeugend klarmachen, dass ich es bitterernst meine. Irgendwann hatte er immer mehr eingelenkt und ich gab ihm Bedenkzeit, ich sagte, dass ich ihn am nächsten Tag anrufen werde. Am nächsten Tag ging er nicht mehr dran. Heute habe ich es noch einmal versucht, aber niemand ging dran«

Gabriel machte eine Pause und zog hörbar an seiner Zigarette.

»Habe dann herausbekommen, dass er sich krankgemeldet hat, dieser Feigling. Aber so schnell wird er mich nicht los, ich bleibe da dran, keine Sorge. Ich hatte nur gehofft, dir heute schon eine bessere Nachricht zu geben.«

»Eine bessere Nachricht hätte mir auch mehr gefallen«, antworte er nachdenklich. »Genau nach deinem Anruf hat er sich krankgemeldet?«

»Ja, der hat anscheinend ziemlich viel Schiss. Naja, ist auch ein gutes Zeichen, das heißt er hat Dreck am Stecken und das werde ich herausfinden.«

»Hoffen wir mal, dass er schnell wieder gesund wird« entgegnete Kevin spöttisch. »Wechsel noch einmal deine Nummer und ruf nächste Woche wieder an«, ordnete er an und verabschiedete sich.

Als er das Handy wieder in seiner Hosentasche verstaut hatte, schüttelte er kurz den Kopf. Er kannte Bryan Stewart nicht, aber er hätte einem Inspector ein durchaus dickeres Fell zugetraut. Sich feige in sein Schneckenhaus zurückziehen und zu hoffen, dass sich die Dinge ändern, wenn er die Augen schließt, passte nicht zu diesem Beruf. Aber Überraschungen gab es überall.

Oder war etwas anderes passiert?

War er vielleicht wirklich mit dieser Frau durchgebrannt, von der Cindy erzählt hatte?

Egal. Er hatte jetzt erst einmal ein anderes Problem, dachte er, als er die Haustür aufschloss. Er ging die Treppen hoch, überlegte, welches Szenario er gleich vor fand, schloss die Wohnungstür auf und sofort sprangen ihm Cindys Schuhe ins Auge.

Sie war immer noch hier.

Er legte den Schlüssel ab und ging ins Bad. Er schaute in den Badezimmerspiegel und bemerkte, dass er aussah wie immer. Ob er Stress hatte oder nicht, ob ihn gerade etwas beschäftigte, oder nicht. Ob er gerade 1.000 Pfund gewonnen hatte, oder seine Eltern sich trennten, man sah es ihm nicht an. Er sah immer gleich aus; immer gut aus. Er war nicht eingebildet, sondern realistisch. Er wusste, dass er überdurchschnittlich gut aussah und dass das die meisten Menschen über ihn dachten, wenn sie ihn sahen. Er selbst fand sich nicht immer gut und hatte auch Merkmale, die er nicht besonders schön fand, aber es war sein Körper. Er war, wie er war und dafür schätzte er ihn. Er hatte nur dieses eine Leben und er würde seine Zeit nicht damit verschwenden, sich so lange mit seinen Makeln zu beschäftigen, bis er sich selbst nicht mehr wohlfühlte. Das machte für ihn keinen Sinn.

Mit kaltem Wasser wusch er sich das Gesicht und trocknete es tupfend mit einem Handtuch ab.

Dann ging er wieder ins Wohnzimmer und wollte fast schon ins Schlafzimmer gehen, als er wieder daran dachte, dass Cindy dort schlief.

Sollte er sich zu ihr legen?

Normalerweise wäre das für ihn kein Problem, er konnte seine Hände definitiv bei sich lassen, aber er hatte das Gefühl, dass Cindy verliebt in ihn war und vielleicht würde sie sich mehr erhoffen, oder sogar versuchen ihn zu berühren. Er schüttelt wieder den Kopf. Nicht, dass er sie unattraktiv fand, aber er wollte einfach nichts von ihr. Es hätte die Sache für alle Beteiligen noch merkwürdiger gemacht.

Er lief noch ein paar Minuten umher und überlegte, ob er sich wenigstens aus dem Schlafzimmerschrank eine Decke holen könnte. Sein Blick fiel auf das Sofa; einladend sah der graue Kasten, ohne jegliche Kissen, oder Decken nicht aus. Er war nicht verwöhnt, aber ein bisschen Komfort in der Nacht fand er nicht verkehrt.

Wieder stand er vor der Schlafzimmertür, aber nach gründlicher Überlegung entschied er sich dafür, nicht hineinzugehen. Er wollte sie nicht wecken. Er wollte weder mit ihr diskutieren, warum er nicht ins Bett kam, noch wollte er sie unnötig verletzen, wenn er eine Decke holte und sich damit ganz offensichtlich gegen das Bett aussprach.

Na super, dachte er unzufrieden, das wird ja eine sehr gemütliche Nacht.

Er legte sich auf die Couch und empfand die Situation jetzt schon kompliziert.

Wo sollte das nur hinführen?

## 4

Er öffnete seine Augen und sah nichts außer Dunkelheit. Sein Kopf hämmerte so sehr, dass er sich sofort wünschte, wieder in die verborgenen Welten der Trance einzutauchen, in denen er sich eben befunden hatte, um dem quälenden Schmerz zu entgehen.

Mit dem Öffnen der Augen kamen allmählich auch alle anderen Sinne zurück.

Plötzlich spürte er das penetrante Pochen seiner Kopfwunde deutlicher und er meinte sogar zu fühlen, wie seine

Haare an der Stelle, wo das Blut rausgeflossen war, verklebt waren und sich hart auf seiner Kopfhaut anfühlten. Er spürte seine verrenkten Armgelenkte, die eng hinter der Stuhllehne gefesselt waren und seine unermüdlich kribbelnden Beine, die ebenfalls fest gefesselt waren.

Er erinnerte sich daran, wie sehr er lange Autofahrten oder lange Flugstrecken hasste, weil ihm immer so schnell die Beine einschliefen. Jetzt war er womöglich schon Stunden gefesselt und das taube Gefühl in seinen Extremitäten wurde zu einem Gefühl, an das er sich besser schnell gewöhnen sollte.

Die etwas kühlere Raumtemperatur und der feuchte Geruch verrieten ihm, dass er sich im Keller befand und fast freute er sich darüber, dass er nicht verschleppt wurde. Er befand sich immer noch in seinem eigenen Haus und das gab ihm eine irrationale Sicherheit.

Jede Bewegung schmerzte, aber er musste versuchen, sich von den Fesseln zu befreien.

Janet hatte Kabelbinder für seine Hand – und Fußgelenke benutzt und so, wie es sich anfühlte, hatte sie sie dutzend verwendet. Seine Handgelenke waren so fest zusammen geschnürt, dass er sie kein Stück bewegen konnte und auch seine Unterarme waren fest zusammengebunden. Er konnte sich alleine nicht befreien, das wusste er.

Seine Beine befanden sich in einer starren Position, seine Knöchel schmerzten und jeglicher Bewegungsspielraum war restlos eingeschränkt. Unmöglich konnte er sich selbstständig befreien.

Was hatte Janet vor? Würde sie wiederkommen oder wollte sie ihn hier verrotten lassen? Sie war eigentlich zu schlau, um ihn zu töten, denn sie müsste wissen, dass alle Hinweise auf sie deuteten. Seine Kollegen würden es bemerken, wenn er nicht auf die Arbeit kommt und Jimmys Neugier würde ihn dazu bringen, Stewart aufzusuchen. Er würde sich nicht davon abschrecken lassen, wenn niemand die Haustür öffnete, er würde einen Weg finden, ins Haus zu kommen und er würde Stewart finden.

Ob tot oder lebendig:

War Janet eine Mörderin?

Er konnte es sich nicht vorstellen. Er sah ihr Lächeln am Frühstückstisch, wie sie ihn umsorgte, wie sie mit ihm sprach. Sogar ihre erste Begegnung, in ihrem roten Kleid, kam ihm in den Sinn. Wie wunderschön er sie fand, wie er sofort wusste, dass er sie kennenlernen möchte und sich jahrelang sicher war, dass sie seine große Liebe ist. Aber diese Person war sie nicht mehr. Oder?

Schon als sie ihn betrogen und kaltherzig verlassen hatte, kam sein Bild ins Wanken. Aber viel weiter hatte er nicht darüber nachgedacht. Als sie wieder in sein Leben zurückkam, hatte er es nicht hinterfragt. Warum auch?

Das Vertrauen war nach wie vor da.

Hatte er jemals Zweifel an ihrer Person gehabt?

Wie ein Blitz kam ein Gedanke in ihm auf, den er sofort abwehrte. Sofort spürte er eine Panik, die in ihm hochkam, aber er wusste, dass es unproduktiv wäre, jetzt darüber nachzudenken. Er zwang sich, nicht darüber nachzudenken. Er holte die Bilder von Janet in ihrem roten Kleid zurück in seine Gedanken und sein Herzschlag beruhigte sich. Jeder machte Fehler, dachte er.

*Aber nicht jeder machte solche Fehler.*

Ängstlich schob er diesen Gedanken ein für alle Mal weg. Er musste ruhig bleiben. Er durfte jetzt nicht daran denken.

Freitag, 20. Juli 2012

Sie liebte den Rausch, aber sie hasste das, was danach kam. Schon wieder war sie hin und hergerissen zwischen zwei Extremen, weil sie keinen Halt finden konnte. Egal, an was sie sich versuchte festzuklammern, jedes Mal fiel sie erneut zu Boden. Es gab in ihrem Leben keinen Halt, nichts, was ihr Kraft gab, nichts, was ihr Hoffnung gab. Es gab nur Traurigkeit, die sich in ihr ausbreitete, wie eine gefährliche Infektion und sie immer schwächer werden ließ.

Sie fragte sich, ob sie jemals einen Sinn in ihrem Leben gesehen hatte. Ob sie jemals Halt in ihrem Leben gefunden hatte, aber sie konnte sich nicht erinnern. Das einzige, woran sie nach wie vor festhielt, war daran, dass ihre Mutter sie einmal beschützt hatte. Dass ihre Mutter sie geliebt hatte. Nur deswegen beschloss sie, am Leben zu bleiben. Ihre Mutter hatte ihr das Leben geschenkt, es war das einzige, was sie noch verband. Wenn Lya tot wäre, hätte sie auch diese Verbindung verloren und das wollte sie nicht.

Sie zog ihre Nase hoch und schloss die Augen. Sie liebte das Kitzeln, das Kribbeln, das in ihrer Nase hochstieg, nachdem sie das Pulver durch die Nase gezogen hatte. Sie liebte es, wie ihr Körper sich augenblicklich entspannte und sie einfach nur genießen konnte, dass alle Last von ihr abfiel. Wie die Minuten vergingen und sie immer fröhlicher wurde.

Und dann, wenn der Stoff komplett in ihrem Blutkreislauf war, fühlte sich sie wie eine Königin.

Jedes Mal aufs Neue, war sie von diesem Gefühl überwältigt. Tausende Glücksgefühle breiteten sich in ihr aus und gaben ihr ein so wohliges Gefühl, dass sie alle Menschen hätte umarmen können. Sie liebte ihr Zimmer, in dem sie sich befand, sie liebte die Leute, die sie umgaben und das Schönste war: sie liebte sich selbst.

Jedes Mal musste sie sich im Spiegel ansehen, um zu sehen, wie schön sie war. Jedes Mal konnte sie es nicht glauben, wie attraktiv sie sich fand. Immer und immer wieder hatte sie das Gefühl, etwas Besonderes zu sein, ein Mensch zu sein, der alles im Leben erreichen konnte.

Selbst, wenn sie den Freier sah, fühlte sie sich immer noch gut. Sie dachte daran, dass es nur ein Beruf ist und dass sie sehr viel Geld damit verdiente. Dass sie sogar vielleicht eines Tages reich wäre.

Sie schaffte es, sich für eine gewisse Zeit mit ihrem Leben abzufinden.

Wenn das Koks ihren Körper verließ, fing der Boden, der eben noch so stark unter ihr war, an zu wackeln. Anfänglich nur ein kleines Beben, dann entstanden Risse, und mittlerweile sprang sie von einer schwimmenden Platte zur Nächsten, um einen Hauch festen Boden zu spüren. Aber sie wusste, sie würde bald fallen. Tiefer als je zuvor.

Ohne den Stoff konnte sie nichts mehr. Sie wollte auch nichts mehr. Sie kannte das Gefühl einen Kater zu haben und sie kannte das Gefühl einer Depression, aber selbst, wenn man diese beiden Dinge kombinierte, war es kein Vergleich zu dem, was sie fühlte, wenn sie nüchtern war.

Ihr Zustand hatte sich derart verschlechtert, dass sie sich, wenn sie nüchtern war, nicht einmal mehr im Spiegel erkannte. Sie hatte Augenringe, ihre Mundwinkel hingen runter, ihre Augen waren leer. Zum Glück schaute sie sowieso nicht viel in den Spiegel. Sie lag nur im Bett, wenn sie keinen Freier bedienen musste. Und plante, wie sie als nächstes an ihre Droge kommen würde.

Angelos Mimik verriet, dass er wütend war, als er den Raum betrat, aber Lya hatte keine Angst mehr vor ihm. Sie hatte keine Angst mehr vor irgendwas. Sie hatte nur noch Angst, kein Koks mehr zu bekommen, denn dann wüsste sie, dass sie ihr Leben auf der Stelle beenden wollte.

»Hast du mal auf die Uhr geguckt?«, fauchte er. »In fünf Minuten bist du unten! Ein Kunde wartet schon!«

Alles in ihrem Körper wehrte sich, trotzdem versuchte sie, aufzustehen. Sie wusste, dass Angelo kurz davor war, sie rauszuschmeißen, denn von dem jungen, hübschen Mädchen, um das sich die Freier rissen, war nicht mehr viel übrig. Wenn sie ehrlich war, war gar nichts mehr von ihr übrig. Sie sah verbraucht und ungepflegt aus – nur noch wenige Freier kamen zu ihr. Immerhin, das war gut. Schlecht daran war, dass sie Angelos Ziel verfehlte, Geld einzubringen und kurz davor war, wieder auf dem Straßenstrich zu landen. Das bedeutete auch, keine Quelle mehr für ihre Drogen zu haben. Und das konnte sie nicht zulassen.

Sie rollte sich qualvoll aus dem Bett und stand gebeugt im Zimmer. Ihr Körper fühlte sich so kraftlos an, dass sie es nicht einmal schaffte, aufrecht zu stehen. Wann sie das letzte Mal etwas gegessen hatte, wusste sie nicht. Es interessierte sie auch nicht. Sie wollte nur Koks.

Sie zog sich einen Rock und ein Top an, vermied ihr abgeblättertes Spiegelbild und ging langsam nach unten.

Kaum war sie bei den letzten Treppenstufen angekommen, packte Angelo sie grob am Arm. »Komm mit!«, befahl er und zerrte sie den Flur entlang.

»Wohin?«, fragte sie sofort und versuchte sich loszureißen, aber er hielt sie fest

»Zu einem Kunden! Das bringt ordentlich Geld ein! Damit kannst du die letzten Monate wieder gut machen!«

Wütend öffnete er die Haustür des Bordells und ging mit Lya zu seinem schwarzen Audi. Er öffnete die Beifahrertür, schubste sie unsanft auf den Sitz und obwohl Lya gar keinen Widerstand leistete, knallte er die Tür zu und befahl ihr aggressiv, sitzen zu bleiben.

Erst als er schon fuhr, wagte sie zu widersprechen.

»Ich möchte da nicht hin«, protestierte sie leise.

*»Du möchtest da nicht hin?«, wiederholte Susanna wütend ihre Frage. »Es ist mir egal, was du willst und was nicht! Reicht es nicht, dass dein Bruder tot ist? Kannst du nicht mal dann deine Klappe halten?«*

*Susanna fuhr schnell und war inzwischen so wütend, dass sich ihre Ader auf der Stirn deutlich abzeichnete. Ihr ganzes Gesicht wirkte verkrampft und von der einst schönen Frau, die Lya einmal auf einem Foto entdeckt hatte, war nichts mehr übrig. Die Frau auf dem Foto schien sowieso eine andere gewesen zu sein. Susanna machte nie Fotos, es gab auch keine Fotoalben; nur ein platt gedrücktes Foto hatte Lya zufällig in einem Buch gefunden und es heimlich mit in ihr Zimmer genommen, um es noch länger anzusehen. Es war ein Foto von Susanna, als sie jung, vielleicht achtzehn, war. Sie war am Strand, ihre dunklen Haare umschmeichelten ihr Gesicht und sie lachte unbefangen in die Kamera. Sie hatte ein lockeres Shirt an und eine Bikini-Hose. Der Wind wehte ihr Shirt an ihren Körper und man konnte erkennen, dass sie eine wunderschöne Figur hatte. Sie war eine Schönheit. Sie hätte Model werden können. Schon allein dieses Foto hätte ein Titelblatt schmücken können. Lya hoffte darauf, dass sie später auch so hübsch werden würde, auch wenn sie das bezweifelte.*

*Sie war zwölf, ihr Gesicht unförmig und rund und sie fand, dass sie immer noch aussah, wie ein kleines Kind. Sie fand sich nicht schön und konnte sich nicht vorstellen, dass sich das ändern würde.*

*Ihre Mutter hatte sich vollkommen verändert. Wenn man es wusste, dass sie einmal so schön war, konnte man es noch erahnen, wenn man sie ganz genau betrachtete, aber all die freundlichen, sanften Gesichtszüge waren vollends verhärtet. Die Anspannung in ihrem Gesicht hatte sie völlig verändert; harte Gesichtszüge, kalte Augen und ein schmalen Mund.*

*Lya dachte daran, dass sie ihre Mutter noch nie so hat lachen sehen, wie auf diesem Foto. Manchmal, wenn sie jetzt lachte, sah es so aus, als ob sie jeden Moment weinen müsste. Es war nicht schön anzusehen.*

*Sie wollte ihrer Mutter nicht mehr zuhören, sie hoffte einfach, dass wenn sie nichts mehr sagen würde, sie endlich aufhörte zu schreien.*

*Sie holten Cindy ab, die wie ein Häufchen Elend auf der Bank saß und brav darauf wartete, abgeholt zu werden. Sofort konnte Lya spüren, wie sich ihr Herz bei diesem Anblick zusammenkrampfte und sie das Gefühl hatte, dass sie diesen Anblick nicht ertragen konnte. Sie war ein kleines Mädchen, das an ihrem Bruder hing und jetzt am Boden zerstört war. Es sah aus, als ob sie sich davon niemals erholen würde.*

*Es war eine unangenehme Autofahrt und Lya hatte ab diesem Moment ein Problem damit, wenn sie mit anderen Menschen Autofahren musste. Sie fühlte sich ausgeliefert, schutzlos und so angespannt, dass sie dachte, ihr Körper müsse gleich platzen.*

*Sie bewunderte ihre kleine Schwester für ihren Mut, dass sie aussprach, was sie dachte, egal, wie wütend Susanna wurde. Aber gleich-*

*zeitig fand sie sich schwach und feige, denn sie hatte ihre Schwester nicht unterstützt. Sie hätte ihr wenigstens sagen können, dass sie das gleiche dachte, aber sie hatte einfach zu viel Angst. Sie beschloss es Cindy zu sagen, wenn sie angekommen waren.*

*Das Haus war hässlich und als sie davor hielten, hatte sie noch gebetet, dass sie nicht in diesem Haus übernachten sollten. Nicht hier. Nicht bei diesem Mann.*

*Innen war es altmodisch und dunkel. Die Rollläden waren runtergelassen, obwohl es Mitten am Tag war. Der Boden war nicht sauber und egal wohin Lya trat, es klebten immer wieder grobe Krümel unter ihren Socken.*

*»Ich werde heute noch Mylos Zimmer ausräumen! Alleine! Ich möchte an nichts mehr erinnert werden!«, hatte Susanna gesagt und Lya und Cindy wussten, dass jeder Widerspruch zwecklos gewesen wäre. Sie mussten gehorchen. Am liebsten wäre sie noch einmal kurz in Mylos Zimmer gegangen und hätte Erinnerungsstücke von ihm behalten, aber sie wusste, dass Susanna auch das unterbinden hätte wollen.*

*Der Mann, dem das Haus gehörte, schien noch schlimmer. Er stellte sich als Harry vor. Er war recht klein und schmal. Nicht ungepflegt, aber unattraktiv und er hatte einen Ausdruck auf seinem Gesicht, der direkt verriet, dass man ihm nicht trauen konnte. Er war um die vierzig, schätze Lya, hatte weder Frau noch Kinder und schien ganz aufgeregt zu sein, die beiden Mädchen bei sich aufzunehmen. Seine Augen fokussierten die beiden Mädchen so sehr, dass sie ein unangenehmes Gefühl bekam.*

*Er war ein Freund von Susanna und Lya hatte ihn schon einmal flüchtig auf Geburtstagsfeiern gesehen, aber ehrlich gesagt, fragte sie sich, warum sie mit ihm befreundet war.*

*»Kommt mit«, sagte er aufgesetzt freundlich, als sich Susanna verabschiedet hatte. »Ich zeige euch, wo ihr schlafen könnt.«*

*Sie folgten ihm widerwillig durch den dunklen, unaufgeräumten Flur, der nach Schweiß und Essensresten roch.*

*»Leider habe ich kein Doppelbett, wo ihr schlafen könnt, daher musst ihr in verschiedenen Zimmern schlafen«, fügte er beiläufig hinzu und Lyas schlechtes Gefühl verstärkte sich.*

*Sie schaute zu Cindy, die immer noch ganz in ihren Gedanken versunken war und traurig neben ihr her ging.*

*Lyas Zimmer war ein kleines Gästezimmer im Erdgeschoss, das mit einem schmalen Bett ausgestattet war. Ansonsten verstaute er in diesem Zimmer Küchengeräte, Konserven, Waschmittel und Haushaltsreiniger, von denen dutzend in einem offenen Regal gelagert waren und offensichtlich nicht in die Küche passten. Es war eher ein kalter Lagerraum, als ein gemütliches Schlafzimmer, dachte sie bitter.*

*»Ich kaufe immer im Angebot«, kicherte er entschuldigend, als er sah, wie Lya die Regale mit den Lebensmitteln musterte.*

*Eine Nacht war schon zu viel, dachte sie elendig.*

*Cindy bekam das Zimmer von Harry, das sich auf dem ersten Stock befand und ebenfalls nicht schön war. Es gab es ein schmales Bett, einen Schrank und einen riesigen Fernseher, der fast gar nicht in den Raum passte.*

*»Ich schlafe auf dem Sofa«, erklärte er lachend und Lya hatte kurzzeitig das Gefühl, dass er auf Einwände wartete.*

*Sie machte in der Nacht kein Auge zu, weil sie ständig das Gefühl hatte in diesem Haus nicht sicher zu sein und die Sorge um Cindy wuchs mit jeder Sekunde mehr. Nicht nur wegen Harry, sondern auch, weil sie das Verschwinden von Mylo nicht verkraften konnte. Es war so absurd. Sie glaubte es nicht.*

*Plötzlich hörte sie Geräusche aus dem Wohnzimmer und saß sofort kerzengerade im Bett. Sie hörte, wie Harry vom Sofa aufstand und seine nackten Füße auf dem klebrigen Holzboden Geräusche verursachten. Er ging durch das Wohnzimmer.*

*Lyas Körper spannte sich an und sie versuchte zu hören, wo er hinging. Wenn er es wagte, in ihr Zimmer zu kommen; sie würde diesem Fiesling mit aller Kraft die Augen auskratzen.*

*Sie lauschte wieder und hörte nichts mehr. Wahrscheinlich hatte er gemerkt, dass seine Schritte zu laut waren und sich Socken angezogen.*

*Plötzlich hörte sie ihn wieder.*

*Er ging aus dem Wohnzimmer, aber entfernte sich von ihrem Zimmer. Er ging die Treppen hoch, dachte sie panisch. Er ging zu Cindy.*

*Mit einem Satz schmiss sie die Bettdecke von sich weg und sprang auf. Sie hatte keine Ahnung, was sie auf einmal antrieb, aber ihr Instinkt befahl ihr, Harry sofort nachzugehen. Er hatte nichts im oberen Geschoss zu suchen, wenn ihre kleine Schwester dort schlief! Sie konnte es nicht zulassen, noch nicht einmal das kleinste Risiko durfte sie eingehen, dass ihr etwas passierte. Es war schlimm genug, das Mylo weg war, womöglich – zum ersten Mal ließ sie diesen Gedanken zu – tot war, wenn sie jetzt auch noch die Seele ihrer kleine Schwester verlieren würde, würde sie auch zerbrechen. Es sind ihre kleinen Geschwister und egal, wie sehr sie sich versuchte abzukapseln, sie hatte die Aufgabe, sie zu beschützen.. Sie schlich sich aus ihrem Zimmer und tappte leise zur Treppe. Sie wusste, dass die Treppe auch bei ihr knarzen würde, aber sie musste es riskieren.*

*Auf Zehenspitzen folgte sie ihm und sah, wie er in dem Zimmer, wo Cindy schlief, verschwand.*

*Ihr Herz klopfte panisch.*

*Endlich stand auch sie vor Cindys Zimmer und drückte leise die Türklinke runter.*

*Verschlossen.*

*Nein, das durfte nicht passieren! Ihre kleine Schwester war mit diesem widerlichen Typen in diesem Raum eingesperrt und Lya wusste, was passieren würde! Sie hatte es von Anfang an gewusst! In der ersten Sekunde, in der sie ihn heute gesehen hatte! Es war alles so glasklar, weil es so primitiv geplant war! Und jetzt stand sie hier, vor dieser Tür und konnte nichts tun! Ohne zu überlegen, hämmerte sie gegen die Tür und schrie, dass er sie öffnen sollte, aber nichts tat sich. Sie hämmerte weiter bis sie auf einmal das Geräusch einer anderen Tür hinter sich hörte.*

*Blitzartig drehte sie sich um, voller Angst, jetzt in Harrys Gesicht zu sehen, aber sie blickte verwirrt in das verschlafene Gesicht ihrer kleinen Schwester, die trotz ihrer Müdigkeit immer noch traurig aussah. Die Traurigkeit klebte an ihr und Lya wünschte, sie könnte sie abreißen, aber sie wusste, dass sie das nicht konnte. Vor purer Erleichterung umarmte sie Cindy fest und streichelte ihr hektisch über den Kopf.*

*»Cindy«, sagte sie und es vielen ihr tausend Steine vom Herzen.*

*»Warst du auf Toilette? Du hast ein Glück, weißt du das? Komm, wir gehen jetzt nach unten, du schläfst bei mir heute Nacht. Das Bett ist groß genug«, sagte sie schnell.*

*Eilig lief sie den Flur entlang, drückte die Hand ihrer Schwester fest in ihre und merkte, wie die Angst zurückkam.*

*Sie war noch nicht sicher.*

*Sie wusste es.*

*Plötzlich hörte sie Schritte hinter sich und wusste sofort, dass es zu spät war.*

*»Lauf, Cindy!«, schrie sie panisch. »Lauf weg! Schnell! Lauf weg von hier!« Sie versuchte sich in den Weg zu stellen, damit Harry für eine kurze Zeit aufgehalten war. Aber sie wusste, dass sie nur einen von sich beiden retten konnte.*

*Sie hörte wie Cindy die Treppen runterlief, als Harry sie packte und ins Schlafzimmer zerrte.*

*»Lass mich los!«, schrie sie und wehrte sich heftig.*

*Immer wieder schaffte sie es, sich loszureißen, aber wenn sie laufen wollte, packte er sie wieder und zog sie zurück. Sie spuckte ihn an, versuchte ihn zu treten, aber sie scheiterte bei jedem Versuch. Brutal zerrte er sie in das Schlafzimmer, schloss wieder ab, warf den Schlüssel durch den unaufgeräumten Raum und riss ihr die Schlafsachen vom Körper. Er packte sie so feste an, dass sie vor Schmerzen gelähmt war. Für die ersten Minuten wehrte sie sich noch, aber er schien immer fester zuzugreifen, je mehr sie sich wehrte. Er hielt ihre Arme fest, bohrte seine Knie in ihre Oberschenkel, bis sie sich nicht mehr wehren konnte.*

*Sie schaffte es nicht, sich zu wehren.*

*Sie gab auf.*

*Hauptsache nicht Cindy, dachte sie schmerzlich. Hauptsache sie hatte ihrer Schwester diese Schmerzen erspart. Sie hasste ihn. Sie hasste ihn mehr als Susanna.*

»Steig aus! Hörst du nicht?«, blaffte Angelo und guckte sie entgeistert an. »Was ist nur los mit dir? Steig endlich aus!«

Sie stieg aus, aber sie konnte sich nicht zwingen, an etwas anderes zu denken. Auch wenn es in ihrer Vergangenheit lag, war das Gefühl für immer geblieben. Normalerweise dachte sie nicht mehr daran, aber wenn es ihr in den Sinn kam, konnte sie an nichts anderes mehr denken. Sie hasste ihn immer noch. Und sie hasste jeden Freier, der das gleiche mit ihr tat.

Sie hasste ihr Leben.

Sie hatte mit ihrer Vergangenheit abgeschlossen, hatte ihre Geschwister nicht mehr vermisst, aber jetzt gerade fragte sie sich, ob sie glücklich waren.

Glücklicher, als sie.

Samstag, 21. Juli 2012

I

Unglücklich schaute Mylo aus seinem Fenster, ließ seine Hände durch das Gitter herabhängen und genoss den Gedanken, dass wenigstens seine Hände gerade die Freiheit spüren konnten.

Seit zehn Tagen war er eingesperrt, aber wenn man ihn gefragt hätte, hätte er gesagt, dass es sich wie zehn Jahre anfühlte. Er hielt es nicht mehr lange aus, das wusste er und er hatte auch schon überlegt, wie er es tun würde, wenn er es nicht mehr aushielt.

Er schaute auf den grauen Gehweg, der sich hinter den Mauern des Gefängnisses erstreckte und beobachtete eine Frau, die mit gesenktem Kopf aus dem Gefängnis ging.

Sofort fühlte Mylo einen Stich im Herz.

Nur wer jemanden vermisst, kommt einen besuchen, dachte er. Selbst, wenn man danach trauriger rausgeht, als man reingegangen ist. Aber ihn kam niemand besuchen. Er wurde nicht vermisst.

*»Niemand hat dich vermisst! Möchtest du es wirklich wissen? Niemand hat dich vermisst!« Ihr Gesichtsausdruck war so abgeklärt, dass es sich wirklich wie die schmerzende Wahrheit anfühlte.*

*Sie standen in seinem Zimmer, sie hatte es verwüstet und Mylo gesagt, dass er es aufgeräumt haben soll, bis sie wieder hochkam. Ängstlich hatte er angefangen, in ständiger Sorge, dass er es nicht rechtzeitig schaffen würde.*

*Die ganze Zeit hatte er sich gefragt, wo Lya und Cindy sind und als Susanna nach vielen Stunden in sein Zimmer kam – das bis dahin in perfekter Ordnung war – traute er sich schüchtern die Frage zu stellen.*

*»Sie sind auf einem Ausflug«, hatte sie geantwortet und er hatte sich noch schlechter als sowieso schon gefühlt.*

*Wie konnten sie Spaß haben, während er vermisst wurde?*

*»Hast du wirklich gedacht, wir würden dich suchen, wenn du weg bist? Hast du gedacht, wir laufen durch die Nacht, um dich zu finden?«*

*Sie fragte es so spöttisch, dass es ihn direkt verunsicherte. Jetzt zuzugeben, dass er genau das gehofft hatte, hätte ihm direkt zu dem naiven Kind mutieren lassen, dass sie sowieso in ihm sah.*

*Mylo hatte sie schon oft wütend erlebt, schreiend erlebt, gewalttätig erlebt, aber ruhig, so vollkommen emotionslos, hatte er sie lange nicht mehr erlebt. Er wusste nicht, was er sagen sollte, was er machen sollte, oder wohin er schauen sollte. Das einzige, was er machte, war seine Tränen zu unterdrücken, weil er sich die Blöße nicht antun wollte.*

*»Weißt du, was ich deinen Schwestern erzählt habe?«, fragte sie ihn, als sie seinen Schrank öffnete und überprüfte, ob er alles gefaltet hatte.*

*Er schüttelte schwach den Kopf.*

*»Ich sage es dir!«, rief sie lauter. »Ich habe ihnen erzählt, dass du tot bist! Dass du nicht mehr lebst! Dass die Polizei mich angerufen hat und mir die Nachricht mitgeteilt hat! Ich habe ihnen gesagt, dass ich dein Zimmer ausräume und wir nie wieder über dich reden werden!«*

*Fassungslos stand er da. Ihre Worte hallten ihm immer wieder durch den Kopf, aber er konnte nicht begreifen, was er hörte.*

*Sein Herz wurde endgültig zerquetscht und er hatte das Gefühl, die Situation nicht durchstehen zu können.*

*Er war weggelaufen, weil er es nicht mehr aushielt. Es war ein verzweifelter Hilfeschrei von ihm gewesen, den niemand hörte, aber dass*

*Susanna daraus eine verdrehte Geschichte gemacht hatte, verletzte ihn so sehr, dass er kaum noch atmen konnte.*

*Will sie, dass ich tot bin?, fragte er sich bestürzt.*

*Wäre diese Familie glücklicher, wenn ich nicht mehr da wäre? Oder waren wenigstens seine Schwestern traurig, als sie die Nachricht gehört hatten?*

*Als hätte Susanna seine Gedanken gehört, fing sie wieder an zu schreien.*

*»Und weißt du, was das Beste an dieser Geschichte ist? Sie haben es mir geglaubt! Und niemand hat dir eine Träne nachgeweint! Niemand hat dich vermisst! Niemand! Wenn du das nächste Mal weglaufen willst, solltest du darüber nachdenken, dass wir dich nicht vermissen werden! Wenn du diese Familie nicht willst, dann geh! Ich habe es satt! Zu denken, dass wir dich vermissen, wenn du freiwillig gehst! So naiv kannst du doch nicht sein!«*

*Sie schüttelte den Kopf und sah aus, als ob sie überlegte, noch etwas zu sagen, aber sie sagte nichts mehr. Sie schloss die Schranktüren, schaute noch einmal prüfend durch das Zimmer und ging raus.*

*Bevor sie die Tür hinter sich schloss sagte sie noch: »Du solltest besser Nachdenken, bevor du etwas tust. Dumme Menschen hat die Welt schon genug.«*

*Sie war gemein, dachte er wütend, sie war so gemein und so kaltherzig! Sie war keine Mutter! Sie war ein Monster! Seine Tränen liefen unkontrolliert über sein Gesicht und jetzt, wo seine Mutter ihn nicht mehr sah, ließ er sie einfach laufen. Sein ganzer Körper schmerzte und er hatte sich noch nie so elendig gefühlt.*

*Noch nie hatte er sich hier zuhause gefühlt, aber jetzt war es so schlimm geworden, dass er am liebsten wieder weggelaufen wäre, doch er hatte Angst, dass er dann auf der Straße leben müsste. Schon die eine Nacht auf der Straße hing ihm in den Knochen und er fühlte sich gefangen in einem Labyrinth ohne Anfang und vor allem ohne Ende.*

*Verzweifelt lag er im Bett, hielt sich mit den Händen seinen drückenden Kopf fest und konnte nicht aufhören, die Worte die Susanna gesagt hatte, in seinem Kopf zu wiederholen. Immer wieder hörte er, was sie gesagt hatte, wie sie es gesagt hatte und wie er sich dabei fühlte. Wie er immer kleiner wurde, wie er immer ängstlicher wurde und wie weh ihm diese Worte taten.*

*Er wünschte sich, sie hätte ihn geschlagen. Ihn tot geprügelt. Jede Art von körperlicher Gewalt wäre ihm recht gewesen, denn diese Schmerzen waren für ihn besser auszuhalten, als die Worte, die sie gesagt hatte. Diese Worte schufen Wunden, die nur langsam und träge heilen würden.*

*Niemand hat dich vermisst!*

Er starrte immer noch aus dem Fenster und beobachte die wenigen Menschen, die ein und ausgingen, während er immer noch merkte, wie die Erinnerung sich schwer über ihn legte, obwohl er mittlerweile längst wusste, dass es nicht die Wahrheit war. Dass er damals vermisst wurde. Und dass er gerade vermisst wird.

Und wer einen vermisst, kommt einen besuchen.

## 2

Sechs Tage. Sechs Tage waren vergangen und Stewart hatte sich immer noch nicht gemeldet. Keine Nachricht, kein Anruf.

»Könnte es mit seiner Frau zusammenhängen?« fragte Kevin, als sie wieder auf ihr Handy schaute.

Cindy zuckte die Schultern.

Die ganze Situation war ihr suspekt und sie wurde sich nicht im Klaren darüber, ob das der richtige Weg war. Sie sehnte sich nach Stewart, nach den vertrauten Gesprächen und nach ihrem Zuhause.

Nach wie vor fand sie Kevin attraktiv, aber er war nicht besonders nett zu ihr. Es war mehr ein dulden, als das er gerne Zeit mit ihr verbringt, aber sie wusste nicht wohin und irgendwie war sie auch neugierig, was Kevin von ihr wollte. Vielleicht war er einfach nur nervös, vielleicht wollte er cool wirken, sie wusste es nicht.

»Ich gehe jetzt nach Hause«, sagte sie entschlossen und stand auf. »Ich hole ein paar Klamotten und etwas Geld.«

Plötzlich stand Kevin neben ihr.

»Kommst du danach wieder zurück?«, fragte er auf einmal so ängstlich, dass Cindy ein warmes Gefühl in ihrem Körper spürte.

Hatte er doch Interesse an ihr?

»Möchtest du das denn?«

»Ja«, antworte er sofort. »Ich weiß ... ich bin momentan etwas neben der Spur«, er legte die Stirn in Falten, »ein Freund von mir ist gerade im Knast und ich versuche ihn rauszuholen. Er ist unschuldig. Naja, egal.« Er brach seine Erzählung ab. »Ich würde mich freuen, wenn du wieder kommen würdest.«

Er klang auf einmal traurig und Cindy hätte ihn am liebsten umarmt, aber sie war zu schüchtern, um so viel Körperkontakt zu wagen.

»Warum sitzt er denn?«, fragte sie vorsichtig.

Kevin winkte ab.

»Es ist kompliziert ...«

»Vielleicht kann ich dir helfen«, unterbrach sie ihn. »Ich habe mit Stewart oft Fälle besprochen und oft kommt man auf Lösungen, wenn man mit einer neutralen Person darüber redet.«

Sie erinnerte sich sofort daran, wie sie mit Stewart jeden Tag Fälle diskutiert hatte und wie viel Spaß ihr das gemacht hatte.

»Du hast recht«, stimmte er nachdenklich zu. »Aber ich habe schon einen Plan. Ich möchte dich nicht damit belasten.«

Cindy merkte, dass er ihr auswich.

Sie nahm es hin und dachte nicht weiter darüber nach. Sie wollte Kevin nicht mit kriminellen Machenschaften in Verbindung bringen. Sie wollte lieber an das denken, was er ihr gesagt hatte; dass er sie wiedersehen möchte.

Sie verabschiedete sich von ihm und ging hinaus. Wie immer tat es gut, die frische Luft zu Atmen und wie immer brachte ihr die Sonne gute Laune. Doch es überkam sie auch ein mulmiges Gefühl, wenn sie daran dachte, vielleicht Stewart zu begegnen.

Hatte sich etwas verändert zwischen ihnen?

## 3

Es gab nur wenige Momente in seinem Leben, die Kevin bereute. Bei denen er schon wusste, dass es nicht richtig war, so zu handeln, wie er es vorhatte, aber er konnte sich nicht dagegen wehren, weil die Gefühle, die in ihm ausbrachen, so überwältigend waren, dass er seinen Verstand nicht mehr einschalten konnte.

Immer mehr verabscheute er Cindys Verletzlichkeit, ihre Schüchternheit, ihre Art sich von Menschen abhängig zu machen, weil es ihn daran erinnerte, wie seine Mutter gewesen war.

Seitdem Cindy bei ihm lebte, fühlte er sich in die Zeit zurückversetzt, als sein Vater ausgezogen war und er mit Tina alleine lebte. In die Zeit, als seine Mutter einen jämmerlichen Kontakt zu seinem Vater pflegte, der darin bestand, dass sie verzweifelt nach seiner Zuneigung suchte und das erreichte, in dem sie selbst konsumierte. Wie unwohl er sich in seinem eigenen Zuhause fühlte - damals und jetzt.

Wenn er Cindy ansah - in ihren Gedanken versunken, nicht ansprechbar auf dem Sofa sitzend und ahnungslos dessen, was die nächsten Schritte in ihrem Leben waren -, fühlte er sich genau wie damals. Sofort drängten sich die quälenden Bilder in sein Bewusstsein.

*Obwohl er die Fähigkeit besaß, klar zu denken, fühlte er sich hin und wieder so machtlos, dass seine Gefühle die Kontrolle übernahmen und er nichts anderes tun konnte, als zuzusehen, wie sein Leben immer weiter auseinander splitterte.*

*Er konnte nichts mehr für seine eigene Mutter empfinden und manchmal erschreckte ihn diese Tatsache so sehr, dass er sich fragte, ob etwas nicht mit ihm stimmte. Ob er krank war, oder undankbar.*

*Wie konnte man für die Frau, die einen geboren hat, nichts empfinden?*

*Vielleicht lag es daran, dass diese leblose Hülle, die teilnahmslos auf dem Sofa saß, nichts mehr mit seiner Mutter gemeinsam hatte. Er erkannte sie kaum noch; ihre gekrümmte Haltung, ihre gläsernen Augen, der schwere Blick auf den Fußboden, die langsame Kopfbewegung nach oben, wenn er ins Wohnzimmer trat und sie begrüßte. Ihre ungewaschenen, ungekämmten Haare, die platt an ihrem Kopf klebten und ihre Sorgenfalten, die sich in ihr Gesicht geschnitten hatten. Alles ließ ihn daran zweifeln, dass in diesem Körper überhaupt noch Leben war. Er glaubte es nicht. Noch viel weniger glaubte er daran, dass sie wieder so wird wie früher.*

*Sie war schwach. Sie kämpfte nicht für sich. Und erst recht nicht für ihren Sohn.*

*Und trotzdem zitterten seine Hände, als er das Haus betrat und Tina nicht auf der Couch saß. Unabdingbar spürte er, dass sich etwas in diesem Haus verändert hatte, nur wusste er nicht, was.*

*Es war ein warmer Tag. Den ganzen Weg von der Schule nach Hause, hatte er sich auf eine erfrischende Dusche gefreut und sich danach gesehnt, seine verschwitzten Klamotten endlich abstreifen zu können.*

*Die Stille im Haus war unheimlich. An eine Dusche oder frische Klamotten war nicht mehr zu denken.*

*Misstrauisch schlich er die Treppen rauf und hoffte, dass sein Gefühl ihn täuschte.*

*Auf der obersten Treppenstufe angekommen, hielt er Inne, lauschte hinter die verschlossenen Türen, die sich vom Flur abzweigten, und hörte: nichts.*

*Stille.*

*Unheimliche Stille.*

*Er sehnte sich nach Stimmen, irgendwelche Stimmen hätten ihm einen ausreichenden Grund zur Erleichterung gegeben, aber es war nichts zu hören außer Stille.*

*Vielleicht ist niemand da, dachte er, aber das bedrückende Gefühl verschwand nicht.*

*Seine Schritte waren schwer und langsam, als er den Flur entlang ging, der ihm größer und grauer erschien.*

*Fast fühlte er sich albern, weil er so langsam und angespannt den Flur entlang ging, aber er konnte sich nicht gegen das unbekannte Gefühl der Bedrohung wehren.*

*Als würde sein Körper schon wissen, was auf ihn zukam und versuchen, ihn zu warnen.*

*Seine Beine fühlten sich bleiern an, sein konzentrierter Blick visierte die Tür. Er musste ins Schlafzimmer. Er musste wissen, was sich hinter ihr befand. Sie schläft, dachte er. Vielleicht ist sie auch einkaufen. Ohne diese Sätze, die nur zur Beruhigung dienten, würde er wahrscheinlich gar nicht weitergehen.*

*Er machte einen entscheidenden Schritt auf die Tür zu, hielt die Klinke ein paar Sekunden in seinen Händen und öffnete sie zögernd. Unbewusst schloss er seine Augen und öffnete sie erst, als die Tür komplett geöffnet war.*

*Er sah sie sofort. Mitten im Zimmer. Ihre Beine hingen in der Luft. Ihr Körper schlaff. Um ihren Hals ein Seil, dass am Deckenventilator festgebunden war. Ein Stuhl, der umgekippt auf dem Boden lag.*

*Er verstand es sofort, trotzdem konnte er seinen Blick nicht abwenden. Er konnte nicht aufhören, dieses schreckliche Szenario bitterlich aufzusaugen, sodass es sich für immer, mit jedem kleinsten Detail, in sein Gedächtnis einbrannte und es die nächsten Wochen immer in seine Gedanken kam, wenn er zur Ruhe kommen wollte. Er stand nur da, hielt immer noch die kalte Türklinke in seiner Hand und schaute, wie seine Mutter leblos von der Decke hing. Wie brutal dieser Selbstmord war. Wie brutal es war, sein eigenes Genick absichtlich zu brechen. Wie brutal sie aus dem Leben gegangen war. Mit was für einem Hass, mit was für einer Verzweiflung. Als wollte sie dem Leben, in ihrer letzten Handlung, noch einmal demonstrieren, wie entsetzlich sie es fand.*

*Er musste sich schütteln bei der Vorstellung, dass ein Genick bricht. Und es war paradox, dachte er, wie friedlich ihr Gesichtsausdruck jetzt war. Dass eine derartige Brutalität trotzdem in Frieden münden konnte, hatte er noch nicht gewusst.*

*Ihr Gesicht hing runter, aber sie sah nicht mehr angespannt aus. Sie sah nicht mehr krank vor Sorge aus. Er wagte es kaum zu denken, aber, sie sah zufrieden aus. Sie sah wieder der Frau ähnlich, die sie einmal war. Als hätte sie endlich aufgehört in die falsche Richtung zu denken. Nur, dass das jetzt nichts mehr nützte.*

*Geschockt stand er da, schaute sie an, bis er realisierte, dass sie tot war.*

*Es brachen Gefühle über ihn herein, die er seit Jahren immer weggeschoben hatte. Plötzlich hätte er schreien können, sie umarmen können, ihren toten Körper anflehen können, wieder zu ihm zurückzukommen. Er war so sauer auf sie, dass sie so schnell aufgeben hatte, er war so wütend, dass sie nicht für ihn da gewesen war! Aber das Schlimmste war, dass er merkte, wie sehr er sie liebte! Wie sehr er sie immer geliebt hatte, auch wenn er es hasste, sie so schwach zu sehen! Wie sehr es ihn gekränkt und verletzt hatte, dass sie ihr Leben, und damit auch die Beziehung zu ihrem Sohn, wegwarf! Wie maßlos enttäuscht er darüber war, als er realisierte, dass er nicht den Stellenwert in ihrem Leben hatte, wie sein Vater es hatte! Wie ohnmächtig er sich gefühlt hatte, zuzusehen, wie sie sich von dieser starken Frau, in eine unterwürfige Abhängige verwandelte! Es war ungerecht! Warum musste sie sterben? Warum hatte sie das alles nicht erkannt?*

*Seine Tränen liefen ihm über sein Gesicht und er schluchzte so laut, dass er dachte, alle könnten ihn hören.*

*Ohne zu überlegen, rannte er schnell zu dem Körper seiner Mutter, umarmte verzweifelt ihre Beine und wich sofort wieder zurück. Sie war eiskalt. Und starr. Schlagartig hörte er auf zu weinen und schaute hoch. Jetzt sah er nicht mehr seine Mutter, sondern nur noch eine tote Frau. Er war so geschockt darüber, wie wenig leben in dieser Person war, dass er nicht mehr weinen konnte.*

*Er drehte sich um, zog die Tür hinter sich zu und lief hinunter ins Wohnzimmer. Er wusste, dass er die Polizei anrufen musste.*

*Aber er konnte nicht.*

*Er konnte gar nichts.*

*Er ließ die Tür einfach geschlossen. Drei Tage ließ er die Tür geschlossen und lebte weiter, wie bisher. In jeder tickenden Sekunde spürte er, dass es falsch war. Aber das, was seine Eltern getan hatten, war genauso falsch! Er hatte es satt, immer das Richtige zu tun! Sein Leben auf die richtige Bahn zu lenken, während seine Eltern immer dagegen steuerten und ihn doch wieder gegen die Wand fuhren! Es war nicht fair! Das alles war nicht fair!*

*Drei Tage konnte er so leben, bis sein Vater vor der Tür stand und ihn fragte, wo seine Mutter sei.*

*Kevin ließ ihn rein, sagte kein Wort und zeigte nach oben. Ihm war alles egal. Ihm war egal, wie sein Vater ihn anschrie, als er seine Mutter fand. Wie sein Vater in Tränen ausbrach, als er realisierte, was geschehen war. Wie sein Vater wieder wütend wurde und Kevin ins Gesicht schlug, weil er ihn, und vor allem die Polizei nicht informiert hatte. Wie die Polizei auftauchte und den Leichnam in einen trostlosen Sack packte. Wie sie seine Mutter mitnahmen. Ihm war alles egal. Alles.*

*Als alles vorbei war und Kevin in der Nacht wach lag, fühlte er sich so elendig, wie noch nie. Er war nicht mehr sauer auf seinen Vater und auch nicht mehr sauer auf seine Mutter, aber er war unendlich sauer auf sich selbst. Er hatte sich auf ihr Niveau runtergelassen, er hatte versucht seine Eltern absichtlich zu verletzen, weil sie ihn verletzt hatten. Er wollte sie bestrafen, weil er immer einstecken musste. Aber im Endeffekt erkannte er sich selbst nicht mehr. Keine dieser Taten entsprachen seinem Charakter. Keiner dieser Handlungen hatte er aus Überzeugung getan. Alles war aus reiner Rache und Missgunst entstanden.*

*Und wem hatte es genützt?*

*Unzufrieden wälzte er sich im Bett hin und her und wäre am liebsten aus seiner eigenen Haut ausgebrochen, weil er sich mit sich und seinen Taten kein bisschen wohlfühlte.*

*Wem hatte es genützt? Niemandem!*

*Es hatte nur noch mehr Schmerz verursacht! Nur noch mehr Leid! Er hatte sich selbst vergessen, um anderen etwas heimzuzahlen! Und jetzt fühlte er, dass er damit nur sich selbst verletzt hatte!*

*Er schwor sich, dass er ab jetzt nur noch so handelte, dass er danach mit gutem Gewissen ins Bett gehen konnte. Nie wieder wollte er sich so elendig fühlen wie jetzt. Er hatte jetzt nur noch sich. Was wäre das für ein Leben, wenn er sich selbst nicht ausstehen könnte?*

*Sein Vater und er wechselten kein einziges Wort mehr miteinander. Er ließ Kevin in dem Haus wohnen, überwies ihm regelmäßig Geld, aber er sah ihn nur noch in absolut dringenden Angelegenheiten. Mehr nicht. Es war Kevin recht. Immer noch konnte er ihn nicht ertragen, obwohl er selbst – ohne es zu merken – genauso kaltblütig gehandelt hatte.*

Er beschloss, was er schon lange mit sich rum trug. Er konnte Cindy nicht weiter bei sich aufnehmen, er konnte sie nicht weiter anlügen, er konnte sie nicht benutzen, um Mylo aus dem Gefängnis zu bekommen. Er musste Cindy mit ins Boot holen, auch wenn es sie in eine missliche Lage bringen würde, denn niemals würde sie Stewart erpressen wollen.

Aber eins hatte er über sie herausgefunden: sie vermisste ihren Bruder.

Und das musste er nutzen.

Freitag, 20. Juli 2012

I

Fast fühlte es sich so an, als würde Cindy in ein fremdes Haus eintreten wollen, als hätten ihre Nachbarn sie darum gebeten die Blumen zu gießen, während sie drei Wochen im Toskana Urlaub sind.

Alles schien ihr unbekannt.

Sie fühlte sich beobachtet.

Sie kramte schnell ihren Schlüssel heraus, um ihre lästige Pflicht zu erfüllen und dann schnell zu verschwinden. Sie drehte den Schlüssel um und öffnete die Haustür.

Sofort nahm sie den vertrauten Geruch wahr, als sie im Flur stand, sah die Garderobe, an der sorgfältig Stewarts Jacken hingen, den schönen Holzboden, auf dem sich das Sonnenlicht spiegelte, und obwohl ihr alles vertraut schien, fühlte es sich doch anders an.

Es fühlte sich unerlaubt an, ohne Ankündigung das Haus zu betreten.

Erleichtert stellte sie fest, dass Stewart nicht da war. Dass niemand da war. Alles war still – zu still, und schon früher konnte sie in den ersten Sekunden fühlen, ob Stewart da war, oder nicht. Sie wusste nicht wieso, aber das Haus fühlte sich anders an, wenn sie alleine war.

Neugierig und aufgeregt schlich sie in die Küche, um zu sehen, ob sich etwas verändert hatte, aber alles war wie immer. Alles war noch genau so, wie sie es kannte und jedes einzelne Küchengerät stand an seinem gewohnten Platz.

Sie war froh, dass niemand da war, denn sie hätte nicht gewusst, was sie hätte sagen sollen. Die Wahrscheinlichkeit, Stewart alleine anzutreffen, war sowieso gering, weil Janet an ihm klebte, wie ein nasser Duschvorhang. Diese Frau war unerträglich.

Leise huschte sie durch den Flur, als sie plötzlich ein Auto hörte, dass vor ihrem Haus stehen blieb und den Motor abstellte. Mit Entsetzen registrierte sie, wie ihr Herz schneller pumpte und ihr warm wurde.

Waren es Stewart und Janet?

Endgültig fühlte sie sich wie ein Straftäter, der im Inbegriff war aufzufliegen und plötzlich hatte sie Angst, dass sie sie hier entdeckten! Sie hielt sich geduckt, spähte verrenkt aus dem Küchenfenster und sah, dass ein Pizza Service vor ihrem Haus hielt und die Pizza zu einem anderen Haus lieferte.

Erleichtert atmete sie aus. Gott sein Dank.

Sie drehte sich um, lief eilig die Treppen hoch und hatte die anhaltende Sorge, dass Stewart und Janet nur kurz einen Einkauf tätigten und jederzeit zurückkommen konnten. Immerhin stand sein Auto hier, was bedeutete, dass er nicht auf der Arbeit war.

Sie eilte in ihr Zimmer und sah sich seufzend um, als sie all die Dinge sah, die ihr gehörten. Sie hatte sich ein wunderschönes Zimmer eingerichtet; ihr volles, aber geordnetes Bücherregal, ihr Schreibtisch, über dem schöne Bilder hingen, die sie aus Zeitschriften ausgeschnitten und an die Wand geklebt hatte, ihr Bett, das sie mit extra vielen Kissen dekoriert hatte. Alles in diesem Raum war gemütlich und löste Heimweh in ihr aus. Sie wollte hier nicht weg. Sie wollte hier bleiben.

Aber nicht unter diesen Umständen.

Vorsichtig öffnete sie die Tür ihres Kleiderschranks und fragte sich einen Moment, ob sie immer so ordentlich gewesen war, aber nahm es zufrieden hin. Sie war ohnehin ein Mensch, der sich nicht merken konnte, wie er einen Raum verlassen hatte. Mal hatte sie Zeit zum Aufräumen, bevor sie losging und mal ließ sie alles stehen und liegen und wunderte sich, wenn sie später wieder nach Hause kam, über das Chaos. Niemals hätte sie sagen können, wo sie etwas abgestellt hatte, weil es bei ihr keine festen Plätze gab. Sie stellte alles dahin, wo es gerade passte.

Aber sie war anscheinend doch ordentlicher, als sie gedacht hatte.

Schnell nahm sie Unterwäsche, ein paar Hosen und T-Shirts aus ihrem Schrank und packte die Teile in einen Rucksack. Eilig huschte sie ins Badezimmer, griff nach ihrer Zahnbürste und ihrem Lieblingsshampoo und packte es ein.

Sie wollte nicht zu viel mitnehmen. Sie wollte nicht mit einem großen Koffer bei Kevin auftauchen und den Anschein erwecken, dass sie für längere Zeit eine Bleibe brauchen würde, obwohl es wahrscheinlich der Wahrheit entsprach.

Sie galoppierte die Treppen hinunter und spürte einen Schwall der Erleichterung, als sie die Haustür hinter sich ins Schloss fallen ließ und endlich wieder die warme Sommerluft auf ihrer Haut spürte.

Sie war in Freiheit.

Sie war Janet nicht begegnet.

Das war die Hauptsache.

2

Es ist schon komisch, dachte er, immer noch mit einem hämmernden Kopf. Jahrelang hat man alle Freiheiten zu handeln und nichts fällt einem ein, was man ändern möchte.

Und wenn einem einmal, leider im wahrsten Sinne, die Hände gebunden sind, fallen einem unendlich viele Dinge ein, die man ändern möchte. Die man hätte machen sollen. Die man hätte sagen sollen. Aber jetzt war es nicht mehr eine Frage des eigenen Willens, sondern nur noch eine Frage des Glücks.

Hatte er Glück?

Sein Kopf hämmerte, seine Schläfen pochten, aber die Gedanken wurden nicht schwächer, nein, im Gegenteil, auf einmal kamen Erlebnisse in seinen Kopf, die er dachte, schon lange vergessen zu haben. Auf einmal fragte er sich, ob er es verdient hatte, hier, aus diesem Keller, wohlbehalten rauszukommen, oder ob er es verdient hatte, hier erbärmlich zu verrotten.

Hatte er Glück in seinem Leben?

Es schien so, als würde diese Frage erst aus seinem Bewusstsein verschwinden, wenn er gründlich über sie nachgedacht und beantwortet hatte. Er überlegte, sah Bilder seiner Kindheit vor seinem Auge aufblitzen, sah seine Mutter, die für ihn niemals ein Vorbild gewesen war. Er hörte seinen Vater sagen, dass er niemals eine Frau finden würde und dann sah er das rote Kleid. Rot, dachte er, die Farbe der Liebe. Die Farbe der Gefahr. Die Farbe des Blutes, die Farbe des Teufels, die Farbe … einer kaltblütigen Mörderin?

Seine Gedanken waren wirr. Er musste sich konzentrieren, nicht ohnmächtig zu werden. Am liebsten hätte er die Augen geschlossen und einfach geschlafen. Stunde für Stunde geschlafen. Den ganzen Tag, dachte er. Oder für immer.

Seine Haltung war derart verrenkt, dass er das Gefühl hatte, nie wieder aufstehen oder gehen zu können.

Seine Hose war unangenehm nass von seinen Ausscheidungen, die seine Haut wund werden ließen und sich immer aggressiver durch sein Gewebe fraßen. Es war erniedrigend, unmenschlich, vollkommen würdelos, aber es blieb ihm nichts anderes übrig, als es hinzunehmen, dass er möglicher Weise ohne Stolz, ohne Respekt und ohne Würde diese Erde verließ und die sauberen Tore seines Tods mit einem demütigen Anfang beschmutzen würde.

Obwohl er versucht hatte den Kabelbinder zu lösen, ihn zu dehnen, damit er vielleicht eine Chance hatte einen Arm zu befreien, hatte sich all seine Mühe nicht gelohnt. Er war sich sicher, dass mindestens zwei Dutzend Kabelbinder jeglicher Größe an seinem Körper festgebunden waren und das machte eine selbständige Befreiung unmöglich. Er wusste nicht, wie viele Tage vergangen waren, aber er wusste, dass er es nicht mehr lange aushalten würde.

Sein Mund war staubtrocken, sein Hals war rau, das Schlucken ohne Speichel eine Qual.

Er sehnte sich nach Wasser, nur nach Wasser.

Je mehr Zeit in dieser staubtrockenen Dunkelheit verging, desto mehr zweifelte er daran, dass er es lebend rausschaffte.

Warum tat sein Kopf nur so entsetzlich weh?

Er hatte nur einen Schlag mitbekommen, aber es fühlte sich an, als wäre sein Kopf mit einer Eisenstange demoliert worden. Er kannte das Phänomen. Er kannte es von sich selbst und von anderen Opfern. Die Schmerzen die man fühlte, waren meistens so viel gewaltiger, als die sichtbaren Wunden. Und wenn man sich selbst und die Wunden im Spiegel sah, dachte man, dass das nicht sein kann. Dass diese Wunden viel zu klein sind. Dass die Schmerzen nicht mit den Wunden übereinstimmen.

Hatte er Glück?

Wieder kam ihm die Frage in den Sinn, als würde von der Antwort abhängen würde, ob er tot oder lebendig gefunden wird.

Plötzlich flackerten Bilder von Cindy vor seinem Auge. Ihre erste Begegnung in seinem Büro. Seine spontane Sympathie für sie.

Es war nicht nur Sympathie, es war auf Anhieb ein tiefes Verständnis, eine starke Verbindung, die er spürte und die unwiderruflich war. Sie war in den Moment entstanden, als sie sich in die Augen gesehen haben. Diese Art von Verbindung war ehrlich, ungezwungen und bedingungslos.

Stewart dachte in diesem Moment, dass es Liebe war. Richtige Liebe. Keine romantische, keine, die man sucht und eines Tages mehr oder weniger findet. Diese Liebe war stärker und wenn man ihr begegnete, musste man sie schlicht annehmen und sie in ihr Leben lassen.

Er wusste, dass er für Cindy alles tun würde, alles, was er bisher niemals für einen anderen Menschen getan hatte, weil er spürte, dass es das Richtige war. Er konnte gar nicht anders, als so zu handeln.

Sein Kopf hämmerte immer mehr und er fühlte sich immer elendiger. Auf einmal wurden seine körperlichen Schmerzen von den Schmerzen abgelöst, die sich jetzt von seinem Innersten ausbreiteten. Er vermisste Cindy so sehr, dass er sich am liebsten auf dem Boden gekrümmt hätte und geweint hätte, wie ein kleines Kind.

Er fühlte auf einmal eine Traurigkeit, die er das letzte Mal als Kind gespürt hatte. Aber noch schlimmer war die Verzweiflung, die immer stärker wurde. Hatte er noch die Chance, Cindy all das zu sagen?

Nichts wünschte er sich in diesem Moment mehr, als sie noch einmal zu sehen, mit ihr zu reden, ihr zu sagen, dass sie sein Glück war. Dass sie sein Leben verändert hatte.

Jahrelang hatte er nicht gewusst, dass er eine Veränderung gebraucht hatte. Jahrelang hatte er nicht gewusst, dass er nicht glücklich ist. Erst mit Cindy hatte er gemerkt, dass er vorher nie glücklich war. Dass er bei keinen Menschen so sein konnte, wie er ist, außer bei ihr.

Sie war sein Glück.

Er musste daran denken, wie sie am Küchentisch saßen, Frühstück aßen und beide darauf warteten, dass der eine das unbeliebte, fast leere Marmeladenglas auskratze, damit der andere die neue, frische Marmelade aufmachen konnte. Wie sie sich dann darüber amüsierten; extra theatralisch die Marmelade öffneten, aufs Brot schmierten und dem anderen vor aßen, einfach, weil sie beide darüber lachen mussten. Und wie sie kurze Zeit später schon wieder mit aller Ernsthaftigkeit darüber diskutierten, wie man einen Fall am besten lösen könnte, welche Strategie bei der Vernehmung die klügste wäre und welches Täterprofil sich diesmal abzeichnete. Wie unermesslich stolz er auf Cindy war, wenn sie erstmal alle Fakten perfekt zusammenfasste, kurz nachdachte und anschließend eine sachliche Analyse gab, die nicht selten dazu führte, dass er neue Strategien entwickelte.

Er hatte es ihr nie gesagt! Er hatte ihr nie gesagt, was für ein kluges Mädchen sie war! Obwohl er es immer gedacht hatte!

Schon wieder wollte er sich vor Schmerz krümmen, aber die strengen Kabelbinder ließen keine Bewegung zu.

Noch nie war er ein Mensch gewesen, der sich viel sorgte oder vom Kummer gequält wurde, aber jetzt schienen die seelischen Schmerzen alles einzunehmen. Er wollte nur zu Cindy! Er wollte nicht von dieser Welt gehen, ohne dass sie wusste, was sie für ihn bedeutete!

Er hatte Glück gehabt! Aber er hatte es verspielt, weil er sich hatte blenden lassen! Er hatte Cindy vertrieben und er bereute es so sehr, dass sein Herz sich wieder verkrampfte. Die Enttäuschung über sein eigenes Verhalten geißelte ihn jede Minute mehr.

Sie wollte ihr Leben lang nur ein Zuhause haben und er hatte ihr Versprochen, ihr dieses zu geben. Vielleicht war es kein laut ausgesprochenes Versprechen, aber es war klar, sonst hätte sich Cindy nicht darauf eingelassen, das wusste er. Nun hatte er sie verletzt, so sehr, dass sie nicht nach Hause kam. So sehr, dass sie nicht mehr nach Hause *wollte.* Er wollte gar nicht daran denken, wo sie nun war. Er hoffte, dass sie bei einer Freundin unterkam und er betete dafür, dass sie nicht auf der Straße rumlief. Sollte ihr etwas passieren, würde Stewart sein Leben nie wieder als lebenswert empfinden.

*Cindy ist mein Glück*, wiederholte er in Gedanken.

Es traf ihn wie ein Schlag, als er plötzlich hörte wie die Haustür zu fiel. Auf einmal fühlte er sich hellwach. Als würde sein Körper noch einmal alle Kräfte mobilisieren, alle

Impulse zu seinen Sinnen senden, damit er haarklein wahrnehmen konnte, was oben vor sich ging.

War es Janet?

Blitzartig brach ihm der Schweiß aus. Wenn Janet zurückkam, würde es kein gutes Ende für ihn nehmen.

Er strengte sich so an, alles zu hören, dass er für einen Moment aufhörte zu atmen. Erst als er hörte, dass die Person die Treppe hochging, konnte er an den Schritten Cindy identifizieren. Er atmete schlagartig aus und merkte erst jetzt, wie lange er die Luft angehalten hatte.

Sein Herz klopfte vor Aufregung und die Freude stieg in seinem Körper hoch. Das erste Mal seit vielen Stunden nahm sein Körper ein warmes, schönes Gefühl wahr und er sah es schon bildlich vor sich, wie Cindy die Kellertür reinkam und ihn endlich befreien konnte. Er sah es vor sich, wie er einfach darauf los reden würde, wie wichtig sie ihm ist und dass ihm das alles schrecklich Leid tut!

Alles würde gut werden! Er war gerettet!

Als er nach wenigen Minuten hörte, wie sie eilig die Treppen runterlief und unmittelbar danach die Haustür ins Schloss fiel, konnte er nicht begreifen, was passiert war. Regungslos saß er auf seinem Stuhl und konnte nicht fassen, dass die Chance zur Befreiung innerhalb weniger Sekunden vollständig zerplatzt war.

Sie musste doch gesehen haben, dass ich da bin, dachte er zerstreut. Das Auto! Das chaotische Zimmer! Janet hatte ihr ganzes Zimmer verwüstet, das musste ihr doch aufgefallen sein!

Er wollte schreien, weinen, oder beides, aber er konnte nicht. Er konnte gar nichts mehr. Er konnte nur noch seine eigene Frage beantworten.

Ja, er hatte Glück gehabt. Viel sogar.
Aber er hatte alles auf die falsche Karte gesetzt.

Donnerstag, 5. August 2004

Als Ness aufwachte, fühlte sie sich, als wäre sie in einem anderen Leben aufgewacht. Der gestrige Tag hatte so viele Veränderungen gebracht, dass sie jedes Mal, wenn sie aufwachte, dachte, dass sie alles nur geträumt hatte – oder noch schlimmer, sich alles nur einbildete.

Schon öfter hatte sie davon gehört, dass sich Menschen im Alter Dinge einbildeten, die gar nicht existierten.

Kurz schaute sie zum Bett. Cindy schlief. Sie hatte sich nichts eingebildet.

Sie schlich aus dem Schlafzimmer und ging den Flur entlang, um sich in der Küche Frühstück zu machen, doch sie bog nicht in die Küche ein. Es war, als würden ihre Beine ihr befehlen, weiterzugehen, um zu sehen, wie Nicolas heute gelaunt war.

Sie hatte ihn gestern überzeugen können, dass Cindy hier bleibt, ohne dass sie genau wusste, ob Cindy wieder zurückgehen würde, oder nicht, aber sie hatte es als ihre Pflicht angesehen, ihr ein Dach über dem Kopf zu geben.

Noch nie hatte sie so mit Nicolas geredet und als sie sich vorher überlegt hatte, wie das Gespräch aussehen soll, hätte ihre blühende Fantasie nicht ausgereicht, um sich auszumalen, was tatsächlich passiert war; plötzlich hatte sie gewusst, was sie sagen musste und wie sie es sagen musste, damit Nicolas nicht die Polizei ruft und die Situation hinnimmt. Sie hatte es geschafft! Das erste Mal in ihrem Leben, hatte sie etwas durchgesetzt, dass *sie* wollte! Wieder hatte sie gekämpft und gewonnen.

Genau so hatte sie sich das Gefühl damals vorgestellt, wenn sie ihre Flucht geschafft hätte. Stark. Frei. Lebendig.

Vielleicht hatte sie jetzt einen Teil ihrer Flucht geschafft.

Sie bog in das Wohnzimmer ein und sah Nicolas, der auf der Polstergarnitur lag. Er musste eben erst aufgewacht sein, denn er sah verschlafen aus und es war noch keine Bierflasche geöffnet. Trotzdem lief der Fernseher und sie fragte sich, ob er ihn überhaupt ausschaltete. Er schaute sie fragend an.

Auf einmal wusste sie nicht mehr, was sie überhaupt wollte. Sie hatte überlegt, sich zu bedanken, ihm zu sagen, wie nett es von ihm war, Cindy hier wohnen zu lassen, aber jetzt wo sie ihn sah, wollte sie kein Wort mit ihm wechseln. Sie musste sich für nichts bedanken.

Sie wollte sich schon umdrehen, als plötzlich die Nachrichten gesendet wurden und das Bild einer Frau eingeblendet wurde, dass Ness sofort in eine Schockstarre versetzte.

Sie starrte auf den Bildschirm und auch Nicolas setzte sich schlagartig auf. Keiner sagte ein Wort, beide wollten hören, was sie Sprecherin sagte.

*In der Nacht von Mittwoch auf Donnerstag hat sich eine 31-jährige Frau aus Highbury das Leben genommen. Sie hatte sich auf den Schienen befunden, als ein Zug zum Bahnhof eingefahren ist. Ein Fremdverschulden ist nach ersten Untersuchungen auszuschließen. Die Ermittlungen dauern an. Nur durch den Ausweis konnte das Opfer identifiziert werden. Angehörige konnten noch nicht ausfindig gemacht werden. Die Polizei bittet um Ihre Mithilfe. Bei Hinweisen melden Sie sich bitte unter …*

Noch immer sagte niemand ein Wort. Beide starrten den Fernseher an, obwohl das Thema der Nachrichtensendung schon längst gewechselt hatte. Ness konnte es nicht fassen, was sie gesehen hatte. Sie hatte die Wahrscheinlichkeit eines Selbstmordes vollkommen naiv als gering eingeschätzt. Jetzt aber wurde sie mit der harten Realität konfrontiert.

Sie musste es Cindy sagen, auch wenn sie nicht wusste wie.

Sie machte eine schnelle Drehung und wollte gerade loslaufen, als sie sah, dass Cindy direkt hinter ihr stand. Den Blick auf den Fernseher gerichtet.

Sie war kalkweiß.

»Hast du ...«, hauchte Ness fassungslos.

Auf einmal richtete Cindy ihren Blick auf Ness. Sie wirkte geschockt, aber auf eine seltsame Art und Weise nicht am Boden zerstört.

»Ich habe es doch gesagt«, sagte sie, drehte sich um und verschwand im Schatten des Flurs.

Noch nie hatte sie sich mit Nicolas ohne Worte verständigen können, aber jetzt warfen sie sich einen Blick zu, der sagte, dass sie nicht fassen konnten, was gerade passiert war. Es war nur eine Sekunde. Eine Sekunde Vertrautheit. Aber das änderte rein gar nichts, dachte sie gleichgültig.

Als er hörte, wie Cindy die Schlafzimmertür zuzog, sprang er mit einem schnellen Satz auf.

»Spinnst du jetzt völlig?«, rief er aufgebracht. »Hast du das gewusst? Hast du gewusst, dass diese Frau sich umgebracht hat?«

Sie schüttelte schnell den Kopf. »Natürlich habe ich das nicht gewusst! Aber das ändert doch auch nichts! Cindy bleibt hier. Jetzt erst recht!«

»Du drehst doch völlig durch!«, schrie er und kam auf sie zu. »Hast du nicht gehört, was die gesagt haben? Die suchen nach Angehörigen! Wir haben uns gestern schon nicht bei der Polizei gemeldet! Was denkst du, was passiert, wenn die das rausfinden? Wir sind Nachbarn! In ein paar Stunden werden sie uns befragen! Alles durchsuchen! Die werden uns sonst was unterstellen! Hast du etwa Lust in den Knast zu wandern?«, sein Blick war so voller Panik, dass er ihr schon fast leid tat. Sie sah ihm an, dass er der Situation nicht gewachsen war und sie machte ihm keinen Vorwurf. Nur seine Reaktion ließ zu wünschen übrig.

»Wenn du die Polizei rufst, kommt sie ins Heim!«, erklärte sie und passte sich unweigerlich seiner Lautstärke an. »Sie möchte nicht ins Heim! Sie möchte bei uns bleiben, verstehst du das nicht? Und nachdem, was ich dir gestern gesagt habe, ist es nur von Vorteil für dich!«

Er schüttelte heftig den Kopf und ging nervös im Wohnzimmer umher. Sie sah ihm an, dass es in seinem Kopf ratterte und er mit Hochdruck nachdachte.

»Du drehst durch!«, schnaubte er. »Du drehst völlig durch! Du entführst ein Kind! Ich rufe die Polizei!«

Er ging kopfschüttelnd zum Telefon.

Sofort stand sie neben ihm. Sie würde ihn zur Not bewusstlos schlagen, bevor er die Polizei rief, dachte sie. Ihr Wille Cindy zu schützen, war so kraftvoll, dass sie sich fragte, wo all diese Kraft die ganzen Jahre gewesen war.

»Du wirst nicht die Polizei anrufen!«, befahl sie zornig und schlug ihm das Telefon aus der Hand. Es schlitterte mit einem hässlichen Geräusch über den Boden und ein paar Plastikteile vielen ab. Sie hoffte inständig, dass es kaputt war.

»Du lebst seit fast achtzig Jahren in deiner eigenen Welt!«, schrie sie wütend. »So sehr, dass du nicht einmal siehst, dass eine große Chance vor dir steht! Du merkst nicht einmal, wie du dich seit Jahren im Kreis drehst! Ich habe Cindy nicht entführt, ich habe ihr eine Möglichkeit zur Übernachtung gegeben! Und das wird so bleiben! Warum sollte die Polizei uns verdächtigen? Das ist doch Unsinn! Falls sie uns befragen wollen, lassen wir sie gerne rein. Wir trinken mit ihnen Kaffee, beantworten ihre Fragen und alle sind beruhigt.«

Sein Gesicht schnitt Grimassen, plötzlich lachte er hässlich auf und schüttelte wieder den Kopf.

Unbeirrt redete sie weiter.

»Danach ziehen wir um«, erklärte sie. »Das hattest du doch eh vor! Wir ziehen auf das Land, weg von hier, bezahlen kaum Miete und niemand kennt uns! Wir können deinen Traum vom großen Geld erfüllen! Cindy wird irgendwann arbeiten gehen und für ihre Kosten selbst aufkommen. Es hat also keine Nachteile für dich! Wenn du jetzt die Polizei rufst können wir, nachdem wir in Handschellen abgeführt worden, unsere Unschuld in Untersuchungshaft beteuern und eine Geldstrafe abbezahlen! Danach werden wir hier von unseren Nachbarn gemieden, weil unsere Fotos in allen Zeitungen waren! Und vielleicht fragen sie dich auch, wie du dir diese große Wohnung leisten konntest, wenn du dein ganzes Leben nur Sozialhilfe bekommen hast!«

Nicolas starrte sie entsetzt an.

Schon das zweite Mal in kürzester Zeit hatte Ness ihm die Stirn geboten und ihm ein Verhalten aufgezwungen, dass er eigentlich gar nicht wollte. Aber sie hatte ihm auch einen Köder zugeschmissen, den er, wie sie wusste, schlucken würde.

Sechsundsiebzig Jahre, dachte sie. Sechsundsiebzig Jahre habe ich gedacht, die Zeit würde mich verändern. Mich mutiger und stärker machen, aber nicht die Zeit verändert einen. Die Zeit ändert gar nichts! Nur der Wille zur Veränderung ändert alles.

Samstag, 21. Juli 2012

I

Mittlerweile hämmerte sein Kopf nicht mehr. Das Hämmern hatte vor ein paar Stunden aufgehört und wurde von einem krampfartigen Ziehen ersetzt. Mal fühlte er es an seiner Stirn, mal an seiner Schläfe und mal fühlte es sich an, als würde sein Kopf zusammengepresst und wieder auseinandergezogen werden. Jedes Mal waren die Schmerzen so stark, so hochkonzentriert an einer Stelle des Körpers, dass er dachte, ohnmächtig zu werden.

Er hatte kein Zeitgefühl mehr, aber er wusste, dass es er nur noch wenige Stunden aushalten würde.

Sein Mund war vollständig ausgetrocknet; seine Zunge lag, wie ein Fremdkörper, völlig deplatziert und erschöpft auf den ausgetrockneten Schleimhäuten seiner Mundhöhle.

Seine starren Kieferknochen sehnten sich danach, sich endlich wieder schließen zu können, aber das Stoffknäuel in seinem Mund, das sich so groß anfühlte wie ein Tennisball, verhinderte es erbarmungslos. Schon die ganzen Stunden verlangte sein Körper nach Wasser, er hätte alles getan, für nur einen Tropfen. Er sah nur noch Wasser vor sich. Die Gedanken an Wasser waren stärker, als alles andere und trotz der Schmerzen musste er ununterbrochen daran denken, Wasser zu trinken.

Immer mehr hatte er kapituliert. Er wusste, dass er sterben würde und auch, dass er nichts zu trinken bekommen würde.

Seine letzten Gedanken wollte er nicht damit vergeuden, auf Wasser zu hoffen, auch wenn er immer wieder sprudelnde Quellen, weite Seen oder eine kühle Glasflasche vor sich sah.

Er wollte nur an Cindy denken.

Auch wenn er nicht mehr viel fühlte, nicht mehr viel dachte, waren das die Gedanken mit denen er sich von dieser Welt verabschieden wollte.

Benebelt und mit verwaschenem Klang hörte er, wie die Kellertür aufgeschlossen wurde und er dachte, dass er jetzt vollkommen halluzinieren würde. Dass dies der Anfang vom Ende wäre und dass er vielleicht schon tot war, aber sein schwaches Herz fing an, schneller zu schlagen. Cindy, dachte er verzweifelt. Wasser, ich brauche Wasser.

Er hob seinen Kopf ein kleines Stück an und merkte, wie anstrengend die Bewegung war. Mit einem leisen quietschen ging die Kellertür auf und ein Schatten kam herein. Obwohl es stockdunkel war und er sich auch nicht bemühte, etwas zu sehen, ahnte er, dass es Janet war.

Sofort ließ er das Kinn wieder schwer auf seine Brust sinken, denn seine Hoffnung auf einen Tropfen Wasser oder die erlösenden Rettung, waren augenblicklich zerstört. Innerlich bereitete er sich auf einen Schlag auf den Kopf vor, der ihn mit grausamer Brutalität treffen würde und ihn allmählich in die Knie zwingen würde.

Sie war eine Mörderin. Er konnte diesen Gedanken nicht länger verdrängen.

Es vergingen einige Augenblicke, aber nichts geschah.

Für einen Moment fragte er sich, ob sie überhaupt noch im Raum war. Er sah sie nicht, er hörte sie nicht, aber trotzdem fühlte er, dass sie da war.

Es war kaum zu glauben, aber mit Janet im Raum fühlte sich die Situation noch unerträglicher an.

Mit einem schmerzhaften Ruck, zog sie das Panzertape von seinem Mund und er dachte, dass sie seine Haut, seine Lippen mit abgerissen hätte und er gleich nur noch Blut schmecken würde. Sie nahm den Stoff aus seinem Mund und sein verrenkter Kiefer konnte die Schließbewegung nur langsam und schmerzhaft ausführen.

Zu seiner völligen Verwunderung spürte er auf einmal die Öffnung einer Plastikflasche an seinem Mund. Wasser! Er konnte es nicht glauben! Wasser! Endlich Wasser! Es hätte Gift sein können, wäre es flüssig gewesen, hätte er in diesem Moment alles trinken wollen. Sie hielt ihm die Flasche hin und er trank gierig, als wäre er eine junge Ziege, auf einer schönen Wiese, die mit der Flasche großgezogen wird und nun gierig, mit großen Augen von der kostbaren Milch trinkt.

Die ersten drei Schlucke konnte er gar nicht realisieren, dass es wirklich Wasser war, er trank einfach nur; versuchte so viel Flüssigkeit wie möglich aufzunehmen. Erst bei den Schlucken danach, schmeckte er, dass es wirklich Wasser war. Auch wenn manche behaupten, Wasser würde nach nichts schmecken, in diesem Moment war es für ihn eine geschmackliche Explosion. Noch nie hatte etwas in seinem Leben so gut geschmeckt, und noch nie hatte er so intensiv wahrgenommen, wie jede Zelle seines Körpers wieder aktiv wurde. Er trank und trank, bis die Flasche nichts mehr hergab. Sie war nicht komplett gefüllt, dachte er. Vielleicht war sie bis zur Hälfte voll. Er hätte noch viel mehr trinken können, aber schon jetzt fühlte er sich so viel besser, dass er Janet auf Knien dafür hätte danken können.

»Wirst du mich hier sterben lassen?«, fragte er nach dem dritten Versuch seine Stimme wiederzufinden.

Janet schnaubte kurz.

»Jeder bekommt das, was er verdient, würden machen Menschen jetzt sagen. Aber ich weiß, dass manche Menschen etwas bekommen, das sie nicht verdient haben. Egal ob gut, oder schlecht. Bei dir bin ich mir noch nicht sicher.«

Ihre Stimme klang kühl und gleichgültig.

Stewart konnte nicht glauben, dass er sie einmal so anders gesehen hatte. Dass er sich zwölf Jahre mit ihr ein Bett, ein ganzes Leben geteilt hatte und nie gesehen hatte, wer sie wirklich ist. Er dachte immer, dass Menschen nur für eine kurze Zeit eine Rolle spielen konnten und man nach ein paar Monaten, spätestens nach ein paar Jahren erkennt, was für ein Mensch dahinter steckt. Aber zwölf Jahre eine Rolle zu spielen, die ein kompletter Gegensatz zu dem realen Charakter ist, war eine wahre Glanzleistung. Aber vielleicht hatte sie auch gar nicht gut gespielt. Vielleicht war er einfach nur der Zuschauer, mit der schlechtesten Perspektive.

»Du hast deiner kleinen Freundin bestimmt von mir erzählt, oder?«

Obwohl seine Gedanken durch das Wasser wiederbelebt wurden und er sich euphorisiert fühlte, konnte er nichts mit ihrer Frage anfangen. Er hatte Cindy nur erzählt, dass er einmal verheiratet war und dass sie Janet hieß. Er musste daran denken, dass er sie keinen Tag vermisst hatte, seitdem sie sich getrennt hatten. Plötzlich wusste er, dass es für diese Frage keine passende Antwort gab.

Egal, was er sagte, es wäre vermutlich sein Todesurteil.

»Hast du noch etwas zu trinken?«, versuchte er abzulenken.

Plötzlich spürte er sie ganz nah an seinem Gesicht.

»Hast du dieser Nutte von mir erzählt?«

Diese Frau ist eine Irre, dachte Stewart. Was sollte er nur darauf antworten?

»Ich habe ihr erzählt, dass du meine Exfrau bist.«

»Das war´s?«, schrie sie auf einmal auf. »Zwölf Jahre Ehe und ich werde in einem Nebensatz erwähnt? Das bin ich dir wert?«

Sie entfernte sich wieder von Stewarts Körper und er atmete auf. Es war unangenehm, sie so nah zu haben. Sie war unberechenbar und Stewart rechnete immer noch damit, dass sie eine Waffe – ein Messer oder einen harten Gegenstand – in einer ihrer Hände trug und ihn jederzeit erledigen konnte.

»Bist du in sie verliebt?«, fragte sie und ihre Stimme klang aufgesetzt freundlich und gefährlich eifersüchtig.

»Sie ist ein Kind, Janet. Sie ist wie meine eigene Tochter.«

Stewart versuchte ruhig zu bleiben. Er kannte diese Frage. Nicht, weil sie wirklich jemals gestellt wurde, aber weil er die Blicke der Menschen deuten konnte, wenn er sagte, dass er ein zwölfjähriges Mädchen aufgenommen hatte. Er verabscheute diese Gedankengänge.

»Du hast die Frage nicht beantwortet! Bist du in sie verliebt?«, schrie sie schon fast außer Atem.

»Nein …«

»Warum hast du sie dann aufgenommen?«, unterbrach sie ihn laut, als würde sie ihn beim Lügen erwischen. »Du wolltest keine Kinder haben! Auf einmal nimmst du ein Mädchen auf! Erkläre es mir!«

»Sie hat Hilfe gebraucht und ich wollte ihr eine Chance bieten.«

Stewart wusste nicht, was Janet hören wollte. Er wusste nur, dass er sich auf einem Pulverfass befand.

»Wir haben damals darüber gesprochen. Du wolltest auch keine Kinder. Nur deswegen hat es mit uns geklappt«, fügte er vorsichtig hinzu.

Sie lief hektisch durch den Raum, lachte immer wieder leise auf und atmete laut.

»Ich wollte auch keine Kinder! Ich hasse Kinder! Ich habe ja auch keine! Aber du hast mir gesagt, dass du auch keine willst und jetzt sagst du, sie ist wie deine Tochter! Du hast ein Kind aufgenommen und groß gezogen!«, sie machte eine kurze Pause und atmete schwer. »Du bist ein verdammter Lügner! Du hast immer nur gelogen! Deswegen glaube ich dir kein Wort!«

Er merkte, dass sie ihr Gesicht wieder vor seins hielt.

»Was hast du ihr von mir erzählt?«, fragte sie und bemühte sich ruhig zu bleiben, aber Stewart merkte, dass sie früher oder später durchdrehen würde.

»Ich habe ihr nichts von früher erzählt«, sagte er und versuchte so ehrlich zu klingen, wie möglich. Er merkte, dass ihn dieses Gespräch immer mehr anstrengte.

»Du hast es ihr erzählt, stimmt's?«, fragte sie schweratmend. »Alles von damals! Was ich dir im Vertrauen erzählt habe! Sie kann mich in den Knast bringen, stimmt's? Nur schade, dass wir uns keine Zelle teilen werden, Bryan Stewart, weil du bis dahin tot bist!«

Sie lief wieder hektisch durch den Raum.

»Vielleicht lasse ich dich doch am Leben. Ich würde dich gerne im Knast sehen! Der Inspector hinter Gittern! Es würde mir gefallen. Oder ich lege diese Nutte einfach um. Dann könnte ich dich hier verrotten lassen und mein Leben so weiterführen wie bisher. Ja, das ist eigentlich die beste Option, findest du nicht? Ich möchte mir die Hände nicht mehr als nötig schmutzig machen, weißt du?«

»Sie werden doch sofort wissen, dass du es warst!«, versuchte Stewart einzulenken. Der Gedanke daran, dass sie Cindy aufsuchte und ihr etwas antun könnte, war unerträglich. Sie hatte keine Schuld an dieser Situation. Janet war absolut wahnsinnig.

»Lass mich hier verrotten, oder bring mich sofort um, aber lass Cindy in Ruhe! Sie weiß von nichts, ich habe ihr nichts erzählt!«

»Du hast gelogen, Bryan Stewart! Du hast gelogen! Wer einmal lügt, dem vertraut man nicht«, sie schnalzte vorwurfsvoll mit der Zunge. »Es ist sogar herzergreifend, wie du sie beschützen möchtest. Und da willst du mir erzählen, dass du nichts für sie empfindest? Hör dir doch mal selbst zu! Vielleicht willst du es nicht wahrhaben, aber du bist verliebt in sie! Du hältst mich für blöd! Ihr beide haltet mich für blöd, aber das werden wir noch sehen!«

Sie redete mal laut, mal leise, machte Pause an den falschen Stellen und hatte sich völlig in ihrem Wahnsinn verlaufen. Stewart begriff, dass er sie nicht umstimmen konnte. Egal, was er sagen würde, sie würde bei ihrer Meinung bleiben.

Sie murmelte etwas, dass er nicht verstand, stopfte ihm wieder den Mund, klebte Tape über seine Lippen, ging aus der Kellertür, knallte sie wütend zu und schloss bis zum Anschlag ab.

Stewart war froh, endlich wieder in der Stille zu sitzen.

Aber erst jetzt dämmerte es ihm, dass sie ihm nicht helfen wollte, als sie ihm Wasser gab. Es hatte nur seinen leidigen Prozess verlangsamt. Er hatte getrunken, war wieder mehr bei Kräften und konnte die nächsten Tage erneut und hautnah seinen eigenen Verfall beobachten, bis er wieder an dem quälenden Punkt war, einfach nur sterben zu wollen.

Er war sich sicher, dass Janet nicht wiederkam. Niemand würde wiederkommen.

Und während er gefesselt in seinem eigenen Keller saß, konnte er sich noch nicht einmal sicher sein, dass Cindy in Sicherheit war.

## 2

Sie saßen auf dem Sofa und sie konnte nicht fassen, was sie hörte. Fast klang es so, als wäre es unmöglich, dass er das sagte.

*Ich bin ein Freund von deinem Bruder.*

Erst war sie wütend, dann traurig, aber schlussendlich siegte die Hoffnung, die brennende Sehnsucht, ihren Bruder wiederzusehen.

Sie war überwältigt, ganz aufgeregt, fragte Kevin alles über ihn aus. Sie ließ sich Geschichten doppelt und dreifach erzählen, weil sie es nicht fassen konnte, dass er wirklich von ihrem Bruder sprach und ihn wirklich so gut kannte. Sie hing an seinen Lippen.

Die ganze Zeit malte sie sich das Wiedersehen mit Mylo aus und wie es sich anfühlen würde, endlich ein Stück Heimat zurück erobert zu haben.

»Du willst ihn erpressen?«, fragte sie entgeistert, als Kevin erzählte, dass er Stewart angerufen hatte. Plötzlich war sie wieder hellwach.

»Es gibt keine andere Lösung«, rechtfertigte er sein Vorhaben. »Aber keine Sorge, er wird einwilligen. Er sieht auch, dass Mylo unschuldig ist.«

Da war sie sich nicht sicher. Ihr schossen Tausend Fragen durch den Kopf. »Und warum das Praktikum?«

»Zum einen«, meinte Kevin und schaute sie ernst an, »weil Mylo früher Polizist werden wollte und ihm das Praktikum bestimmt gefallen würde. Zum anderen, weil er dann nachprüfen könnte, ob ich aktenkundig bin«, er atmete tief ein. »Ich muss es wissen, falls es so ist.«

»Das ist das kleinste Problem«, meinte sie nachdenklich. »Das kann ich machen. Aber …«, sie schaute ihn eindringlich an. »Ich kenne Stewart. Er verheimlicht nichts. Bei ihm wirst du nichts finden.«

Er schmunzelte nur.

»Glaub mir, bei jedem Menschen findet man etwas, das nicht gut gelaufen ist«, behauptet er selbstsicher. »Sieh uns beide an. Wir sind nette, junge Menschen und trotzdem wissen nur wir, was uns widerfahren ist. Wir reden nicht mehr darüber, vielleicht versuchen wir es auch zu verdrängen. Wenn jemand es rausfinden würde, würden wir uns schwach und in die Enge gedrängt vorkommen, deswegen hüten wir unsere Geheimnisse gut. Aber wenn selbst wir solche Geheimnisse haben, was denkst du, haben dann andere?«

Plötzlich dachte Cindy an Stewart. Auch wenn sie enttäuscht und sauer auf ihn war, tat ihr die Vorstellung weh, ihn zu erpressen. Ihm Angst zu machen, ihm aufzulauern oder seine Vergangenheit nach Lastern abzusuchen, war nicht fair, das hatte er nicht verdient.

Janet hätte es verdient. Da hätte sie sofort Höchstleistungen erbracht, um alles über sie herauszufinden.

»Stewart ist anders aufgewachsen, als wir. Er führt ein gutes Leben. Ich glaube nicht, dass dieser Plan aufgeht.«

»Der Plan ist so oder so erstmal auf Eis gelegt. Er ist diese Woche nicht im Büro.«

»Stewart ist nicht in seinem Büro?«, fragte sie verblüfft, obwohl sie es genau verstanden hatte.

»Er hat sich krankgemeldet. Sollte aber nach dem Wochenende wieder da sein. Dann werde ich ihn noch einmal anrufen.«

»Komisch«, sagte sie nachdenklich. »Er war heute gar nicht Zuhause …«

Plötzlich schreckten sie beide heftig zusammen, als es klingelte. Sie schaute schnell zu Kevin, der sie ebenfalls misstrauisch anguckte, mit den Schultern zuckte und wie angewurzelt sitzenblieb.

Cindy beschlich ein ungutes Gefühl.

Obwohl niemand wusste, wo sie war, fühlte sie sich auf einmal ertappt.

»Ich mache auf«, beschloss Cindy als es noch einmal klingelte und dachte, dass sie sicherlich weit weniger zu befürchten hatte, als Kevin. »Ich lasse niemanden rein«, fügte sie hinzu. Gleichzeitig fragte sie sich, was sie wirklich machen würde, wenn die Polizei vor der Tür stand.

Sie öffnete die Tür nur einen Spalt und war geschockt, als sie sah, wer vor ihr stand. Sie wünschte sich, die Tür niemals geöffnet zu haben.

Wie hatte sie Cindy gefunden?

»Schön, dass du doch noch aufmachst«, sagte Janet und blickte sie eindringlich an. »Darf ich reinkommen?«

»Ich wüsste nicht, wieso«, antworte Cindy abweisend und versuchte schnell die Tür zuzumachen, aber Janet hielt ihren Fuß dazwischen.

Sie lächelte aufgesetzt. »Dann eben nicht. Ich wollte dir nur mitteilen, dass Stewart sich keinen Kontakt mehr mit dir wünscht. Wir haben lange geredet und er sagte, dass du nicht mehr in sein Leben passt. Ihm geht es gerade nicht gut, deshalb soll ich es dir sagen. Wir räumen nächste Woche dein Zimmer leer, deine Sachen kannst du dir dann abholen.«

»Bist du fertig?«, fragte sie angewidert von ihrer Präsenz und drückte die Tür fester gegen Janets Fuß. Sie wollte einfach nur, dass sie verschwindet.

»Nein, noch lange nicht«, sagte sie triumphierend und stellte sich noch einen Schritt weiter in die Tür.

»Du glaubst mir nicht, stimmt's? Es ist aber die Wahrheit. Ich habe Stewart alles erzählt. Ich habe ihm erzählt, dass du in ihn verliebt bist und in welche Schwierigkeiten er geraten wird, wenn es rauskommt. Das alle sich fragen werden, ob der Inspector eine Beziehung mit seiner Adoptivtochter hat. Und er ist nicht dumm, weißt du? Er wusste genau, dass wenn einmal ein Gerücht wie dieses im Umlauf ist, die Menschen ihn anders sehen. Ob es nun wahr ist, oder nicht, spielt keine Rolle.«

»Du miese Schlange«, erwiderte Cindy und wunderte sich selbst über ihre Ausdrucksweise. »Du besitzt keinen Funken Gutes in dir, hat dir das schon einmal jemand gesagt? Wenn Stewart das glaubt, dann habt ihr einander verdient!«

Cindy holte so fest mit der Tür aus, dass Janet ihren Fuß wegzog und sie endlich die Tür schließen konnte. Auch wenn die Tür jetzt wie eine Schutzwand zwischen ihnen stand, fühlte sie sich nicht sicher. Sie wusste, dass Janet nicht aufhören würde. Und, dass sie wiederkommen würde.

Wütend ging sie ins Wohnzimmer zurück, wo Kevin sie schon fragend ansah.

»Wer war das denn?«

»Janet. Stewarts Exfrau«, antworte sie aufgewühlt, setzte sich und erzählte, was an der Tür passiert war.

»Glaubst du ihr?«

Cindy zuckte mit den Schultern.

»Es hat sich etwas verändert zwischen Stewart und mir, aber ehrlich gesagt, dachte ich, dass es an Janet liegt, weil die Probleme erst auftraten, als sie zurückkam. Vielleicht muss ich aber auch in Erwägung ziehen, dass es nicht an ihr lag. Vielleicht habe ich mich in Stewart getäuscht …«

Ihre Stimme wurde leiser. Eben war sie sich noch sicher gewesen, dass Janet log, dass sie versuchte ihr extra Angst zu machen, aber sie musste sich daran erinnern, dass Stewart sie kein einziges Mal zurückgerufen hatte. Sein Desinteresse tat ihr weh.

Schweigsam schauten sie auf den Fernsehbildschirm und sahen den ständig wechselnden Bildern zu, ohne zu verstehen, um was es ging.

»Weißt du, was ich nicht richtig finde?«, fragte Kevin plötzlich.

»Ich finde es nicht richtig, dass du traurig bist. Wenn Stewart diese Entscheidung getroffen hat, ist ihm nicht mehr zu helfen. Diese Frau, so wie du sie beschreibst und wie ich sie eben mitbekommen habe, ist eine Furie. Die tickt nicht richtig. Wenn er sich für so jemanden entscheidet und dich dafür fallen lässt, ist er es nicht wert, dass du darüber traurig bist.«

Sie lächelte matt. Es war lieb gemeint und er hatte recht, dachte sie, aber ihr Herz wurde schwer. Niemand wusste, wie sehr sie an Stewart hing. Niemand wusste, wie schön ihr Zusammenleben war. Sie konnte es einfach nicht glauben, dass er das alles vergessen hatte und sie jetzt aus seinem Leben verbannte. Aber sie wusste nicht, was sie fühlte. Sie wusste nicht, ob sie die ganze Situation richtig deutete und Stewart noch vertrauen konnte, oder ob sie sich einfach nur alles so auslegte, wie es für sie passte, damit es sie nicht mehr als nötig verletzte.

Wollte sie die Fakten aus Selbstschutz nicht wahrhaben?

»Sei nicht traurig«, fügte er noch hinzu, aber diesmal klang seine Stimme nicht mehr so enthusiastisch wie eben. Wahrscheinlich hatte er gemerkt, dass er nichts in ihr bewirkte, außer einer großen Verwirrung, die sie nicht bewältigen konnte.

*»Sei nicht traurig«, hörte sie auf einmal die vertraute Stimme ihres Bruders sagen. Er legte seine Schultasche ab und setzte sich neben sie auf den Holzboden des Wohnzimmers, wo Cindy mit ihren Stofftieren spielte.*

*»Ich bin nicht traurig«, entgegnete sie entrüstet.*

*Er grinste nur.*

*»Als ich gerade zur Tür reingekommen bin, habe ich hallo gesagt, aber du hast mir nicht geantwortet. Du hattest zwar deine Stofftiere in der Hand, aber nicht mit ihnen gespielt. Und dein Blick war auf den Boden gerichtet, als ob du darauf warten würdest, dass plötzlich eine Antwort auf dem Holz auftaucht, die dir hilft, nicht mehr traurig zu sein.«*

*Sie schaute ihn an. Sie hatte es gar nicht bemerkt.*

*»Ist heute etwas passiert?«, fragte er vorsichtig und nahm sich ein Stofftier.*

*Cindy schüttelte kurz den Kopf. »Nein. Deshalb kann ich auch gar nicht traurig sein.«*

*Jetzt schaute er sie wieder aufmerksam an. »Manchmal kann man traurig sein, auch wenn an dem Tag nichts Schlimmes passiert ist, weißt du, wieso?«*

*»Wieso?«, fragte sie leise.*

*»Weil wir Menschen eine Erinnerung haben. Wir können uns an vieles erinnern, auch wenn es schon Jahre zurückliegt. Und jedes Mal, wenn wir an etwas zurückdenken, was schlimm für uns war, fühlen wir wieder die gleichen Gefühle, wie damals. Und das macht uns traurig,*

*obwohl an dem heutigen Tag vielleicht wieder die Sonne scheint. Viele Menschen haben schreckliche Dinge erlebt und sie denken jeden Tag wieder daran zurück. Meistens werden sie an eine Situation erinnert, irgendetwas in ihrem Alltag, erinnert sie und plötzlich denken sie daran, fühlen es wieder. Sie leben im Schmerz der Vergangenheit und können sich neuem Glück gar nicht mehr öffnen. Ich glaube es ist in Ordnung, manchmal zurückzudenken. Aber weißt du, was viel wichtiger ist? Wir können unsere Gedanken steuern, oder zumindest lernen, sie zu steuern. Und wir können genauso gut an schöne Erlebnisse zurückdenken und uns wieder genauso gut fühlen.«*

*Cindy hörte wie immer gespannt zu, wenn ihr Bruder etwas erzählte.*

*Sie nickte zögerlich. Dann fragte sie: »Aber an was soll ich denn denken?«*

*Mylo überlegte einen Moment.*

*Plötzlich stand er auf. »Warte kurz«, sagte er und sie konnte ihm ansehen, dass er eine Idee hatte.*

*Er verschwand nach oben. Kurz danach kam er mit einem Haufen Decken und Kissen, alle übereinander gestapelt, dass man ihn dahinter gar nicht mehr sehen konnte, zurück. Er musste alle Betten geplündert haben. Sie erkannte die Decke von Lya, von Mylo und ihre eigene. Nur Susannas Bett hatte er nicht angerührt.*

*Sie sah ihm gespannt zu, wie er die Decken auf dem Wohnzimmerboden verteilte und wie er eine Decke in der Mitte faltete, um das Treppenende zu polstern. Als er fertig war, stand er mit einem Kissen in seiner Hand im komplett bedeckten Wohnzimmer und Cindy fand, dass es aussah, als würde sie eine Übernachtungsparty machen wollen. Direkt überkam sie ein schönes Gefühl, wenn sie sich vorstellte, wie sie ein beliebtes Mädchen wäre, das mit ihren Freundinnen am Wochenende eine Übernachtungsparty machen würde. Sie würden Tee trinken, Süßigkeiten essen und Spiele spielen. Und abends, wenn sie müde waren und jeder an seinem Platz lag, würde sie sich gegenseitig ihre Geheimnisse erzählen.*

*»Und jetzt …«, sagte er grinsend und ging mit einem Kissen die Stufen rauf und setzte sich auf die oberste Stufe.*

*Dann ließ er sich die Holztreppe runterrutschen. Am Ende plumpste er lachend in die Deckenpolsterung.*

*»Jetzt du!«, forderte er sie auf und drückte ihr das Kissen in die Hand. Sie zögerte nicht, ging sofort die Treppen rauf, setzte sich auf das Kissen und gab sich einen Ruck der sie runterrutschen ließ. Ihr Körper hopste von Stufe zu Stufe und sie musste unweigerlich lachen.*

*Als auch sie in die weiche Decke am Ende der letzten Stufe plumpste, fühlte sie sich befreit. Sie lachte laut und blieb einen Moment in dem weichen Deckenhaufen liegen. Danach stand sie schnell auf, ging sofort wieder hoch und ließ sich erneut runterrutschen. Wieder musste sie bei jeder Stufe lachen und manchmal stieß sie dabei so eigenartige Lachgeräusche aus, dass sie noch mehr lachen musste. Manchmal kippte sie fast um, oder blieb auf einer Stufe stehen, musste sich mit einer unbeholfenen Bewegung wieder anschubsen, aber all das führte nur dazu, dass sie und Mylo immer mehr lachen mussten.*

*Danach wechselten sie sich wieder ab, Mylo versuchte schneller, oder seitlich zu rutschen und Cindy musste jedes Mal lachen, weil er so ulkig aussah. Sie lachten zusammen, wie schon lange nicht mehr und Cindy vergaß alles um sie herum. Sie fühlte sich frei und glücklich.*

*Nachdem sie von der Treppe genug hatten, nahmen sie Anlauf und schlitterten auf den Decken über den glatten Wohnzimmerboden. Sie versuchten jedes Mal weiter zu rutschen, als der andere und nicht selten fielen sie hin und rutschten aus, aber jedes Mal landete sie auf den weichen Decken. Und sie lachten, sie lachten so sehr, dass ihnen irgendwann die Bäuche weh taten und sie sich hinlegen mussten und sich die Bäuche hielten. Sie fühlte sich so frei, so von Freude ausgefüllt, dass sie wünschte, dieser Tag mit diesem Gefühl würde für immer anhalten.*

*Es war besser, als jede Übernachtungsparty, dachte sie. Besser als hundert Freundinnen. Sie war unendlich froh, dass sie ihren Bruder hatte. Sie war nie alleine. Niemals.*

Er hatte ihr eine schöne Erinnerung geschenkt.

Plötzlich war es, als hätte sie ihre Gedanken sortiert. Als hätte sie ihre Zweifel erkannt, ausgemistet und mit neuen, zuversichtlichen Gedanken ersetzt. In den Fokus rückte Mylo. Sie musste ihren Bruder finden. Sie wollte die Verbundenheit, die sie immer noch fühlte, niemals vergessen, niemals loslassen. Er hatte sie so oft gerettet, jetzt war sie dran.

An Stewart durfte sie jetzt nicht mehr denken. Er war ein erwachsener Mann, noch dazu Inspector und Janet in jeder Hinsicht überlegen. Sie konnte sich nicht mehr damit beschäftigen, ob er die richtige Entscheidung traf oder nicht. Sie musste sich nur damit beschäftigen, dass *sie* die richtige Entscheidung traf.

»Ich habe eine Idee«, sagte sie entschlossen und stand auf. Sie zog sich ihre Schuhe an und ließ keine Gegenfrage von Kevin zu.

Cindy konnte sehen, dass er ihr vertraute und zum ersten Mal hatte sie wieder das Gefühl, Kevin zu mögen. Ihre Sympathie vom ersten Tag, als sie ineinander gelaufen waren, war auf einmal wieder da.

Vielleicht würde alles gut werden. Vielleicht würde die ganze Situation schon bald Sinn ergeben, dachte sie, als sie aus der Haustür ging.

Sonntag, 22. Juli 2012

I

Cindy stand vor dem modrigen Mehrfamilienhaus und war sich nicht mehr sicher, ob ihr Plan gut, oder doch nur ein schlechter, spontaner Einfall war. Es war immer das gleiche bei ihr: wenn sie einen Plan schmiedete, fand sie ihn immer perfekt. Sie dachte, dass sie alles sauber durchdacht hatte und er funktionieren würde. Doch je mehr Zeit verstrich, desto näher sie der Umsetzung kam, desto lauter wurden ihre Zweifel und plötzlich kam ihr die Idee dumm vor. Fast unterirdisch! Ein bisschen schämte sie sich sogar, diesen Einfall gehabt zu haben und am liebsten hätte sie alles sofort hingeworfen, alles zurückgepfiffen und abgebrochen und sich etwas Neues ausgedacht.

Aber sie wusste, dass das nicht ging.

Kevin hatte die Vermutung aufgestellt, dass Mrs. Cornwall hinter all dem steckte und nachdem Cindy ein Gesicht gemacht hatte, dass verriet, wie abwegig sie diese Theorie fand, nickte er nur.

»Ich glaube …«, sagte Kevin und stockte. Er fand es sichtlich unangenehm darüber zu reden.

»Ich glaube, sie hatten eine Affäre«, behauptete er dann vorsichtig.

»Mit seiner Lehrerin?«

»Ja«, bestätigte Kevin. »Mylo hat es mir nicht genau erzählt, aber sie hatten mehrere Jahre Kontakt.«

»Und warum sollte sie dann ihren Mann erschießen und Mylo einen Mord anhängen?«, fragte sie verwundert. »Das würde sie doch in die völlige Einsamkeit katapultieren. Sie hätte doch am wenigsten davon. Vor allem, wenn sie am Ende selbst im Knast steckt!«

Kevin zuckte die Schultern. »Das sind alles nur Vermutungen. Ich weiß es nicht. Ich weiß nur, dass sie geschossen hat.«

»Hast du es gesehen?«, fragte sie erstaunt und er nickte ernst.

»Die klingt ganz schön abgebrüht«, meinte sie verwirrt. »Bist du sicher, dass er sich mit so jemandem eingelassen hat?«

»Ja. Sie hat uns in gewisser Weise vorher sogar geholfen. Oder eher *Mylo* geholfen.«

Er sah sie an, als würde er sich fragen, ob er ihr vertrauen konnte und sie versuchte ihm mit Blicken klarzumachen, dass er es kann.

»Die Wohnung läuft über sie. Nicht direkt mit ihrem Namen, aber sie hat es irgendwie geschafft, dass eine Bekannte von ihr die Wohnung mietet, damit unsere Namen nicht im Vertrag auftauchen. Wir haben ihr die Miete bezahlt. Damals hatte ich das Gefühl …«, er machte eine Pause und schüttelte leicht den Kopf. »Ich hatte das Gefühl. dass sie alles dafür tut, um Mylo in ihrer Nähe zu haben. Sie hat darauf gehofft, dass er wirklich dort einzieht.«

»Aber ihr wart nur ab und zu da?«

Sie wollte gar nicht genau wissen, was sie dort gemacht haben.

»Ja, genau.«

»Aber deswegen einen Menschen töten? Das klingt wirklich sehr gestört.«

Kevin zuckte nur mit den Schultern. »Mittlerweile könnte ich es ihr zutrauen.«

»Aber«, sagte sie und versuchte die ganzen neuen Erkenntnisse zu ordnen. »Eigentlich müsste Mrs. Cornwall ebenfalls in Untersuchungshaft sein. Mylo muss doch gesagt haben, dass sie es war!«

»Anscheinend nicht. Vielleicht will er auch mich schützen«, sagte Kevin leise. »Mrs. Cornwall würde meinen Namen verraten und …«

Sie hatte genickt. Sie hatte verstanden, dass Kevin auf keinen Fall mit der Polizei zu tun haben wollte.

Sie machte sich noch einmal klar, für wen sie das tut, atmete tief ein und klingelte.

Das laute Summen des Türschlosses, ließ sie kurz zusammenzucken, dann trat sie in den kalten Flur und ein fieser Geruch von Schimmel und Feuchtigkeit stieg ihr in die Nase.

Sie mochte sich nicht ausmalen, wie es wohl wäre, hier zu wohnen und sie beschloss in diesem Moment einen Pakt, dass sie alles dafür tun würde, um in ihrem Leben halbwegs erfolgreich zu werden, sodass sie sich ein schönes, gepflegtes Zuhause leisten könnte.

Sie stieg die Stufen empor und blieb bei jeder Wohnungstür stehen, um den Namen an der Klingel zu lesen. Obwohl sie wusste, dass Mrs. Cornwall oben wohnte, ging sie langsam den Flur entlang und stellte sich vor, wie ihr Bruder hier in diesem Haus war. Er ist diese Stufen hochgegangen, hat das Geländer berührt, er war hier. Wieder fühlte sie sich mit ihm verbunden.

Angespannt ging sie die letzten Stufen hoch, blickte zögernd zur Wohnungstür und stellte ernüchtert fest, dass die Tür geschlossen war.

Sie stand vor einer geschlossenen Tür und ihr Mut hatte sie wieder verlassen. Es war naiv zu glauben, dass Mrs. Cornwall einfach so die Wohnungstür öffnen und eine Fremde offenherzig begrüßen würde, aber es hätte ihr Vorhaben trotzdem deutlich vereinfacht.

Jetzt musste sie noch einmal klingeln.

Und wie immer, wenn sie nur eine Sekunde zu viel Zeit hatte und nachdachte, wollte sie alles hinschmeißen.

Sie war aufgeregt, als sie die Klingel drückte und das Läuten gedämpft in der Wohnung hallen hörte.

Ihr Herz klopfte laut, als sie im leisen Hausflur stand und nicht sicher war, ob sie Schritte hörte, die zur Wohnungstür schlurften, oder ob sie sich das nur einbildete.

Nach einer Ewigkeit öffnete sich die Tür einen winzigen Spalt. Cindy erschrak sofort, als sie die Frau sah. Das war nicht Mrs. Cornwall! Verdammt! Sie hatte sich vertan! Blitzschnell schaute sie auf das Klingelschild, las *Cornwall*, und schaute wieder auf das verknitterte Gesicht im Türspalt.

»Mrs. Cornwall?«, fragte sie unsicher.

Die Frau schaute sie mit einem erstaunten Blick an. Als würde der Name sie an etwas erinnern, das schon lange nicht mehr da war. Sie öffnete die Tür etwas weiter und Cindy konnte ihr ganzes Gesicht sehen. Sie sah alt aus, ziemlich alt! Sie war unattraktiv, man sah ihr an, dass sie Sorgen hatte, denn die tiefen Linien in ihrem Gesicht sprachen Bände. Sie sah verkommen aus, wie eine fünfzigjährige Frau, die man aus niederen Fernsehshows kannte; jemand, über den man urteilte, den man für unfähig hielt.

Verwirrt versuchte sie sich vorzustellen, wie diese Frau einmal eine gebildete Lehrerin gewesen war, aber schon die Vorstellung ließ sich nicht aufrechterhalten. Sich vorstellen, wie diese Frau eine Beziehung mit ihrem Bruder hatte, war ihr vollkommen unmöglich.

Irgendetwas stimmte hier nicht.

»Ja?«, bestätigte die Frau in der Türe ängstlich.

»Mrs. Cornwall«, wiederholte sich Cindy und fing sich endlich. Sie musste herausfinden, wer diese Frau war.

»Ich heiße Cindy Stewart. Störe ich Sie gerade?«

»Was wollen Sie denn?«, fragte sie ausweichend und Cindy merkte, wie Mrs. Cornwall sie ganz genau musterte.

»Ich bin Mylos Schwester«, stellte sie sich vorsichtig vor und streckte ihr den Strauß Blumen entgegen, den sie zuvor gekauft hatte.

»Ich wollte Ihnen mein Beileid aussprechen.«

Mrs. Cornwall sah sie erstaunt an, fast hatte Cindy das Gefühl sie erschreckte sich vor ihr, oder würde ihr die Blumen gleich wieder an den Kopf schmeißen und sie fragen, was sie sich einbilde, hier aufzutauchen, aber schließlich nahm sie zögernd die Blumen an.

»Danke«, sagte sie schwach. »Ich mache gerade eine schwere Zeit durch …«

Mrs. Cornwall seufzte und es sammelten sich Tränen in ihren Augen.

»Möchten Sie reinkommen?«, fragte sie plötzlich zu Cindys Überraschung.

»Wenn es ihnen keine Umstände macht«, entgegnete sie aus Höflichkeit und Mrs. Cornwall schüttelte langsam den Kopf.

»Nein, wissen Sie, ich bin viel alleine in letzter Zeit«, erzählte sie während Cindy in die Wohnung trat.

Entsetzt sah Cindy das ganze Chaos. Unmengen von getragenen Schuhen – die unangenehm nach Schweiß und Leder rochen – stapelten sich im Flur, die Jacken hingen nicht an der Garderobe, sondern lagen auf allen möglichen Oberflächen. Briefe, Briefumschläge, lose Blätter lagen verstreut auf dem Boden und es roch, als hätte sie all ihre Lebensmittel im Kühlschrank verfaulen lassen und die letzten Woche nicht mehr gelüftet. Cindy konnte sich an keinen Anblick gewöhnen; weder an Mrs. Cornwall, noch an die verdreckte Wohnung.

Mrs. Cornwall führte Cindy ins Wohnzimmer, räumte schnell einen Klamottenhaufen vom Sofa und Cindy setzte sich widerwillig.

Mrs. Cornwall setzte sich ihr gegenüber, in einen modrigen Sessel, dessen Stoff mit Essensflecken übersäht war und Cindy anwiderte.

Es war für sie unvorstellbar, dass ihr Bruder regelmäßigen Kontakt mit dieser ungepflegten, schlampigen Frau hatte.

Sie ließ die Blumen wie ein Sack Kartoffeln auf den Couchtisch fallen und beachtete sie nicht weiter. Sie würde sie nicht in eine Vase stellen, dachte Cindy.

Als sie den Couchtisch musterte und die vielen benutzten Gläser und Tassen sah, einige, in denen der Kaffee schon verkrustet war, hoffte sie, dass Mrs. Cornwall ihr nichts zu trinken anbieten würde.

Sie fand alles in dieser Wohnung widerlich.

»Es tut mir leid, was mit ihrem Mann passiert ist«, sagte Cindy aufrichtig und bemühte sich zu konzentrieren. Die

Wohnung war egal. Das, was Mrs. Cornwall erzählte war möglicherweise bedeutsam.

»Es ist schlimm«, erzählte sie sofort. »Wir waren lange zusammen. Nur mit ihm habe ich mich vollständig gefühlt.«

Ihr schossen Tränen in die Augen und sie blickte nach unten.

Cindy versuchte ruhig zu bleiben. Sie fühlte sich jetzt schon maßlos überfordert. Noch nie war sie gut darin gewesen, einen anderen Menschen zu trösten, nicht einmal, wenn eine Klassenkameradin wegen einer schlechten Note weinte, konnte sie die richtigen Worte finden. Jetzt, saß sie vor einer Frau, dessen Lebensumstände sie derart zermürbt hatten, dass sie mindestens zehn Jahre älter aussah und nun völlig ohne Anker im wilden Ozean trieb.

Wie sollte Cindy sie nur trösten?

*Alles wird gut.*

*Ich kann Sie verstehen.*

*Sie schaffen das.*

All die Floskeln, die Cindy in den Sinn kamen, waren in dieser Situation lächerlich, völlig unangemessen.

»Arbeiten Sie gar nicht mehr als Lehrerin?«, fragte sie vorsichtig und hoffte, dass sie sich auf den Themenwechsel einließ.

Mrs. Cornwall schaute sie an und hörte auf zu weinen.

»Schon lange nicht mehr. Es ging nicht mehr. Es hatte keinen Sinn mehr«, antworte sie und klang, als ob sie diesen Teil ihres Lebens ganz weit hinter sich gelassen hatte.

»Warum nicht?«, fragte sie schüchtern und wusste, dass sie darauf wahrscheinlich keine Antwort bekäme.

Mrs. Cornwall schien in ihre Gedanken zu versinken, es vergangen mehrere Sekunden, bis sie antwortete.

»Ich wollte mehr Zeit mit ihm verbringen, aber es kam etwas dazwischen.«

»Es kam etwas dazwischen?«

»Ja, es kam etwas dazwischen! Wir haben uns nicht mehr oft sehen können. Lebten unser eigenes Leben. Aber jetzt, wo er weg ist …«, sie machte eine Pause und schüttelte den Kopf. »Jetzt, wo er weg ist, bricht mein Leben auseinander! So viele Jahre! So viel, dass wir erlebt haben! Er hat mich gestützt, er war mein Halt, mein Lebenssinn! Und jetzt ist er weg und ich kann so nicht mehr weiter leben!«, schluchzte sie und nahm sich ein Taschentuch.

»Ich will ihn nur zurück, wissen Sie? Ich will ihn doch nur zurück!«

Sie versuchte sich mit dem Taschentuch die Tränen abzutrocknen, aber sie liefen ihr unaufhaltsam übers Gesicht.

Cindy fühlte sich unwohl. Wie naiv es von ihr war, zu denken, dass sie ihre eigene kleine Zeugenaussage mit Mrs. Cornwall machen konnte. Wie naiv sie war, zu glauben, dass sie etwas aus dieser Frau rausbekäme, dass die Polizei noch nicht wusste oder übersehen hatte. Natürlich hatten sie alles versucht; sie waren genau an diesen Punkt gelangt, an dem Cindy jetzt auch war! Sie könnte es gewesen sein oder auch nicht. Aus ihr war nichts rauszubekommen, weil sie mit ihrem Verlust beschäftigt war.

Aber wer, in Gottes Namen, bringt seinen eigenen Ehemann um und wirft danach sein eigenes Leben über Bord?

Man brauchte kein geschultes Auge, keine langjährige Ermittler Ausbildung und kein Psychologie Studium, um zu sehen, dass diese Frau am Rande eines Nervenzusammenbruches stand. Auch wenn ihr Körper noch lebte, war ihre Seele längst tot. Sie lebte nicht mehr! Man konnte es ihr ansehen, man hörte es an ihrer Stimme, man sah es an ihrer Wohnung. Hier war etwas geschehen, das sie erschüttert hatte und sie kam von selbst nicht mehr aus den Trümmern heraus.

Diese Frau litt unter dem Verlust. Sie litt so sehr, und Cindy hatte das ungute Gefühl, dass sie nicht damit fertig wurde.

Wenn sie ihren Mann so sehr geliebt hatte, hatte sie ihm keine Kugel in den Kopf gejagt. Ganz sicher nicht.

Mylo war es nicht, Mrs. Cornwall war es nicht, dachte sie konzentriert und versuchte, die neuen Erkenntnisse rasch in ihren Kopf zu sortieren. Dann stockte sie.

Es blieb nur noch einer übrig. Der einzige, der die ganze Zeit irgendwelche Informationen preisgab. Der einzige, der neutral auf die ganzen Umstände reagiert. Der einzige, der weder im Knast ist, noch einen Verlust erlitten hatte! Verdammt! Warum hatte sie Kevin geglaubt?

Plötzlich fühlte sich von ihm beeinflusst, manipuliert und benutzt. Er hatte sie geködert, hatte ihr von ihrem Bruder erzählt, sie damit sofort um den Finger gewickelt und sie hatte freiwillig mitgespielt! Wie dumm sie war! Sie hatte ihm sofort geglaubt! Mrs. Cornwall ebenfalls verdächtigt und sich auf den Weg gemacht! Alles um eine Frau, die am Ende ihrer Kräfte war, noch mehr in den Abgrund zu drängen!

Wie gerissen er war!

Er war der Einzige, der von seinen Aussagen profitierte, und was für ein glücklicher Zufall es war, dass sie auch noch angeboten hatte, seine Akte zu kontrollieren, damit er vollends abgesichert war! Wahrscheinlich war seine Akte randvoll gefüllt und er würde sie noch bitten, jene unauffällig zu vernichten und sie würde begeistert zustimmen! Wahrscheinlich hatte sie mehrere Tage mit einem Mörder zusammengelebt! Wahrscheinlich war sie die ganze Zeit in Gefahr, aber konnte es nicht sehen, weil sie Janet für die einzige Gefahr weit und breit hielt!

Ihr wurde schwindelig, als sie sich erhob. Sie musste hier raus. Sie musste so schnell wie möglich herausfinden, was an diesem Tag passiert war. Plötzlich bekam sie Angst, wenn sie an Kevin dachte. Wenn er sie getäuscht hatte, war er abgebrühter als angenommen und wer weiß, wie er auf ihre Anschuldigungen reagieren würde.

So oft schon, hatten Stewart und sie darüber gesprochen!

*Man sieht den Leuten nicht an, was sie denken oder was sie tun.*

So oft hatten sie darüber geredet, nicht den Worten oder dem Aussehen zu glauben und jetzt ist sie selbst darauf reingefallen!

»Es tut mir Leid, dass ich Sie gestört habe, Mrs. Cornwall«, sagte sie halb benebelt, halb beschämt. »Ich werde wieder gehen und sie nicht mehr weiter belästigen.«

Mrs. Cornwall sah sie verwundert an, sagte aber nichts. Wahrscheinlich war sie froh, wieder alleine zu sein.

Cindy blickte noch einmal hektisch durch den Raum und verabschiedete sich von Mrs. Cornwall.

»Ich finde alleine raus«, sagte sie rasch. Sie wollte nicht noch mehr Umstände machen, als sowieso schon.

Wie in Trance ging sie aus dem Wohnzimmer, als ihr Blick auf eine Kommode fiel, die neben der Türschwelle stand. Auch hier herrschte eine entsetzliche Unordnung; es vermischten sich Deko-Elemente mit benutztem Geschirr und staubigen Teelichtern. Aber trotzdem fiel Cindy etwas auf, das sie unmittelbar zum Stehenbleiben veranlasste. Augenblicklich bremste sie ihren schweren Schritt ab.

Sie wusste nicht, warum es ihr auffiel, warum sie in diesem Chaos überhaupt etwas so Kleines entdecken konnte, aber sie sah es ganz deutlich. Sie strecke ihre Hand aus und griff nach einem kleinen Lederarmband mit vier Silbernen Ornamenten. Sie legte es in ihre Hand und strich vorsichtig mit ihren Fingern darüber, als wäre es etwas Heiliges.

*»Hinter jedem silbernen Teil, verbirgt sich ein Wunsch. Wenn du darauf drückst und dir dabei etwas wünschst, wird er in Erfüllung gehen«, flüsterte Mylo und seine Augen leuchteten selbst in der Dunkelheit.*

*Cindy war immer noch erstaunt, ihren Bruder mit einem so schönen Armand zu sehen.*

*»Wo hast du das denn her?«, fragte sie aufgeregt.*

*»Ich habe es gefunden«, antworte er leise. »Es lag auf der Straße und ich habe es aufgehoben. Ich weiß, eigentlich ist es nicht richtig, es einfach so zu behalten, aber ich habe mir schon immer ein Armband gewünscht. Irgendwie hatte ich sogar das Gefühl, dass es für mich war. Komisch oder?« Er kicherte leise.*

*Es war mitten in der Nacht und sie mussten aufpassen, dass Susanna sie nicht hörte.*

*Cindy hatte gedacht, dass sie in ihrem Leben nie wieder lachen könnte. Ohne ihren Bruder hätte sie das nicht gekonnt. Sie war froh - heilfroh - dass er wieder da war und blieb extra lange auf, um nachts in sein Bett zu klettern und mit ihm zu reden. Sie wollte nie wieder ohne ihn sein.*

*»Hast du dir schon etwas gewünscht?«, fragte Cindy leise.*

*»Nein, noch nicht«, wisperte er nachdenklich. »Aber du kannst dir etwas wünschen. Ich verspreche dir, dieses Armband ist ein Glücksarmband. Was auch immer du dir wünschst, es wird sich erfüllen.«*

*Sie konnte immer noch das Leuchten in seine Augen erkennen.*

*Sie freute sich, war ganz aufgeregt, dass sie sich etwas wünschen durfte und, dass ihr Bruder sein schönes Armband mit ihr teilte.*

*Es schien ihr, als würde das Mondlicht auf die silbernen Ornamente scheinen und die Kraft beschwören. Sie wollte sich etwas ganz besonderes wünschen, bloß keinen Wunsch, den sie nachher bereuen würde, weil er zu einfach war. Sie überlegte eine Weile und tippte dann auf ein silbernes Ornament.*

*»Ich wünsche mir, dass wir glücklich werden«, flüsterte sie dann. »Wenn wir groß sind, meine ich.«*

*Sie schaute das glänzende Silber in der Dunkelheit an, dann wieder ihren Bruder.*

*»Das ist ein schöner Wunsch«, sagte er leise. »Es gibt Menschen, die wünschen sich Geld, Klamotten, Autos oder solche Dinge. Aber Glück kann man sich nicht kaufen. Nur wünschen. Und, was du dir wünschst, wird in Erfüllung gehen.«*

*Sie nickte, war stolz, dass ihr Bruder ihren Wunsch gut fand und sie freuten sich beide über das schöne Armband und über ihr Glück, dass in der Zukunft auf sie wartete.*

*Am nächsten Morgen wurden sie nicht von Susanna geweckt. Cindy wachte vor ihr auf, kletterte aus Mylos Bett und legte sich in ihres. Und sie wusste in diesem Moment, dass das Armband sie schon beschützte.*

»Woher haben Sie das?«, fragte sie entsetzt.

Sie hatte sich wieder zu Mrs. Cornwall umgedreht, stand aber immer noch stocksteif an der Wohnzimmertür.

Mrs. Cornwall hörte auf zu weinen, schaute ebenfalls entsetzt auf das Armband, bemühte sich, ihre Fassung zu bewahren.

»Es war ein Geschenk, nichts Besonderes«, sagte sie und winkte ab. »Gefällt es dir?«

Sie sprach in einer Stimmlage, die nicht zu ihr passte.

Cindy schüttelte den Kopf. »Es ist von meinem Bruder.«

Und in diesem Moment konnte sie etwas in ihrem Gesicht ablesen; für eine kurze Sekunde schwankte ihr Blick, von Glück zu Trauer, von Sehnsucht zu Abwehr, von Liebe zu Hass.

Mrs. Cornwall antwortete nicht mehr, aber Cindy wusste, was sie dachte. Wie ein Daumenkino, sah sie die Abfolge der Bilder vor sich, sah, wie Mrs. Cornwall Mylo unterrichtete, wie sie sich annähernten, wie sie sich unterhielten und immer besser kennenlernten, wie sie womöglich, auch wenn Cindy es nicht fassen konnte, eine Beziehung miteinander gehabt hatten.

Dieses Armband bedeutete Mylo zu viel. Niemals hätte er es verloren oder verschenkt an jemanden, den er nicht mochte. Sie hatte eine Bedeutung für ihn gehabt.

Plötzlich lief das vorherige Gespräch mit Mrs. Cornwall noch einmal in ihren Gedanken ab und sie verstand, dass sie nie über ihren Mann gesprochen hatte. Und, dass ihre Gefühle real waren. Sie litt erbärmlich, weil sie jemanden verloren hatte. Weil sie Mylo verloren hatte.

Mrs. Cornwall hatte ein Motiv.

»Ich liebe ihn, bitte, Cindy! Du musst mich verstehen!«, stieß Mrs. Cornwall plötzlich mit einer Verzweiflung hervor, die Cindy noch nie bei einem anderen Menschen auf diese Art erlebt hatte. »Bitte! Geh nicht! Tu mir das nicht an!«

Cindy drehte sich wortlos um und ging schnell zur Tür. Sie hatte das Gefühl sonst nie aus dieser Situation rauszukommen, die sich jetzt schon wie endlose Stunden angefühlt hatten. Wenn sie jetzt nicht ging, würde Mrs. Cornwall sie wahrscheinlich auf Knien anflehen, sich um ihren Körper klammern und so lange bitterlich und kindlich weinen, bis Cindy zustimmen würde, ihr Geheimnis zu hüten.

Als sie aus der Haustür ging, fühlte sie sich, als wäre sie aus einem anderen Universum gekommen und würde zum ersten Mal einen Fuß auf die unbekannte Erde setzen.

Es war hell und warm; das Gras strahlte in saftigem grün, die Vögel sangen, die Menschen grüßten einander und waren freundlich. Nie zuvor hatte die Welt für Cindy so schön ausgesehen.

Sie fühlte Beklemmung, wenn sie daran dachte, dass Mrs. Cornwall seit Wochen nicht mehr rausgegangen war. In dieser Wohnung konnte man nur zugrunde gehen, eine andere Option gab es nicht.

Als sie ein paar Schritte gemacht hatte, konnte sie endlich wieder klare Gedanken fassen. Sie wusste mehr. Auch wenn ihr Plan alles andere als gut verlaufen war, hatte sie ihr Ziel erreicht und mehr erfahren. Vielleicht wollte sie gar nicht *so viel* erfahren, aber es würde helfen, um Mylo zu entlasten. Das war die Hauptsache.

2

Auf dem Boden lagen dutzende zerknüllte Papiere und auch jetzt, knüllte er das beschriebene Blatt, das vor ihm lag, zusammen, und warf es frustriert zu den anderen.

Wieder nahm Mylo den Stift, schrieb die ersten Zeilen, aber immer fand er, dass es nicht passend klang. Wie sollte man jemanden ansprechen, den man acht Jahre nicht mehr gesehen hatte? Ein einfaches *Hallo* klang zu freundschaftlich, ein *Guten Tag*, als wären sie Fremde.

Nach ein paar Minuten entschloss er sich, die Anrede wegzulassen. Das war sowieso nur eine Formsache. Das wichtige war der Inhalt.

*Ich schreibe dir aus dem Gefängnis. Ich bin unschuldig, aber ich denke, ich habe die Strafe trotzdem verdient.*

*Schon oft habe ich in meinem Leben gedacht, dass es nicht schlimmer werden kann. Schon oft habe ich mir gewünscht, an einem anderen Ort zu sein, aber jetzt wünsche ich es mir noch mehr. Denn früher hatte ich dich. Wir hatten uns. Wir haben zusammen durchgehalten, obwohl wir nicht wussten für was. Ja, für was haben wir durchgehalten?*

*Ich sitze im Gefängnis und es ist grauenvoll. Weißt du, wieso? Weil man alleine ist. Tag für Tag alleine mit seinen Gedanken. Und man weiß, dass draußen Menschen sind, die einem viel bedeuten. Und weißt du, was noch schlimmer ist? Plötzlich fallen einem so viele Dinge ein, die man diesen Menschen sagen will. Man wacht manchmal mitten in der Nacht auf und bekommt eine so starke Sehnsucht, dass man versucht mit bloßen Händen, die Gitterstäbe aufzubiegen, obwohl man weiß, dass es unmöglich ist.*

*Man möchte gar nicht nach draußen. Man möchte nur für einen Moment bei den Menschen sein, die einem wichtig sind.*

*Dieser Brief wird dich erst erreichen, wenn ich nicht mehr da bin. Sei nicht traurig. Ich habe diese Entscheidung bewusst getroffen. Hier gibt es keinen Platz für mich.*

*Dein Bruder*

*Mylo*

Er faltete das Papier sorgfältig zusammen, legte es neben sich und machte sich an den nächsten Brief. Es kamen ihm nur drei Leute in den Sinn, von denen er sich verabschieden wollte.

In der Nacht konnte er nicht schlafen und mittlerweile wusste er auch nicht mehr, wie viele Nächte er wach gelegen hatte und darüber nachgedacht hatte, dass dieses Leben kein schönes Leben war. Niemals gewesen war. Niemals wird.

Und selbst wenn er eines Tages wieder auf freiem Fuß wäre, selbst, wenn er eines Tages wieder mit Kevin um die Häuser ziehen würde, würde er sich in dieser Welt trotzdem nicht wohlfühlen. Denn er fühlte sich anders. Anders als alle anderen Menschen.

Mittlerweile hatte er so viel darüber nachgedacht, dass er wusste, dass jeder sich anders fühlte. Und wenn jeder sich anders fühlte, war er doch nur ganz normal. Aber warum fühlte er sich nicht normal?

*»Was ist schon normal?« Mrs. Cornwall schaute ihn an.*

*Das hier auf jeden Fall nicht, dachte er. Obwohl er zu diesem Zeitpunkt nirgendwo lieber gewesen wäre, als bei ihr.*

*Normalerweise konnte er Lehrer nicht leiden und die meisten ihn auch nicht. Er konnte sich nicht gut konzentrieren, lenkte oft andere ab und machte genau das, was er nicht tun sollte. Aber er war nicht dumm, ganz im Gegenteil, das meiste langweilte ihn einfach nur. Obwohl Langeweile nicht das richtige Wort war. Es kam ihm unwichtig vor. Denn was sollten ihn Fächer wie Kunst, Mathematik oder Englisch interessieren, wenn seine Mutter ihn hasste und ihn jeden Tag verprügelte? Warum wurde einem in der Schule nicht beigebracht, wie man sich wehrte? Was man tun sollte, wenn man sich lieber umbringen würde, als wieder zu dem Ort zu gehen, den manche Menschen ihr Zuhause nannten? Warum war es wichtig, ein Gedicht auswendig zu können, wenn seine ganze Welt gerade sowieso zusammenbrach? Warum sollte Geometrie einen höheren Stellenwert haben, als seine kleine Schwester, die so traurig ist, dass sie aufgehört hat zu sprechen? Er wusste nicht, wie dieses Verhältnis zustande kam. Aber es schien niemanden zu interessieren. Er wusste nur, dass die Schule unwichtig war. Alles war unwichtig. Er wollte nur, dass er und seine Geschwister einmal glücklich waren.*

*Deshalb hörte er nur halbherzig hin, wenn seine Lehrer irgendetwas erklärten, das anscheinend wichtig war, weil es bald in einem Test vorkommt und der Test über die Zeugnisnote entscheidet. Er wurde fast wütend, wenn er sah, wie andere gespannt auf ihre Zeugnisse warteten, über Noten diskutierten, sich über Noten freuten oder traurig waren. Wenn er sein Zeugnis bekam und die Note ausreichend auf jedem der schwarz weiß bedruckten Felder sah, fühlte er nichts. Wenn er nach Hause ging, die Blätter der Bäume rascheln hörte und sich wünschte, ein flatterndes Blatt im Wind zu sein, fühlte er Glück. Wenn er die schwere Haustür aufschloss und der Schlüssel sich mit einem unangenehmen Klacken umdrehte, fühlte er Angst. Wenn die Fäuste seiner Mutter auf seinen Körper eindroschen, fühlte er Hass. Aber nicht mehr auf seine Mutter. Nur noch auf sich. Er hasste sich dafür, dass er sich nicht wehren konnte. Dass er nicht um Hilfe schrie. Dass er nie um Hilfe fragte. Er hasste sich, dass er so schwach war und er hatte das Gefühl, die Schläge zu verdienen. Ja, er hatte es verdient.*

*In der Schule war er in Sicherheit, auch wenn es nur diese paar Stunden waren. Und diese Stunden voller Sicherheit wollte er nicht damit verschwenden, Matheaufgaben zu lösen. In diesen Stunden musste er sein Überleben sichern, seine Kraft finden, Mut schöpfen.*

*Das alles tat er, in dem er die Lehrer austrickste. Nicht so, wie es einige taten, deren Schrei nach Aufmerksamkeit so laut und offensichtlich war, dass Mylo Mitleid empfand. Nein, er wollte keine Aufmerksamkeit um jeden Preis, er wollte sich nur gut fühlen. Sich für einen Moment clever und überlegen fühlen, damit er für die wenigen Stunden ein ganz normaler Junge war. Er wusste selbst nicht wie, aber er schaffte es immer unauffällig zu sein. Er warf Zettel durch den Raum, die immer bei irgendwem landeten, auf den die Schuld dann geschoben wurde. Er schaffte es, andere mit Blicken, Mimik oder Gestik zum*

*Lachen zu bringen, ohne dass er selbst lachen musste. Nicht selten passierte es, dass andere Kinder vor die Tür geschickt wurden, weil sie ununterbrochen gelacht oder geredet hatten und Mylo genoss es, dass er nie erwischt wurde.*

*Wenn die anderen ihn verpetzten, freute er sich sogar noch mehr. So konnte er endlich diskutieren. Er fand immer die passenden Worte, die passenden Argumente, um seine Unschuld zu beweisen und vor allem konnte er gut lügen. Wie auf Knopfdruck fielen ihm Lügen ein und er wusste, dass andere Leute nicht merkten, was in ihm vorging. Sie konnten ihn nicht einschätzen. Sie wussten, dass er etwas verbarg, aber er verunsicherte sie so lange mit seinen Lügengeschichten und seinem vorgetäuschten Selbstbewusstsein, dass sie sich von ihm abwandten.*

*Lehrer waren für ihn Menschen, die keine Ahnung vom Leben hatten, besser gesagt keine Ahnung von den Tiefen des Lebens hatten. Sie waren für ihn fast wie Marionetten, gefühllos und steif, manchmal von oben gelenkt, oder zu sehr von oben beeinflusst. Sie waren für ihn ein Mittel zum Zweck.*

*Als er Mrs. Cornwall in die Klasse kommen sah, wusste er, dass sie nicht so war, wie die anderen. Sie war vielleicht dreißig, hatte eine schüchterne Haltung und ein Gesicht, dem man ansah, dass sie viele Sorgen hatte.*

*Zum ersten Mal hatte Mylo das Gefühl, keine Marionette vor sich zu haben, sondern einen Menschen. Einen ganz normalen Menschen. Einen Menschen, der fühlt.*

*Innerhalb der ersten Sekunden stand sein Entschluss fest, dieser Lehrerin eine Chance zu geben und ihren Unterricht anzuhören.*

*Als sie unsicher ihre Sachen ablegte und ihren Namen an die Tafel schrieb, konnte er mit ihr mitfühlen. Sie tat ihm leid und irgendwie hoffte er, dass sie nicht zu schlecht von den anderen Schülern behandelt wurde. Er wollte mehr über diese Lehrerin wissen.*

*Es überraschte ihn, als sie sich mit festen Worten vorstellte, ihre Stimme war laut und klar. Sie klang nicht nervös. Sie klang so, als hätte sie es sehr oft geübt, sich vorzustellen und erst damit aufgehört, als sie ihre Stimme als angemessen stark empfand. Vielleicht bemerkten die anderen es nicht, aber Mylo bemerkte, dass diese Frau vieles beschäftigte und er wollte wissen, was es war. Er hatte das Gefühl eine gleiche Seele gefunden zu haben und dieses Gefühl beflügelte ihn.*

*Nach der Stunde wartete er, bis alle anderen in die Pause strömten und ging zu ihr. Sie schrieb noch etwas auf und blickte hoch, als Mylo vor ihr stand.*

*»Sind Sie neu hier?«, fragte er.*

*Sie lächelte. »Ja, es ist meine erste Woche hier. Merkt man mir das an?«*

*Mylo fiel auf, dass sie von nahem ganz anders aussah. Sie hatte sehr schöne Augen, die eine außergewöhnliche Form hatten, eine schmale Nase, die perfekt in ihr symmetrisches Gesicht passte. Sie hatte blasse Haut, aber sie war wirklich hübsch. Nur die dunklen Ränder unter ihren Augen und die runtergezogenen Mundwinkel ließen vermuten, dass sie nicht allzu glücklich war. Aber hübsch war sie in jedem Fall.*

*Plötzlich wurde er nervös und wusste nicht mehr, was er sagen sollte.*

*»Nein, nein«, erwiderte er schnell.*

*»Dann ist gut«, sie lächelte und widmete sich wieder ihren Blättern.*

*Den ganzen Weg nach Hause musste er an sie denken und sein Herz klopfte, wenn er daran dachte, wie schön ihre Augen waren. Aber das war nicht das, was ihn am meisten faszinierte. Am meisten faszinierte ihn das, was er in ihrem Inneren vermutete. Ihren Kummer, ihren Schmerz, ihre Gedanken. Er wollte wissen, wie sie sich fühlte.*

*Was machte sie jetzt? Wie fühlte sie sich, jetzt gerade, in diesem Moment?*

*Die nächsten Wochen beobachtete er sie ganz genau, bis er irgendwann wusste, was sie trug, wenn sie glücklich oder traurig war. Welche*

*Verhaltensweisen sie hatte, wenn sie unsicher war. Wie ihre Augen aussahen, wenn sie vermutlich eine Nacht wachgelegen hatte. Wie ihre Mundwinkel aussahen, wenn sie nicht verstanden wurde. Er wusste alles über sie. Und es erfüllte ihn mit Glück so viel über sie zu wissen.*

*Jedes Mal, bevor er einschlief, dachte er an sie und wie schön er sie fand. Wie schön er sie fand, weil sie ihr Innenleben nicht komplett versteckte. Sie überspielte es nicht, sie versuchte es nicht abzuwehren, zu überschminken oder mit einer übertriebenen Mimik davon abzulenken. Sie lebte und stand zu ihren Gefühlen.*

*Für Mylo war sie nahbar.*

*Noch nie hatte er sich einer Person so nah gefühlt. Es war das, wonach er sich sehnte und seitdem Mrs. Cornwall in seinem Leben war, fühlte er sich, als hätte er eine Aufgabe. Als hätte sein Leben einen Sinn bekommen. Es war kein absoluter Lebenssinn, der alles andere um ihn herum verbesserte oder änderte, aber es war ein ganz kleines, stark brennendes Licht am Ende des Tunnels.*

*Sie sprachen miteinander, jedes Mal, wenn sie eine Stunde zusammen hatten und irgendwann konnte er spüren, dass sie ihn auch mochte. Sie nahm ihn wahr. Sie sah ihn, wie er war, nicht das, was er vorgab zu sein. Sie sah in ihn hinein, ohne, dass er etwas dafür tun musste. Und das gefiel ihm.*

*»Haben Sie einen Mann?«, fragte er sie unverblümt nach dem Unterricht.*

*Er wusste nicht, ob er eine Antwort darauf hören mochte, oder nicht, aber er wollte wissen, was sie beschäftigte.*

*Kurz schaute sie zur Seite, bevor sie ihn ansah und sich etwas in ihrem Blick verändert hatte.*

*»Ich habe keinen Mann«, sagte sie kühl, »ich habe einen Klotz am Bein.«*

*Sie lächelte frustriert. »Eines Tages, in meinem Leben, habe ich mit ihm zusammengepasst, eines Tages habe ich gedacht, es wäre richtig, ihn zu heiraten. Alles, damit ich zu einem späteren Zeitpunkt feststellen musste, dass dieser Mann mir bei allem im Weg steht. Ich gebe dir einen Rat. Wenn du denkst, dass du einen Menschen heiraten möchtest, stelle dir dein Leben, deine Wünsche, deine Ziele ganz fest vor. Mal sie dir aus, bis sie sich real anfühlen. Du musst fühlen, wie du dich fühlen wirst, wenn du sie alle erreicht hast. Wenn du das gemacht hast, stelle dir die Person vor, die du heiraten möchtest. Würde sie dich noch glücklicher machen in diesem Moment, oder kannst du diese Bilder gar nicht verknüpfen? Gar nicht ertragen? Dann weißt du Bescheid.«*

*Sie sah ihn entschuldigend an. »Tut mir leid. Das interessiert dich bestimmt nicht.«*

*»Doch«, sagte er schüchtern.*

*Mylo hatte noch nie eine Freundin gehabt, geschweige denn ans Heiraten gedacht. Im Allgemeinen hatte er noch nie an sein Leben gedacht, dass er als Erwachsener führen wollte. Dafür waren seine gegenwärtigen Probleme einfach zu mächtig. Sie füllten alle hoffnungsvollen Zukunftsvorstellungen so vollständig mit Angst aus, dass er irgendwann aufgehört hatte, sich seine Zukunft vorzustellen.*

*Er hatte schon Sorge, dass sie nicht weitersprechen würde, weil sie auf einmal so traurig aussah, aber dann sprach sie weiter und Mylo war froh, dass er sie noch reden hören durfte und ihr immer näher kommen durfte.*

*»Ich habe ihn kennengelernt, als ich in keiner guten Verfassung war. Ich bin für das Studium in eine neue Stadt gezogen, hatte Schwierigkeiten neue Freunde zu finden und fühlte mich sehr alleine. Er sprach mich an, als ich eines mittags durch die Stadt bummelte und ich war geschmeichelt, dass ich ihm auffiel. Er gefiel mir nicht wirklich, aber es tat gut, endlich mit einem Mann in Kontakt zu treten. Wir gingen in ein kleines Café und er lud mich ein. Als er mir erzählte, dass er in einer Autowerkstatt arbeitete, spürte ich sofort, dass mir das nicht gefiel. Nicht, weil ich Vorurteile gehabt hätte, oder auf einen Mann mit*

*Geld aus war, sondern weil ich diesen Beruf mit meinem Vater verknüpfte. Mein Vater hatte eine eigene Werkstatt und ich hatte nie ein gutes Verhältnis zu ihm. Er war einer dieser primitiven, konservativen Männer. Ich konnte es nicht ab haben, wenn mein Vater nach Hause kam, nach Schweiß roch und seinen dreckigen, stinkenden Blaumann mitten im Flur auszog und erwartete, dass meine Mutter die Sachen vom Boden aufhob, in die Waschmaschine tat, anschließend aufhängte und sie am nächsten Morgen wieder für ihn bereit legte. Ich hatte eine Abneigung zu sehen, wie er sagte, dass er alles könne, weil er Handwerker ist und alle anderen Berufe nur Theoretiker sind, die nichts können. Ich hatte eine Abneigung gegen seine gewaschenen Arbeitsklamotten, die im Wohnzimmer auf einem Wäscheständer trocknen mussten und den Raum unwohnlich machten. Und ich hasste es, zu sehen, wie er morgens seine Arbeitskleidung anzog. Wie er einen Blaumann über seinen dicken Bauch zog und sich selbstzufrieden im Spiegel betrachtete. Wie er abfällige Witze über Frauen machte, weil man das unter Männern so machte und nie auch nur ein Danke über seine Lippen glitt, wenn meine Mutter ihm morgens die Brote schmierte. Mit der Zeit hatte ich eine extreme Abneigung gegen meinen Vater entwickelt, die bis zu seinem Tod anhielt.«*

*Sie atmete tief durch.*

*»Ich habe mir für mein Leben mehr gewünscht, also ging ich nach der Schule auf eine Universität und nahm einen Schuldenberg auf mich, um meine Ziele zu erreichen.*

*Und obwohl ich diesen Mann nicht mochte und schon früh eine gewisse Abneigung gegen ihn hegte, geschah etwas Komisches. Ich fragte mich auf einmal, ob mir überhaupt mehr zustand. Ob ich überhaupt mehr verlangen durfte. Denn das war mein Leben. Der stinkende Mann. Die dreckige Arbeitskleidung. Die primitiven Geschichten und Kommentare. Das definierte mich doch, oder?*

*Auf einmal jagte mit der Gedanke schreckliche Angst ein, wenn ich an einen Mann dachte, der an der Universität studiert hatte und mit Anzug und Krawatte zu mir Heim kam. Auf einmal fühlte ich mich nicht mehr gut genug für so ein Leben. Ich dachte, dass ich so einen Mann nicht verdient hätte, oder niemals finden würde.*

*Also fand ich mich mit der Abneigung ab, die sich auf eine sehr falsche Art sogar richtig anfühlte. Die ganzen Abläufe waren mir vertraut, aber glücklich machten sie mich nicht. Ich heiratete ihn, aber blieb weiterhin dabei, meinen Traum zu verfolgen und mein Studium abzuschließen. Ich tat es auch, war erfolgreich, aber der Mann an meiner Seite passte immer weniger in mein Leben. Je mehr ich daran dachte, wie glücklich mich mein Beruf machte, desto stärker fiel mir auf, wie unglücklich mich dieser Mann machte. Er war das Stück von meinem alten Leben, das ich nicht losgelassen hatte und es verfolgte mich.«*

*Mylo hatte jedes Wort angehört und er war fasziniert von ihrer Geschichte. Noch nie hatte ein Mensch so offen mit ihm geredet und so viel über sich preisgegeben. Noch nie hatte er eine solche Geschichte gehört. Er sah sie mit anderen Augen. Er sah sie jetzt noch deutlicher, noch klarer und seine Bewunderung wurde immer größer. Er wollte noch mehr wissen.*

*Erst jetzt bemerkte er, dass sie ihn anschaute, vertraut, aber auch verlegen und auf eine Antwort wartete.*

*»Ich habe es Ihnen angesehen.«*

*»Was?«, fragte sie verwundert.*

*»Dass Sie sich Sorgen machen«, er machte eine Pause. »Ich habe auch Sorgen. Aber sie sind anders.«*

*Würde er es ihr erzählen? Würde sie ihn verstehen?*

*»Du kannst sie mir gerne erzählen.«*

*Sie lächelte ihn wieder an und sein Herz begann zu klopfen. Und er wusste, dass er ihr alles erzählen würde.*

*Endlose Stunden saßen sie in der Schule, bis sie anfingen, sich in ihrem Auto zu treffen. Sie holte ihn ab, fuhr auf einen entfernten Parkplatz und sie unterhielten sich so lange, bis sie alles übereinander wussten. Mylo gefiel es immer mehr, nicht nur alle Geheimnisse von Mrs. Cornwall zu erfahren, sondern auch alle seine Geheimnisse mit ihr zu teilen. Er erwartete keine Hilfe, keine Tipps, genau so wenig, wie sie das von ihm erwartete. Sie wollten einfach nur reden und verstanden werden.*

*Er liebte sie, aber nicht in einem romantischen Sinne. Er wollte ihr nicht körperlich näher kommen. Er wollte auch keine Beziehung mit ihr. Aber er liebte sie. Ihren Charakter, ihre Art zu reden und vor allem ihre schön geformten Augen, die ihre Gefühle immer so klar und deutlich spiegelten. Manchmal ertappte er sich, wie er sich in ihren Augen verlor, wenn sie redete. Er konnte ablesen, was sich in ihr abspielte. Er konnte vorhersagen, ob die Geschichte, die sie erzählte ein schönes oder trauriges Ende nahm. Er kannte sie so gut, wie keinen anderen Menschen und sie fühlte genauso.*

*Daher wunderte es ihn auch nicht, als sie eines abends, als sie wieder im Auto saßen, versuchte ihn zu küssen. Sofort drehte er sich weg, ließ es nicht zu und erklärte ihr, dass er das nicht könne. Dass er sie liebe, aber eben nicht auf diese Weise. Er wusste nicht, ob sie ihn verstand, deshalb sagte er ihr, dass es nicht normal sei, wenn sich ein zehnjähriger und eine neunundzwanzigjährige verlieben.*

*»Was ist schon normal?«, fragte sie sanft, aber auch enttäuscht und Mylo fragte sich in diesem Moment zum ersten Mal, was normal ist, und was nicht.*

Auch jetzt, in der erstickenden Dunkelheit seiner Zelle, wusste er keine Antwort auf diese Frage. Er wusste nur, dass er sich nicht fühlte, wie die anderen. Aber er wusste nicht, ob es daran lag, dass er wirklich anders war, oder ob es daran lag, dass die anderen Menschen ihre Gefühle nach außen hin so manipulierten und immer etwas anderes ausstrahlten, als sie eigentlich waren. Und bevor er so falsch lebte – so im Ungleichgewicht mit sich selbst –, blieb er lieber so, wie er war. Wieder einmal kam er zu dem Entschluss, dass er nicht in diese Welt passte. Es verstärkte seine Freude, das alles bald hinter sich lassen zu können.

Freitag, 20. Juli 2012

»Gefällt sie dir?«, fragte er, aber sie konnte nicht antworten.

Das einzige, was sie wollte, war das schöne, weiße Pulver mit dem sie alles für einen Moment vergessen konnte. Ernüchternd fand sie nur, dass diese Momente immer kürzer wurden und immer weniger intensiv, aber darüber wollte sie jetzt nicht nachdenken. Eine schwache Linderung, war immer noch besser als keine.

Sie hatte ihn nur kurz angeschaut – er sah nicht schlecht aus – aber mittlerweile konnte sie sich an so etwas nicht mehr erfreuen. Wie naiv sie früher gewesen war, dachte sie, und erinnerte sich daran, wie sie sich jedes Mal gefreut hatte, wenn ein attraktiver Mann zu ihr kam. Direkt hatte sie sich ausgemalt, dass er nett ist, vielleicht sogar zärtlich und nicht selten hatte sie sich gewünscht, dass sich ein netter Mann in sie verliebt und sie aus ihrem ganzen Elend rauszog.

Obwohl sie wusste, dass es niemanden gibt, der einen rettete, hatte sie ihr ganzes Leben darauf gehofft, denn alleine schaffte sie es sowieso nicht. Ihre einzige Hoffnung lag in anderen Händen und je älter sie wurde, und je verzweifelter ihre Lage war, desto mehr schwand auch diese Hoffnung, aber ganz erloschen war sie nie.

Das Haus war edel und verriet, dass dieser Mann ein Konto voller Geld hatte, das vermutlich überquoll, aber auch das nutze Lya nichts. Sie schaute noch einmal flüchtig durch den weiten Raum; die Decken waren hoch, die Fenster weit und groß und empfingen das leuchtende Tageslicht, die Wände waren in einem säuberlichen Anthrazit gestrichen und am meisten fiel ihr der dunkle Marmorboden auf, der eine kühle Macht ausstrahlte, sodass Lya sich noch kleiner fühlte, als sowieso schon.

Nachdem Angelo sie aus dem Auto gezerrt, sie sich nur schwach gewehrt und mit einer Stimme protestiert hatte, die ihr immer wieder wegbrach, hatte sie schließlich nachgegeben. Schon vorher wusste sie, dass ihr keine Wahl blieb und sich aus diesem Grund gar keine rettenden Kräfte entwickeln konnten.

Robert hatte die Tür geöffnet, behutsam ihren Arm ergriffen und sie durch den weitläufigen Flur ins Wohnzimmer geführt. Sie schaute ihn nicht an, sie schaute nur mit gesenktem Kopf auf den glatten Marmorboden und fragte sich für einen Moment, ob sie eine Kirche betreten hatte. Auch wenn sie in ihrem Leben nicht oft die Kirche besucht hatte, konnte sie sich noch an das steinerne Mauerwerk erinnern. An die endlos hohen Decken, die Säulen, der Hall der Schritte, die eindringliche Kälte, die Stille. Aber hier fand sie all die Dinge, die sie früher unheimlich und eigenartig gefunden hatte, nicht unheimlich. Im Gegenteil, sie hatte das Gefühl, dass sie hier zur Ruhe kommen konnte.

Dieses Haus war ein schöner Ort.

Ein schöner Ort zum Sterben.

Heimlich nahm sie sich in diesem Moment vor, in einer Kirche zu sterben. Vielleicht war es paradox, vielleicht war es geschmacklos, aber das war ihr Leben auch.

Sie wurde schließlich auf ein weich gepolstertes Sofa aus grünem Samt gesetzt und sofort lehnte sie sich mit ihrem

Rücken an die stützende Lehne, die sich in einem perfekten Winkel an ihren Rücken schmiegte. Ihre Augen hatte sie auf die hohe Decke gerichtet und sie sah, dass selbst die Decke kunstvoll gestaltet war. Während in dem großen Raum alles einheitlich eingerichtet war, mit geschmackvollen dunklen Farbtönen und ab und zu einem edlen Dunkelgrün, als stilvolle Ergänzung, war die Decke in jeglichen Farben gestrichen. Völlig Bunt. Sie konnte jede Farbe, die die Farbpallette hergab finden und noch mehr. Schon allein fünf Blautöne fand sie auf Anhieb.

Mit verschiedenen Pinselgrößen wurden sie auf die Decke getupft, gestrichen, mit verschiedenen Bewegungen und Techniken, mit intensiver, teurer Farbe verteilt, bis es ein leuchtend buntes Bild ergab, das an Abstraktheit kaum zu überbieten war. Lya konnte nicht aufhören, auf das Farbenmeer zu schauen, immer wieder fand sie eine Farbe, die ihr noch mehr gefiel, oder eine Form, einen Klecks, der sie magisch anzog.

Obwohl die Decke hoch war und sich über das große Wohnzimmer erstreckte, war keine Stelle ausgelassen worden. Nichts wurde übersehen. Es gab keinen weißen, oder schwarzen Fleck, nur fröhliches – fast kindliches – bunt.

Sie fuhr mit ihren Augen die Farben entlang, entdecke auf einmal kleine, aber sicher gewollte Unebenheiten, die das Bild noch interessanter machten und sehnte sich auf einmal danach, diese dicke, getrocknete Farbe zu berühren.

Auf einmal wünschte sie sich, dass sich der Raum um 180 Grad drehen würde und sie auf der Decke sitzen, oder noch besser, liegen würde. Vielleicht würde sie dann ein Teil dieser Kunst sein. Vielleicht würde sie sich mit der Kunst in diesem

Haus verbunden fühlen. Vielleicht hätte sie, Lya, dann einen höheren Wert.

Zu ihrer Überraschung setzte sich Robert nicht neben sie, sondern gegenüber von ihr auf einen breiten, gut gepolsterten Sessel, der ebenfalls in einem samtigen Grün strahlte und sie musste eingestehen, dass Robert aussah, als hätte er blaues Blut.

Sie schaute nur kurz zu ihm, um sich zu vergewissern, dass er sie tatsächlich in Ruhe ließ und widmete sich dann wieder der Decke.

Auf einmal dachte sie, dass es bestimmt sehr anstrengend ist, wochenlang über Kopf zu arbeiten und dass es bestimmt schwer war, diesen Künstler zu finden. Dieser Künstler brauchte nicht nur sein Talent, das er zweifellos besaß, sondern vor allem Durchhaltevermögen für ein solches Projekt.

Aber war das nicht ohnehin das Rezept jeden Erfolges?

Plötzlich stellte sie sich vor, dass sie die Künstlerin wäre, dass sie im Kittel, mit Farbspritzern versehen, auf einer hohen Leiter im Raum stand und die Muster an die Decke malte. Ohne Vorlage, ganz ohne Nachzudenken entstehen diese perfekten Formen mit Leichtigkeit aus ihrer Handbewegung heraus. Verschnörkelungen oder gerade Linien, sie konnte alles perfekt malen. Am Ende ergab es diese wunderschöne Bild, auf das sie mächtig stolz wäre.

Aber etwas würde sie stören, dachte sie sofort. Ganz gewaltig sogar. Sie konnte ihr Kunstwerk – ihre makellose Arbeit – nur sehen, wenn sie daran arbeitete. Danach nicht mehr. Danach musste sie gehen, ohne ihre erschaffene Kunst, ohne ihre Persönlichkeit, ohne ihre Liebe mitzunehmen. Sie musste sie einfach dalassen und davon gehen. Das hätte sie nicht gekonnt.

Wie schafften die anderen es?

Ihre Kunst zu verkaufen, oder ihr Talent zu verleihen? Vielleicht weil sie sich mehr vertrauten, dachte sie. Sie hatten das Vertrauen, dass sie jederzeit in der Lage waren, etwas Neues zu schaffen, etwas noch Schöneres, weil ihr Talent immer bei ihnen war. Sie fühlten keinen Verlust, wenn sie andere Menschen teilhaben ließen. Aber Lya hätte Angst. Angst, dass es ihr nur einmal im Leben gelingen würde und sie sich danach nach ihrem Stück von sich selbst sehnen würde. Sie sehnte sich nach diesem Stück von sich selbst schon lange. Schon lange hatte sie es verloren, aber sie wusste nicht wann und wo und somit hatte sie nicht einmal angefangen, es zu suchen.

Jetzt saß sie hier, in diesem schönen, ehrfürchtigen Gebäude und fühlte sich auf eine eigenartige Weise so wohl, dass sie sich zum Sterben bereit fühlte.

»Gefällt dir die Decke?«, wiederholte er freundlich.

Sie schaute immer noch auf das bunte Muster, antworte nicht.

»Ich habe sie selbst gestaltet«, klärte er sie auf und trank in Ruhe von seinem Kaffee, dessen Duft sich durch den ganzen Raum verteilt hatte.

»Es war sehr viel Arbeit, aber ich freue mich jedes Mal, wenn ich sie sehe. Manchmal lege ich mich auf die Couch und schaue mir die Decke an, als wäre es ein Sternenhimmel in einer klaren Sommernacht. Und weißt du, was mir an der Decke am meisten gefällt?«, er machte eine kurze Pause, ohne dass er eine Reaktion von Lya erwartete. »Ich habe sehr viel Besuch, viele Menschen kommen zu mir und machen mir Komplimente, wie geschmackvoll mein Zuhause eingerichtet ist, wie gemütlich dieser Altbau ist und was für edle

Möbelstücke ich ausgesucht habe, aber niemand schaut auf die Decke. Es kommt mir fast surreal vor, weil sie das Auffälligste ist.«

Lya stimmte gedanklich zu. Sie konnte sich nicht vorstellen, diese Decke zu übersehen.

»Sie sehen nur das, was sie kennen, was sie als schön befunden haben«, erzählte er ruhig weiter, »Aber das, was diesen Raum ausmacht, was diesen Raum erst erstrahlen lässt, was all die Schönheit abrundet, sehen sie nicht. All die Komplimente brauche ich nicht. Erst wenn jemand sich auf ein Teil des Raumes konzentriert, die Augen nicht mehr abwenden kann, weiß ich, dass er etwas verstanden hat. Dass er gerade eine Verbindung zu einem Gegenstand, einer Farbe oder einem Stoff aufbaut, die er selbst nicht erklären kann. Diese Menschen sind wie ich.«

Jetzt richtete sie sich langsam auf und schaute ihn genauer an. Seine Stimme klang weich, aber gleichzeitig kraftvoll und klug und sein Aussehen passte perfekt zu seiner Stimme. Alles war im Einklang. Er trug ein blaues, eng gestreiftes Hemd, dessen Stoff so dick war, dass der Kragen sich perfekt um seinen Hals schmiegte. Darüber trug er ein Sakko, das aussah, als wäre es handgefertigt. Es war ein viel dunklerer Ton, als das Hemd, trotzdem passten die Blautöne perfekt zueinander. Es wirkte schon fast, als würde man auf einem Strand schauen, erst das klare, hellblaue Meerwasser, das vom feinen Sand aufgehellt wird und dahinter erstreckt sich der massive, dunkelblaue Ozean, der unbeeinflussbar ist.

Er, Robert, hatte dunkelbraune, kurzgeschnittene Haare, trug einen gepflegten Bart und hatte attraktive Gesichtszüge. Seine Augen waren schmal und fokussiert. Man konnte ihm ansehen, dass er viel beobachtete, und noch mehr wusste. Sie fühlte sich eingeschüchtert von ihm, von seinem Haus, von seinen Worten, sie wusste direkt, dass sie unterlegen war, aber dennoch fühlte sie sich wohl. Sie schaute ihn an, ohne etwas zu sagen und hatte das Gefühl, dass das für ihn ausreichte.

Aber sie wusste, dass sie sich täuschen konnte. Mit der Zeit hatte sie gelernt, ihrem ersten, zweiten oder dritten Eindruck nicht mehr zu vertrauen. Die Vergangenheit hatte ihr gelehrt, dass hinter jedem dieser Männer ein triebgesteuertes Monster steckte.

»Hast du dich schon einmal mit etwas oder jemandem verbunden gefühlt?«, fragte er.

Noch nie hatte sie eine so sanfte, aufrichtige Stimme gehört. Sie konnte nicht einschätzen, ob es daran lag, dass sie noch nie jemandem wie Robert begegnet war, oder ob es einfach nicht normal war, so zu reden. War er ein Verrückter? Wer stellte solche Fragen?

Aber sie hatte nichts zu verlieren, sie hatte nichts zu befürchten, weil ihre Tage gezählt waren.

Sie ließ sich Zeit bevor sie antwortete. »Ich denke schon.«

Robert nickte verständnisvoll und trank von seinem Kaffee.

»Wir Menschen brauchen Verbundenheit, sonst hat das Leben nicht viel Qualität«, erklärte er ihr und stellte seine Tasse vorsichtig auf die Untertasse.

»Willst du mir mehr davon erzählen? Von deiner Verbundenheit?«

Lya atmete ein und lehnte sich wieder mit ihrem Kopf an das Polster. Sie blickte auf die Muster der Decke und fühlte sich sicher. Noch nie hatte sie sich geöffnet, noch nie hatte sie all die Worte, die Tag und Nacht in ihrem Kopf rumschwirrten, laut ausgesprochen. Sie hatte ihren Entschluss gefasst, von dieser Welt zu gehen und irgendwie empfand sie den Gedanken beruhigend, dass sie wenigstens einen Menschen hinterlassen würde, der mehr über sie wusste, als dass sie eine Prostituierte mit einer schwierigen Kindheit war.

»Ich fühle mich meiner Vergangenheit verbunden«, sagte sie leise und langsam. »Mit ein paar schönen, aber vor allem schlechten Erinnerungen ... manchmal versuche ich diese Verbindung abzureißen, aber es geht nicht.«

Sie merkte, wie das Bild der Decke verschwamm und sie fühlte sich, als würde sie sich gerade von einer dritten Person sehen. Ihre Worte klangen so fremd und doch so vertraut, als würde jemand anders ihre Geschichte erzählen.

»Ich denke, das kennen sehr viele Menschen«, bestätigte er ihre Gefühle. »Es ist ein schmaler Grat, zwischen belastenden Verbindungen, die einem zwanghaft angeheftet wurden und den Verbindungen, die man ehrlich fühlt. Die schön sind. Einem etwas zurückgeben. Sie finden einen von selbst und man kann sie einfach nur annehmen, hüten und beschützen, als wären sie ein Schatz.«

Er machte eine Pause.

»Du siehst etwas in der Kunst, das merke ich.«

Lya nickte sanft.

»Das ist die schöne Verbundenheit, die ich meine.«

Sie sah die Bilder ihrer Vergangenheit vor ihrem Auge und versuchte sich gegen die einengenden Gefühle zu wehren, die in ihr hochkamen. Still füllten sich ihre Augen mit Tränen.

»Ich habe zwei kleine Geschwister«, erklärte sie und ließ nicht zu, dass die Tränen aus ihren Augen traten. »Ich habe sie immer versucht zu beschützen, aber irgendwann ... habe ich mich verändert. Ich habe sie nicht mehr an mich rangelassen … ich habe sie nicht mehr gesehen, nicht mehr wahrgenommen, ihnen nicht mehr zugehört, sie nicht mehr beschützt. Und ich hasse es, dass ich sie im Stich gelassen habe … dass ich nicht weiß, was aus ihnen geworden ist.«

Sie schloss die Augen und die Tränen rollten ihr leise über das Gesicht.

Robert sagte einen Moment nichts und sie hatte das Gefühl, dass er sorgfältig über seine Antwort nachdachte.

»Du hast Verbundenheit gefühlt und dich so verhalten, dass die Verbindung abbricht«, fasste er sanft und nachdenklich zusammen. »Das macht man nicht ohne Grund. Warum hast du das zugelassen?«

Ihre Kehle schnürte sich zu, ihr Herz verkrampfte sich, eine endlose Traurigkeit brach über sie herein, wenn sie an ihre vergangenen Fehler dachte und daran, dass sie nichts mehr daran ändern konnte.

»Ich musste mich entscheiden …«, sagte sie gequält, ihr Hals tat weh. »Es war eine schlimme Zeit, eine unerträgliche Situation … ich war selbst mit meinen Gefühlen überfordert …«, sie ließ die Tränen einfach über ihre Wangen laufen. »Ich habe mich für meine Mutter entschieden. Sie hat meine Geschwister gehasst. Sie hat uns alle gehasst! Aber als ich die Chance hatte, auf ihre Seite zu kommen, habe ich nicht gezögert. Ab diesem Zeitpunkt habe ich meine Geschwister nicht mehr so behandeln können, wie vorher.«

»Ich verstehe«, antworte er behutsam. »Aber dann klingt es so, als ob du eine neue Verbindung aufgebaut hast.«

Endlich entkrampfte sich ihr Herz wieder, als er diese Vermutung aufstellte. Sie dachte an ihre Mutter, an die ganz spezielle Situation, daran, wie ihre Susanna sie beschützt hatte und wie geliebt sie sich gefühlt hatte. Endlich löste sich der Kloß in ihrem Hals und sie konnte wieder ohne Schmerzen sprechen.

»Ja«, gab sie erleichtert zu. »Ich fühle mich immer noch mit ihr verbunden.«

Kontinuierlich schaute sie auf die Decke und hörte seinen Worten zu.

»Es ist wichtig, dass man etwas hat, das einem Kraft gibt. Egal, was passiert, egal, wie sehr der Boden schwankt oder die schweren Schranken der Welt einen erdrücken. Wenn man etwas hat, das immer da ist, immer bei einem ist, kann man wieder neuen Mut fassen und weitergehen. Jederzeit. Stärker, als je zuvor.«

Lya seufzte und merkte, wie ihre Tränen wieder die Farben der Decke verwischten. »Mir hilft es trotzdem nicht.«

»Es ist schwer, so schwer, sich zu verändern«, erklärte er ihr und sie hatte das Gefühl, dass ihm etwas daran lag, dass sie es verstand. »Jeder der sagt, es sei einfach, musste noch nie die Anstrengung erfahren, die eine Veränderung mit sich zieht. Und was es heißt, unglücklich zu sein, obwohl man die lang ersehnte Veränderung erreicht hat. Denn nur der Umstand alleine reicht nicht, um Glück in uns auszulösen, zumindest kein langfristiges. Wir können nur glücklich sein, wenn wir Glück denken; wenn wir sehen, erkennen und begreifen, was uns glücklich macht, und manchmal dauert der mentale Prozess viel länger, als der physische. Und gerade weil es so lange dauert, weil dieser Prozess so hinterherhinkt, fallen viele Menschen mit Freude, mit purer Erleichterung zurück in ihre alten Muster. Geradewegs, mit offenen Armen laufen sie zurück, zu dem was sie einst zerstört hat. Weil sie das Glück nicht mehr kennen, weil sie es nicht in ihren Gedanken formen und somit auf den Weg zu ihnen schicken können. Die Leere macht ihnen Angst. Die Umstände sind richtig, aber die Gedanken noch nicht«, er schüttelte den Kopf als sie zu ihm schaute und sie merkte, dass er es unerträglich fand, wenn Menschen es nicht verstanden.

»Hast du Angst vor einem anderen Leben?«, fragte er dann und wurde wieder ruhiger.

»Nein.«

Sie konnte es sich nicht vorstellen, wie diese Leute in ihr altes Leben zurückliefen. Sie konnte sich nicht vorstellen, dass sie dieses grauenhafte, undankbare Leben im Bordell vermissen könnte. Nichts würde sie zurückziehen, wenn sie einmal eine *richtige* Chance hätte, auszubrechen und frei zu sein. Diesen Fehler würde sie nicht noch einmal machen.

Sie setzte sich aufrecht hin und blickte zu Robert. Er strahlte immer noch Ruhe und Gelassenheit in einem so hohen Maße aus, dass sein Anblick sie ebenfalls beruhigte. Als wäre seine Erscheinung das Ergebnis ihrer Einbildung, und ihre sehnlichsten unterbewussten Wünsche, nach Ruhe und Verständnis mischten sich in diesen Traum und fanden nun Heimat in der Figur Robert.

Vielleicht war das alles gar nicht wahr.

Wieder dachte sie an das weiße Pulver, an das warme Gefühl, das durch ihren Körper drang, an die schönen Bilder, die sie auf einmal vor ihrem inneren Auge sah, an die unbezwingbare Zuversicht, das bebende Glück, das überquellende Selbstbewusstsein. Sie sehnte sich danach, diese prickelnde Gefühlswelt erneut zu erleben.

Hatte er Drogen?, fragte sie sich plötzlich und sah ihn prüfend an. Er sah so schick und perfekt aus, glatt und unbefleckt, dass sie keine Drogen bei ihm vermutete. Auf der anderen Seite war er ein Einzelgänger, hatte sich der Kunst aufgeopfert und ansonsten keine Liebe mehr in sein Leben gelassen, wenn er eine Prostituierte über Nacht bestellen musste. Auch er musste in seinem Leben falsch abgebogen sein, dachte sie. Auch er musste einmal mit der Schwärze des Lebens in Bedrängnis geraten sein.

»Warst du in deinem Leben immer glücklich?«, fragte sie, obwohl sie die Antwort nicht mehr interessierte. Sie wollte nur wissen, ob er Drogen nahm, ob und wo er welche versteckt hielt und wann sie endlich das nächste Mal konsumieren konnte. Sie merkte, wie ihr ganzer Körper sich nach der Droge verzehrte, wie ihre Hände anfingen zu schwitzen, sie ihre Finger unruhig miteinander verdrehte und immer nervöser auf der Polstergarnitur saß.

»Gewiss nicht«, lachte er und winkte ab.

»Warum nicht?«

Sie hatte keine Energie mehr, um seine Fragen zu beantworten, oder noch einmal in eine Gefühlswelt abzutauchen, die ihr lang zurück lag und ihr nicht gut tat. Zu ihrer Erleichterung erzählte Robert weiter.

»Viele würden behaupten, ich wurde sehr gut erzogen, bin gut aufgewachsen und der Erfolg wurde mir in die Wiege gelegt, aber ich empfand vieles in meiner Erziehung als puren Zwang. Meine Eltern richteten sich ausschließlich nach den Werten der Gesellschaft und alles, was nicht dazu passte, wurde von ihnen ignoriert, verleugnet oder verachtet. Jeder Blick der Nachbarn bedeutete ihnen mehr, als ihre eigenen Bedürfnisse, oder die ihrer eigenen Kinder. Sie lebten nur, um sich zu beugen, um zu gefallen, um Teil von einem System zu sein, dass keine Freiheiten zuließ. Sie haben sich damit abgefunden, danach gelebt und sich eingeredet, dass es das Beste für alle sei. Ich konnte damit nichts anfangen. Bis heute nicht. Mir war es suspekt. Warum soll ich mein Leben nach Menschen richten, die über mich urteilen, obwohl sie mich nicht kannten? Warum sollte ich meine wertvolle Energie verschwenden, um Leuten zu gefallen, die nur darauf warten, dass ich einen Fehler mache?«

Lya nickte, war froh, dass er viel redete, damit sie in ihre Gedanken abdriften konnte.

Er musste Drogen haben.

Wo sollte sie sonst welche herbekommen?

»Ich fing eine Lehre als Versicherungskaufmann an und machte meine Eltern damit stolz, das war genau das, was sie wollten. Das konnten sie den Nachbarn erzählen, dass ihr Junge einen Anzug trug und ein guter Verkäufer war. Dass er mit beiden Beinen im Leben stand, bald heiraten und eine Familie gründen würde. Das ganze Programm.«

Er zog verächtlich die Augenbrauen hoch.

»Aber je mehr ich Versicherungen verkaufte, desto größer wurden meine Zweifel. Es kam mir vor, wie eine verkehrte Welt. Ich verkaufte unnötige, teure Versicherungen, an Menschen, die wenig Geld zur Verfügung hatten und anschließend wurde ich von meinen Kollegen dafür gefeiert, wie gut ich Menschen über den Tisch gezogen hatte. Ich sehe Menschen nicht als Produkt. Ich sehe den Menschen, als Mensch, als einzigartiges Geschöpf. Keiner ist besser, als der andere. Es gibt nur Menschen, die ihre Fähigkeiten stärker ausgebaut haben und somit besser durch das Leben kommen. Aber niemand ist besser, ist es nicht so? Alle könnten das erreichen, wenn sie wüssten, wie man Stein und Meißel benutzt. Nur wenn es ihnen keiner zeigt, und die, die es wissen, es nicht sagen wollen, weil sie Angst haben, zu viel Konkurrenz zu bekommen, herrscht ein Ungleichgewicht.«

Er machte eine Pause und schaute sie an. »Langweile ich dich?«, fragte er amüsiert.

Sie hörte nur noch halbherzig zu, obwohl sie einige Stellen interessant fand. Wäre sie in einem anderen Zustand, hätte sie einen Menschen, wie Robert, als höchst inspirierend empfunden und an seinen Lippen geklebt, aber jetzt interessierte sie nur noch, wo sie Kokain herbekommen konnte. Sie überlegte, ob sie Angelo anrufen sollte, ob sie wieder zurückfahren sollte, nur um in seinem Zimmer wieder das Koks zu finden und in den Rausch zu verfallen, der sie fliegen und vergessen lässt.

Ihr brach der Schweiß aus, die pralle Hitze stieg in ihr auf, je mehr sie daran dachte, noch die unzähligen Stunden der Nacht vor sich zu haben. Sie malte sich aus, wie sie die ganze Nacht wach lag, wie sie darauf warten würde, bis Robert eingeschlafen war und dann das ganze Haus absuchen würde.

In der Küche würde sie anfangen, jede Milchtüte, jede Zuckerdose würde sie hochnehmen und inspizieren, bis sie etwas fand.

Er musste Kokain haben.

»Nein, nein«, sagte sie schwach und bemühte sich zu einem Lächeln.

Er schmunzelte und erzählte weiter.

»Ich habe die Lehre beendet und bin weggezogen. Ich hatte mein erstes Geld verdient und konnte damit die ersten Monate überbrücken. Ich kaufte mir eine gebrauchte Kamera und fing an Fotografien von Natur und Mensch zu erstellen und fand meine Erfüllung. Meine Bilder fanden Anklang bei den Menschen und bald darauf konnte ich davon Leben. Als ich mir viele Jahre später dieses Haus kaufte, sah es aus wie eine Ruine. Aber ich habe es gesehen, ich habe die Schönheit dieses Hauses gesehen, nicht den Dreck, nicht den Staub, nicht die rauen Wände oder die kalten Säulen. Ich habe gesehen, wie es aussehen könnte, wenn ich es umgestalte und kaufte es für einen niedrigen Preis, weil es niemand haben wollte. Mittlerweile ist es eines der teuersten Häuser der Stadt und ich bin jeden Tag stolz auf mein Kunstwerk. Die Kunst gibt mit Kraft und Halt, sie ist immer bei mir, verstehst du? Deswegen brauche ich nichts anderes, außer die Kunst.«

Jetzt spürte Lya, wie sie wütend würde. Wütend, weil sie nicht mehr wusste, wie sie die Schweißperlen auf ihrer Stirn aufhalten konnte, die unaufhaltbar ihr Gesicht runterrollten. Aber vor allem war sie wütend, weil sich dieser Typ etwas einbildete! Eben noch hatte sie ihn für inspirierend gehalten, aber jetzt merkte sie, dass er einer dieser Menschen war, die doch keine Ahnung von einem anderen Leben hatten! Diejenigen, bei denen einmal der Fingernagel abbricht, sie es für eine große Krise halten und sich am nächsten Tag dazu entschließen ein Pflaster darüber zu kleben und ihr Leben weiterzuleben. Sich dann hinstellen und Menschen mit existenziellen Problemen sagen wollen, wie das Leben funktioniert! Sich damit brüsten, dass sie Krisen gemeistert hätten! Sie hasste solche Affen! Und je mehr sie sich darüber aufregte, desto fester spannte sich das Verlangen nach dem Kribbeln um sie. Sie brauchte dringend ihre nächste Line.

»Ich glaube, wir sind sehr unterschiedlich«, entgegnete sie genervt, »und für mich klingt es nach einer sehr einfachen Veränderung, wenn ich ehrlich bin.«

Ihre Stimme war kratzig und ausgetrocknet.

»Du hast recht«, stimmte er ihr sofort zu. »Ich sage auch nicht, dass meine Veränderung die schwierigste war. Ich sage auch nicht, dass jede Veränderung gleich schwierig oder einfach ist. Ganz im Gegenteil. Aber ich kann dir sagen, dass selbst ich, mit dieser recht einfachen Veränderung, oft von meiner Vergangenheit umklammert wurde. Sie hat mich nicht losgelassen. Ich ging mit aller Kraft voran, wehrte mich mit meinem ganzen Körper, aber sie war wie ein Seil um mich gebunden und zog mich zurück, sobald ich einmal aufhörte zu kämpfen. Ich fragte mich, ob es die richtige Entscheidung war, denn meine Eltern redeten kein Wort mehr mit mir. Ich hatte keine Familie, keine Freunde mehr, niemanden, der fragt, wie es mir geht, wie mein Tag war. Doch ich wusste, dass wenn ich zurückkomme, sie mir verzeihen würden und ich wieder in die weichen Kissen der alten Gewohnheit fallen könnte. Ich fragte mich, ob meine Eltern recht hätten, ob das klassische Leben mit einem normalen Beruf, Frau und Kindern mir vielleicht mehr Erfüllung bringt, als das, was ich mir selbst aussuchte … ich hörte auf mir zu vertrauen und die Zweifel wurden immer größer. Es ging Monat für Monat so und wenn ich keinen Erfolg hatte, wurden sie – die Zweifel – lästiger und bissiger, als je zuvor. Aber ich blieb, ich wollte sehen, was das Leben mir bietet, wenn ich meinen eigenen Weg gehe. Ich dachte an meine Fotografien, wie schön und eindrucksvoll sie waren, und ich konnte mir kein Leben ohne sie vorstellen. Die Kunst war für mich alles und ich hätte sie, zumindest zu einem gewissen Teil, aufgeben müssen, wäre ich zurückgekehrt. Erst mit diesem Haus wusste ich, dass ich die goldrichtige Entscheidung getroffen hatte, auch wenn ich einen hohen Preis für mein persönliches Glück zahlen musste.«

Lya nickte benommen, schwitzte immer mehr, das Bild von Robert wurde abwechselnd scharf und verschwommen und auch der Klang seiner Stimme verzerrte sich immer mehr. Irgendwann hatte sie das Gefühl, dass er in einem anderen Raum saß und sie seine Stimme nur noch gedämmt und abgeklungen hören konnte. In Gedanken suchte sie schon das Wohnzimmer ab, jede Blumenvase, jedes Buch, jede Schublade, es musste irgendwo sein. Sie griff unauffällig nach ihrem T-Shirt, dass durchgeschwitzt an ihrer Haut klebte und versuchte ein bisschen Luft auf ihren Körper zu wedeln.

»Und weißt du, warum ich dir das erzähle?«, er schaute sie ernst an. »Weil du eine große Veränderung vor dir hast. Du wünschst es dir. Ich kann es sehen.«

Sie hörte auf zu wedeln und versuchte sich wieder auf Roberts Worte zu konzentrieren. Sie versuchte ihn zu fokussieren. Auf einmal fühlte sie sich schlecht, dass sie vorhin so mies über ihn gedacht hat, denn jetzt merkte sie, dass er sie gesehen hatte. Nicht das, was alle sahen, er sah sie an und wusste, was sie dachte, was sie fühlte und was sie vorhatte. Und er nahm sie ernst. Er nahm ihre Wünsche ernst, ihre Gefühle ernst, ihre ganze Person. Ihr Herz fühlte sich plötzlich so weich an, die Hitze in ihrem Körper kollidierte mit einem Gefühl der Scham, weil sie sich auf einmal so offenbart fühlte, mit einem Gefühl der Hoffnung, das sie so lange nicht mehr gespürt hatte. Ihr Gesicht fühlte sich nass an und sie vermutete, dass sich Tränen und Schweiß vermischt hatten, aber sie konnte es nicht genau sagen, denn alles war zu viel, alles war viel zu viel.

»Du hast dein Leben noch vor dir, du bist noch so jung, dazu noch so klug und hübsch«, sagte er ernst. »Und ich sehe es dir an, dass du dich nach einer Veränderung sehnst, ich habe es gemerkt, als du nicht aussteigen wolltest, als du dich gewehrt hast, das Haus zu betreten. Aber vor allem habe ich es gemerkt, als du dich in der Decke verloren hast. Ich glaube du hast Hoffnung gefühlt, kann das sein? Hoffnung ist unser Antrieb, unser Rückenwind, unser erster Schritt in eine andere Richtung. Hoffnung ist der Anfang jeder Veränderung und du hast sie wiedergefunden, aber ich sage dir, ich will dich nur warnen, es wird nicht einfach. Du hast es ja selbst gesagt, meine Veränderung war leicht und selbst ich hatte diese erstickenden Zweifel! Ich hatte Angst! Und ich möchte, dass du an mich denkst, wenn du sie bekommst. Du musst daran denken, durchzuhalten und zu hoffen! Jeden Tag musst du hoffen darauf, dass es morgen besser wird!«

Sie sah ihn an, sein Bild war auf einmal glasklar, jeden Umriss erkannte sie. Sie sah sein attraktives Gesicht, seinen hochwertigen Anzug, aber vor allem sah sie die Ernsthaftigkeit in seinen Augen.

Er kämpfte, als ginge es um sein eigenes Leben und Lya wusste nicht, wie sie damit umgehen sollte. Er kämpfte mit aller Kraft um sie. Und zum ersten Mal begriff sie, wie schlecht ihre Lage sein musste. Wie schlecht ihr Zustand sein musste. Wie schlecht es ihr ging. Sie erkannte, dass er ihre letzte Hoffnung war.

»Du musst in eine Klinik«, sagte er plötzlich und alles in Lya stellte sich in Sekundenschnelle auf Abwehr um. All die schützenden Wände des Vertrauens zwischen ihnen, brachen explosiv zusammen und sie fühlte sich verwundet und angreifbar.

»Nein!«, widersprach sie sofort. »Das will ich nicht!«

Sie dachte daran, wie schlecht es ihr jetzt schon geht, ohne ihre Droge, wenn sie daran dachte, dass sie mehrere Wochen durchhalten müsste …

»Das schaffe ich nicht.«

»Jeder denkt, dass er es nicht schafft, aber du kannst es schaffen. Dort wird dir geholfen.«

»Nein, nein, wirklich nicht«, protestierte sie. »Ich will das nicht.«

Fieberhaft suchte sie nach einer Ausrede, die Robert überzeugen könnte. »Ich habe keine Ausweise. Keine Versicherung. Ich habe nichts!«

Sie wusste nicht mehr, was sie fühlte, oder wollte. Jahrelang hatte sie sich nach einen Menschen gesehnt, der ihr Leiden sah, der ihr die Hand hin hielt und sie aus dem Chaos zog, der ihr einen Sinn im Leben gab und ihr einen Weg zeigte. In den letzten Monaten hatte sie sich so sehr gewünscht, dass sie weglaufen könne, dass sie ein normales Leben führen könne und sich nicht mehr wie ein Objekt fühlen müsste. Aber jetzt, wo all ihre Wünsche so nah waren, fühlte sie sich der Herausforderung nicht gewachsen. Als türmten sich all diese Wünsche zu einem massiven Berg auf, der nun zu erklimmen galt, aber sie am Ende ihrer Kräfte war und nicht einen Fuß vor den anderen setzen konnte. Jetzt, wo ihre Wünsche so nah waren, fühlten sie sich fremd und unheimlich an und sie war sich gar nicht mehr sicher, ob sie das alles noch wollte.

Stärker als zuvor sehnte sie sich jetzt nach einer erholsamen Auszeit, nach Stunden in denen sie alles vergessen konnte und alle Sorgen zunichtegemacht wurden.

Hektisch stand sie auf, stürmte in den weiten Flur und stürmte ins Badezimmer, das sie eben erspäht hatte. Sie schloss so schnell und feste die Tür hinter sich, das ein schwarzer Bademantel vom Tür Haken viel. Sie lehnte ihren Körper gegen die Tür und atmete aus. Ihr Herz beruhigte sich. Endlich war sie allein.

Badezimmer hatten immer dieselbe Wirkung auf sie. Sobald sie die Tür hinter sich verschloss und alleine in dem Raum war, fühlte sie sich sicher. Als könnte sie ihre Maske fallen lassen, endlich wieder sein, wer sie ist und darüber nachdenken, was sie als nächstes tun sollte. Wer sie sein wollte, wenn sie wieder rausginge.

Als sich ihre Atmung beruhigt hatte, schaute sie sich erneut in dem großen Raum um. Auch hier war alles nobel und kunstvoll eingerichtet. Gegenüber von ihr, am anderen Ende des großen Raums befanden sich zwei hohe Fenster, die das helle Sonnenlicht auf den weißen Flächen des Badezimmers reflektierten. Draußen schien die Sonne durch die Baumkronen und der Schatten der sanft wehenden Blätter spiegelte sich auf den großen, schneeweißen Fliesen.

Wieder verfiel Lya in einer Art Trance, wieder sah sie Kunst in jedem einzelnen Winkel.

Überrascht hatte sie nur, dass hier ein ganz anderer Stil herrschte, aber nicht weniger eindrucksvoll. Während die Flure und das Wohnzimmer in anthrazitfarben und eher dunkel, aber trotzdem freundlich, gehalten wurden und alles wie in einem edlen Palast angeordnet war, waren hier deutlich hellere Farben im Einsatz, die den großen Raum strahlen ließen. Alles wirkte leicht, alles wirkte rein und sauber. Sofort fiel ihr das helle, aber massive Holz auf, in das zwei runde, glänzende Waschbecken aus weißem Marmor eingelassen waren und die goldenen Wasserhähne blitzen, als wären sie noch nie benutzt worden. Goldene Vasen mit hohen Palmblättern schmückten den ganzen Raum, goldene breite Bilderrahmen, die Kunst zeigten, hingen exakt an den cremeweiß gestrichenen Wänden.

Über den zwei Waschbecken ragte ein großer Spiegel, der den Raum noch größer und pompöser aussehen ließ.

Sie ging zum Waschbecken, drückte auf den breiten Seifenspender und wusch sich die Hände. Die Seife schäumte auf, ein Geruch von frischen Beeren und warmer Meeresluft kam ihr in den Sinn und sie merkte, wie sie sich langsam beruhigte. Wie ihre Gedanken sich auf die schäumende Seife und das angenehme, warme, brausende Wasser konzentrierten. Auf einmal stellte sie sich vor, wie es wäre, wenn sie in so einem Haus leben würde. Sie bräuchte sich nur die Hände zu waschen und wäre glücklich.

Sie trocknete sich die Hände mit einem weichen Handtuch ab und schaute in den Spiegel.

Ihre Stimmung wurde direkt gedämpft, als sie sah, wie eine blasse Frau mit traurigen braunen Augen zurückblickte. Ihre Haare waren ungekämmt, ihre Mundwinkel hingen hinunter. Sie war nicht schön, dachte sie. Und jetzt, wo sie im Hintergrund den Rest des dekorativen Raumes sah, wurde der Kontrast noch verstärkt. Sie sah aus wie ein Eindringling. Wie ein rauer Stein zwischen glatten Süßwasserperlen. Man konnte es weder ignorieren, noch schön reden - sie gehörte hier nicht hin.

Sie starrte weiter in ihr Spiegelbild, bemühte sich krampfhaft ihr eigenes Bild mit der Erscheinung des Raumes in Einklang zu bringen, versuchte sich vorzustellen, wie sie nach einer heißen Dusche aussehen würde, wie sie geschminkt aussehen würde, aber auch wenn sie anders aussähe, würde das Gefühl der Minderwertigkeit an ihr haften, dachte sie.

Sie schaute sich um, neben dem Waschbecken stand eine Gesichtscreme einer Marke, die Lya nicht kannte. In der breiten, ebenerdigen Dusche mit Glaswänden, stand auf einer Marmorablage ein Shampoo, das in eine edle Glaskaraffe gefüllt war, und so teuer schien, dass Lya sich nicht trauen würde, es zu benutzen. Daneben eine kleine Pflanze, die kunstvoll runterhing und wahrscheinlich die warmen Tropfen und den heißen Dampf der Dusche mochte, denn sie strahlte saftig grün und war wunderschön. Sie ging näher zur Dusche und sah erst jetzt, dass der Boden aus vielen kleinen Fliesen bestand. Kleine, quadratische Kacheln, die alle in einer anderen Farbe leuchteten. Wieder war sie von dem Anblick gefesselt, wieder fand sie es wunderschön. Sie konnte sich direkt vorstellen, dass, wenn die Sonne mit dem richtigen Winkel auf die Kacheln schien, sie ein wunderschönes Farbenspiel auf die weißen Duschwände projizierte.

Traurig darüber, dass sie nicht länger hier bleiben konnte, drehte sie sich wieder um. Sie kannte kein einziges Produkt, keine einzige Marke; die Seife roch besser, die Handtücher waren weicher, das Wasser wärmer, das Licht schöner, aber alles in allem löste es nicht mehr die Euphorie aus, die sie am Anfang gespürt hatte. Jetzt fühlte sie sich nur noch fremd und fehl am Platz. Sie hatte plötzlich das Gefühl, ein ganz anderer Mensch sein zu müssen, um hier zu leben. Alles in ihr wehrte sich gegen diesen Gedanken, alles wehrte sich gegen diese kühle Fremdheit. Diese Art von Luxus fühlte sich an, wie eine Gefahr, wie ein dunkler Weg, den sie nicht gehen wollte.

Ganz deutlich spürte sie auf einmal, dass sie anders war, dass sie hier nicht hingehörte und niemals ein Leben außerhalb des Drecks, den sie kannte, leben würde.

Sonntag, 22. Juli 2012

3

Ärgerlich ging Cindy weiter, mit schnellen Schritten den Korridor entlang, mied die Gesichter, die ihr entgegen kamen um zu signalisieren, dass sie es eilig hatte und auf keinen Fall noch einmal aufgehalten werden wollte.

Völlig außer Atem war sie eben auf der Station angekommen und stürmte aufgeregt in Jimmys Büro.

»Ich habe Neuigkeiten, Jimmy. Ich weiß …«, stieß sie völlig außer Puste hervor, aber Jimmy fiel ihr sofort ins Wort, stand auf und fragte sie, ob sie Stewart gesehen hatte.

»Nein«, sagte sie gleichgültig, um nicht zuzugeben, wie verletzt sie war, »aber ich habe etwas herausgefunden …«

Wieder schnitt ihr das Wort ab. »Hör zu Cindy, ich habe gerade keine Zeit. Hier stimmt etwas nicht. Ich bin beschäftigt. Tut mir leid«, sagte er ernst und schob sie aus ihrem Büro.

»Aber …«, setzte sie an, doch schon stand sie vor der Tür und merkte, wie die Wut in ihr hochkochte. Noch nie war er ihr so grob über den Mund gefahren, hatte sie so vehement abgewiesen und jetzt, wo sie einmal eine wichtige Nachricht hatte, hörte er nicht einmal zu.

Sie ärgerte sich immer noch so sehr, dass sie sich in den Fluren verlief und ihr der Weg wie ein endloses Labyrinth erschien, bis sie endlich vor Mr. Hawthornes Bürotür war und ungeduldig gegen die Tür hämmerte.

Sie trat ein und atmete erleichtert auf, als sie sah, dass er alleine war. Eine weitere Abfuhr hätte ihre Wut nicht verkraftet.

»Ich muss mit Ihnen reden«, stieß sie hervor und ließ sich in einen Stuhl fallen, nur um sofort wieder aufzuspringen. Sie konnte nicht sitzen. Nicht jetzt.

Er musterte sie überrascht, war einen kurzen Moment überfordert von ihrer Direktheit, aber danach legte er seinen Kugelschreiber beiseite und lehnte sich in seinem Bürostuhl zurück.

»Nur zu«, sagte er dann freundlich.

Sie kannten sich gut, auch wenn sie nie eine wirklich persönliche Beziehung aufgebaut hatten, aber sie waren immer freundlich zueinander und Cindy wusste, dass man ihm vertrauen konnte. Er hatte einen höheren Rang als Stewart, war für alle Kollegen und Fälle verantwortlich, aber blieb stets im Hintergrund. Er war eher ein Koordinator, als ein Ermittler, aber Cindy wusste, dass er ein kluger Mann war, ohne den nichts laufen würde.

Sie atmete durch und erzählte ihm von ihrem Besuch bei Mrs. Cornwall und deren Beziehung zu Mylo, ihrem Motiv und davon, dass sie geschossen haben könnte. Auch wenn sie immer noch im Hinterkopf hatte, dass Kevin ebenfalls verdächtig war, hatte sie auf dem Weg hierhin beschlossen, die Polizei erstmal auf Mrs. Cornwall aufmerksam zu machen. Dann hätte sie schon einmal eine Sorge weniger.

»Sie hatte eine Beziehung mit Mylo McCrane?«, fragte er überrascht.

»Ja«, sagte sie und zwang sich ruhig zu sprechen. »Sie war seine Lehrerin. Sie haben sich in der Schule kennengelernt. Anscheinend war es eine Zeit lang ein beidseitiges Interesse, aber möglicherweise hat Mylo McCrane das Verhältnis beendet«, erklärte sie.

»Und warum erschießt sie dann ihren Mann und nicht Mylo McCrane?«

»Ich denke, sie hatte kein gutes Verhältnis zu ihrem Mann«, mutmaßte Cindy und hoffte, dass er ihr glauben würde. »Vielleicht hat sie gedacht, dass sie wieder mit ihm zusammenkommen könnte, wenn sie ihren Mann aus dem Weg schafft.«

Vor ihrem Auge sah sie immer nur Mylo. Immer wieder hörte sie sein Lachen, als er die Treppe runterrutschte, immer wieder sah sie die Kissen und Decken auf dem Wohnzimmerboden und immer wieder verkrampfte sich ihr Herz, wenn sie daran dachte, wie oft er für sie da war, obwohl es ihm selbst nicht gut ging. Sie musste ihm helfen, sie musste ihn wiedersehen, weil ihr Herz danach schrie.

»Und warum schiebt sie ihm dann den Mord in die Schuhe? Was hätte sie davon, wenn ihre Affäre im Knast verkümmert?«

Cindy zuckte die Schultern.

»Vielleicht Rache«, sagte Cindy unsicher. »Sie tickt … nicht ganz richtig, fürchte ich.«

Mr. Hawthorne schien nachzudenken, nickte dann aber.

»Ich werde die Kollegen noch einmal hinschicken.«

Er schien zufrieden und wartete darauf, dass sich Cindy bedankte und wieder fortging, aber sie blieb stehen.

»Ist noch etwas?«, fragte er erstaunt.

Cindy zögerte einen Moment und wusste nicht, wie sie ihren nächsten Satz, ihre nächste Forderung formulieren sollte.

»Sie müssen Mylo McCrane freilassen«, sagte sie schüchtern. Sie wusste nicht recht, wie sie dieses Gespräch führen sollte, was sie auf das *warum sollten wir das tun?* und das *warum ist es dir ein Anliegen?* antworten sollte, aber sie musste es versuchen. Nicht nur versuchen, dachte sie. Sie musste es schaffen.

Er schaute sie überrascht an.

»Und warum?«, fragte er abwehrend.

»Er ist unschuldig«, sagte sie entschlossen und atmete durch. »Mr. Hawthorne, ich weiß, dass ich viel verlange, aber es ist mir wirklich wichtig. Sie sagen doch immer, dass das System schlecht ist, solange Unschuldige im Gefängnis sitzen und Schuldige frei rumlaufen. Er ist unschuldig. Und er sitzt schon zwei Wochen! Er schafft das nicht, glaube ich. Wollen sie wirklich bald eine Leiche aus der Zelle schaffen müssen? Er ist noch jung, er hat nichts getan, niemand kann seine Schuld beweisen …«

»Er hat gestanden«, unterbrach er schroff.

»Vielleicht wurde er gezwungen … vielleicht gibt es dafür eine Erklärung«, sie merkte, wie sie immer unsicherer wurde. Mr. Hawthornes Gesichtsausdruck wurde immer härter. Er würde ihn nicht freilassen, ohne dass sie handfeste Beweise lieferte.

Frustriert stand sie im Raum und wusste nicht, wie sie ihn hätte überzeugen können.

»Ich schicke die Kollegen hin«, wiederholte er streng und Cindy begriff, dass schon das ein Entgegenkommen von ihm war. »Aber niemand wird einfach so aus der Haft entlassen.«

Er sah sie streng an und sie wusste, dass jeglicher Widerstand zwecklos wäre. Sie nickte ihm zu und ging enttäuscht aus dem Raum.

Wie gerne hätte sie noch etwas gesagt!, dachte sie, als sie wieder auf dem stillen Flur war. Wie gerne hätte sie ihm gesagt, wie ernüchternd sie sein Engagement fand! In Gedanken stellte sie sich vor, wie sie auf den Tisch haute und sagte: »Hören Sie mir zu Mr. Hawthorne! Ich könnte Ihnen hunderte Fälle aufzählen, wo jemand etwas gestanden hat, das er nicht begangen hat, aber das wissen Sie längst. Sie wollen das nicht sehen! Weil es Arbeit bedeutet, weil es bedeutet, dass man sich eingestehen muss, den Fall zu früh als gelöst eingestuft zu haben. Ja, es würde bedeuten, dass man eine menge Mut aufbringen muss! Und so wie ich es sehe, besitzen Sie keinen mehr!«

Aber das hätte sie sich nicht erlauben können.

Auch jetzt kamen ihr die Korridore wieder endlos lang vor, auch jetzt mied sie jeglichen Augenkontakt und flüchtete aufgewühlt aus den schmalen, dunklen Fluren des klobigen Gebäudes und war froh, als sie endlich den Weg nach draußen gefunden hatte.

Mittwoch, 10. November 2004

Ness wurde in der Nacht wach und sah die Umrisse des Raums. Sie musste sich für einen Moment klar machen, wo sie ist und das sie nicht träumte.

Noch vor ein paar Jahren hatte sie gedacht, dass sie einen Umzug niemals schaffen würde. Schon der Gedanke daran, hatte sie derartig beschwert, dass sie spüren konnte, wie all ihre Energie aus ihrem Körper gesaugt wurde. Aber jetzt war sie umgezogen und sie fühlte sich kraftvoller als je zuvor.

Sie konnte es manchmal kaum glauben, wenn sie sich umsah. Es roch immer noch nach frischer Farbe, mit der die Vormieter die Wände vor ihrem Auszug wieder weiß gestrichen hatten, immer noch nach Putzmittel, immer noch standen ein paar Kartons in den Zimmern aber Ness bemerkte meistens nur den frischend Wind, der von draußen in die Räume blies, wenn sie durch die Wohnung schlenderte und sich jedes Möbelstück an seinem neuen Platz anschaute.

Sogar die Möbel sahen stolzer und erholter aus.

Die Wohnung war ein Neuanfang. Natürlich war Nicolas noch da und meckerte nach wie vor den ganzen Tag, weil er die Wohnung zu klein fand, weil sie kein Haus gefunden hatten, weil er das meiste tragen musste und er Ness für faul hielt, aber sie hörte nicht hin, sie ließ ihn einfach meckern und besann sich auf das, was ihr wichtig war: Cindy.

Sie schaute auf die andere Seite des Raumes und sah die Umrisse von Cindy im Bett. Sie konnte ihre ruhige Atmung hören und wurde sofort mit Glück erfüllt.

»Teilen wir uns wieder ein Zimmer, Ness?«, hatte Cindy sie schüchtern gefragt, als sie zum ersten Mal in der Wohnung war.

»Bist du dir sicher, dass du kein eigenes Zimmer möchtest?«, sie streichelte ihr über die Haare.

Sie schüttelte den Kopf. »Nein, lieber mit dir!«, sagte sie und Ness wusste, dass sie ihr keinen Wunsch abschlagen konnte.

Mühevoll stand sie von ihrem Bett auf, griff nach den Umrissen ihres Rollators und versuchte keine Geräusche zu verursachen, um Cindy nicht zu wecken. Sie öffnete leise und vorsichtig die Tür und tauchte in den dunklen Flur. Er war nicht so lang, wie der vorherige, eher klein und verwinkelt, aber trotzdem fühlte sie sich hier wohl. Sie trank ein Glas Wasser in der Küche und ging wieder zurück ins Schlafzimmer.

»Kannst du nicht schlafen?«

Sie zuckte erschrocken zusammen. Sie hatte gerade die Tür hinter sich geschlossen und war felsenfest davon ausgegangen, dass Cindy noch schläft.

»Du hast mich vielleicht erschrocken!«, sagte sie leise und ging langsam zurück zu ihrem Bett.

»Ich dachte du hättest mich gesehen«, kicherte Cindy. »Kannst du denn nicht schlafen?«, wiederholte sie ihre Frage.

Ness legte sich langsam ins Bett und zog die noch aufgewärmte Decke über sich.

»Es ist ungewohnt in der neuen Wohnung, aber ich bin sehr froh, dass wir es geschafft haben«, antwortete sie.

»Ich bin auch froh.«

Sie hielten eine Weile inne und sie fragte sich, ob Cindy wieder eingeschlafen war.

Sie selbst war noch hellwach.

»Darf ich dich etwas fragen, Ness?«, hörte sie plötzlich aus der Dunkelheit.

»Ja«, antworte sie leise. »Was möchtest du wissen?«

Inständig hoffte sie, dass Cindy eine Frage stellte, die sie beantworten konnte.

»Denkst du ich sehe meine Geschwister jemals wieder?«

Sie klang so traurig, dass Ness direkt anteilnahm. Genau eine solche Frage hatte sie befürchtet.

»Ich bin mir sicher, dass du sie wiedersehen wirst«, antwortete sie.

»Wenn ich sie wiedersehe, will ich, dass du sie kennenlernst!«, sagte Cindy und klang begeistert.

»Natürlich, das würde mich sehr freuen«, gab sie zurück.

Sie hoffte es wirklich, dass Cindy ihre Geschwister wiedersehen würde, aber sie wusste, dass es lange dauern würde, wenn es überhaupt eine Chance gab. Und das sie, Anne-Sophie Walker, bis dahin wahrscheinlich nicht mehr leben würde. Es tat ihr weh, dass Cindy noch so jung war, zu jung, um zu verstehen, dass Ness sie nur ein Stück in ihrem Leben begleiten konnte und sie danach wieder loslassen musste. Auch wenn sie es nicht wollte. Die Zeit war unaufhaltbar.

»Weißt du, was ich glaube, Cindy?«, sie bemühte sich ihre Traurigkeit zu überdecken.

»Was denn?«, fragte Cindy neugierig.

»Ich glaube, dass du bis jetzt kein einfaches Leben hattest. Aber ich glaube vor allem, dass du ab jetzt ein sehr schönes

Leben haben wirst. Ich kann es in deinen Augen sehen. Und daran solltest du auch immer glauben. Einverstanden?«

»Ja«, sagte Cindy freudig.

Wieder wurde es still und Ness' Gedanken wurden allmählich ruhiger.

»Ness?«, flüsterte Cindy.

»Ja?«

»Kannst du mir etwas erzählen?«

»Was möchtest du denn hören?«

Sie zögerte kurz. »Eine Geschichte aus deinem Leben!«

Ness schmunzelte. Augenblicklich erinnerte sie sich an ihre Kindheit, an ihre Hoffnung, ihre Zuversicht, ihren Optimismus.

»In Ordnung«, entgegnete sie.

»Ich war ungefähr zwölf, oder vielleicht gerade dreizehn, als ich mit meinen Eltern in Urlaub fuhr. Ich war überhaupt nicht begeistert! Ich wollte lieber in den Ferien bei meinen Freundinnen sein, aber nun ja, ich musste mit, also schmollte ich die ganze Fahrt bis wir endlich in Deutschland angekommen waren«, erzählte Ness. »Es war eine sehr schöne Landschaft dort, aber das wollte ich nicht zugeben, ich wollte den ganzen Urlaub schlechte Laune haben, um meinen Eltern zu zeigen, wie blöd ich diesen Urlaub fand. Als ich meinen Koffer die Treppen hoch schleppte war ich immer noch so in meinem Groll versunken, dass ich plötzlich mit einem Jungen zusammenprallte, der gerade die Treppen hinunterkam. Er schaute mich an. Er hatte schöne blaue Augen. Ich wurde sofort nervös, schämte mich, machte Platz und ging weiter. Am Abend sah ich ihn wieder und ich fand ihn noch toller, als zuvor!« Sie musste lachen. Wenn sie davon erzählte, fühlte sie es immer noch genau so, wie in diesem Moment.

»Mein Herz fing an zu klopfen, mein Gesicht wurde knallrot und ich traute mich nicht mit ihm zu sprechen. Eines Abends, als es schon dunkel war, sprach er mich an und wir spazierten um das Haus herum. Wir entdeckten eine Scheune, legten uns ins Heu und redeten. Wir waren beide schüchtern und jung, sagten gar nicht viel, trauten kaum uns anzusehen, aber mein Herz klopfte wie wild und ich wusste, dass es bei ihm auch so war. Die nächsten Abende verabredeten wir uns wieder in der Scheune und jedes Mal, wenn ich das getrocknete Gras roch, die Wärme auf meiner Haut fühlte, die sich den ganzen Tag dort gesammelt hatte und in seine schönen, funkelnden blauen Augen schaute, war ich der glücklichste Mensch der Welt. Alles war aufregend, jedes Wort, jeder Blick, jede Bewegung. Obwohl wir uns nie näher kamen, fühlte ich mich sehr vertraut mit ihm.«

Sie machte eine Pause und schwelgte einen Moment in der Erinnerung. Von Cindy hörte sie nichts.

»Eines Tages, als ich aufwachte, waren er und seine Eltern abgereist und ich hatte nichts von ihm, außer seinen Vornamen und die Stadt in der er wohnte«, erzählte sie nachdenklich. »Ich lief trotzdem jeden Abend zur Scheune, legte mich ins Heu und dachte an ihn, dachte daran, dass er mich suchen würde und wir uns wiedersehen würden. Als wir auch abreisten, wurde mir klar, dass ich ihn wahrscheinlich nie mehr sehen werde.«

Cindy hatte gespannt zugehört, aber jetzt schien sie empört zu sein.

»Das ist ja traurig!«, rief sie bestürzt. »Hast du ihn wirklich nie wieder gesehen?«

»Nein«, bestätigte sie. »Ich habe ihn nicht wiedergesehen. Wir waren jung, wir hatten nur Vornamen und ungefähren Wohnort ausgetauscht, wir hatten keine Möglichkeit, uns zu finden. Aber weißt du, warum ich nicht traurig war und es bis heute nicht bin?«

»Warum?«, fragte Cindy erstaunt. »Also ich wäre traurig.«

»Weil er seit diesem Moment, seitdem ich mit ihm auf der Treppe zusammengestoßen bin, immer bei mir ist«, erklärte sie. »Ich habe seine Erinnerung immer bei mir und wenn ich an ihn denke, bekomme ich genau das gleiche Gefühl wie damals, als wir in der Scheune lagen. Ich fühle mich immer … ja, geliebt von ihm, ich weiß, dass er auch an mich denkt und das ist sehr viel wert, weißt du? Manchmal ist es besser eine schöne Erinnerung zu haben, als zwanghaft zu versuchen, Erinnerungen in das jetzige Leben zu ziehen. Er ist immer bei mir, er zeigt mir, was Liebe bedeutet und ich möchte diese Erinnerung nicht mit einer, vielleicht nicht übereinstimmenden, Realität dämpfen. Es bedeutet mir zu viel.«

»Aber …«, sie brach ab, schien zu überlegen und sagte dann vorsichtig: »Ich glaube du wärst mit ihm glücklicher gewesen.«

»Ja«, stimmte sie nachdenklich zu. »Das kann sein. Aber dann wäre mein Leben sehr anders geworden. Und weißt du, wahrscheinlich hätte ich dann woanders gewohnt, hätte in meinen Nächten durchgeschlafen und hätte dich nicht von meinem Fenster aus gesehen. Dann hätte ich dich niemals kennengelernt und das wäre ziemlich schade, oder? Verstehst du, wie alles doch noch gut geworden ist?«

»Ich glaube schon«, flüsterte sie unsicher.

»Du musst dir nur merken, dass gute Erinnerungen sehr wertvoll sind«, versuchte Ness zu erklären.

Sie überlegte noch lange, ob sie die Geschichte richtig erzählt hatte, ob Cindy verstanden hatte, was sie meinte oder ob sie sich daran aufhalten würde, dass sie ihr Glück nicht gesucht hatte, nicht darum gekämpft hatte.

In vielen Hinsichten hatte sie zu wenig gekämpft, dass wusste sie.

Aber für den Schutz dieser Erinnerung hatte sie gekämpft, denn sie war kostbarer als alles andere.

Dienstag. 24. Juli 2012

# I

»Wir schicken keine Briefe in das Gefängnis! Und keine Briefe *aus* dem Gefängnis!«, war einer der ersten Regeln, die er Mylo eingetrichtert hatte, als sie immer mehr verkauften und ihre Aufträge – und somit auch die Gefahr – immer größer wurde.

»Wenn einer geschnappt wird, warten sie bloß darauf, dass er die Spuren zu den anderen zieht. Sie warten auf den nächsten Fehler und dann verrotten wir alle in einer Zelle. Wenn niemand mehr draußen ist, kann uns auch niemand mehr helfen, deswegen keine Briefe! Niemals!«

Mylo hatte genickt, ihm zugestimmt und ihn verstanden, wie er auch sonst jegliche Anweisungen oder Zusammenhänge verstand. Ein kluger Junge, dachte Kevin, auf den man sich verlassen kann.

Jetzt hielt Kevin ein Paket in der Hand, das schwer in seiner Hand lag, obwohl es nur ein paar Gramm wog und an ihn adressiert war. Die Schrift erkannte er in dem Moment, als der Paketbote ihm das Paket überreichte. Zuerst dachte er, dass es nicht sein könnte, dass er sich bestimmt etwas einbildete, aber je mehr er sich die schwungvollen, ordentlichen Buchstaben ansah, desto sicherer war er gewesen.

Sofort fragte er sich, woher er seine Adresse hatte, woher er wusste, dass Kevin zurückgekommen war und als er Begriff wie Mylo gehandelte hatte, war er beeindruckt davon, wie vorrauschauend Mylo war. Er hatte sich alle Wohnungen gemerkt, die von seinen Freunden leer standen, hatte die Vor- und Nachteile der Gegenden abgewogen und per Ausschlussprinzip entschieden, dass nur eine Wohnung in Frage kam. Möglicherweise hatte er sogar mehrere Päckchen gemacht und an verschiedene Orte gesendet, um sicher zu gehen, dass sie ankamen, aber das konnte Kevin erst entscheiden, wenn er wusste, was sich in dem Päckchen befand.

Er ahnte nichts Gutes.

Vielleicht fiel es ihm deswegen so schwer, es zu öffnen.

Noch eine Weile saß er da, dass Päckchen auf seinem Schoß, starrte auf die Buchstaben, die ein erstes Lebenszeichen seines Freundes waren.

Waren es vielleicht auch die letzten?

Schnell sprang er auf, zwang sich, diese Gedanken nicht weiter zu denken und holte ein Messer aus der Küche. Er schnitt das Paket an den Kanten auf und öffnete mit rasendem Herzen das Paket.

Als er drei ordentliche Briefumschläge sah, wurde seine schlimmste Befürchtung war. Sein Herz pochte immer schneller, ihm wurde abwechselnd heiß und kalt und am liebsten wäre er rausgerannt, so schnell er konnte zum Gefängnis gerannt, hätte gegen Scheiben, Türen und Zäune gehämmert um zu verhindern, was er in diesen Briefen lesen würde.

Mit zittrigen Fingern nahm er den ersten Umschlag heraus der mit *Kevin* beschriftet war. Er nahm kurz die anderen beiden Briefe in die Hand und las *Cindy* und *Mrs. Cornwall.*

Plötzlich riss er den Briefumschlag auf, fragte sich, warum er nur so lange gewartet hatte, faltete hektisch den Brief auf, überflog nur die ersten zwei Zeilen, las das Ende. Seine Wut, seine Trauer, seine Hilflosigkeit spannten sich schmerzhaft über sein ganzes Herz und er schien fast daran zu Grunde zu gehen.

*Ich hoffe du verstehst meine Entscheidung. Glaub mir, sie suchen nicht nach dir. Bin ich weg, kannst du dein Leben ohne schlechtes Gewissen weiterleben. Du hast mir geholfen, wie kein anderer, ich denke, es war an der Zeit etwas zurückzugeben. Mylo*

Plötzlich sah er Mylo, in seiner Zelle hängend, die Fuße vom Boden entfernt, taumelnd in der Luft, seinen eingeknickten Kopf, sein Kinn auf seiner Brust liegend, weiß, wie die Wände seiner Zelle, er sah ihn vor sich und plötzlich verwandelte sich das Gesicht von Mylo in das Gesicht seiner Mutter und er sah sie wieder vor sich. Dieses grauenhafte Bild seiner Mutter. Wie sie hing, wie er sie verzweifelt umarmte, wie er zurückschreckte, als er ihre eiskalte, harte Haut fühlte, wie er aus dem Raum ging, wie er nicht trauerte, obwohl alles für ihn zusammenbrach. Es wiederholten sich all die finsteren Bilder, all die erstickenden Gefühle, die lästige Feigheit, die auf seiner Seele brannte. Er hatte ihr nicht geholfen, obwohl er gesehen hatte, wie schlecht es ihr ging! Und jetzt hatte er Mylo im Stich gelassen! Kevin hatte es geahnt! Er hatte es ganz klar gewusst! Zwei Menschen, dachte er, zwei Menschen hatte er nicht gerettet!

Wütend knüllte er den Brief zusammen, schleuderte ihn auf den Boden, nur um ihn danach hektisch wieder aufzuheben und noch einmal durchzulesen. Die Zeilen verschwammen immer mehr, die Umrisse wurden immer unschärfer, er schlug die Hände ins Gesicht, wusste nicht, was er tun oder fühlen sollte.

Unkontrolliert stand er auf, versuchte das Gleichgewicht zu halten und gegen das Gefühl anzukämpfen, das ihm befahl, aus dem Fenster zu springen oder sich eine Messerklinge in seinen Venen zu rammen. Er wollte einfach nur weg, diese Gefühle nicht mehr fühlen. Er umklammerte den Brief wie ein Rettungsring, wankte durch den Flur zur Wohnungstür, öffnete sie benommen, ging raus, prallte plötzlich mit einem anderen Körper zusammen. Benommen nahm er die Umrisse von Cindy wahr, nahm wahr, dass sie redete, ihn anschaute, ihn am Arm fasste, aber er konnte nichts sagen, denn immer noch sah er den Ausdruck seiner Mutter, sah die schwachen, taumelnden Füße, die in der Luft hingen, immer wieder spürte er die unerwartete Kälte ihres Körpers. Immer wieder sah er Mylo vor sich, mal als kleinen Jungen im Gebüsch, der weinte, weil er nicht nach Hause wollte, mal als jungen Mann, der sich das Kokain in seine Jackentasche steckte. Immer wieder tauchten Bilder auf, wie er in seiner Zelle hing, blass und erschrocken, nicht friedlich oder ruhig, nein, sein Tod war umsonst und vielleicht hatte er das in seinen letzten, tragischen Sekunden erkannt.

Er merkte seinen Körper nicht mehr, er merkte nicht, dass er weinte, laut schluchzte, dass sich Cindys Arme um seinen Körper legten und er seinen Kopf auf ihre Schulter fallen ließ. Kraftlos sank er mit seinem ganzen Gewicht in ihre Arme, ließ sich von ihr halten, in der Hoffnung, dass der Trost eines anderen Menschen sein Leiden verringerte. Bitter stellte er fest, dass er sich beruhigte, aber seine Gedanken jetzt von einer anderen Richtung näher kamen, ihn bedrängten und auffraßen. Plötzlich wurden die Umrisse wieder klarer, das Gesicht von Cindy deutlicher und alles in ihm wehrte sich gegen diese Umarmung, gegen den liebevollen Trost, gegen die Wärme, die er nicht verdiente! Er verdiente es nicht! Er verdiente gar nichts mehr!

Wenn sie es nur wüsste!

Er entzog sich ihrer Umarmung, sah sie verzweifelt und kopfschüttelt an und zeigte auf das Päckchen, dass so unschuldig auf dem Wohnzimmertisch lag.

2

Elendig quälten ihn die Gedanken, wiederholend hallten Janets Worte durch seinen Kopf. Sein Kopf brummte, sein schwacher Verstand brach unter dem Druck der Hilfslosigkeit zusammen und kapitulierte allmählich. Immer noch fiel es ihm schwer zu akzeptieren, dass er nichts tun konnte, um sich oder Cindy aus dieser misslichen Lage, die er verschuldet hatte, rauszubringen. Es tat ihm leid, es tat ihm weh, sich damit abzufinden, dass er ihr nicht helfen konnte, aber er schaffte es nicht mehr weiter darüber nachzudenken, denn immer wieder brachen seine Gedanken ab, stürzten ins Nichts und er kämpfte mit seinem Körper darum, nicht aufzugeben. Nicht einzuschlafen. Nicht loszulassen.

Immer weniger spürte Stewart die harten Kabelbinder, die seine Hände und Beine abschnürten, immer weniger spürte er seine Glieder, die gezwungen waren, in der unnatürlichen Position zu verharren und auch sein staubtrockener Mund gab immer mehr das Verlangen nach etwas Flüssigkeit auf. Seine Augen wurden schwerer und er wusste, dass er sie bald schließen würde und nie wieder Kraft finden würde, sie zu öffnen.

Er hatte nicht gedacht, dass er auf diese Art sterben würde; er hatte nicht gedacht sein halbes Leben in einem verdeckten

Kriminalfall gelebt zu haben, aber jetzt, wo das Ende der Geschichte bekannt wurde, war ihm klar, dass es so war und das er das Opfer darstellte, das endlich die Aufmerksamkeit erregen würde, die es bräuchte, um dem so lang verhüllten Täter das Handwerk zu legen. Seine Leiche würde hoffentlich mehr aufklären, als es bei manch anderen der Fall war. Aber auch wenn nicht, es war ihm nicht mehr wichtig. Wichtig war ihm nur, dass er bald erlöst wurde. Es war zu mühselig Gerechtigkeit zu verlangen, es war zu anstrengend Hoffnung zu hegen.

Nach allem, wonach er sich sehnte, war der Schlaf, den sein Körper so stark verlangte. Seine Augen quengelten übermüdetet, weil sie sich endlich schließen wollten, seine Seele drängelte; sie wollte endlich in die Freiheit fliegen. Er hatte so viele Stunden gekämpft, sich so viele Stunden abgemüht, er wartete nur noch auf seine verdiente Erholung.

Noch einmal erschien Cindys Bild vor seinem Auge, danach schloss er seine schweren, müden Augen und fühlte sich endlich befreit.

## 3

Selbst die Stärksten fallen, dachte Cindy, als sie sich von ihm löste.

Es bestürzte sie, ihn so zu sehen, aber trotzdem war eine gewisse Distanz da, die ihr ermöglichte, ruhig zu bleiben und nicht zu viel Anteil zu nehmen, denn sie hatte das ungute Gefühl, dass sie ihre restliche Energie noch brauchen würde.

Wie mechanisch ging sie zum Paket, hoffte, dass es sie nicht betraf, was auch immer sie darin vorfinden würde, aber als sie den Brief mit ihrem Namen sah, wusste sie, dass auch sie nicht verschont wurde.

Sie bemühte sich ruhig zu bleiben.

»Ich gehe …«, hauchte Kevin schwach, aber sie schnitt ihm sofort das Wort ab.

»Du bleibst hier!«, befahl sie scharf.

Mit zittrigen Händen nahm sie den Brief entgegen, auf dem ihr Name stand und wieder ermahnte sie sich, nicht durchzudrehen – ruhig zu bleiben.

*»Werden wir emotional, können wir nicht mehr rational handeln. Uns unterlaufen Fehler, weil wir den Verstand ausstellen und unseren Gefühlen eine gefährliche Macht verleihen, die dazu führt, dass die Umstände noch schlimmer werden.«*

Sie hörte Stewarts Worte, als würde er direkt neben ihr sitzen. Sie wusste, dass es eine höhere Kunst war, trotz der überwältigenden Gefühle, die auf einen hineinbrachen ruhig, zu bleiben, aber Stewart hatte ihr gesagt, dass es zwar schwer, aber möglich sei und daran klammerte sie sich nun.

Nervös öffnete sie den Brief und blickte direkt auf die Unterschrift am Blattende.

*Mylo.*

Ihr Herz zog sich zusammen. Sie las die Zeilen schnell, aber gründlich, ihre Hände schwitzten und jedes Mal, wenn sie das Papier umgriff, hinterließ sie feuchte Fingerabdrücke auf dem Papier.

Sie konnte sich nicht dagegen wehren, dass sie sich freute, einen Brief ihres Bruders in der Hand zu halten, seine Schrift zu sehen und sie mit ihrer zu vergleichen. Sie konnte sich nicht dagegen wehren, zu lächeln, über das, was er schrieb und sie konnte sich nicht dagegen wehren, die Sehnsucht zu spüren, die so tief in ihr verankert war. Sie fühlte sich stärker mit ihm verbunden, als je zuvor.

Und doch wurden diese Gefühle von der aggressiven Angst niedergeschmettert, dass sie ihn nie wiedersehen könnte, ihm seine Fragen niemals beantworten könnte und ihre Sehnsucht niemals gestillt werden würde.

Bei den letzten Zeilen angekommen, hatte sie nicht das Gefühl in Tränen ausbrechen zu müssen, sie hatte nicht das Gefühl, dass ihr der Boden unter den Füßen weggerissen wird, viel mehr hatte sie das Gefühl, dass es ihr alles bekannt vorkam.

*Ich glaube es nicht. Ich glaube es nicht. Ich glaube es nicht.*

*Warum?*

*Weil es sich nicht so anfühlt!, dachte Cindy, als sie weiterfuhren. Sie hatte wieder gelernt, ihre Gedanken nicht mehr offen auszusprechen, sie hatte wieder gelernt, dass sie bei ihrer Mutter keinen Trost, keinen Halt finden würde, aber sie hatte immer noch das starke Gefühl, dass er lebte. Er lebt, er lebt, er lebt.*

»Er lebt noch«, stieß sie hervor, »aber wir müssen sofort hin.«

Kevin schaute sie fassungslos an, als würde er sich fragen, ob sie vollkommen naiv war oder wirklich eine extrem gute Intuition hatte.

»Du musst zum Gefängnis gehen«, wies sie an. »Verlang, ihn zu sehen! Verlang so lange ihn zu sehen, bis sie dich wegschicken! Wenn sie dich wegschicken, sag ihnen, dass sie wenigstens nachsehen sollen, ob es ihm gut geht. Zeig ihnen den Brief!«

Sie sah kurz Sorge in seinen Augen aufblitzen, er schien Bedenken zu haben.

»Sie suchen dich nicht!«, vermutete sie und hoffte, dass er ihr glaubte. In dem Moment war es ihr egal, ob sie ihn schnappen würden oder nicht. »Sie haben keine Ahnung von dir! Keine Ahnung, wie du das geschafft hast, aber ansonsten hätten sie dich schon!«

Ohne auf seine Antwort zu warten, sprach sie weiter.

»Ich gehe zu Mr. Hawthorne. Ich nehme den Brief mit.«

Sie nahm den Brief *Mrs. Cornwall* aus dem Paket.

»Es ist ein Beweis für ihre Beziehung, der ihr Motiv verstärkt. Wenn er gehalten hat, was er mir versprochen hat, werden sie mehr über Mrs. Cornwall herausgefunden haben. Ich werde noch einmal mit ihm reden und ihn dazu bringen, Mylo aus dem Gefängnis zu holen, auch wenn es das letzte ist, was ich mache«, versprach sie entschlossen und ging aus der Wohnungstür. Dann drehte sie sich noch einmal um. Kevin sah immer noch vollkommen mitgenommen aus.

»Hast du alles verstanden?«

Kevin sah aus, als wüsste er immer noch nicht, wo hinten und vorne war; als würde sich die Hoffnung, die ihm Cindy gerade gab, wie eine schonende Decke über ihn legen und er hätte sich am liebsten in sie eingerollt, geschlafen und darauf gewartet, dass am nächsten Morgen wieder alles seinen gewohnten Gang geht.

»Ich weiß, es ist schwer, aber versuche für heute noch mit deinem Verstand zu denken. Es ist die einzige Möglichkeit, Mylo zu helfen. Verstehst du?«

Sie schaute ihn an und konnte sehen, dass er begriff.

Unterschwellig fragte sie sich, was in ihm vorging, was er dachte, an was er sich erinnerte, aber sie wusste, dass sie nicht fragen konnte. Vielleicht sogar niemals fragen konnte, weil sie von sich selbst wusste, wie schmerzhaft Erinnerungen sein konnten und wie tief die brennenden Wunden waren, die niemals zu heilen schienen.

»Er lebt noch«, wiederholte sie.

Sie knallte Mr. Hawthorne den Brief auf den Schreibtisch, zwang ihn mit fordernden Blicken dazu, das Gespräch, das er gerade am Telefon führte, zu beenden und fragte ihn, ob es das ist, was er wolle.

»Was ist das?«, fragte er überrumpelt und nahm den Brief in die Hand.

Sie hatte ihn während des Weges gelesen, um sicher zu gehen, dass daraus hervorging, dass sie eine Liebesbeziehung geführt hatten und es sich ebenfalls um einen Abschiedsbrief handelte. Den Rest hatte sie nur noch überflogen.

»Mylo McCranes Abschiedsbrief«, klärte sie ihn auf. »Haben ihre Kollegen ihn schon gefunden?«, sie versuchte gleichgültig zu klingen, aber inständig hoffte sie, dass er verneinte.

Sie hütete ihr Geheimnis immer noch, wie einen Schatz, obwohl sie nicht einmal genau wusste, wieso. Vielleicht wollte sie nicht noch einmal verletzt werden, nicht noch einmal verurteilt werden oder vielleicht wollte sie sicher gehen, dass sich ihr niemand in den Weg stellte.

Nachher würden sie noch denken, sie wolle ihn nur aus dem Gefängnis holen, weil er ihr Bruder ist.

Ungläubig sah er sie an, las den Brief durch und schaute sie wieder mit einem ernsten Blick an.

»Woher hast du das?«

»Das ist doch egal, verdammt! Ich habe diesen Brief erhalten und ich weiß, dass er ernst gemeint ist! Haben Sie die

Kollegen zu Mrs. Cornwall geschickt?«, fragte sie aufgebracht und wunderte sich selbst über ihren strengen Ton.

Seine Gesichtszüge wurden hart. Ihm schien ihr Auftreten zu missfallen.

»Ich kann dir versichern, dass wir dabei sind, den Fall zu lösen, aber das ist Sache der Polizei«, erwiderte er mit einer eisigen Kälte. »Mag sein, dass Stewart dir eine lange Leine gelassen hat, dass du mit ihm Fälle besprochen und deinen Anteil zur Lösung beitragen konntest, aber das geht nicht mit mir. Ich würde es begrüßen, wenn du es in Zukunft in der Verantwortung der Polizei lässt.«

Er faltete den Brief zusammen und wandte sich von ihr ab.

Die Wut in ihr brodelte und am liebsten hätte sie ihn angeschrien und geschüttelt, bis er es begreift. Am liebsten hätte sie ihm gesagt, wie wichtig es für sie ist!

*»Manchmal kommt man bei einem Menschen nicht weiter, weißt du? Alles was man macht, wird falsch dargestellt, jedes Wort umgedreht und die Menschen scheinen nicht begreifen zu wollen, was für ein Mensch du bist, was deine Intention ist, dass du nichts Böses willst. Dann wird man sauer, man wird wütend und zornig und versucht immer stärker, den anderen Menschen davon zu überzeugen, dass man richtig ist, dass man richtig denkt, man möchte so sehr verstanden werden! Und je mehr man es versucht, je verzweifelter man ist, desto stärker verfährt man sich, desto leiser wird die Stimme, desto nichtssagender die Worte. Man erreicht nichts. Weißt du, was ich dann mache? Ich konzentriere mich wieder auf mich. Ich fange noch einmal ganz von vorne an und frage mich, ob ich alles getan habe, was in meiner Macht steht und ob ich die andere Person wirklich dafür brauche. Denn meistens braucht man die Person gar nicht. Aber falls doch, frage ich die Person, was sie will. Manchmal hat man Glück und die Person gibt etwas von sich Preis. Da kann man dann ansetzen, verstehst du? Denn*

*die Menschen, die so stur sind, die so eisern sind, die anderen nicht helfen wollen, sind die schwächsten Seelen unter uns, auch wenn es vielleicht auf den ersten Blick nicht so wirkt. Sie haben Angst, so viel Angst, sich aus ihren Mustern heraus zu bewegen, dass sie in ihrem Kästchen bleiben und immer weniger von außen eindringen lassen. Aber manchmal findet man einen Weg, die Linien zu durchbrechen, zu sehen, was diese Menschen sehen und manchmal ist genau das die Lösung.«*

Sie musste an Ness' Worte denken, sie musste daran denken, wie sie das Leben mit Nicolas bewältigt hatte, wie sie jeden Tag an seiner Sturheit, seiner Engstirnigkeit, seiner Kleinkariertheit und Einfachheit abgeprallt ist und sich trotzdem am Ende gegen ihn behauptet hatte.

Sie atmete durch.

»Haben Sie schon einmal einen Fall gelöst?«, fragte sie ruhig und freundlich.

*Nicht emotional werden.*

Er schaute sie überheblich an. »Natürlich. Schon einige.«

»Wenn Sie sich an ihren letzten Fall erinnern, haben Sie ihn gelöst oder nicht?«

Cindy merkte, dass er nachdenklicher wurde und sie wusste nicht, ob das ein gutes oder schlechtes Zeichen war.

»Wir konnten ihn nicht lösen, wenn du es unbedingt wissen möchtest«, antwortete er schließlich. »Aber das hat nichts mit diesem Fall zu tun. Es gibt keine Beweise. Der Junge hat gestanden. Das musst du verstehen.«

»Ich verstehe das sehr gut«, entgegnete sie sofort und fühlte sich endlich ruhig genug, um sich auf einen Stuhl zu setzen. Er sah sie überrascht an. Wahrscheinlich hatte er gehofft, dass sie bald wieder aus seinem Büro verschwand und das unangenehme Gespräch vorbei wäre.

»Ich biete Ihnen zwei Möglichkeiten an. Einverstanden?«, fragte sie dann.

Er drehte sich zu ihr und zog spöttisch Augenbrauen hoch.

Sie durfte sich nicht einschüchtern lassen. Sie musste es versuchen.

»Die erste Möglichkeit besteht darin, dass Sie verdrängen, dass ich hier war und Ihnen zwei Hinweise geliefert habe. Sie denken nicht weiter darüber nach, ob diese Hinweise zu Beweisen führen könnten oder ob Sie einen Mann unschuldig in der Zelle verrotten lassen haben. Sie verdrängen diese Gedanken, aber Sie wissen ja, wie das ist. Manchmal kommen die Gedanken doch wieder zurück. Unangekündigt, unregelmäßig, aber sie sind immer da, vor allem, wenn man sie nicht braucht«, sie schaute ihm fest in die Augen. »Die zweite Möglichkeit besteht darin, dass Sie sofort anrufen, hören, ob es Mylo McCrane gut geht, ihm danach einen Besuch abstatten und ihm versichern, dass es eine Chance gibt, dass er bald rauskommt. Sehr bald. Dass würde bedeuten, dass sie noch einmal über Ihren Schatten springen, noch einmal Kraft aufbringen und die ganze Puzzleteile dieses Falls noch einmal auseinander pflücken, auf dem Boden zerstreuen, anschließend ordnen und neu zusammenfügen.«

Für sie war es schon ein voller Erfolg, dass er nicht sofort widersprach und ihre zarten Hoffnungen damit zerstörte. Er sah aus, als ob er nachdachte und das war alles, was sie verlangen konnte. Sie hoffte nur, dass es Mylo gut ginge, dass er es schaffte, durchzuhalten, bis er wieder auf freiem Fuß war.

Ohne etwas zu sagen, ohne sein angespanntes Gesicht zu entspannen, griff er zum Hörer.

Nervös saß sie auf ihrem Stuhl sitzen, hörte zu, wie Mr. Hawthorne mehrere Male durchgestellt wurde, wie er Auskunft über einer Zelle anforderte, mehrere Minuten wartete und sich schließlich nickend bedankte. Er verzog keine Miene.

»Er lebt«, sagte er knapp und über Cindy brach eine Welle der Erleichterung aus.

»Danke, Mr. Hawthorne«, sagte sie mit kratziger Stimme und stand auf.

Erleichtert, aber immer noch aufgewühlt, ging sie eilig durch den Flur und hatte ein Déjà-vu. Alles war genau wie gestern. Das künstliche Licht. Der dunkle Teppich. Die unheimliche Stille.

Sie musste sofort zu Kevin und ihm die Nachricht überbringen, auch wenn sie ihm immer noch misstraute, hatte er den Kummer nicht verdient.

Plötzlich packte sie jemand von hinten am Arm. Erschrocken drehte sie sich um.

»Jimmy!«, rief sie und riss sich los. Sofort musste sie an ihre letzte Begegnung denken, die sie immer noch nicht verdaut hatte. »Ich habe keine Zeit! Tut mir leid!«, entgegnete sie schnell und lief weiter, aber Jimmy packte sie wieder am Arm und bremste sie ab.

»Es ist wichtig, Cindy. Es geht um Stewart«, sagte er ernst.

Sie blieb stehen, schaute in sein ernstes Gesicht und fragte sich, ob sie es jetzt hören wollte. Vielleicht hatte er Janet wieder geheiratet, vielleicht zogen sie um. Vielleicht tat ihm auch alles leid. Sie wollte es nicht wissen! Er wollte nichts von ihr wissen, er hatte sich tagelang nicht gemeldet, ihm war es egal, wo sie schlief! Sie konnte nur an Mylo denken, sie konnte nur hoffen und für nichts anderes hatte sie momentan Zeit oder Kraft! Wenn Stewart etwas will, musste er sich eben selbst melden!

Entschlossen riss sie sich los. »Ich habe jetzt keine Zeit dafür!«, zischte sie und drehte sich um.

Sie hatte Wichtigeres zu tun.

## 4

Die Nacht war still, klar und dunkel. In seiner Zelle hörte er nichts. Keine Nachteule. Keine Motorengeräusche. Keine Lebenszeichen der anderen Insassen. Es war eine unheimliche, kalte Stille, die ihn nicht schlafen ließ.

Seine Gedanken waren wirr, chaotisch und unentschlossen. Er versuchte sie zu beruhigen, versuchte aufschlussreiche Muster in seinen vollgeschriebenen, bekritzelten Gedankenbildern zu entdecken, aber er fand keine.

Alles war so klar gewesen, als er die Briefe nach gründlicher Überlegung geschrieben hatte. Er hatte sie ordentlich beschriftet, leserlich adressiert und mit einem Gefühl der Richtigkeit abgeschickt. Und selbst als er wieder in seiner Zelle war, hatte er seine Entscheidung nicht bereut. Im Gegenteil, er hatte sogar das Gefühl, dass seine Entscheidung – seine zukünftige Tat – noch standhafter war, noch unausweichlicher, noch beschlossener. Denn wer schickt einen Abschiedsbrief, ohne sich anschließend umzubringen?

Er konnte sich nicht erklären, warum auf einmal die Entschlossenheit kippte und die Zweifel wieder Raum in seinen Gedanken eingenommen hatten. Wie ironisch, dachte er. Diese Zweifel, immer verlässlich, immer zur Stelle, wenn man sie nicht braucht! Das ganze Leben kommen sie, schleichen sich hinterlistig von hinten an, stellen sich zwischen dich und deine Ziele und flüstern dir ins Ohr, dass du nicht gut genug bist, dass du nicht bist, wie die anderen, dass du es nicht schaffen wirst. Und dann, wenn man sich entschließt, auf ihre Seite zu gehen, ihnen zuzustimmen, sich ihnen voll und ganz hinzugeben, kommen sie wieder. Ganz kleinlaut, ganz unterwürfig und scheu fangen sie an dir zu erzählen, dass es nicht so gemeint war, dass sie einen schlechten Tag hatten, dass sie dich doch ganz gerne mögen und du zu mehr fähig bist, als das, was sie behauptet haben. Dass du vielleicht doch noch glücklich in deinem Leben werden kannst. Dass du nie wissen wirst, ob du das Ruder umgerissen hättest, wenn du es nicht noch einmal versuchst.

Plötzlich kommen einem, schöne Momente in den Sinn, ganz klar, ganz deutlich und das warme Gefühl bekommt man direkt gratis dazu.

Man fragt sich, ob man den Verstand verloren hat, weil man auf einmal den ungewohnten Drang verspürt, zu leben, nach dem Glück zu streben, das man verdient hatte und zu kämpfen für das, was man erreichen will.

Ein neugeborener Lebenswille, den man noch nie zuvor gespürt hat, entfaltet sich kraftvoll im Inneren aus und bettelt dich regelrecht an, es nicht zu tun. Dir noch eine Chance zu geben. Und man fragt sich, warum? Warum jetzt? Wo warst du, als ich noch leben wollte? Wo warst du, als ich die Chance hatte, alles richtig zu machen? Warum hast du dich so lange versteckt? Warum hast du so lange gewartet, bis ich hier unten, ganz alleine so feststecke, dass ich unmöglich wieder rauskomme?

Und dann kann man hören, wie eine Antwort auf deine Fragen ertönt, leise, undeutlich, aber trotzdem verständlich sagt dir jemand: *Weil du es sonst nicht verstanden hättest.*

Das ist nicht normal! Diese Gedanken sind nicht normal! Er hatte sich entschieden und das nicht einfach so. Er hatte nichts überstürzt, nichts mehr oder weniger gewichtet, er hatte sachlich entschieden. Warum spielten seine Gedanken jetzt verrückt und verlangten eine hundertachtzig Grad Wendung?

Er beschloss, seinen Plan eine Stunde nach hinten zu verschieben, sich ins Bett zu legen, vielleicht etwas Schlaf zu finden und wieder zu dem Menschen zurückzukehren, der er in den letzten zwei Wochen war. Vielleicht würde das harte Bett, der beschwerliche Schlaf, ihn daran erinnern, dass er unmöglich sein ganzes Leben in dieser Zelle aushielt.

Aber nichts passierte, außer, dass er nicht schlafen konnte und seine Gedanken an positive Dinge vor seinem inneren Auge pausenlos und penetrant abgespielt wurden, und er sich gegen die schönen Gefühle, die sie mit sich brachten, versuchte zu wehren.

Er konnte es nicht tun. Er konnte es heute nicht tun. Noch einen Tag hatte er Zeit, bis die Briefe ankommen würden und er entschied, diesen Tag zu abzuwarten.

Erleichtert merkte er, wie sich seine Anspannung löste.

Trotzdem würde er dabei bleiben!, befahl er sich schnell.

Erschöpft von seinen widersprüchlichen Gedanken, schlief er ein und wachte am Morgen erholter als zuvor auf. Gerade das machte ihn noch verrückter! Warum schlief er auf einmal gut? Warum fühlte sich das Bett auf einmal weicher an als vorher?

Auch an diesem Tag konnte er nichts anderes, als Trost in der Angst vor dem Tod zu finden; er gab sich ihr hin, fiel in ihre Arme und war froh, dass sie da war. Schon oft war ihm Angst begegnet, schon oft hatte er sich in ihr gesuhlt und sich danach von ihr benutzt gefühlt, wie sie ihn austrickste, schwächte und manipulierte. Aber jetzt empfang er sie als anmutig, schön und stark und sie gab ihm Halt. Sie gab ihm sogar Hoffnung, dachte er.

Konnte das überhaupt sein?

War es nicht die Angst, die die Hoffnung schwinden lässt? Wie konnte die Angst von Böse zu Gut gewechselt sein?

Vielleicht, dachte er, hatte er sich noch nie seiner Angst widersetzt, vielleicht hatte er sich nie stärker gefühlt, als seine Angst und vielleicht konnte er deswegen noch nie etwas Gutes an ihr finden. Er konnte nicht an ihr wachsen, sondern immer nur an ihren felsigen, unüberwindbaren Mauern abprallen.

Jetzt aber füllte die Angst ihn mit Hoffnung aus, so überwältigend, dass er unwillkürlich Furcht bekam. Furcht davor, am Leben zu bleiben, dem Leben eine neue Chance zu geben und mit allen Konsequenzen zu versuchen, das Beste daraus zu machen, mit all seiner Kraft versuchen, doch noch ein Stück Glück zu erhaschen.

Aber war er dazu überhaupt noch in der Lage?

Auch wenn es ihn anstrengte, konnte er nicht aufhören, darüber zu grübeln. Immer wieder hatte er das Gefühl, völlig durchgedreht zu sein, abnormal, oder einfach nur geisteskrank, aber er war sich sicher, dass diese Gedanken einen Sinn hatten, dass sie nicht falsch waren, wenn sie ihn so intensiv beschäftigten.

War es gut in diesen Moment Angst zu haben?

*»Ich habe mich getrennt!«, unterbrach sie ihn plötzlich und ihre Augen strahlten durch die Dunkelheit. Er konnte ihr ansehen, dass sie vor Freude platzte und es keinen Moment länger hätte aushalten können, sich mit dieser Nachricht zurückzuhalten.*

*Vier Jahre hatten sie sich nicht mehr gesehen. Aber vor ein paar Monaten hatte er wieder Kontakt zu ihr aufgenommen. Er hatte sie vermisst, sich gefragt, was aus ihr geworden war und da er wusste, wo sie wohnt, hatte er sie eines Tages abgefangen und sie war ihm unendlich erleichtert um den Hals gefallen.*

*Seitdem trafen sie sich wieder regelmäßig und jedes Mal stieg er mit demselben Kribbeln, mit derselben Aufregung wie immer, zu ihr ins Auto.*

*Er hatte bemerkt, dass sie anders war als sonst. Freier. Fröhlicher. Sie wirkte entspannter und unbeschwerter, als sonst. Ja, dachte er, vielleicht auch hoffnungsvoller. Er hatte es einfach hingenommen, dachte, dass sie vielleicht einen guten Tag gehabt hätte. Als sie losfuhren und sich all die Dinge erzählten, die ihnen gerade in den Kopf schossen, hatte er das wohlige Gefühl wie immer gehabt. Er fand sie immer noch schön, auch wenn sie viel besorgter als früher aussah, aber gerade das machte sie für ihn interessant.*

*Immer wenn sie sich trafen, konnte er danach sehen, wie ihr Gesicht entspannter und jünger wirkte und er fand, dass ihr die Aufregung, die Dunkelheit der Nacht und das verbotene Glück gut stand.*

*Sie schaute ihn erwartungsvoll an, immer noch breit lächelnd, machte einen Versuch, seine Hand zu nehmen, aber er zog sie bei der ersten Berührung so schnell weg, als hätte er an einen Stromzaun gefasst. Wie ein Blitz schlugen ihre Wörter in seinen Körper ein und brannten alles nieder, was da gewesen war. Plötzlich fühlte er nur noch Angst, seine Brust verengte sich, er fühlte sich unwohl hier zu sitzen und dieses Gespräch mit ihr zu führen.*

*Sie hatte das Auto an einem Waldstück geparkt. Es war spät abends und kalt, trotzdem wäre er lieber sofort weggelaufen.*

*»Was ist denn?«, fragte sie verwundert und er wusste, dass er sie schon mit seiner Reaktion verletzt hatte. Das Lächeln von ihrem Gesicht war wie ausgelöscht und ein Blick voller Sorgen setzte sich in ihrem Gesicht fest. Genau diesen Blick, hatte sie gehabt, als sie zum ersten Mal in die Klasse kam; voller Leid, voller Angst, aber vor allem – und das war das Schlimmste – voller Enttäuschung. Er wollte sie nicht enttäuschen, ganz im Gegenteil, er wollte sie glücklich sehen, er wollte ihr Glück geben, nur hatte er jetzt das Gefühl, es nicht mehr zu können.*

*Immer noch angespannt erwiderte er ihren Blick und tausend kleine Pfeile schossen in sein Herz.*

*»Du hast dich getrennt?«, fragte er mit einem trockenen Mund und einer kratzigen Stimme.*

*»Ja, ich habe mich getrennt«, bestätigte sie dann leise und enttäuscht. »Ich habe aber nichts von dir erzählt«, fügte sie schnell hinzu, als hätte sie den Grund seines Verhaltens entdeckt und könnte ihm die Sorge nun nehmen.*

*Er schüttelte den Kopf, versuchte nachzudenken, versuchte mit dem Gefühl umzugehen, dass sich in seinem Inneren ausbreitete. Unüberlegt!, schimpfte er in seinen Gedanken. Wie unüberlegt und naiv!*

*»Und wo willst du jetzt hin?«*

*Sie schaute ihn an. Ihr Blick wurde kälter.*

*»Ich suche mir eine Wohnung! Was denkst du denn? Ich bin eine erwachsene Frau, ich verdiene mein Geld! Das ist doch alles nicht wichtig!«, rief sie und ihre Augen wurden abwechselnd wütend und traurig. »Wichtig ist, dass ich uns eine Chance geben will! Und ich wollte dir zeigen, dass es mir ernst ist!«*

*Er wusste nicht, was er sagen sollte, am liebsten hätte er sich einfach in Luft aufgelöst. Es brach eine Angst über ihn herein, die er nicht greifen konnte. Er konnte sie nicht bändigen oder ersticken, er wusste nicht, wieso und wie lange sie bleiben würde, aber er wusste, dass dies seine letzte Stunde in diesem Auto mit Amanda Cornwall sein würde.*

*»Es wäre nicht richtig«, versuchte er zu erklären.*

*Als er ihren verständnislosen Ausdruck sah, fühlte er sich schuldig, aber gleichzeitig auch im Recht. Wie sollte das funktionieren? Er war vierzehn, sie war dreiunddreißig, das hatte doch keine Zukunft! Das wusste doch jeder! Selbst wenn man es versuchen würde, würden die Steine, die sich unweigerlich in ihren Weg legen würden, ihr Glück versauen. Das wäre doch nicht erfüllend! Das musste sie doch auch begreifen!*

*»Hast du mich also nur angelogen?«, fragte sie und ihre Augen füllten sich mit Tränen, immer wieder schaute sie weg, atmete durch und ihr Gesichtsausdruck wurde noch verzweifelter.*

*»Nein«, sagte er sofort, aber sie unterbrach ihn direkt wieder.*

*»So viele Monate treffen wir uns schon wieder! So viele Stunden haben wir hier im Auto gesessen! Uns jedes noch so kleine Detail unseres Lebens erzählt! Es gibt nichts, was du nicht weißt und umgekehrt! Wir sind uns so nah, siehst du das denn nicht? Jedes Mal, waren wir glücklich, haben uns auf den Abend gefreut, weil wir uns wiedergesehen haben und jedes Mal, wenn wir uns wieder trennen mussten, hast du mir gesagt, dass du nicht gehen willst, dass du bei mir bleiben willst, du hast mir gesagt, dass du mich liebst!«*

*Ihre Stimme klang noch fest und klar, aber ihre Tränen liefen ihr unkontrolliert über die Wangen, »Du wolltest mich sehen, immer! Du hast von unserer Zukunft geschwärmt! Erklär mir wenigstens, warum!«*

*Immer noch befangen und unbeholfen fand er sich in dieser Situation wieder. Er war überfordert von seiner chaotischen Gefühlswelt und versuchte mit Hochdruck Worte zu finden, die es erklären könnten, aber er selbst verstand es nicht einmal! Es war nicht gelogen! Im Gegenteil, es war alles die Wahrheit! Sein Leben hatte sich gewendet, als er sie kennengelernt hatte, sein Herz hatte Funken gesprüht, als sie zum ersten Mal geredet hatten und jedes verdammte Mal, war er mit Herzklopfen zu ihr ins Auto gestiegen und hatte es ihr auch gesagt. Und er hatte sich vorgestellt, dass alles so weiterginge, wie bisher, aber er hatte sich keine konkreten Zukunftsvorstellungen ausgemalt! Er war glücklich und wollte es genießen, aber eine wirkliche ernsthafte Beziehung war doch von vornherein ausgeschlossen! Für ihn zumindest.*

*»Es war nicht gelogen, es war die Wahrheit«, brachte er zögerlich hervor. »Aber … wie soll unsere Zukunft denn aussehen?«*

*»Wie jetzt auch!«, rief sie wütend. »Wir treffen uns, alles ist genau wie jetzt! Du kommst mich besuchen in meiner neuen Wohnung und wir gucken, worauf es hinausläuft!«*

*Seine Brust schnürte sich immer weiter zu, ihm war alles zu viel. Er war vierzehn, er konnte sich nicht auf diese Beziehung einlassen. Er konnte sich nicht vorstellen, sie zu besuchen in ihrer Wohnung, er würde sich auf der einen Seite fühlen, wie ein kleines Kind, ein Nachhilfeschüler, der seine Lehrerin besucht und auf der anderen Seite würde er sich fühlen, wie ein potenzieller Date Partner. Er konnte beides nicht ertragen.*

*»Nein, es geht nicht … Es tut mir leid, ich kann das nicht«, stammelte er überfordert. »Ich denke es ist besser, wenn du mich wieder zurückfährst.«*

*Sie schaute ihn noch einmal verständnislos an, schaute dann aus der Windschutzscheibe in die Dunkelheit, schüttelte den Kopf und startete den Motor. Sie schaltete das Radio nicht an, würdigte ihn keines Blickes mehr und ließ ihn, in seiner Straße angekommen, wortlos aussteigen. Als er ausstieg, fielen tausend Steine von seinem Herzen.*

*Erleichterung breitete sich aus.*

*Er hatte das Problem aus seiner Welt geschafft.*

*Und es war nicht so, als hätte er diese Entscheidung direkt bereut oder kurze Zeit später, nein, es vergingen zwei weitere Jahre, bis er plötzlich alles hinterfragte und sie wieder in seinen Gedanken auftauchte.*

Hatte er Angst vor der Liebe gehabt?

Warum konnte er sich nicht entscheiden, ob er sie liebte, oder nicht, warum lag er so viele Nächte wach, erinnerte sich an die schönen Stunden mit ihr, daran, dass er ihr alles erzählt hatte? Und warum – es war zum verrückt werden – machte er immer einen Schritt zurück, wenn sie ihm näher kam?

Hatte er Angst vor der Liebe?

Oder hatte er Angst vor *ihrer* Liebe, weil sie nicht das Richtige für ihn war? Hatte seine Angst ihn auch damals geschützt?

Er wusste es nicht. Was er jedoch wusste, war, dass er sich seither nicht mehr verliebt hatte. Immer, wenn er sich länger mit einem Mädchen unterhielt, kam es ihm vor, als hätte sein Leben ihn reifer gemacht und er fand sich auf einer anderen Stufe wieder, als die anderen in seinem Alter. Am besten konnte er sich mit Menschen austauschen, die etwas Ähnliches erlebt hatten, weil er wusste, dass sie einen verstehen, aber er war niemals auf so ein Mädchen getroffen.

Mrs. Cornwall hatte ihn verstanden, sie hatten sich alles erzählt.

Aber warum hatte es dann nicht mit ihr funktioniert?

Und warum, dachte er jetzt über Liebe nach, obwohl er entschieden hatte, sich das Leben zu nehmen?

Samstag, 21. Juli 2012

»Wollen Sie mir etwas von sich erzählen, Ms.Wyatt?«, fragte die Frau, die ihr gegenüber saß.

Sie schaute genau so freundlich wie die anderen und wirkte hoch professionell. Sie war im mittleren Alter, trug eine schwarze Brille und hatte ein ernstes, aber hübsches Gesicht.

War sie glücklich in ihrem Job?

Lya versuchte, sich zu konzentrieren. Sie schweifte ständig mit ihren Gedanken ab und fast hätte sie schon ausgeblendet, dass sie in einem der Therapiezimmer saß und reden sollte.

Was sollte sie erzählen?

Normalerweise kam man in eine Klinik, weil man leben wollte, aber das wollte sie gar nicht. Sie wollte überhaupt nicht hier sein. Ihr einziger Antrieb bestand darin, Robert nicht zu enttäuschen.

»Ich möchte dir helfen«, sagte er, als sie vom Badezimmer zurückgekommen war und sich wieder auf die gepolsterte Garnitur fallen ließ. »Dir geht es nicht gut und ich möchte dir helfen.«

Dann gib mir Drogen!, hatte sie gierig gedacht und weiterhin geschwiegen.

»Willst du zurück ins Bordell?«

Sie schüttelte den Kopf, nickte, zuckte dann die Schultern.

»Eigentlich nicht …«

»Aber da kommst du an Drogen«, folgerte er.

Sie nickte beschämt.

Er schaute sie besorgt an. »Wenn du so weiter machst, dann wirst du…«

»Sterben. Ich weiß«, unterbrach sie ihn und war überrascht, dass es ihr nicht schwerfiel, dieses Wort auszusprechen.

»Es ist mir wirklich ernst, Lya«, versicherte er ihr. »Schlafe eine Nacht darüber. Wir können morgen ins Krankenhaus fahren. Wenn es dir nicht gefällt, wenn du es wirklich nicht willst, fahre ich dich zurück zum Bordell.«

Die ganze Nacht hatte sie sich gequält, war wachgeblieben, hatte nach Drogen gesucht, obwohl Robert sie schon darauf hingewiesen hatte, dass er nichts versteckte, und war am nächsten Morgen mit ihm losgefahren. Sie sah seinen besorgten Blick, sah, wie er sie ansah, als er fragte, wo sie hinwollte und sie brachte es nicht übers Herz, ihm zu sagen, dass sie wieder ins Bordell wollte.

In der Klinik behandelten alle sie mit einer Freundlichkeit, an die sie nicht gewöhnt war. Fast kam es ihr vor, als sei es aufgesetzt oder künstlich, als würden die Menschen ihr ins Gesicht lächeln und wenn sie sich umdrehten, über sie herziehen. Alle sagten ihr, dass es gut sei, dass sie hier ist, dass sie diesen Schritt gemacht hatte, dass ihr jetzt geholfen werden könne, aber sie fühlte es nicht. Sie wusste, dass sie selbst das Startsignal ihrer Heilung geben musste, aber sie war nicht im Geringsten bereit dafür.

Warum sollte sie etwas aufgeben, dass ihr das Gefühl gab, richtig zu sein?

Richtig zu sein in ihrem Körper, in ihrem Leben, in ihrer Persönlichkeit. Sie konnte sich ein Leben ohne dieses Gefühl nicht vorstellen. Wenn sie ehrlich war, dachte sie nur an ihre Droge.

Schon bei Robert konnte sie sich kaum auf etwas anderes konzentrieren, aber er hatte eine angenehme Art, bei der sie, für einen Moment, alles vergessen konnte. Seine Sprache, seine Ausstrahlung, seine Mimik, das alles wirkte auf Lya faszinierend. Sie hatte das Gefühl, dass er sich so viel mit Kunst beschäftige, dass er sich selbst zu einer Art Kunstwerk verwandelt hatte. Sie bestaunte ihn regelrecht.

Am liebsten wäre sie bei ihm geblieben, aber sie wusste, dass es an diese Bedingung gebunden war. Sie hatte ihn nicht gefragt, aber sie konnte es spüren, dass er Drogen verabscheute. Vielleicht hatte er selbst einmal welche genommen, vielleicht hatte er sogar ähnliche Erfahrungen gemacht. Sie wusste es nicht. Aber sie spürte, dass er bei diesem Thema keine Kompromisse eingehen würde.

Die Frau, auf deren Namensschild *Soubrie* stand, schaute sie geduldig an und lächelte dann.

»Sie müssen nichts erzählen, wenn Sie nicht wollen. Ich wollte Ihnen nur die Chance geben«, sagte sie höflich, als Lya nicht antworte. »Haben Sie sich gut in Ihrem Zimmer eingefunden?«

Lya dachte an ihre Zimmernachbarin, die sie, vom ersten Augenblick an, komisch gefunden hatte. Vielleicht war sie zu voreilig gewesen, aber noch nie im Leben war sie einer solchen Person begegnet. Es lag nicht daran, dass sie sich schwarz kleidete, ihre Haare auf der einen Seite kurz rasiert waren, und auf der anderen Seite lang und fransig runterhingen. Nein, daran lag es nicht. Es war eher die stille Beobachtung, die Lya fühlte, als sie ihr Bett bezog und ihre wenigen Sachen auspackte. Sie konnte fühlen, wie ihre schwarzen Augen auf ihr klebten, auf eine unangenehme, grenzüberschreitende Weise.

Das Mädchen sagte nichts. Sie grüßte nicht, sie stellte sich nicht vor, sie schaute nur. Lya konnte ihr Alter nicht schätzen, ihr Kleidungsstil wirkte jung und kindlich, aber doch irgendwie jugendlich, rebellisch und ihre Gesicht wirkte reif und gestresst, sie hätte fünfundvierzig sein können, oder fünfzehn. Wahrscheinlich war sie irgendwas dazwischen.

»Auch diese Frage müssen Sie nicht beantworten«, sagte sie und lächelte ihr zu.

Lya versuchte sie einzuschätzen. Sie war vielleicht vierzig, lebte in einem schönen Haus am Stadtrand, hatte bestimmt zwei Kinder und war glücklich verheiratet.

Ihre ernste Miene hatte sich gelegt. Sie sah netter aus, als vorhin.

»Das einzige, was ich von Ihnen wissen möchte, ist, was Sie konsumiert haben, wie Sie es konsumiert haben und wie oft«, sagte sie ernst und Lya wusste, dass sie diesmal eine Antwort erwartete.

»Kokain«, brachte sie mühsam hervor, damit sie es endlich hinter sich hatte. Noch nie hatte sie dieses Wort ausgesprochen.

In ihren Gedanken war es ganz normal. Aber es jetzt auszusprechen – ja, sich einer anderen Person offenbaren – war ein Gefühl der blanken Scham, dass sie lieber nicht fühlen wollte. Sie konnte spüren, wie der Drang nach ihrer Droge immer stärker wurde. Hätte sie gewusst, dass es sie so beschämen würde, hätte sie sich niemals darauf eingelassen.

Sie sehnte sich nach dem vertrauten Bordell, sie sehnte sich danach, dass es niemanden interessierte, was sie tat und sie ihr zerstörerisches Geheimnis ohne Hindernisse ausleben konnte.

»Und wie haben Sie das Kokain konsumiert?«

Entmutigt wünschte sie sich, an einem anderen Ort zu sein. Oder einfach raus zu rennen und nie wieder zurückzukehren.

Sie wollte nicht darüber reden. Sie atmete tief ein.

»Ich habe es geschnupft«, sie mied Mrs. Soubries Blick. »Seit ungefähr sechs Monaten, mehrmals täglich.«

Mrs. Soubrie schrieb etwas auf ihren Notizblock und nickte.

»Können Sie mir sagen, wie Sie an das Kokain gekommen sind?«

Sie legte den Stift zur Seite und schaute sie interessiert an.

Lya sah Angelo vor sich.

»Ich habe es von meinem …«, sie stockte, »von *einem* Freund bekommen, bei dem ich wohnte. Er hat es mir gezeigt, als es mir schlecht ging … er sagte, es würde mir helfen … und das tat es auch. Von da an, habe ich sein Zimmer abgesucht, bis ich etwas fand … Ich habe sein Versteck gefunden und es war …«, sie dachte nach, wie sie es am besten Ausdrücken könnte, »ja, wie eine stille Verbindung zwischen uns.«

»Was meinen Sie genau mit der Verbindung?«

Lya überlegte, wie sie es am besten beschreiben konnte. Was hätte sie jetzt dafür gegeben, in Angelos Zimmer zu sein und den Schuh hochzuheben, ihre Hand über die glatte Sohle zu streichen, um das Tütchen herauszuziehen. Jedes Mal freute sie sich! Jedes Mal, war es wie ein kleines Geschenk, was sie sich lange gewünscht hatte.

»Er hat es in seinen Schuhen versteckt. Ich habe es mir genommen und beim ersten Mal, war es mir egal, ob er es sieht oder nicht. Es wäre mir egal gewesen, hätte er mich tot geprügelt. Ich wollte einfach nur dieses Gefühl spüren. Ich wollte alles vergessen. Ich wollte leben. Am Tag danach hatte ich Angst, dass er es entdeckt, dass er mich anschreit und etwas Schlimmes passiert, aber es passierte nichts. Es passierte gar nichts. Also ging ich wieder heimlich in sein Zimmer und suchte alles ab. Ich wurde verzweifelt, als ich nichts fand. Ich kannte jedes Versteck! Ich kannte jede Lücke, jede Ritze, jeden Hohlraum! Am Schluss sah ich noch einmal in dem Schuh nach, wo ich es einen Tag vorher gefunden hatte – ich hatte fest damit gerechnet, dass er mir diesen Gefallen niemals tun würde – und plötzlich war da ein neues Tütchen. Ich konnte mein Glück nicht fassen, ich konnte es nicht glauben! Ich dachte es wäre Zufall gewesen, ich dachte, dass er vielleicht selbst vergessen hatte, dass vorher noch eins da war.«

»Aber es war kein Zufall.«, folgerte Mrs. Soubrie.

»Es war kein Zufall«, wiederholte sie, als wäre sie immer noch von seiner Güte überrascht. »Am nächsten Tag ging ich wieder ins Zimmer und schaute zuerst in den Schuh. Wieder war ein neues Tütchen darin! Noch immer war ich misstrauisch, aber als es die Tage danach immer so weiter ging, hatte ich es verstanden.«

»Warum denken Sie, tat er das?«

Sie fragte interessiert, ohne Wertung, ohne Aufregung und Lya fiel es immer leichter, zu sprechen.

»Am Anfang dachte ich, weil er mich mag«, sie zuckte entschuldigend mit den Schultern. »Aber schon nach kurzer Zeit wusste ich, dass er es machte, weil er mich behalten wollte. Ich war gut für sein … Geschäft. Er hatte einen Weg gefunden, mich zu behalten. Und ich hatte einen Weg gefunden, damit umzugehen. Es war die einzige Sache, die uns noch verband. Es war da, nur wir beide wussten es, es war sogar eine Art Kommunikation. Er legte ein neues Tütchen in den Schuh und sagte mir damit, dass alles gut ist. Dass er es weiß, aber es nicht schlimm ist. Dass er nicht sauer ist. Ich nahm es und sagte ihm damit, dass ich ihm dafür dankte und dass ich bei ihm bleiben würde. Es gab uns auf eine komische Art Sicherheit, denke ich.«

Als sie fertig war, hatte sie plötzlich das Gefühl, dass ihre Erklärung unverständlich war.

»Kann das überhaupt sein?«, fragte sie verunsichert.

»Ja, das kann gut sein«, bestätigte Mrs. Soubrie rasch. »Worte sind nah, und alles was man sieht, sowieso. Wir fühlen uns ertappt, verletzt oder beschämt, wenn jemand Seiten von uns sieht, die wir lieber verheimlichen. Sieht uns jemand oder spricht uns jemand darauf an, neigen wir Menschen dazu, uns zu verschließen. Also sucht man Wege, ohne Worte, ohne starre Beobachtung, um das Vertrauen eines Menschen zu erobern«, erklärte sie freundlich. »Ich bedanke mich für Ihre Offenheit, Ms. Wyatt. Das ist nicht selbstverständlich und bestimmt nicht einfach für Sie.«

Sie beendete das Gespräch und Lya stand erleichtert auf. Sie war froh darüber, das Gespräch hinter sich zu haben.

So schnell wie möglich musste sie hier raus, egal, wie nett Mrs. Soubrie oder das Gespräch war, sie dachte nur an ihre geliebte Droge. Sie konnte es nicht mehr länger aushalten. Sie wollte sich schon umdrehen, als sie noch einmal ihre Stimme hörte.

»Ich muss Sie noch darüber aufklären, dass wir hier jeden Tag einen Drogentest machen. Nur wer nüchtern ist, kann therapiert werden.«

Sie sagte es so streng, dass Lya sich direkt wieder unwohl fühlte.

War es eine Ankündigung oder eine Drohung?

Konnte Sie Lya ansehen, dass sie an Drogen dachte? Traute sie ihr nicht zu, es ohne auszuhalten?

Lya nickte nur, drehte sich um, und ging endlich aus dem Raum. Sie merkte, wie ihr Körper sich nach Kokain sehnte, wie ihre Gedanken an nichts anderes mehr denken konnten und wie sie überall Kokain sah. Überall sah sie weißes Pulver oder kleine Plastiktütchen und selbst wenn sie Schuhe sah, hatte sie das Bedürfnis sie hochzuheben und über die Sohle zu fühlen, in der Hoffnung, dass sich darin Drogen befanden.

Sie ging den tristen Flur entlang und fühlte sich, als wäre sie im Kinderheim. So in etwa hatte sie sich ein Kinderheim vorgestellt. Kahle Wände, Neonröhren, Linoleum Böden, Zimmer ohne persönliche Gegenstände. Menschen, die man nicht kannte, die man nicht einmal mochte, die zwangsläufig zu Freunden oder Bekannten werden sollten.

Schlurfend ging sie zurück in ihr Zimmer, und sah aus dem Augenwinkel, ihre Zimmernachbarin im Bett liegen. Wieder überkam sie ein komisches Gefühl. Als würde diese Person die ganze Atmosphäre des Zimmers verpesten.

Ohne ein Wort ging Lya an ihr vorbei, zielstrebig zu ihrem Bett und legte sich hinein. Sie drehte sich auf die andere Seite, mit dem Gesicht zur Wand, um das Gefühl zu haben, alleine zu sein.

Sie erschrak, als sie auf einmal eine hohe, kindliche Stimme hörte.

»Brauchst du etwas?«

Unschlüssig drehte sie sich um, um sicher zu sein, dass die piepsige Stimme zu der dunklen Person gehörte und ob ihre Worte an sie gerichtet waren.

Das Mädchen hatte sich zu ihr gedreht, schaute sie merkwürdig an. Selbstsicher grinste sie, als wüsste sie schon die Antwort auf ihre Frage und zum ersten Mal konnte sie ihre Augen sehen: sie waren trüb, dunkel und standen weit auseinander. In ihren Augen sah Lya nichts. Und es machte ihr Angst, in solch leere Augen zu sehen.

»Nein«, sagte sie, obwohl sie wollte und drehte sich wieder um.

Hätte sie ihr ein Tütchen hingehalten, hätte sie ohne zu zögern danach gegriffen, es gierig geöffnet und ohne schlechtes Gewissen, ohne ein Fünkchen Verstand geschnieft. Es wäre ihr alles egal gewesen und wahrscheinlich hätte sie danach dieses komische Mädchen umarmt, so glücklich wäre sie gewesen.

Aber wenn sie die Wahl hatte, wollte sie von diesem Mädchen nur in Ruhe gelassen werden.

Sie konnte ihr nicht vertrauen.

»Wenn du mal etwas brauchst, frag mich einfach«, flüsterte sie weiter mit ihrer kindlichen, unheimlichen Stimme. »Ich habe immer etwas dabei, für den Fall, dass ich es gar nicht mehr aushalte. Sowas kennst du doch bestimmt auch, oder?«, sie kicherte unangemessen. »Ich brauche das Gefühl, dass es da ist, sofort erreichbar, wenn ich es nicht mehr aushalte.«

Lya murmelte etwas Zustimmendes und hoffte, dass sie nicht weiterreden würde.

»Ich hatte keine Zimmernachbarin, als ich hier hingekommen bin. Am Anfang dachte ich, dass es gut sei. Aber ich sage dir jetzt einmal etwas, dass ich selbst gerne gewusst hätte.«

Unaufgefordert sprach sie weiter.

»Zuerst dachte ich, alle würden mich mögen, weißt du? Sie waren alle so freundlich, alle lächelten einen an, alle gingen behutsam mit einem um. Ich dachte, hier wären endlich mal Menschen, denen ich vertrauen kann. Menschen die mich wirklich mögen. Aber ich sage dir jetzt mal etwas. Die sind alle hinterhältig und falsch! Alle! Weißt du woher ich es weiß? Ich habe es selbst gehört! Ich habe gehört, wie sie über mich geredet haben. Und über die anderen! Über alle! Ich habe auch schon gehört, wie sie heute über dich geredet haben.«

Lya versuchte, nicht hinzuhören. Sie versuchte es zu ignorieren. Sie hoffte einfach nur, dass sie aufhörte zu reden.

»Und weißt du, was das Schlimmste ist?«, bohrte sich ihre unangenehme Stimme in Lyas Ohr. »Wie sie einen von oben herab behandeln! Du wirst es noch merken! Wie sie dich bemitleiden, dich belächeln, weil du süchtig bist. Als ob man schwach wäre, als ob man seine Probleme nicht selbst lösen könnte. Und sie fühlen sich noch mächtiger, noch viel besser, wenn sie sehen, wie jämmerlich es dir geht. Sie hören dir zu, schreiben dir vor, dass du nichts konsumieren darfst, aber mit dem mühseligen Entzug, mit den aufreibenden Gedanken lassen sie dich alleine! Sie fahren nach Hause, haben ihr schönes Leben und scheren sich einen Dreck, wie es dir wirklich geht!«

Die redete sich richtig in Rage, dachte Lya genervt.

»Sie tun so, als wären sie Heilige, obwohl sie selbst alle Drogen nehmen! Alle haben sie schon einmal Drogen probiert! Und dann setzen sie sich vor dich, sagen dir, wie es laufen soll und ziehen im Nachgang über dich her! Nein, danke! Da hört bei mir der Spaß auf! Du siehst das doch auch so, oder?«

Lya zwang sich, nicht hinzuhören.

Immer wieder versuchte sie, an etwas anderes zu denken, an Robert, an seine Kunst, an seine Besorgtheit. Aber sie konnte der piepsigen, wütenden, vollkommen paradoxen Stimme nicht entfliehen.

Sie wollte mit diesem Mädchen nichts zu tun haben, das schwor sie sich.

»Du wirst es noch sehen«, sagte sie drohend. »Du wirst es sehen.«

Endlich blieb das Zimmer still.

Sie versuchte zu schlafen, aber schaffte es nicht. Zu intensiv waren die Gedanken an ihre Droge, an Robert und sogar an Angelo. Zu unwohl fühlte sie sich in diesem Zimmer – in diesem unbequemen Bett –, um die Augen zu schließen und ihre winzige, restliche Kontrolle abzugeben. Sie wollte nicht hier sein, aber wo sollte sie sonst hin?

Sie hatte kein Zuhause.

Und wieder einmal fragte sie sich, warum sie noch nie ein Zuhause gehabt hatte. Warum sie noch nie angekommen war.

Warum sie noch nie unbeschwert eingeschlafen war.

## 5

Unruhig ging Kevin zur Spüle und füllte sich ein Glas Wasser ein. Das kühle Wasser in seinem Hals bewirkte, dass er klare Gedanken fassen konnte, und es ihm langsam besser ging.

Benebelt, vollkommen aufgelöst, aber mit guten Absichten war er losgegangen und war sich nicht sicher, ob die Welt immer noch dieselbe war, wie vor ein paar Stunden noch. Er wollte ihrer Anweisung folgen, zum Gefängnis gehen, aber dann, als er ein paar Schritte gemacht hatte, fühlte er sich langsam wieder, wie er selbst.

Die Art, wie er ging, wie vertraut sich sein Körper bei dieser einfachen Bewegung anfühlte, gab ihm die Selbstsicherheit zurück, die er verloren hatte.

Endlich konnte er die Situation mit seiner gewohnten Rationalität betrachten, in Ruhe darüber nachdenken und erleichtert stellte er fest, dass er sich nicht mehr so elendig fühlte und endlich wieder von seinen Knien in eine aufrechte Position gewechselt war.

Natürlich blieb die Unruhe, die Angst, dass Mylo etwas passiert war, aber er dachte an ihre Worte. *Er lebt.*

Ihre feste Überzeugung hatte ihn verblüfft. Einen Moment fragte er sich sogar, ob sie ihn gesehen hatte, ob sie mit ihm schon gesprochen hatte und von all den Briefen wusste, aber als er feststellte, dass sie nach reiner Intuition handelte, war er beeindruckt.

Wie oft hatte er sie als schwach und abhängig empfunden?

Dass sie jetzt, in einer solchen Situation, die selbst Kevin über den Kopf wuchs, ruhig blieb und klar denken konnte, überraschte ihn nicht nur, sondern erstaunte ihn in hohem Maße.

Vielleicht hatte er sie zu schnell verurteilt.

Nach ein paar Minuten Fußweg in eine Richtung, die nicht einmal annähernd zum Gefängnis führte, blieb er plötzlich stehen.

Er konnte nicht weitergehen.

Irgendwas warnte ihn.

Auf ihr Wort konnte er sich nicht verlassen. Es gab ein Risiko, dass er im Zweifelsfall mit seiner Freiheit bezahlen musste. Er hatte doch gerade rausgefunden, dass sich hinter Cindy mehr verbarg, als er angenommen hatte. Sie würde alles für Mylo tun, aber wurde sie auch Kevin schützen?

Nach dem, wie er sie behandelt hatte, sicherlich nicht.

Er kehrte um, lief noch einen Umweg nach Hause, weil ihm die Schritte im Freien gut taten und wartete schließlich auf seinem Sofa darauf, dass Cindy zurückkam und ihm die erlösende Nachricht brachte. *Er lebt.*

Allmählich glaubte er es auch.

Das schrille Klingeln seines Handys riss ihn aus seinem Schlaf.

Blitzartig öffnete er die Augen, sah sich hektisch um, bemerkte, dass draußen die Sonne aufging und fragte sich, ob er wirklich einfach eingeschlafen war, während er auf Cindy gewartet hatte.

Unkoordiniert kramte er sein Handy aus der Hosentasche und sah eine unbekannte Nummer.

Sofort schossen ihm Warnsignale durch den Kopf; nicht dran gehen! Sie hören dich ab! Aber sein verschlafener Verstand konnte sich nicht durchsetzen.

»Ja?«, hauchte er ins Telefon.

»Ich bin's«, sagte eine Stimme und Kevins Herz entspannte sich. Auf einen Schlag war er hellwach.

Er setzte sich auf. »Mylo?«

»Ja«, bestätigte er knapp. »Ich bin frei. War die Adresse vom Paket richtig?«

Kevin war überrascht, wie unaufgeregt und normal Mylo sich anhörte, während er nervös das Telefon umkrallte.

»Die Adresse war richtig«, sagte Kevin zögerlich und fragte sich sofort, ob er einen Fehler gemacht hatte.

Wenn er, Mylo, wirklich frei war, mussten sie Mrs. Cornwall haben und diese Kuh würde sofort auf Kevin zeigen. Sie würde verzweifelt versuchen noch jemanden mitzureißen, wenn sie in die Schlucht fällt. Schon in den nächsten Minuten könnte seine Wohnung gestürmt werden und er in klickenden Handschellen abgeführt werden.

»Bis gleich«, hörte er seinen Freund sagen und schob blitzartig alle Gedanken weg.

Er hatte immer Glück, beruhigte er sich. Auch dieses Mal.

»Bis gleich«, sagte er und legte auf.

Angespannt stand er auf und klopfte an die Schlafzimmertür.

Mittwoch, 24. November 2004

Sie hatte gedacht, dass Nicolas noch schlechter zu ihr werden würde. Dass er ihren Widerstand nicht dulden und sie vor Cindys Augen verprügeln würde – aber nichts geschah.

Die Wochen vergingen und Nicolas wurde immer ruhiger, immer leiser, immer unsichtbarer für Ness. Als wäre der Respekt, den sie für sich selbst empfand, auf ihn übergeschwappt.

Sie hatte immer geahnt, dass die Polizei noch einmal auftauchen würde, aber als sie eines Tages wirklich vor der Tür standen, rutschte ihr das Herz mit einem Satz in die Hose.

Die Ermittlungen liefen auf Hochtouren, jeder glaubte daran, die Kinder zu finden. Die Öffentlichkeit wurde hinzugezogen, jeder hielt seine Augen nach den drei Kindern offen. Ness dachte oft, dass sie es selbst nicht glauben konnte.

Wo waren die Kinder?

Hätte sie nicht selbst ein Kind versteckt, hätte sie gedacht, dass sie längst tot wären. Aber so hatte sie das Gefühl, dass sie sehr gut untergetaucht waren.

Die zwei Beamten wiesen sich aus und Ness ließ sie mit rasendem Herzen die Tür passieren und führte sie angespannt zum Wohnzimmertisch. Nicolas Gesichtsausdruck konnte seinen Schock nicht verbergen. Nervös versuchte er seine Bierflasche zu verstecken und sein Unterhemd glatt zu streichen. Es widerte Ness an, wie er immer von den *scheiß Bullen* redete, aber wenn sie dann vor ihm standen, ganz kleinlaut war.

Naja, zum Glück, dachte sie dann wieder. Eine Szene von ihm wäre jetzt wirklich alles andere als gut für ihre Nerven.

Die Beamten schoben Fotografien der drei Kinder über den dunkelbraunen Wohnzimmertisch. Ness wurde schwindelig. Sie sah Cindys Gesicht. Zum ersten Mal wurde ihr der Ernst der Lage klar; sie war Teil eines Kriminalfalles und niemanden interessierte es, dass sie gute Absichten hatte.

Es war nicht richtig, sie zu verstecken, aber es hatte in diesem Augenblick keinen Sinn, ihre Entscheidung zu hinterfragen.

Sie versuchte sich zu beruhigen, dachte darüber nach, wie die Beamten sie wahrnahmen und fühlte sich im Schutz ihres Alters zunehmend sicherer.

Niemand würde sie verdächtigen – niemand würde es ihr zutrauen.

Sie hatte Cindy auf diesen Moment vorbereitet; immer wenn es klingelte – was äußerst selten der Fall war – sollte sie sich blitzschnell im Kleiderschrank verstecken, bis Ness Entwarnung gab und sie wieder rausholte. Cindy war clever und verstand sofort.

Sie wusste, dass sie jederzeit in ein Heim gehen konnte, wenn sie wollte. Aber sie wollte bei Ness bleiben.

»Kennen Sie diese Kinder?«, fragte einer der Beamten, der sich als Detective Sergeant Reider vorgestellt hatte. Er wirkte müde von den endlosen Befragungen, die immer wieder ins Nichts führten.

»Ja«, antworte Ness wahrheitsgemäß. »Sie waren unsere Nachbarn.«

Sie schaute sich extra lange die Bilder an.

»Nette Kinder, sofern ich das von außen beurteilen konnte. Es ist wirklich tragisch, was dort passiert ist.«

»Ja, ja. Das ist es«, murmelte der Detective und packte die Fotos wieder weg.

»Warum sind Sie umgezogen, Mrs. Walker?«

Seine Stimme war ernst, sein Blick prüfend und Ness' Herz pochte. Sie durfte sich nicht zu sicher sein. Sie durfte sich keinen Fehltritt erlauben.

»Wir hatten eine große Wohnung, wissen Sie? Es war zu groß für uns zwei und ehrlich gesagt …«, sie machte eine kurze Pause, »zu teuer war sie auch. Mein Mann wollte schon früher aufs Land ziehen, aber ich habe mich dagegen gewehrt. Als wir dann von dem Vorfall gehört haben, habe ich den Entschluss gefasst, wegzuziehen. Es war ein Zeichen. Ich habe mich nicht mehr wohl gefühlt, dort zu wohnen, verstehen Sie?«

Nicolas saß still neben ihr und Ness war froh, dass er sie reden ließ. Sie konnte sich besser ausdrücken und besser ihre Gefühle überspielen. Er hätte mit seiner plumpen, einfachen Art unnötiges Aufsehen erregt.

»Dürfen wir uns einmal umsehen?«, fragte der andere Beamte plötzlich.

Ihr Herz raste schneller, ihr Hals schnürte sich zu, wechselhaft verschwammen die Gesichter der Polizisten und sie versuchte sich zu beruhigen, ihrem Körper zu befehlen entspannt zu sein, was nur dazu führte, dass er noch mehr Stress in ihren Kreislauf pumpte.

Sie wusste, dass sie an alles gedacht hatte. Sie wusste, dass die Polizei kommen würde und dass sie sich zu einem kleinen Anteil verdächtig gemacht hatten, indem sie umgezogen waren, aber es war kein endgültiger Beweis, dass sie ein Kind versteckt hielten. Und trotzdem klopfte ihr Herz wie verrückt und auch Nicolas Blick verriet ihr, dass er pure Angst verspürte.

»Natürlich«, ihre Stimme klang gelassen, obwohl ihr übel würde. »Kommen Sie, ich zeige ihnen alles.«

Himmel steh mir bei!, dachte sie, als sie langsam und mühselig den Flur entlang ging und die zwei Polizisten im Nacken spürte. Hatte sie wirklich an alles gedacht? Hatte sie alle Sachen weggeräumt, oder war sie mit den Wochen unachtsam geworden?

Sie klammerte sich fester an ihren Rollator.

»Jetzt verstehen Sie, warum ich in der großen Wohnung nicht mehr zurecht kam«, lachte sie.

Die Beamten nickten höflich und warteten darauf, dass sie endlich in einem Zimmer ankamen.

»Mit sechsundsiebzig Jahren spürt man jede Bewegung. Manchmal musste ich eine Pause machen, wenn ich nur von einem Raum in den anderen gegangen war«, plauderte sie munter weiter und hoffte das Bild der fragilen, alten Frau in ihren Köpfen festigen zu können.

»Hier haben wir unsere Küche«, erklärte sie und die Beamten warfen einen kurzen Blick hinein. Nervös ging sie weiter, ihre Hände schwitzten so sehr, dass sie immer wieder vom Rollator abrutschte, aber sie versuchte mit aller Kraft, die Nerven zu behalten.

»Mein Mann und ich schlafen getrennt«, fuhr sie fröhlich fort. »Wir brauchen unsere Ruhe. Sie sehen ja, wie schlecht ich mich bewegen kann und wie sehr ich auf meinen Rollator angewiesen bin. Das weckt ihn dann auf in der Nacht. Hier ist das Schlafzimmer von meinem Mann.«

Sie öffnete die Tür und ließ die Polizisten hinein.

Die Beamten schielten nur kurz in den Raum, nickten und folgten ihr weiter zum nächsten Zimmer.

Ihr Herz schlug ihr mittlerweile bis zum Hals und sie hatte das Gefühl, als wäre alles nur ein böser Traum.

Hatte Cindy überhaupt mitbekommen, dass es geklingelt hatte? Hatte sie sich versteckt? Was wäre, wenn sie einfach, in Gedanken versunken, auf ihrem Bett sitzen würde? Konnte eine zerbrechliche Frau wie Ness noch ins Gefängnis kommen?

Fast wurde ihr schlecht bei dem Gedanken, aber trotzdem öffnete sie, ohne zu zögern, die Tür. Sie musste sich normal verhalten.

»Das ist mein Zimmer«, sagte sie, überflog schnell das Zimmer und bemerkte mit euphorischer Erleichterung, dass Cindy sich versteckt hatte. Sie hatte nichts liegen gelassen. Alles war aufgeräumt und ordentlich. Cindy hatte bis jetzt noch keine eigene Kleidung oder Spielsachen, alles was sie anzog war von Ness, und alles womit sie spielte, waren Gegenstände des Zimmers. Cindy hatte verstanden, dass die Täuschung nur so funktionieren konnte.

Die Polizisten schienen interessierter an dem Zimmer zu sein und Ness wurde immer wieder schwarz vor Augen. Die Beamten traten in das Zimmer und schauten sich um.

»Sie haben zwei Betten?«

»Ja«, antwortete Ness sofort. »Es ist eigentlich für Gäste. Aber kommen Sie mal in mein Alter! Manchmal stehe ich auf und lege mich in das andere Bett und plötzlich kann ich wieder schlafen. Es ist nicht so durchgelegen, wie meins!«

Sie lachte fröhlich und hoffte, dass die Beamten nicht weiter fragen würden. Nach einem langen Schweigen, das Ness vorkam, wie eine Ewigkeit, löste sich plötzlich die Spannung und die Polizisten gingen aus dem Zimmer.

Vollkommen entspannt zeigte Ness die anderen Zimmer der Wohnung und begleitete die Beamten schließlich wieder zur Tür.

Als sie die Tür schloss, wäre sie am liebsten in sich zusammengefallen, wie ein Kartenhaus. Sie konnte nicht mehr. Sie konnte keinen einzigen Schritt mehr tun, kein einziges Wort mehr formen, sie konnte nichts mehr, außer sich hinzulegen, um die Anspannung zu verarbeiten.

Nicolas kam ihr entgegen und es schien, als ob er etwas sagen wollte, als ob er sie anschreien wollte, aber irgendwas hielt ihn zurück. Er sagte nichts.

Sie ging langsam den Flur entlang, öffnete mühevoll die Schlafzimmertür und ließ Cindy aus dem Wandschrank.

Ganz verzerrt nahm Ness die Wirklichkeit wahr, als wäre sie in einem Traum gefangen, bei dem man hofft, bald aufzuwachen.

Sie setzte sich langsam aufs Bett, legte sich dann behutsam hin und konnte endlich spüren, wie wieder Energie in ihren Körper floss. Sie spürte, wie jeder Wirbel ihres Rückens sich entspannte, wie jeder zähe Muskel wieder weich wurde und sie konnte endlich realisieren, dass der schwierigste Teil geschafft war.

»Ich hatte keine Angst.«

Sie spürte plötzlich wie Cindy sich zu ihr ins Bett legte und nach ihrer Hand griff.

Ness drehte sich erschöpft zu ihr und schaute sie an. Ihre braunen Augen leuchteten, ihr Gesicht wirkte entspannt und unbeschwert. Ganz im Gegenteil zu ihrem, dachte sie.

»Du hattest keine Angst?«, wiederholte sie verblüfft.

»Nein!«

Cindy schüttelte stolz den Kopf. »Weil du mich schon einmal beschützt hast. Ich wusste, dass du es wieder tust.«

Sie spürte wie ihr warm uns Herz wurde. Sie drückte Cindys Hand.

»Das stimmt«, stimmte sie leise zu. »Das werde ich.«

»Kommt die Polizei nochmal?«, fragte sie besorgt.

Ness schüttelte den Kopf.

»Ich denke nicht. Sie haben sich hier alles angesehen und nichts entdeckt. Sie schöpfen keinen Verdacht bei einer so alten Frau, wie mir. Und sie finden auch deine Geschwister nicht. Sie tappen völlig im Dunkeln«, antwortete sie. »Ich muss mich jetzt erstmal ausruhen. Denn *ich* hatte Angst.«

Sie kicherten beide.

Mittwoch, 25. Juli 2012

I

Wie glücklich sie sind, dachte er, als er die Menschen beobachtete, die gerade aus ihren Autos stiegen, sich ihre leichten Jacken über den Kopf hielten und zu ihren Häusern eilten, um nicht vollkommen durchnässt vom Regen zu werden.

Oder die, die gerade mit ihren kleinen Hunden auf dem Bürgersteig spazierten, in der einen Hand die Leine des Hundes, in der anderen den Stil des Regenschirmes, dessen Schirm ihnen Schutz vor den dicken Tropfen gab, die gerade auf die Erde prasselten. Die Kinder, die auf dem Spielplatz tobten und lachten, die Hände austreckten und versuchten das Wasser in ihren Handflächen zu sammeln und vor Begeisterung sprühten, während die Eltern in Windeseile Decken, Tücher und Dosen einpackten. Wie glücklich diese Menschen sind, dachte er. Wie frei sie sind. Wussten Sie überhaupt, wie glücklich sie waren?

Er fühlte sich gebrandmarkt, als würde man ihm ansehen, dass er im Knast war, als ob es für alle sichtbar wäre, und ihm dieses schöne Leben, wonach er sich sehnte, für immer verwehrt bleiben würde.

Bei jedem Schritt weiter weg, hoffte er, dass das Gefühl des Glücks einsetzte, aber nichts tat sich. Auch das Gespräch mit Kevin, die Vorstellung des Wiedersehens, oder die Tatsache, dass er Cindy wiedersehen würde, löste nichts in ihm aus. Er wusste, dass sein Leben nie wieder so sein würde, wie es war. Es hatte sich alles verändert.

Der Regen wurde immer heftiger und die Straßen waren innerhalb von Sekunden vollständig leergefegt. Nur noch die Pfützen glänzten vor sich hin, als gäben sie sich Mühe, ihn willkommen zu heißen, aber er konnte nichts Schönes finden. Nicht im Regen, nicht in dieser Gegend, nicht in diesem Moment.

Er schaute an sich runter, sein T-Shirt klebte völlig durchnässt an seinem Körper und seine Jeans hatte eine dunklere Farbe angenommen. Jedes Mal, wenn er einen Schritt machte, hörte er das Wasser in seinen Schuhen quietschen. Er befahl sich, nicht daran zu denken, er befahl sich, weiterzugehen – weg zu gehen – von dieser Gegend, von dieser Straße, von den hohen Baumkronen, die über den Dächern hervorragten.

*»Du kommst mit!«, brüllte sie ihn an und ihre Augen waren zornig, so voller Wut und Hass, dass er dachte, sie würde ihn gleich mit bloßen Händen töten, wenn er nicht sofort reagierte. Er wusste nicht, was geschehen war, wem es passiert war, ob es Absicht oder ein Versehen war, er wusste gar nichts, außer, dass sich diese Szene für immer in seinen Kopf einstanzen würde. Dieser tote Körper, gekrümmt, auf den Badezimmerfliesen.*

*Sie alle hatten sich oben versteckt, niemand hatte auch nur ein einziges Wort gesagt, alle hörten nur zu, wie Susanna Schubladen aufriss, wie sie Schränke durchwühlte und wieder zuschlug, wie sie undefinierbar hantierte und irgendwann völlig außer sich, schnell die Treppenstufen hochkam, Mylo heftig am Arm packte und die Treppe runterzerrte.*

*»Du kommst mit«, schrie sie ihn an.*

*Lya und Cindy blieben wie erstarrt im Flur stehen.*

*Er stolperte hinter ihr her, versuchte mit ihren schnellen Schritten mitzuhalten, befolgte Anweisungen ohne zu realisieren, was passierte. »Heb hoch!«, befahl sie aggressiv und plötzlich sah er etwas in der Ecke liegen, eingerollt in einen Bettbezug. Er verdrängte seine Gedanken sofort und konzentrierte sich nur darauf, Susannas Befehle korrekt auszuführen und bloß nichts falsch zu machen. Er wollte nichts mehr falsch machen! Er hatte schon so vieles falsch gemacht!*

*Sie war immer noch voller Hass auf ihn, weil er weggelaufen war, wenn er jetzt etwas falsch machen würde, würde sie ihn umbringen! Er wusste es!*

*Er nahm den eingewickelten Gegenstand hoch und dachte auf einmal, dass es keine Leiche war. Es war zu klein, zu kalt, zu starr.*

*Woher er auf einmal die Kraft nahm, dieses Paket, diesen eingewickelten Sack bis zum Auto zu tragen, dass sie ganz vorne vor ihrer Haustür geparkt hatte, wusste er nicht. Er war nie der Stärkste gewesen und plötzlich konnte er es. Trotzdem wusste er nicht, was passierte. Alles war nur ein Traum, dachte er. Es ist nur ein Traum!*

*Sofort war seine Kleidung durchnässt, als er aus der Haustür ging. Die dicken Regentropfen prasselten auf sein Gesicht, vermischten sich in seinen Augen und alles um ihn herum verschwamm. Es war dunkel, so dunkel, wie er noch nie eine Nacht erlebt hatte und nur der Regen hämmerte auf das Metall des Autodachs und auf den Asphalt der dunklen Straßen. Man hörte nichts, außer den aggressiven Regen, der vollkommen erbost vom Himmel auf die Erde stürzte. Er hörte wie Susanna den Kofferraum leise zu machte und ihn dann ins Auto zerrte.*

*Während sie hektisch losfuhr, hatte er immer noch Regen in den Augen, immer noch sah er verschwommen, immer noch konnte er nichts erkennen, wenn er durch die Windschutzscheibe sah. Die Scheibenwischer flogen gestresst von rechts nach links, versuchten erfolglos die Re-*

*genmassen von der Scheibe zu wischen und auch die Scheinwerfer waren der mächtigen Dunkelheit völlig unterlegen. Er sah nichts.*

*Alles ging so schnell, dass er nicht hinterherkam; plötzlich hielten sie an, wieder wurde er rausgezerrt, wieder befahl sie ihm, dass er mit anpacken sollte, dass er tragen sollte, wieder spürte er die kalten, nassen Tropfen, die ihm den Nacken runterliefen, er spürte, wie durchnässt seine Kleidung war, wie seine Schuhe quietschten, weil sich das Wasser in ihnen gesammelt hatte. Wie seine Augen brannten, weil er den Regen nicht wegwischen konnte, weil er mit beiden Händen tragen musste. Wie er weiter und weiter ging, immer wieder von dem kalten Gegenstand abrutschte, weil der Regen jeden noch so festen Handgriff manipulierte. Wie er Krämpfe in seinen Armen bekam, aber trotzdem weiterging, und wie er dachte, dass er niemals so sterben wollte, dass er nicht derjenige sein wollte, der in einem Bettlaken eingerollt, irgendwo hingetragen wurde.*

*Er konnte nur noch merken, dass er weiter ging, weiter, immer weiter und dass der Regen immer stärker wurde. Immer nur stärker, heftiger, brutaler. Irgendwann blieben sie stehen und er ließ einfach los, einfach so, als wäre es ein Brett, ein liebloser Gegenstand. Mitten im Nichts standen sie, in der puren Dunkelheit, aber er durfte nicht weiter darüber nachdenken, denn er musste die Befehle ausführen, die ganz gedämpft bei ihm ankamen. Ob sie ihn anschrie oder wirklich leise mit ihm sprach, wusste er nicht, er konnte es nicht sagen. Er konnte es nicht filtern, er hörte nur, was seine nächste Aufgabe war und diesen Befehl setzte sein Körper ohne Wenn und Aber um. Er spürte einen breiten Holzstiel, der ihm in die Hand gedrückt wurde und er merkte, wie seine Finger reflexartig um das glatte Holz griffen. Er sah einen Schatten vor sich, wahrscheinlich Susanna, die Erde zur Seite schaufelte. War es Erde? War es Schlamm? Alles war so nass und der Regen machte alles unklar und unübersichtlich. Als hätte er in seinem Leben nie etwas anderes gemacht, fing er an zu schaufeln. Er schaufelte ohne*

*Pause, so wie er eben gelaufen war, einfach weiter, immer weiter, wie eine Maschine oder ein Roboter, der erst aufhört, wenn man ihn ausschaltet. Seine Arme schmerzten, der Wind um ihn herum pfiff, die Bäume knackten im Wind und der kalte Regen ließ seinen Körper beinahe erfrieren.*

*Als das Signal zum Aufhören zu ihm durchdrang, wusste er nicht einmal mehr, wie. Seine Bewegungen hatten sich automatisiert, er schaufelte noch ein paar Mal weiter, bis er den nächsten Befehl ausführen konnte. Wieder packte er zu. Hob an. Ließ fallen. Wieder dachte er nicht darüber nach, was passiert war oder gerade passierte, für ihn war es nur ein Traum, nicht die Wirklichkeit. Morgen früh würde er in seinem warmen Bett aufwachen und den Traum vergessen haben. Jetzt musste er wieder schaufeln, alles zurück, alles wieder wie es war. Als würde man aufräumen, dachte er. Es ist nichts Schlimmes. Er räumte nur auf. Er wurde an der Schulter gepackt, zurückgerissen, trug plötzlich keine Schuhe mehr und auch das Werkzeug war irgendwann weg. Mit nackten Füßen ging er auf dem nassen, weichen Waldboden zurück, konnte jedes kleine Ästchen und Zweigchen, jedes kleine Steinchen, jede Wurzel und jede Unebenheit an seinen sanften Füßen spüren und dachte, dass dies ein schönes Gefühl sei.*

*Der Regen prasselte immer noch, immer noch sah er nur ein verschwommenes, schwarzes Bild, dann wieder die hektischen Scheibenwischer, die schwachen Scheinwerfer, die schwarze Dunkelheit, der Regen, der auf das Auto trommelte, die Haustür und auf einmal war er wieder im stillen Hausflur. In seinem Flur. Hier wohnte er, aber alles fühlte sich anders an. Es kam ihm nicht mehr vertraut vor, nicht einmal mehr bekannt, für ihn war alles völlig fremd. Noch immer, wie im Traum, ging er die Treppen hoch. Immer noch hatte er das Gefühl des Regens auf seiner Haut, immer noch fühlte er die Struktur des Waldbodens unter seinen Füßen und immer noch konnte er nichts sehen, obwohl er drinnen war. In seinem Zimmer angekommen, zog er die klitschnassen*

*Klamotten aus und selbst sein Körper, war nicht mehr wie vorher. Er kam ihm unbekannt vor, fremd – alles hatte sich verändert.*

Hastig ging er die Straße entlang, bis er realisierte, dass er in die falsche Richtung gelaufen war. Er wollte einfach nur weg, weg von diesem Wald und diesen Gedanken. Nie mehr wollte er es sehen, nie mehr wollte er es fühlen, nie mehr wollte er darüber nachdenken. Noch hoffnungsloser als vorhin, schaute er sich ängstlich um, als würde jemand auf ihn warten, als würde ihn jemand wieder zwingen etwas zu tun, was er tun muss, aber nichts geschah. Niemand war hier. Alles war ruhig. Er war alleine.

## 2

»Hast du sie gefunden?«, platzte es direkt aus ihm heraus, als er Jimmy durch die Tür kommen sah. Die letzten Stunden hatte er nur darauf gewartet, dass endlich die scheußliche, weiße Tür des Krankenzimmers aufging und Jimmy auftauchte.

Mit hoffentlich guten Nachrichten.

Stewart konnte sich immer noch nicht gut bewegen; ein paar Schritte machte er im Flur, aber sein Körper fühlte sich immer noch schwach, elendig und verkrampft an.

Vehement hatte er versucht sich gegen den Krankenhausaufenthalt zu wehren, hatte den Ärzten und Pflegern die Hölle heiß gemacht, auf Eigenverantwortung plädiert, beteuert, dass er jedes Dokument unterschreiben würde, aber sie hatten ihn nicht gehen lassen. Und als er auf eigene Faust versuchte, sich heimlich aus dem Krankenhaus herauszuschleichen und den endlosen Weg, in den immer gleichen Gängen, bis zum Fahrstuhl zu finden, war er zusammengebrochen. Seine Beine hatten ihn nicht länger gehalten und sein Kopf hämmerte so sehr, dass ihm schwarz vor Augen wurde.

Verzweifelt hatte er kapituliert, seinen Freund Jimmy angerufen und ihm die dringende Aufgabe erteilt, nach Cindy zu suchen.

Auch wenn er wusste, dass gerade alle mit Hochdruck daran arbeiteten Janet zu finden, war es für ihn in erster Linie wichtig, Cindy zu finden. Sie war in Gefahr und dieses Gefühl konnte Stewart nicht verdrängen, nicht beschwichtigen, nicht beschönigen.

Es war die Realität.

Seine trüben Augen verrieten schon, dass er sie nicht gefunden hatte.

»Ich habe sie gesehen«, sagte er zu Stewarts Überraschung, trug einen Klappstuhl neben Stewarts Bett, stellte ihn auf und setzte sich. »Aber ich konnte nicht mit ihr reden. Sie war hektisch und hatte keine Zeit. Sie blieb nicht stehen. Ich konnte ihr nichts sagen.«

»Du musst sie beschützen, Jimmy!«, rief Stewart aufgebracht und merkte wie ihm schwindelig vor Sorge wurde. »Siehst du nicht, was mit mir passiert ist? Sieh mich doch an, wie ich hier liege! Diese Frau ist krank und sie wird mit Cindy das gleiche machen oder noch Schlimmeres, wenn sie weiß, wo sie ist!«

Seine Schläfe pochte heftig. Sein Kiefer schmerzte beim Sprechen.

Verdammt!, dachte er wütend, er musste so schnell wie möglich auf die Beine kommen!

»Sie ist nicht alleine, glaube ich«, vermutete Jimmy vorsichtig. »Sie ist bei jemandem untergekommen und ich habe das Gefühl, solange sie bei dieser Person ist, ist sie in Sicherheit.«

»Das ist doch Schwachsinn!«, rief Stewart jetzt wütend und merkte wie viel Energie es ihm raubte, sich aufzuregen. »War sie alleine auf der Station?«

»Ja, aber …«

»Nein!«, unterbrach er heftig. »Nichts, aber! Sie war alleine! Da haben wir es doch schon! Janet müsste sie nur observieren und zuschlagen!«

Er sah nur noch schwarz und hatte Angst, vor Aufregung ohnmächtig zu werden. Wenn er doch nur selbst laufen könnte! Er würde Cindy finden und sie nicht mehr aus den Augen lassen!

Jimmy schaute ihn verdutzt an. Noch nie hatte er Stewart in einer solchen Verfassung gesehen.

»Das wird sie nicht tun. Janet meine ich«, meinte er dann, als wäre es eine ganz klare Sache. Genau diese Naivität brachte Stewart fast zum Platzen.

»Das wird sie tun!«, rief er verzweifelt und verfluchte in Gedanken seine hilflose Situation.

»Das wird sie nicht tun, Stewart«, wiederholte Jimmy ruhig. »Schaue doch mal, wie sie in deinem Fall gehandelt hat. Sie geht langsam und vorsichtig vor, feilt wahrscheinlich über Jahre hinweg an ihren Plänen und ist bei der Durchführung immer … ja, wie soll man sagen, sehr diskret. Sie möchte nicht erwischt werden. Darum wird sie auch nicht auf offener Straße ein Mädchen angreifen. Das ist nicht ihr Stil. Generell hatte sie es auf dich abgesehen, nicht auf Cindy. Sie braucht die Planung, um sicher zu sein. Diese Planung hat sie bei Cindy nicht. Wenn sie spontan handelt, wird sie Fehler machen und dann haben wir sie.«

»Nein! Sie ist krank! Verstehst du das nicht? Sie hat nichts mehr zu verlieren!«,

Stewart argumentierte heftig, damit Jimmy den Ernst der Lage begriff, aber er schien es nicht zu sehen.

Aber wie sollte er es auch begreifen?

Jimmy kannte nur ein Bruchteil dieser Geschichte.

»Hast du die Akte?«, fragte Stewart jetzt, um sich abzulenken. Er musste etwas tun, er musste helfen, sonst würde er verrückt werden.

Jimmy nickte und kramte in seiner Tasche. Er holte die Akte raus, die Stewart so lange ignoriert hatte, weil er dachte, dass man sich in einer Beziehung vertrauen muss. Das hatte sie ihm immer gesagt, sie hatte ihn immer gefragt, ob er ihr vertraue und still und heimlich, war das sein Beweis dafür, dass er es tat. Nie hatte er ihre Akte angerührt.

Stewart versuchte sich etwas aufrechter hinzusetzen, merkte wie ein ziehender Schmerz durch seinen ganzen Körper schoss und nahm mit einem schlechten Bauchgefühl die Akte in die Hand.

`Ramirez, Janet geb. Atienza`

Als erstes fiel ihm erleichtert auf, dass es eine dünne Akte war.

Im selben Moment fragte er sich, ob es darin stände, ob die Kollegen Bescheid wüssten und ob sie sich fragten, ob er es wusste.

**Mordfall 18.03.1996**

Opfer: Alver Ramirez, männlich, 29.01.1971
Tod durch Vergiftung

Obduktionsergebnisse: Zyankali im Blut
Keine Hinweise auf den Täter
Keine Spuren am Tatort

**19.03.1996 Protokoll**

Zeugenbefragung von Janet Ramirez, Ehefrau des Opfers

R. behauptet, unschuldig zu sein. Sie wirkt entsetzt, fassungslos und verzweifelt, sie kann die Tat nicht nachvollziehen. Sie erzählt von einem glücklichen Leben mit ihrem Mann. R. räumt ein, dass es eine Trennung gab, die Beziehung jedoch wieder aufgenommen wurde.

R. wirkt verstört, gibt aber trotzdem klare und schnelle Antworten, die alle überprüfbar sind. Zum Zeitpunkt der Tat, war sie mit ihrem Mann auf einer Feier. Andere Zeugen bestätigen die Aussagen von R. Sie beschreiben sie als zuverlässigen und fröhlichen Menschen. Keiner der anderen Zeugen kann sich eine derartige Tat bei ihr vorstellen.

R. hat kein erkennbares Motiv.

R. ist kooperativ und einschätzbar.

**02.06.1996**

Nach umfangreicher Ermittlung, kommt die Polizei zu dem Entschluss, dass aufgrund der mangelnden Beweislage kein Tatverdacht besteht.

Der Mordfall wird ungeklärt niedergelegt. Es bleibt ungeklärt, ob es Eigen - oder Fremdverschulden war.

»Hast du etwas davon gewusst?«

Stewart schrak heftig zusammen, als er Jimmys Stimme hörte. Er war so in die Zeilen versunken, dass er vergessen hatte, wo er sich befand und mit wem. Er hatte sich völlig alleine gefühlt.

Stewart schwieg, was als gültige Antwort von Jimmy aufgenommen wurde und er war froh, dass er es endlich erzählen konnte.

»Ja«, flüsterte er. »Sie war es.«

Er starrte immer noch auf die Akte. Schwarz auf weiß stand es dort und er hatte darüber hinweg gesehen.

»Sie erzählte mir damals, von ihrer Verzweiflung, davon, dass sie ihn nicht töten wollte, sondern nur außer Gefecht setzen wollte für diese Party und das es alles schief gelaufen sei. Ich habe ihr geglaubt, weil ich es wollte. Das weißt du ja inzwischen«, erklärte er und für ihn klang es immer noch abstrus diese Worte auszusprechen, es war für ihn immer noch nicht realisierbar, dass er sich in einem Menschen so getäuscht hatte. Dass er so geblendet wurde, obwohl er in seinem Job dafür ausgebildet wurde, sich nicht blenden zu lassen. Er hatte immer gedacht, dass er seinen Job gut beherrsche, dass er dafür gemacht wäre. Vielleicht war er das auch. Vielleicht hatte nur sein Wunsch nach Liebe ihm die Sicht verklärt.

Jimmy bemühte sich, nichts zu sagen, er bemühte sich nicht zu urteilen, aber Stewart konnte ihm ansehen, dass er es nicht verstand.

Wie konnte er mit einer Mörderin zusammen sein?

Das fragte Jimmy sich bestimmt. Und wenn er ehrlich war, fragte er sich das gleiche.

»Man tut komische Dinge, wenn man denkt, dass man jemanden liebt«, versuchte Jimmy seine letzte Empathie zusammenzukratzen.

Die schlimmsten Dinge, fügte Stewart still hinzu.

»Wenigstens haben wir jetzt deine Zeugenaussage ihres Geständnisses als Beweis. Das gibt uns mehr Spielraum. Wir können einen höheren Haftbefehl ausrufen«, sagte Jimmy konzentriert. »Wir werden sie finden.«

Jimmy stand auf und ging zur Tür. »Ich kümmere mich um Cindy«, versprach er.

Stewart fühlte sich kein bisschen erleichtert. Er fühlte sich wie der letzte Trottel, ein Versager, und er konnte seine vergangenen Entscheidungen und Handlungen einfach nicht nachvollziehen. Warum war er dieser Frau so vollständig verfallen?

Er las noch einmal die Akte und konnte sich mit jeder Zeile vorstellen, wie die Zeugenbefragung abgelaufen war.

Janet, wunderschön, strahlend, gut gekleidet und wenn sie spricht hörte man ihr zu und glaubte ihr jedes Wort. Die größte menschliche Vorstellungskraft reicht nicht aus, um ihr etwas Böses zuzutrauen, geschweige denn eine Mörderin in ihr zu sehen. Vielleicht löst sie bei einigen wenigen Menschen eine Art Instinkt aus, der sie warnt, der sie mit anderen

Augen betrachten lässt, aber bei der weiten Mehrheit, kann sie ihr Spiel bedenkenlos spielen.

`Alver Ramirez`

Er las den Namen immer wieder. Wer war dieser Mann? Wirklich nur ihr Ehemann? Was war in der Trennungszeit passiert?

Sie ist besitzergreifend und obsessiv, dachte er. Sie konnte nicht zulassen, dass jemand sich von ihr trennte. Sie hingegen durfte sich trennen, sie durfte fremdgehen, nur der andere eben nicht. Es wurde von ihr bestraft – wenn es sein muss, auch mit dem Tod.

Er las weiter.

`R. gibt an, dass sie von Spanien nach England flogen, um Urlaub zu machen. Am letzten Tag wollten sie eine Feier besuchen. Sie wurden von einem einheimischen Pärchen eingeladen, das sie zwei Tage zuvor kennenlernten. Am nächsten Tag wollten sie wieder abreisen.`

Daneben waren die Flugtickets aufgeklebt.

`Als R. merkte, dass etwas nicht stimmte, rief sie den Krankenwagen.`
`Sie fuhr mit ins Krankenhaus und übergab den Beamten den Personalausweis von Alver Ramirez zur Identifizierung.`

Alles fein, dachte er sich, alles genau so, wie du es geplant hattest. Aber wo ist der Fehler? So schlau bist du nicht, dachte er. Wo ist dein verdammter Fehler?

Er schaute sich die Kopie des Personalausweises an, alle Daten stimmten überein, alles sah aus, wie in einer typischen Akte. Nichts war auffällig.

Alver las er wieder und fragte sich, woher er diesen Namen kannte. Er hatte ihn irgendwo schon einmal gelesen, nur wo?

Er grübelte weiter, kam aber zu keinem Ergebnis, denn sein Kopf hämmerte gewaltig und seine Glieder schmerzten.

Immerhin hielt er seine Hoffnung in den Händen, er würde alle Zeilen, jedes einzelne Wort lesen, umdrehen und überprüfen, bis er wusste, was damals passiert war. Bis er wusste, was Janet für ein Mensch war. Bis er sie hinter Gittern sah.

Immer und immer wieder blätterte er durch die Akte, ganz vertieft in die schwarz gedruckten Buchstaben und versuchte einen Anhaltspunkt zu finden.

Wer war Alver Ramirez und warum brachte sie ihn um?

Wo, verdammt nochmal, hatte er nur diesen Namen gehört?

Sein Arm führte verkrampft die Streckbewegung aus, als er zum Hörer des weißen Zimmertelefons griff, das auf dem Nachtisch neben seinem Bett stand und die Nummer der Police Station wählte.

Ungeduldig wartete er darauf, dass jemand abhob.

Endlich hörte er die Stimme eines Kollegen.

»Ich bin's, Stewart«, sagte er und seine Stimme klang, als wäre er im Dienst. »Du musst mir einen Gefallen tun.«

»Natürlich. Um was geht es, Inspector?«

»Du musst für mich nachschauen, ob es den Namen Alver Ramirez in unserem System gibt.«

»Einen Moment«, sagte der Kollege und Stewart konnte hören, wie er auf der Tastatur tippte.

»Ein Mordfall …«, wollte er gerade erläutern, aber Stewart unterbrach ihn direkt. »Ja, ja, den kenne ich schon. Taucht er noch irgendwo auf?«

Wieder wurde er ungeduldig – alles ging im viel zu schleppend, viel zu langsam.

Er hörte ihn wieder tippen.

»Er ist nicht aktenkundig, tut mir leid, Inspector.«

»Suchen Sie bitte noch einmal nur nach dem Vornamen.«

Wieder hörte er die Tastatur. Dann Stille. Dann wieder die Tastatur.

»Leider keine Treffer in unserem System.«

Stewart knallte ohne Verabschiedung das Telefon auf die Ladestation.

Woher kannte er den Namen dann? Hatte er ihn vielleicht gar nicht gelesen, sondern nur gehört? Hatte Janet ihn erwähnt? Eine fiese Unsicherheit beschlich ihn, aber trotzdem konnte er das Gefühl nicht einstellen, dass er den Namen kannte und dass er ihn gelesen hatte.

Er hatte ihn vor einiger Zeit gelesen; gedruckte, schwarze Buchstaben auf hellem Papier und auch damals, war er bei diesen Namen stehengeblieben, hatte über ihn nachgedacht.

Aber wo? Und vor allem wann?

## 3

»Setz dich doch zu uns«, rief Mylo ihr zu, als sie gerade mit einem Glas Wasser aus der Küche ging und wieder auf ihr Schlafzimmer zusteuerte.

Schon unzählige Male hatte sie sich ausgemalt, wie dieser, lang erhoffte, Moment sein würde. Wie sie endlich wieder in das vertraute Gesicht schauen kann, das sie so viele Jahre schmerzlich vermisst hatte. Sie hatte sich vorgestellt, wie sie reden und einander verstehen würden, auf einer Ebene, wie es keiner tat, weil sie sich schon so lange kannten, weil sie zusammen aufgewachsen waren, und so viel miteinander erlebt hatten.

Aber so war es nicht. Nicht einmal annähernd. Sie hatte sich in ihren Vorstellung gründlich geirrt, hatte ihre Fantasie mit ihren aufgedrehten Gefühlen vermischt und etwas kreiert, dass so fern von der Realität war, dass sie sich fragte, wie sie nur so naiv hatte sein können.

Sie hatte sich so gefreut, so unendlich gefreut, als Kevin sie weckte, ihr berichtete, dass Mylo in wenigen Minuten in der Wohnung sein würde und hatte das Gefühl, vor Glück zu platzen.

Alles fühlte sich an, wie in einem Traum, sie sah die Tür aufgehen, sie sah ihren Bruder zum ersten Mal nach acht Jahren wieder.

Sie erkannte ihn, ja, sie sah seine Augen und wusste, dass er es war, auch wenn er sich verändert hatte. Er sah aus, wie die jungen Männer, die sich abends in der Stadt tummelten. Zu viert, oder zu sechst, rauchten sie Zigaretten, lachten und feierten. Ganz normal, aber trotzdem ein ganz anderer Schlag, als sie es war. Immer noch erkannte sie ihn, aber er redete anders als früher, seine ganze Haltung war anders, all das Vertraute war völlig von ihm gewichen.

Seine befremdliche Umarmung hatte ihr Gefühl nur bestätigt und ab dann fühlte sie, wie sich ihre Kehle zuschnürte und sie nichts mehr sagen konnte. Sie konnte ihm nicht sagen, wie sehr sie ihn vermisst hatte oder ihm um den Hals fallen. Alles was sie konnte, war die Fremde zu reflektieren, die er ausstrahlte.

»Schön, dich zu sehen«, sagte er noch und sie nickte zustimmend.

Nichts hörte sich mehr nach einer Floskel an.

Es versetzte ihr einen Stich, zu sehen, wie er sich umdrehte, Kevin ansah und ihn kräftig in seine Arme schloss. Sie klopften sich auf den Rücken und jeder konnte sofort erkennen, dass diese Menschen etwas verbindet, das niemand ersetzen kann.

Am Abend hatten sie gemeinsam gegessen und sie hatte der ganzen Situation noch einen Versuch gegeben und ihn gefragt, wo er die Zeit verbracht hatte.

Mylo schaute sie irritiert an und schaute zu Kevin.

»Bei Kevin. Und du?«

Ernüchternd nickte sie und erzählte, dass sie bei Anne Sophie Walker untergekommen war. Irgendwann merkte sie, dass es ihn gar nicht weiter interessierte, er nickte nur und wandte sich bei der ersten Gelegenheit zu Kevin. Cindy saß nur noch daneben, während Kevin und Mylo sich pausenlos unterhielten und verschwand immer mehr in ihren Gedanken.

»Ich bin müde. Tut mir leid«, antwortete sie entschuldigend und fühlte sich schlecht, dass sie sein nett gemeintes Angebot ablehnte. Rettend umgriff sie ihr Wasserglas und flüchtete ins Schlafzimmer.

Cindy hörte sie noch die ganze Nacht reden. Mal ernst, mal hektisch, mal hörte sie herzhaftes Gelächter oder leises Kichern. Sie waren richtige Freunde, fast schon, wie Brüder, dachte Cindy. Sie waren so, wie wir früher waren.

Hellwach lag sie im Bett - das nicht ihr eigenes war - und hörte den gedämpften Stimmen zu. Obwohl sie todmüde war, konnte sie nicht schlafen. Sie schaffte es nicht, den Tag einzuordnen, konnte ihn nicht in die richtige Position setzten. Sie fühlte sich, als wäre sie um ihr Leben gerannt, als hätte sie alles aufgegeben, nur um in einer Sackgasse zu enden.

Alles war erschüttert, all ihre Erinnerungen wurden überschattet von der grauen Realität, die sich wie eine dicke, graue Wolke über die strahlende Sonne legte.

*»Gute Erinnerungen sind wertvoll.«*

Erst jetzt schien sie zu begreifen, was Ness meinte.

Wie viel Kraft die schönen Erinnerungen mobilisiert hatten, was sie alles zustande gebracht hatte, was sie ausgehalten hatte, für ihn. All das war plötzlich verschwunden. Es war nicht mehr da. Es war nur noch eine leere Erinnerung. Aber wollte man sich an einen Menschen erinnern, der einem heute so fremd ist?

Vielleicht ändert es sich noch, dachte sie schwach.

Aber es war so viel passiert, sie hatten sich auf so unterschiedliche Weise verändert.

Wo sollten sie anknüpfen?

Donnerstag, 26. Juli 2012

I

»Sie haben heute telefoniert, nicht wahr?«, fragte Mrs. Soubrie, die wie immer in einer geraden Haltung auf ihrem Sessel saß.

Wieder fiel Lya ihr klares Gesicht auf, sie sah nicht jünger aus, als sie war, aber ihre Haut war glatt, ihr leichtes Make-Up unterstrich perfekt ihre Vorzüge und im Allgemeinen hatte sie eine Ausstrahlung, die so sicher war, dass Lya sich neben ihr klein fühlte. Diese Frau war tief verbunden mit sich selbst und die wohltuende Zufriedenheit mit ihrem Leben, spiegelte sich in ihrem Gesicht wider. Eine Frau, die weiß, wer sie ist. Jemand, der sich über ihr Inneres identifiziert. Lya fand sie schön und empfand tiefen Respekt vor ihr. Aber auch Angst. Angst, sich zu öffnen und dass diese Frau sah, wer sie wirklich ist.

Lya nickte. »Ja.«

Mrs. Soubrie lächelte ermutigend, wahrscheinlich war sie davon ausgegangen, wieder keine Antworten von Lya zu bekommen. »Darf ich fragen, mit wem?«

Warum wollte sie das wissen?

»Ich habe einen Freund angerufen«, antwortete sie sachlich.

»Ich vermute es war dringend, wenn Sie dafür ihren einzigen erlaubten Anruf hergeben«, sagte sie und schaute Lya erwartungsvoll an. »Möchten Sie hier weg?«

Ja, dachte sie. Die letzten Stunden hatte sie an nichts anderes gedacht, als hier so schnell wie möglich wegzukommen. Sie hielt es nicht mehr aus. Und das Schlimmste war, es war ihr egal. Ihr Leben war ihr egal.

Sie wollte sich einfach nur ihrer Droge hingeben; voll und ganz in dem schönen Gefühl ertrinken, bis all ihre Gedanken erloschen waren.

In der Nacht hatte sie nicht gut geschlafen. Ständig hatte sie die piepsige Stimme des Mädchens im Ohr, dauernd hatte sie sich eingebildet, dass sie noch etwas gesagt hätte, bis sie irgendwann gemerkt hatte, dass sie von ihr geträumt hatte. Dann war sie wieder wach, fühlte sich leer, so bedrückend leer, dass sie hätte weinen können, aber sie konnte nicht. Es gab kein Ventil, um zu entkommen, egal, was sie tat, nichts drang nach außen. Im Gegenteil, sie – die hässliche Leere – nistete sich bei ihr ein, nahm ihren Körper als Geisel und breitete sich aus. Sie erkannte sich nicht mehr, sie wusste nicht mehr, wer sie war oder was sie wollte und das alles interessierte sie auch nicht. Sie wollte einfach nur, dass es besser wird, dass sich diese erdrückende, schwere, einengende Leere in Luft auflöst und sie endlich wieder atmen kann. Dass sie endlich wieder denken und vor allem fühlen kann. Sie wollte wieder Glück und Freude spüren. Sie wollte sich in ihrem Körper gut fühlen, wieder die Hoffnung und Kraft spüren, die sie seit Jahren vermisst hatte. Aber sie kannte den Weg nicht.

Der Weg führte durch einen Tunnel, einen dunklen, kalten, vernebelten Tunnel, der endlos lang war. Niemand konnte wissen, wie lang, denn jeder hatte seinen eigenen, aber Lya wusste, dass ihrer lang und unheimlich war. Und dass sie Angst hatte, ihn weiterzugehen. Denn sie hasste die Dunkelheit, aber vor allem hasste sie es, sich im Nichts zu bewegen.

Alles schallte, jeder Schritt hallte in dieser Leere, die wie sie wusste, nur ihr Inneres wiederspiegelte. Diese Leere, die sie fühlen musste, die sie so lange ertragen musste, um sie endlich zu Überwinden. Aber sie konnte nicht! Sie wusste, dass sie es nicht schaffen würde!

Die Angst saß ihr im Nacken und flüsterte ihr zu, dass es keinen Ausweg gibt, dass sie niemals Licht am Ende des Tunnels sehen würde, dass der Weg zu lang und zu schwierig sei. Und sie wusste, dass sie noch ein paar Meter gehen würde, aber je mehr sie sich in der Dunkelheit verfing und sich vom Eingang entfernte, desto lauter wurde die Angst – ja, fast schrie sie Lya an, befahl ihr umzukehren, brachte ihr Berge von Zweifeln, die sie verrückt werden ließen. Und dann würde sie umdrehen. Wenn ihre Kraft nicht mehr ausreichte, wenn ihre Hoffnung sich den Zweifeln hingab, würde sie zurückkehren. In ihr vertrautes Heim, dass sie noch viel unglücklicher machte, als alles andere. Aber wenigstens war es nicht leer. Wenigstens musste sie diese einnehmende Leere dort nicht spüren.

Vielleicht würde sogar jemand am Ende des Tunnels stehen, vielleicht würde sie ab und zu aufmunternde Worte hören, die durch den Tunnel hallten, aber sie war trotzdem alleine. Und sie musste diesen Weg alleine gehen.

Aber was sollte sie nur sagen?

»Ich kann es Ihnen ansehen, Sie kämpfen mit sich«, sagte Mrs. Soubrie und schaute sie verständnisvoll an. »Wollten Sie *ihn* anrufen?«

Lya blickte hoch. »Wen?«

»Sie wissen, wen ich meine«, entgegnet sie behutsam. »Ihre Quelle. Derjenige, der Sie in diesen Sumpf reingezogen hat, in dem Sie sich jetzt so heimisch fühlen.«

Ihre Stimme war klar, ihr Blick professionell und vertrauenswürdig, aber doch so streng.

Wie konnte diese Frau alles wissen?

Wie sehr hatte Lya mit sich gerungen, wie sehr hatte sie versucht dagegen anzukämpfen, aber schließlich war sie doch schwach geworden, als sie zum Telefon ging.

Sie wählte Angelos Nummer.

Aber dann, plötzlich, drückte sie nicht auf wählen, sondern legte den Hörer wieder auf. Sie konnte es nicht. Sie sah die Bilder vor sich. Sie konnte es nicht mehr.

Also ging sie den Flur auf und ab, ständig im Kampf mit sich selbst, ob sie anrufen sollte, oder nicht, aber sie konnte nicht mehr zurück! Zu oft war sie schon geflohen, viel zu oft war sie wieder zurückgekehrt! Sie wollte das nicht mehr!

Entschlossen ging sie zum Telefon, wählte Roberts Nummer und drückte sofort auf wählen. Bei jedem Freizeichen pochte ihr Herz schneller, bei jeder Sekunde, die verstrich wurde sie nervöser. Auf einmal fragte sie sich, was sie überhaupt sagen sollte, wie er reagieren würde und als sie die Spannung nicht mehr aushielt, als sie den immer gleichen Ton nicht mehr ertragen konnte, knallte sie den Hörer auf und ging.

Sie konnte auch das nicht.

Wieder drehte sie sich um, sah den weißen Stationsflur nur verschwommen, bildete sich ein, überall lägen Tütchen, überall sah sie weißes Pulver, ihr Körper sehnte sich mit jeder Faser nach dem Gefühl des Glücks – sie hielt es nicht mehr aus.

*Ich brauche immer das Gefühl, das etwas da ist, wenn ich es brauche, weißt du?*

Erinnerte sie sich an die Worte des Mädchens und sie wusste, dass sie sie fragen würde. Dass sie etwas nehmen würde.

»Darf ich Sie etwas fragen, Ms. Wyatt?«, hörte sie die weit entfernte Stimme von Mrs. Soubrie.

Sie war so weit weg.

Aber das Koks war so nah. In ihren Gedanken hielt sie es schon in ihren Händen, tausend Mal hatte sie es in ihren Gedanken schon geschnupft und das angenehme Kribbeln in ihrer Nase gespürt. Es war so nah bei ihr und allein der Gedanke, es bald wieder zu nehmen, euphorisierte sie so sehr, dass sich ihre Laune hob.

Sie nickte.

»Hatten Sie jemals ein Ziel?«

Ja, dachte Lya spontan. Sie sah Mrs. Soubrie nur noch verschwommen, aber es machte ihr nichts. Sie spürte, wie ihre Stirn abwechselnd heiß und kalt wurde und sie wusste, dass sie es bemerken würde, aber all diese Erscheinungen machten Lya nichts mehr aus. Denn sie wusste, dass sie gleich wieder fliegen würde. Sie musste nur dieses Gespräch beenden, so schnell es geht.

Natürlich hatte sie Ziele. So viel zu konsumieren, wie möglich, zum Beispiel.

»Ja«, antwortete sie und versuchte zu lächeln, obwohl sie in sich hinein fluchte.

»Dann sollte die nächste Frage leicht für Sie sein. Erzählen Sie mir von einem Ziel, dass Sie als Kind hatten.«

Sie hörte die Frage, aber hoffte, dass sie wie immer durchkam, wenn sie nicht antwortete. Sie hatte keine Lust mehr auf diese Gespräche. Es brachte nichts. Sie wollte es nicht. Sie wollte einfach nur konsumieren. Alles andere war ihr egal.

»Als Sie ein Kind waren, haben Sie sich bestimmt vorgestellt, wie es ist, erwachsen zu sein. Wie haben Sie sich ihr Leben vorgestellt?«, hakte Mrs. Soubrie fordernd nach.

Sie ließ nicht locker und Lya fragte sich wieso. Lya merkte, wie ihre Euphorie von einer entsetzlichen Unruhe abgelöst wurde, sie konnte ihre Beine nicht mehr auf den Boden stellen; nervös wippte sie mit ihrem Bein, verschränkte ihre Arme, um sie dann wieder zu lösen, rieb hektisch auf ihrer Hose, kaute auf ihren Nagelbetten rum. Sie wollte hier raus. So schnell, wie möglich.

»Ich würde mich freuen, wenn Sie mir antworten, Ms. Wyatt.«

Schmerzhaft zog sie mit ihren Zähnen die Haut des Nagelbettes ab. Ihr Herz schlug immer panischer. Sie fühlte sich immer mehr unter Druck gesetzt.

Was war die Frage nochmal? Lya versuchte sich zu erinnern, versuchte nach einer Antwort zu suchen, die dazu führen würde, dass Mrs. Soubrie endlich Ruhe gab.

»Ich kann mich gerade nicht erinnern«, gab sie gequält zu und rutschte auf ihren Stuhl hin und her.

Lass mich in Ruhe!

»Dann versuchen Sie sich zu erinnern«, legte ihr Mrs. Soubrie nahe. »Schreiben Sie heute Abend auf, was Sie für Ziele hatten. Oder setzten Sie sich neue. Morgen sprechen wir dann darüber.«

Sie lächelte freundlich und schrieb etwas auf ihren Notizblock. Als sie aufblickte, konnte Lya sehen, dass sie endlich gehen durfte.

Erleichtert verabschiedete sich, stand auf und ging wie in Trance aus dem Raum.

Als würde sie magnetisch angezogen werden, ging sie den kürzesten Weg durch den Flur, ignorierte die flackernden Neonröhren, die sie sonst immer störte und ging in ihr Zimmer. Erleichtert sah sie, dass das Mädchen in ihrem Bett lag. Sie las ein Buch, dessen Cover sie restlos mit einem schwarzen *Edding* übermalt hatte.

Lya klammerte sich an die Metallstange des Bettes. Sofort legte das Mädchen das unheimliche Buch zur Seite und grinste sie an.

»Brauchst du etwas?«

»Ja«, brachte sie kratzig hervor. »Wo hast du es?«

Sie merkte wie sich neue Schweißperlen auf ihrer Stirn bildeten, ihr schwindelig wurde und sie das kühle Metall immer fester umgriff.

»Ich zeige es dir«, sagte das Mädchen, stand auf und ging zum Kleiderschrank. Sie wühlte kurz in ihren Klamotten, holte dann einen Zahnstocher aus irgendeinem Kleidungsstück hervor und ging damit zum anderen Ende des Zimmers. Sie schob den Schreibtisch ein Stück nach vorne, ging in die Hocke und klappte mit dem Zahnstocher vorsichtig die Fußleiste nach vorne. Lya schaute misstrauisch zu, dachte, dass sie log und doch nichts hätte, aber als sie ein durchsichtiges Tütchen hinter der Leiste hervorzog, schlug ihr Herz ungesund schnell und ein warmer Schauer durchströmte sie.

Das Mädchen stand auf, wedelte mit dem Tütchen und Lya griff danach.

»Nicht so schnell«, piepste sie spöttisch und zog es weg.

»Wie viel möchtest du haben?«, fragte Lya unbeeindruckt. Am liebsten wäre sie auf sie gesprungen, hätte ihr das Zeug aus der Hand gerissen und wäre damit weggelaufen. Zur Not hätte sie auch zugeschlagen. Es war ihr egal.

Das Mädchen schüttelte den Kopf.

»Denkst du ich will Geld?« Sie lachte unpassend laut. »Was soll ich mit Geld, wenn ich hier drin bin?«,

Theatralisch stolzierte sie im Raum hin und her, bis sie schließlich grinsend vor Lya stehenblieb.

»Ich habe eine Bedingung«, sagte sie und ihre unattraktiven schwarzen Augen funkelten im Neonlicht.

Lya wusste, dass sie ihr nicht trauen konnte, sie konnte nichts an ihr finden, was ihr sympathisch war, aber sie wurde verrückt, wenn sie nicht bald etwas bekam. Sie brauchte es. Mehr als je zuvor.

»Was soll ich machen?«, fragte sie und hoffte eindringlich, dass sie diese dämliche Bedingung einfacher Natur war.

Plötzlich kam sie näher und prahlte damit, dass sie noch mehr hätte. Danach erklärte sie Lya leise, dass sie es verstecken solle.

»Du musst auf eine andere Station gehen, und es in einem Schrank verstecken, verstehst du?«, flüsterte sie fast fiebrig. »Es ist sicher, es haben schon viele Mädchen für mich gemacht, es wurde nie gefunden. Aber ich selbst kann es nicht machen, ich falle zu sehr auf. Sie verdächtigen mich sowieso schon. Sie mögen mich nicht. Aber sie können mir nie etwas nachweisen.«

Sie sprach erregt, mit roten Wangen und ihr unsymmetrisches Gesicht wurde noch unansehnlicher.

»Wie soll ich das denn machen?«, fragte Lya erstaunt. »Man muss sich abmelden, wenn man rausgeht. Und anmelden, wenn man auf eine anderen Station geht.«

»Du musst dich als Besucherin ausgeben. Sie kontrollieren das nicht so genau. Hier sind alle unterbesetzt. Abends ist fast niemand mehr hier«, sie grinste triumphierend, »vertrau mir.«

Alles, aber das niemals, dachte Lya.

»Direkt unter uns ist die Unfallchirurgie. Nichts Schlimmes, keine Sorge. Meistens nur ältere Leute, die gestürzt sind. Da gehen die Besucher ein und raus. Du musst dich reinschleichen. Sie haben viele Schränke in den Fluren oder den Zwischenfluren. Es gibt einen, da bewahren sie Verbände auf. Ganz unten lagern sie fast gar nichts, nur noch Sachen, die sie nicht brauchen. Da ist eine Kiste. Verstecke es dort.«

Lya hatte keine Wahl.

Die Stunden verstrichen quälend langsam, bis es endlich spät genug war.

Schlecht gelaunt, krumm vor Verlangen und schweiß gebadet schlich sie mit dem Mädchen auf den Flur und ließ sich von ihr die Türen öffnen. Zu Lyas Verwunderung gelang alles ohne Probleme.

Als sie weit genug entfernt war, öffnete sie ihre Haare, die sie bis dahin zusammengebunden hatte und strich sie mit ihren Fingern glatt. Sie streckte ihre Schultern nach hinten und bemühte sich wie eine Besucherin auszusehen.

2

Als sie das Gebäude betrat und die gewohnte Empfangshalle sah, fühlte sie sich heimisch. Viel zu lange war sie nicht mehr hier gewesen. Viel zu lange hatte sie nicht mehr mit Stewart geredet. Sie musste zu ihm, ihr Herz verkrampfte sich, wenn sie an Stewart dachte und wie sehr sie ihn vermisste. Sie brauchte ihn. Sie brauchte seinen Rat

Die ganze Nacht hatte Cindy unruhig geschlafen, war immer wieder aufgewacht und hörte pausenlos die brummenden Stimmen von Mylo und Kevin. Ihnen schien der Gesprächsstoff niemals auszugehen. Es schien ihr, als wäre es ihnen heilig, ab jetzt jede freie Minute miteinander zu verbringen. Ihr Band der Freundschaft war noch enger geworden.

Viel zu früh war sie aufgewacht, fühlte sich weder ausgeschlafen, noch erholt. Alles fühlte sich an, wie in einem Traum, aber diesmal war es kein guter. Sie schlich ins Badezimmer und versuchte, niemanden zu wecken. Ihr Spiegelbild verriet ihr, dass es ihr nicht gut ging und sie sehnte sich nach frischer Luft. Ihre Gedanken mussten sich endlich abkühlen.

Wohin sie ging, wusste sie nicht. Einfach weg.

Die Sonne ging gerade auf, der Himmel war schon in den frühen Morgenstunden strahlend blau, es war angenehm kühl und die Luft roch frisch, sauber und nach feuchtem Gras. Mit jedem Atemzug wurden ihre Gedanken klarer. Mit jedem Schritt wurde ihr Tempo schneller. Auf einmal wusste sie, wohin es sie zog.

Sie lächelte Stewarts Kollegen zu und ging den Flur entlang. Leise hörte sie ihre Schuhe auf dem Teppichboden abrollen und jedes Mal empfand sie das dumpfe, leise Geräusch als angenehm vertraut. Sie spähte kurz in das Büro von Jimmy, er war nicht da.

Es war zu früh, dachte sie und schaute auf ihre Armbanduhr. Viertel vor Sieben. Nur Stewart war um diese Zeit schon da. Sie erinnerte sich daran, wie er sich immer darüber ärgerte, dass Jimmy zu spät kam.

»Wenn du später mal einen Job hast und ihn gerne machst, sei immer etwas früher da«, hatte er scherzhaft, mit einem unterschwelligen Apell zu ihr gesagt. »Du siehst ja, wie es dem Chef die Nerven raubt!«

Sie war aufgeregt und ja, – sie hatte auch Angst. Angst, dass er sich nicht freuen würde, sie zu sehen. Dass er nichts mehr mit ihr zu tun haben wollte. Was wäre, wenn sie sehen würde, wie glücklich er wäre?

Sie würde es nicht verkraften.

Nicht jetzt. Nicht noch mehr Ablehnung.

Trotz allem zwangen ihre Füße sie zu seinem Büro. Mit aufgeregtem Herzen klopfte sie vorsichtig an dir Tür. Sie wartete einen Moment, aber als sie nichts hörte, öffnete sie langsam die Tür und blickte in ein perfekt aufgeräumtes – vollkommen verlassenes – Büro.

Irritiert schlüpfte sie in den Raum und schloss die Tür hinter sich.

Die Fenster waren geschlossen, die Luft verbraucht. Verwundert ging sie zum Fenster und öffnete es weit.

Beim geöffneten Fenster, das frische Luft hineinwehte, blieb sie stehen und schaute sich um. Die Aktenablagen, die normalerweise überquollen, waren wie leergefegt. Es gab keine kleinen Klebezettel, die Stewart immer nutzte, um sich Notizen zu machen und sie anschließend auf den Computerbildschirm zu kleben, um das Anliegen in seinem hektischen Alltag nicht zu vergessen. Auf der Tastatur bildete sich schon eine dünne Staubschicht; alles war ruhig, unberührt, fast schon gespenstig.

Alles an diesem Büro kam ihr unbekannt vor, obwohl sie es sonst so geliebt hatte. Sie kannte jede Schublade, wie ihre eigene Westentasche. Sie wusste, wo Stewart seine guten und seine schlechten Kugelschreiber aufbewahrte, wo die Büroklammern waren, die Stempel, die er immer gerne kräftig auf die Unterlagen schmetterte. Alles war an seinem Platz, aber trotzdem schien alles anders. Hier ist kein Leben, dachte sie. Hier war lange Zeit niemand mehr.

Auf einmal kam ihr blitzartig die Begegnung mit Jimmy in den Kopf. Er war aufgeregt und ungewöhnlich ernst, mehrmals hatte er sie festgehalten, bevor sie sich losgerissen hatte. Wollte er etwas Wichtiges sagen? Etwas Schlimmes?

Sie hatte einen Kloß im Hals, aber versuchte sich weiter zu konzentrieren.

Wahrscheinlich war er nur mit Janet durchgebrannt. Das wäre etwas Schlimmes, dachte sie. Aber es wäre nicht *das* Schlimmste.

Sie setzte sich an den Computer und wischte mit ihrer Hand über die staubige Tastatur. Sie gab sein Passwort ein und suchte den Verlauf des Polizeiprogramms.

*Letzte Aktivität 15.07.2012*

Es über zehn Tage her, dachte sie beunruhigt. Was war passiert?

Sie atmete tief durch und versuchte die Gedanken zu verdrängen.

Plötzlich schrak sie zusammen, als sie hörte, wie die Tür aufging.

»Jimmy!«, rief sie erleichtert und sprang auf. »Ich habe dich schon gesucht!«

»Ja«, sagte er angespannt.

»Stewart liegt im Krankenhaus«, platze er heraus und ihr Herz zog sich sofort zusammen.

»Es geht ihm aber gut«, fügte er schnell hinzu. Er lächelte gezwungen, aber Cindy konnte ihm ansehen, dass seine Nachricht noch nicht zu Ende war.

»Und was ist noch?«, fragte sie ohne die vorherige Nachricht überhaupt verarbeitet zu haben.

»Es geht um Janet. Es wird gegen sie ermittelt. Es läuft ein Haftbefehl gegen sie, aber wir haben keine Spur.«

Cindy ließ sich wieder in den Schreibtischstuhl sinken. Sie konnte nicht begreifen, was sie hörte.

»Stewart ist im Krankenhaus?«, fragte sie bestürzt, aber direkt danach schossen ihr hundert weitere Fragen in den Kopf. »Ein Haftbefehl? Warum? Hat Sie Stewart …«

»Verletzt, ja«, brachte Jimmy ihren Satz Ende.

»Es ist eine lange Geschichte«, erklärte er. »Sie steht im Verdacht mindestens einen Menschen getötet zu haben und einen …«, er machte eine Pause und atmete durch, »und einen versuchten Mord verübt zu haben.«

Cindy starrte ihn fassungslos an.

»Sie hat Stewart außer Gefecht gesetzt und im Keller gefesselt. Sie wollte ihn … sterben lassen«, klärte er sie leise und betroffen auf.

»Im Keller?«

»Ja.«

»In unserem Keller?«

»Ja. Er war fünf Tage dort gefesselt. Janet hat bei uns angerufen und ihn für zwei Wochen krankgemeldet. Ich hatte ein schlechtes Gefühl, von Anfang an. Irgendwann hielt ich es nicht mehr aus und bin zu ihm gefahren. Ich wusste, er würde mir den Kopf abreißen, wenn ich ihm einen Hausbesuch abstatte. Daher habe ich so lange gezögert. Aber irgendwann war es mir das Risiko wert. Ich bin zu ihm gefahren, habe geklingelt, nichts hat sich gerührt. Fast eine halbe Stunde lang, habe ich geklingelt und ich dachte, wenn Stewart mir jetzt – fiebrig im Bademantel – die Tür aufmacht, bin ich meinen Job los. Er würde mich auf den Mond fliegen lassen und mich keine Sekunde vermissen. Du kennst ihn ja, wenn man ihn weckt, oder nervt«, er lächelte kurz, dann konzentrierte er sich wieder. »Als nach vierzig Minuten niemand aufgemacht hatte, bin ich eingebrochen. Und ich muss sagen, es war ein Klacks beim Inspector einzubrechen, aber das tut jetzt nichts zur Sache.«

Kurz füllte sich sein Ausdruck mit Stolz, bevor er sich wieder bemühte, den Faden zu finden.

»Auf jeden Fall bin ich dann rein, bin nach oben gegangen und habe nur leere Betten vorgefunden, da wusste ich, dass etwas nicht stimmte. Ich habe jeden Raum durchsucht und als ich schon fast dachte, dass sie ihn vielleicht verschleppt hat, bin ich runter in den Keller. Nur eine Tür war verschlossen und ich hatte immer mehr das Gefühl, dass er dahinter war. Also nahm ich wieder mein Brecheisen zur Hand und öffnete die Tür.«

All sein Stolz fiel plötzlich von seinem Gesicht ab und seine Stimme wurde ungewöhnlich tief und traurig.

»Da habe ich ihn gefunden …«, sagte er leise.

Er machte eine Pause und schien, als würde er die Bilder noch einmal erleben. »Er saß gefesselt auf einem Stuhl, in einer Position, die mir schon beim Anblick Schmerzen verursachte. Völlig verdreht, verkrampft … es war … wirklich schlimm. Sein Kopf hing schlapp herunter … ich dachte …«

Er brauchte es nicht aussprechen. Ihr Herz zog sich fest zusammen, als sie es sich vorstellte.

»Wäre ich nur ein paar Stunden später gekommen … ich weiß nicht … ich will es mir nicht vorstellen.«

Cindy konnte es nicht begreifen. Ihr blieb die Luft zum Atmen weg. Sie fühlte Schmerzen im ganzen Körper, ihr Herz schien nur noch kleine Nadeln in ihren Körper zu pumpen.

Sie schaute zu Jimmy hoch und ihre Augen füllten sich mit Tränen.

»Ich war da«, flüsterte sie schuldig. »Ich war da. Ich habe meine Sachen geholt … alles kam mir merkwürdig vor, aber ich wollte Janet nicht begegnen … ich war sogar froh, dass niemand da war!«

Die Luft blieb ihr weg, sie musste laut einatmen.

»Ich habe ihm nicht geholfen, Jimmy! Ich habe ihm nicht geholfen! Obwohl er mir immer geholfen hat!«

Ihr liefen Tränen aus Wut und Enttäuschung über die Wangen.

Sie spürte, wie Jimmy sich neben sie kniete.

»Ich habe auch nicht direkt geholfen, obwohl mir die ganze Sache suspekt vorkam«, tröstete er sie behutsam. »Das ist leider manchmal so. Man rechnet nicht mit so etwas. Aber die Hautsache ist, dass es ihm gut geht. Er wird wieder.«

»In welchem Krankenhaus liegt er?«, fragte sie und wischte sich ihre Tränen ab.

»Im St. Bartholomew's. Aber du darfst auf keinen Fall hingehen«, sagte er und wurde plötzlich ernst.

Cindy schaute ihn verquollen an.

»Warum?«

»Es könnte sein, dass Janet dich sucht«, sagte er und atmete tief ein und aus. »Sie hat Stewart gedroht, dass sie dir etwas antut.«

Seine Miene war so ernst, dass er nicht mehr aussah, wie der Jimmy, den sie kannte.

Cindy schüttelte den Kopf.

»Ich glaube nicht. Sie war schon bei mir«, sagte sie und berichtete ihm von Janets Besuch.

»Sie wird mir nichts tun, Jimmy. Ich passe auf mich auf. Aber ich muss ihn besuchen!«

Sie stand auf und umarmte Jimmy.

Jimmy schaute sie prüfend an und sie merkte, dass er selbst nicht wusste, wie er die Gefahr einschätzen musste.

»Ruf mich sofort an, wenn dir auch nur eine Kleinigkeit auffällt!«

Eilig ging sie aus dem Präsidium und machte sich schnell auf dem Weg zum Krankenhaus. Auch wenn sie traurig und aufgewühlt war, war sie doch erleichtert, fast glücklich darüber, dass Stewart nicht mit Janet durchgebrannt war. Sie musste so schnell wie möglich zu ihm, um alles zu klären. Er war ihre Familie, das wusste sie jetzt noch mehr.

Sie bog in eine kleine Straße und dann in den großen Park, den sie als schnellsten Weg einstufte. Sie war kein Mensch, der viel Angst hatte, aber wenn sie an Jimmys besorgtes Gesicht dachte, an seine Ernsthaftigkeit, die gar nicht zu ihm passte, bekam sie ein mulmiges Gefühl.

Sie überlegte, was passiert wäre, wenn Kevin nicht in der Wohnung gewesen wäre. Er war wie ein unsichtbares Schutzschild gewesen, ihr Rückhalt in dieser Situation, einfach, weil er da war.

Wollte Janet ihr wirklich etwas antun und war von ihrem Plan abgewichen, als sie merkte, dass Cindy nicht alleine war? War sie ihr nur haarscharf entkommen?

Plötzlich bereute sie, nicht auf das Angebot eingegangen zu sein, dass Jimmy ihr noch gemacht hatte, bevor sie losgegangen war.

»Mir wäre es lieber, wenn du hier bleibst«, hatte er noch gesagt, als er sie bis zum Ausgang gebracht hatte. »Nach der Schicht können wir dann zusammen zu Stewart fahren.«

Aber sie hatte heftig den Kopf geschüttelt, darauf bestanden, dass sie Stewart sofort sehen muss und ihr nichts passieren würde. Schließlich hatte er es akzeptiert, aber sein besorgtes Gesicht entspannte sich nicht.

Jetzt war sie alleine.

War sie auch sicher?

Immer noch war es früh am Morgen und es waren viel weniger Menschen unterwegs als sonst. Nur ab und zu kam ihr jemand entgegen, meistens ältere Menschen, mit kleinen Hunden, die langsam und müde eine Runde drehten und Cindy – bei aller Liebe – im Notfall nicht helfen könnten. Wahrscheinlich besaßen sie nicht einmal ein Handy, um die Polizei zu rufen.

Je weiter sie in den Park ging, desto einsamer und schwächer fühlte sie sich und sie konnte die Gedanken an eine Gefahr nicht mehr abwehren.

Permanent hoffte sie, dass sie bald aus dem verlassenen Park wieder rauskäme, und hatte das Gefühl, mit jedem

Schritt ängstlicher zu werden. Ihre Gedanken kreisten nur noch um Janet und sie wusste nicht mehr, ob sie fantasierte oder ihre Intuition verzweifelt versuchte, ihr etwas mitzuteilen.

Schwachsinn!, ermahnte sie sich und versuchte sich abzulenken. Woher sollte Janet denn wissen, dass sie gerade durch einen menschenleeren Park eilte? Warum sollte Janet so dumm sein, sie auf einem öffentlichen Platz anzugreifen? Nein, das war alles höchst unwahrscheinlich!

Cindy durfte nicht zulassen, dass die Angst ihre Gedanken kontrollierte.

Nervös hastete sie weiter, hoffte immer noch brennend, dass sie bald am Ende des Parks angelangt war und endlich wieder auf Menschen traf, die wenigstens im Notfall Hilfe rufen konnten.

*Ruf mich an, wenn dir irgendetwas auffällt!*

Sie dachte an Jimmy, aber sie wollte ihn nicht unnötig in Sorge versetzen. Sie hatte in ihrem Leben schon ganz andere Situationen erlebt und mehr oder minder gemeistert. Was würde es bringen, Jimmy anzurufen? Er würde sich panisch ins Auto setzten, auf der Stelle zu ihr fahren und trotzdem allerfrühestens in zehn Minuten da sein. Bis dahin wäre sie schon lange aus diesem verdammten Park – der ihr immer verwirrender und endloser erschien – raus und endlich wieder in der normalen Zivilisation.

Sie musste einfach nur weiter gehen. Und sich beruhigen. Es war nicht mehr weit. Sie konnte schon eine kleine Straße erkennen – in weiter Ferne.

Plötzlich wurde sie gewaltsam von hinten gepackt.

Zwei Hände schlossen sich brutal um ihren Hals und sie spürte, wie sie keinen einzigen Luftzug mehr tätigen konnte.

Immer wieder versuchte sie Luft zu holen; ihr Körper verlangte danach, versuchte unermüdlich zu atmen, aber nichts geschah. Panisch versuchte sie die Hände von ihrem Hals loszureißen, kratzte, schlug um sich, wehrte sich mit ihrem Körper wie nie zuvor, aber sie schien kraftlos zu sein. Die starken Hände um ihren Hals wirkten wie festgeklemmt. Sie würden niemals nachgeben. Ihr Herz trommelte gegen ihre Brust. Das Adrenalin schoss in ihren Körper. Sie schlug um sich, spürte die Schmerzen in ihrem Hals und die festen, gezielten Handgriffe. War es Janet? Sie konnte nicht sagen, ob eine Frau so fest zudrücken konnte. Es musste ein Mann sein. Die Hände fühlten sich groß und kräftig an, als hätten sie, lange Zeit, schwere Arbeit auf dem Bau verrichtet. Mit aller Kraft kämpfte sie für einen Atemzug, für Sauerstoff, für ihr Leben und drehte sich, versuchte sich zu befreien, aber schaffte es nicht.

Sie wollte nicht sterben! Nicht jetzt, nicht hier! Sie kämpfte, schnappte nach Luft, aber es strömte keine Luft in ihre Lunge. Ihr Kopf fing an zu pochen, signalisierte ihr, dass sie sofort Sauerstoff brauchte, aber der feste Griff schnürte ihren Atemweg ohne Gnade ab.

Ihre Muskeln wurden schwächer und es wurde immer anstrengender, gegen ihren überlegenen Gegner anzukämpfen. Sie schlug ein letztes Mal um sich, kratzte die Hände um ihren Hals blutig, bis sie merkte, dass ihr die Kraft aus den Gliedern entglitt. Sie wünschte sich ihre Kraft zurück, aber sie konnte nichts anderes, als in der erniedrigenden Machtlosigkeit zu kapitulieren.

*Bitte, lass mich leben!*

Plötzlich lösten sich die Hände schlagartig von ihrem Hals und Cindy atmete kräftig ein, als wäre sie minutenlang unter

Wasser gedrückt worden und endlich wieder an die Oberfläche getaucht. Die Schmerzen die sich in ihrem Hals ausbreiteten, als die Luft durch ihren Hals strömte, zwangen sie auf den Boden. Sie hielt sich ihren Hals fest, fragte sich, ob sie innere Verletzungen hatte, weil die Schmerzen so grausam waren, als hätte sie eine Klinge geschluckt.

Es war ihr unmöglich aufzustehen oder wegzurennen. Sie schaute mit wackligem Kopf nach oben, und sah, mit Tränen verschwommenen Augen Janets Gesicht.

*Sie bringt mich um. Sie bringt mich um!*

Jeder Atemzug war eine Folter. Die Luft fühlte sich an wie Millionen kleine, scharfe Klingen, die ihre Kehle zerfleischten.

Schlagartig wurde sie fest auf den Boden geschleudert. Janet setzte sich auf sie, hielt mit ihren Knien ihre Arme fest und presste mit all ihrer rachsüchtigen Kraft ihre Hände gegen Cindys Hals. Panisch strampelte Cindy mit ihren Beinen, sie konnte fühlen, wie ihre Augen weit aufgerissen waren, weil der Schmerz und der Sauerstoffmangel ihre Panik ins unermessliche trieben.

»Das hast du jetzt davon, Schlampe«, flüsterte Janet hasserfüllt und ihre Augen funkelten fanatisch.

»Du solltest dich niemals in ein anderes Leben einmischen, kleine Cindy. Du bist ein Miststück, weißt du das? Kommst einfach daher, aus dem Nichts, und nimmst mir meinen Mann! Und dann muss ich erfahren, dass ihr über mich redet! Über mich lacht! Du hast es verdient zu sterben! So wie er es auch verdient hat! Du bist wie er! Ich sehe es dir an!«

Ihre Stimme klang tief und abgeklärt und sie drückte ihre Hände mit jedem Satz fester um Cindys Hals. Es gab kein entkommen.

Verzweifelt strampelte sie, aber ihre Beine trafen nur ins Leere. Verzweifelt versuchte sie sich zu drehen, ihre schmerzende Arme unter ihren Knien zu befreien, ihre Hände zu lösen, aber sie war so schwach und jeder fehlgeschlagene Versuch, schwächte sie, bis sie sich vollkommen paralysiert fühlte.

Alles verschwamm, die nächsten Szenen, die sie sah, waren vollkommen unscharf und sie wusste nicht einmal, ob sie schon tot war. Vollkommen benebelt sah sie einen Schatten über Janet, im nächsten Moment hörte sie einen dumpfen Schlag und plötzlich war ihr Hals wieder von dem entsetzlichen Druck befreit. Wieder atmete sie laut ein, wieder brannte ihr ganzer Hals wie Feuer, wieder fühlte sie die messerscharfen Klingen in ihr nacktes Fleisch schießen.

Sie hustete, drehte sich zur Seite, lag wie ein Embryo auf dem rauen Asphalt, hielt sich mit beiden Händen vorsichtig ihren Hals fest und versuchte zu atmen, versuchte Sauerstoff in ihre Lungen zu befördern, ohne dass die Schmerzen sie ohnmächtig werden ließen.

Benommen hörte sie das Klacken der Handschellen, mehrere Schritte, ein rauschendes Funkgerät und schließlich Jimmys vertraute Stimme.

Sie konnte nicht reden. Sie konnte sich das Szenario nicht ansehen oder sich die Zusammenhänge zusammenreimen; sie konnte nur Husten und kleine Atemzüge machen, obwohl ihr Körper viel mehr verlangte.

Wie durch einen Schleier nahm sie das Blaulicht war, die Kollegen, die Stimmen, die Funkgeräte, die Sanitäter, die sie hochhoben und auf eine Liege legten. Den großen Innenraum des Wagens, mit den piepsenden Geräuschen und den vielen Geräten, die sie bewunderte.

Sie wusste, dass sie lebte.

Hoffentlich brachten sie sie zu Stewart, dachte sie erschöpft.

3

Er träumte von Cindy, besser gesagt, von der Zeit, als sie beide zusammengelebt hatten und alle Abläufe ihres Alltags reibungslos verliefen.

Sie trat in den Flur ein, an der Hand hielt sie einen Mann, den sie Stewart vorstellen wollte und Stewart erschrak heftig bei dessen Anblick. Er erkannte das Gesicht sofort. Jason Exton. Ein Straftäter, mit dem sich Stewart lange beschäftigt hatte, der ihn vollkommen in den Wahnsinn getrieben hatte, bis sie ihn endlich erwischten und in den Knast bringen konnten.

Sie küsste ihn verliebt, sagte er hieße Alver und himmelte ihn vollkommen ergeben an. Er hatte unsauber gestochene Tattoos – wahrscheinlich hatte er im Suff selbst zur Nadel gegriffen – war leicht übergewichtig und mindestens fünfzehn Jahre älter als sie.

Er schaute die beiden sprachlos an, Cindy, als hübsches, kluges, junges Mädchen und dann dieser Typ, der nie für längere Zeit eine Schule besucht hatte, früh Drogen konsumiert hatte und auch äußerlich alles andere als eine Augenweide war. Es machte ihn sauer und wütend, dass sie sich mit so einem Nichtsnutz abgab. Warum nur? Warum sah sie nicht, dass sie Besseres verdient hatte?

Stewart fragte sie schüchtern, ob sie sich mit ihm sicher sei, aber sie schaute ihn, Exton, so verliebt an, wie Stewart Janet früher, und er wusste, dass Cindy verloren war. Dass er sie nicht retten konnte.

Er machte den Mund auf, wollte protestieren, aber sie schnitt ihm lachend das Wort ab und sagte, dass sie jetzt gehen würde, dass sie jetzt bei Jason Exton wohne, aber er nicht traurig sein solle und plötzlich – von einer Sekunde auf die andere – wurde aus Jason Exton, Jimmy, und er fühlte sich so hintergangen, so verletzt, enttäuscht und wütend! Er hatte Jimmy vertraut, hatte ihm gesagt, er solle auf Cindy aufpassen und jetzt das! Er wollte schreien, Jimmy konfrontieren, sie beide fragen, was sie sich dabei dachten, aber seine Stimme formte keinen Klang! Er öffnete den Mund, aber es kam nur ein Hauchen und Krächzen heraus, das Jimmy und Cindy nicht einmal wahrnahmen! Lachend gingen sie Hand in Hand heraus, bevor Cindy sich noch einmal umdrehte und sagte, dass er nicht traurig sein solle, weil sie auch noch jemanden für Stewart haben. Sie lachte wieder und Janet erschien in der Haustür. Sie trat gut gelaunt in den Flur, trug einen Korb mit Einkäufen mit sich und als sie näher kam, sah Stewart einen blutüberströmten Kopf darin, einen Menschenkopf, abgetrennt vom Körper, ein Mann, schwarze Haare, starre, dunkle Augen. Verstört wich er zurück. Er fühlte blanke Panik.

Schweißgebadet und mit rasendem Herzen wachte er auf und konnte nicht mehr schlafen. Es dauerte ein paar Minuten, bis er sich klar gemacht hatte, was er für ein Leben führte, wo er war und dass alles nur ein Traum gewesen war, der nicht annähernd mit der Realität übereinstimmte.

Er wälzte sich hin und her, aber konnte keinen Schlaf mehr finden. Immer wieder kamen ihm die Bilder des Traumes in den Kopf und als er es gar nicht mehr aushielt, beschloss er, aufzustehen. Er knipste das Licht des Krankenzimmers an und wurde direkt betrübt bei dem Anblick der kalten, weißen Wände und der Unpersönlichkeit des Raumes. Draußen herrschte pechschwarze Nacht und die großen Fenster spiegelten sein Zimmer, und vor allem ihn wieder, wie er elendig und allein in dem weißen Metallbett saß und sichtlich mitgenommen, mit abstehenden Haaren durch den Raum blickte.

Er setzte sich hin, griff nach der Akte von Janet und las sie wieder durch. Immer wieder las er den Zeugenbericht, den Fall, sah sich die Flugtickets und den Personalausweis an, bis er irgendwann stockte.

Verdutzt nahm er Stift und Papier von seinem Nachttisch, schrieb es auf, um es zu glauben.

*Gültig bis: 02.03.1996*

*FROM MADRID/MAD*
*TO LONDON/LHR*
*15.03.1996*
*14.35*

Er verglich die Daten, dachte, dass er fantasiere, dachte, dass er zu müde sei um es zu verstehen, aber das Datum des Personalausweises war eindeutig abgelaufen und der Ausweis somit ungültig.

Natürlich, dachte er, kann es sein, dass er noch ein anderweitiges Ausweisdokument dabei hatte, das später nicht abgenommen wurde, aber seltsam bleibt es trotzdem.

Doch die Chance besteht, dachte er, dass es *kein* anderweitiges Dokument gab und er mit diesem Pass gereist ist, aber wer würde es riskieren, mit einem ungültigen Pass, eine lang ersehnte Urlaubsreise anzutreten?

Es musste definitiv zu Problemen am Schalter gekommen sein. Vielleicht wurde letztendlich eine Ausnahme gemacht, die das Paar dazu befähigte, doch noch zu fliegen, aber diese Theorie wäre höchst unwahrscheinlich.

Er schrieb die Daten auf, umkreiste sie heftig und versuchte eine simple Erklärung zu finden.

Es gab keine.

Blitzartig tauchten wieder die Bilder seines Traumes in seinem Kopf auf und er versuchte sie sofort zu verdrängen. Er wollte sie nicht sehen. Es war schlimm genug, dass die Gefühle des Traumes sowieso noch an ihm klebten; er fühlte sich betrogen von Jimmy, verlassen von Cindy und um sein Leben bedroht von Janet.

Obwohl nur letzteres einer wirklichen Tatsache entsprach.

Oder hatte er Cindy auch verloren?

Cindy und dieser Jason Exton, es ging ihm nicht aus dem Kopf. Und dann Jimmy! Es war alles so abstrus, so vollkommen verkehrt und unrealistisch und trotzdem fühlte es sich so wahr an.

Er schaute wieder über die Zeilen.

Alver, las er und war plötzlich wieder in seinem Traum. Wie versteinert las er den Namen und erinnerte sich klar und deutlich an seinen Traum, *das ist Alver, mein Freund,* er hieß nicht Jason Exton, nein, sie hatte ihn als Alver vorgestellt.

Aber nicht nur sein Traum rückte sich in den Vordergrund seiner Gedanken, auch eine andere Erinnerung stülpte sich plötzlich hervor. Alver, wieder hörte er den Namen in seinem Kopf hallen, diesmal aber von einer anderen Stimme, von Jimmy, immer wieder hörte er den Namen in Jimmys Stimmklang. Alver. Hatte Jimmy schon einmal diesen Namen gesagt? In seinem Traum nicht, dachte er angestrengt.

*Du dachtest es sei ihr Freund*, schallte es plötzlich in seine Erinnerung, er konzentrierte sich auf diesen Satz, hörte immer wieder Jimmys Stimme den Namen Alver sagen, und auf einmal sah er die Situation endlich vor sich. Es war so lange her. So verdammt lange! Er erinnerte sich an sein Büro, an das fordernde Telefonat mit der Frau vom Jugendamt, an Jimmy, wie er Cindy das System zeigte und sie nach dem Namen Alver suchte.

Er zwang sich an jede einzelne Sekunde der Situation zu erinnern, er konzentrierte sich so sehr nachzudenken, damit er nichts übersah. Er konnte spüren, dass er so nah dran war, etwas zu entdecken! Warum hatte er nur mit dieser Frau telefoniert und nicht besser zugehört, was Jimmy und Cindy redeten?

Kurz überlegte er, Jimmy anzurufen, ihn danach zu fragen, weil seine kribbelnde Neugier ihn plagte, aber es war mitten in der Nacht und er bezweifelte, dass er sich eine so kurze, bisher absolut unwichtige Konversation für vier Jahre gemerkt hatte.

War Alver Ramirez der Freund ihrer Schwester Lya?

Stewart überlegte einen Moment, rechnete nach und kam sofort zu dem Ergebnis, dass es ausgeschlossen war. Wenn es so war, musste es sich um einen anderen Alver handeln und das wäre unbedeutend für die Ermittlungen. Vielleicht war sie verliebt in jemanden. Vielleicht war das alles nur Zufall, vielleicht war es ein ganz anderer Alver.

Weiterhin las er die Akte, inspizierte das Foto des Personalausweises mit jedem Detail.

Sehr oft in dieser Nacht fragte er sich, ob er nicht besser wieder schlafen sollte, ob er zu erschöpft war, ob er gerade die dümmsten Einfälle aller Zeiten hatte und sie nur für klug hielt, weil er so vollkommen übernächtigt war.

Aber konnte es sein, dass Alver Ramirez, Cindys Schwester kannte?

Er fragte sich diese Frage noch lange. Immer wieder verwarf er sie, hielt sie für Unfug, aber es brannte sich in seinen Kopf und er konnte nicht aufhören an eine Verbindung zwischen Alver Ramirez und Cindys Familie zu denken.

Was war geschehen?

»Könnte das sein?«, fragte er Jimmy verunsichert, nachdem er sich halbwegs von dem Schock erholt hatte.

Er hatte es gewusst! Er hatte gewusst, dass Cindy in Gefahr war! Dennoch war es für ihn schwer zu realisieren, dass seine angstvollen Gedanken Realität geworden waren und Cindy verletzt wurde. Er hätte gleichzeitig schreien und weinen können, hätte Jimmy am liebsten heftig geohrfeigt und wäre ihm anschließend dankbar um den Hals gesprungen.

Immerhin hatte er ihr geholfen, sie nicht aus den Augen gelassen und somit Schlimmeres verhindert. Es ging ihr gut. Janet wurde festgenommen. Es hatte sich – wie so oft – Glück im Unglück versteckt.

Jimmy schaute sich die Unterlagen an und schüttelte ungläubig den Kopf. »Niemand fliegt mit einem ungültigen Pass«, bestätigte er. »Aber was soll das heißen?«

Stewart zuckte die Schultern. »Ich weiß es nicht. Vielleicht haben sie kurzfristig gebucht …«

»Weil etwas geschehen war. Weil sie weg mussten«, folgerte Jimmy konzentriert und schaute wieder auf die Akten. »Sie waren getrennt«, las er mehr für sich vor. »Fünf Jahre waren Janet und Alver getrennt. In der Zeit kann viel passiert sein.«

»Vielleicht hat Janet damals schon ihr Unwesen getrieben. Vielleicht hat er sich deswegen getrennt und vielleicht hat sie ihn gezwungen, wieder mit ihm zusammenzukommen«, mutmaßte Stewart aber das alles kam ihm vor wie ein Ratespiel, in dem er nicht besonders gut war.

»Du meinst sie hat ihn erpresst?«, fragte Jimmy.

»Ich könnte mir alles vorstellen.«

»Aber warum sollten sie dann zusammen wegfliegen und sogar zusammen feiern? Was hatte sie gegen ihn in der Hand?«, fragte Jimmy und versuchte sichtlich konzentriert die Fakten zusammenzubringen.

»Ich weiß es nicht. Aber es gibt nur ein paar Gründe, mit denen man Menschen in die Knie zwingen kann, mit denen man sie bis aufs Blut erpressen kann.«

»Die Familie«, ergänzte Jimmy direkt. »Nichts ist sensibler. Nichts ist wertvoller. Wird die Familie angegriffen oder bedroht, sind wir im Ausnahmezustand und machen fast alles.«

»Richtig«, bestätigte Stewart. »Aber wir wissen nichts über ihn. Er hat früh geheiratet. Janet war seine Familie. Es macht keinen Sinn.«

»Eine frühe Heirat könnte darauf schließen, dass er nicht viel Familie hatte. Dass ihm niemand ausgeredet hat, so jung zu heiraten. Oder, dass er sich nach einer Familie gesehnt hat. Was ist, wenn …«

Jimmy überlegte bevor er den Satz zu Ende sprach. »Könnte es sein, dass Janet und Alver Kinder hatten?«

Stewart schüttelte sofort den Kopf, aber sicher war er sich nicht. Er war sich mit nichts mehr sicher! Immer mehr Fragen drängten sich in seinen Kopf, während die Antworten schläfrig und mit großer Verzögerung hinterher kamen. Wenn überhaupt.

»Dann hätte sie ein Druckmittel gehabt«, fasste Stewart zusammen und versuchte über diese Möglichkeit nachzudenken. Ihm wurde fast schlecht dabei, wenn er daran dachte, was er noch alles über Janet erfahren würde. »Ich denke nicht, dass sie Kinder hatten, aber … sie hat so viel gelogen … ich weiß es nicht.«

Er seufzte resigniert.

»Wir müssen ihre Dokumente bei den spanischen Behörden anfordern«, meinte Jimmy entschlossen aber Stewart konnte seine Entschlossenheit nicht teilen.

»Ja. Aber selbst wenn sie Kinder hat, würde es uns nicht sagen, warum sie ihren Mann umgebracht hat. Und vor allem, was ihr Mann und Lya Padilla miteinander zu tun hatten.«

»Vielleicht waren es zwei befreundete Familien«, mutmaßte Jimmy.

»Ja, darüber habe ich auch schon nachgedacht, aber ist es nicht komisch, dass sich niemand gemeldet hat, als die Kinder für vermisst galten? Acht Wochen kam täglich die Aufforderung, der Polizei zu helfen, die Kinder zu finden, kaum einer meldete sich. Niemand konnte sagen, mit wem Susanna Padilla wirklich befreundet war, es gab keine Angehörigen, nichts. Würde eine befreundete Familie nicht helfen? Selbst wenn sie in Spanien waren? Wenn es Lyas Lieblingsname war, wenn sie Cindy davon erzählt hatte, mussten sie sich nahe gestanden haben, Lya und Alver. Aber in welcher Beziehung?«

Jimmy schnaubte und strich sich durch die Haare. Er zuckte die Schultern.

»Eine geheime Liebesbeziehung zwischen ihnen ist ausgeschlossen?«, er klammerte sich an jeden Grashalm.

Stewart nickte. »Er war erst fünfundzwanzig als er starb. Lya war fünf.«

»Entschuldige, ich dachte nur …«

»Schon gut. Aber es ist definitiv ausgeschlossen.«

Jimmy überlegte weiter. »Sie war fünf, aber trotzdem hat sie den Namen behalten. Sie hat ihn gehütet wie ein Schatz. Cindy nur gesagt, dass es ihr Lieblingsname ist, aber nicht warum. Sie wusste also etwas, dass Cindy nicht wusste. Oder das Cindy vielleicht nicht mehr wusste.«

»Du meinst Cindy war zu jung, um sich den Namen zu merken? Um sich an die Person zu erinnern?«, folgerte Stewart und auf einmal schossen die Gedankenblitze wieder in seinen Kopf.

Jimmy nickte.

Stewart schaute noch einmal in die Akten.

»Sie haben 1988 geheiratet. Nach zwei Jahren Ehe waren sie fast sechs Jahre getrennt, aber haben sich nie scheiden lassen. Sie waren länger getrennt, als zusammen. Lya Padilla ist 1991 geboren.«

»Denkst du es gab eine andere Frau?«

»Es könnte sein«, antworte Stewart nachdenklich. »Es könnte den eiskalten Hass und die rachsüchtige Wut von Janet erklären. Sie ist hochgradig eifersüchtig. Sie würde es nicht zulassen, wenn jemand fremdgeht. Es wird mit dem Tod bestraft.«

»Auch wenn sie gar nicht mehr zusammen waren?«

»Das zählt für sie nicht. Das haben wir doch gesehen. Sie hat mich betrogen, sie hat mich verlassen und trotzdem kam sie wieder, als sie gehört hatte, dass Cindy bei mir wohnt. Und, Teufel, sie hat Rache geübt!«

»Und du meinst …«, er stockte und fragte dann vorsichtig: »Du meinst, diese andere Frau ist Susanna Padilla?«

»Es ist eine wage Theorie, die mir im Kopf rumschwirrt, Jimmy. Ich weiß nicht, ob ich völlig durchgedreht bin, aber es geht mir nicht aus dem Kopf.«

Stewart dachte nach, fragte sich, ob er die Worte wirklich aussprechen sollte, oder ob er sie lieber still und heimlich prüfen sollte. Aber wie sollte er das anstellen? Er brauchte die Unterstützung seiner Kollegen, er brauchte vor allem Jimmy.

»Was ist …«, fragte er langsam, »wenn Alver Ramirez der … Vater von ihnen ist? Von Cindy und ihren Geschwistern?«

Sein Herz schlug schneller und er wartete nervös auf Jimmys Reaktion.

Jimmy lachte nicht und Stewart war beruhigt.

Er, Stewart, war nicht vollkommen durchgedreht. Er wusste, dass wenn er vollkommen den Verstand verlor, Jimmy ihn ohne zu zögern in die Schranken weisen würde.

»Aber warum taucht dieser Name dann in keiner der Akten des Falls auf? Weder taucht in seiner Akte auf, dass er drei Kinder hat, noch taucht in der Akte von Susanna auf, dass er der Vater ist. Niemand hat seinen Namen gekannt.«

»Ich weiß, Jimmy, ich weiß. Aber ich sehe irgendwas. Ich sehe etwas, wenn ich dieses Bild ansehe«, er tippte hektisch auf das Bild des Personalausweises, »vielleicht hat Janet davon erfahren. Und ihn aufgesucht.«

Jimmy schüttelte den Kopf.

»Er war am dritten Februar in Spanien. Was sollte er da gemacht haben, wenn seine Freundin und seine Kinder in England waren? Warum sollte er von seiner Familie weggehen? Und dann fliegt er mit seiner Frau nach England, feiert mit ihr, sie geben sich als Paar aus und am nächsten Tag ist er tot?«

»Ich verstehe es ja auch nicht«, sagte Stewart frustriert.

»Der Fall wurde damals untersucht. Alle Zeugen haben versichert, dass sie zusammen waren. Dass sie glücklich schienen. Sie haben bestätigt, dass sie zusammen nach England geflogen sind …«

»Sie hat gelogen!«, rief Stewart wütend, »Sie hat doch bei allem gelogen! Sie ist davon gekommen, wie immer! Sie hat ihn kaltblütig umgebracht und ausnahmslos alle hielten sie für unschuldig!«

»Ja, sie hat einen Mann umgebracht«, bestätigte Jimmy und blieb immer noch ruhig, während Stewarts Wut hochkochte. »Und du weißt, dass ich sie nie richtig mochte, vor allem nicht an deiner Seite. Trotzdem kann es sein, dass Alver Ramirez nichts mit dem Fall von Cindy zu tun hat und Susanna Padilla gar nicht mehr wusste, mit wem sie die Kinder bekommen hatte! Niemand hatte sie je mit einem Mann gesehen, niemand konnte nur ein winziges Detail über den Vater ihrer Kinder nennen! Warum sollte es jetzt ausgerechnet der Mann sein, den Janet umgebracht hat?«

Stewart war immer noch aufgebracht, aber er wusste ja selbst, dass sie sich im Kreis drehten. Er konnte es nicht beweisen, aber sein Gefühl war so stark, dass er an nichts anderes denken konnte.

»Morgen werde ich entlassen«, sagte er in einem normalen Ton. »Ich gehe Cindy besuchen und danach komme ich zur Arbeit. Wir werden alles prüfen und uns die Hände am Telefon wund wählen. Danach vernehmen wir Janet. Ich werde es herausfinden, Jimmy, ich *muss* es herausfinden.«

Jimmy nickte nur und Stewart wusste, dass er auf ihn zählen konnte.

Er sah Jimmy hinterher, als er aus der Tür ging und wieder fragte Stewart sich, wer Alver Ramirez war und was in der Zeit der Trennung geschehen ist.

Freitag, 27. Juli 2012

I

»Setzen Sie sich«, forderte sie Mrs. Soubrie streng auf und deutete auf den Sessel.

Lya setzte sich wie ein schuldbewusster Welpe hin.

»Hatten Sie das geplant, Ms. Wyatt?«

Ihr Gesicht war nur noch streng und von den freundlichen Zügen, die Lya in den Stunden davor immer gesehen hatte, war nichts mehr übrig. Lya könnte spüren, dass das Vertrauen, dass sie so mühevoll in den letzten Stunden aufgebaut hatten, komplett eingefallen war.

»Nein«, antworte Lya und fragte sich, ob sie mir ihrer Antwort log.

Sie hatte es nicht geplant, aber als sie die Drogen sah, hatte sie die Gelegenheit am Schopf gepackt und die Idee, die ihr wie ein Blitz in den Kopf geschossen kam, umgesetzt.

»Also war es eine spontane Idee?«, fragte Mrs. Soubrie misstrauisch.

»Ja.«

»Und woher hatten Sie dann das Kokain?«

Von meiner Zimmernachbarin, dachte sie. Sie tickt nicht ganz richtig, wissen Sie? Aber Sie sehen das nicht, weil Sie nur acht Stunden hier sind und unwichtige Gespräche führen, während wir hier vierundzwanzig Stunden eingesperrt sind und mit Menschen in Kontakt treten, die wir, wenn wir die Wahl hätten, lieber gemieden hätten! Wir werden gezwungen mit diesen Menschen unsere Privatsphäre zu teilen! Wie soll man da nicht noch verrückter werden? Wie soll man nicht auf so eine Idee kommen?

»Darf ich Ihnen eine Frage stellen?«, fragte Lya und war froh, sich an keiner künstlichen Freundlichkeit mehr aufhalten zu müssen.

Mrs. Soubrie nickte überrascht.

»Haben Sie schon einmal über einen längeren Zeitraum, vierundzwanzig Stunden mit einem Süchtigen zusammengelebt?«

Sie zog verblüfft die Augenbrauen zusammen. »Nein«, antwortete sie freundlich. »Aber ich habe schon sehr viele Stunden mit Süchtigen verbracht. Auch über Nacht.«

»Das ist nicht das Gleiche«, erwiderte Lya scharf. »Erst, wenn Sie mal mit einem zusammenwohnen, werden Sie das wirklich verstehen.«

Lya atmete noch einmal durch, dann sprach sie weiter.

»Es gibt hier drin drei parallele Welten. Eine Welt ist die, die man betritt, wenn man Therapiegespräche führt. Man redet über seine Vergangenheit, seine Zukunft und seine Gefühle, die ein Teil davon sind. Und manchmal denkt man wirklich, dass es hilft, dass man eine Perspektive hat, dass man geschätzt und unterstützt wird. Manchmal fühlt man sich richtig wohl, fast schon verbunden, mit dem Therapeut. Keine fünf Minuten später ist man auf dem Flur und all die Hoffnung, all die Zuversicht, die man in sich trug verschwindet auf einmal aus dem Körper. Man ist genau dieser Mensch, der man immer war. Dieser Mensch, der es einfach nicht schafft, gegen dieses dunkle und schwerwiegende Verlangen anzukommen, auch wenn man es will. Man schafft es nicht. Man fühlt sich alleine in dieser, zweiten Welt. Sehr alleine, schwach, verletzlich, andersartig. Und dann gibt es noch die Welt, die man betritt, wenn man Kontakt mit Mitpatienten hat, plötzlich trifft man auf Menschen, die gleiches erlebt haben und es mag sein, dass es am Anfang eine Erleichterung ist, wenn man auf Menschen trifft, die es nicht leicht hatten, die ähnliche Probleme haben und man ist froh, sich austauschen zu können. Aber das wäre nur sinnvoll, wenn beide Seiten geheilt sind, verstehen Sie? Wenn man frei darüber sprechen könnte, was man für Laster in der Vergangenheit hatte und wie viel Stärke man bewies, als man sie überwunden hat. Aber so ist es nicht. Wir sind alle noch in diesem Prozess, der so schwer auf den Schultern liegt, dass man jede Minute zusammenzubrechen droht. Also erzählen sie dir, wie sie das Zeug beschaffen haben, mit welchen Methoden, sie versucht haben, sich das Leben zu nehmen, was für abartig schlimme Dinge sie gemacht oder erlebt haben und man selbst ist ebenfalls süchtig, man möchte nicht hinhören, aber irgendwie schon, weil man weiß, dass man es nicht schafft und beim nächsten Mal noch vorsichtiger sein muss, damit man seinen Konsum noch besser verschleiern kann. Also gibt man sich Tipps, wie man unentdeckt süchtig bleibt und das vierundzwanzig Stunden am Tag. Wenn man es in dieser Welt nicht mehr aushält, geht man wieder in eine andere, in die zweite, in der du alleine und einsam bist und man ist hin und her gerissen zwischen diesen Welten, alles fühlt sich unkontrollierbar an. Der eigene Körper, der einem einst so vertraut war, schwankt so sehr, hält gut für böse und böse für gut, bis er sich schließlich gegen dich richtet. Irgendwann besiegt eine Welt alle anderen. Eine Welt wird so präsent, dass man die anderen gar nicht mehr wahrnimmt. Und so werden die aller meisten wieder rückfällig. Aber Sie sehen das nicht! Sie können es gar nicht sehen. Weil Sie nicht wissen, wie es sich anfühlt in diesen Welten zu ersticken. Und ich weiß nicht einmal was schlimmer ist: Süchtig zu sein, in einer Welt, wo alle süchtig sind oder in einer Welt, wo es keiner ist.«

Sie dachte kurz nach. »Wo ich das Kokain her habe? Aus einer Parallelwelt. Wenn sie denken, dass Sie hier alles im Griff hätten …«, sagte sie kopfschüttelnd und beendete ihre Satz nicht. Sie schluckte es. Es war alles gesagt.

Mrs. Soubrie verzog keine Miene.

»Liegt er Ihnen am Herzen?«, fragte sie plötzlich und ihr Gesicht wurde freundlich.

»Wer?«, fragte sie abwehrend.

Mrs. Soubrie lächelte. »Der Mann, der sie hier hingebracht hat. Robert. Liegt er Ihnen am Herzen?«

Bis eben hatte sich Lya noch sicher gefühlt, sie hatte sich sogar überlegen gefühlt, als würde sie mehr wissen, als Mrs. Soubrie, aber diese Frage machte sie verlegen. Ihr Herz schlug schneller und je mehr Zeit verstrich, bis sie eine Antwort fand, desto unangenehmer wurde ihr die ganze Situation.

»Was hat das jetzt damit zu tun?«, fragte sie pampig.

Wieder lächelte Mrs. Soubrie und legte ihren Notizblock zur Seite. »Nun ja. Sie haben die Drogen nicht genommen. Sie haben Sie nur bei sich getragen. Sie wollten, dass Sie gefunden werden, damit Sie entlassen werden. Damit Sie zurück zu Robert können. Aber wissen Sie, Ms.Wyatt, ich habe ab dem ersten Gespräch mit Ihnen bemerkt, dass Sie wieder konsumieren wollen. Und ich vermute, es war sehr schwer für Sie, die Drogen nicht anzurühren. Aber Sie haben es geschafft. Weil Sie an Robert dachten, nicht wahr? Weil Sie wussten, dass er Sie nicht aufnimmt, wenn Sie drauf sind.«

Lya war still. Alles was Mrs. Soubrie sagte, traf sie mit voller Wucht. Sie wollte das nicht! Sie wollte nicht, dass jemand sah, was in ihrem Inneren vorging! Aber jetzt fühlte sie sich hilflos, auf eine Art und Weise durchschaut, die sie unangenehm fand.

»Ich wollte hier raus. Um jeden Preis. Und das möchte ich immer noch«, sagte sie mit gepresster Stimme. »Kann ich gehen?«

Sie stand auf, ohne eine Antwort abzuwarten.

»Ja. Sie dürfen gehen.«

Mrs. Soubrie erhob sich ebenfalls. »Sie haben einen starken Willen, Ms.Wyatt. Aber Sie müssen ihn für sich nutzen und nicht gegen sich.«

Jaja, dachte Lya, hörte nur noch halb hin, drehte sich um und stürmte aus dem Zimmer. Sie war heilfroh, dass sie mit dieser Klinik nichts mehr zu tun hatte. Sie wollte einfach nur raus, wollte nie wieder mit Fremden über ihre Gefühle reden, nie wieder wollte sie durchschaut werden, nie wieder wollte sie Vermutungen über ihre Persönlichkeit hören. Sie wollte einfach nur zu Robert.

Die ganzen Tage, die sie hier war, hatte sie nur an ihn gedacht. An seine schöne, hochwertige Kleidung. An seine schönen Augen, seinen gepflegten, Bart. An seine bedachten, warmen Worte. Sein kunstvolles Zuhause. Sie musste zu ihm. Sie wollte ihn ansehen, sie wollte in seine Arme fallen.

Und vergessen. Sie wollte diese Klinik vergessen. Ihre Zimmernachbarin. Ihre Gespräche. Und sie wollte Kokain vergessen. Sie wollte für einen Moment in seinen Armen schmelzen und auf einem anderen Weg fliegen lernen. Sie wollte lernen, wie es ist zu lieben, so zu lieben, wie sie es tat, wenn sie Kokain nahm. In seinen Armen konnte sie das. Sie wusste es.

Sie schmiss den Koffer, den sie von Robert bekommen hatte, aufs Bett und pfefferte ihre Klamotten hinein. Innerhalb von fünf Minuten war alles fertig gepackt.

Sie wurde von Mrs. Soubrie entlassen, hörte noch irgendwelche Floskeln zum Abschied, die Lya weder aufnahm, noch beantwortete und ging endlich aus der Tür.

Endlich war sie frei.

## 2

Ungeduldig lief sie in ihrem Zimmer hin und her.

Sie hatte ein Privatzimmer bekommen, ein großes, mit perfektem Blick auf den Eingang des Krankenhauses, der mit großen Laubbäumen und weiten Blumenbeeten bepflanzt war und den Umständen entsprechend schön war.

Ununterbrochen saß sie am Fenster, schaute sich an, wie Menschen ein und aus gingen und beobachtete ganz genau, ob sie vielleicht heute schon Stewart sah. Sie konnte es kaum erwarten. Sie wollte ihn wiedersehen. Ihm alles erklären. Seine vertraute Stimme hören.

»Er wird morgen entlassen und kommt dich danach sofort besuchen«, erklärte Jimmy als er sie heute besucht hatte.

»Warum haben sie mich nicht sofort in sein Krankenhaus gebracht?«, fragte Cindy frustriert, obwohl sie diese Frage schon etliche Male gestellt hatte.

»Weil das hier näher war«, sagte er geduldig und zwinkerte ihr aufmunternd zu. »Ruh dich bis morgen aus.«

Sie hatte genickt, aber sie war immer noch unruhig. Nicht wegen Stewart, nicht wegen Janet. Seitdem sie ihren Bruder wiedergesehen hatte, war für sie nichts mehr wie es war. Ihre schönen, wertvollen Erinnerungen hatten einen dicken Kratzer der Realität abbekommen und sie wusste, dass er für immer bleiben würde.

Sie, Cindy und Mylo, hatten sich verändert. So sehr, in so verschiedene Richtungen, dass sie kaum noch Gemeinsamkeiten hatten. Vielleicht waren sie aus ähnlichem Holz geschnitzt, aber das Endergebnis ein völlig anderes.

Alles war eine Illusion gewesen, aber sie konnte trotzdem nicht loslassen. Sie wollte nicht.

Und obwohl sie nichts für ihre Umstände konnte, fühlte sie sich auf einmal schuldig. Als wäre sie es schuld, dass die Beziehung zu ihren Geschwistern abgebrochen wäre. Sie hatte Mylos Blick gesehen, sie hatte ganz genau an seinen Augen ablesen können, dass er sie nicht vollständig wiedererkannte. Wenn man aufgewachsen war, wie sie, konnte man riechen, ob Menschen eine gute oder schlechte Erziehung genossen hatten. Ob jemand Geld hatte, oder nicht.

Er sah es ihr an. Er sah es ihr an, dass sie es leichter gehabt hatte, als er. Dass sie in einem besseren Umfeld groß geworden war. Dass sie sich ihrer neuen Umgebung zweifellos angepasst hatte. Sie war nicht schlauer, nicht besser und auch nicht schöner. Aber sie hatte tatkräftige Unterstützung, die sie vollkommen aufblühen ließ. Vielleicht beneidete Mylo sie deswegen, vielleicht war es ihm auch nur befremdlich.

Ihr schlechtes Gewissen wurde schlimmer. Immer heftiger nagten die Zweifel und die Schuld an ihr. Wäre sie doch damals nur mit Mylo gegangen, oder mit Lya! Dann hätte sie sich nicht so verändert, dann wäre sie jetzt genau so wie er! Dann hätten sie ihre Verbindung noch viel weiter ausgebaut!

Eigentlich wollte sie sich nicht verändern, sondern bleiben wie sie ist, aber wer war sie überhaupt?

Sie fühlte sich hin und her gerissen zwischen ihrem vergangenen und ihrem gegenwärtigen Leben.

Warum konnte sie nicht beides haben?

Wieder saß sie am Fenster; es war sonnig draußen, die Menschen tummelten sich vor dem Eingang, einige rauchten Zigaretten, andere tranken ein kühles Getränk, wieder andere kauften Blumen von einem kleinen Stand. Ihr Zimmer war nicht weit oben, sodass sie mühelos Gesichter, Kleidung und Gegenstände erkennen konnte. Auch wenn sie diesen Ort nicht mochte, war sie froh, dass sie ein Fenster hatte, dass sie beobachten konnte, dass das Licht ihre Stimmung erhellte. Sie wusste, dass andere Menschen nur einen Blick auf die Straße oder noch schlimmer, auf den tristen Beton des Nachbarhauses hatten.

Nicht selten sah sie jemanden in der Ferne, der sie an Stewarts Statur erinnerte, aber dann entpuppten sie sich, als ganz andere Männer, die mit Stewart nicht die geringste Ähnlichkeit hatten.

Betrübt ließ sie ihren Blick über die Menschen schweifen und blieb an einer jungen Frau hängen, die einen kleinen Koffer hinter sich herschob, der überhaupt nicht zu dem Rest ihres Outfits passte. Sie trug eine kurzen Rock, die ihre langen, schönen Beine zeigten, ein helles, enges Shirt und alles sah nach einem einfachen, günstigen Outfit aus. Der Koffer hingegen, den sie neben sich abgestellt hatte, sah edel und teuer aus, der Stoff glänzte in dunkelbraun. So einen Koffer hatte sie zuvor nur bei Männern gesehen, die einen Anzug trugen, bei der Bank arbeiteten und mit dem Zugabteil der ersten Klasse eine Geschäftsreise antraten.

Vielleicht hatte sie ihn geliehen, dachte sie, und versuchte sich nicht weiter daran aufzuhalten. Sie schaute kurz zu einem weißhaarigen Mann, der mit einer sorgenvollen Miene an seiner Zigarette zog – dann aber landete ihr Blick wieder bei der jungen Frau. Es interessierte sie auf einmal, was es mit dem Koffer auf sich hatte.

*Die skurrilsten Dinge passieren! Menschen, die auffällig gekleidet sind und trotzdem hat sie niemand gesehen! Menschen, die jemandem am helllichten Tag an einer Hauptstraße überfallen und es gibt keine*

*Zeugen! All diese Dinge – bei denen wir im Nachhinein sagen: das müsste doch aufgefallen sein! – sie fallen den meisten Menschen nicht auf! Weil sie nicht daran denken! Weil wir viel zu sehr mit uns selbst beschäftigt sind und gar nicht auf andere achten!* Sie hörte Stewarts Stimme.

Sie könnte etwas in dem Koffer haben, dachte sie und schaute konzentriert aus dem Fenster. Wenn sie nichts anderes zu tun hatte, konnte sie auch die junge Frau beobachten und wer weiß, vielleicht stellt es sich sogar als nützlich heraus.

Cindy erschrak, als sich die Frau plötzlich umdrehte. Sie hatte sie sich ganz anders vorgestellt! Sie sah älter aus, ihre Haut war fahl, ihre Stirn runzlig und sie sah müde aus. Müde, verbraucht und unglücklich!

Entsetzt und betroffen schaute sie weiter hin, beobachtete ganz genau, wie sie ihr Handy rauskramte und sich ans Ohr hielt. Dann redete sie und drehte sich wieder in Cindys Richtung. Plötzlich fing ihr Herz an zu rasen. Wie versteinert schaute sie auf die junge Frau, glich ihre Erinnerung mit dem jetzigen Bild ab und traute sich kaum, den Gedanken zu denken.

Diese Frau sah aus wie Lya! Aber dann, im nächsten Moment, sah sie doch wieder anders aus. Ganz fremd, viel zu alt, viel zu verkommen. Immer wieder schaute sie zu ihr runter, ihr Herz klopfte wie verrückt und je öfter sie sich umdrehte und Cindy ihr Gesicht sehen könnte, desto stärker wurde ihre Verunsicherung. Konnte es ihre Schwester sein?

Auf Socken lief sie eilig aus ihrem Zimmer, rannte an den Pflegern, ohne ein Wort zu sagen, vorbei, und musste im Flur sofort wieder abbremsen, weil ihre Lunge sie erbarmungslos stoppte. Keuchend und immer noch schneller als es gut für sie war, ging sie zum Treppenhaus, stieg die Treppen herab und ging zielstrebig durch die Empfangshalle bis nach draußen.

Rasch schaute sie sich um.

Schaute auf den Platz, wo Lya eben gestanden hatte, schaute sich die Leute an, die Blumen kauften, Kaffee tranken oder Zigaretten rauchten, aber sie war nicht mehr da. Nichts! Eine Ansammlung von Menschen, die sich um Cindy herum bewegten – aber die junge Frau war wie vom Erdboden verschluckt.

Sofort stieg die Enttäuschung in ihr hoch, und die Wut über sich selbst, dass sie nicht sofort losgelaufen war. Wie lange sie am Fenster gesessen hatte! Es wäre doch egal gewesen, wenn sie runtergelaufen wäre, und dann gemerkt hätte, dass es nicht Lya ist! Dann hätte sie wenigstens Gewissheit gehabt!

Frustriert ging sie zurück zur Eingangshalle und blickte zur Information, an der gerade niemand anstand.

Entschlossen ging sie auf die unsympathische Mitarbeiterin zu, die hinter der Scheibe saß und einen Ausdruck auf ihren Gesicht hatte, der ausstrahlte, dass sie ihren Job hasste und nicht angesprochen werden wollte. Sie konnte sich vorstellen, wie sie sich dachte: *lies doch die Schilder!* Wenn jemand sie nach dem Weg fragte.

»Entschuldigung«, sprach Cindy sie an und wartete darauf, dass die Frau zu ihr hochblickte.

Als hätte sie Cindy nicht gehört – gar nicht bemerkt – ließ sie ihren Kopf gesenkt und schrieb etwas auf einen Bogen.

»Ich brauche eine Auskunft!«, sagte sie lauter.

Die Frau schaute hoch. Ihre Mundwinkel hingen schlaff herunter. Die Augen, die hinter einer schiefen Brille versteckt waren, schauten glanzlos umher.

»Ich möchte meine Freundin besuchen. Ihr Name ist Lya. Können Sie mir sagen, in welchem Zimmer sie liegt?«, fragte sie freundlich.

Die Frau zog die Augenbrauen hoch. »Nachname?«

»Können Sie es mit Padilla versuchen? Sie hat geheiratet. Ich kenne ihren neuen Namen nicht.«

Widerwillig tippte die Frau den Namen in den Computer. »Gibt es nicht«, brummte sie und wandte sich wieder ihren Notizen zu.

»Es ist wirklich wichtig!«, wagte Cindy einen weiteren Versuch und trat einen Schritt näher an das Fenster ran. »Könnten Sie vielleicht nur nach dem Vornamen suchen?«

»Geht nicht. Datenschutz«, wimmelte sie Cindy ab schrieb unbeirrt weiter.

Cindy wurde immer wütender. Am liebsten wäre sie durch die Scheibe gesprungen, hätte diese mies gelaunte Tante umgeboxt und selbst nach dem Namen gesucht.

Ohne ein weiteres Wort zu sagen, drehte sie sich um und ging – immer noch auf Socken – zurück zum Zimmer und versuchte, sich nicht zu ärgern. Sie musste eine andere Lösung finden.

3

Es war nicht so, dass es Mylo völlig kalt ließ, dass er einfach loslief, mit Kevin in diese überfüllte Bar strömte, Bier trank und nicht darüber nachdachte, nein, er wusste selbst nicht, warum er sich so verhielt, wie er es tat. Warum er sich ihr gegenüber so distanzierte. Warum er sie nicht an sich ran ließ. Vielleicht hatte er sich zu oft geöffnet. Vielleicht hatte er zu oft vertraut. Vielleicht wurde er zu oft verletzt.

Sein Leben war nicht mehr das, was es war und er konnte nicht länger in ihre erwartungsvollen Augen blicken. Augen, so voller Hoffnung, dass jetzt, wo er da war, wo sie wieder zusammen waren, alles gut werden würde. Er konnte sich dieser Verantwortung, dieser Last, dieser grauenvollen Erwartung nicht stellen. Denn was hatte er vorzuweisen? Wie sollte er die Rolle eines Vorbilds übernehmen?

Cindys Enttäuschung wäre vorprogrammiert.

Er hatte es verlernt, sich davon verabschiedet, und konnte nun nichts mehr mit dieser fremden Rolle anfangen. Es war ungewohnt für ihn. Und sich schlecht zu fühlen, weil er eine aufgezwungene Erwartung nicht erfüllte, war genau das, was er vermeiden wollte.

Alles wonach er sich sehnte, war sein gewohntes, kriminelles Leben mit Kevin, genauso, wie sie es gelebt hatten, denn es verlieh ihm die gewohnte Sicherheit, die er brauchte, um einen Neuanfang zu starten.

Er brauchte Sicherheit, um zu überleben. Ja, so fühlte es sich an.

Lieber würde er Cindy sofort enttäuschen, als ihr vorzuspielen, dass alles wie früher wird. Nichts ist wie früher! Nichts wird jemals wieder wie früher!

Sie hatten sich verändert, das hatte er gemerkt. Und irgendwie versetzte es ihm einen Stich ins Herz, dass sie eine kluge, junge Frau geworden war. Sie sah aus, wie die Mädchen, die aus gutem Hause stammten, die ein Selbstverständnis ihrer Existenz ausstrahlten, die er immer bewundert hatte. Es freute ihn, aber es machte ihn auch traurig und wütend, denn sie hatte eine Chance bekommen, die ihm verwehrt wurde.

Erst war sie bei Mrs. Walker untergekommen, hatte sie mit Begeisterung erzählt und selbst danach hatte sie wieder Glück: Jeder andere wäre in ein Heim gesteckt worden, nachdem die Polizei sie gefunden hätte, aber Cindy durfte natürlich bei dem Inspector höchstpersönlich bleiben und ein schönes, teures Haus, ihr Zuhause nennen. Sie durfte zur Schule gehen und Freundschaften knüpfen. Sie wurde beschützt. Von Stewart. Von ihrem Umfeld.

Sie hatte immer so ein verdammtes Glück! Und wenn er ehrlich war, hatte er sie immer schon deswegen beneidet. Sie wurde immer beschützt, behütet. Es schien sich in ihrem Leben immer so fortzusetzen.

Er erinnerte sich nicht daran, diese schlechten Gefühle früher auch wahrgenommen zu haben. In ihrer Kindheit hatte er ihr das Glück gegönnt, hatte sich für sie gefreut, weil sie sich so nahe standen und er sie lieb hatte. Aber jetzt fühlte er diese Geschwisterliebe nicht mehr. Sie hatten sich zu lange nicht gesehen. Zu viel war passiert.

Natürlich, musste er einsehen, dass auch er Glück gehabt hatte, denn er hatte Kevin gefunden.

Trotzdem war es anders, wenn man nur eine Person hatte – nur *einen* Halt hatte. Immer wieder fragte er sich, ob er Kevin lästig wurde, ob er ihn vielleicht nur aus Mitleid immer mitgezogen hatte, aber er verdrängte diese Gedanken sofort.

Was sollte es ihm nützen, das zu wissen?

»Denkst du über Cindy nach?«, fragte Kevin, schob ihm ein Schnapsglas mit klarer Flüssigkeit zu und setzte sich auf den Barhocker neben ihn.

»Bin ich ein schlechter Mensch?«, fragte er nachdenklich zurück und sah in Kevins Blick, dass er sofort verstand. Kevin trank das kleine Glas mit einem Zug leer.

»Ich denke«, sagte er und verzog kurz das Gesicht, als er das Glas wieder abstellte, »es ist normal. Beziehungen entstehen nicht, weil man eine Blutsverwandtschaft hat«, er winkte dem Kellner zu. »Es ist normal, dass man sich auseinanderlebt, sich entfremdet, sich nicht mehr kennt, wenn man sich so lange nicht gesehen hat. Und manchmal wird es nie wieder so, wie es war.«

Mylo nickte und kippte das klare Getränk runter.

»Sie hat mehr von mir erwartet.«

»Sie hat mehr von uns beiden erwartet«, bestätigte er. »Aber weder ich, noch du könnten diese Erwartung erfüllen. Weißt du wieso?«

Kevin bedankte sich kurz beim Kellner, der zwei neue Schnapsgläser hinstellte. »Weil diese Erwartungen an Illusionen geknüpft waren, die nicht realistisch waren. Sie waren ein Schutz für sie und es ist traurig, dass wir diesen Panzer jetzt zerbrechen, aber sie wird es verkraften.«

Sie tranken wieder. Mylo verzog das Gesicht, als der beißende Geschmack in seiner Kehle brannte.

»Ich habe ihr falsche Hoffnungen gemacht. Mit meinem Brief.«

Kevin schüttelte sofort den Kopf. »Sie hatte die Hoffnung so oder so. Sie ist naiv. Vielleicht lernt sie nur so, dass sie sich nicht in ihre Fantasien reinsteigern soll, verstehst du? Niemand kann so etwas erfüllen. Du hast an sie gedacht, du wolltest wissen, wie es ihr geht. Du hast deine Antwort. Aber soll ich dir etwas sagen?«

Mylo stützte sich mit den Ellbogen auf den massiven Tresen und schaute Kevin an.

»Ihr geht es gut. Das sollte die Hauptsache sein, oder?«, fragte er und sah Mylo eindringlich an. »Sie hat ihr eigenes Leben und sie wird wieder darin zurückfinden. Sie braucht ihre vertraute Umgebung, so wie du deine brauchst. Nur leider passen diese Umgebungen nicht mehr zusammen. Sie ist total in sich gekehrt, seitdem sie bei mir ist, ihr Gesicht ist nur noch traurig. An jeder ihrer Fasern kann man ablesen, dass sie sich unwohl fühlt.«

»Warum geht sie dann nicht wieder zurück?«, fragte Mylo erstaunt und kippte das nächste Glas runter. Der aufmerksame Kellner fragte in regelmäßigen Abständen, ob er die leeren Gläser wieder auffüllen sollte, was Mylo und Kevin nickend bejahten.

»Weil sie dich liebt«, erklärte er und trank den Schnaps. »Oder eher gesagt, weil sie deine Erinnerung liebt. Du hättest sie sehen müssen, sie hat für dich gekämpft. Bis aufs Blut. Sie hat alles daran gesetzt, dich wiederzusehen.«

Mylos Herz zog sich zusammen. Er fühlte sich elendig.

Hatte er das verdient? Hatte er ihre Liebe und Hilfsbereitschaft überhaupt verdient, wenn er selbst solche schlechten Gedanken hatte? Hätte er das gleiche auch für sie gemacht? Er wollte besser nicht über die Antwort nachdenken.

»Warum sagst du mir das?«, fragte er genervt und hoffte, dass Kevin aufhören würde.

»Weil du es weißt. Du weißt es selbst. Aber du musst es noch einmal hören, damit auch du in Zukunft daraus Kraft schöpfen kannst. Du musst diese Erinnerung nutzen. Du musst daran denken, wenn du das nächste Mal zweifelst, wenn du dich fragst, ob das alles einen Sinn hat. Denk daran, wie sie um dich gekämpft hat. Sie würde nicht wollen, dass du aufgibst. «

Mylo fühlte sich immer schlechter und trank den nächsten Shot.

»Sie muss nach Hause. Sie muss zurück zu ihrer Familie. Zu diesem Bryan Stewart. Aber sie wird nicht gehen, solange du da bist.«

Konzentriert schaute Mylo zu Kevin und hatte das Gefühl mit ihm alleine in der Bar zu sein. Alle anderen Geräusche verstummten, er blendet alles aus.

»Du meinst, dass …«

»Wir gehen sollten, ja«, vollendete Kevin den Satz und schob Mylo das nächste Glas hin.

»Du meinst, einfach so? Ohne ein Wort? Einfach verschwinden?«

»Ja«, seufzte Kevin, »es ist die einzige Möglichkeit. Sie wird nicht von alleine gehen, weil sie deine Nähe sucht. Auch wenn sie verstanden hat, dass sich alles verändert hat, hegt sie noch Hoffnung. Sie sehnt sich nach ihrer Familie und sieht dabei nicht, dass sie schon längst ihre Familie gefunden hat. Wenn du bleibst, oder sie vorwarnst, wird sie es nicht verstehen. Sie wird verzweifelt versuchen, dich aufzuhalten und sich schlecht fühlen, weil sie es nicht geschafft hat. Und sich noch mehr abgelehnt fühlen von dir, weil du eiskalt ihre Gefühle ignorierst.«

»Und wenn wir einfach so gehen, ist es besser?«

»Ja. Weil sie dann keine Wahl mehr hat. Und weil sie dann wütend wird. Sie wird traurig sein, sie wird sich einsam fühlen, aber sie wird wütend sein. Nach einer Weile, wenn die

Wut abklingt, wird sie es verstehen, und wenn sie wieder bei ihrer Familie ist, wird sie wissen, warum wir es getan haben. Das wir gute Absichten hatten. Und vielleicht entsteht wieder eine gute Erinnerung für sie.«

Mylo trank den Schnaps und der Kellner füllte sofort nach.

Er wusste nicht, ob es eine gute Idee war. Ob Kevin richtig lag, oder ob er diese Entscheidung bereuen würde. Aber er merkte, dass die Entscheidung von hier wegzugehen, ihn erleichterte. Er wollte hier weg. Er musste sein Leben leben und Cindy ihres.

Er trank die restlichen Shots, die vor ihm standen, und fragte sich, ob der Alkohol seine Entscheidung beeinflusste. Noch nie hatte der Alkohol ihm gut getan, noch nie hatte er das Gefühl, seine Sorgen zu vergessen, wenn er trank. Er konnte es nicht glauben, wenn er es von anderen hörte; sie tranken, damit es ihnen gut ging! Bei ihm türmten sich all die fiesen Erinnerungen, die grauenvollen Gedanken wie ein unbezwingbarer Berg vor ihm auf und kamen immer näher. Alles, woran er nüchtern gar nicht mehr dachte, tauchte plötzlich in seinem Kopf auf und setzte sich so fest, dass er sich niedergeschlagen und ängstlich fühlte.

Jetzt aber musste er stark bleiben. Kevin hatte ihn noch nie enttäuscht. Kevin hatte eine gute Menschenkenntnis. Mylo vertraute ihm in jeder Angelegenheit blind.

Taumelnd stand er auf und warf Kevin einen Blick zu. Kevin setzte sich sofort aufrecht hin, sah konzentriert und wacher aus. Einen Moment stand Mylo nur da, fragte sich, wie betrunken er war, ob er noch laufen können würde und ob es eine seiner dümmsten Entscheidungen war oder eine seiner besten.

Den ganzen Abend hatte er schon diesen fiesen Kerl beobachtet. Er fiel ihm auf, als er neben ihm an der Bar stand und etwas bestellte. Sein zu starkes Parfüm kroch Mylo unangenehm in die Nase. Er schwafelte etwas darüber, dass er das Mädel heute mit nach Hause nimmt, koste es was es wolle. Das sein Freund schon sehen würde. Dass er zur Not auch nachhelfen würde. Dass er heute eine schöne Nacht haben würde.

Nicht mein Problem, hatte Mylo gedacht, aber jetzt kam ihm dieses Arschloch gelegen. Er würde heute niemand mehr mit nach Hause nehmen.

Schritt für Schritt näherte er sich dem Typen, der an einem Tisch saß, mit lüsternen Augen das Mädchen neben sich ansah und mit seiner fiesen Hand schon auf ihrem Oberschenkel rumtatschte.

Mit seinem letzten Schritt holte er aus, ballte eine Faust und krachte mit Wut, Hass und Enttäuschung, auf das schmierige Gesicht des Kerls. Seine Faust schmetterte auf seine Nase. Sofort schoss das Blut heraus und tropfte auf den Tisch. Schnell holte er noch einmal aus, krachte gewaltsam in seinen Kiefer und hatte das Gefühl dem Kerl jegliche Zähne ausgeschlagen zu haben.

Noch bevor jemand realisieren konnte, was passiert war, noch bevor seine ebenfalls minderbemittelten Kumpels zur Hilfe kommen konnten und eine Schlägerei anfingen, drehte er sich blitzschnell um und rannte schnell zurück zu Kevin, der schon die Tür der Bar aufhielt und ihn mit einer schnellen Handbewegung signalisierte, dass sie sofort verschwinden müssen.

Sie sprinteten so schnell sie konnten durch die Dunkelheit, hörten die anderen Männer hinter sich her laufen, hörten wie sie Flaschen warfen und sie klirrend auf dem Boden neben ihnen zersplitterten. Das Adrenalin schoss ihnen ins Blut und sie waren noch schneller als früher. Sie sprinteten die Straße entlang, kannten jede Ecke, jeden Weg, jede Gasse, wussten genau, wo sie abbogen und wo sie hin wollten, ohne sich einmal abzusprechen.

Die Stimmen hinter ihnen wurden immer leiser, bis sie irgendwann vollkommen verstummten, aber trotzdem konnten sie nicht aufhören durch die Dunkelheit zu hechten, immer weiter, obwohl sie schon längst weit genug gelaufen waren.

Unverhofft schauten sie sich während des Sprints an und brachen in schallendes Gelächter aus. Sie lachten, als wären sie von einem Fluch besessen, als hätten sie jegliche Substanzen konsumiert und konnten die Glücksgefühle, die durch ihren Körper strömten kaum aushalten. Ihr lautes Gelächter hallte in den Gassen, wahrscheinlich weckten sie reihenweise schlafende Anwohner, aber sie konnten nicht aufhören. Sie sahen sich immer wieder an, bis ihnen die Tränen in die Augen schossen, sie stehen blieben und sich nach vorne beugten mussten, weil sie schnappend nach Luft rangen.

»Ich wusste sofort, was du vorhast!«, stieß Kevin hervor, bevor ihm wieder die Luft wegblieb und er so heftig losprustete, dass Mylo sich gar nicht mehr einkriegen konnte.

»Es tat so gut!«, quietschte er und brach wieder zusammen. Kevin rang nach Luft, als er Mylos Stimme hörte und trommelte sich auf die Oberschenkel.

Mehre Minuten versuchten sie sich zu beruhigen, bis sie irgendwann breit grinsend weiterliefen und nur noch alle zwanzig Meter in schallendes Gelächter ausbrachen und wieder stehen bleiben mussten.

Es war eine kühle Nacht, die für ihre glühenden Köpfe eine wahre Wohltat war und wenn sie sich ansahen, sahen sie, dass ihre Gesichtszüge sich vollkommen entspannt hatten, als hätten sie eine Kur gemacht oder im Lotto gewonnen oder beides.

Sie kamen bei einem Freund von Kevin unter, der wie immer, keine Fragen stellte.

Mylo war heilfroh sein Leben wieder zu haben. Und er wusste, dass er mit Kevin seine Familie gefunden hatte.

Sie mussten von hier verschwinden. Gleich morgen früh. Er hatte sich entschieden. Es gab kein Zurück mehr.

Samstag, 28. Juli 2012

Als er die Frau hinter der Scheibe sah, wusste er sofort, dass sie es war. Ihr Ausdruck war grimmig und in jeder Hinsicht schien sie von frohen Geistern verlassen worden zu sein. Ihr Gesicht war fahl und ihre Mundwinkel hingen derartig runter, dass Stewarts Vorstellungskraft nicht ausreiche, um sich vorzustellen, wie diese Frau lächelnd aussah.

»Sie ist schrecklich! Sie hasst ihr Leben und macht deswegen keine Anstalten anderen zu helfen!«, rief Cindy aufgebracht und hatte damit endlich die Unsicherheit gebrochen, die im Raum lag, seitdem Stewart da war.

Sie hatten sich gefreut, sich wiederzusehen, aber so richtig wussten sie dann doch nicht, wie sie es ausdrücken sollten. Er drückte ihre Hand, sagte ihr, dass er froh ist, sie zu sehen, aber mehr brachte er wie immer nicht über die Lippen. Sie lächelten sich an, aber keiner sagte etwas. Fieberhaft überlegte Stewart, was er sagen könnte, wie er formulieren könnte, wie wichtig sie ihm ist und wie leid ihm alles tut, aber er wusste nicht wie, und er konnte ihr ansehen, dass sie es auch nicht wusste. Derartige Worte hätten die Situation nur in Verlegenheit getränkt. Sie brauchten diese Worte nicht. Sie hatten immer noch die Verbundenheit, die alles sagte.

Auf einmal erzählte Cindy von ihrer Beobachtung und alles andere war vergessen.

Aufmerksam hörte er ihr zu, wie sie aufgeregt wiedergab, was sie gesehen hatte.

»Als ich unten war, war sie weg«, sagte sie enttäuscht.

»Dann bin ich zur Anmeldung gelaufen, aber mir wurde die Auskunft verweigert!«

Sie erzählte von der unsympathischen Frau. Dann sah sie ihn ernst an.

»Es könnte Lya gewesen sein. Wirklich. Ich habe so ein Gefühl.«

»Ich glaube dir«, sagte Stewart und überlegte einen Moment. »Wir müssen sie finden. Für dich *und* für den Fall. Sie könnte uns helfen.«

»Für den Fall?«, fragte sie erstaunt. »Für Janets Fall?«

Er seufzte.

»Ja. Ich habe da auch so ein Gefühl«, sagte er und machte eine Handbewegung, die besagte, dass er ihr später alles erkläre würde. »Kannst du dich noch an den Namen Alver erinnern?«

Er konnte an ihren Augen ablesen, dass sie sich sofort erinnerte.

»Ja«, sagte sie und fragte sich sichtlich immer noch, was Janet und Lya miteinander zu tun hatten. »Meine Schwester hat diesen Namen oft erwähnt. Warum? Ist er aufgetaucht?«

Stewart schüttelte den Kopf. »Nein, nein. Leider nicht«, sagte er und musste an seine Theorie denken. Wenn es stimmte, was er dachte, würde er irgendwann noch einmal dieses Gespräch führen.

Noch einmal über Alver reden. Nur diesmal würde es viel bitterer werden.

»Weißt du immer noch nicht, wen deine Schwester damit meinte?«

Sie schüttelte den Kopf und er war, obwohl er es geahnt hatte, betroffen. So sehr hatte er gehofft, dass sie sich doch noch an etwas erinnern würde, dass er nur ein Freund war, dass es ein anderer Alver war. Es wäre alles so viel leichter.

»Nein, leider nicht«, sagte sie enttäuscht. »Warum denn?«

»Ich habe noch einmal daran gedacht. Das erkläre ich dir später. Erstmal müssen wir Lya finden. Wenn wir sie wirklich finden, wäre es ein wahres Wunder. Ein extrem glücklicher Zufall.«

Ungeduldig hämmerte er gegen das verschlossene Schiebefenster. Er wollte keine Zeit verlieren.

Die unzufriedene Frau blickte hoch, legte genervt ihren Stift aus der Hand und öffnete zögernd die Scheibe.

»Ja bitte?«, fragte sie und ihre Stimme klang genauso gereizt und matt wie sie aussah.

»Detective Inspector Stewart, Scotland Yard«, stellte er sich vor zeigte seine Marke. »Ich brauche sofortige Auskunft über eine Patientin, die heute entlassen wurde. Ihr Vorname ist Lya.«

Stewart konnte sehen, dass der Name in ihrem Gedächtnis klingelte.

»Und der Nachname?«, fragte sie vorsichtig, weil sie die Antwort kannte.

»Den habe ich nicht. Das Mädchen wird mit höchster Priorität gesucht. Ich muss Sie bitten, unverzüglich nachzusehen.«

Seine Miene wurde ernst und sie verstand. Immer noch zögernd gab sie den Namen ins System ein.

»Lya Wyatt. Sie ist heute entlassen wurden.«

»Auf welcher Station war sie?«

Wieder zögerte sie, aber Stewart konnte sehen, dass sie keine Lust mehr hatte, sich zu widersetzen. Dass sie ihren Job eh nicht mochte. Dass sie einfach so schnell wie möglich wieder ihre Ruhe haben wollte.

»Sie lag auf der Station für Substanzmissbrauch. Eine Entzugsstation.«

Stewart überkam ein ungutes Gefühl. Das war kein gutes Zeichen.

»Wurde eine Telefonnummer hinterlegt?«

Wieder schaute die Frau auf den Computer. »Nein.«

»Eine Adresse?«

»Ja.«

Widerwillig schrieb sie die Adresse auf einen Zettel.

Auf dem Weg zu Cindys Zimmer schaute er immer wieder auf den Zettel. Wenn es wirklich Lya war, würde sie wissen wer Alver ist. Sie könnte es bestätigen. Sie könnten Janet für immer einbuchten.

Nach außen freudig wedelte er mit dem Zettel, als er in ihr Zimmer trat und Cindy konnte ihre Begeisterung nicht zurückhalten. Sie strahlte über beide Ohren.

»Aber …«, setzte er an und überlegte einen Moment, ob er es ihr wirklich sagen musste.

Sie schüttelte sofort den Kopf. »Mache ich nicht«, versicherte sie ihm.

Sonntag, 29. Juli 2012

I

*Diese Nummer ist nicht vergeben.*
Wie erschlagen legte sie auf.

Ihre Lunge fing wieder an zu schmerzen, wie sie es in letzter Zeit immer tat, wenn sie sich aufregte oder auch nur ein bisschen anstrengte. Zwei Tage hatte Cindy im Krankenhaus verbracht, *zur Beobachtung,* aber sie wusste, dass es in erster Linie dazu diente, sich vollkommen auszuruhen. Zwei Tage nichts zu machen, außer einfach nur rumzuliegen und dem Körper die Ruhe zu schenken, die er für die Genesung braucht.

Nach ihrer Entlassung hatte sie sich zügig auf den Weg zu Mylo und Kevin gemacht, denn es beschlich sie ein ungutes Gefühl – sie hatten sich kein Mal bei ihr gemeldet.

Wahrscheinlich waren sie davon ausgegangen, dass sie wieder bei Stewart wohnte, aber etwas enttäuscht war sie schon, obwohl sie auch nicht genau wusste, warum. Sie konnte sich nicht entscheiden, welches Leben sie führen wollte, ob sie bei Kevin und Mylo bleiben wollte oder nicht, aber ihn zu verlassen, ihm zu sagen, dass sie lieber nach Hause will, das würde sie nicht schaffen. Außerdem hätte sie viel zu viel Angst, dass sie ihn damit verletzt – oder noch viel schlimmer – endgültig verliert.

Ihre Beine waren immer noch die schnellen Schritte gewohnt, die sie die letzten Tage immer gebraucht hatte; sie hatte sich ein derart schnelles Tempo angewöhnt, dass sie jeden Fußgänger mühelos überholte und sogar Rentner, die tapfer auf ihren Fahrrädern strampelten, problemlos abhängte.

Jetzt aber bremste ihre Lunge sie gewaltig aus. Nach ein paar Metern musste sie stehenbleiben, schmerzhaft durchatmen und eine Pause machen.

Im Schneckentempo – wie sie es empfand – ging es weiter bis zur Wohnung.

*Diese Nummer ist nicht vergeben.*

Bei Kevin war es das gleiche Spiel. Beide waren nicht erreichbar.

Fassungslos stand sie vor Kevins geöffnetem Kleiderschrank, der nichts außer kahlen Holzplatten aufzuweisen hatte und der die Leere und Trostlosigkeit dieser Wohnung noch mehr betonte; hier wohnte nichts und niemand mehr.

Ihr Hals schnürte sich zusammen und tat mehr weh, als sonst. Sie konnte jetzt keinen Klos im Hals gebrauchen!, ermahnte sie sich, obwohl sie nichts dagegen tun konnte.

Wieso hatte Mylo sie einfach so verlassen?

Verletzt realisierte sie, dass sie ein Stück ihrer Vergangenheit wieder verloren hatte und sie bereute es, so wenig mit ihm gesprochen zu haben. Hätte sie gewusst, dass er wieder geht, hätte sie sich ganz anders verhalten! Sie hätte ihm gesagt, wie wichtig er ihr ist! Wie viel er ihr immer noch bedeutet, aber jetzt war es – mal wieder – zu spät. Sie stand in einer leeren Wohnung, wurde ohne ein Wort verlassen und konnte nichts daran ändern.

Enttäuscht nahm sie ihr Handy vom Bett, dass sie eben wütend in die Kissen geschleudert hatte und wählte erneut Mylos Nummer.

*Diese Nummer ist nicht vergeben.*

Gereizt legte sie auf, wählte sofort wieder die Nummer, legte wieder auf, wenn die automatisierte Stimme ihr unangenehm ins Ohr schallte und rief wieder und wieder an. Sie konnte es nicht glauben! Sie war so enttäuscht! So traurig! Sie fühlte sich so ausgenutzt und verlassen! So verdammt verlassen! Warum ging er von ihr fort? Warum musste das alles passieren? Und vor allem – warum durfte sie wieder nicht mit ihm weggehen?

*»Du kannst nicht mitkommen, Cindy«, flüsterte er behutsam und traurig, als sie an der Straßenecke standen.*

*Die Nacht war warm, aber so dunkel, dass man seine eigenen Hände nicht sehen konnte. Eben war er noch in die Dunkelheit gelaufen, zu Lya, die ein paar Meter weiter weg telefoniert hatte und Cindy hatte Angst bekommen, dass er nicht mehr zurückkommt. Dass er sie einfach ganz alleine in der schwarzen Nacht lässt. Es war so dunkel. Sie sah nichts. Hier an dem Waldstück, wo sie standen, gab es keine Laternen, keine Häuser, dessen Lampen leuchteten, hier war nichts. Sie wartete stocksteif an der gleichen Stelle und bewegte sich keinen Millimeter.*

*Sie hatte Angst.*

*Angst, dass Mylo sie nicht wiederfinden würde. Denn er durfte nicht rufen, nicht laut sprechen und keine Aufmerksamkeit erregen, denn sie durften alle drei weder gesehen noch gehört werden.*

*Sie wusste, dass Mylo versuchen würde, Lya zu überzeugen, dass sie Cindy mitnahm, aber Cindy wusste selbst nicht, ob sie das wollte. Sie hatten sich nicht mehr viel erzählt in letzter Zeit und sie hatte mitbekommen, dass sie mit älteren Typen abhing, die Cindy irgendwie Angst machten. Sie wollte lieber bei Mylo bleiben. Und das würde sie auch. Er würde sie nicht alleine lassen. Ganz sicher. Er passte immer auf sie auf.*

*Sie begriff nicht sofort, was er sagte, als er wieder zurückkam.*

*»Aber ich muss doch mit dir mitkommen«, flüsterte sie verwirrt zurück.*

*»Es geht leider nicht. Ich gehe zu einem Freund, ich kenne ihn noch nicht so gut … ich weiß nicht mal, ob er mich aufnehmen wird …«*

*Er machte eine Pause und seine Stimme klang traurig. »Ich würde dich gerne mitnehmen, aber das geht nicht. Es ist auch zu auffällig. Sie werden nach uns suchen, weißt du? Ich will nicht ins Heim …«*

*»Ich auch nicht!«*

*»Siehst du … deswegen ist es besser, wenn du dir auch einen Platz suchst, an dem du bleiben kannst.«*

*»Aber wo denn? Ich weiß nicht wohin!«, sagte sie immer ängstlicher. Schmerzlich begriff sie, dass Mylo sie nicht mitnehmen würde, egal, wie sehr sie ihn anflehen würde.*

*»Hast du keine Person, die du magst?«, fragte er leise.*

*Cindy überlegte, aber ihr fiel niemand ein. »Nein.«*

*Sie hatte in der Schule keine Freunde, vor allem keine, denen sie so sehr vertraute! Sie hatte keine nette Lehrerin! Sie hatte niemanden! Niemand war nett zu ihr!*

*Plötzlich schoss ihr ein Bild in den Kopf. Von der alten Frau auf der Bank. Ihre schönen Augen waren ganz klar vor ihr. Diese Bank beruhigt mich, hatte sie gesagt. Sie hatte gesagt, ich soll herkommen, wenn es mir schlecht ginge. Sie war nett, ganz sicher.*

*»Doch«, meinte sie vorsichtig. »Ich glaube ich weiß wohin ich gehen kann.«*

*»Gut!«, flüsterte er erleichtert, nahm sie an die Hand und lief mit ihr aus dem Waldstück raus.*

*»Sag mir nicht wohin. Wir dürfen es nicht wissen. Wenn einer von uns gefunden wird, darf er die anderen nicht verraten. Verstanden?«*

*Erst in diesen Moment begriff sie, dass sie morgen nicht aufwachen würde und alles wieder gut ist. Dass nie wieder alles gut sein würde.*

*»Ja«, murmelte sie benommen.*

*»Ich nehme dich noch ein Stück mit, bis du dich wieder auskennst. Findest du den Weg dann?«*

*»Ja.«, versicherte sie, und ein mulmiges Gefühl beschlich sie, bei dem Gedanken, wieder in die Straße zurückzukehren. Sie hoffte, dass Susanna sie nicht sah.*

*Als sie an der Straßenabzweigung angekommen waren, umarmte er sie fest. Noch nie hatte er sie so umarmt und sie fragte sich, warum er das tat. Sie sahen sich doch bestimmt bald wieder! Aber sie umarmte ihn auch, genauso feste.*

Sie durfte nicht mitgehen. Und jetzt durfte sie wieder nicht mit. Sie fühlte genau den gleichen Schmerz, den sie damals fühlte, als sie realisierte, dass sie ihn nicht so schnell wiedersehen würde. Damals hatte er sich wenigsten verabschiedet, heute war ihm das wohl schon zu viel. Enttäuscht stand sie auf und ging aus der Wohnung. Sie wollte nicht länger in dieser einsamen Wohnung verharren und diese grausame Einsamkeit fühlen.

## 2

Angespannt rührte sie den Zucker in ihren Tee.

Die Luft zwischen ihnen war aufgeladen, aber leider nicht in dem Sinne, wie Lya es sich erhofft hatte. Er saß ihr gegenüber, an dem glatten und glänzenden Holztisch, der in einem dunklen, warmen Ton leuchtete. Das Teeservice war edel, hatte kunstvoll geschwungene Henkel und war mit verschiedenen, dunkelgrünen Tönen bemalt.

Er mied ihren Blick und sie fragte sich, warum. Wollte er sie nicht hier haben? Nicht bei sich haben?

Sie fühlte sich unerwünscht, aber ihre Sehnsucht nach ihm, verdrängte diese Gefühle sofort.

Sie war froh, dass er es ihr nicht verwehrte, zu ihm zu kommen, dass er sie nicht sofort aufforderte zu gehen oder ihr ein ansehnliches Hotel bezahlte. Sie wollte nur bei ihm sein. Unbedingt. Auf keinen Fall wollte sie alleine sein. Nicht schon wieder. Sie wusste, dass er ihr einziges Schutzschild war, ihr einziger Ort, der sie in Sicherheit wog. Solange sie bei ihm war, würde sie versuchen, gegen den Drang anzukämpfen. Gegen die Sucht anzukommen, auch wenn sie an nichts anderes denken konnte. Seine Liebe war ein milder Trost, ein kleiner Hoffnungsschimmer, den sie brauchte um weiterzumachen.

Wer schaffte es schon, clean zu werden, ohne Menschen, die einen unterstützen? Ohne Menschen, die man liebt, für die man clean sein möchte? Ist das nicht aller Antrieb? Ist der Wunsch nach echter Liebe nicht größer und mächtiger, als das Verlangen nach etwas, das einen immer mehr zerstört?

Robert klang schon am Telefon nicht begeistert, trotzdem holte er sie ab. Er fuhr konzentriert und nachdenklich durch die warme Sonne und sie sprachen kaum ein Wort. Sie fragte sich, warum er sich auf einmal so verschloss, warum er auf einmal eine Distanz hielt, die er am Anfang nicht gehabt hatte.

Verunsichert fragte sie sich, ob es an ihr lag, ob er enttäuscht war, dass sie die Therapie abgebrochen hatte. Vielleicht war er es, aber es würde schon wieder gut werden, dachte sie.

Sie packte ihre Sachen aus, richtete sich in ihrem großen, hellen Gästezimmer ein und versuchte sich wohlzufühlen. Wieder ein neues Zimmer. Wieder ein neues Bett. Ein neuer Geruch. Ein neues Gefühl. Und wieder hatte sie keinen einzigen Gegenstand, der wirklich ihr gehörte. Sie war nirgendwo zuhause und wenn sie genauer darüber nachdachte, war ihr Leben immer noch leer. So leer, dass sie nicht einmal einen schwachen Abdruck hinterlassen würde, wenn sie von dieser Welt ging. Niemand würde sie vermissen, niemand würde sich an sie erinnern. Kein Bild, kein Foto, kein Tagebuch würde von ihr gefunden werden. Sie würde diese Welt stumm und leise verlassen, genauso, wie sie begonnen hatte.

Sie schaute noch einmal in ihren leeren Koffer, aus Gewohnheit, um sicherzugehen, dass sie alles ausgepackt hatte, als ihr eine kleine Wölbung in einem Fach auffiel, dass sie gar nicht benutzt hatte. Verwundert öffnete sie den Reißverschluss und fragte sich, ob sie darin etwas von Robert entdecken würde, dass er vergessen hatte.

Sie öffnete das Fach, griff mit ihrer Hand rein und fühlte eine Plastiktüte.

Sofort schlug ihr Herz schneller.

Schnell zog sie sie heraus und konnte nicht glauben, was sie in der Hand hielt.

*Auf dich ist Verlass. Danke.* Stand mit einer unleserlichen Handschrift auf einem kleinen Zettel. Mit Klebefilm war er an der Tüte befestigt.

Sie hielt eine Tüte mit weißem Pulver in der Hand. Es war kein Gramm, auch keine zwei. Es waren mehr. Viel mehr. Nicht so viel, wie sie verstecken sollte, aber definitiv mehr, als sie je von Angelo bekommen hatte. Tausende Gedanken schossen ihr in den Kopf.

Ungläubig hielt sie das Geschenk in den Händen und merkte, wie ihr ganzer Körper ihr befahl, es sofort zu konsumieren.

Robert würde nichts merken. Sie konnte es gut überspielen. Er *durfte* nichts merken. Es ist so viel!, dachte sie euphorisiert. Sie würde für mehrere Wochen versorgt sein.

Ihr Körper beruhigte sich schlagartig. Der Gedanke es zu nehmen, füllte sie mit einer Zufriedenheit aus, die sie lange nicht mehr gespürt hatte. Kurz schaute sie zur Tür, stand auf und stellte sich hinter sie. Robert durfte nicht reinkommen.

Sie öffnete den Beutel und roch an dem Pulver. Auch wenn sie nichts roch, befriedigte sie der Gedanke, dass es ihr gehörte, nur ihr allein. Es tat so gut, wieder ein kleines Geheimnis zu haben.

Als hätte sie es geahnt, klopfte es plötzlich laut an der Tür. Vor Schreck ließ sie den Beutel fallen und machte einen Satz nach vorne. Die Tür ging auf und aus dem Augenwinkel sah sie, wie der Beutel von der Tür weggeschoben und verdeckt wurde. Sie sah Robert an, er lächelte gezwungen. »Möchtest du einen Tee trinken?«, fragte er und sah sich um. Sie konnte ihm ansehen, dass er das Zimmer musterte und sich wahrscheinlich fragte, ob sie schon ausgepackt hatte oder nicht. Alles sah immer noch genauso aus, wie vorher.

»Ja, gerne«, antworte sie rasch und hoffte inständig, dass er nicht das Zimmer betrat. »Hast du schon Wasser aufgesetzt?«

Er nickte und sie folgte ihm erleichtert ins Wohnzimmer.

Immer noch empfand Lya Robert als Kunst. Seine Frisur schien immer perfekt zu sein, sein Bart war immer perfekt gestutzt, seine Haut rein und klar, seine Augen sanft und doch voller Entschlossenheit. Selbst zu Hause trug er einen

Anzug, der seine Statur umschmiegte und ein Baumwollhemd, das er mit keinem Knopf offen ließ. Lya konnte sich vorstellen, dass er es als vulgär empfand, den Menschen ein Teil seiner Brust zu präsentieren. Er ließ alles verschlossen und fast wirkte es so, als sei seine Kleidung eine Art Panzer. Aber was versteckte er dahinter?

Er umklammerte seine Tasse und Lya merkte, dass er etwas sagen wollte. Etwas, dass ihr nicht gefallen würde. Er wollte sie nicht hier haben.

»Ich glaube, ich muss mich dir erklären«, sagte er so höflich und bedacht, dass sich Lyas Hals zuschnürte. Wenn er so klare und überlegte Worte wählte, würde er keinen Platz für ihre Gefühle lassen. Die Entscheidung war gefallen und der Raum für eine Gegenargumentation oder eine Diskussion nicht gegeben.

»Robert«, sagte sie sofort.

Sie hatte nur eine Chance. Sie musste sofort versuchen, ihn umzustimmen. Ohne ihn würde sie gar nichts mehr machen. Ohne ihn würde ihr ohnehin wackliges Kartenhaus zusammenbrechen. Er hatte ihr geholfen, ihr zugehört, ihr Mut gemacht, warum nahm er jetzt alles zurück?

»Ich möchte dir nicht zur Last fallen«, erklärte sie schnell. »Ich möchte nur so lange hier bleiben, bis es mir besser geht, weißt du? Ich kann nicht zurück!«

Sie versuchte nicht panisch oder emotional zu werden, aber der Gedanke an Angelo und das Bordell brachte sie fast dazu, den Verstand zu verlieren. Sie konnte nicht zurück!

»Ich weiß, ich weiß. Ich schicke dich nicht zurück. Aber du kannst nicht lange hier bleiben.«

»Warum nicht?«

»Weil ich alleine lebe. Schon immer. Und das wird sich nicht ändern. Ich kann nicht mit anderen zusammenwohnen. Ich will das nicht. Du kannst für ein paar Tage, vielleicht ein paar Wochen, in meinem Gästezimmer bleiben, aber mehr nicht.«

»Ich kann jetzt nicht alleine sein«, sagte sie hilflos. »Ich hatte nur einen Gedanken, als ich in der Klinik war. Ich wollte zu dir.«

Er senkte wieder seinen Blick.

Sie musste es probieren. Sie streckte ihre Hand nach seiner aus und nahm sie sanft. Zu ihrer Überraschung zog er seine Hand nicht weg. Zwar erwiderte er ihren leichten Druck auch nicht, aber immerhin, zog er sie nicht weg. Das war alles was zählte.

Ihr Herz klopfte, sie suchte seinen Blick und als seine schönen Augen sie endlich ansahen, fühlte sie sich in eine andere Welt versetzt. Sie hatte das Bedürfnis, sich über den Tisch zu lehnen, mit ihren Händen sein Gesicht zu umfassen, ihn zu küssen. Sie wollte ihm sagen, dass er sich nicht verschließen muss. Dass sie genauso verletzt ist. Genauso ängstlich. Und dass er sich keine Sorgen machen muss. Sie wollte ihn nur lieben und seine Liebe fühlen. Nur mit ihm konnte sie ein neues Leben beginnen.

Er sah sie an und einen Moment überlegte sie, ob sie es wagen sollte.

Sie sehnte sich so sehr nach seiner Nähe.

Unkontrolliert erhob sie sich, beugte sich über den Tisch und küsste ihn. Sofort drehte er sein Gesicht weg. Ihre Lippen berührten nur noch seine Wange. Er senkte seinen Blick, kniff seine Augen zusammen und Lya zog sich sofort zurück.

Beschämt mied sie seinen Blick und schmerzlich fragte sie sich, warum sie keine Liebe verdient hatte. Warum man sie ablehnte, warum man ihre Nähe nicht wollte. Was hatte sie an sich, dass die Menschen sie nicht liebten?

Bevor sie etwas sagen konnten, klingelte es plötzlich. Beide schraken heftig zusammen. Sofort sahen sie sich an, als wären sie bei etwas Verbotenem erwischt worden, als wären sie in eine bedrohliche Situation geraten. Sie hielten inne und lauschten zur Tür. Sie hörten nichts. Sie sahen sich an. Keiner sagte ein Wort. Fast schien es so, als würden sie, Lya und Robert, die Luft anhalten.

Es klingelte wieder. Wieder schraken sie zusammen. Ihr Herzschlag beschleunigte sich.

»Ich gehe«, sagte er und stand auf.

»Warte«, stammelte Lya ängstlich.

»Was ist … wenn es …?«

»Wenn er es ist, sage ich, dass du nicht hier bist«, versprach er aufrichtig. »Er war bisher keinmal hier, er hat nicht nach dir gesucht. Warum sollte er es jetzt tun?«

»Wer sollte es sonst sein?«, flüsterte sie panisch. »Bitte, Robert. Lass ihn auf keinen Fall rein!«

»Natürlich nicht!«, entgegnete er und sie fühlte sich wieder beschützt von ihm, wie am Anfang.

»Geh ins Zimmer. Ich komme dich holen, wenn die Person wieder weg ist«, sagte er leise und ging zur Tür.

Er hatte auch Angst, das konnte sie ihm ansehen, aber vielleicht hegte er auch eine gewisse Neugier. Vielleicht war er so viel alleine, dass er sich trotzdem freute, wenn es klingelte. Vielleicht hoffte er sogar, dass ihn eines Tages Freunde besuchen würden, die er lange nicht mehr gesehen hatte. Und vielleicht würde dieser Besuch ihm einen plausiblen Grund geben, sie loszuwerden.

Möglichweiser wäre es gar nicht schlecht, wenn Angelo vor der Tür stand, ihn aggressiv anpöbelte und nach Lya verlangte. Robert würde es nicht übers Herz bringen, sie wieder in seine Hände zu geben.

Blitzschnell verschwand sie im Zimmer und ließ die Tür einen Spalt offen, um zu hören, wer an der Tür war.

Verwaschen hörte sie eine Frauenstimme und sie entspannte sich sofort.

Bestimmt war es nur eine Nachbarin, die nach Salz fragte und Robert jetzt in ein langweiliges Gespräch verwickelte.

Auch wenn sie sich entspannt hatte, stieg ihre Neugier immer weiter an, je länger sie hörte, dass sich Robert mit dieser Frau unterhielt.

War es doch nicht die Nachbarin?

Was wollte diese Frau?

Plötzlich stieg eine Panik in ihr auf.

War es *sie?*

*»Verschwinde, Lya!«, zischte Susanna. »Gehe wieder nach draußen! Verschwinde!«*

*Sie hatte die Tür nur zur Hälfte geöffnet und jetzt, wo sie Lya bemerkt hatte, schien sie die Tür weiterverschließen zu wollen. Lya hatte die Klingel gehört, als sie gerade von der Toilette kam und wollte aufmachen, aber jetzt schien sie in eine Situation zu kommen, in der sie alles andere, als erwünscht war. Schnell ging sie zurück, um Susanna nicht weiter zu verärgern, aber irgendwas ließ sie nicht los. Irgendetwas beschäftigte sie, als sie wieder nach draußen in den schönen Garten ging, der im August so wunderschön blühte. Der warme Wind wirbelte um ihr Gesicht, sie sah, wie sich die vielen Gäste angeregt unterhielten, sah das frische Essen auf dem Tisch, hörte befreites Lachen, Gläser, die klimpernd anstießen. Sie vermied es in die Gesichter ihrer Geschwister zu sehen, aber jetzt, in ihrer Aufregung, in ihrer steigenden Nervosität, ließ sie ihren Blick schweifen. Sofort spürte sie einen Stich im Herz, als sie die teilnahmslosen, traurigen Gesichter sah. Sie aßen nicht, sie redeten nicht, sie schauten nicht umher. Nicht einmal eine vollständige Nacht hatten sie gehabt, um die Geschehnisse zu verarbeiten. Nur ein paar Stunden waren vergangen, bis die Sonne wieder aufgegangen war und Susanna sie umhergescheucht hatte, gebrüllt hatte, dass sie aufräumen sollen, weil sie gleich Gäste bekommen! »Macht nicht solche Gesichter!«, fauchte sie und verschwand in der Küche, um alles für ihre Gäste vorzubereiten. Für Susanna schien alles normal, alles gut – die gestrige Nacht schon lang vergessen, während sie sich noch kein Stück erholt hatten. Es würde nie wieder gut werden, dachte sie, als sie in die abwesenden Gesichter ihrer Geschwister schaute.*

*Wenigstens war sie sich sicher, dass es nicht schlimmer werden konnte.*

*Aber warum hatte sie gerade so eine verdammte Angst?*

*Es war die Stimme, die Susanna hatte. Sie war nicht aggressiv, wie immer. Sie war voller Panik, Angst. Sie hörte sich genauso an, wie Lya sich gerade fühlte. Wer war die Frau hinter der Tür, fragte sie sich, während sie an ihren Nägeln kaute.*

Sie wurde aus ihren Gedanken gerissen, als sie hörte, wie die Tür geschlossen wurde, und Robert den Flur entlang kam. Jeden einzelnen Schritt hörte sie, sie hörte ganz genau hin, um sicher zu gehen, dass er alleine ist. Ihr Herz klopfte; plötzlich fühlte sie sich, wie in einer Falle. Es gab keinen Ausweg! Würde sie mitkommen, diese Frau, wäre sie am Ende! Sie wusste, dass es ihr Ende wäre!

Panisch schloss sie die Zimmertür und drehte den Schlüssel um. Auch wenn sie wusste, dass die Tür nun verschlossen war, presste sie ihren Körper dagegen. Sie musste mit aller

Kraft verhindern, dass sie kam. Sie hatte Angst. Panische Angst.

Ihr Körper bebte und sie zuckte heftig zusammen, als es an der Tür klopfte. Sofort wurde die Türklinke runtergedrückt.

»Lya?«, fragte Robert verdutzt. »Hast du abgeschlossen?« Er machte eine Pause. »Es ist eine junge Frau vor der Tür, sie möchte dich unbedingt sehen.«

»Bist du alleine?«

»Ob ich alleine bin?«, fragte er verwirrt. »Ja. Sie wartet draußen, wenn du das meinst. Warum hast du abgeschlossen?«

Lya beruhigte sich etwas und schloss langsam die Tür auf.

»Sie sagt, sie sei eine alte Freundin von dir und wollte dich unbedingt wiedersehen. Es scheint wirklich sehr dringend zu sein.«

Eine alte Freundin? Nur in ihrer Schulzeit hatte sie Freundinnen gehabt, aber selbst da, keine besonders guten. Keiner von ihren Freundinnen würde sie so viele Jahre später aufsuchen. Da war sie sich ganz sicher. Könnte es jemand aus dem Bordell sein? Hatte Angelo jemanden geschickt?

»Hast du gefragt, wie sie heißt?«

Wie unwichtig diese Frage war, dachte sie. Sie wusste *ihren* Namen nicht. Und selbst wenn, hätte sie ihren Namen bestimmt nicht gesagt.

»Nein, sie hat nur erzählt, dass ihr euch von früher kennt. Als ihr noch Kinder wart. Sie schien fast verzweifelt, dich zu finden.«

Robert schaute sie fragend an. Sicher wollte er fragen, warum sie sich so komisch verhielt, warum sie so nervös war, aber er merkte, dass diese Frage zu nah war. Es hätte eine

Nähe aufgebaut, die er nicht wollte. Die nach dem unangenehmen Annäherungsversuch nun akribisch eingehalten werden musste.

»Wie sieht sie aus?«, fragte Lya angespannt und überlegte fieberhaft, um wen es sich handeln könnte.

»Sie ist jung, vielleicht zwanzig, braune Haare. Sie scheint eine nette Person zu sein. Aber wenn du sie nicht sehen möchtest, sage ich ihr, dass es gerade ein schlechter Zeitpunkt ist.«

Sie merkte, dass Robert sie nicht unnötig lang vor der Tür stehen lassen wollte.

Zwanzig, dachte Lya. Die andere Frau war viel älter. Sie war damals schon so alt, wie Susanna. Sie konnte es nicht sein. Aber wer wollte sie sehen?

»Wahrscheinlich ist es jemand vom Bordell«, sagte sie und nickte kurz, als würde sie sich selbst bestätigen. »Lass mich bitte nicht alleine an der Tür«, flehte sie ihn an und Robert nickte.

Auf dem Weg zur Haustür fragte sie sich, ob sie gerade im Begriff war einen großen Fehler zu machen, ob ihre Neugier einfach so groß war, dass sie die Gefahr nicht wahrnahm, aber sie wollte wissen, was diese Person von ihr wollte.

Langsam öffnete sie die Tür und schaute in die Augen einer jungen Frau, die ihr sofort vertraut vorkamen. Und sie brauchte nur eine Sekunden, um zu wissen, dass das Mädchen, das sprachlos vor ihr stand, Cindy war. Sie hatte sich verändert, sie war eine junge Frau geworden, schön war sie, aber ängstlich. Alles an ihr hatte sich verändert, aber ihre braunen Augen waren immer noch genau wie früher.

*»Wach auf«, flüsterte sie und ihre Stimme bebte. Ungeduldig wartete sie darauf, dass Cindy wach wurde. »Sie ist weg. Wir müssen weg.*

*Sofort. Du hast sie gehört. Wir müssen sofort hier weg. Steh auf, zieh dich an und dann gehen wir los.«*

*Sie schaute noch einmal in das verschlafene Gesicht ihrer kleinen Schwester. Als sie ihre Augen öffnete, zeichnete sich sofort die Traurigkeit in ihrem Gesicht ab. Sofort erinnerte sie sich an die vorherigen Stunden, an die Gartenparty, an die ausgelassene Stimmung und die zu tiefst gebrochenen Gesichter ihrer kleinen Geschwister.*

*Stopp. Sie durfte nicht weiter daran denken. Sie musste jetzt tun, was zu tun war. Sie musste sie alle retten. Sie ging zu Mylo, weckte auch ihn und versuchte in aller Eile einen Plan zu erstellen. In Gedanken ging sie alle Menschen in ihrem Umfeld durch, sie fragte sich, wer drei Kinder aufnehmen würde und je mehr sie darüber nachdachte, desto klarer wurde ihr, dass sie niemanden kannte, der das tun würde. Sie mussten nicht nur für eine Nacht Unterschlupf finden. Nein. Sie mussten flüchten. Sie würden sich trennen müssen.*

*»Bleiben wir zusammen?«*

*Lya hatte nicht gemerkt, dass Cindy zu ihr gekommen war und traurig zu ihr hochblickte. Ihre immer noch verschlafenen Augen waren so freudlos, so verwaschen, so unglücklich, dass sie es nicht aushielt, sie länger anzuschauen. Sie durfte jetzt keinen Fehler machen. Sie durfte nichts riskieren. Sie mussten sich trennen, auch wenn sie mit sich kämpfte.*

Sie kniff die Augen zusammen und verdrängte die Gefühle, die in ihr hochkamen.

»Cindy«, sagte sie unsicher. Dann drehte sie sich zu Robert. »Es ist meine Schwester.«

Robert wirkte sichtlich erleichtert, als er die beiden reinführte und sie sich an die große Essenstafel setzten.

Er kochte neuen Tee auf und brachte ihn an den Tisch. Lya konnte nicht fassen, wen sie vor sich hatte. Es kam ihr vor, wie ein Traum. Auch wenn sie zugeben musste, dass sie nicht mehr oft an ihre Geschwister gedacht hatte.

Trotzdem musste sie an die schrecklichen Erinnerungen denken, die sie in letzter Zeit verfolgt hatten.

»Wie … hast du mich gefunden?«, fragte sie verdutzt, als Robert den dampfenden Tee einschenkte.

»Ich habe dich im Krankenhaus gesehen«, erklärte sie und bedankte sich bei Robert. »Ich war mir nicht sicher, ob du es warst … die Frau an der Anmeldung gab mir diese Adresse.«

Wusste sie auch, dass ich auf Entzug bin?, fragte sie sich und gleichzeitig dachte sie an ihr schönes Päckchen, das im Schlafzimmer lag. Sofort fühlte sie sich schlecht, dass sie in so einem Moment, nur an Koks denken konnte.

Cindy blühte vor Freude, auch wenn sie besorgt aussah. Man konnte unter der oberflächigen Besorgtheit ein glückliches Mädchen erkennen.

Es legte sich eine Verunsicherung über Lya, die sich schnell in Überforderung umwandelte. Unbehaglich lächelte sie, wusste aber nicht, was sie antworten sollte.

»Ich habe oft an euch gedacht«, gab Cindy zu und umklammerte ihre Tasse.

Lya lächelte nur. Es wäre ihr falsch vorgekommen, es mit Worten zu erwidern. »Hast du Mylo auch gefunden?«

»Ja«, sagte sie betrübt. »Es geht ihm gut.«

Sie lächelte gequält.

Sollte sie nachfragen?

»Schön«, sagte sie und trank einen Schluck.

Immer mehr sehnte sie sich danach alleine zu sein. Alleine in ihrem Schlafzimmer. Mit der Droge, die sie brauchte.

Gleichzeitig schämte sie sich, so gefühlskalt zu sein, so unfair zu sein. Sie konnte sehen, was Cindy fühlte, dass sie etwas beschäftigte, aber sie konnte sich ihre Sorgen nicht anhören. Sie hatte selbst so viele. Trotzdem fühlte sich Lya immer schlechter. Was war nur mit ihr passiert, dass sie keine Freude mehr empfinden konnte? Kein Glück? Keine Verbundenheit?

Dieses Mädchen, ihre kleine Schwester, hatte vielleicht Wochen damit verbracht, ihre Geschwister zu suchen. Sie hatte vermutlich viele Nächte damit verbracht, sich zu fragen, was aus ihnen geworden war, ob sie noch lebten, ob sie sich wiedersehen würden. Warum lässt es sie so kalt? Was war geschehen, dass sie zu einem Eisblock mutiert war?

»Weißt du immer noch, wo er ist?«, hakte Lya schließlich doch nach.

»Nein«, sie senkte ihren Blick. »Ich weiß es nicht mehr.«

Lya konnte fühlen, dass Cindy enttäuscht war. Aber sie konnte sie nicht trösten. Sie konnte nichts sagen. Sie schämte sich nur für ihre Gedanken, die sich immer mehr um das weiße Pulver drehten.

»Wo warst du … ich meine …«, stotterte Cindy und Lya wusste worauf sie hinaus wollte, »wo bist du hingegangen in der Nacht? Wo hast du deine Zeit verbracht? Warst du immer hier?« Sie schaute sich staunend um.

Lya schnaufte. »Nein. Ich bin erst seit kurzem hier«, sie warf Robert einen dankbaren Blick zu, den er zum Glück erwiderte. »Davor habe ich bei einem Freund von mir gelebt«, erklärte sie und hoffte, dass Cindy nicht weiter nachfragen würde. Sie wollte nicht darüber reden. Schon gar nicht mit Cindy. Es wäre nicht nur beschämend, sondern würde ihr einfach falsch vorkommen. Sie könnte es ihr niemals erzählen. Es war für sie unvorstellbar, sich Cindy in einem dieser Milieus vorzustellen. Obwohl Lya noch viel jünger war, als sie angefangen hatte. Ein Kind! Sie selbst war ein Kind gewesen, verdammt! Wie konnte es nur so weit kommen?

Sie wollte nicht darüber nachdenken. Sie merkte, wie ihr Körper sich immer mehr anspannte und ihr das Gespräch immer lästiger wurde. Am liebsten wäre sie weggelaufen, in ihr Zimmer geflüchtet, hätte abgeschlossen und in der erholsamen Ruhe konsumiert. Sie wollte nichts anderes.

Sie versuchte sich zusammen zu reißen. »Wo hast du gelebt?«

»Bei Mrs. Walker. Erinnerst du dich? Sie war unsere Nachbarin. Eine alte, sehr nette Frau.«

Cindys Augen fingen an zu strahlen, als sie erzählte, wie sie bei ihr aufgenommen wurde und wie sie sich um sie gekümmert hat.

»Das ist schön. Dann hast du wirklich Glück gehabt«, bestätigte Lya angestrengt und versuchte zu verstehen, warum sie sich nicht für sie freuen konnte. Was war nur mit ihr geschehen? Warum konnte sie sich nicht für ihre kleine Schwester freuen? War sie neidisch auf ihr Glück, weil sie noch nie welches gesehen hatte? Weil sie so dringend welches gebraucht hätte, all die Jahre? Weil ihr niemand die helfende Hand reichte, obwohl sie so verzweifelt danach rief?

Immer wieder sah sie sich Cindy an, wie schön sie war, wie klug sie war. Wie viel Mut in ihr steckte. All das hatte sie auch mal gehabt, aber ihr Leben hatte sie zu oft platt getrampelt. Zu oft hatte man sie auf den Boden getreten. Sie hatte irgendwann keine Chance mehr gehabt, aufzustehen. Sie wollte nicht darüber nachdenken, aber sie konnte nicht anders. Sie sah ihre nackten Kinderbeine vor sich, hörte den

Schlüssel, wie er sich umdrehte. Spürte die kalten Fliesen auf ihrer nackten Haut. Sie sah die erwachsenen Hände auf ihren Beinen. Zwischen ihren Beinen. Sie sah leere Augen, traurige Gesichter, verzweifelte Schreie, die an den Mauern abprallten und verstummten. Sie sah die Frau an der Tür. Den Garten. Die Nacht. Sie sah die Freier vor sich, im Auto, auf dem Straßenstrich, sah Angelo, sah die anderen Freier, die sie benutzen, sah wieder Angelo, wie er sie schlug, wie er sie manipulierte und ausnutzte. Sie sah, wie Mrs. Soubrie von ihr enttäuscht war. Sie sah, wie Robert sie ablehnte.

Sie konnte nicht mehr. Sie konnte nicht für Cindy da sein. Sie konnte nicht mit ihrer Vergangenheit konfrontiert werden, wenn sie selbst Probleme hatte, die sie nicht bewältigen konnte.

Heftig zuckte sie zusammen, als sie Cindys Handyklingelton hörte.

»Geh ruhig dran«, schlug sie erleichtert vor und hoffte, dass Cindy wieder gehen müsste. Oder dass sie wenigstens für ein paar Minuten telefonieren würde und sie mit Robert überlegen könnte, wie sie sie auffordern können zu gehen. Sie konnte nicht mehr! Sie brauchte ihre Ruhe! Sie konnte nur noch an Koks denken!

Koks.

Koks.

Das Kribbeln.

Glücklich sein.

Vergessen.

Mutig sein.

Sicher sein.

Stark sein.

Frei sein.

»Nein, nein«, sagte Cindy, während sie das Handy aus ihrer Hosentasche zog. Sie drückte den Anruf weg und umklammerte wieder den Henkel ihrer Tasse.

Es entstand eine merkwürdige Stille. Lya schaute auf den Dampf ihres Tees und welche Formen er annahm. Sie wollte keine Sekunde länger hier sitzen. Sie wurde immer unruhiger.

»Hast du es jemals jemanden erzählt?«, fragte Cindy schließlich.

»Was?«

»Alles. Von damals. Diese Nacht. Ich meine …«

»Nein«, unterbrach sie scharf. »Nein habe ich nicht.«

Sie wollte nicht noch mehr Bilder aus ihrer Vergangenheit sehen. Sie wollte diese schrecklichen Gefühle, die so viele Jahre unweigerlich an ihr klebten, nicht schon wieder fühlen. Sie hoffte, dass Cindy ihre Signale deuten konnte.

»Wir konnten ja nichts dafür«, meinte Cindy und versuchte aufmunternd zu klingen.

Es war zu spät. Die Bilder kamen hoch. Alles kam hoch. Ihr Magen schnürte sich zusammen, ihre Kehle trocknete aus. Sie bemühte sich, nicht vollkommen zu verkrampfen. Sie sah ihn vor sich stehen. Sie sah, wie sie ihn schubste. Wie er die Treppe runterfiel. Wie der leblose Körper auf dem Boden lag.

»Für manches schon«, gab sie zu und beschloss in diesen Moment, sofort zu konsumieren, wenn Cindy weg war. Sie konnte nicht mehr. Jede Sekunde dieses aufdringlichen Gesprächs belastete sie mehr.

»Du hast doch nichts falsch gemacht!«, rief Cindy empört.

»Woher willst du das wissen?«, blaffte sie zurück und merkte, wie sie wütend wurde.

»Weil du ein Kind warst! Und wir keine andere Wahl hatten!«

Lya schüttelte den Kopf. Cindy verstand gar nichts. »Ich habe ihn umgebracht, falls du das wissen wolltest! Bist du nur her gekommen, um das zu wissen? Um nochmal alles von früher aufleben zu lassen? *Ich* habe ihn umgebracht!«, schrie Lya wütend.

»Wen denn?«, fragte Cindy völlig verwundert. »Von wem sprichst du?«

»Jetzt tu doch nicht so!«, sie fühlte sich immer provozierter. »Du weißt doch, was passiert ist! Du weißt, was Mylo machen musste! Wie er zurückkam! Wegen mir! Ich habe ihn umgebracht!«

Cindy schaute sie immer noch unglaubwürdig an. »Du hast ihn nicht umgebracht!«, rief sie verwirrt. »Wie kommst du darauf?«

»Wie ich darauf komme? Ich habe ihn geschubst, er ist die Treppe runtergefallen, mehrmals mit dem Kopf auf den scharfen Kanten aufgeschlagen und hat geblutet wie verrückt! Daher komme ich darauf!«

Cindy schüttelte den Kopf. »Er hat noch gelebt! Ich habe es gesehen! Susanna hat ihn umgebracht!«

»Was redest du für einen Schwachsinn?«

»Ich habe gesehen, dass er noch gelebt hat! Er wollte aufstehen! Sie hat mich angeschrien, dass ich gehen soll. Mehr habe ich nicht gesehen.«

Lya spürte, wie die Wut sich in ihr festsetzte, wie immer wieder Aggressionen in ihr hochschwappten über diese Diskussion und dass sie beweisen musste, was passiert war. Sie hatte keine Kraft mehr zum Diskutieren. Zum Reden. Zum Tatsachen klarstellen. Sie fühlte sich, wie in einem Verhör.

Sie wollte alleine sein.

»Cindy …«, sagte sie erschöpft.

Plötzlich klingelte es wieder. Wieder hielt sie die Luft an und bewegte sich keinen Millimeter. Angelo, dachte sie panisch. Diesmal ist es Angelo!

Ängstlich sah sie Robert an. Er sah sie an. Sie sahen Cindy an. Schulterzucken.

»Ich gehe«, sagte Robert und warf ihr einen Blick zu, der ihr versicherte, dass er niemanden rein ließ, der für Lya gefährlich war.

Sie lauschte Roberts Schritten, dann hörte sie die Tür aufgehen.

»Scotland Yard, Detetctive Inspector Stewart. Wir müssen dringend mit Ms. Lya Wyatt sprechen. Ist sie hier?«

Lyas Herz klopfte schneller. Was wollte die Polizei von ihr?

»Kommen Sie rein, Inspector.«

Lyas Herz fing an zu rasen, aber es war zu spät. Sie konnte nicht mehr fliehen. Wie ironisch war es, dass sie gerade einen Mord gestanden hatte? Auch wenn sie wusste, dass die Polizei es nicht wissen konnte, fühlte sie sich, als ob sie gleich in Handschellen abgeführt werden würde. Sie konnte nicht ins Gefängnis! Sie brauchte Koks!

Kurz sah sie zu Cindy, die ebenfalls so aussah, als ob ihr die Situation allmählich über den Kopf wuchs.

Der Inspector trat mit einem Kollegen ins Wohnzimmer und schaute erst zu Lya und dann zu Cindy. Einen Moment schaute er, als würde ihn etwas irritieren, aber dann richtete er seinen Blick wieder auf Lya.

»Detective Inspector Bryan Stewart«, stellte er sich mit fester Stimme vor und reichte ihr die Hand. »Das ist mein Kollege Detective Sergeant Jimmy Fraley. Sie sind Ms. Lya Wyatt?«

Er sah nett aus, dachte sie. Auch wenn sie Respekt vor ihm hatte und Angst vor den Fragen, die er stellen würde, fand sie ihn sympathisch.

Sie nickte. »Ja, das bin ich.«

»Dürfen wir Ihnen ein paar Fragen stellen, Ms. Wyatt? Es geht um einen Mordfall.«

Ihr Herz rutschte in die Hose.

Woher wussten sie es?

Nach all den Jahren, wie zum Teufel, hatten sie es jetzt erfahren?

»Es betrifft Sie nicht direkt«, sagte der Inspector schnell, als er bemerkte, dass Lya alle Gesichtszüge entglitten. »Sie können aber als Zeuge in Frage kommen. Das würde uns sehr helfen.«

Erleichtert atmete sie auf, aber ganz legte sich ihre Aufregung nicht.

Welcher Mordfall?

»Uns würde interessieren, ob Ihnen der Name Janet Ramirez etwas sagt. Kennen Sie jemanden, der so heißt?«

Sie überlegte einen Moment und versuche herauszufinden, worauf der Polizist hinaus wollte, aber sie kam zu keinem haltbaren Ergebnis. War etwas im Bordell passiert? Wurde etwa ein Mädchen ermordet?

Sie kannte keine Janet. Noch nie kannte sie eine Janet.

»Nein«, antwortete sie ehrlich.

Inspector Stewart presste die Lippen zusammen und schaute zu seinem Kollegen, der ein Foto aus der Akte kramte. »Vielleicht hilft Ihnen dieses Foto weiter«, sagte Sergeant Fraley und schob es über den Tisch.

Lya erschrak bei dem Anblick.

*»Geh weg!«*

Sie zuckte zusammen.

*Noch immer hatte sie die perfekte Kulisse vor sich, die zwitschernden Vögel über ihr, die zärtliche Sonne die ihre Haut küsste, aber sie konnte nicht aufhören, Unruhe zu fühlen. Immerhin hatte sie wieder beschlossen, nicht mehr auf ihre Geschwister zu achten. Sie ertrug es nicht. Nicht in diesem Moment. Nicht bevor sie wusste, wer diese Frau war. Immer wieder erinnerte sie sich an den kurzen Moment, als Susanna sie an der Tür noch nicht bemerkt hatte und die Tür ein kleines Stück weiter offen war. Sie konnte für eine Sekunde das Gesicht der Frau sehen, bevor Susanna sie hinter der Tür verbarg.*

*Es war nur eine Sekunde, viel zu kurz, um zu wissen, wie ihr Gesicht genau aussah. Sie versuchte sich zu erinnern, ob sie diese Frau schon einmal gesehen hat. Aber ihr fiel nichts ein.*

»Ms. Wyatt?«

Inspector Stewart schaute sie besorgt an. »Haben Sie diese Frau schon einmal gesehen?«

Lya starrte auf das Bild. Die langen Haaren, die der Frau über die Schultern fielen, das schöne Lächeln.

*»Wer war das?«, fragte sie schüchtern ihre Mutter, als sie wieder in den Garten kam. Sie hatte extra an der Türschwelle der Terrassentür gewartet, damit sie sie fragen konnte, ohne dass jemand etwas mitbekam. Sie hoffte, eine einfache Antwort zu bekommen, sie nahm es sogar in Kauf angeschrien zu werden, warum sie so neugierig war und warum es sie interessierte, aber als sie das Gesicht ihrer Mutter sah, verstärkten sich ihre Sorgen schlagartig. Sie sah nicht aus, wie immer. Sie sah nicht aggressiv aus, nicht wütend und auch nicht gleichgültig. Sie sah zutiefst beunruhigt aus – voller Angst.*

*»Niemand«, zischte sie und ging ohne eine Erklärung an ihr vorbei, als wäre sie Luft. Sie setzte sich zu den anderen Gästen, als ob nichts*

*wäre, trank Sekt, als wäre sie fröhlich, aber Lya konnte etwas an ihrer Miene ablesen. Etwas stimmte nicht.*

Sie nickte nur. Ihr Hals war staubtrocken, aber es kam ihr nicht in den Sinn, zu dem Tee zu greifen, der vor ihr stand.

»Können Sie mir sagen, wann?«, fragte Inspector Stewart freundlich.

Entsetzt starrte sie immer noch auf das Foto.

»Es ist schon … sehr lange her«, sagte sie langsam, »ungefähr acht oder neun Jahre müssten es sein«, erklärte sie und bemühte sich nicht an alte Bilder zu denken. »An dem Tag vor Susannas Selbstmord hat diese Frau bei uns geklingelt … ich habe sie nur kurz gesehen.«

»Sie sind sich sicher, dass es diese Frau war?«

»Ja«, bestätigte sie. »Ich hätte ihr Gesicht vermutlich nicht mehr beschreiben können, aber jetzt, wo ich es sehe … sehe ich es deutlich vor mir.«

»Kannte ihre Mutter diese Frau?«

Lya erzählte von dem Klingeln, davon, dass sie aufmachen wollte und ihre Mutter sie wegscheuchte. »Ja, wahrscheinlich haben sie sich gekannt«, folgerte sie dann. »Aber ich kannte sie nicht. Ich weiß nicht, wer sie war oder was sie wollte.«

Einen Moment herrschte Stille im Raum. Niemand sah sich direkt an. Alle waren beschäftigt damit, die Geschehnisse einzuordnen.

»Denken Sie«, unterbrach Inspector Stewart die Stille, »es könnte einen Zusammenhang geben? Zwischen dem Selbstmord ihrer Mutter und«, er deutete noch einmal auf das Foto, »dieser Frau?«

*Die Sonne ging unter und Mylo und Cindy waren längst eingeschlafen. Immer noch war es warm, immer noch roch es nach Grill. Lya wartete. Sie wusste nicht auf was, aber sie wartete. Sie wartete bis alle Gäste weg waren, um zu sehen, was passierte.*

*Susanna brachte die letzten Gäste zur Haustür, schloss die Tür und drehte sich um. Ihr Gesichtsausdruck war wieder der gewohnte. Hass. Aggressivität. Wut. Und falls es nicht an der Müdigkeit lag, die Lya fast umfallen ließ, fand sie, dass ihr Gesichtsausdruck noch schrecklicher aussah als sonst.*

*»Ihr müsst gehen!«, brüllte sie und machte einen Satz auf Lya zu. »Verschwindet! Sofort!«*

*Ihre Stimme wurde wieder so laut, dass Lya sofort wusste, dass ihre Geschwister wach waren. »Warum denn?«, wollte sie schüchtern wissen und machte intuitiv einen Schritt zurück. Ihr Körper spannte sich an. Sie machte sich bereit, geschlagen zu werden.*

*»Frag doch nicht so dumm! Mach es einfach! Nimm deine Geschwister und verschwinde von hier!«, rief sie hysterisch und tobte völlig außer sich im Wohnzimmer rum.*

*Die Nachbarn würden die Polizei rufen, dachte Lya besorgt. Blaulicht und eine ausgewechselte, absolut freundliche Susanna, die nachher noch mehr am Rad drehte, war das Letzte, was sie gebrauchen konnten.*

*»Wohin denn?«, fragte sie unsicher.*

*»Ist mir egal!« Ihre Augen funkelten böse. Die Ader auf ihrer Stirn stülpte sich unansehnlich hervor.*

*»Ist es wegen der Frau?«, fragte sie so leise, dass sie hoffte, dass Susanna es nicht gehört hatte. Sie wollte nach oben gucken, als Susannas flache Hand auf ihr Gesicht knallte. Sofort senkte sie ihren Blick und hielt mit ihrer Hand ihre Wange fest. Es zog. Es schmerzte. Aber sie wusste, dass es gleich wieder aufhören würde.*

*»Geht weg jetzt!«, zischte sie aggressiv, »Ich gehe auch! Ich komme nicht wieder! Nie wieder! Wenn ihr morgen noch hier seid, wenn ihr*

*nicht auf mich hört und wiederkommt, stecken sie euch ins Heim! Ich werde nicht da sein! Und ihr wisst ja, was euch da blüht!«*

*Lyas Puls verschnellerte sich. Sie wollte nichts ins Heim. Niemals.*

*»Jetzt geh endlich!«, schrie Susanna sie aus vollster Kehle an, ihre Stimme überschlug sich. »Verschwindet! Alle! Und kommt nie wieder!«*

»Ich weiß es nicht, Inspector«, sagte sie müde und versuchte die Bilder wieder zu verdrängen. Sie wollte es nicht mehr hören. Sie wollte nicht mehr daran denken. Sie wollte diese Gefühle nicht noch einmal erleben.

Sie hatte so viele Fehler in dieser Nacht gemacht. So viele falsche Entscheidungen getroffen. Sie hatte versucht, sich selbst zu retten und Cindy im Stich gelassen. Und trotzdem schien jetzt alles umgekehrt zu sein. Cindy hatte es geschafft. Ohne jeglichen Schutz, hatte sie Schutz gefunden, während Lya geglaubt hatte, in Sicherheit zu sein, ohne dass sie es war.

»Denken Sie, dass diese Frau ihrer Mutter gedroht hat?«, fragte Sergeant Fraley.

Sie versuchte sich zu konzentrieren.

»Kann sein«, mutmaßte sie. »Sie wirkte extrem ängstlich, das war ungewöhnlich … meistens war sie nur aggressiv.«

Inspector Stewart nickte mitfühlend. »Hat ihre Mutter Ihnen erzählt, wo sie hingehen wollte in dieser Nacht?«

Lya schüttelte den Kopf. »Nein«, antwortete sie. »Nein, hat sie nicht.«

*Sie lief die Treppen hoch, als würde sie gejagt werden, stolperte bei den letzten beiden Stufen und konnte sich gerade noch so fangen. Oben angekommen, sah sie Mylo und Cindy schon im Flur stehen. Hilflos sahen die beiden sie an. Immer noch traurig. Immer noch verzweifelt. Wenn nicht sogar noch mehr, als zuvor. »Es ist alles gut«, flüsterte sie und glaubte ihren Worten selbst nicht. Aber was hätte sie sagen sollen?*

*»Ich warte jetzt hier oben ab, ob sie wirklich geht«, entschied Lya und hoffte, dass sie es nicht tat. Wenn sie es tat, wenn sie wirklich gehen würde, wüsste Lya, dass ihre Drohung ernst war. Und dass es an ihr, Lya, lag, eine Entscheidung zu treffen.*

*»Ihr geht wieder ins Bett«, sagte sie und versuchte ruhig zu bleiben, obwohl ihr Herz vor Angst raste. »Versucht zu schlafen. Wenn etwas ist, wecke ich euch.«*

*Sie konnte ihnen ansehen, wie hundemüde sie waren und sie war froh, dass sie auf sie hörten.*

*Lya sehnte sich ebenfalls danach, sich ins Bett zu legen, sich die Decke über den Kopf zu ziehen und zu schlafen, aber sie konnte nicht.*

*Leise hörte sie zu, wie Susanna kramte, wie sie Sachen auf den Boden warf, hektisch Küchenschubladen öffnete und wieder zu knallte, im Wohnzimmer auf und abging und es schließlich – urplötzlich – ruhig wurde. Lya spürte, dass sie noch da war, aber je mehr Zeit verstrich, in der sie nichts hörte, desto heftiger fragte sie sich, ob sie die Tür vielleicht doch überhört hatte. Minutenlang lauschte sie von der obersten Treppenstufe ins Wohnzimmer runter, aber hörte nichts.*

*Dann, plötzlich, hörte sie wieder ein Geräusch. Sie hörte wie Susanna aufstand, aber sie schien nicht mehr wütend zu sein. Kurz hatte sie Hoffnung.*

*Hatte Susanna sich vielleicht beruhigt? Kam sie jetzt die Treppen hoch und würde ihnen sagen, dass alles nicht stimmte?*

*Sie horchte weiter nach unten und schreckte zusammen, als sie plötzlich die laute Spülung der Gästetoilette hörte. Immer wieder zog sie ab und Lya konnte sich nicht erklären, was sie machte. Dann hörte sie wieder nur Stille. Sie lauschte konzentriert in die Dunkelheit und nach ein paar Minuten hörte sie die Tür ins Schloss fallen.*

*Stille.*

*Absolute Stille.*

*Susanna war weg. Ohne eine Verabschiedung, ohne ein Wort. Sie war einfach aus der Tür gegangen.*

*Das Adrenalin pumpte durch ihren Körper und sie musste eine Lösung finden. Sie lief die Treppe runter, durchsuchte die Küche und das Wohnzimmer nach Geld, aber sie fand nichts. Sie konnte auch nicht rekonstruieren, was fehlte, was Susanna mitgenommen oder gesucht hatte, aber irgendwann gab sie es auf, herausfinden zu wollen, wo sie hin ist und wann sie wieder kommen würde. Sie kommt wieder, dachte Lya. Sie musste wiederkommen.*

*Sie schaute auf ihre Armbanduhr. Kurz nach Mitternacht.*

*Lya beschloss noch eine Stunde zu warten. Wenn Susanna bis dahin nicht wieder zurück war, würde sie ihre Geschwister wecken und mit ihnen weg gehen. Wohin, wusste sie nicht. Sie hoffte nur, dass ihre Mutter wiederkam und sie sich darüber keine Gedanken machen musste.*

»Darf ich Ihnen noch eine Frage stellen, Ms. Wyatt?«, fragte Inspector Stewart und Lya hatte wirklich das Gefühl, dass er ein Nein ohne zu Murren akzeptiert hätte. »Ich weiß, dass die Fragen, und vor allem die damit verknüpften Erinnerungen sehr schwer zu ertragen sind.« Er sah sie verständnisvoll an.

Sie nickte langsam. »Fragen sie ruhig«, sagte sie und dachte daran, dass er nur seinen Job machte.

Er sah sie dankbar an.

»Kennen Sie eine Person, die den Namen Alver trägt?«, fragte er und betrachtete sie genau. Kurz wurde ihr abwechselnd kalt und warm. Sie fühlte sich restlos ertappt.

Woher wusste er es?

»Nein«, entgegnete sie. »Ich finde den Namen aber sehr schön.«

»Verbinden Sie etwas Besonderes mit dem Namen?«

»Nein. Warum fragen Sie?«

»Es ist eine komplizierte Angelegenheit«, sagte er enttäuscht. »Ich kann es Ihnen leider nicht genauer erklären, solange der Fall nicht vollständig gelöst ist«, er lächelte höflich, aber sein eindringlicher Blick hielt an. »Wenn Ihnen doch noch eine Person einfällt, die Alver heißt, rufen Sie mich gerne an.«

Er kramte seine Karte aus dem Portemonnaie und schob sie Lya zu. Dann stand er auf.

»Mache ich«, versprach sie angestrengt und stand ebenfalls auf.

Gerade wollte sie Cindy auffordern ebenfalls zu gehen, als der Inspector Cindy fragte, ob sie nach Hause gefahren wolle. Es fielen Lya tausend Steine vom Herzen, als Cindy einwilligte. Schweigend brachte sie die zwei Beamten und Cindy zu Tür und verabschiedete sie.

»Bis bald«, sagte Cindy zu ihr und Lya konnte nur nicken. Sie zählte die Sekunden, bis alle endlich aus der Tür waren und sie endlich die Tür schließen konnte. Die Tür fiel zu. Ruhe.

Endlich Ruhe.

Die unbändige Macht der Sucht ballte sich in ihr zusammen und es fühlte sich an, als hätte sich in dem Moment, als die Tür zu fiel, ein Schalter umgelegt. Als wäre der Damm gebrochen. Als könnte der aufgestaute Fluss endlich mit all seiner Kraft dahin strömen, wo es ihn so sehnsüchtig und unweigerlich hinzog und sich endlich den Gesetzmäßigkeiten der Natur hingeben.

3

»Ich weiß es doch auch nicht.«

Sie presste ihren Kopf gegen die Scheibe der Beifahrertür. Sie hatte Stewart noch nie so aufgebracht erlebt.

»Es war absolut wichtig, dass du sie nicht vorher besuchst! Sie ist eine Zeugin, das weißt du doch eigentlich!«

»Ich weiß«, sagte sie schuldbewusst. »Aber ich musste sie sehen. Für mich ist sie keine Zeugin, sondern meine Schwester!«

»Natürlich ist sie das! Und glaube mir, ich verstehe das. Aber von ihrer Aussage hängt dieser Fall ab!«

»Sie hat doch ausgesagt! Sie hat Janet belastet! Warum beharrst du jetzt immer noch auf Lya?«

Sie verstand ihn, aber fand seine Reaktion völlig übertrieben. Janet würde ins Gefängnis kommen, da war sie sich sicher. Warum war es ihm so wichtig, noch weitere Umstände von Lya zu erfahren? Das war doch alles lange vergangen! Es rannte in diesem Fall, kein Täter mehr frei herum!

Sie wollte nicht streiten, sie wollte nicht reden, sie wollte nur nach Hause, sich in ihre Decke einkuscheln und allein sein mit ihren Gedanken. Sie wusste, dass es falsch war, Lya auf eigene Faust zu besuchen und sie hatte gemerkt, dass der Besuch ihr mehr und mehr zusetzte, aber sie konnte nicht gehen. Zu groß war die Angst, sie nie wieder zu sehen – so wie Mylo.

Verzweifelt hatte sie versucht, Gemeinsamkeiten zu finden, einander wieder kennenzulernen, sie wollte zeigen, wie sehr sie sich für ihr Leben interessierte. Aber sie hätte wissen müssen, dass Lya über das Thema nicht gerne redete. Sie hatte gedacht, dass es anders wäre, weil sie ihre Schwester war, weil sie sowieso wusste, was passiert war und das gleiche erlebt hatte. Doch sie hatte bemerkt, dass es Lya traurig machte. Und jetzt fand sie ihr eigenes Verhalten einfach nur scheußlich.

Sofort hatte sie eingewilligt, als Stewart sie fragte, ob sie mitgenommen werden wolle. Sie wollte weg. Nach allem, was sie gehört hatte, hatte sie das Gefühl in einer anderen, verzerrten Welt rumzuirren und sie wusste nicht, wann sie fähig war, der Realität wieder beizutreten. Was hatte Janet mit Susanna zu tun?

Ein Streit mit Stewart und weitere Vorwürfe waren das Letzte, was sie gebrauchen konnte in diesem Moment.

»Lya ist wichtig. Vielleicht sogar sehr wichtig«, er schien sich wieder beruhigt zu haben. »Wenn ich mehr dazu weiß, sage ich dir mehr.«

Sie sagte nichts mehr.

Sie blickte zu Stewart, der konzentriert auf die Straße guckte und sie konnte sehen, dass er nachdachte, dass ihn etwas beschäftigte. Sie hatte einen Fehler gemacht. Schon wieder. Warum machte sie in letzter Zeit nur so häufig Fehler? Warum konnte sie sich auf ihr Gefühl, das einst so gut war, nicht mehr verlassen? Was war nur passiert?

Sie lehnte ihren Kopf wieder gegen die kalte Scheibe und schloss die Augen. Sie wünschte, sie könnte die Zeit zurückdrehen.

Oder sich in Luft auflösen.

Oder beides.

»Sie ist auf der Suche nach ihren Wurzeln. Sie ist auf der Suche nach sich selbst und dafür braucht sie alle Puzzleteile. Auch die der Vergangenheit«, meinte Jimmy als Cindy ausstieg und die Autotür zugemacht hatte.

»Ich weiß«, sagte er und schaute zu Jimmy. Er sah wirklich besorgt aus.

»Dann sei nicht sauer auf sie.«

»Ich bin nicht sauer!«, protestierte Stewart sofort. »Ich ärgere mich nur. Sie wäre eine erstklassige Zeugin gewesen. Nicht nur in dem Fall mit Janet. Das interessiert mich nicht. Aber auch …«

»Im Fall Susanna P.«, ergänzte Jimmy.

Stewart nickte. »Ich bin mir sicher, dass sie weiß, wer Alver ist. Aber sie wollte es nicht sagen.«

»Weil ihr alles zu viel war?«

»Ja«, rief er aufgebracht. »Diese junge Frau ist bis zum Kern belastet. Kam gerade frisch aus der Entzugsklinik, die sie – allem Anschein nach – nicht einmal erfolgreich beendet hatte. Dann kommt ihre Schwester. Die ganzen Erinnerungen kommen hoch. Zu allem Überfluss …«

»Noch zwei Beamten, die sie wegen eines Mordfalls befragen wollen.«

»Ja, genau«, stimmte Stewart zu und war froh, dass Jimmy ihn verstand. »Ich hätte unsere Chancen deutlich besser eingeschätzt, wenn wir sie zuerst gesprochen hätten.«

Jimmy nickte nachdenklich, dann fuhren sie für ein paar Minuten durch die Straßen, ohne etwas zu sagen.

»Vielleicht musst du es Cindy sagen«, schlug Jimmy vorsichtig vor.

»Was soll ich ihr sagen?«, fauchte Stewart, während er noch immer auf die Straße guckte. »Es könnte sein, dass Alver Ramirez dein Vater ist und Janet ihn kaltblütig ermordet hat?«

»Vielleicht …«

»Das ist doch verrückt!«, unterbrach er Jimmy sofort. »Diese ganze Theorie ist total verrückt! An den Haaren herbei gezogen! Von meinem – unter Medikamenten beeinflusstem ich – entworfen worden!«

Er konzentrierte sich, an der richtigen Einfahrt abzubiegen. Er hatte keine Lust sich zu verfahren und noch mehr Zeit zu verlieren.

»Natürlich könnte es reiner Zufall sein. Vielleicht ist es das auch. Aber würde sie es nicht verstehen? Würde sie nicht verstehen, dass du einen Verdacht hast und es rausfinden willst?«

»Doch«, sagte er und bog endlich in die richtige Seitenstraße.

»Aber du weißt doch, wie Cindy ist. Sie macht sich Hoffnungen. Und es gibt auch eine Chance, dass wir nicht herausfinden, wer Alver war. Was wäre dann? Dann wäre es nur ein weiteres Fragezeichen in Cindys Leben. Ein weiterer Mensch, über den sie nichts weiß. Wäre das wirklich gut?«

Jimmy überlegte.

»Sie braucht die Wahrheit, Jimmy«, sagte Stewart schließlich. »Ich würde ihr gerne die Wahrheit sagen, nicht nur eine unbelegte Vermutung. Und dafür müssen wir unseren Job besser machen.«

Er fuhr in eine Parklücke und konnte Jimmy ansehen, dass er erst jetzt bemerkte, dass sie gar nicht zur Station gefahren waren.

»Wen gehen wir besuchen?« fragte Jimmy verblüfft, als sie aus dem Auto stiegen und der Kollege am Eingang das Tor für sie öffnete.

Jimmys überraschter Ausdruck brachte ihn zum Schmunzeln.

»Wirst du gleich sehen.«

Sie betraten das große, kahle Gebäude, das von einem dicken Stacheldraht umzäunt wurde.

»Sie interessieren mich nicht im geringsten«, sagte Stewart, als er und Jimmy den Raum betraten und die Tür hinter ihnen zugemacht wurde.

»Wie bitte?«, fragte sie sofort empört zurück. Sie konnte es sichtlich nicht fassen, dass ein Beamter so mit ihr umsprang.

»Sie haben einen Menschen getötet. Ihren Mann. Das weiß ich. Ob Sie es zugeben oder nicht. Sie haben es getan und das werden Sie früher oder später einsehen. Aber es interessiert mich einfach nicht.«

Stewart konnte aus dem Augenwinkel sehen, wie Jimmy sich am Stuhl festkrallte, weil ihm Stewart gereizter Befragungsstil weder bekannt, noch geheuer war.

»Ich habe ihn nicht umgebracht!«, verteidigte sich Mrs. Cornwall sofort und ihr Gesicht verlor die ganze Farbe. Sie sah noch älter aus. Noch verbrauchter. Noch lebloser. Er erinnerte sich an die erste Zeugenaussage von ihr. Wie sie von einer Sekunde auf die andere ihren Charakter geändert hatte. Und wie unattraktiv und unsympathisch er sie fand. Sie konnte sich nicht vorstellen, dass ein junger Mensch etwas an ihr finden könnte.

Stewart zuckte die Schultern. »Wie gesagt, es interessiert mich nicht«, sagte er gleichgültig. »Sie hatten eine Affäre mit einem minderjährigen Jungen, ist das richtig?«

Ihr Mund stand offen. Sie brauchte einen Moment um seine Direktheit zu fassen.

»Es war keine Affäre!«, rief sie gekränkt.

»Aber sie haben sich regelmäßig über zwei Jahre getroffen, oder?«

»Ja«, gab sie kleinlaut zu.

Stewart zog die Augenbrauen hoch. Wenigstens gab sie es zu.

»Hatten Sie Sex mit dem Jungen?«

»Wie bitte?«, fragte sie vollkommen entrüstet. »Wie können Sie es wagen …«

Stewart schnitt ihr sofort das Wort ab. »Haben sie sich geküsst?«, fragte er unbeirrt weiter, obwohl er die Antworten alle kannte.

»Nein!«, rief sie wütend und verschränkte ihre Arme.

»Gut«, sagte er nun ruhiger. »Alles klar. Dann darf ich also annehmen, dass sie sich sehr viel erzählt haben, wenn sie sich getroffen haben, ist das richtig?«

Sie zuckte die Schultern. »Ich weiß nicht …«

»Doch, Sie wissen es ganz bestimmt. Wenn man nicht körperlich wird, warum auch immer, bleibt nur der Dialog.«

Sie zuckte wieder die Schultern.

»Hat er Ihnen vertraut?«, fragte Stewart und war froh, dass Jimmy sich zurückhielt. Er wusste, dass er viel zu wütend war, aber es machte ihn einfach sauer, seit Wochen an dem gleichen Fetzen zu hängen, ohne je das gesamte Stück zu sehen.

»Ich denke schon«, antwortete sie zurückhaltend, um ihn nicht noch wütender zu machen.

Stewart nickte zufrieden. »Und Sie ihm?«

Sie überlegte. Stewart konnte sehen, dass sie verunsichert war. Dass sie Angst hatte, etwas Falsches zusagen und sich somit zu verraten.

»Ja«, sagte sie. »Ich habe ihm vertraut.«

»Wenn sie sich getroffen haben, über was haben sie geredet?«

Sie schüttelte den Kopf. »Über alles! Meine Güte! Als ob ich das jetzt noch alles weiß! Es ist mehrere Jahre her! Es hat nichts mit dem Fall zu tun!«, rief sie wütend.

»Dieser Fall interessiert mich nicht!«, wiederholte Stewart schroff. »Hat er Ihnen von seinen Eltern erzählt?«

»Von seiner Mutter. Seinen Vater kannte er nicht, soweit ich weiß.«

Stewart wusste, dass die Kollegen schon alle Details erfragt hatten. Er hatte das Protokoll gelesen. Er wusste, was Mrs. Cornwall über Susanna ausgesagt hatte.

»Er hat seinen Vater nicht gekannt, sagen Sie?«

»Er hat mir gesagt, dass er ihn nie kennengelernt hat.«

Stewart überlegte einen Moment. »Hat er Ihnen von seinen Freunden erzählt?«

»Nein … nicht wirklich, er hatte nicht viele Freunde zu dieser Zeit.«

»Sie haben in seiner Klasse unterrichtet, ist das richtig?«

»Ja.«

»Haben Sie den Namen Alver schon einmal gehört?« Stewart beobachtete sie ganz genau, während er den Namen aussprach. Jedes Zucken hätte er wahrgenommen. Er schaute ihr in die Augen. Sie blitzten auf. Danach verschwand es sofort wieder.

»Nein«, antworte sie.

»Aber er hat Ihnen von diesem Namen erzählt?«

»Nein, hat er nicht«, sagte sie unsicher. »Ich glaube nicht, dass er jemanden kannte, der so hieß. Einmal …«

»Ja?«

»Einmal hat er von einem Alver geredet oder von diesem Namen, er meinte, dass er gerne so heißen würde, glaube ich, aber es ist schon lange her. Warum ist das wichtig?«

Stewart schlug so feste mit der Faust auf den Tisch, dass Mrs. Cornwall ängstlich zu ihm hochblickte. Jimmy sagte kein Wort.

»Danke, Mrs. Cornwall«, sagte er und stand auf. Die Wut in ihm kochte, aber auch die Freude darüber, dass er mit seinem Gefühl richtig lag, wärmte ihn von innen. Er warf Jimmy einen schnellen Blick zu. Als sie zur Tür gingen, blieb Stewart blitzartig stehen und drehte sich noch einmal um.

»Lieben Sie ihn?«, fragte er plötzlich und funkelte sie an.

Mrs. Cornwall schüttelte den Kopf, weil sie die Fragen immer noch nicht fassen konnte.

»Was spielt das für eine Rolle?«, fragte sie pampig.

»Es ist eine einfache Frage, Mrs. Cornwall. Lieben Sie Mylo McCrane?«

Sie schnaufte, verzog ihr Gesicht kurz zu einem Lächeln, dann wurde sie wieder ernst. »Sie haben keine Ahnung.«

»Also ja?«

»Ja«, sagte sie und schaute ihn ernst an. »Ja, ich liebe ihn. Sind Sie jetzt zufrieden?«

Stewart runzelte die Stirn und schüttelte den Kopf.

»Nein«, sagte er ehrlich und ging auf sie zu, setzte sich wieder auf den Stuhl gegenüber von ihr. »Nein, ich bin nicht zufrieden.«

Mrs. Cornwall schaute ihn verdutzt an. Immer noch verriet ihre ganze Körperhaltung, dass sie dieses Gespräch nicht fortsetzen wollte und Angst vor der nächsten Frage hatte.

»Wissen Sie, Mrs. Cornwall«, fing er an und atmete durch. »Ich habe in den letzten Wochen viel über Liebe gelernt. Ich kann Ihnen versichern, dass es keine Liebe ist, die sie fühlen.«

Mrs. Cornwall fiel die Kinnlade runter, entrüstet schaute sie Stewart an, war einige Sekunden sprachlos, bevor ihr Kopf hochrot wurde.

»Was bilden Sie sich ein?«, schrie sie plötzlich. »Ihre Fragen! Ihre Aussagen! Sie habe keine Ahnung, was sie reden!«

Stewart nickte ruhig, während ihre Wut immer weiter anstieg. »Ich erkläre es Ihnen«, sagte er streng.

Fassungslos schaute sie ihn an, hatte ihre Arme so fest in einander verschränkt, dass sie Druckstellen hinterließen, wenn sie umgriff.

»Vielleicht denken Sie, es ist Liebe, aber in Wahrheit ist es nur Abhängigkeit«, erklärte er ihr. »Ansonsten versuchen sie mir plausibel beizubringen, welche edlen Motive der Liebe sie dazu bewegt haben, Mylo McCrane ins Gefängnis zu stecken.«

Sie schwieg einen Moment. Dann sagte sie: »Sie würden es nicht verstehen.«

»Deswegen frage ich Sie ja.«

Sie atmete aus, schüttelte den Kopf und schaute durch den Raum. Es schien, als würde sie überlegen, ob es etwas ändern würde, wenn sie ihre Gefühle preisgeben würde, oder, ob sie bald in einer Zelle verrottete und nie wieder eine Gelegenheit wie diese findet, um sich mitzuteilen.

»Ich liebe ihn seit unser ersten Begegnung«, erklärte sie ruhig. »Ich weiß, er war ein Kind, aber ich habe etwas für ihn gefühlt. Es war keine Liebe, die ich bisher kannte, wir sind uns nie näher gekommen, wir haben nur geredet. Stundenlang, über alles. Wir haben uns alles erzählt und uns einander verstanden, und ich weiß, wie bescheuert es klingt, wenn man sein Alter betrachtet.«

Stewart versuchte sie neutral anzuschauen, obwohl er sie immer noch für vollkommen durchgeknallt hielt.

»Dann plötzlich ... sehe ich damals sein Bild in den Nachrichten …«, sagte sie und schaute Stewart ängstlich an, ihre Augen füllten sich mit Tränen. »Verschwunden, die Kinder, einfach so! Ich ging zur Schule und er war nicht da. Ein paar Wochen machte ich das mit, bis die Suche eingestellt wurde und ich vollkommen zusammenbrach. Ich konnte nichts mehr! Ich konnte nur noch Zuhause rumliegen und weinen! Und Sie wollen mir erzählen, dass es keine Liebe war?«

Stewart antwortete nicht. Sie hätte es eh nicht verstanden.

»Ich hörte auf zu arbeiten, lebte das grauenvolle Leben mit meinem Mann und war jahrelang in einem dunklen Loch gefangen. Ohne ihn konnte ich nicht leben! Es ging nicht! Ich liebte ihn so sehr! Jeden Tag, vermisste ich ihn! Jeden Tag tat es mir mehr weh!«

Sie fing an zu weinen und nahm sich ein Taschentuch.

»Dann sah ich ihn wieder, viele Jahre später und ich konnte mein Glück nicht fassen. Endlich war ich wieder glücklich, endlich trafen wir uns wieder, erzählten uns alles … und ich dachte …«, sie schluchzte, »ich dachte, dass wir eine Beziehung führen könnten, aber er wollte nicht.«

»Aber Sie haben weiterhin Kontakt gehalten?«, fragte Stewart vorsichtig.

»Ja«, bestätigte sie sofort. »Natürlich! Das ist Liebe! Ich habe ihn so sehr geliebt, dass ich trotzdem mit ihm Kontakt haben wollte, auch wenn er mich nicht wollte. Ich wusste ja, dass er mich mag, ich wusste, dass wir etwas Besonderes haben! Aber …«

»Es hat Sie etwas gestört …«, folgerte Stewart.

»Ja!«, sagte sie und ihre Augen funkelten dunkel. »Ja, es hat mich etwas gestört! Früher war nur ich seine Bezugsperson, aber plötzlich … gab es noch jemand anderen. Ein Freund von ihm, sie waren unzertrennlich und ich merkte, dass er meinen Platz eingenommen hatte.«

Ihr Gesicht legte sich in Falten und sie sah vollkommen verknittert aus.

»Also wollten Sie eigentlich …«

»Ich wollte ihn aus dem Weg schaffen, ja«, gab sie zu und veränderte ihre Tonlage. Sie sprach plötzlich tiefer und ernster, als würde sie Stewart etwas sehr Wichtiges erklären, das er unbedingt verstehen musste.

»Dieser andere Junge war kein guter Einfluss. Das merkte ich sofort. Mylo hatte sich verändert. Ich wollte nur das Beste für ihn. Ich wollte, dass er auf einen guten Weg kommt und dazu hätte ich ihm verhelfen können, wenn nicht dieser *Störfaktor* wäre.«

Und wahrscheinlich rechtfertigte sie dieses Verhalten wieder mit: *Das ist Liebe, Inspector!* Diese Frau lebte in ihrer eigenen, verklärten Welt.

»Warum sind Sie dann von ihrem Plan abgewichen?«, fragte Stewart und versuchte interessiert zu klingen.

Sie schaute ihn ernst an. »Es kam mir auf einmal wie ein Blitz in den Sinn! Was hätte es mir gebracht, wenn dieser Typ im Gefängnis sitzt und Mylo ihn ständig besucht? Er hätte trotzdem noch so viel Einfluss auf ihn und Mylo hätte sein Leben in diesem falschen Freundeskreis einfach weitergelebt. Aber wenn Mylo ins Gefängnis käme, würde er sehen, wo sein Lebensstil langfristig hinführen würde. Es würde ihn abschrecken. Und dieser Typ würde ihn nicht mal besuchen! So einer war das nämlich! Ich hätte ihn in aller

Ruhe besuchen können und ihn Stück für Stück wieder auf den richtigen Weg lenken können! Verstehen Sie es jetzt? Verstehen Sie jetzt, dass es Liebe ist? Ich wollte nur das Beste für ihn!«

Angestrengt hatte er ihr zugehört und konnte nicht glauben, dass sie ihre eigenen Worte hörte und trotzdem nicht einsah, dass ihr Verhalten vollkommen krankhaft war. Zwanghafte, emotionale Kontrolle trifft es eher, hätte er gerne gesagt, aber er schaute sie für einen Moment nur an.

»Ich wiederhole mich gerne für Sie«, sagte er ernst und schaute sie an. »Das ist keine Liebe und hat nicht im geringsten etwas mit Liebe zu tun.«

Er stand auf und blieb noch einmal stehen. »Wenn Sie dieses grenzüberschreitende Verhalten mit Liebe verwechseln, sind Sie ihr noch nie begegnet. Ich bin wirklich froh, Mrs. Cornwall, dass Sie die nächsten Jahre in ihrer Zelle sehr viel Zeit haben werden, darüber nachzudenken. Auch wenn ich es bezweifle, hoffe ich doch sehr, dass Sie zu einem vernünftigen Ergebnis kommen.«

Sie erwiderte nichts mehr. Er konnte in ihrem Gesicht ablesen, dass sie die Welt nicht mehr verstand. Sie konnte ihre eigenen Fehler nicht einsehen, nein, schlimmer noch, sie rechtfertige ihre groben Fehler mit Liebe und es widerte ihn an, wie sie dieses Wort durch den Dreck zog.

Im Flur musste Stewart erstmal tief durchatmen.

»Durchgeknallt«, brachte er nur hervor und Jimmy nickte beklommen.

»Egal«, beruhigte er sich selbst. »Wir müssen uns wieder auf Janet konzentrieren. Mylo hat den Namen erwähnt. Das heißt …«

»Dass deine Theorie einen immer festeren Stand bekommt«, vollendete Jimmy seinen Satz.

»Leider ja«, seufzte Stewart. Er atmete noch einmal tief durch und warf Jimmy einen Blick zu, den er zum Glück sofort verstand. Sie gingen weiter durch die langen Flure.

»Du gehst rein«, meinte Stewart locker, als würde er Jimmy anweisen einen Kaffee zu holen. Er wusste, dass Jimmy protestieren würde.

»Was?«, erwiderte er sofort entrüstet. »Stewart, ich habe mich nicht vorbereitet, ich habe keine einzige Minute, um selbst einmal über all das nachzudenken. Wie soll ich jetzt eine Befragung durchführen?«

»Es ist dein Job«, sagte Stewart schroff und wunderte sich selbst, über seine plötzliche Strenge. Er wollte nicht mit Jimmy diskutieren. Er wollte einfach nur wissen, wer Alver Ramirez war und was er mit Cindy zu tun hatte.

»Es ist mein Job, mich auf eine Befragung vorzubereiten, um richtige Fragen zu stellen«, entgegnete er. »Wir haben nichts aus Janet rausbekommen, seitdem sie hier ist. Sie fragt die ganze Zeit nach dir. Warum gehst du nicht?«

»Weil es noch zu früh ist«, sagte er und blieb stehen.

Er warf Jimmy einen Blick zu. Jimmy willigte stumm und kopfschüttelnd ein.

Braver Junge, dachte Stewart.

6

»Ich bin noch wach«, rief sie in den Raum, als sie das Klopfen hörte und bemerkte wie hellwach sie war. Sie lag auch nicht im Bett, weil sie schlafen wollte, sie lag einfach nur da, weil es ihr Geborgenheit schenkte. Sie trug immer noch ihre Alltagskleidung. Es war ihr egal. Sie wollte nur ihre Ruhe haben.

Es brannte kein Licht im Zimmer und schon längst war der Himmel, den sie durch ihr Fenster sah, dunkel geworden. Die ganzen vergangenen Stunden hatte sie so verbracht.

Stewart öffnete die die Tür und blieb im Türspalt stehen. Er sah besorgt aus, aber vielleicht reflektierte er auch nur ihren Gesichtsausdruck.

»Wie ist die Lage?« fragte er und lächelte. Erleichtert stellte sie fest, dass seine Laune sich gebessert hatte. Der ganze Ärger schien verflogen zu sein. Wenigstens schon einmal ein kleiner Stein, der ihr vom Herzen fiel. Blieben nur noch die zehntausend anderen.

Sie fühlte sich schlecht und sie fragte sich, ob es an der Tatsache lag, dass sie sich getäuscht hatte.

Jahrelang war sie einer schmalen Erinnerung – die ohne, dass sie es merkte, zu einer ausgedehnten Illusion geworden war – hinterhergelaufen, ohne sie, die Illusion, auch nur einmal zu hinterfragen. Sie hatte sich selbst getäuscht und nun fühlte sie sich, als könnte sie ihrem eigenen Gefühl nicht mehr vertrauen. Als ob sie richtig und falsch nicht mehr auseinander halten konnte, als ob sie nicht mehr gewappnet war, für die weiteren Herausforderungen, die ihr Leben für sie bereithält. Als ob sie nie wieder auf ihr Gefühl hören könnte. Und wenn sie sich selbst nicht trauen konnte, wem dann?

Es war eine warme Sehnsucht gewesen, ein unbändiger Wunsch, der sie so einnahm, dass sie alles andere ausblendete. Dass sie die Zeichen nicht mehr richtig deuten konnte. Ein Wunsch, der so stark ist, dass man sich selbst dafür, ohne zu zögern, hergibt und schließlich aufgibt. Wie kann ein solcher Wunsch überhaupt ein eigner Wunsch sein?

»Ich verstehe nicht, warum ich es gemacht habe«, sagte sie und runzelte die Stirn. »Warum habe ich sie beide gesucht, gefunden und gleich wieder verscheucht? Ich sollte es doch besser wissen!«

Sofort quälten sie wieder die Selbstvorwürfe.

»Weil du herausfinden willst, wer du bist«, sagte er behutsam.

»Nein!«, widersprach sie sofort. »Ich weiß doch, wer ich bin!«

Stewart nickte zustimmend. »Du weißt, wer du bist, ja«, sagte er und dachte einen Moment nach. »Du weißt wer du *jetzt* bist. Aber ich denke, jeder versucht herauszufinden, wer er schon immer gewesen ist. Wo man herkommt und warum alles so passiert ist, wie es nun mal passiert ist.«

Sie wusste nicht, ob er recht hatte, aber sein Verständnis legte sich wie ein weiches Pflaster auf ihre verletzte Seele.

»Jeder hätte so gehandelt«, sagte er, trat in den Raum und setzte sich auf ihre Bettkannte. »Du hast Sehnsucht nach deiner Familie, das ist doch klar.«

»Und warum haben sie keine Sehnsucht nach mir?«, fragte sie, obwohl sie wusste, dass auch Stewart diese Frage nicht beantworten konnte. Niemand konnte wissen, was andere denken.

»So solltest du niemals denken«, ermahnte er sie ernst. »Du hast kein Selbstmitleid nötig.«

Sie schaute ihn verwundert an.

»Bestimmt hatten sie auch Sehnsucht«, erklärte er ihr. »Aber sie sind in anderen Abschnitten in ihrem Leben. Jeder von ihnen hat sich ein eigenes Leben aufgebaut, das auf einem ziemlich wackligen Gerüst steht. Sie können nicht riskieren, dass es zusammenbricht. Alles was neu ist, alles was unsicher ist, alles wofür sie wirkliche Gefühle brauchen, lassen sie nicht mehr zu. Aus Angst.«

Cindy senkte ihren Blick und dachte über seine Worte nach.

»Man kann leider nie wissen, in welcher Phase man einen Menschen trifft. Man kann nie wissen, was ein Mensch gerade erlebt, was er fühlt, welche schönen Ereignisse oder schwere Herausforderungen er gerade in seinem Leben hat. Und manchmal ist es so, dass deine Phase gut ist, dass du dich bereit fühlst, Menschen deiner Vergangenheit zu suchen und hoffst, dass sie dich auf deiner Suche nach Antworten weiterbringen, aber manchmal, ist man in so unterschiedlichen Phasen, dass man keinen Anhaltspunkt findet. Man kann keine Verbindung aufbauen und wird mit mehr Fragen zurückgelassen, als zuvor. Das ist wichtig zu lernen. Es ist in Ordnung, es ist sogar gut, dass du deiner Sehnsucht nachgegangen bist. Es ist gut, dass du enttäuscht und traurig bist, denn das ist ganz normal, es macht dich zu einem Menschen, mit all den Gefühlen, die dazu gehören.«

»Aber ich will das nicht fühlen«, protestierte sie sofort. Sie hatte diese Gefühle so satt! Was brachte es, wenn man sich nur im Bett verkroch und sich Selbstvorwürfe machte?

»Fühle es. Fühle es jeden Tag. Jede Stunde. Jede Minute. Vertrau mir, wenn ich dir sage, dass es besser wird. Dass es dich stärker machen wird. Dass du irgendwann ganz alleine alle Antworten finden wirst, wenn du lernst, immer auf deine Gefühle zu achten. Du solltest sie gern haben, deine Gefühle.«

Sie rollte unauffällig die Augen, was redete er da nur? Wie soll man diese scheiß Gefühle mögen? »Ich mag sie aber nicht«, sagte sie genervt, »zumindest gerade nicht.«

Stewart lächelte. »Kann ich verstehen. Ich auch nicht. Aber sie sind wichtig. Sie werden dir den Weg weisen und dich beschützen, wenn du sie gut behandelst.«

Lieber Himmel!, meine Gefühle gut behandeln? Was redete Stewart da?

»Es gibt Menschen, die ihre Gefühle verdrängen, wenn sie sie als unangenehm empfinden. Jedes Mal, wenn schlechte Gefühle aufkommen, werden sie sofort weggestoßen, überspielt oder ersetzt durch andere Gefühle, so oft und gründlich, bis sie irgendwann nicht mehr wissen, was sie überhaupt ursprünglich gefühlt haben. Und dann passiert etwas Verdrehtes. Plötzlich fühlen sie sich wütend, aber wissen nicht wieso. Oder sie fühlen sich traurig, wenn alles gut läuft und umgekehrt. Ihre Gefühle sind vermischt, vollkommen durcheinander oder unauffindbar. Und so geraten sie immer wieder in Situationen, die sie falsch eingeschätzt haben, weil sie nicht mehr fühlen, ob es richtig oder falsch war. Weil ihr Körper Warnsignale sendet, wo keine gebraucht werden und keinen Alarm schlägt, wo es einen hätte geben müssen.«

Er sagte es so ernst, dass sie ihm aufmerksam zuhörte.

»Auch wenn du gerade denkst, dass diese Gefühle schlecht sind, dass du sie nicht fühlen willst, fühle sie einfach. Sag ihnen, dass sie richtig sind. Sie haben ihre Berechtigung. Sie werden wieder gehen, wenn sie wahrgenommen werden. Wenn du sie akzeptiert hast. Aber nur wenn du auf sie acht gibst, werden sie dich beschützen. Verstehst du?«

Wahrscheinlich hatte er recht. Und im Grunde wusste sie auch, was er sagen wollte. Es war ein schlechter Tag, sie hatte Fehler gemacht und ihre Gefühle spiegelten das gleiche wieder. Es war ein Zeichen, dass ihre Gefühle funktionierten. Und dass es wieder bergauf geht, wenn die Zeit verstreicht und wieder schöne Ereignisse passierten.

»Ich verstehe«, sagte sie und lächelte ihn an. Sie wusste, dass sie sich immer an seine Worte erinnern würde, so wie sie sich immer noch an Ness' Worte erinnerte. Und sie hoffte, dass sie in den richtigen Momenten in ihr Bewusstsein treten würden.

»Cindy«, sagte er und sein Ausdruck verriet, dass er etwas Ernstes loswerden wollte. Sie hielt unabsichtlich die Luft an. »Weißt du noch, als ich dich nach Alver gefragt habe?«

Sofort hatte sie den Namen wieder im Kopf. »Ja«, antworte sie zurückhaltend. »Warum?«

Er presste seine Lippen aufeinander. »Ich habe ein Gefühl«, klärte er sie auf. »Es ist nur ein Gefühl, eine wacklige Theorie.«

Sie merkte sofort, dass es ihm schwer fiel, darüber zu sprechen. Ihr Körper spannte sich an.

»Es könnte sein, dass Janet ihn gekannt hatte.«

Sie verstand nicht.

»Janet kannte einen Schulfreund von Lya?«, fragte sie und dachte noch einmal darüber nach, was Lya gesagt hatte. »Sie kannte doch gar keinen Alver.«

Er zuckte kurz die Schultern. »Ich denke, dass sie einen Alver kannte, aber es nicht sagen wollte«, unterstellte er vorsichtig. »In eurer Familie scheinen alle gerne Geheimnisse zu hüten.«

Er zwinkerte ihr zu und sie lächelte verlegen. Sie war froh, dass Stewart alles herausgefunden hatte und sie nicht mehr verheimlichen musste, dass Mylo ihr Bruder ist.

»Ich habe aber die Vermutung, dass es gar kein Schulfreund war«, sagte er nachdenklich.

»Wer denn dann?«, fragte sie und setzte sich auf. Stewarts besorgter Gesichtsausdruck machte sie nervös.

»Vielleicht war es … ich meine, es ist nur eine Vermutung, es muss nichts heißen …«

Sie fand es ungewöhnlich, dass Stewart die Worte fehlten. Was auch immer er zu sagen hatte, musste wichtig sein. Etwas, worüber er sich den Kopf zerbricht, dass ihn beschäftigt, ihm so wichtig ist, dass es ihn so schnell aus der Haut fahren lässt, wie heute.

»Vielleicht«, stotterte er weiter, »war es ein Bekannter deiner Mutter …«, er schüttelte den Kopf, als würde er selbst wollen, dass das alles nur Unsinn ist, »und vielleicht … war es sogar dein Vater.«

Plötzlich fühlte sie sich, als würde die Welt sich aufhören zu drehen, nur um danach viel schneller ihre Geschwindigkeit wieder aufzunehmen. Als würden alle Möbel ihres Zimmers in Lichtgeschwindigkeit um sie kreisen und sie wusste nicht mehr, wie sie sich selbst und alles andere zur Ruhe bringen konnte. Sie wollte aufhören sich zu drehen, sie wollte stoppen, aber alles drehte sich, alles drehte sich so schnell, dass ihr schlecht wurde, dass ihr schwindelig wurde und sie nur noch die Augen schließen konnte, um dem Karussell zu entkommen. Aber es half nicht. Sie sah die fliegenden Möbel vor ihrem geschlossenen Auge. Duckte sich immer wieder, um mit keinem Möbelstück zu kollidieren. Sie hörte Stewarts Stimme, sie nahm wahr, was er sagte, wie er seine Theorie untermauerte, wie er sie tröste, wie er ihr sagte, dass er es für sie herausfinden wolle, aber sie wusste es schon. Sie wusste, dass Stewart recht haben könnte. Und dass Janet viel schlimmer war, als sie jemals angenommen hatte.

Stewarts Stimme wurde erst wieder klarer, als er von Jimmy sprach, als er davon sprach, dass er sie verhört hatte.

Sie, Cindy, stellte sich Jimmy vor. Jimmy, ein Mensch, so lieb und doch so unbeholfen, so naiv und doch entkam er immer wieder haarscharf der Gefahr. Aber er war einer Frau wie Janet nicht gewachsen. Er konnte sie nicht zum Reden bringen, dass wusste sie sofort.

»Sie hat alles abgestritten, alles in ihren Worten erklärt, wie sie es immer tut. Sie hatte selbst für meine Verletzungen und die Tatsache, dass sie mich niedergestreckt hat, plausible Erklärungen. Sie war, wie immer, selbstsicher und gut gelaunt. Ich konnte Jimmy ansehen, dass selbst er nach dem Gespräch wieder Zweifel hatte. Man möchte Janet einfach glauben. Immer. Jederzeit. Es ist wirklich ein Problem.«

»Du darfst ihr nichts glauben!«, rief Cindy schwach.

»Nein«, versicherte er. »Nein, keine Sorge, Cindy. Ich glaube ihr nichts mehr. Ich traue ihr alles Erdenkliche zu. Und ich werde sie zu einem Geständnis bringen. Glaub mir. Ich werde sie morgen vernehmen.«

»Ich komme mit«, sagte Cindy entschlossen. »Ich komme auf jeden Fall mit!«

Sie erwartete, dass Stewart protestierte, aber er erwiderte nichts. Er blieb noch eine Weile an ihrem Bett sitzen.

Irgendwann drehte sie sich müde um und dachte an Alver. Dann schlief sie ein.

## 7

Ohne zu hören, wo Robert sich befand, schlich sie sich so leise sie konnte in ihr Zimmer, schloss langsam und vorsichtig die Tür hinter sich und fühlte eine endlose Erleichterung, als auch diese Tür sie von der Außenwelt und jeglicher menschlicher Interaktion, trennte.

Sie dachte nur an Koks, sie dachte nur an das Kribbeln in ihrer Nase und den Rausch. Sie fühlte sich so elendig wie noch nie. Wie gerne würde sie jetzt einen Freier bedienen, sich fühlen wie ein Stück Fleisch, aber trotzdem wissen, dass niemand etwas von ihr weiß. Von ihrer Vergangenheit weiß. Oder von Alver weiß. Es tat ihr so weh, diese Wunden zu öffnen, die so langsam und unsauber geheilt waren. Sie fühlte sich nackter, als je zuvor. Benutzter, als je zuvor. Verletzlicher, als je zuvor.

Auch wenn sie nicht viel gesagt hatten, hatten sie doch mehr von ihr gewusst, als sie zugaben. Sie kannten ihre Geschichte und das war schon zu viel. Sie wollte nicht daran erinnert werden. Von keinem.

Vielleicht hatte sie es deswegen so lange bei Angelo ausgehalten, weil niemand sie dort kannte. Weil niemand sie darauf ansprach. Weil sie eine Rolle annehmen durfte, die ihrer Vergangenheit nicht ähnelte. Sie konnte sich vor ihrem Inneren verstecken. Jetzt nicht mehr. Als wäre sie ein elektrisches Teilchen, dass mit Wasser in Berührung gekommen war, funkten die Bilder im Sekundentakt vor ihr auf, so intensiv, dass sie glaubte, sie wäre wieder zwölf Jahre alt. Als wäre sie immer noch in einer endlosen Schleife gefangen, die sie immer wieder in den Dreck abtauchen ließ. Sie hockte sich auf den Boden und versuchte den Plastikbeutel zu öffnen. Es war nur ein einfacher Knoten, aber ihre Hände zitterten so sehr, dass sie ihn nicht geöffnet bekam.

*»Wir müssen gehen«, flüsterte sie ihren Geschwistern zu, nachdem sie sie aufgeweckt hatte. Es war kurz nach eins. Sie hatte eine Stunde gewartet, Susanna war nicht wiedergekommen. Immer wieder horchte sie in die Dunkelheit, um zu hören, ob die Tür aufging. Aber nichts. Sie hörte nichts. Die Müdigkeit ließ sie denken, das alles wäre nicht real.*

*Sie prüfte noch einmal jeden Raum, um sicherzugehen, dass Susanna nicht nach Hause gekommen war, aber es herrschte eine gruselige Stille in jedem Raum. Zitternd knipste sie in jedem Zimmer das Licht an und wieder aus, und als sie im Flur standen und das dunkle Haus im Rücken hatten, kam es ihr gar nicht mehr vor, wie ihr Haus. Es kam ihr fremd und erdrückend leer vor. Etwas hatte sich heute verändert.*

*Sie gingen durch die Straßen, sie wusste selbst nicht wohin, alle schwiegen sie, weil sie wussten, dass kein einziges Wort ihnen helfen würde. Wieder mied sie die Blicke ihrer Geschwister, weil sie spüren konnte, wie sie alles auf ihre große Schwester setzten. Als hätte sie einen Plan. Als würde sie alles dafür tun, das alles gut wird.*

*Erstmal weg hier, dachte sie. Erstmal Richtung Wald. Von da aus würde sie telefonieren.*

*Ihre müden Augen wurden immer schlechter. Bald hatte sie das Gefühl gar nichts mehr durch die Dunkelheit sehen zu können. Einmal fragte sie sich, ob ihre Geschwister überhaupt noch neben ihr waren oder ob sie sie längst abgehängt hatte.*

*»Wo gehen wir hin?«, fragte Mylo skeptisch. »Hier ist doch nichts!«*

*Genau deswegen, dachte sie.*

*Sie kramte ihr Handy raus und rief Victor an. Victor war zehn Jahre älter als sie und wohnte in einer eigenen, kleinen und dunklen Wohnung. Er arbeitete in einem Getränkemarkt, da hatte er sie einmal angesprochen und nach einem Date mit ihr gefragt. Seitdem waren sie zusammen. Abends ging er immer in die Spielothek, aber das war ihr egal. Er war ihr erster Freund. Sie waren drei Monate zusammen und er musste ihr jetzt aus der Patsche helfen. Sie sagte ihren Geschwistern, dass sie stehen bleiben sollen und ging ein paar Schritte weg. Sie schaute noch einmal zurück, konnte aber nichts erkennen. Victor ging verschlafen ans Telefon.*

*»Victor!«, rief sie erleichtert ins Telefon. »Kann ich zu dir kommen? Es ist wirklich wichtig!«*

*»Äh … klar, warum nicht? Was ist denn los?«, er schien zu denken, dass sie ihn einfach nur sehen will.*

*»Es ist etwas Seltsames passiert«, sagte sie zusammenfassend. »Kann ich auch für ein paar Tage bleiben?«*

*Er machte eine lange Pause und plötzlich hatte sie Angst, dass er nein sagen würde. Sie hatte niemanden. Er war ihre einzige Chance.*

*»Für ein paar Tage?«, wiederholte er ausweichend.*

*»Vielleicht auch nur bis morgen«, lenkte sie schnell ein. »Morgen kann wieder alles gut sein.«*

*»Ja«, seufzte er, »dann komm.«*

*»Danke«, sagte sie erleichtert und überlegte einen Moment. Sie schaute noch einmal in die Dunkelheit.*

*»Victor?«*

*»Was denn?«, rief er genervt. »Was ist denn jetzt noch?«*

*Sie schwieg einen Moment. »Schon gut«, sagte sie zögernd und legte auf.*

*Sie konnte nicht. Sie konnte es nicht riskieren, zu fragen. Sie wollte ihn nicht verlieren. Ihren einzigen Silberstreifen nicht loslassen.*

*Gerade als sie losgehen wollte, hörte sie Schritte, die immer näher kamen. Immer noch war es stockdunkel und neblig, sodass sie nichts erkennen konnte, aber sie hörte, dass es die Schritte ihres Bruders waren. Schnell drehte sie sich um und verschwand ohne ein Wort in der Dunkelheit. Sie fühlte sich schlecht, elendig, verräterisch und gewissenlos, aber was hätte sie tun sollen?*

Nicht daran denken, versuchte sie sich zu ermahnen. Sie hatte sie im Stich gelassen und selbst jetzt tat sie es wieder. Sie hatte jegliche Empfindung gegenüber ihren Geschwistern abgeknipst. Unwiderruflich.

Was war sie nur für ein Mensch?

Wie sollte sie mit so einer Vergangenheit jemals wieder glücklich sein können?

Alles verschwamm um sie herum. Sie fühlte nur noch den flauschigen Teppich auf dem sie saß und die harte Bettkante, an der sie sich anlehnte. Selbst wenn sie hier bleiben könnte, selbst wenn sie so viel Geld wie Robert besaß, würde sie nicht glücklich sein. Weil sie es noch nie war.

Der Schmerz in ihr ballte sich in ihrem Magen zusammen, ihre Schultern wurden von der gewaltigen Wucht der Vergangenheit runtergedrückt. Sie konnte nicht mehr atmen, nicht mehr denken, nichts anderes fühlen, außer Schmerz. Es gab keinen Verstand mehr, der ihr sagte, dass sie nur abwarten müsse, dass alles wieder gut werden würde. Es gab nichts, außer dem Drang, alles zu beenden. Sie wollte nicht mehr naiv sein und wie ein kleines Mädchen hoffen, das morgen mal die Sonne scheint, obwohl es seit Jahren nur

Regen und dunkle Wolken gab. Sie war dumm, so dumm, wenn sie es tun würde! Es kamen keine besseren Tage! Nicht in ihrer Vergangenheit und nicht in ihrer Zukunft! Sie musste es lernen – schmerzlich lernen –, dass in ihrem Leben kein Sonnenstrahl durch die Wolkendecke bricht. Eine weitere Enttäuschung, einen weiteren Tiefschlag wollte sie nicht erleben, da war sie sich sicher. Nein! Es war zu Ende! Ein für alle Mal! Sie konnte nicht mehr!

Wie oft schon, hatte sie gekämpft? Wie oft war sie mit aller Kraft aufgestanden, hatte alles gegeben und dann doch verloren? Wie oft hatte sie gehofft? Gebetet, dass alles besser wird und war doch wieder auf den Boden gepresst worden? Sie kroch auf diesem Boden, kraftlos, wie ein verletztes Tier und es gab Tage, da merkte sie es nicht einmal, weil sie es so gewohnt war. Sie war es gewohnt, ihr ganzes Leben gekrümmt zu gehen. In der falschen Hoffnung, eines Tages würde sich alles ändern. Nichts änderte sich! Niemals!

Nichts hätte sie beruhigen können, nichts hätte ihr Hoffnung geben können – selbst das Bild ihrer schützenden Mutter wurde von Cindys Besuch böse zerbröselt und anschließend vernichtet. Ihre Mutter hatte sie nie geschützt! Nie geliebt! Sie, Lya, hatte ihr ganzes Leben an einer klapprigen Lüge Halt gesucht! Im Inneren hatte sie es geahnt, aber was, was hätte sie in ihrem elendigen Leben gehabt, wenn nicht diese Geschichte? Sie war das einzig Liebevolle, das sie gehabt hatte! Sie konnte sich daran erinnern oder sie erzählen, aber jetzt war sie entwertet! Weil Cindy es wusste! Cindy hatte ihre schrecklichen Vermutungen, ihren wahnsinnigen Irrglauben bestätigt und wenn Lya weiter daran festhalten würde, wäre sie eine durchgeknallte, verrückte Person.

War sie das vielleicht auch? War sie verrückt?

Sie griff nach der Tüte, die sie nur noch verschwommen sah. Jeder Handgriff der folgte, war so automatisiert, dass sie gar nicht mehr nachdenken musste, was sie tat. Endlich fühlte sie das sehnlichst vermisste Kribbeln in ihrer Nase, den leichten Schmerz in den feinen Gefäßen, der sie so euphorisch werden ließ. Endlich konnte sie sich wieder beruhigen und entspannen, weil sie wusste, dass sie sich gleich besser fühlen würde. Als das Kribbeln aufhörte, legte sie sich die nächste Line. Nur damit das Warten schneller umgeht, dachte sie. Sie wollte Erleichterung spüren oder wenigstens eine erfolgreiche Ablenkung. Sie wollte nicht warten. Nein, nie wieder warten!

Und tatsächlich, es wirkte. Wieder kribbelte es, wieder fühlte sie sich besser, wieder konzentrierte sie sich auf das Brennen in ihrer Nase. Wieder legte sie sich die nächste Line. Damit es auch wirklich wirkt, redete sie sich ein. Es kribbelte. Sie fühlte Glück.

Immer wieder legte sie ein Line nach, um sich abzulenken, immer wieder kribbelte es, bis sie endlich die Wirkung spürte. Sie fühlte sich stark, mutig und selbstbewusst, sah den Tag vor sich, all die schwierigen Gespräche und es krempelte sich ein warmer, weicher Stolz um ihr demoliertes Herz, der sie euphorisierte, sie hätte platzen können vor Glück!

Euphorisiert legte sie sich die nächste Line. Sie wollte sich noch besser fühlen! Sie wollte dieses Glück diesmal länger spüren! Wieder brannte es. Wieder kribbelte es. Und plötzlich sah sie grelle Farben, wild vermischt, flüssig verlaufen, kreisende Muster, sie sah alles, was das Farbspektrum zu bieten hatte, sie fühlte sich, als wäre sie in den Malkasten von Robert gefallen. Tausende Gefühle schossen ihr in den Kopf, alle so warm und sanft, dass sie dachte, sie würde vom

Boden abheben und im Zimmer schweben, sie sah Bilder von lachenden Kindern, die sie aber nicht kannte, sie hörte Stimmen, sie hörte Gespräche, sie sah ihre Mutter und sie sah Alver. Sie sah ihn, er stand vor ihr, wollte zu ihr kommen, lächelte sie an und sie streckte ihre Hand nach ihm aus, wollte ihn berühren, aber er verpuffte sofort, als sie ihn berührte. Erschrocken wich sie zurück, versuchte zwischen all den Bildern noch den Raum zu erkennen, in dem sie sich befand, legte vollkommen benebelt noch eine Line, zog sie mit einem festen Schniefen ein und hoffte, dass die Gedanken besser wurden.

Vielleicht war es gar kein Kokain, dachte sie kurz, aber im nächsten Moment war es ihr schon wieder egal. Sie spürte einen Blitz durch ihren Körper gehen, so schnell und so heiß, dass sie nicht wusste, ob er alles verbrannt hatte.

Sie überlegte, wo er her kam und ob ein Mensch so etwas überleben konnte, aber sie konnte nicht mehr denken. Sie sah wieder Farben, Formen und dann sah sie Bilder. Viele einzelne Bilder, die vor ihr umherschwirrten und sofort wieder verschwanden. Ein Filmband, dass in Sekundenschnelle vor ihren Augen ablief, nur um sich dann wieder in Luft aufzulösen. Tausende Momente, Tausende Erinnerungen und Gefühle stiegen in ihr hoch, aber sie fühlte sich nicht mehr davon eingeschüchtert oder niedergedrückt. Sie war viel größer, viel mächtiger, sie schwebte über ihnen und diese Bilder konnten ihr nichts mehr antun. Sie waren nur da, sie waren für sie sichtbar, aber sie kannten den Weg zu ihr nicht. Als wären sie hinter einer dicken Glasscheibe versteckt. Sie war beschützt. Für immer beschützt. Sie fühlte nur Glück. Sie war so glücklich, dass sie hätte lachen können, sie hätte mit dem Finger auf all diese Bilder zeigen können, ihnen die

Zunge rausstecken können, weil sie so klein und belanglos waren. Sie hatte es endlich geschafft, sich von ihnen loszureißen, all die Schmerzen loszuwerden. Sie flog weiter, immer weiter in die Höhe, konnte spüren, wie leicht, wie schwerelos ihr Körper war, wie frei sie sich fühlte, wie die Bilder, die sie sah, immer kleiner wurden, immer blasser, bis sie sich vollständig auflösten. Auch die Stimmen waren weg, alles wurde still.

Nur das Glück, das warme, fast brennende Glück in ihr blieb.

Montag, 30. Juli 2012

I

Ungeduldig saß sie im Nebenraum, schaute angespannt durch die Fensterscheibe, die den Vernehmungsraum zeigte und wartete darauf, dass Janet in dem Raum geführt wurde und die Befragung beginnen würde.

Der Raum in dem sie saß, war still, obwohl noch vier weitere Kollegen und Jimmy neben ihr saßen. Niemand sagte ein Wort. Alle schauten zum Fenster.

Schon auf der Autofahrt hatte sich ihr Hals immer weiter zugeschnürt und auch jetzt, hätte sie keinen Laut formen können, wenn es jemand verlangt hätte.

In der Nacht hatte sie von Janets Befragung geträumt. Sie waren in einem ganz anderen Raum, einem Haus, das sie nicht kannte und alles erinnerte eher an ein gemütliches Beisammensitzen, als an eine Vernehmung dieser Ernsthaftigkeit. Stewart hatte Kerzen angezündet und als Cindy ihn fragte, was das solle, meinte er, dass sie mehr reden würde, wenn eine gemütliche Stimmung herrsche.

Die ganze Zeit hatte sie in ihrem Traum darauf gewartet, dass Stewart sie konfrontiert, mit all dem, was er herausgefunden hatte, sie hatte ungeduldig darauf gewartet, dass er wütend wird, sauer wird, sie anschreit, aber nichts passierte. Im Gegenteil, sie konnte mit ansehen, wie er immer leiser würde, sich immer mehr zu dem Stewart verwandelte, der Janet hörig war. Und sie konnte nichts tun, als das ganze

Drama mit anzusehen. Irgendwann sprang sie auf, hämmerte wie verrückt an die Scheibe, schrie, dass sie es wisse, dass sie wisse, was passiert war, dass Janet eine Mörderin sei, aber sie hörten sie nicht. Sie merkte, wie zwei Männer sie an den Armen packten und sie wegtrugen. Es machte sie so wütend, dass sie sich nicht wehren konnte, dass niemand sie hören konnte, dass niemand verstand, was sie sagte! Sie strampelte mit den Beinen, versuchte sich aus den festen Griffen zu entreißen, aber irgendwann war sie mit ihren Kräften so am Ende, dass sie einfach kapitulierte.

Mit klopfendem Herzen war sie aufgewacht und konnte nicht mehr einschlafen. Sie zählte die Stunden bis zur Befragung und versuchte sich zu sagen, dass es nur ein Traum gewesen war. Dass sie Stewart vertrauen konnte. Aber wirklich sicher war sie sich nicht.

Sie bemerkte, wie noch mehr Kollegen den Raum betraten, aber sie drehte ihren Kopf nicht, um zu sehen wer kam. Sie grüßte nicht. Sie starrte einfach nur auf das Fenster, auf den Raum, in dem Stewart wartete.

*Bitte lass ihn nicht schwach werden.*

Endlich wurde Janet von zwei Beamten in den Raum geführt. Ihr Haar fiel anmutig über ihren Rücken, es glänzte, als wäre sie gerade beim Frisör gewesen und das satte Schwarz strahlte eine Schönheit aus, der man nur schwer entkommen konnte. Sie war nicht geschminkt, aber selbst das tat ihrer Schönheit keinen Abbruch ab. Sie lächelte Stewart erleichtert an und Cindy hätte zu gerne gewusst, ob er es erwiderte, aber er stand mit dem Rücken zu ihr.

*Fall nicht auf sie herein. Bitte nicht.*

Sie setzten sich und Cindys Herz fing an zu pochen. Nervös wippte sie mit ihrem Bein hin und her und hoffte, dass

Stewart bald seine erste Frage stellen würde. Sie hielt es nicht mehr aus, zu warten. Sie musste wissen, was passiert.

»Wie geht es dir?«, fragte er Janet so sanft, dass Cindy entsetzt war. Warum interessierte ihn das? Warum sprach er so liebevoll mit ihr?

»Stewart«, sagte sie sofort und übernahm damit die Zügel der Konversation. »Können wir uns den Smalltalk nicht sparen? Du weißt, wie es mir geht. Es sieht gar nicht gut für mich aus.«

Sie schaute ihn so hoffnungsvoll und gutmütig an, dass selbst Cindy sie für unschuldig gehalten hätte, wenn sie es nicht besser wüsste.

Sie war eine wahre Meisterin der Manipulation.

»Ich weiß«, lenkte er ein. »Aber ich kann dir leider nicht helfen.«

Er sprach so schwach und unentschlossen, dass Cindy immer fiebriger wurde. Ihr Herz klopfte schnell. Wenn sich ihr Traum wiederholen würde, würde sie mit bloßen Händen die Scheibe einschlagen, sich die schmerzende Kehle aus dem Leib schreien, sie würde alles versuchen, um Janets wahres Ich zum Vorschein zu bringen.

*Komm schon, Stewart. Du weißt es doch. Mach sie fertig!*

»Du kannst mir nicht helfen?«, fragte sie und ihre Augen wurden glasig. »Natürlich kannst du das! Aber du willst es nicht, oder? Ich weiß, Stewart. Ich habe dich verletzt, ich habe mich wirklich schrecklich verhalten, aber das war nicht ich! Das weißt du doch, oder?«

Die Argumente schossen so aus ihr raus, als wären sie automatisiert. Als wären sie gespeichert und jederzeit abrufbar. Cindy konnte sich genau vorstellen, wie sie und Stewart jahrelang so diskutiert oder gestritten hatten. Sie wusste, was sie sagen musste, welche Knöpfe sie drücken musste, damit Stewart einknickt und genau das machte, was sie wollte.

»Du wolltest mich sterben lassen«, sagte er kühl und Cindy stellte erleichtert fest, dass seine Stimme viel ernster klang.

»Das wollte ich nicht! Stewart, das weißt du! Du kennst mich. Warum sollte ich so etwas tun? Ich habe immer alles für dich gemacht. Immer. Und ich würde es immer noch«, schluchzte sie.

*Verdammte Lügnerin! Mach sie fertig, Stewart!*

Stewart machte eine bedenklich lange Pause und Cindy konnte vor Machtlosigkeit nicht mehr still sitzen. Unruhig wippte sie mit den Beinen.

»Ich habe dir so viele Chancen gegeben«, sagte er leise und Cindy musste mit Erschütterung feststellen, dass er sich in die Defensive gedrängt lassen hatte.

*Bitte nicht. Bitte nicht, Stewart! Fall nicht darauf rein!*

»Gib uns noch eine!«, flehte sie direkt. »Stewart, wir waren so viele Jahre verheiratet, wir waren doch glücklich, oder? Möchtest du wirklich, dass ich im Gefängnis sitze? Wegen eines Missverständnisses?«

Ihr Hals schnürte sich weiter zu. Wie konnte dieses Biest es wagen, einen versuchten Mord, als *Missverständnis* darzustellen?

Kann ja mal passieren? Schwamm darüber? Nein, du verdammte Schlange!

»Du weißt, dass ich nicht möchte, dass du ins Gefängnis gehst.«

Fassungslos saß sie auf ihrem Stuhl, starrte auf die saubere Scheibe und musste mit ansehen, was im Nebenraum passierte. Entsetzt spähte sie zu Jimmy, der ebenfalls konzentriert das Geschehen beobachtete, aber ihren Blick – und vor allem ihre Sorge – nicht erwiderte. Sie konnte es nicht länger ertragen, weiterzuzuhören, wie Stewart in dieser behüteten Stimmlage mit ihr sprach. Er konnte ihr nicht entkommen. Niemand konnte es. Niemand sah es. Außer Cindy.

Mit einem entschlossenen Satz stand sie auf und lief ohne ein Wort zu sagen aus dem Raum. Sie konnte nicht. Sie konnte es keine Sekunde mehr hören! Sie wollte es nicht mit ansehen, wie Stewart ihr wieder verfiel! Es tat ihr zu weh, ihn noch einmal so verändert zu sehen!

Plötzlich packte sie jemand am Arm. Schnell drehte sich um. »Lass mich sofort los, Jimmy«, blaffte sie wütend.

»Ich würde es mir an deiner Stelle anhören«, sagte er ernst und hielt sie immer noch fest am Arm.

»Was soll ich mir angucken?«, fragte sie patzig. »Wie Stewart sich wieder einlullen lässt und das ganze Spiel von vorne beginnt?«

»Sieh es dir einfach an«, sagte er und ließ sie los. Sofort wandte sie sich um und lief den Flur entlang.

»Beim letzten Mal, als ich dich festhielt und dir etwas Wichtiges sagen wollte, bist du auch weggerannt!«, rief er ihr laut hinterher. »Ich würde den gleichen Fehler nicht zweimal machen!«

Unbeirrt lief sie weiter, fühlte sich im Stich gelassen und hatte keine Lust auf eine weitere, tief sitzende Verletzung.

Trotzdem blieb sie auf einmal stehen und drehte sich um. Jimmy war schon wieder im Nebenraum verschwunden. Der Flur kam ihr still und einsam vor und sie fragte sich, was sie Zuhause machen würde, wenn sie jetzt fort ging. Sie hätte niemals an etwas anderes denken können, sich niemals mit etwas anderem beschäftigen können. Verdammter Mist! Sie verfluchte die ganze Situation.

Widerwillig und langsam ging sie zurück. Vielleicht war es ihre Neugier, vielleicht war es ihre Hoffnung, vielleicht war es auch einfach der Druck, Jimmy nicht noch einmal zu enttäuschen – sie wusste es nicht genau. Mit gesenktem Kopf und mieser Laune ging sie leise an ihren Platz zurück.

Plötzlich schreckte sie heftig auf.

Es knallte durch den ganzen Raum. Stewart schlug mit seiner kräftigen Hand so feste auf den Tisch, dass das Fensterglas wackelte.

»Es reicht!«, schrie er und sprang auf. Auch Janet wusste nicht, wie ihr geschah. Für den Bruchteil einer Sekunde verlor sie ihr immer verlässliches Pokerface und er konnte Angst in ihren Augen entdecken.

»Es reicht! Ein für alle Mal! Verstehst du es nicht? Es ist kein Spaß mehr! Schon lange nicht mehr! Du sitzt hier, weil du eine Mörderin bist, verdammt!«

»Stewart«, sagte sie, ihre Stimme war leiser geworden. Sie wirkte, als wäre ihr die Situation entglitten. Als hätte sie die Kontrolle verloren. Als würde sie im Dunkeln nach rettenden Seilen suchen, die sie aus den hohen Wellen rauszogen. »Was redest du denn da? Ich bin doch keine Mörderin!«

»Nein?«, fragte er wütend zurück. »Wie würdest du es denn sonst nennen, einen Menschen bewusstlos zu schlagen, ihn zu fesseln, für mehrere Tage ohne Nahrung zu lassen, ohne die Absicht, jemals wiederzukommen?«

»Ich bin doch wiedergekommen!«, rechtfertigte sie sich sofort und setzte wieder ihre künstliche Maske der Selbstsicherheit auf. »Ich habe dich nicht umgebracht und hatte es nicht vor.«

Stewart lief wütend durch den Raum und überlegte wie er es schaffte, sich bei dieser Vernehmung nicht im Kreis zu drehen, nicht darüber zu diskutieren, ob sie in *diesem* Fall eine Mörderin war oder nicht. Das alles zehrte an seiner Kraft und er wusste, dass er sich seine Kraft gut einteilen musste, um bei ihren dreisten Provokationen und ihrer widerlichen Falschheit nicht die Fassung zu verlieren. Er musste – wie immer wenn er sie in den letzten Tagen sah – Selbstbeherrschung üben.

Und vor allem, musste er sich konzentrieren, um ein klares Geständnis über ihre giftigen Lippen zu bringen.

»Ich habe nicht von mir gesprochen«, sagte er kühl und nahm seinen Blick nicht von ihr. Er wusste, was passieren würde, wenn er es aussprach. Sie würde ihn – ohne eine Sekunde zu zögern – die Schlucht mit runterreißen.

»Wie bitte?«, fragte sie und ihre Augen funkelten böse. Sie versuchte ihn zu warnen, aber es war ihm egal.

»Du hast in unserer Beziehung einen Mord gestanden«, half er ihr auf die Sprünge.

»Bist du jetzt völlig durchgedreht?«, rief sie erschrocken und starrte ihn empört an. »Stewart, bitte, wie kannst du so etwas behaupten?«

Sie spielte ihre Fassungslosigkeit wirklich gut, aber ihn machte es nur noch wütender, dass sie alles, wirklich alles, so entschlossen abstritt.

»Du hast es mir gesagt«, erinnerte er sie und versuchte ruhig zu bleiben. »Wort für Wort. Ich kann es ganz genau wiedergeben.«

Er war ihre Lügen schon gewohnt, er war es gewohnt, dass sie alles mit Notlügen, die pausenlos in ihrem Kopf aufblitzten, ausschmückte, erklärte und rechtfertige, alles so hinbog, wie es für sie passte. Jahrelang war er darauf reingefallen, hatte an das Gute geglaubt – oder einfach nicht wahrhaben wollen, ein Monster geheiratet zu haben.

Aber hier war er nun. Er gestand sich alles ein. Er gestand sich ein, geblendet worden zu sein, auch wenn es an seinem Stolz eine unschöne Katsche hinterließ.

»Ich glaube es nicht, dass du das tust, Stewart«, sagte sie ernst und er wartete misstrauisch darauf, was sie als nächstes sagen würde. Sie würde es ihm doch nicht so einfach machen, oder?

»Ich kann es nicht fassen, dass du persönliche Dinge aus meiner Vergangenheit nimmst und die Tatsachen verdrehst. Ich habe dir, im Vertrauen, von meinem Ex-Mann erzählt. Du weißt, wie schwer es für mich war. Und jetzt stehst du hier, erfindest etwas zu dieser Geschichte, um zu beweisen, dass ich dich töten wollte. Ziemlich mies, findest du nicht?«

Sie senkte ihren Blick und Stewart dachte für einen Moment an seine Kollegen und Cindy, die gerade zuguckten. Bis gerade hatte er völlig vergessen, dass sie alles sahen. Sie spielte so gut, dass er immer wieder das Gefühl hatte, ihr Unrecht zu tun. Wahrscheinlich hätte er ihr noch einmal geglaubt, hätte er nicht am eigenen Leib erfahren, wie brutal sie ist.

»Ich verdrehe gar nichts«, sagte er und merkte, dass sie sich wieder in einer Sackgasse befanden.

Er atmete tief durch.

»Weißt du Janet«, sagte er ernst. »Ich habe gedacht, wir könnten das auf eine normale Art und Weise regeln. Darüber reden, wie zwei Menschen, die sich einmal nahe standen. Aber ich merke, dass wir so nicht weiterkommen«, er zuckte die Schultern. »Du lässt mir keine Wahl. Ich muss dich so behandeln, wie alle Verbrecher, die hier sitzen.«

Sie spiegelte sein Schulterzucken und machte ein unbeeindrucktes Gesicht.

»Wie ist dein Name?«, fragte er herb.

Sie lachte kurz. »Das ist doch lächerlich, Stewart, wir können doch …«

Er knallte mit voller Wucht seine Faust auf den Tisch. Sie schreckte zusammen. Er merkte, wie die Wut in ihm hochkochte. Jahrelang hatte er sich einlullen lassen! Es reichte! Es reichte ein für alle Mal!

»Sag mir deinen verdammten Namen!«, brüllte er sie an.

Sie zog die Augenbrauen hoch und schnaufte beleidigt.

»Janet Magdalena Atienza.«

»Wie hießt du, nachdem du das erste Mal geheiratet hast?«

Sie funkelte mir ihren Augen. »Ramirez.«

»Wann hast du das erste Mal geheiratet?«

»Mit siebzehn Jahren.«

Endlich antwortete sie ohne zu widersprechen. Immerhin lügst du bei diesen Daten nicht, du Biest, dachte er.

»Ist es richtig, dass ihr euch getrennt habt?«

Sie schnaufte kurz und mied Stewarts blick. »Ja, es stimmt.«

»Warum habt ihr euch getrennt?«

Sie sah wieder zu ihm auf. »Wir brauchten eine Pause voneinander«, sagte sie, als würde es sie immer noch beschäftigen. »Stewart, du weißt das doch alles, warum fragst du …?«

»Ich stelle die Fragen!«, schnitt er ihr scharf das Wort ab, »Gab es eine andere Frau?«

Sofort schüttelte sie den Kopf. »Nein. Nicht das ich wüsste.«

Natürlich gab es eine, du miese Lügnerin!

»Wie viele Jahre wart ihr getrennt?«

Sie überlegte einen Moment. »Ungefähr fünf«, sagte sie und machte einen traurigen Gesichtsausdruck. Stewart ließ sich davon nicht ablenken.

»Ungewöhnlich, oder? So viele Jahre getrennt und dann plötzlich wieder zusammen, als ob nichts passiert wäre?«

»Das siehst du an jeder Ecke, Stewart!«, sagte sie genervt. »Es war die wahre Liebe. Mehr muss ich dazu nicht erklären«, beteuerte sie weiter und legte ein künstliches Lächeln auf. Wahrscheinlich hoffte sie, ihn damit zu treffen, wenn sie so über einen anderen Mann sprach, aber es ließ ihn völlig kalt. Er sah es so klar, er sah ihre ganze Falschheit. Ihre Haltung. Ihre Sprechweise. Ihr Lächeln. Das alles, was er geliebt hatte, war eine Plastikhülle gewesen, die – wie er jetzt fand – noch nicht einmal gut verarbeitet war. Er hasste sich dafür, dass er fast vor die Hunde gehen musste, um es zu realisieren.

»Erzähl mir von dem Urlaub in London«, forderte er sie auf.

»Wir haben uns versöhnt und sind nach London gereist«, erklärte sie knapp, wie sie es sich wahrscheinlich schon hundert Mal in ihren Gedanken zusammengereimt hatte. Keine Verschnörkelungen, keine ausschmückenden Details, in die sie sich nachher verstricken könnte.

»Und dann wurde er ermordet?«, fragte er misstrauisch.

»Ja«, sagte sie bestürzt.

»Von wem? Und warum?«

»Das weiß ich nicht! Stewart, jetzt hör doch auf!«, bat sie und ihre Stimme zitterte. Auf eine gehässige Weise – die normalerweise nicht seine Art war – freute es ihn sogar, sie in die Enge zu drängen.

»Du hattest das stärkste Motiv«, stellte er klar.

»Ich?«, fragte sie entsetzt. »Es waren so viele andere Leute auf der Party! Darunter irgendein krankes Schwein, der Gefallen daran fand, Ausländer umzubringen!«

Stewart ging kopfschüttelnd durch den Raum. Ihre Erklärungen würden immer abstruser und er begriff, dass sie niemals gestehen würde, wenn es so weiterging. Alle Fragen prallten an ihr ab.

Sie würde stundenlang hier sitzenbleiben, felsenfest behaupten, dass sie es nicht war und ihre überdurchschnittlichen Fähigkeiten im Lügen weiter ausbauen, bis sie ihrem Geschwafel selbst Glauben schenkte.

»Und was ist mit dir?«, fragte sie plötzlich. »Hältst du dich immer noch für unschuldig?«

Er wusste, was kommt. Sie würde ihren einzigen Triumph ausspielen, um die Kontrolle zu behalten.

»Ich *bin* unschuldig«, sagte er knapp.

Ihre Augen blitzen ihn an. Sie wartete noch einen Moment, gab Stewart noch eine kleine Chance, ihre Worte zu verhindern, aber als er nichts sagte, lächelte sie selbstgefällig. »Du hast mir sehr viel Geld geliehen, weißt du noch?«

Er atmete tief ein. »Ich weiß.«

Sie lächelte. War sie wirklich so naiv zu glauben, dass Stewart sich von ihr erpressen ließ?

»Und wissen deine Kollegen es auch?«

»Ja, sie wissen es alle«, sagte er mit fester Stimme.

In seinen Kopf drängten sich die Bilder des unerfreulichen Gesprächs mit seinem Chef. Sein Chef hatte nur genickt und gesagt, dass sie sich später darum kümmern und er erstmal den Fall in Ordnung bringen sollte. Wahrscheinlich war er seine Stelle los. Umso wichtiger war es ihm, den Fall zu lösen. Und Janet hinter dicken Betonmauern und stahlharten Gitterstäben zu sehen.

»Du bist kein guter Lügner, Stewart. Warst du noch nie«, bemerkte sie abfällig. »Du willst mir also wirklich erzählen, dass alle deine Kollegen wissen, dass du Geld von ihnen geklaut hast?«

Ein kalter Schauer lief ihm über den Rücken, als sie die Worte aussprach. Auch wenn sie recht hatte. Auch wenn er wusste, wie verwerflich sein Verhalten war. Schlechte Taten auszusprechen war eine ganz andere Nummer, als sie – quälend, aber doch irgendwie geschützt – in seinem Kopf zu haben.

»Sie wissen es«, wiederholte er und seine Stimme klang immer noch fest. »Aber ich weiß immer noch nicht, wofür du das Geld brauchtest.«

»Doch, das weißt du«, blaffte sie direkt zurück. »Meine Familie hatte Schulden.«

Stewart schüttelte den Kopf. »Das ist doch alles Schwachsinn!«, brüllte er wütend. »Alles was du erzählst, sind reine Lügen! Merkst du das nicht selbst?«

»Du erzählst Lügen!«, zischte sie zurück. »Du hast Spendengelder veruntreut! Gelder, die Menschen gespendet haben, damit ihr bessere Arbeit machen könnt! Damit ihr Menschen helfen könnt! Du tust immer, als hättest du eine weiße Weste, Stewart, aber die hast du nicht! Alle lieben dich, weil du ein Inspector bist, weil du hochangesehen bist, weil du so tust, als würdest du immer fair und gerecht handeln, aber das tust du nicht! Du bist genauso skrupellos und zwielichtig wie alle anderen auch! Aber ihr sitzt auf der Seite des Tisches und ich hier!«

Ihre Stimme klang wütend und trotzdem klar. Sie wurde weder zu aggressiv, noch zu emotional. Nein, sie wusste, was sie sagte und jedes Wort schoss wie ein Pfeil in Stewart ein.

»Ich habe diese Gelder genommen, weil du eine Notlage simuliert hast! Weil du mich angefleht hast, dir zu helfen, weil ich verliebt war, verdammt! Ist das nicht ein Unterschied?«

Sie zuckte mit den Schultern. »Frag diejenigen, dessen Gelder es waren.«

Was für eine Schlange!, dachte er und fragte sich, warum sie auf einmal die Fragen stellte und er sich rechtfertigte. Wann und wie hatte sich das Blatt wieder gewendet?

Er wagte einen letzten Versuch, ohne ihm viele Chancen auszurechen. »Was hast du mit dem Geld wirklich gemacht?«

Sie schaute ihn genervt an. »Das habe ich dir schon gesagt«, sagte sie kühl und verschränkte ihre Arme.

Sie würde nichts zugeben, dachte er. Sie drehten sich nur im Kreis und langsam war er erschöpft davon, keinen einzigen Schritt weiterzukommen. Er stand knietief im Moor, kämpfte um jede Bewegung, aber wurde doch nur weiter in die Tiefe gezogen.

Er machte ein paar Schritte durch den Raum und atmete mehrmals tief durch.

»Macht es dich nicht unfassbar wütend?« fragte er sie nachdenklich und schaute sie verständnisvoll an.

Sie guckte verdutzt. »Was?«

»Dass mit Cindy«, klärte er sie auf.

»Dass sie bei dir wohnt oder dass sie gerne wegläuft?«, fragte sie gehässig.

Pass auf, was du sagst!, dachte er und merkte wie das Adrenalin in ihm hochkochte.

»Nein«, sagte er ruhig und wunderte sich selbst darüber, dass seine Stimme so entspannt klang. Er hatte das Gefühl, dass seine Konzentration sich mit dem Adrenalin mischte und ihn in eine so ruhige Stimmung versetzte, die ihn mit ziemlich hoher Wahrscheinlichkeit an sein Ziel bringen würde. Wie ein Tier, das sich tot stellte. Es musste panische Angst haben und massenhaft Adrenalin ausschütten, aber es schaffte es trotzdem, extrem ruhig zu werden und somit den Angreifer zu überlisten.

»Ich meine, dass ausgerechnet Cindy bei mir wohnt. Du kennst sie doch, nicht wahr?«

Sie guckte immer noch völlig irritiert. »Verlierst du jetzt völlig den Verstand?«, wollte sie wissen, »ja, ich habe sie bei dir kennengelernt. Natürlich kenne ich sie.«

Er nickte verständnisvoll.

»Mich würde es wütend machen«, sagte er nachdenklich und ihr Blick sagte ihm, dass sie immer noch nicht verstand, worauf er hinaus wollte. »Unfassbar wütend. Vielleicht sogar aggressiv. Dein ganzes Leben, hast du an einem Plan gefeilt, hast an ihm getüftelt, ihn nach jahrelanger Planung endlich in die Tat umgesetzt, nur um nachher selbst in die Falle zu laufen.«

Er machte eine Pause und sah sie ganz genau an. Hinter ihren Augen flackerte es, er konnte spüren, wie fieberhaft sie über seine Worte nachdachte und wie ihre kranken Emotionen langsam aber sicher anfingen zu köcheln.

»Du hast eine Grube gegraben, in die du selbst gefallen bist. Fühlt sich das nicht scheußlich an?«, fragte er aufrichtig und wartete einen Moment ab, ob sie protestieren wollte, aber sie erwiderte nichts. Sie hielt einfach nur seinem Blick stand.

»Mit aller Kraft hast du versucht eine Familie zu zerstören, doch letztendlich scheint es so, als seist vor allem *du* zerstört worden«, sprach er weiter. »Wahrscheinlich hätte ich ohne deinen Einfluss, meine Tochter nicht kennengelernt. Du hast mir Cindy geschenkt. Macht es dich nicht sauer?«

Sie starrte ihn an und erwiderte nichts.

»Schon einmal hattest du das Gefühl, dass dir jemand die wichtigste Person wegnimmt, nicht wahr?«, fuhr er unbeirrt fort.

»Er hatte eine neue Frau – sogar Kinder mit ihr und das muss dir wehgetan haben, oder? Es schmerzte, so sehr, Tag und Nacht, und das einzige, was dir geholfen hat, war der Gedanke an Rache. Und als du es geschafft hast, alles zu zerstören, hast du damit eine Kettenreaktion in Gang gesetzt. Und schließlich endete der Kreis wieder bei dir. Und wieder fühltest du, dass dir etwas weggenommen wird, wieder wolltest du Rache.«

Sie schnaubte und schüttelte den Kopf. »Was redest du da?«, zischte sie fassungslos, als würde er eine unbekannte Geschichte erzählen.

»Ich wäre an deiner Stelle wütend. Aber soll ich dir was sagen? Du hättest glücklich sein können, hättest du einfach losgelassen. Aber das kannst du nicht. Du musst immer Rache üben. Und du bist dabei so verbissen, dass du nicht siehst, dass du dir damit ins eigene Fleisch schneidest.«

Alles was er sagte, war reine Theorie, aber er hatte so oft darüber nachgedacht, dass es ihm plausibel vorkam. Er sprach es aus, wie eine Tatsache und es fühlte sich mehr nach der Wahrheit an, als das veruntreute Geld. Ein komisches Gefühl.

Sie saß immer noch ruhig da, grinste selbstgefällig vor sich hin, aber Stewart konnte ihr anmerken, dass sie mit Nachdruck nachdachte. Fieberhaft nach einer Antwort suchte, die das Ruder wieder umreißen konnte.

»Wie schrecklich es für dich gewesen sein muss«, sagte er und konnte sehen, wie ihre Augen rasch zu ihm aufblickten. Wahrscheinlich dachte sie, dass er sie verstehen würde.

»Mit Cindy hast du dich irgendwann abgefunden«, vermutete er und sah sie behutsam an. »Du wusstest, sie wohnt bei mir, aber du hast darauf gepokert, dass sie eines Tages mächtige Probleme machen wird, weil sie aus schwierigen Verhältnissen stammt. Du hast gedacht, dass ich verzweifelt an den Sorgen, dem Ärger und den schlaflosen Nächten zu Grunde gehe. An dieser Vorstellung hast du dich hochgezogen und ergötzt. Nur deswegen konntest du dich damit abfinden.«

Wieder wartete er darauf, dass sie ihm widersprach, dass sie wenigstens loslachte oder ihn für verrückt erklärte, aber nichts passierte. Sie sah nicht ängstlich aus, sie sah eher aus, wie ein Mensch, der sich zwanghaft bemühte, ein nach außen perfektes Bild zu wahren, während im Inneren ein Chaos ausbrach.

»Aber was dir wirklich einen Messerstich versetzt haben muss«, sagte er sanft, »war die Öffentlichkeitsfahndung nach Mylo McCrane.«

Ihre Augen funkelten ihn wieder böse an und für einen Moment dachte er, dass sie jetzt reinredete zwanghaft versuchte seine Theorie zu entwerten, aber nichts geschah.

»Wie schrecklich muss es gewesen sein, dass Bild in allen Nachrichten zu sehen?«, fragte er kopfschüttelnd.

»Nachdem du so viel dafür getan hast, diese Familie auszulöschen! Nie wieder etwas von ihnen zu hören! Spätestens da, wäre ich an deiner Stelle vollkommen durchgedreht! Wie konnte es sein, dass nach und nach diese Kinder aus dem Nichts auftauchten?«

Wieder wartete er auf eine Reaktion, aber sie ließ ihn einfach reden. Nur ab und zu schüttelte sie ihren Kopf oder funkelte ihn verabscheuend an.

»Ich meine, wenn ich mir das nur schon vorstelle!«, fuhr er fort. »Du hast geahnt, dass dieser Junge kein Mörder ist! Du wusstest, dass ich ihn treffen würde und es wäre nicht auszudenken, in keinem Maße aushaltbar gewesen, wenn die klitzekleine Möglichkeit bestehen würde, dass ich ihn auch aufnehmen würde!«

Er machte eine kurze Pause. »Nein!«, rief er dann, »das wäre unvorstellbar! Ich an deiner Stelle wäre verrückt geworden! Erst der Ehemann, der einen abserviert, für eine andere. Ein jahrelanges, abgebrühtes, anstrengendes Doppelleben führen, all die Jahre den Hass bündeln, um schließlich anzugreifen und diese Familie zu zerstören. Und das alles nur, damit *ich* die Kinder am Ende alle aufnehme und sie mit Freude großziehe! Nein, das wäre das Letzte ...«

»Ich hasse sie alle«, sagte sie auf einmal und ihre Augen verloren schlagartig die Wärme, ihr ganzes Gesicht wurde augenblicklich eisern. »Ich hasse Cindy!«, rief sie plötzlich. »Sie sieht aus wie ihre Mutter! Und sie ist genau wie ihre Mutter!«

Stewart konnte nicht glauben, was passierte. Völlig erschrocken sah er Janet an und hoffte inständig, dass sie in ihrer Wut weiterredete.

»Sie war ein Biest! Sie war ein mieses Flittchen! Sie war jung, aber so naiv, dass ich es kaum aushalten konnte! Ich dachte, es wäre ein Scherz, ein schlechter Witz, als er mir sagte, dass er mit ihr zusammen sein wollte! Ich lachte darüber! Und plötzlich war er weg! Ohne ein Wort zu sagen! Einfach weg!«

Ihr Aussehen wirkte plötzlich komplett verändert. Ihre Augen wurden schmal, ihre Stirn legte sich in Falten, ihr Blick fokussierte Stewart nicht mehr richtig. Sie schien die

Bilder von damals noch einmal genau zu erleben und gar nicht mehr über die Konsequenzen ihrer Worte nachzudenken. Sie schien in einer völlig anderen Gedankendimension zu sein. Sie sah verletzt aus, zutiefst unglücklich, wie ein Kind, das in ständiger Angst und Sorge lebt, und auf einmal empfand Stewart Mitleid für sie. Und zum ersten Mal dachte er, dass sie hier eine Seite von sich zeigte, die sie nicht manipulierte, die sie nicht spielte, die sie nicht kontrollieren konnte.

»Ich fragte seine Eltern, aber auch sie wussten von nichts! Unser ganzes Dorf wusste von nichts! Nichts! Kannst du das glauben? Wir waren noch verheiratet, aber trotzdem konnte ich ihn nicht finden! Erst Jahre später, besuchte ich einen Freund und sah eine Postkarte, die aus England kam. Ich drehte sie um und sah, dass sie von Alver war. Endlich hatte ich seine Adresse! Über den Bekannten erfuhr ich, dass er Kinder gezeugt hatte mit diesem Flittchen! Ich konnte nicht anders! Ich konnte nichts tun! Ich hab sie so sehr gehasst! Alle!«

Eigentlich wusste er in dieser Sekunde nicht mehr, ob er in der Lage war, den Rest dieser Tragödie zu hören oder ob er jemals bereit war, zu hören, was sie getan hatte, wozu sie fähig war und was für eine Brutalität, was für eine Psychopathin in ihr steckte. Er dachte an Cindy und hoffte, dass sie stärkere Nerven bewies als er.

»Ich hatte noch seinen Pass! Er dachte, er hätte ihn verloren und einen neuen beantragt, aber ich hatte ihn immer. Das Problem war nur, dass ich nicht auf das Datum geachtet hatte! Aber es war egal, ich wusste dass ich meinen Plan in die Tat umsetzen musste und dass er funktionieren würde! Ich buchte die Tickets und flog nach England! Ich fing ihn vor seinem Haus ab und wir redeten. Er bat mich herein, das Flittchen war auch da und auch die Kinder tobten herum. Cindy war noch ein Baby. Das Flittchen hatte was gegen mich, das spürte ich deutlich. Sie hatte Angst, dass ich ihr Alver wegnehme und sie hatte verdammt recht damit!«

Sie funkelte Stewart an und ihre Augen hatten sich schwarz gefärbt.

»Am nächsten Abend trafen wir uns wieder und er tanzte mit mir, er machte mir Komplimente und ich dachte für viele Stunden, dass wir wieder zusammenkommen würden! Ich verwarf meinen Plan, sagte ihm, dass ich einfach nur Zeit mit ihm verbringen wollte und er sagte mir, dass er das schön fand. An dem Abend knüpften wir mit einem einheimischen Pärchen Kontakt, ich flüsterte ihm ins Ohr, dass ich es witzig fände, wenn wir so tun, als seien wir noch verheiratet und er machte das Spiel mit. Wir gaben uns als glückliches Ehepaar aus und wurden auf eine Party am nächsten Tag eingeladen.«

Sie atmete wütend durch.

»Aber ich merkte etwas. Ich merkte, dass sich etwas verändert hatte, er wirkte angespannt, obwohl er sich alle Mühe gab, das zu verbergen. Sein Lachen wirkte künstlich, obwohl es wie immer klang und ich wusste nicht, was es war, aber ich merkte, dass er eine Rolle spielte! Dass er nur so tat, als ob er mich zurückhaben wollte! Ich merkte irgendwann, dass er regelrecht Angst vor mir hatte! Aber er hatte keine Angst davor, dass ich *ihm* etwas antun würde, nein, ich konnte es ihm ansehen, seine Augen waren gestresst, seine Mimik voll beißender Sorge und endlich verstand ich! Er hatte Angst, dass ich seiner Familie etwas antun würde! Kannst du es glauben? Das hatte er gedacht! Soweit hatte nicht mal ich gedacht! So dachte er von mir! Ich fiel aus allen Wolken, als ich verstand, was er für ein Spiel spielte! Er gab sich mit mir ab, hatte sogar die Absicht mit mir zusammenzukommen, seine Familie zu verlassen nur um sie, diese lächerliche Familie, zu beschützen! Er wollte nur, dass seine Familie sicher ist! So sehr liebte er sie! Glaubst du das? Mich hat er stehen lassen für so ein Flittchen und für sie und ihre Schreihälse geht er durchs Feuer! Ich konnte es nicht glauben! Also zog ich meinen Plan durch. Sollte er sehen, was er davon hatte, wenn er sich mit mir anlegte! Wenn er mich anlog!«

Sie redete sich in Rage und war mittlerweile an dem Punkt, wo sie froh war, alles erzählen zu können, weil sie sich für clever und ausgeklügelt hielt.

Stewart hingegen fühlte keinerlei Freude für dieses Geständnis. Jedes Wort machte sein Herz schwerer. Jede Sekunde, die er mit ihr in diesem Raum saß, fühlte er sich elendiger und angewiderter von ihr. Wenn er nur daran dachte, was diese Frau diesen Menschen angetan hatte, würde ihm übel. Er konnte es nicht glauben.

»Er wachte nicht mehr auf, aber niemand konnte mir etwas nachweisen. Ich hatte alles perfekt geplant. Niemand wusste von seiner anderen Frau. Sie hatten nicht die gleichen Namen. Sie waren nicht verheiratet. Sie hatten auf den Geburtsurkunden keinen Vater angegeben und sie nachher bestimmt so oder so verbrannt. Sie hatten keinem Kollegen voneinander erzählt. Ihrer Familie nichts gesagt. Keinen Kontakt zu Nachbarn gepflegt. Sie hatten nichts! Sie haben sich komplett abgeschottet, aus Angst, dass ich es herausfinden würde! Ist das nicht ironisch? Gerade das hat es mir dann so einfach gemacht! Sie haben mir den Weg frei geschaufelt! Ich habe die Flugtickets gehabt, den Ausweis und seinen Namen. Und ich hatte diese unglaublich nervigen Engländer, die mir aus den Händen gefressen haben! Sie deckten mich zusätzlich! Schön, oder?«

Stewart war fassungslos. Er sah Janet, aber erkannte sie nicht mehr. Sie war für ihn nichts weiter, als eine Mörderin. Sie war eine völlig fremde Person für ihn. So kalt, so ungerecht, so in ihrem eigenen Wahn gefangen, dass sie sich auch noch für klug hielt.

»Alles war fein. Ich rief bei unzähligen Zeitungen an und bat sie, als trauende Ehefrau, auf einen Bericht zu verzichten und sie kamen mir entgegen. Das Flittchen ließ ich in dem Glauben, dass er mit mir durchgebrannt sei.«

Immer noch war sein Körper dermaßen angespannt, dass er kerzengrade im Raum stand. Er konnte nichts fragen. Er wollte nichts fragen. Er hoffte insgeheim, dass diese Geschichte zu Ende war, aber vermutete, dass es noch weiterging.

»Ich beschloss länger in England zu bleiben, habe mir eine Wohnung und Arbeit gesucht und ein paar Wochen später traf ich dich, Stewart. Weißt du noch, auf dieser Party? Ich trug ein rotes Kleid.«

Natürlich wusste er es. Er wusste es, als wäre es gestern gewesen. Er nickte schwach.

»Wir verliebten uns und dank dir konnte ich Zugriff auf meine Akte bekommen. Als ich gesehen habe, was darin steht, wusste ich, dass ich sicher bin. Der Fall war abgehakt, sie würden mich nicht weiter verdächtigen. Ich verliebte mich in dich, wir waren glücklich und auf einmal fühlte ich mich schlecht. Sehr schlecht. Also habe ich mir das Geld erfragt und ich wusste, dass es für dich ein Klacks war, es zu bekommen. Du hast deine Position viel zu wenig genutzt. Ich an deiner Stelle wäre ganz anders gewesen.«

Das glaubte er sofort.

»Ich habe dem Flittchen das Geld gegeben«, erklärte sie stolz und schien sich sicher, dass damit ihre Schuld beglichen sei. Als würde sie das zu einem guten Menschen machen.

Stewart überlegte. Er versuchte ständig die ganzen Zusammenhänge zu erschließen. Er versuchte die gesprochenen Worte zu sortieren.

»Hast du etwas mit ihrem Selbstmord zu tun?«, fragte er und seine Stimme krächzte. Er schaute auf das Wasserglas, das vor ihm auf dem Tisch stand. Er fühlte sich zu schwach, um es zu nehmen. Er fühlte sich zu betroffen, um zu trinken.

Sie lachte auf. »Wie soll ich das denn gemacht haben? Jemanden zwingen, sich auf die Schienen zu legen? Nein, damit habe ich nichts zu tun. Aber traurig war ich deswegen nicht.«

»Du hast sie aufgesucht, einen Tag vor ihrem Selbstmord«, erinnerte er sie rau.

Sie nickte. »Ich wollte nur fragen, wie es ihr geht«, sagte sie schulterzuckend. »Aber anscheinend hat sie mich angelogen, als sie sagte, dass es ihr gut ginge.«

Er konnte sich genau vorstellen, wie lästig und aufdringlich sich Janet in Susannas Leben gehakt hatte. Wie sie immer auftauchte, wenn die Wunden endlich heilten und wie sie Freude daran hatte, sie wieder zu öffnen. Wie ein Parasit, der sich einnistet, den Körper zum eigenen machte und dann teuflische Macht ausübte.

Normalerweise hielt er es problemlos aus, diese Geschichten zu hören, es gehörte zu seinem Job jede Abartigkeit des menschlichen Verhaltens anzuhören, zu deuten und zu erschließen, aber es war etwas anderes, wenn es einen Menschen betraf, den man liebte. Einen Menschen, der unter diesen Umständen immer noch litt. Einen Menschen, der völlig unschuldig in einer solchen Situation landete.

»Ich dachte, sie hätte ihre Kinder auch umgebracht, wenn ich ehrlich bin«, erklärte sie weiter. »Ich war froh, keinen von ihnen jemals wiedergesehen zu haben. Als ich dann hörte, dass du ein Mädchen aufgenommen hast, als ich ein Foto von ihr gesehen habe, konnte ich es nicht glauben. Wie konnte das sein? Warum ausgerechnet sie?«

Weil ich Inspector bin, dachte er wütend. Wenn diese Kinder auftauchen, musste ich sie zwangsläufig kennenlernen.

»Du warst es die ganze Zeit. Du hast nicht ein Wort gesagt«, sagte er abfällig.

»Was hätte ich denn sagen sollen?«, fauchte sie. »Ich wollte die Sache hinter mir lassen! Niemals hätte ich es für möglich gehalten, dass du dieses Kind aufnimmst! Ausgerechnet du! Du bist kein Vater!«

»Wie du siehst, bin ich es doch«, entgegnete er und schaute sie an. Er hatte alles. Sie hatte all das gesagt, wofür man sie belangen würde. Sicherlich kannte sie noch mehr Details, sicher war es nur *ihre* Wahrheit, aber um wirklich zu wissen, was passiert wäre, müsste man die anderen Seiten hören, und das war leider – wie bei jedem Mord – nicht möglich.

Erstmal würde sie in Untersuchungshaft bleiben, bis die Verhandlung sie endgültig zu einer Haftstrafe verurteilte und das war ein Funken Gerechtigkeit. Er würde sie noch einmal befragen, nahm er sich vor, als er aus dem Raum ging.

Benebelt hörte er ihre Stimme hinter sich. Sie flehte ihn an, nicht zu gehen, über alles nachzudenken, ihm zu verzeihen, aber er ging ohne jegliches Mitgefühl. Wenn es nach ihm ginge, wollte er sie nie wieder sehen.

Es machte ihn fertig, Cindy zu sehen. Auch wenn sie sich gefasst hielt und sie eine gute Miene machte, wusste er, dass es in ihr wankte und bebte. Es war bei ihm nicht anders. Er nahm sie wortlos in den Arm und hätte ihr gerne ein schöneres Puzzlestück ihrer Vergangenheit gegeben.

»Komm, wir gehen«, sagte er zu ihr und legte seinen Arm und ihre Schulter, als sie zum Ausgang gingen.

## 3

Keiner von ihnen sagte ein Wort, als sie im Auto saßen, weil sie beide mit ihren Gedanken, die auf Hochtouren versuchten, all die Informationen zu verarbeiten, vollkommen beschäftigt waren.

Sie war nicht am Boden zerstört oder tieftraurig über das, was sie gehört hatte, denn zum einen konnte sie es gar nicht richtig realisieren und zum anderen, hatte sie vom ersten Moment, als sie Janet traf, geahnt, dass diese Frau nicht richtig tickte.

Auch wenn sie nicht dachte, welche Ausmaße ihr krankhafter Wahn annehmen könnte.

Dass sie eine Mörderin war, die Mörderin von Alver, der Cindys eigener Vater war, klang für sie so ungewohnt, dass sie es gar nicht begreifen konnte.

Das einzige, was sie sich ständig fragte, war, ob sie wirklich ein Ebenbild ihrer Mutter war. Sie hoffte es nicht. Sie wollte niemals so sein. Außerdem fragte sie sich, warum ihre Mutter nie über Alver gesprochen hatte und sie beneidete ihre Geschwister dafür, dass sie noch schwache Erinnerungen an ihn hatten.

Tief versunken in ihre Gedanken dachte sie darüber nach, was Janet über Alver gesagt hatte. Alver hat Susanna geliebt, ist mit ihr sogar ausgewandert und hat bis zum Schluss versucht seine Familie zu beschützen. Sie konnte sich nicht im Geringsten vorstellen, was man an Susanna lieben konnte, was sie an sich hatte, dass man sie so sehr beschützte. Es konnte nur sein, dachte sie, dass sie einmal anders gewesen war. Dass sie früher eine ganz andere Susanna war.

Enttäuscht vertrieb sie die Gedanken wieder.

Was nützte es ihr, darüber zu spekulieren?

Sie würde es niemals herausfinden.

»Ich bin trotzdem froh«, sagte sie auf einmal zu Stewart.

Er zog kurz die Augenbrauen zusammen. »Du meinst, dass …«

»Dass sie so viel erzählt hat«, erklärte sie. »Auch wenn es schrecklich ist, ist es wenigstens ein kleiner Teil des Ganzen.«

»Ich verstehe was du meinst«, antworte er aufrichtig. »Vielleicht wird sie auch noch mehr erzählen, wenn sie erstmal wirklich ihre Strafe bekommt. Aber vielleicht sagt sie auch morgen schon wieder, dass es alles erfunden war.«

Er schaute kurz zu ihr rüber, sie verstand sofort was er meinte. Diese Frau war unberechenbar.

»Glaubst du denn, dass sie die Wahrheit gesagt hat?«, fragte sie.

»Ja«, antworte Stewart sofort. »Es passte alles zu den Beweisen. Aber es ist natürlich nur ihre Seite. Nur ihre Wahrnehmung. Und wir wissen ja, dass sie Tatsachen manchmal sehr anders aufnimmt oder zu ihren Gunsten verdreht.«

Cindy nickte. »Vor allem wenn es keine Gegenseite mehr gibt.«

Plötzlich ertönte Cindys Handyklingelton. Eine Angst stieg in ihr hoch, obwohl sie noch nicht einmal wusste, wer sie anrief. Hektisch kramte sie ihr Handy aus der Tasche.

»Unbekannte Nummer«, sagte sie ängstlich zu Stewart, der gerade in die Wohnstraße einbog.

»Mach den Lautsprecher an. Ich bin ja da«, sagte er und sie ging dran.

»Spreche ich mit Cindy Stewart?«, sagte eine Männerstimme, die ihr bekannt vor kam, aber sie dennoch nicht einordnenden konnte. »Hier ist Robert Wyatt.«

Seine Stimme verriet ihr sofort, dass er eine schlechte Nachricht überbringen musste. Er klang besorgt. War etwas passiert? War Lya weggelaufen?

»Ja, hier ist Cindy«, bestätigte sie kurz.

Er machte eine Pause und atmete schwer.

»Ich weiß nicht … wie ich es dir sagen soll, Cindy«, stammelte er und machte eine Pause.

Cindys Herz klopfte, sie merkte, wie der Boden unter ihren Füßen immer mehr zu wanken begann. Irgendetwas Schlimmes war passiert. Sie konnte es fühlen.

»Ich kann es selbst noch nicht begreifen … aber … es ist, es geht um Lya«, brachte er mit belegter Stimme hervor. »Sie ist gestorben. Gestern. Sie hat eine Überdosis genommen.«

Seine Stimme zitterte und Cindys Herz pumpte wie verrückt in ihrer Brust. Sie starrte auf das Handy in ihrer Hand, starrte auf das Display und die unbekannte Nummer, auf die Sekundenanzeige, die sich ständig änderte. Sie fühlte eine tonnenschwere Last auf ihren Schultern, sie spürte wie ihr innerer Schmerz immer stärker wurde und sie dachte, dass sie für immer hier im Auto sitzen bleiben würde und sich nie wieder bewegen könnte.

Nein! Das durfte nicht sein! Nicht Lya! Nicht ihre Schwester, die sie gerade wiedergetroffen hatte!

»Danke für deinen Anruf«, sagte sie mit einer fremden Stimme und legte auf. Dann spürte sie auch schon Stewart, der das Auto geparkt hatte und sie fest umarmte. Die Tränen schossen ihr aus den Augen. Eben hatte sie noch gedacht, dass es ihr gut ging, sie nur etwas aufgewühlt war, jetzt fühlte sie sich, als ob all das, was sie sich mühevoll aufgebaut hatte, restlos zerstört worden war.

*»Versprichst du mir etwas?«, fragte sie und umgriff Cindys Hand fester.*

*Sie lag schwach in ihrem Bett, wie die letzten Tage auch schon, aber heute war Cindy noch nicht von ihrer Seite gewichen. Sie wollte sie keine Sekunde aus den Augen lassen. Sie hatte so fürchterliche Angst, sie zu verlieren.*

*Cindy schüttelte traurig den Kopf.*

*»Ich verspreche nichts, wenn es damit zu tun hat, dass ich alleine weitermachen soll«, antwortete sie traurig.*

*Ness lächelte schwach. »Aber genau darum geht es. Du musst es mir versprechen, sonst werde ich noch sauer und das würde mir gar nicht gut tun.«*

*Sie sah noch immer so freundlich und lieb aus, wie an dem Tag, als sie auf der Bank vor ihrem Haus saß und sie gefragt hat, auf wen sie wartete. Ihre Augen waren immer noch schön, immer noch im gleichen Ozeanblau und immer noch hatten sie so viel Ausdruck. Ihre Haare waren schneeweiß geworden und standen in alle Richtungen ab, sie hatte unzählige Falten im Gesicht, aber für Cindy war sie unfassbar schön. Ihre Hände waren sanft und weich und Cindy wusste, dass sie niemals loslassen könnte.*

*Erst hatte sie gedacht, Ness wäre nur müde oder dass sie keinen guten Tag hätte, als sie den ganzen Tag im Bett liegen blieb, aber jetzt bemerkte sie, dass es etwas anderes war.*

*Ness war ernster. Nicht in dem Sinne, dass sie streng war oder lieblos, nein, sie war ernster und bedachter in dem, was sie sagte. Als würde sie Cindy noch einmal alles sagen, alles beibringen, was sie in Zukunft brauchen würde.*

*»Versprichst du es mir nun?«, fragte sie wieder und hob ihre Augenbrauen.*

*Cindy nickte erlegen. »Ja«, sagte sie und machte sich innerlich bereit für das, was kommen würde.*

*»Du darfst mich nicht vermissen«, sagte Ness.*

*Cindy schüttelte sofort den Kopf. »Das kann ich nicht versprechen und das weißt du!«, rief sie aufgebracht. »Ich werde dich vermissen! Jeden Tag!«*

*Wie konnte sie das nur verlangen?, dachte Cindy verärgert, nach all der schönen Zeit, die sie miteinander verbracht hatten!*

*Ness lächelte und drückte wieder ihre Hand.*

*»Du darfst an mich denken«, erklärte sie sanft. »So oft du willst. Als wäre ich noch da. Du darfst dich an mich erinnern. Aber du sollst mich nicht vermissen.«*

*»Das werde ich aber«, entgegnete Cindy und verstand nicht, was sie damit sagen wollte.*

*Ness schloss die Augen und öffnete sie dann langsam wieder. Cindy wusste, dass sie ihre letzte Kraft sammelte.*

*»Jemanden zu vermissen tut weh«, flüsterte sie schwach, »Man quält sich mit dem Gedanken, dass man verlassen wurde … dass jemand*

*nicht mehr da ist. Und ich möchte nicht, dass du dich quälst. Ich möchte nicht, dass du traurig bist … vor allem möchte ich nicht der Grund für deine Traurigkeit sein.«*

*Aber es ist traurig!*

*»Du sollst dich nicht fühlen, als würde dir etwas fehlen, wenn ich nicht mehr da bin«, drückte sie ihren Wunsch aus.*

*»Du wirst mir aber sehr fehlen. Ness, du wirst mir so sehr fehlen!«*

*Cindy musste die Tränen unterdrücken. Sie wollte nicht weinen und anschließend von Ness, die mit jedem Wort kämpfte, getröstet werden. Nein, sie wollte das alles nicht! Sie wollte nicht, dass die Zeit weiter verstrich!*

*»Wenn du mich vermisst … konzentrierst du dich nur darauf, dass ich nicht mehr da bin«, erklärte sie schwach und überlegte bei jedem Wort angestrengt. »Aber wenn du dich erinnerst … erinnerst du dich an all die schönen Dinge, die wir gemeinsam erlebt haben. Vier Jahre warst du hier. Wir haben uns viel erzählt … wir haben so viel gelacht … haben unsere Geheimnisse geteilt«, sie machte eine lange Pause und schloss wieder ihre Augen. Jedes Mal, wenn sie langsam wieder aufgingen, war Cindy maßlos erleichtert.*

*»Wahrscheinlich denkst du … ich habe dir in einer Notlage geholfen, aber glaube mir, Cindy, du hast mir viel mehr geholfen. Du hast mein Leben auf den Kopf gestellt … und endlich für die Veränderung gesorgt, auf die ich mein ganzes Leben gewartet habe … ich möchte, dass du daran zurückdenkst, denn das wird dir Freude bringen. Du sollst Freude haben, in deinem Leben. Ich werde bei dir sein. Also brauchst du mich nicht zu vermissen … sondern dich nur zu erinnern.«*

*Sie schaute Cindy mit ihren freundlichen Augen an. Sie sah so klein und verletzlich aus; die Decke bis zur Schulter gezogen und nur ihr Köpfchen mit dem weißen Haar ragte heraus. Sie drückte Cindys Hand und Cindy fühlte ihre ganze Wärme, ihre ganze Geborgenheit, ihre ganze Liebe.*

*»Ich werde es versuchen«, versprach sie, aber sie konnte es sich nicht vorstellen. Wenn sie jetzt daran dachte, wieder alleine zu sein, würde sie am liebsten sofort den Kopf in den Sand stecken. Ohne Ness hatte sie niemanden mehr. Ness war ihr ganzer Halt. Sie würde sofort fallen, wenn sie nicht mehr da war.*

*»Aber Ness«, sagte sie traurig. »Ich glaube, ich schaffe es nicht ohne dich.«*

*Ihre Tränen fielen auf den Bettbezug.*

*Ness machte große Augen.*

*»Was redest du denn da?«, fragte sie verblüfft. »Natürlich schaffst du das. Du kannst alles schaffen … «*

*Sie machte wieder eine Pause, schloss angestrengt die Augen.*

*»Cindy«, sagte sie dann wieder und ihre Stimme wurde immer schwächer. »Nur weil einer fällt ... fallen nicht direkt alle.«*

*»Aber ich werde fallen, ich weiß es.«*

*»Nein, das wirst du nicht. Nur wer sich an anderen festhält … fällt auch.«*

*Sie schloss wieder die Augen. Cindy drückte ihre Hand. Dann öffnete sie ihre Augen wieder.*

*»Du musst lernen loszulassen«, flüsterte sie.*

*»Ich kann nicht loslassen. Ich kann dich nicht loslassen! Weil ich dann für immer alleine bin!«*

*Sie wollte gar nicht diskutieren, aber sie wollte Ness einfach zu verstehen geben, wie viel sie ihr bedeutete und dass sie Angst hatte, vor der ungewissen Zukunft, die unmittelbar vor ihr lag.*

*Cindy konnte die Tränen nicht mehr aufhalten, sie lag nur da, drückte Ness' Hand und fragte sich, wie sie das alles schaffen sollte. Ness hatte sie gerettet. Wie sollte sie jetzt wieder ins eiskalte Meer zurück?*

*»Cindy«, sprach sie weiter, »du wirst lernen, dein eigener Halt zu sein … dein eigenes Glück zu sein. Und nur dann bist du frei. Nur dann bist du noch stärker. Nur dann bist du für immer sicher.«*

*»Aber …«, schluchzte Cindy und versuchte nachzudenken, um die richtigen Worte zu finden. »Manchmal braucht man doch jemanden, der einen hochzieht. Der einen wieder auf die Beine stellt!«*

*»Ja … natürlich«, sagte sie und ihre Stimme wurde immer leiser und schwächer. »Und das sollte man auch annehmen. Es ist wichtig, anderen zu vertrauen … sich auf andere verlassen zu können …«, sie lächelte und drückte Cindys Hand. »Aber nur wer sicher steht … kann jemanden wirklich sicher hochziehen. Verstehst du?«*

*Cindy wusste nicht, ob sie es verstand.*

*Ness lächelte angestrengt. »Du schaffst das, Cindy. Ich weiß es … ich sehe dich von einer ganz anderen Perspektive, als du es tust. Vertraust du mir?«*

*Cindy nickte sofort. »Ich vertraue dir.«*

*»Sei mutig«, ihre Stimme wurde noch leiser und heiserer. Cindy konnte fühlen, dass sie mit letzter Anstrengung sprach. »Du wirst deinen Weg finden, ihn anschließend gehen … du wirst ein schönes Leben haben … ich sehe es, wenn ich dich ansehe.«*

*Sie konnte nicht anders, als Ness' Hand zu drücken und sie anzusehen. Sie wollte nicht, dass die Stunden vergehen, sie wollte sich nicht verabschieden, sie wollte sie nicht loslassen, kein neues Zuhause suchen, wenn sie doch ihres endlich gefunden hatte.*

*Sie konnte sehen, wie Ness sich bemühte ihre schweren Augen offen zu lassen, wie sie sich bemühte immer wieder zu lächeln, wie sie sich bemühte nachzudenken, ob sie alles Wichtige zu Cindy gesagt hatte. Sie war eine Frau, die bis zum Schluss gekämpft hatte. Eine Frau, die bis zum Schluss geglaubt hatte, dass etwas Schönes ihr Leben bereichern wird und geduldig darauf gewartet hatte, bis es endlich kam. Sie hatte Cindy gerettet, ihr mit aller Kraft versucht beizubringen, was sie zum*

*Leben brauchte, ihr von ihren Fehlern erzählt, damit Cindy es besser machte.*

*Ness schloss die Augen immer länger und Cindys Herz wurde immer schwerer. Als sie bemerkte, dass ihr Händedruck immer schwächer wurde, rollten ihr dicke Tränen über das Gesicht. Sie legte sich zu ihr unter die Decke, hielt sie fest in ihren Armen, streichelte ihr Gesicht, küsste ihre Wange und immer wenn Ness noch einmal kurz die Augen öffnete, versuchte Cindy sie anzulächeln, mit aller Kraft zu lächeln, damit sie endlich einschlafen konnte.*

*»Ich werde mich an dich erinnern«, flüsterte sie und drückte sie ganz feste an sich.*

»Wir schaffen das«, hörte sie Stewarts leise sagen. »Es wird alles gut.«

Sie fragte sich, wie oft er das wohl schon wiederholt hatte, bis sie es wahrgenommen hatte. Sie war froh, dass er da war.

Sie drückte ihn noch einmal feste und löste sich aus seiner Umarmung. »Ich hoffe es«, flüsterte sie traurig.

## 4

Sie lag im Bett und hörte, wie Stewart sich die Zähne putzte und anschließend in sein Schlafzimmer ging. Obwohl der Raum dunkel war, sah sie immer wieder ein grelles Licht, sobald sie ihre Augen schloss. Es zwang sie dazu, hellwach zu sein und über alles nachzudenken, was sich in den letzten Tagen und Wochen ereignet hatte. Quälend dachte sie an all die Fehler, dessen Auswirkungen sie nun zutiefst bereute, all die Fehler, die sie gemacht hatte, weil sie sich von ihren Gefühlen hatte leiten lassen.

Hatte sie Schuld an Lyas Selbstmord? Hatte sie Schuld an Mylos erneutem verschwinden? Hatte sie Schuld an dem versuchten Mord an Stewart?

Lag es alles an ihr? Brachte sie Unheil mit sich?

Alles um sie herum war so leise, dass sie hörte, wie Stewart seine Nachttischlampe ausknipste. Sie fragte sich, ob er schlafen konnte oder er genau wie sie, hellwach in der Dunkelheit lag und nachdachte.

Sie zögerte nicht lange. Sie setzte sich auf, zog ihre Hausschuhe an und schlurfte zur Tür. Erschöpft ging sie den dunklen Flur entlang, ohne den Lichtschalter zu betätigen und klopfte an Stewarts Zimmertür.

»Komm rein«, hörte sie sofort und erkannte an seiner Stimme, dass er hellwach war und die Option zu schlafen nicht einmal in Betracht gezogen hatte.

Er knipste das kleine Licht wieder an, als sie das Zimmer betrat.

»Ich kann nicht schlafen«, murmelte sie und trat ins Zimmer.

»Heute war ein wirklich schlimmer Tag«, bestätigte er und rutschte auf die andere Seite des Bettes.

Sie legte sich zu ihm und erinnerte sich daran, dass sie früher einmal bei Stewart geschlafen hatte. Sie hatte fürchterliche Albträume gehabt und war zu ihm ins Bett geflüchtet. Immer wieder war sie in der Nacht aufgewacht, weil sie Angst hatte, dass er gehen würde, dass er sie alleine ließ, aber jedes Mal wenn sie ihre Augen öffnete, sah sie ihn friedlich schlafen.

Das Bett war weich und sie hatte immer das Gefühl, dass es bei ihm bequemer war, als in ihrem eigenen Bett, auch wenn sie ihr eigenes Bett liebte.

Sie zog die Decke über ihre Schultern. »Wie kann ich aufhören, meine Fehler zu bereuen?«, fragte sie ihn mit verweinten Augen. »Wie kann ich diese schreckliche Last loswerden?«

Sie schaute ihn an. Seine weichen Züge sahen noch liebevoller aus, wenn er mit Schlafanzug im Bett lag. Aus der Nähe sah er immer ein bisschen anders aus. Sie konnte noch mehr Wärme in seinen Augen sehen. Alles an ihm war ihr so vertraut.

Nach einer Weile der Überlegung sagte er: »Man muss lernen loszulassen«, er nickte leicht und sah sie an. »Aber das ist schwer, sehr schwer.«

Sie schwieg einen Moment, merkte, dass ihr seine Antwort kein Stück Linderung gab. Wahrscheinlich würde sie sich, für eine sehr lange Zeit sehr elendig fühlen, denn sie bezweifelte, dass sie das Loslassen beherrschte. Schon Ness hatte es ihr ans Herz gelegt.

»Und wie lernt man dieses *Loslassen*?«, fragte sie frustriert. »Ich scheine es nicht gut zu können.«

Stewart überlegte einen Moment, zog seine Decke über seine Schulter, legte seinen Kopf aufs Kissen und sah sie an.

»In dem man nach vorne blickt«, sagte er. »Ich habe es immer versucht, auch jetzt gerade versuche ich es. Es ist passiert, ich bereue es, es quält mich. Aber wenn es mich weiterhin so quält wie jetzt, wird es mich für immer blockieren. Also versuche ich mich auf die Zukunft zu konzentrieren. Auf das Gute, das vor einem liegt. Aber loslassen tut auch weh. Es quält einen, loszulassen, weil man nicht weiß, ob man Glück verdient hat, wenn man so schlechtes getan hat. Man steht sich selbst im Weg. Man hat das Gefühl, nicht mehr glücklich sein zu dürfen. Aber wir sind nur Menschen. Jeder macht Fehler.«

»Wahrscheinlich schon«, entgegnete sie nachdenklich.

Er drehte seinen Kopf und schaute an die Decke. Sie konnte ihm ansehen, wie beschäftigt er nachdachte und jetzt, wo er sie nicht mehr direkt anguckte, fühlte sie, dass sie alles fragen konnte.

»Warum hast du Janet das Geld gegeben? Ich meine …«, sie machte eine Pause um die richtige Formulierung zu finden. »Es passt nicht zu dir. Aber ich möchte es verstehen.«

Er nickte und überlegte eine Weile. Seine Augen fuhren langsam die Kanten der Decke ab.

»Weil ich sie geliebt habe. Weil ich große Hoffnungen hatte, dass sie die Frau meines Lebens ist. Ich wollte glücklich sein mit ihr, und alles für sie tun, damit sie auch glücklich ist«, sagte er und fügte sofort hinzu: »Das hätte ich dir damals gesagt.«

Er drehte seinen Kopf zu ihr und lächelte sie schulterzuckend an. »Weißt du, was ich heute denke?«

Sie sah ihn aufmerksam an. »Was?«

»Ich hatte Angst. Ich hatte Angst, sie zu verlieren. Sie war so schön, sie war so voller Energie und Lebensfreude. Sie gab mir das Gefühl, dass jeder Tag kostbar und wunderschön ist. So etwas hatte ich noch nie erlebt. Ich hatte Angst, es zu verlieren. Ich wollte nicht wieder in mein dunkles, trostloses Leben zurück, da ich einmal die Sonnenseite erlebt hatte.«

»Aber dein Leben war doch gar nicht trostlos!«, protestierte sie sofort.

»War es auch nicht«, bestätigte er rasch, »aber ich habe es so empfunden. Und wenn wir etwas empfinden, ist es schwierig, uns vom Gegenteil zu überzeugen.«

Sie nickte, ja, das verstand sie.

»Wo kam das Geld eigentlich her?«

Er schüttelte den Kopf, machte einen beschämten Gesichtsausdruck. »Es waren … Spendengelder«, erklärte er reumütig.

»Wir haben für eine Familie, die Opfer eines Verbrechens geworden war, gesammelt. Alle möglichen Menschen haben gespendet. Auch Kollegen. Es war wirklich viel Geld zusammengekommen. Ich hatte als einziger Zugriff auf das Konto. Ich habe es verwaltet.«

»Und es hat keiner bemerkt? Es hat dich keiner verdächtigt?«

»Ich habe … niemandem gesagt, das Geld fehlt«, sagte er und mied ihren Blick. Es tat ihm sichtlich weh, in den alten Wunden zu stochern. »Ich habe nicht alles genommen, aber das meiste. Und dann einfach behauptet, dass nicht mehr gespendet worden sei. Ich fühlte mich grauenhaft, glaube mir.«

Sie nickte langsam.

»War sie glücklich, als du ihr das Geld gegeben hast?«

Er lachte spöttisch. »Sie war der glücklichste Mensch der Welt! Ich habe direkt alles wieder vergessen. Sie sagte, sie brauchte es für ihre Familie und jetzt hätte sie keine Sorgen mehr. Sie wirkte wirklich, als wäre sie erleichtert.«

Er schüttelte den Kopf und sie konnte sich vorstellen, welche Vorwürfe er sich machte.

»Es ist verrückt«, entgegnete Cindy nachdenklich. »Hättest du ihr das Geld nicht gegeben … wären wir wahrscheinlich niemals umgezogen. In dieses Haus. In diese Nachbarschaft. Unser Leben wäre anders verlaufen.«

Stewart schaute sie nachdenklich an. »Du meinst, es ist gut, wie es gekommen ist?«

»Ja«, sagte sie. »Also nein. Nein natürlich nicht! Ich weiß es nicht … ich sage nur, dass ich froh bin, dass ich Mrs. Walker kennengelernt habe und … dich kennengelernt habe.«

Er nickte. Er wusste alles über Anne-Sophie Walker.

»Wir müssen nach vorne gucken«, sagte er. »Nicht jetzt. Nicht morgen. Wir brauchen Zeit. Aber irgendwann, wenn du merkst, dass du immer wieder über die falschen Entscheidungen der Vergangenheit nachdenkst, musst du es stoppen. Dann müssen wir nach vorne schauen. Und hoffen.«

Cindy schüttelte traurig den Kopf. Sie konnte sich nicht vorstellen, all die Ereignisse jemals hinter sich zu lassen, nicht zu bereuen oder gar zu vergessen.

»Zum Hoffen fehlt mir die Kraft.«, sagte sie enttäuscht.

»Ja«, stimme Stewart zu. »Hoffen kann Anstrengung bedeuten. Weil man dafür mutig sein muss. Neue Wege einschlagen muss. Muster durchbrechen muss. Und überall wo Mut ist, ist auch ein bisschen Angst. Sonst würde man ja alles sofort wagen, nicht wahr?«

Er kuschelte sich etwas mehr in seine Decke.

»Es ist immer die Balance. Die Balance zwischen Hoffnung und Angst, glaube ich«, er sprach so klar und überlegt, dass Cindy aufmerksam zuhörte. »Ich habe lange gebraucht, um es zu akzeptieren«, offenbarte er, »ich wollte keine Angst haben. Aber mein ganzes Leben habe ich sie gespürt, manchmal kontrollierte sie mich, manchmal zog sie mich runter und manchmal war sie gar nicht da. Und wenn sie nicht da war, baute sich meine Hoffnung auf; ich malte mir mein Leben aus, plante meine Träume und blickte mit ungefilterter Zuversicht auf meine Zukunft. Aber dann kam sie wieder. Die Angst kam wieder. Sie brachte lauter kleiner Zweifel mit, die jegliche Hoffnung direkt angegriffen und zerfressen haben und mich mit Enttäuschung und Traurigkeit alleine ließen, als sie fertig waren. Also gab ich mich wieder der Angst hin, hörte auf zu hoffen, weil ich dachte, dass ich halt eben so ein Mensch bin. Ich dachte es gibt Menschen, die mit Optimismus geboren werden und manche halt eben nicht. Aber so ist es nicht. Weißt du, wie ich es rausgefunden habe?«

»Nein. Wie?«

»Ich habe es akzeptiert. Ich habe die Angst in mir akzeptiert. Vollkommen. Ich habe sie angenommen, wie einen guten Freund. Und plötzlich, wurde sie stiller, sie wurde ruhiger. Und ich merkte, dass ich sie kontrollieren kann. Ich hoffte wieder und gab nicht sofort auf, als die Zweifel versuchten, mich runterzuziehen. Manchmal klappte es, manchmal klappte es nicht. Aber irgendwann wusste ich, dass ich beides im gleichen Maße besaß. Ich nur lernen musste, sie zu lenken.«

»Und wie lernt man sie zu lenken?«

»Man muss nur wissen und akzeptieren, dass beides da ist. Und beides immer da war. Manche Menschen verlieren die Hoffnung, aber man findet sie, wenn man danach sucht. Hast du sie gefunden, musst du sie hüten wie ein Schatz. Können wir sie rufen, wenn wir sie brauchen, können wir sie fühlen, wenn wir sie finden, dann sind wir mächtig, glaube ich. Mit der Macht können wir beide Pole lenken. Und weißt du, wenn uns diese starken Gefühle auf all unseren Wegen begleiten, wenn sie doch immer da sind, kann es dann nicht sein, dass wir nie alleine sind? Kann es dann nicht sein, dass wir immer mächtig sind?«

Sie dachte noch lange über Stewarts Worte nach und hoffte, dass sie sich eines Tages wieder mächtig fühlen würde. Oder wenigstens gut, das würde ihr schon ausreichen.

Immer wieder sah sie die Bilder ihrer Vergangenheit, fragte sich, ob es etwas gab, dass alles hätte verhindern können, aber sie wusste, dass sie darauf niemals eine Antwort finden würde.

Sie hatte immer geglaubt, nie komplett zu sein, weil sie ihre Familie nicht mehr bei sich hatte, weil sie alleine war und sich nach ihren Geschwistern sehnte. Sie dachte, dass es nur eine wirkliche Familie im Leben gibt und sie hatte gedacht, dass sie diese finden müsste, um glücklich zu sein.

Jetzt wusste sie, dass es nicht stimmte.

Dass es egal war, ob man das gleiche Blut hatte. Menschen, die eine Familie waren, konnten auseinanderbrechen und Menschen, die einst Fremde waren konnten zu einer wahren Familie werden. Familie war ein Gefühl.

Und sie gab Stewart recht, sie würde dieses Gefühl behüten.

Sie schaute zu Stewart, er schlief neben ihr. Sein ganzes Gesicht war ihr so vertraut, sie kannte jeden Blick, jeden Ausdruck und selbst, wenn er schlief, hatte sie das Gefühl zu wissen, dass er an sie dachte und sie liebte.

Stewart war ihre Familie.

Sie schloss die Augen und erinnerte sich an Ness.

Auf einmal schien ihr Herz sich zu entspannen.

*Schick mir Hoffnung,* dachte sie.

*Schick mir Hoffnung.*

Montag, 6. August 2012

Manchmal wenn er die Straße entlang ging – so wie gerade – hatte er ständig das lästige Gefühl, dass man ihn observierte. Dass er in eine Falle tappen würde.

Obwohl Kevin wusste, dass sie ihn in erster Linie gar nicht gesucht hatten, weil sie einen Drogenhandel vermutet hatten, hatte der Polizeieinsatz und Mylos Verhaftung derartig sein Vertrauen erschüttert, dass er ständig Gefahr witterte.

Natürlich war es reiner Schwachsinn und er wusste, dass er eine falsche Verknüpfung in seinem Gehirn erstellt hatte, aber es erwies sich als äußerst knifflig, darüber hinwegzusehen.

Sie waren Kilometer weit von London entfernt, aber manchmal sah er in fremden Menschen bekannte Gesichter – es machte ihn verrückt.

Er musste sich beruhigen!, befahl er sich. Meine Güte, das hielt er ja selbst kaum mit sich aus!

Etwas entspannter lief er durch die Straßen, auf dem Weg zu einem Imbiss, als ihm ein rauchender Mann auf der gegenüberliegenden Straße auffiel. Er stand an einem Auto und machte keine Anstalten einzusteigen, nein, sein Blick war fest auf Kevin gerichtet.

Verdammt! Er hatte es gewusst!

Unruhig ging er weiter. Wenn er jetzt laufen würde, wie ein durchgedrehtes Wiesel, hätten sie ihn sofort. Wenn er stehen blieb, hätten sie ihn sofort. Und auch, wenn er einfach weitergehen würde, hätten sie ihn.

Also musste er einfach darauf vertrauen, dass sie ihm nicht auf die Schliche gekommen waren. Dass niemand geredet hatte. Dass er gründlich gearbeitet hatte. Er musste sich wieder voll und ganz auf die starken Säulen seiner Intelligenz stützen, wie er es all die Jahre getan hatte.

Er kam an einem Kiosk vorbei, der die Tageszeitungen draußen auf einen Aufsteller präsentierte. Kurz kam es ihm in den Sinn, eine Zeitung ohne zu bezahlen mitzunehmen, und es gab Zeiten, da fühlte er sich cool, wenn er so etwas tat, aber diese Phase hatte er zum Glück schnell abgeschlossen. Mittlerweile hatte er regelrecht Mitleid für Menschen, die sich wegen solcher Lappalien das Leben schwer machten. Er hatte es gehasst, wenn Menschen wegen eines Ladendiebstahls für ein paar Euro angezeigt wurden. Absolute Zeitverschwendung! Und profilieren konnte man sich mit so einer Scheiße auch nicht.

Schreckhaft zuckte er plötzlich zusammen, als er die Tür des Kiosks aufdrückte und ein lautes Klimpern ertönte. Genervt schaute er nach oben, zu den kleinen Glocken über der Tür, die er schon immer gehasst hatte. Er kaufte die Zeitung, vergaß auf das Wechselgeld zu warten und verschwand mit einem letzten – viel zu lauten – Klingeln durch die Tür.

Für einen Moment hielt er die Luft an, lauschte, ob ihm jemand hinterherlief, aber alles blieb, wie gewohnt. Rasch schaute er auf die gegenüberliegende Straßenseite, aber weder der Mann mit der qualmenden Zigarette, noch seine Proletenkarre waren zu sehen. Nichts. Er konnte durchatmen. Zumindest für diesen Moment.

Ewigkeiten hatte er keine Zeitung mehr gelesen, dachte er, als er merkte, dass er die Zeitung viel zu fest umgriffen hatte. Warum hatte dieser Zeitungsstand ihn ausgerechnet jetzt so magisch angezogen? Wollte er einfach nur eine Ablenkung haben? Oder lag es daran, dass er sich nach einer letzten, alltäglichen Handlung sehnte, bevor er abgeführt wurde?

Dann sollte er in den Park gehen!, dachte er spontan. Sich ein Sonnenplätzchen suchen und die Zeitung in Ruhe lesen! Ja, er sollte seine Freiheit genießen und auskosten!

Tatsächlich ging er in den Park, hielt die Zeitung fest in seiner Hand und setzte sich auf die letzte Bank, die noch frei war. Die Sonne knallte. Es war brütend heiß.

Er hielt kurz einen Moment inne, schaute rasch um sich, hatte immer noch das Gefühl, dass die Menschen ihn merkwürdig ansahen, aber wenigstens hatte der Mann von eben ihn nicht verfolgt.

Jedem noch so friedlichen Spaziergänger unterstellte er, ein Polizist in Zivil zu sein, obwohl er wusste, dass sie nur so blöd aus der Wäsche guckten, weil er sie mit reinster Skepsis anvisierte.

Er klappte die Zeitung auf, hielt sie hoch vor sein Gesicht und las den ersten Artikel. Hinter dem vielen Papier entfachte sich ein angenehmer Schatten. Fast fühlte er sich schon sicher; gut versteckt!

Er las die fettgedruckten Überschriften, sah sich die Bilder an, aber es war nichts, was wirklich brandneu war oder wenigstens für den Bruchteil einer Sekunde sein Interesse weckte. Er überflog die kleingedruckten Berichte, blätterte mühsam weiter und wusste jetzt schon, dass er die riesigen Seiten niemals wieder richtig zurückfalten könnte. Auch auf der nächsten Seite interessierte ihn nichts. Wieder blätterte um. Wieder nichts. Irgendwas musste er doch lesen! Irgendwas musste ihn doch fesseln! Wenn es sein letzter Tag in Freiheit war, konnte er doch nicht völlig umsonst diese unhandliche Zeitung gekauft haben!

Überfordert mit dem Umblättern, legte er die Zeitung wieder auf seinen Schoß und blätterte weiter. Die Sonne knallte auf seinen Kopf. Er überflog die Jobanzeigen, die ihn überhaupt nicht interessierten und danach die Verkäufe, die größtenteils noch uninteressanter waren. Er blätterte wieder um und verzog sein Gesicht. Es kamen die Todesanzeigen. Seitdem er denken konnte und eine Zeitung in den Händen hielt, fand er diese immer gruselig. Immer hatte er sie übersprungen, nie hatte er auch nur irgendeinen Namen gelesen. Er wollte sich so wenig wie möglich, während seiner Lebzeiten mit dem Tod beschäftigen. Auch die Anzeige seiner Mutter, die sein Vater aufgegeben hatte, hatte er sich nicht durchgelesen, geschweige denn ausgeschnitten und an seinen Kühlschrank gehängt. Nein, er ignorierte diese Rubrik mit voller Absicht. Er blätterte die Seiten um, aber konnte nichts dagegen tun, dass er den Namen, der ganz am Rand stand, flüchtig wahrnehmen musste, um die nächste Seite aufschlagen zu können.

Plötzlich durchfuhr ihn ein kalter Schauer. Er starrte auf die Anzeige.

Lya Padilla

1.2.1991-29.7.2012

*Dass es dein Wille war, tröstet mich, auch wenn ich wünschte, ich hätte dir mehr helfen können. Ich denke an dich, immer, wenn ich bunte Farben sehe. Ich wünsche dir Glück, wo auch immer du bist.*

*In vollster Bewunderung*
*Robert*

Er starrte auf die Anzeige. Las sie noch einmal.

Lya Padilla.

Wieder lief es ihm eiskalt den Rücken runter.

Er hatte keinen Zweifel. Sie war es. Sie hatte es nicht geschafft. Ewigkeiten hatte er nichts mehr von ihr – diesem schönen Mädchen aus seiner Nachbarschaft, bei dem es ihm immer ganz warm wurde, wenn sie ihm auf der Straße entgegen kam – gehört.

Stundenlang hatte er an sie gedacht, immer gehofft, ihr zu begegnen, obwohl er sich nie getraut hatte, nur ein einziges Wort zu ihr zu sagen. Manchmal schaute sie ihn an, dann klopfte sein Herz wie verrückt, ihm wurde ganz warm und er wich ihrem Blick aus, weil er sich schämte. Sie war das erste Mädchen, bei dem er so empfand. Nachher, als er seine erste Freundin hatte, hatte er sie wieder vergessen. Jahrelang hatte er nicht mehr an sie gedacht. Nur selten kam sie ihm in den Sinn. Auch als er Mylo aufgenommen hatte, hatte er nicht an sie gedacht. Er musste sehr jung gewesen sein, vielleicht elf oder zwölf.

Aber jetzt, als er den Namen las, erinnerte er sich wieder an sie. Ganz genau sah er sie vor sich, ihre braunen Haare, ihr ernster Gesichtsausdruck, der sie geheimnisvoller wirken ließ und ihre Schönheit unterstrich.

Sie hatte es nicht geschafft, dachte er betroffen. Er würde sie nie wieder sehen.

Vermutlich waren es nur feine Unterschiede, die im Endeffekt darüber bestimmten, ob jemand fähig war, das Leben zu leben oder nicht. Im Unterschied zu Mylo und Cindy, hatte Lya wahrscheinlich nie einen Halt gefunden. Der Boden unter ihr blieb immer schwankend. Sie konnte kein Ziel formen, keinen Horizont erkennen, keine Wünsche in den Himmel senden, weil ihr unsicherer Stand es nicht zuließ.

Langsam faltete er die Zeitung unsauber zu und schüttelte den Kopf.

Es ist so paradox!, dachte er verwirrt. Es machte keinen Sinn!

Es schien ihm, als ob diejenigen, die in Ruhe und Ordnung aufgewachsen sind, später einmal das erdrückende Chaos bewältigen können. Und diejenigen, die im puren Chaos aufgewachsen sind, später bei Chaos – jeglicher Art – restlos zusammenbrechen.

Fiel beim Chaos die Regel der Gewohnheit aus? Konnte man sich niemals daran gewöhnen?

Es war für ihn nicht verwunderlich, dass sie es getan hatte, trotzdem war er erschüttert darüber.

Er fand es unfair, dass sich die Unschuldigen – die, mit reinen Herzen – selbst von dieser Welt verabschiedeten und die, die jemanden dazu trieben, alle Schuld von sich wiesen und weiterlebten, als ob nichts geschehen wäre.

Obwohl es auch manchmal die Schlechten trifft, dachte er, als er sich Susanna vorstellte.

Plötzlich schossen ihm Gedanken durch den Kopf, die er lieber nicht denken wollte.

War sie vielleicht auch in die Enge getrieben worden? Hatte sie vielleicht einen Sturm, ein so starkes Chaos erlebt, dass sie danach nie wieder Ordnung fand?

Er wollte nicht weiter darüber nachdenken, er wollte ihre Taten nicht rechtfertigen, er wollte keine Sympathie, kein Verständnis für sie aufbringen. Nein, diese Frau hatte zu viele unschuldige Seelen mit höchster Brutalität zerstört. Sie hatte ihren Kindern einen starken Dämpfer verpasst, von dem sie sich für den Rest ihres Lebens mühevoll erholen mussten. Und er war froh, dass sie von dieser Welt ging und ihren Kindern eine Chance eingeräumt hatte, die – er formulierte betroffen seinen Gedanken neu – zumindest zwei von ihnen gerettet hatte.

Tief versunken in seinen Gedanken stand er auf und machte sich auf den Weg nach Hause. Er verschwendete keinen Gedanken mehr daran, dass er polizeilich verfolgt werde und auch sein ursprüngliches Vorhaben, Essen zu holen, kam ihm nicht mehr in den Sinn.

Den ganzen Heimweg fragte er sich immer nur eins. Immer wieder kam die Frage in seinen Kopf. Kevin wusste, wie wichtig verschiedene Perspektiven sind; wie wichtig es ist, alle Seiten der Geschichte zu kennen, um sie wirklich zu verstehen.

Immer wieder fragte er sich dieselbe Frage, auch wenn er wusste, dass er niemals eine Antwort erhalten würde.

Gab es ein Chaos, das Susannas Leben verwüstet hatte?

Mittwoch, 4. August 2004

Hektisch suchte sie nach einem Stift, versuchte etwas zu sehen, aber ihre Augen tränten so sehr, dass ihre Sicht verschwamm. Mit zittrigen Händen öffnete sie Schubladen und verzweifelte immer mehr, als sie keinen Kugelschreiber fand. Unruhig durchsuchte sie die ganze Küche, ließ die Schubladen und Schranktüren offen stehen oder knallte sie heftig zu, weil sie keinen Nerv mehr hatte, sich an irgendeine Ordnung zu halten. Endlich fand sie einen Füller. Er würde genügen, dachte sie.

Ungläubig starrte sie auf die Blätter, die durchnässt von ihren Tränen waren. Wütend realisierte sie, dass die Buchstaben sich langsam verwischten. Sie schrie laut auf, in der Hoffnung, dem immer stärkeren Druck, der sich in ihrer Brust anschwellte, ein Ventil zu geben, aber nichts passierte. Sie verzweifelte immer mehr und ihre Tränen hörten nicht auf, auf das Papier zu tropfen. Immer wieder tropften die Tränen auf ein Wort und ließen die Schrift verlaufen. Es war alles umsonst! Schon wieder! Sie wollte das alles doch sowieso nicht mehr!

Wütend zerriss sie das Papier, ging zum Bad, schmiss die Schnipsel in die Toilette und schaute zu wie das Papier von der Spülung herumgewirbelt wurde.

*Weißt du noch, als wir am Strand lagen? Die Sonne ging gerade unter und entfachte ein wunderschönes Licht auf den sanften, klaren Meereswellen. Die Decke auf der wir lagen, wurde von dem Sand unter uns angenehm gewärmt, der immer noch die Wärme des Tages in sich trug.*

*Es war unsere Bucht, weißt du noch, dass wir sie so genannt haben? Sie war klein, von Felsen umrandet und etwas abgelegener. Tagsüber tummelten sich hier ein paar Menschen, die den ruhigen Ausblick auf die Natur genossen und abends gingen alle nach Hause und wir waren endlich alleine. Nur wir beide, nur unsere Bucht. Die Wellen schlugen zärtlich ans Ufer und ganz leise hörte man die schöne Straßenmusik vom nächsten Ort. Ich fühlte mich noch nie so sehr Zuhause, wie an diesen Tagen, glaubst du mir das?*

*Ich sah dich an, du warst schön, so schön, dass es mir wehtat, wenn ich dich ansah, weil ich wusste, dass ich dich liebe und dass ich alles für unsere Liebe machen werde. Deine braunen Augen schimmerten in der Dämmerung und deine vollen, braunen Haare fielen dir ins Gesicht. Ich werde diesen Anblick nie vergessen.*

*Ich erzählte dir, dass mein Vater Alkoholiker ist und meine Mutter immer hoffte, dass er eines Tages, ihr zu Liebe, mit dem Trinken aufhören würde. Als er das nicht tat, wurde sie unzufrieden und verzagte immer mehr. Sie liebte ihn zwar, aber nicht, wenn er betrunken und aggressiv war. Und eines Tages kam ihr die Idee, dass ein Kind bestimmt alles verändern würde.*

*Schon oft hatte sie gelesen, dass wenn man erst sein Kind im Arm hält, sich alles um einen herum verändert. Plötzlich – sagten sie – zähle nur noch die Liebe, die man zu diesem kleinen, hilflosen Wesen empfindet und man tut alles dafür, um es zu behüten und zu beschützen.*

*Jedenfalls hatte meine Mutter das gehört. Sie selbst wusste nicht, ob sie Kinder haben wollte, denn eigentlich war es für sie viel Arbeit, noch mehr Verantwortung und nerviges Geschrei. Aber, wenn doch alle schwärmten, wie schön es ist, warum sollte sie es dann besser wissen?*

*Als ich geboren wurde, veränderte sich nichts, außer, dass von nun an ein Säugling mit im Haus lebte. Weder meine Mutter fühlte, dass ich ihr Lebensmittelpunkt war, noch mein Vater fühlte es oder veränderte etwas an seinen Verhaltensmustern. Er trank weiter, wenn nicht sogar noch mehr, und weil er das Geschrei und die stinkenden Windeln nicht aushielt, verlagerte er seinen Alkoholkonsum nach draußen. Er zog nächtelang durch die Kneipen - alleine oder mit Freunden -, und trank so lange, bis er jegliche Kontrolle über seinen Körper verlor. Es widerte meine Mutter an, wie er stinkend, schwitzend und nach Alkohol riechend zu ihr ins Bett torkelte und schnarchend einschlief. Und sie hasste es, das sie alleine mit dem Kind war, dass alles noch viel schlimmer machte, als es davor war. Immer mehr gab sie die Schuld mir. Immer mehr sehnte sie sich nach dem Leben, das sie vor ihrem Kind gehabt hatte; ihren Freiheiten, ihren Freunden und sogar nach dem Mann, der vielleicht mit anderweitiger Hilfe aus der Sucht herausgekommen wäre. Sie hasste es, dass ich, ihr gemeinsames Kind, nichts verändert hatte. Dass ich das wunderbare Glücksgefühl, von dem alle redeten, nicht bei ihnen ausgelöst hatte. Sie hasste es, dass ich so viel schrie und so bedürftig nach Aufmerksamkeit war, denn ich war der Grund, warum sie ihrem Mann nicht mehr viel Beachtung schenken konnte. Und irgendwann hasste sie mich! Sie hasste mich, weil ich ihr nur Aufgaben erteilte, die sie nicht erledigen wollte. Sie hasste mich, weil ich sie zwang, sich jederzeit um mich zu kümmern, obwohl sie keine Lust hatte. Sie war froh, als ich endlich in den Kindergarten ging, mich selbst anziehen und selbst essen konnte und ab diesem Moment, wurde ich nicht mehr wie ein Kind, sondern wie eine Erwachsene behandelt. Natürlich kochte meine Mutter, wusch die Wäsche und erledigte Einkäufe, aber ansonsten überließ sie mich mir selbst. Was ich machte, was ich anzog, was und wann ich aß, interessierte sie nicht. Hauptsache sie hatte wieder ihre Ruhe, konnte den Dingen nachgehen, die sie interessierten und konnte wieder zurück in ihr altes Leben finden.*

*Das alles erzählte ich dir, weißt du noch?*

*Ich war froh endlich achtzehn zu sein und alles alleine machen zu können, wie zum Beispiel mit dir in dieser wunderschönen Bucht zu liegen und vom Leben zu träumen.*

*Mit meinen Eltern hatte ich keine Beziehung aufgebaut. Sie waren einfach zwei Menschen, bei denen ich wohnte, aber bis heute habe ich das Gefühl, sie nicht zu kennen.*

*Du hörtest mir, die ganze Zeit, aufmerksam zu und ich wusste, dass du mich verstehst. Es war ein Gefühl, dass ich noch nie zuvor erlebt hatte und ich war glücklich, dass ich es mit dir erleben durfte. Ich habe mich mit dir verbunden gefühlt und wusste, dass wir füreinander geschaffen sind.*

*Und plötzlich sagtest du mir, dass es eine andere Frau in deinem Leben gibt.*

*Du wusstest selbst nicht, wie du es hättest sagen sollen, wie du es hättest beschönigen sollen, du wolltest es einfach nur sagen, damit die endlose Last auf deinem Herzen endlich etwas leichter wird. Ich habe es dir angesehen, ich habe es gefühlt und trotzdem zerbrach mein Herz in tausend Teile. Auf einmal sah ich keinen anmutigen Sternenhimmel mehr, sondern einen bedrohlich schwarzen Himmel, der immer schneller auf die Erde zuschoss. Die Luft blieb mir im Hals stecken und ich drohte zu ersticken, weil ich auf einmal verlernt hatte, zu atmen. Ich wollte aufstehen, weglaufen, in eine andere Stadt rennen, ein neues Leben anfangen und den Schmerz, diesen stechenden Schmerz, der sich in meinem ganzen Körper ausbreitete, in meinem alten Leben lassen. Denn unmöglich hätte ich mit ihm leben können, nein, ich hätte niemals ohne dich leben können!*

*Aber du hieltest mich fest, hieltest mich in deinen Armen, drücktest mich fest an dich und sagtest mir, dass du mich liebst, dass wir etwas Besonderes haben und du dich von ihr trennen würdest. Und du wiederholtest es so lange, bis meine Tränen getrocknet waren und ich deinen Worten endlich Glauben schenkte. Wir küssten uns, wir liebten uns und auf einmal sah ich in dem Nachthimmel, in den Millionen funkelnden Sternen, unsere Zukunft und hatte wieder Hoffnung auf ein glückliches Leben.*

*Trotzdem blieb die Angst. Die Angst, dass du dich nicht trennen würdest und ich ein Leben ohne dich führen müsste. Und es kam mir ewig vor, die Zeit, bis ich wusste, was nun mit uns ist, zog sich endlos hin.*

*Aber du hieltest dein Wort, du hast dich getrennt und ich weiß, dass es schwierig für dich war. Nicht, weil du dir unsicher warst, sondern weil deine Frau dich nicht gehen lassen wollte. Du hattest mir schon erzählt, dass sie dich liebt, dass sie dich vielleicht zu sehr liebt, oder fast besessen von dir ist, aber ich habe gedacht, dass ich das verstehen könne, weil ich dich genauso so stark liebe.*

*Ich hatte keine Ahnung.*

*Ich wünschte ich hätte Ahnung gehabt! Ich wünschte, ich hätte es gesehen! Warum nur, musstest du mit dieser Person eine Beziehung eingehen? Ich hasse sie! Ich hasse sie so sehr! Ich hasse mein Leben ohne dich!*

*Ich war so glücklich, als du endlich zu mir kamst, mit deinen Koffern, mit all deinen Sachen und ich habe gedacht, mein ganzes Leben würde so aussehen. Aber wieder zerstörtest du meine Hoffnung. Ich wusste schon, dass etwas nicht stimmte, weil dein Gesicht so viel Sorge ausstrahlte, dass es jeder hätte lesen können. Ich fragte dich, was los sei und du hast gezögert und dann erklärt, dass wir nicht in Spanien bleiben können. Dass deine Exfrau, dich verfolgen würde, dass sie versuchen würde mit allen Mitteln unser Glück zu zerstören und wir in ein anderes Land umziehen müssen. Ich erinnere mich noch gut daran. Ich erinnere mich, wie ich mich zu einem Lachen zwang, weil ich dachte, dass du einen Scherz machst, den ich nicht verstand. Aber als ich dich genauer ansah, wusste ich, dass du es ernst meintest und auf einmal spürte ich Angst. Ich war achtzehn! Ich war das erste Mal verliebt, ich war unendlich glücklich und hoffnungsvoll, aber es passierten so viele Dinge, dass ich die ganze Zeit, wie ein Ball hin und her geworfen wurde und nicht wusste, was mit mir geschieht. Ich konnte doch nicht aus Spanien weg! Aber auf der anderen Seite, was hielt mich hier? Ich hatte keine Familie, nicht viele Freunde. Du warst alles für mich und ich wusste, dass deine Gefühle zu mir echt waren.*

*Jetzt, diese ganzen Jahre später, weiß ich, dass du ebenfalls hin und her geschwankt bist. Aber ich denke, du hattest viel mehr Hoffnung als Angst, während es bei mir umgekehrt war.*

*Leider sollte ich recht behalten.*

*Ich hasse sie! Ich hasse sie so sehr! Ich hasse mein Leben ohne dich!*

*Wir zogen nach England, mieteten eine kleine Wohnung und suchten uns Arbeit. Und ich glaube, ich war nie in meinem Leben glücklicher. Wir kamen gut zurecht, viel besser, als erwartet, wir haben alle neuen Herausforderungen zusammen gemeistert, fanden auf Anhieb Arbeit und hatten unsere eigenen vier Wände. Jede Nacht redeten wir über unsere Bucht, stellten uns vor, dass wir gerade auf dem warmen Sand liegen und beschlossen, dass die Bucht unsere Glücksbucht ist. Dass sie unsere Liebe vom weiten Ozean an den Strand geschwemmt hat und wir sie empfangen mussten. Dass sie für immer anhält, weil sie schicksalhaft zu uns gekommen war und uns die mächtige Kraft des Wassers beschützt. Wir erzählten uns Träume, Wünsche und Sorgen, aber am aller meisten, sahen wir uns in die Augen und wussten, dass wir eine Liebe gefunden hatten, die so kostbar war, dass wir für immer reich sein würden.*

*Lya machte unser Glück perfekt, sie war wunderschön und als ich sie in meinem Armen hielt, konnte ich nicht verstehen, dass meine eigene Mutter nichts gefühlt hatte. Für einen kurzen Moment empfand ich sogar Mitleid mit ihr, denn das, was hier in meinem Armen lag, war etwas, dass ich nicht fassen konnte. Ich konnte nicht fassen, dass ich dieses Wesen so sehr liebte, obwohl ich es nicht kannte. Auch bei Mylo und Cindy, wurde dieses Gefühl nicht schwächer. Es war nicht so, dass man wusste, was kommt und es deswegen weniger besonders war. Nein, es war bei jedem Moment wieder überwältigend, wieder wunderschön und ich war mit Glück und Liebe bis oben hin ausgefüllt. Du fühltest genauso.*

*Fünf Jahre lebten wir sehr glücklich. Fünf Jahre waren wir eine sehr glückliche Familie, in einem sehr kleinen Dorf und einer noch kleineren Wohnung.*

*Bis zu dem Tag, als sie wieder kam.*

*Plötzlich saß sie am Wohnzimmertisch mit dir, ihr habt Kaffee getrunken und ich kam gerade von dem Einkaufen zurück. Ich hatte schon ein komisches Gefühl, als ich in den Flur trat, denn es war still und es herrschte eine bedrückende Stimmung. Noch nie hatte ich sie gesehen, aber ich wusste direkt, dass sie es war. Sie war hübsch und gut gekleidet, aber ich fühlte, dass sie nichts Gutes in ihrem Inneren verbarg. Sie war eine Meisterin der Verhüllung und ich wollte nicht wissen, was sich dahinter versteckte. Ich wollte nur, dass sie weggeht und nie wieder kommt.*

*Ab dann war alles anders. Wir lagen am Abend im Bett, aber wir redeten nicht mehr über unsere Bucht, wir sahen uns auch nicht mehr in die Augen, wir sagten uns nur gute Nacht und drehten uns von einander weg. Ich wusste nicht, was es war. Wolltest du sie zurück? Wart ihr euch näher gekommen? Liebtest du sie noch?*

*Ich wollte dich fragen, ich wollte von dir hören, dass es nicht so war, aber die Angst lähmte mich. Ich wollte keine Antwort hören, die ich nicht verkraften konnte. Ich kümmerte mich um unsere Kinder und versuchte mich abzulenken, aber deine stille Art blieb weiterhin und es gruselte mich, dass du dich verändert hattest.*

*Was war geschehen?*

*Eines Tages sagtest du mir, dass du willst, dass sie verschwindet, dass diese Frau nichts Gutes in dein Leben bringt und ich war so erleichtert, dass ich dir um den Hals fiel und dich küsste. Aber ich merkte, dass du immer noch in deinen Gedanken versunken warst. Und während ich mit deinen Worten neue Hoffnung schöpfte, verlorst du dich immer weiter in der Angst.*

*Es vergingen einige Wochen, in denen du nur noch ein Schatten deiner selbst warst und ich fragte mich, was passiert war. Du konntest es mir nicht sagen und ich glaube mittlerweile weiß ich, was es war. Bei dieser Frau wusste man nicht, was morgen passieren würde, was sie sagen würde, was sie machen würde und ich denke, dass hat dich nicht mehr zur Ruhe kommen lassen. So viele Kilometer bist du vor ihr geflüchtet, nur damit sie dich wieder findet und dich nicht mehr loslässt. Ich wünschte, ich hätte es früher schon so klar gesehen, wie jetzt.*

*Sie war unsichtbar und trotzdem so präsent, dass einem die Luft zum Atmen fehlte. Plötzlich fühlte man sich beobachtet, wenn man unter der Dusche war, wenn man den Kühlschrank einräumte oder die Betten frisch bezog. Als hätte sie ihre Augen überall, als wartete sie darauf, dich bei etwas zu erwischen und dich dann damit erpressen zu können.*

*Als ich dich fragte, ob sie noch in England war, zucktest du nur die Schultern. Ich wusste, was du dachtest. Es fühlte sich so an, als wäre sie hier. Aber wirklich wissen konntest du es nicht.*

*Und so ging es weiter, bis zu dem Tag, als du nicht mehr nach Hause kamst. Ich wartete Stunden, aber du kamst nicht. Ich wartete einen ganzen Tag, aber du kamst nicht.*

*Dann schließlich klingelte es, voller Hoffnung rannte ich zur Tür, dachte du würdest da stehen und ich könnte dir endlich wieder in die Arme fallen, aber als ich die Tür aufmachte stand nur sie da. Ich wusste sofort, dass etwas Schlimmes passiert war. Sofort wurde mir der Boden unter den Füßen weggezogen. Ich krallte mich an der Tür fest, sah alles durch einen dicken Nebel, als sie sagte, dass du dich wieder für sie entschieden hast. Sie erklärte mir, dass sie die Nachricht überbringen sollte, weil es dir so schwer fällt und dass ich, wenn ich dich wirklich liebe, in Ruhe lassen soll. Dass ich dir dein Glück gönnen soll.*

*Und das Schlimmste war, dass ich wusste, dass sie log!*

*Ich konnte in ihrem Gesicht erkennen, dass sie etwas Schlimmes getan hatte! Aber genauso wusste ich, dass sie lieber am lebendigen Leib verbrannt werden würde, als auch nur ein Wort zuzugeben! Du hättest sie sehen müssen! Wie selbstsicher sie vor mir stand und mir weiß machen wollte, dass unsere Liebe nicht echt war!*

*Erschüttert wankte ich zurück ins Haus, wo die Kinder im Kinderzimmer stritten, alles war laut und chaotisch aber ich konnte nur das Telefon anvisieren, es abnehmen und die Nummer der Polizei wählen. Als die Polizei sich meldete, ließ ich schockartig das Telefon fallen und brach elendig zusammen. Ich konnte es nicht!*

*Ich konnte diese Worte nicht aussprechen! Ich konnte es nicht sagen! Viel zu sehr hätte es mich verletzt! Es hätte mich so schwer verletzt, dass ich zu nichts mehr in der Lage gewesen wäre!*

*Stell es dir doch mal vor! Ein Prozess mit ihr! Ich hatte so oder so die schlechteren Karten, weil ich aus Sicht der Polizei die Geliebte ihres Mannes war! Wie praktisch, dass ich ihr jetzt einen Mord anhängen wollte! Ich hätte monatelang eine Kraft aufbringen müssen, die ich nicht im Geringsten besaß und hätte am Ende noch zusehen müssen, wie sie alles so verdreht, dass sie als Heilige da steht! Ich konnte nichts, absolut gar nichts beweisen! Und wir hatten so verdeckt gelebt, dass ich keinerlei Unterstützung hatte! Wir haben es ihr so leicht gemacht, Alver!*

*Ich konnte nicht mehr essen. Ich konnte nicht mehr schlafen. Monatelang. Es quälten mich die Gedanken. Ich verzweifelte regelrecht an meiner Ohnmacht. Immer wieder sah ich dein Gesicht vor mir, fing an zu weinen, weil ich wusste, dass ich dich nie wieder sehen würde.*

*Es war so schlimm! Wochenlang habe ich nicht mehr das Bettzeug gewechselt. Habe nur noch deine Kleidung getragen. Ich war am Boden zerstört und wenn ich ehrlich bin, habe ich mich bis heute nicht davon erholt. Nein, das werde ich niemals! Alles war zum Scheitern verurteilt! Ich hatte drei kleine Kinder, für die ich da sein musste; ich konnte nicht mehr arbeiten, ich hatte kein Geld, die Wohnung war zu klein und die Forderungen zu hoch. Es war alles zu viel! Viel zu viel! Aber das Schlimmste war, dass sie mich nicht in Ruhe ließ! Sie kam zu mir, sagte, dass du sie geschickt hättest, brachte mir Essen, half mir beim Haushalt, bei den Kindern, bei allem, was anstand. Kannst du das glauben? Und ich, ich stand so neben mir, dass ich sie rein ließ!*

*Immer wieder verfluchte ich sie, schwörte mir in meinem verschwommen Verstand, sie beim nächsten Mal mit Messern zu verjagen und doch ließ ich sie wieder rein, weil ich die immer größere Last auf meine Schultern nicht aushielt!*

*Ich hasste sie! Ich hasse sie so sehr!*

*Ich war froh, dass mir jemand half, dass jemand da war! Ich schaffte es alleine nicht! Aber ich hielt es nicht aus mit ihr! Die Wochen danach waren der reinste Albtraum! Ich wurde verrückt! Eines Tages schrie ich sie an, dass sie dich getötet hätte und dass ich sie in den Knast bringen werde, wenn sie nicht sofort aus meinem Leben verschwindet! Ich schrie sie an, wie ich noch nie geschrien hatte! Ich hatte eine unfassbare Wut in mir, die mich selbst erschreckte! Ich hätte sie töten können in dieser Sekunde. Mit bloßen Händen!*

*Sie blieb ruhig, schauspielerte perfekt, murmelte etwas von meiner Verzweiflung, von meiner Trauer, dass man einen Schuldigen für die Trennung finden möchte und dass es normal sei. Dass sie mich verstehe und dass ich sie anrufen soll, wenn ich Hilfe bräuchte. Und all das machte mich noch wütender! Ich hasste sie so sehr!*

*Zum Glück ging sie, bevor ich ihr etwas antun konnte!*

*Noch immer hatte ich keine Kraft zur Polizei zu gehen, weil es mir sinnlos erschien, weil ich mir in meiner Verfassung viel zu klein, zu schwach, zu unwichtig vorkam und sie so stark, so mächtig wirkte.*

*Irgendwann beschloss ich es sein zu lassen. Ich beschloss meine Kraft zu sammeln. Die Kinder schrien nur, ich bekam immer noch keine*

*Sekunde erholsamen Schlaf und ich wusste, dass alles drohte zusammenzubrechen.*

*Nachdem sie mich einige Wochen nicht mehr belästigte, klingelte es auf einmal wieder an der Tür. Wie konnte sie es wagen? Woher nahm sie diese Dreistigkeit? Ich konnte es nicht glauben, dass ein Mensch so widerlich sein konnte! Ich machte nicht auf. Ich wollte sie nicht sehen! Es verging fast eine Stunde, immer wieder dachte ich, sie wäre weggegangen, aber dann klingelte es plötzlich doch wieder. Sie klingelte immer weiter, bis ich irgendwann wütend die Tür aufriss und sie anschrie, dass sie sofort verschwinden solle. Ich drohte ihr Gewalt an, aber sie blieb wie immer ruhig und drückte mir einen Scheck in die Hand. Sie sagte, sie hätte das Geld gewonnen und würde es nicht brauchen, aber sie und Alver möchten, dass es mir und den Kindern gut gehe. Dann ging sie einfach, ohne etwas zu sagen, ohne mein Danke oder meine Wut abzuwarten und ich sah sie Jahre nicht wieder.*

*Nur in meinen Gedanken sah ich sie noch oft, zu oft. Sie war ein Parasit, der sich eingefressen hatte.*

*Ich wollte ihr Geld nicht, weil ich sofort verstand, dass sie mich erpressen wollte. Dass sie mich verunsichern wollte. Sie gab damit sogar auf einer perfiden Weise zu, dass sie den Mord begangen hatte! Und sie zeigte damit, wie überlegen sie sich fühlte. Sie wusste, dass es keine Beweise gab und mein Wort nichts bedeutete. Ich war immer noch so wütend! Ich wollte ihr schmutziges Geld nicht! Aber ich konnte auch nicht weiterleben, wie bisher. Die Kinder stritten nur, ich heulte nur, alles war dreckig, unordentlich und der Kühlschrank war leer!*

*Ich ging zur Bank in der Erwartung, dass der Scheck nur eine Attrappe war. Doch er war echt. Sie hatte mir viel Geld gegeben und auf einmal war ich froh darüber. Ich kaufte ein Haus in einer anderen Gegend, konnte einkaufen und nach einiger Zeit wieder Arbeit finden. Ich war froh, in einem anderen Stadtteil zu leben, in einem anderen Haus und wieder bei null anfangen zu können, aber nichts war, wie es vorher war. Manchmal wurde mir schlecht bei dem Gedanken, dass sie unser Haus bezahlt hatte. Dass ich Geld von ihr angenommen hatte. Dass ich ihr diese Macht eingeräumt hatte.*

*Und selbst unsere Kinder, konnte ich nicht mehr so behandeln, wie früher. Ich sah sie an und sah dich! Ich sah dich, aber ich sah auch, wie du mir weggenommen wurdest! Ich sah, wie du dich mit dieser Frau eingelassen hattest! Wie du dich nicht gewehrt hast, als die zurückgekommen war! Ich sah auf einmal so viele Schwächen in deiner Person, weil ich endlos enttäuscht war. Und ich sah diese Schwächen in unseren Kindern.*

*Plötzlich spiegelte sich nicht nur dein, sondern auch mein Gesicht in ihren Gesichtern und das verabscheute ich noch mehr! Ich hätte dich fragen sollen, was los ist, immer und immer wieder, bis du mir eine Antwort gegeben hättest! Ich war so feige! Ich hätte das Geld nicht annehmen dürfen, sondern so lange kämpfen sollen, bis sie hinter Gittern saß, aber ich war so ängstlich. Ich hasste mich! Und auf einmal hasste ich auch dich, mein ganzes Leben und unsere Kinder! Ich war immer noch so wütend! Jedes Mal, wenn sie mich ansahen, konnte ich keine Liebe empfinden, weil ich nur unsere Gesichter sah! Ich hasste es! Ich hasste es, wenn sie mit mir redeten, wenn sie untereinander lachten, wenn sie Erfolg in der Schule hatten, weil wir das alles nicht hatten! Sie sollten selbst sehen, wie grauenhaft dieses Leben war! Früher oder später würde es bei ihnen auch soweit kommen!*

*Ich konzentrierte mich auf meine Arbeit, auf meine Kollegen und fand neuen Halt. Ich wollte an nichts mehr denken, das mich an dich, mich oder sie erinnerte!*

*Ich lebte mein Leben nur noch außerhalb meiner Familie, weil ich es nicht mehr anders aushielt. Ich konnte nichts mehr für unsere Kinder empfinden. Ich glaube, ich konnte auch nichts mehr für mich empfinden. Es ist so, als hättest du alles mitgenommen, als du fortgegangen bist.*

*Ich weiß, damals konntest du mich immer verstehen, aber würdest du es jetzt auch noch? Bin ich immer noch die Frau, in die du dich in unserer Bucht verliebt hast? Ich glaube nicht.*

*Je mehr ich meiner Familie den Rücken zugekehrt habe, desto schlimmer wurde es. Komisch, oder? Mit aller Kraft, versuchte ich, ihre Probleme, ihre Bedürfnisse nicht mehr zu sehen und trotzdem fühlte ich, wie die Wut immer weiter anstieg. Wie ich immer schlechter mit ihnen umging. Aber ich bekam diese Bilder nicht aus meinem Kopf! Wir waren so schwach! Unsere Kinder sind es auch!*

*Trotzdem wollte ich mich normal fühlen und das tat ich, solange ich mich mit anderen Personen umgab. Stell dir vor, sie bewunderten mich sogar! Sie mochten mich! Und ich dachte immer, dass ich die Rolle gut spielte und niemand sah, was ich wirklich fühlte. Ich weiß es ja selbst nicht! Ich spürte nur eine Wut, die niemals endete!*

*Gestern habe ich etwas Schlimmes getan. Und sie muss es gewittert haben, denn heute stand sie wieder da! Vor meiner Tür! Wie selbstverständlich! Erst hat sie nur gefragt, wie es mir geht. Dann fragte sie mich, ob ich sie nicht reinbitten würde, denn sie hat das Haus ja schließlich gekauft. Ich war wieder so wütend! Nach all den Jahren, war ich genau so wütend! Ich hasse sie! Anschließend sagte sie mir, dass sie das Geld zurück haben möchte, denn es gehört schließlich zu einem guten Benehmen, dass man Schulden beglich und, dass ich das wissen würde, wenn ich nicht bei Alkoholikern aufgewachsen wäre! Kannst du das glauben? Das hat sie gesagt! Sie drohte mir, dass sie morgen wiederkommen würde und ich wusste, dass sie mich wieder belästigen würde! Dass sie nicht aufgeben würde, bis sie das Geld hatte. Ich wollte sie nicht in meiner Nähe haben! Ich konnte sie nicht für eine Sekunde ertragen! Ich wollte mich nicht so klein und abhängig neben ihr fühlen. Nein!*

*Sie drehte sich um und mich überkam die Wut! Ich sagte ihr, dass sie verschwinden soll, für immer, dass ich zur Polizei gehe und alles sagen werde, wenn sie mich nicht in Ruhe ließ! Ich schrie sie auf offener Straße an, aber sie verzog keine Miene! Nein, im Gegenteil, sie trat näher zu mir, schaute mich ernst an und sagte, dass sie wusste, was passiert sei und dass sie mich in den Knast stecken würde. Sie erzählte mir, dass sie mich immer wieder beobachtet hatte und alles gesehen hatte! Und weißt du was? Ich wusste, dass sie log! Dass es nur ein Bluff war! Aber ich konnte nicht klar denken, verdammt! Diese Frau war überall und nirgendwo! Ich war vollkommen übermüdet, maßlos überanstrengt von den ganzen Ereignissen die sich überschlugen, dass ich für einen Augenblick einen Gesichtsausdruck machte, den sie sofort wahrnahm und richtig deutete. In diesen Sekunden wusste sie, dass etwas passiert war und dass sie mit ihrer, aus der Luft gegriffenen Vermutung, ins Schwarze getroffen hatte. Ich schrie wieder, dass sie verschwinden soll, dass sie keine Ahnung von meinem Leben hätte, aber sie nickte nur selbstgefällig und drehte sich um. Sie wusste, sie hatte gewonnen.*

*Und ich wusste, ich hatte verloren. Ohnmächtig dachte ich darüber nach, dass sie Nachforschungen anstellen würde; unsere Kinder abfangen und sie so lange manipulativ ausfragen würde bis sie ihre Antworten hatte, mich restlos erpressen konnte und ich ihre hörige Marionette war. Sie würde mich aufsuchen, jeden Tag, mir lästig sein und mich immer weiter einengen. Und eines Tages, wenn ihr die psychische Geißelung keine Befriedung mehr beschaffte, würde sie mich hinter Gitter bringen. Ihre Augen würden aufflammen bei dieser Vorstellung. Sie wollte einfach nur Rache und ich war wieder einmal zu schwach, um ihr die Stirn zu bieten!*

*Ich hasse sie! Ich hasse sie so sehr! Ich hasse mein Leben ohne dich!*

*Ich habe Schlimmes getan! Ich weiß es! Ich werde nicht aufschreiben, was es war, aber es hat etwas in mir ausgelöst, das ich dir erzählen muss, denn nachdem ich es getan habe, wurde mir klar, dass ich nicht besser bin, als dieses Monster! Vielleicht habe ich nicht dich umgebracht, aber ich habe die Erinnerung an dich umgebracht. Ich habe die*

*Erinnerung an mich umgebracht und die Erinnerung an uns. Ich habe unseren Kindern nichts erzählt. Früher haben sie viel gefragt, sie wollten wissen, wer du bist, wie du aussiehst, aber ich habe ihnen nicht geantwortet. Ich wollte die Wunden nicht wieder aufreißen.*

*Aber jetzt frage ich mich, wie kann es sein, dass die negativen Erlebnisse, all die schönen so überschattet haben?*

*Und weißt du, was das Schlimmste ist? Ich habe nicht nur unsere Erinnerung zerbrochen, sondern auch unsere Kinder. Ich weiß nicht mehr, wann ich sie zuletzt glücklich gesehen habe. Ich weiß nicht mehr, wann ich sie etwas gefragt habe. Nein, ich weiß noch nicht einmal, wann ich sie zuletzt angelächelt habe.*

*Ich dachte, dass sie kein Glück verdienen. Aber habe ich da wirklich von ihnen oder von mir selbst gesprochen? Habe ich sie wirklich auf das schreckliche Leben vorbereitet oder ihnen nur beigebracht, Angst zu haben?*

*Ich kann es nicht mehr gut machen. Zu viel ist geschehen. Ich kann nur hoffen, dass sie ohne mich besser leben. Und, dass ich dich wiederfinde und du mir verzeihst.*

*Ich hoffe wir können von oben unsere Kinder sehen und sie beschützen, aber hier unten auf dieser Erde, gibt es nichts mehr für mich. Ich kann nichts mehr richtig biegen.*

*Ich komme zu dir. Ich komme nach Hause.*

*Ich komme zu unserer Bucht.*

*Susanna*

ISBN 978-3-7584-8727-9
9 783758 487279 0000
www.epubli.com